# La route du lilas

# ERIC DUPONT

# La route du lilas

Harper
Collins
POCHE

**HARPERCOLLINS FRANCE**

83-85, boulevard Vincent-Auriol, 75646 PARIS CEDEX 13
Tél. : 01 42 16 63 63

www.harpercollins.fr

ISBN 979-1-0339-0623-0

De toutes les obsessions terrestres, la volonté de connaître l'avenir est celle qui engendre les pratiques les plus singulières et les plus attendrissantes. Selon une superstition, la jeune femme curieuse de savoir si la nouvelle année lui apportera un mari doit se mettre à la recherche d'une branche de lilas (*Syringa vulgaris*) qu'elle coupera le 4 décembre, jour de la Sainte-Barbara, vierge et martyre. Cette branche doit être placée dans un verre d'eau et gardée dans la demeure. Si des feuilles apparaissent avant Noël, la jeune femme se mariera dans la nouvelle année. Dans les pays froids où le lilas se trouve partout en abondance, cette activité est à la portée de toutes les bourses. Mais le savoir du lilas est limité, car il ne répond qu'à une seule question : l'année nouvelle m'apportera-t-elle oui ou non un mari ? Aussi, étant donné que sainte Barbara fut sauvagement torturée – on lui arracha les seins – pour avoir refusé de se marier avec l'homme que son père avait choisi pour elle, on se demande par quelle cruelle ironie on en est venu à lui poser une telle question par l'entremise d'un arbuste. On ne lui en voudra donc pas de se faire souvent avare de réponses.

Si le lilas fleurit, il y aura mariage. Nul n'est cependant capable de prédire comment il se terminera, si le meilleur saura faire oublier le pire ni si le pire des cas est préférable au célibat. À celle qui n'aurait jamais dû dire toujours, le parfum envoûtant du lilas aura servi d'avertissement.

# Madame Lemoine

— Il vous faut monter dans cet escabeau, Madame. Une fois que vous serez bien installée, je vous passerai vos outils.

— Oui, Monsieur.

Après avoir noué son tablier et passé à son mari le plateau de bois sur lequel sont réunis une paire de pinces à sourcils, quelques aiguilles, des ciseaux, un minuscule pinceau et une loupe, Marie-Louise Lemoine (née Gomien) saisit à deux mains l'armature de l'escabeau en pinçant les lèvres, amusée. Être l'épouse du plus grand horticulteur de toute l'histoire de la France apporte ses privilèges et ses petites joies, par exemple l'aider à créer de nouveaux hybrides dans sa serre. Le monde doit à ce Lorrain besogneux et discret des centaines de cultivars de plantes ornementales, dont les clématites, les spirées et les glaïeuls qu'il a hybridés en multiples variétés. Victor s'est aussi intéressé au géranium dont il a créé le premier spécimen à fleurs doubles : le 'Gloire de Nancy'. Mais en 1871, Victor Lemoine n'a plus les yeux ni les mains de ses vingt ans et doit se résoudre à demander l'aide de madame.

Marie-Louise a atteint la quatrième marche de l'escabeau. Sous ses yeux s'ouvrent les pétales d'un 'Azurea Plena', une variété de lilas à fleurs doubles que monsieur a rapportée d'une serre belge une vingtaine d'années auparavant et qu'il entend croiser avec un *Syringa oblata*, une espèce native de la Chine. Le parfum des fleurs mauve pâle enrobe le couple Lemoine comme une aura protectrice. Dans ce

9

nuage, rien ne les atteint. Victor tend le plateau d'outils à sa femme qui s'active immédiatement. Armée d'un petit pinceau et d'une aiguille, elle doit prélever sur un premier arbuste le pollen produit par l'anthère, la partie supérieure et renflée de l'étamine, l'organe sexuel mâle de la fleur, pour ensuite le déposer délicatement sur les stigmates sis au sommet du pistil, l'organe femelle de la fleur, d'un second arbuste. Une tulipe ou un lys lui donnerait moins de mal que les minuscules fleurons obstinément fermés de l''Azurea Plena'. Quand elle parvient à les ouvrir de force à l'aide d'une pince, c'est souvent pour trouver un pistil tordu et déformé et une étamine inexistante. Marie-Louise contrôle sa respiration comme le ferait un chirurgien. En bas, Victor retient aussi son souffle, comme pour montrer à sa femme la gravité de l'opération qu'il lui a confiée. Celle-ci possède la dextérité qu'il faut pour forcer l''Azurea Plena' et le *Syringa oblata* à une copulation horticole qui engendrera l''Hyacinthiflora Plena', le premier hybride à fleurs doubles réussi par le couple Victor Lemoine.

Depuis que les soldats prussiens ont envahi la Lorraine, la vie des habitants de Nancy, qui ne savent pas encore que l'occupant restera parmi eux pendant presque un demi-siècle, est devenue un long calvaire de privations. Pour assurer son ravitaillement, l'ennemi a enlevé aux Français vaincus jusqu'aux réserves destinées aux semailles, mais il n'a pas touché aux plantes ornementales qui ne se mangent pas et sont d'office inutiles aux yeux des soldats de Bismarck. C'est un peu à cause des Allemands que Victor Lemoine s'est lancé dans l'hybridation du lilas, pour soigner l'humiliation de la défaite infligée à Napoléon III. Parce qu'ils sont trop occupés à assurer leur propre survie, les Nancéiens ne se doutent pas que leur ville est en train de devenir le théâtre d'une petite révolution horticole.

Juchée sur son perchoir, concentrée sur son travail comme un joaillier penché sur une boucle d'oreille, Marie-Louise Lemoine ne se rend pas compte que les yeux de son mari presbyte n'ont aucune difficulté à voir ses jambes qu'il contemple maintenant depuis sa position privilégiée. Tout se fait en silence, dans le recueillement. Madame Lemoine ne redescendra de son escabeau que pour le déplacer de quelques pas, histoire d'atteindre les fleurons qu'elle n'a pas réussi à ouvrir la première fois. Mais Victor Lemoine préfère que madame reste là-haut, à la hauteur où sa robe, telle une fleur inversée, s'ouvre à ses yeux tournés vers le ciel. La valse des mollets de Marie-Louise le force au silence. L'espace d'un instant, il ne lui donne aucune directive. Il pense aux mollets. Il pense aux anneaux boudinés que forment les bas de madame quand il les enlève lentement.

Pendant que Paris est affamée par le siège allemand, Victor et Marie-Louise créent un tout nouveau lilas. Leurs efforts porteront leurs fruits. Les Lemoine auront donné au monde plus de soixante-dix nouveaux cultivars de lilas dont la beauté et la fragrance demeurent inégalées. Leur fils, Émile, et leurs petits-fils, Paul et Louis, en créeront encore davantage. Les noms de ces variétés témoignent de leur temps : 'Président Grévy', 'Jeanne d'Arc', 'Lamartine'… Leur plus grand fait d'armes demeure la création de lilas à fleurs doubles qui se déclinent dans tous les tons que peut prendre le lilas, du blanc himalayen au pourpre vif, en passant par le bleuâtre et le rose tendre. Ces lilas français, que les Américains appelleront *french lilacs*, deviendront vite les préférés des horticulteurs. On se les arrache. La famille Lemoine parvient aussi à créer un premier lilas blanc à fleurs doubles baptisé 'Madame Lemoine'. Ce cultivar aux fleurs jaunâtres fleurira bientôt partout où il y a un hiver froid.

Au mépris de l'ordre géopolitique, le 'Madame Lemoine' envahit et occupe vite l'Allemagne, l'Angleterre, la Pologne et l'Amérique du Nord neigeuse dont les habitants raffolent du lilas. Tous les arboretums et les jardins botaniques du Nouveau Monde boréal commandent des boutures de la pépinière Lemoine et adoptent au moins un lilas blanc à fleurs doubles, en l'occurrence le très résistant 'Madame

Lemoine' qui fleurissait en ce début d'avril 2012 au Tennessee, dans le Cheekwood Estate & Gardens, à la périphérie de Nashville. Ce jour-là, pas moins de deux couples posaient devant les lilas et les autres végétaux du jardin pour leurs photos de mariage. Quelques familles erraient le long des sentiers pour tuer le temps en ce samedi baigné de soleil.

Émergeant du stationnement, trois femmes avançaient lentement. Elles étaient descendues d'un camping-car. Les deux premières, Shelly et Laura, se connaissaient depuis plus de vingt-cinq ans. Elles s'étaient rencontrées à la faculté de lettres d'une université du nord-est des États-Unis. Les familles américaines blanches de la classe moyenne qu'elles croisaient sur les sentiers les regardaient à la dérobée en se demandant pourquoi elles avaient un cahier sous le bras. Mais ces gens bien nourris gardaient leurs questions pour eux, car, malgré la sérénité des lieux et la beauté des rayons du soleil, les trois femmes n'avaient pas l'air de vouloir laisser entrer quiconque dans leur cénacle.

Depuis quelques années, Shelly et Laura entreprenaient chaque printemps en camping-car le voyage qui consistait à remonter les vallées du Mississippi et de l'Ohio, à contourner le lac Érié du côté états-unien, puis à traverser au Canada, par Windsor, pour se retrouver sur la rive nord des lacs Érié et Ontario, attraper le fleuve Saint-Laurent à sa source et le longer sur l'une ou l'autre de ses rives pour s'arrêter à la hauteur de Québec et rebrousser chemin. Suivre le lilas ?

— Oui, nous suivons la floraison du lilas.

Laura était une New-Yorkaise d'origine hispanique. Elle paraissait à peine un peu moins âgée que leur compagne à qui elle s'adressait tantôt en espagnol, tantôt en anglais. Elle était justement en train de lui expliquer qu'elles étaient fascinées par le lilas, cet arbuste nordique au parfum envoûtant, et qu'elles refusaient de se contenter des deux courtes semaines de floraison annuelle que la nature offre à ceux qui restent sur place. En planifiant bien leurs déplacements, c'est-à-dire en évitant de courir plus vite que le printemps, elles arrivaient à s'offrir trois mois de lilas chaque année.

— Vous êtes quand même un peu obsédées… Il y a d'autres fleurs !

Cette troisième femme qui les accompagnait, celle qui venait de parler, dégageait plus de mystère que les deux autres. Elle s'appelait Maria Pia. Contrairement à ses compagnes, elle se teignait les cheveux, qu'elle avait gardés longs. Elle ne connaissait les deux Américaines que depuis quelques jours. Si elle avait l'air vannée, c'est qu'elle arrivait d'un long voyage qui était loin d'être terminé. Avec ses immenses lunettes de soleil à la Sophia Loren et son chapeau à large bord, elle donnait l'impression d'être une vedette de cinéma désirant garder l'incognito. Ces accessoires servaient en effet à garantir un certain anonymat, mais ce n'était pas parce qu'elle était une célébrité, non. Les événements qui l'avaient jetée sur les routes des Amériques étaient aussi insaisissables et profonds que la musique de Wagner, c'est-à-dire qu'il fallait du temps pour les comprendre. Du temps, et un peu de sensibilité, car il s'agissait d'une affaire de cœur, un organe que Maria Pia appelait, dans sa langue maternelle, *coração*. Ainsi avait-elle décidé, au risque de passer pour une illuminée, de répondre à quiconque lui posait la question qu'elle s'était lancée sur la route de Montréal pour suivre l'engoulevent d'Amérique. C'était une manière pour elle de dire au curieux de se mêler de ses affaires. Et ce n'était pas tout à fait faux, Pia suivait véritablement la trajectoire migratoire de cet oiseau et s'inquiétait d'ailleurs de ne plus entendre au crépuscule son cri distinctif. Mais le voyage l'avait laissée exsangue. Elle n'avait pas la force d'expliquer ni d'argumenter.

En louvoyant entre les groupes de visiteurs, les trois femmes arrivèrent au bout d'une allée. Pendant le trajet, Pia s'était un peu impatientée. Si elle avait bien compris, ces deux exaltées du lilas n'étaient pas pressées de monter vers le nord. Combien de temps faudrait-il pour atteindre Montréal ? Dans l'état où elle se trouvait, l'idée de parcourir seule les routes des États-Unis était vouée à l'échec. Elle ne ferait pas deux cents kilomètres sans tomber inanimée dans une gare routière ou dans quelque lieu où on la repérerait. Elle n'avait pas d'autre choix pour l'instant que de s'abandonner à ces deux excentriques, quitte, une fois qu'elle aurait repris des forces, à les abandonner pour poursuivre seule sa route.

Une fois à proximité de l'aire du parc réservée aux lilas, Shelly Duncan expliqua à Maria Pia qu'elle avait été professeure d'anglais pendant vingt ans dans une université louisianaise, jusqu'à ce qu'elle se mette à donner en privé des cours de création littéraire à distance s'adressant exclusivement aux femmes. Très vite, ces cours avaient engendré des forums de discussion en ligne très actifs. Elle avait des fidèles partout aux États-Unis. Certaines se contentaient de suivre passivement son blogue de textes littéraires féminins, d'autres participaient activement en soumettant leurs propres histoires qui, si Shelly leur trouvait un certain mérite, étaient publiées dans son blogue.

Mais ce n'est pas la création littéraire qui avait confié Maria Pia aux bons soins de ces deux voyageuses. Si elle était là, à Nashville, en ce beau samedi de printemps, c'était parce qu'elle était en fuite. Le mot « cavale » pourrait paraître un peu fort, mais « fuite » correspondait tout à fait à la situation. Sa destination finale ? Montréal. C'était dans cette ville que Shelly et Laura avaient reçu la consigne de livrer leur passagère.

Shelly et Laura, la chose était connue dans les milieux militants féministes, avaient à leur actif quelques coups d'éclat assez spectaculaires, comme les services de transport vers des cliniques d'avortement offerts à des Texanes désespérées qui vivaient dans des bleds où les interruptions volontaires de grossesse constituaient un crime. Longtemps et souvent, elles avaient répondu à l'appel de groupes militants des grandes villes de l'est des États-Unis, mais elles avaient été vite exaspérées par le manque d'organisation, les tendances violentes de certaines manifestantes, et surtout par l'absence de résultats porteurs obtenus par ces actions qui ne parvenaient dans le meilleur des cas qu'à rendre célèbres certaines figures du militantisme plutôt que les idées défendues. Ces marches de protestation dans les rues bloquées des villes où il fallait faire appel à la police pour ouvrir et fermer le cortège des manifestants leur paraissaient le comble de l'ironie. Elles expliquèrent à Pia que vers la fin des années 1990, elles avaient décidé d'œuvrer seules et d'être utiles dans des cas particuliers qu'elles choisissaient avec discernement. Dans la plupart des cas, leur mission consistait à arracher une femme aux griffes d'un partenaire violent ou à fournir aux militantes accusées de voies de fait ou de méfaits la possibilité de disparaître dans la nature, le temps que les choses se tassent. Elles avaient déjà accompagné jusqu'au Canada des Mexicaines qui voulaient rejoindre leur amante, mais qu'un casier judiciaire rendait indésirables aux yeux des autorités canadiennes.

— Pourquoi le lilas ?

Shelly semblait avoir préparé pendant toute sa vie la réponse à cette question.

— Parce qu'il sent bon. Tout simplement, Maria Pia.

— Tu peux m'appeler Pia.

Leur rencontre était si récente qu'elles en étaient toujours à choisir les mots pour s'adresser la parole sans indisposer l'autre. Quand on voyage à trois dans un camping-car équipé de trois couchettes, d'une kitchenette et de toilettes, ce genre de prévenance est la clé de la bonne entente. Pour Shelly, le lilas était synonyme de bonheur. Originaire de l'État du Maine, elle avait grandi dans une maison blanche entourée de ces fleurs mauves qui, chaque mois de mai, embaumaient sa chambre. Elle associait le lilas à sa mère qui insistait chaque année pour en planter quelques tiges. Bientôt, une forêt de lilas de toutes les teintes, du blanc au mauve foncé, avait poussé sur leur terrain vallonné. Elle raconta aussi à Pia qu'elle avait été violée par son oncle à l'âge de seize ans et qu'elle faisait encore, quarante ans plus tard, d'affreux cauchemars. Le parfum du lilas la calmait, la ramenait à cette époque de sa vie où elle ne se sentait pas souillée. C'était aussi dans le lilas en fleur qu'elle était allée se réfugier ce printemps maudit où l'oncle l'avait agressée. Une semaine après la première attaque, il la cherchait pour récidiver. Dans le feuillage dense des arbustes en fleur, elle avait trouvé une cachette parfaite. Le reste de sa vie, elle l'avait passé au service des livres, qu'elle voyait comme des continents vierges offerts à ceux qui fuyaient la réalité. Pia aima l'image du continent vierge. En Louisiane, Shelly avait longtemps été privée de ce parfum, car le lilas a besoin de l'hiver pour fleurir. Il faut que le sol ait gelé. Plus l'hiver est doux, moins il a envie de fleurir. Elle fit remarquer à Pia que les fleurs qu'elle avait sous les yeux n'étaient pas comparables aux thyrses glorieux qui les attendaient dans le Michigan, en Ontario et au Québec. Mais le but du voyage ne se limitait pas à sentir les lilas du sud au nord de l'Amérique du Nord. Le lilas faisait partie d'une expérience littéraire toute particulière.

Pour Shelly, les effets exercés par le parfum du lilas chez la femme ouvrent des perspectives créatrices infinies. Selon elle, l'homme est en général indifférent au lilas non seulement parce que la société moderne patriarcale et machiste lui interdit de s'émouvoir sur des choses aussi légères que le parfum d'une fleur, mais aussi, tout simplement, parce que le cerveau masculin est incapable de percevoir la charge émotive du lilas. Ainsi, elle avait entrepris avec Laura une expérience d'écriture jamais tentée auparavant. Il s'agissait de rédiger, sous l'influence du parfum du lilas, des textes littéraires. C'était la seule contrainte. Pas d'indications sur la forme, la thématique ou la longueur.

— C'est pour ça que vous suivez le lilas ?

Pour écrire ? Pour la première fois depuis leur rencontre,

les Américaines trouvaient grâce aux yeux de Pia, pour qui l'excentricité était un gage d'intelligence, laquelle engendrait l'admiration, elle-même à la source de toute forme de respect, lequel est un corollaire de l'amour. Sans une petite étincelle d'intelligence, le respect n'était pas possible aux yeux de Pia. Laura et Shelly l'informèrent qu'elles avaient déjà un certain nombre de nouvelles rédigées non seulement par elles, mais aussi par d'autres femmes qui avaient accepté de devenir les cobayes de cette expérience.

— Pourquoi tu n'essaies pas d'écrire quelque chose ? Je veux dire, tu pourrais essayer d'écrire sur ta vie, sur ce qui t'a jetée sur cette route avec nous.

Shelly tendait un stylo et un cahier à Pia qui hésitait. Écrire sous l'influence du lilas ? Elle accepta sans oser avouer à Shelly qu'elle trouvait l'idée brillante pour les autres, mais absolument ridicule pour elle-même, et que si elle daignait le faire, c'était surtout parce qu'elle ne savait pas comment elle passerait le temps pendant que ces deux hallucinées se consacreraient à cet exercice. En les écoutant parler, elle avait compris qu'elle ne serait pas à Montréal avant la mi-mai. Autant se trouver une occupation. Le trio s'immobilisa devant un magnifique 'Madame Lemoine' dont les boutons commençaient à s'ouvrir, libérant dans un rayon de dix mètres un parfum délicat. Shelly et Laura prirent un moment pour se recueillir. Pia ne comprenait rien à leur manège. Laura étendit sur l'herbe une couverture et l'aida à s'asseoir sous le lilas en fleur.

Puis, le phénomène se produisit. Dès que le parfum se précisa, le visage de Pia s'adoucit, toute la tension faciale disparut. Le parfum qui émanait des thyrses blancs – I sur l'échelle de Wister qui sert à classer les couleurs des lilas – provoqua chez elle une expérience proustienne. Il avait suffi d'un effluve pour effacer plusieurs décennies de sa vie et ranimer en elle des souvenirs qu'elle avait crus à jamais oubliés. Au centre de ces images, il y avait un visage. Shelly et Laura ne saisirent pas immédiatement l'ampleur de l'effet que le parfum du lilas exerçait sur leur nouvelle amie. Le phénomène avait quelque chose de religieux. Il fallut une bonne minute pour que Pia revienne à elle.

Le parfum du lilas avait déclenché une réorganisation de sa mémoire, comprimant les souvenirs des décennies les plus récentes, de sorte que le temps écoulé depuis la naissance de sa fille, Simone, en 1970, lui parut n'avoir duré que quelques semaines et n'avoir laissé comme impression que quelques images très peu porteuses. Là d'où elle venait, dans ce pays qu'elle avait quitté en catastrophe pour fuir vers le nord, il n'y avait pas de lilas, car il n'y neigeait jamais. Il y avait d'autres fleurs, d'autres parfums. Elle trouva d'ailleurs assez étrange que Shelly et Laura ne lui aient pas demandé si elle avait des enfants. C'était habituellement l'une des premières questions qu'on lui posait. Mais elle avait compris que ces deux femmes ne faisaient rien comme les autres. L'odeur du lilas avait par ailleurs élargi l'horizon temporel constitué des souvenirs qui précédaient la naissance de Simone. Et l'épuisement extrême duquel elle émergeait lentement la ramenait à ses premiers souvenirs du lieu où elle était née. Shelly et Laura l'ignoraient maintenant, grattant furieusement le papier de leur stylo, lèvres pincées. La main de Pia se mit en mouvement.


*Longtemps, il n'a existé de la ferme Barbosa et du hameau Três Tucanos aucune photographie. En 1937, un Allemand de passage dans l'État du Minas Gerais avait photographié la petite chapelle, la plantation, les cheptels et la douzaine de maisons qui formaient ce bourg sis au bord d'un petit affluent du fleuve São Francisco. Le père d'Hércules Barbosa lui-même avait en vain demandé de faire photographier le grand ipé jaune où s'étaient posés les trois toucans à l'origine du nom du village fondé par son grand-père, un type à qui une voyante de Sabará avait prédit qu'il construirait un empire là où il verrait se poser trois toucans dans l'aube. Aux dires d'Hércules et des plus* anciens du lieu, et il n'y avait aucune raison de douter de leur sincérité, c'est à travers les fleurs jaune serin de l'ipé, probablement le plus bel arbre de l'Amérique latine – ce qui n'est pas peu dire –, que Barbosa l'ancien avait vu un matin de septembre les trois toucans qui accomplissaient la prophétie. La voyante n'avait pas spécifié que les oiseaux devaient être vivants et non taxidermisés, mais Barbosa n'avait pas insisté sur ce détail insignifiant ni sur le fait qu'il les avait accrochés lui-même sur une branche de l'arbre. Il était un artiste dans l'âme. L'ipé jaune se dressait devant des terres extrêmement isolées à la fois fertiles et offertes aux acheteurs.

Entre le moment où notre mère, Amália, a rendu son dernier souffle et l'heure où on l'a mise en terre, il ne s'est pas écoulé plus de vingt-quatre heures. Une semaine à peine avant sa mort, elle avait encore cueilli avec ma grande sœur et moi les baies noires de jaboticaba à même le tronc de l'arbre. Nous en avions tant mangé que Vitória avait souffert de constipation aiguë et de coliques effrayantes, de sorte que c'est plutôt pour elle que nous avions craint le pire, mais la mort ne s'était pas intéressée à la chair trop fraîche de l'enfant. Son départ ne causerait pas encore assez de peine. Déjà que la Faucheuse avait dû traîner son squelette clinquant jusque dans notre trou perdu de l'arrière-pays du Minas Gerais pour exécuter ses basses œuvres, autant repartir avec une prise dont elle se souviendrait. Les petites filles de dix ans, c'était à ses yeux exorbités juste bon pour la ville, les faubourgs, les favelas. Si la Mort devait se donner des cors aux pieds sur ces routes de terre rouge, autant prendre une mère de famille aimée, nécessaire, solaire. La nôtre.

Le cul du monde, la Grande Faucheuse l'avait déjà vu. Il s'ouvrait, béant, quelque part entre Belo Horizonte et notre ferme. Passé cet endroit, notre hameau de Três Tucanos se nichait bien à l'intérieur des entrailles du Brésil, au-delà de son intestin grêle convoluté, quelque part dans un des conduits qui unissent les organes internes de ce grand pays vert, peut-être entre le foie et la vésicule biliaire. Là où personne ne va se mettre le nez. C'est à cet endroit que le vrai Brésil crépite dans la chaleur de la savane, dans la poussière fine qui colle à la langue pendant la saison sèche, qui grince entre les dents comme le fait la poussière de craie dans les collèges des villes.

Je ne sais plus combien de temps ils nous ont laissées contempler la fosse que l'on avait en toute hâte creusée pour accueillir le corps raidi de ma mère. À dix ans, Vitória était peut-être la seule à saisir véritablement la parenté qui unissait le noir dont Aparecida nous avait vêtues et les ténèbres qui s'apprêtaient à avaler le cercueil d'Amália que l'on venait de clouer sous nos yeux. Ni le prêtre ni Aparecida ne s'étaient opposés à ce que nous assistions au spectacle de la mise en terre. Après tout, nous avions été présentes quand la fièvre s'était emparée d'elle ; nous lui avions tenu la main jusqu'au tout dernier jour. Je me souviens que dans les derniers moments de l'agonie, Amália était entrée dans une sorte de crise de douleur mêlée de détresse respiratoire ; son corps bouillant était agité par des convulsions de possédée. Aparecida nous avait chassées de la chambre, mais j'avais laissé Vitória seule avec ses larmes pour retourner à pas de chat la regarder presser sur la tête de ma mère l'oreiller libérateur de tous ses tourments terrestres. Son amour pour elle était si compatissant qu'elle consentait à abréger les souffrances qui avaient fait de sa vie un enfer. Je me souviens d'avoir lu dans le regard paniqué d'Aparecida, qui m'avait surprise en train de l'épier, que nous étions à jamais liées par le secret. Aparecida était de celles qui tutoient la mort et qui obtiennent d'elle certains égards.

Personne n'aurait pu nous empêcher d'accompagner Amália à son dernier repos. Personne, sauf peut-être notre père, Hércules Barbosa, mais ce dernier, retenu par ses affaires à Rio, n'avait pas pu être mis au courant du décès de sa femme dans un repli du Minas Gerais. Aparecida avait réussi à lui parler alors qu'elle était toujours vivante, en se servant de l'unique téléphone de Três Tucanos que le prêtre avait mis à sa disposition. La gorge d'Hércules s'était serrée, son cœur peut-être aussi. Il n'arriverait pas à temps pour l'enterrement. C'est Aparecida qui avait organisé les funérailles, cueilli les fleurs des bouquets et servi le repas aux employés après la cérémonie. Amália avait été enterrée par trois femmes. Les seuls hommes engagés dans l'affaire étaient ceux qui avaient creusé la fosse. Le prêtre de Pirapora n'avait pas été invité.

Le soir de l'enterrement, il faisait une chaleur à pierre fondre à Três Tucanos. Maintenant seule avec nous deux et le personnel, ouvriers et vachers, Aparecida se promenait dans le jardin pour attraper les crapauds sautillant du côté des manguiers autour desquels virevoltaient pares-seusement, dans les derniers rayons du soir, d'obèses chauves-souris frugivores. Quand elle ne trouvait pas ses crapauds là, elle allait faire un tour sous les palmiers buritis. Deux ou trois suffisaient à la tâche. L'affaire était d'autant plus importante ce soir-là, car il s'agissait pour elle de nous divertir par ce numéro auquel elle nous avait habituées. Aparecida libérait les crapauds dans la salle commune et les laissait happer de leur langue visqueuse les insectes que la lumière de la maison avait attirés. Cela rendait service aux crapauds et aux humains, qu'elle disait. Et surtout à elle, car nous refusions de dormir tant que nous n'avions pas vu de nos propres yeux les crapauds avaler les bêtes grises et noires qui peuplaient nos cauchemars. Ensuite, juste avant l'heure du coucher, Aparecida les chassait de la maison d'un coup de balai en leur disant à demain, ce que nous entendions comme une berceuse. Nous chantions encore une chanson pour les crapauds et ne nous opposions plus à ce qu'on nous mette au lit. Le soir des funérailles n'a pas été différent. Comment aurait-il pu l'être ? Aparecida était une nour-rice faite d'habitudes et de règlements. Une fois les filles couchées, elle a allumé encore quelques cierges, a prié les orixás, ceux qui devaient maintenant s'occuper de l'âme d'Amália, et elle est allée dormir, attendant aussi d'eux qu'ils lui soufflent un moyen de nous expliquer que la fièvre jaune avait fauché notre mère alors qu'elle portait un troisième enfant dont nous ne saurions jamais s'il aurait été fille ou garçon. Senhor Hércules arriverait le lendemain.

Oh, Senhor n'est pas resté longtemps, à peine quelques jours pour s'assurer que les caféiers continueraient de produire après son départ et que les bœufs engraisseraient comme à l'habitude. Et elle a tourné, notre ferme. Ce n'était pas la mort d'Amália qui empêcherait le café de pousser et les zébus de paître. Depuis dix ans déjà, c'était Aparecida qui gérait tout. Amália mettait au monde et jouait du piano, ce qui n'était pas tout à fait inutile, je le concède ; cependant qu'Aparecida achetait les bœufs, supervisait la cueillette du café, faisait sécher les grains, engageait la main-d'œuvre et veillait à la bonne marche de la ferme pour Senhor en échange de gages qui lui permettaient de s'acheter deux paires de chaussures par année, assez de tissu pour confectionner cinq robes, une dizaine de livres, le logis, le boire et le manger. Née noire comme la nuit dans un village voisin, elle avait été pour ainsi dire achetée par notre grand-père à quatre ans pour lui servir de ménagère. On lui avait montré à lire et à écrire, à faire les comptes et à vivre comme les Blancs en échange de quoi on la considérait comme une grande sœur. Ce destin inattendu pour une petite fille d'esclave la ravissait, elle me l'a souvent dit. Des amis militants m'ont conseillé de me l'imaginer heureuse dans cette aliénation. Je n'y suis jamais arrivée. Si le père d'Hércules ne l'avait pas sortie de la misère, elle aurait tout au plus vécu quelques années avant d'être emportée par la famine, la maladie ou la violence, comme ses frères et sœurs dont aucun n'avait vécu assez longtemps pour se préoccuper de ses cheveux blancs.

Arrivée dans la plantation comme servante, Aparecida en était à vingt-cinq ans l'intendante officielle. S'en étonnaient d'ailleurs les rares voyageurs qui aboutissaient dans ce trou perdu, à six heures de route du port fluvial de Pirapora. Comment Hércules s'était-il résolu à confier à une femme, noire de surcroît, le soin d'administrer ces milliers de bœufs et autant de caféiers ? Tout simplement parce que personne n'aurait consenti à se perdre aussi loin dans les entrailles des Gerais, où l'honnête homme n'aurait même pas trouvé un bordel à moins d'une journée de voyage. Ce n'est pas à l'ouverture d'esprit d'Hércules Barbosa qu'Aparecida devait son ascension sociale, mais plutôt à son indifférence devant la mécanique de la création du profit. Il fallait donc écouter Aparecida, seule tête organisée ayant accepté de régner sur ce petit royaume du bout du monde. Et elle ne coûtait rien. Mais, si étonnante et inespérée que fût la destinée d'Aparecida à Três Tucanos, celle des filles de la très regrettée Amália le serait encore davantage. Mais rien encore ne laissait présager une vie extraordinaire pour ces deux filles de planteur nées sur le dos du morpion qui monte sur le poil qui pousse sur la verrue qui croît sur le cul du monde.

C'était le monde d'avant Thiago, d'avant Paris et d'avant Thérèse. J'étais à ce stade où les premières lectures organisent dans l'esprit de l'enfant le monde qu'il essaiera de trouver dans la réalité au fil de ses voyages et de ses errances. Nous savions toutes les deux lire, ma sœur Vitória et moi, certes, mais j'étais la seule à considérer la lecture comme un miracle. Comment appeler autrement cette capacité qu'ont les lettres noires à jeter sous les yeux de l'enfant un paysage, une ville, un monde ? Jamais ne s'est émoussé le plaisir que j'ai éprouvé, petite fille, à voir jaillir la réalité à travers les vingt-six lettres de l'alphabet. Pour Vitória, la lecture n'était qu'une convention, une autre manifestation de l'arbitraire du sens. Elle ne donnait au mot écrit qu'une importance temporaire. Les mots lui servaient à fixer la pensée pendant un temps, mais ils ne devaient pas la brider. Chez moi, l'apprentissage de la lecture avait coïncidé avec une multiplication inexplicable de ma personnalité, je veux dire par là de l'image que je me faisais de ma personne. Chaque fois que je lisais, et cela pouvait se produire même avec les textes les plus ingrats, j'avais l'impression de devenir une autre personne. Il n'était pas nécessaire que les mots soient organisés dans une histoire pour enfants pour que je me sente transformée et investie par eux, car les compositions les plus anodines, comme un écriteau « chevaux à vendre », arrivaient à stimuler mon imagination. Qui les vendait ? Pour quelles raisons ? Était-ce parce qu'il n'arrivait plus à les monter ou à les nourrir ? Le vendeur aurait-il de la peine de les voir partir ? Toutes ces questions me hantaient à la simple lecture de trois mots. Pourtant, j'étais particulièrement sensible aux contes que me lisait Amália avant la piqûre de moustique fatidique. Pour ma sœur, les personnages des contes de fées vivaient dans un monde parallèle sans la moindre emprise sur la réalité de Três Tucanos ; pour moi, l'identité et la destinée de ces créatures se superposaient aux miennes, elles devenaient des promesses à réaliser dans l'avenir.

Pour nous consoler de la mort de notre mère, Hércules avait apporté sa guitare. Deux semaines après sa mort, il poussait la chanson nordestine qui lui avait servi à la conquérir, onze ans auparavant, cette chanson que je chantais à Thérèse quand nous marchions le long du canal Saint-Martin… Tu não te lembras da casinha pequenina, onde nasceu o nosso amor ? *Tu te souviens de la petite maison où est né notre amour ?* Vitória la reprenait de sa voix fluette tandis que moi, je peinais à apprendre les mots, mais je me souvenais toujours de mon vers préféré… Tinha um coqueiro do lado, coitado já morreu… *Il y avait un cocotier à côté, déjà mort il est…* L'image de ce cocotier mort m'accompagne toujours, c'est le souvenir de ma mère. Puis Aparecida a pris sa place, la fille noire à élever, celle à qui on avait demandé de cesser de laver le linge quand on s'était rendu compte qu'elle avait une mémoire hors de l'ordinaire, capable de se souvenir de tout, des chiffres autant que des lettres, et qu'elle savait aussi, toute noire qu'elle était, donner les ordres qu'il faut donner pour qu'une plantation roule et qu'un élevage rapporte. Si bien qu'Hércules, constatant que nous avions pour lui les regards craintifs que l'on réserve d'ordinaire aux loups, a été bien content de retourner à Rio de Janeiro.

Ma sœur et moi avons été envoyées pendant les années 1950 au pensionnat, à Belo Horizonte, pour y recevoir une éducation à la hauteur des moyens d'Hércules, selon la volonté d'Aparecida qui ne voulait pas nous voir fleurir sous les yeux avides des employés de ferme. « Elles n'en seront que plus mariables, Monsieur Hércules. Laissez les religieuses et quelques professeurs guindés leur enseigner les rudiments du français, la musique et la littérature portugaise, et vous verrez bientôt des hommes de bien faire la queue devant vous pour devenir leur mari. » Aparecida avait vu juste. Le Colégio Sacré-Cœur-de-Marie appartenait à cette classe d'institutions fondées quelques années après l'émergence de la république, dans le dessein de former des épouses convenables pour les ambassadeurs qui représentaient le Brésil à l'étranger. Cette tâche avait été confiée comme il se doit à des religieuses européennes, à l'origine des Portugaises qui avaient ensuite formé des Brésiliennes pour poursuivre leur œuvre. Je me souviens encore de mère Crucifixo, dont le nom en religion en dit assez sur la discipline qui régnait dans cette institution. Il me semble aussi me rappeler mère Visitação et mère Assunção. C'était le genre d'école où en plus du latin, du français et de l'économie familiale, on nous apprenait qu'il fallait toujours poser le poignet sur le bord de la table au dîner, l'avant-bras parfois, mais le coude, jamais. Toujours-parfois-jamais. Les autres pensionnaires étaient toutes des filles de la bourgeoisie du Minas Gerais, certaines venaient de très loin, de bleds reculés, mais Vitória et moi étions les seules de Três Tucanos, bien évidemment.

*Nous étions aussi probablement les seules qui savaient grimper aux arbres, attraper une poule par le cou, et qui avaient un jour espionné un employé de la ferme en train de monter une taure qui suivait de son regard placide le vol d'un papillon. Les larmes sont restées le souvenir le plus marquant de ma première année chez les sœurs, non pas les miennes, mais celles des autres, ces filles dont les parents s'étaient résolus à dépenser des sommes folles pour garantir que leur petite princesse attirerait au moment voulu un parti fortuné, de préférence un étudiant en médecine, en ingénierie ou en droit, dans cet ordre précis. Du jour au lendemain, ces pauvres petites se retrouvaient loin de leurs nounous aimantes et caressantes, perdues dans ce grand bâtiment donnant sur la rue Professor Estêvão Pinto et dont le terrain et les dépendances occupaient tout un pâté de maisons entre les rues Alumínio et Palmira. Moi, je ne pleurais que quand je pensais à Aparecida, qui avait pris la place de ma mère dans mon cœur. Autrement, j'étais assez heureuse chez les religieuses, du moins au début. J'aimais l'uniforme qu'on nous obligeait à porter.*

*En plus des filles de familles fortunées, comme moi et Vitória, il y avait au pensionnat un groupe de jeunes filles pauvres qui portaient un uniforme à carreaux rappelant les tenues d'orphelinat. Ces filles suivaient des cours différents, avaient leur propre dortoir et étaient souvent affectées à des tâches ménagères de nettoyage. Il était presque interdit de leur adresser la parole. Alors, quand on me reproche de ne pas avoir connu le vrai Brésil, d'être une privilégiée, je me rappelle toujours ces filles qui vivaient à nos côtés, mais pour qui on avait décidé d'un avenir différent. Malgré l'existence de ce groupe de défavorisées, je n'oserais jamais dire que le Colégio était un microcosme du pays où j'ai grandi. Pour ça, il aurait fallu qu'il y ait au moins quelques Noires et des garçons ! Pour moi qui considérais Aparecida comme l'être le plus nécessaire du Brésil, la composition ethnique du collège se voulait une mise au point utile. Aparecida n'avait* jamais mis les pieds à Belo Horizonte. C'est Hércules qui nous avait laissées aux soins de la prieure. Quand il a demandé si nos tantes qui vivaient à Belo Horizonte auraient le droit de nous rendre visite le dimanche ou un autre jour, elle lui a répondu que la chose était permise, pourvu qu'elles soient vêtues de manches longues, qu'elles portent des bas et qu'elles ne soient pas « visiblement » enceintes pour éviter aux religieuses d'avoir à répondre à des questions embarrassantes des autres pensionnaires.

Nous ne restions à la ferme que pendant les vacances scolaires. Autrement, nous logions à Belo Horizonte sous la garde des religieuses du collège Sacré-Cœur-de-Marie, autrement dit, dans un établissement à sécurité presque maximale. Mais cette absence de liberté était compensée par la présence de livres qui donnaient à l'oie blanche que j'étais la preuve irréfutable de l'existence d'un monde vaste et mystérieux qui s'étendait bien au-delà des frontières des Gerais et du Brésil, un monde de romans, d'idées et de gens que je me promettais de rejoindre à la première occasion. Comme il n'y avait rien eu avant, Belo Horizonte m'est apparue comme une mégapole du futur avec son plan urbain quadrillé, ses édifices à étages et ses magnifiques avenues de palmiers sur Praça da Liberdade. J'ai tout de suite aimé ses bruits, son vacarme, son tumulte, cette capacité qu'ont les vallons de cette ville de vous épuiser au terme d'une simple promenade d'une heure, sa lagune artificielle, tout ce qui brille et qui pétille, qui promet ordre et progrès. Belo Horizonte, je l'ai aimée avant de la voir. Et ce nom… C'est comme si on l'avait fait exprès ! Qui ne voudrait pas d'un bel horizon ? Ainsi, le collège et ses lectures ont marqué pour moi une sorte de seconde naissance ou du moins la promesse d'une vie différente, car je fais partie de ces gens qui cherchent dans leurs lectures un monde hospitalier où tomberaient les limites de leur existence. Souvent, ce monde était l'Europe, puisque la plupart des lectures recommandées par les sœurs y étaient campées. Je savais donc que je partirais. Le jour *où le photographe est arrivé au collège, tous les murs sont tombés. Mon navire était arrivé. Il s'appelait Thiago.*

Sous le regard amusé de Laura et Shelly, qui ne produisaient au mieux qu'un paragraphe par jour, la main de Pia, comme possédée par un esprit, laissa tomber le stylo. Elle poussa un petit cri de douleur en se massant le gras du pouce pour faire passer une crampe. Puis, épuisée dans la lumière de la fin de l'après-midi, elle s'étendit sur la couverture qui servait de tapis aux trois femmes.

— On va rentrer dormir dans notre château roulant. As-tu faim, Pia ?

— Oui, j'ai très faim. Je veux de la viande.

— Nous sommes végétaliennes.

— …

Muette de dégoût, Pia maudit pour la première fois l'idée de ce voyage impossible et rêva d'un steak à point pendant qu'elle mastiquait le ragoût de pois chiches que Shelly lui servit dans le camping-car avant de l'installer sur une couchette confortable où elle ronfla toute la nuit.

# Comme preuve d'amour
## et de considération

Le lendemain, elles empruntèrent l'autoroute 65 qu'elles quittèrent au profit de routes secondaires une fois arrivées dans le Kentucky. Toujours en train de roter un excès de coriandre, de curcuma et de cumin, Pia pensa en voyant le nom de l'État qu'elle arriverait peut-être à y trouver un poulet. Puis elle eut honte en dépit de toutes ses lectures et de sa culture de n'avoir eu rien d'autre à associer au nom de cet État américain qu'une volaille frite et choisit de se taire. Elle agirait seule au moment opportun. Son système digestif protestait contre ces nouvelles épices. Les lentilles auxquelles son intestin n'était pas habitué lui causaient d'affreuses flatulences et des crampes horriblement douloureuses dont seuls les élancements qui remontaient de ses pieds arrivaient à la distraire. Longtemps elle ressentirait les séquelles de cet incroyable périple qui l'avait menée jusqu'à Nashville. La veille encore, au coucher du soleil, Pia avait tendu l'oreille pour entendre le cri de l'engoulevent. Rien. L'avait-elle dépassé ? Contournait-il le Tennessee et le Kentucky ? Elle n'osait pas confier son inquiétude à Shelly et Laura par crainte de les froisser, qu'elles finissent par croire qu'elle faisait davantage confiance à un oiseau pour la mener à bon port. Au crépuscule, à l'heure où l'engoulevent d'Amérique pousse son cri, elle tendait une oreille, remplie d'espoir, mais ne trouvait que déception dans le silence du soir. Ou encore, d'autres oiseaux poussaient des chants qui lui étaient inconnus. Patience, Pia…

Selon les sources de Shelly, un vaste bosquet de lilas les attendait dans ces parages. Elles le trouvèrent, majestueux et ondulant, à côté des ruines d'une vieille maison de ferme. Ce n'était pas le plus beau bosquet de lilas du monde, cela s'entend. Pour un bon lilas, il faut une terre qui a bien gelé. Celui-ci était déjà éclos en première semaine d'avril. Elles l'avaient trouvé derrière un petit monticule, c'était son parfum qui les avait alertées. Le propriétaire de la maison, un fermier sans âge qui se consacrait à l'élevage des cailles, ne s'opposa pas à ce que les trois femmes déploient leur couverture au pied de son lilas en début de floraison. C'était un spécimen bleuâtre III sur l'échelle de Wister. Laura expliqua qu'étant donné l'endroit où il se trouvait et la taille de son tronc l'arbuste ne pouvait être autre chose qu'un *Syringa vulgaris*, un lilas commun apporté par les premiers colons. Pia sourcilla. Elle n'avait rien à voir avec cette histoire de lilas. Tout ce qu'elle voulait, c'était qu'on l'amène au Canada. C'était le marché qu'elle avait conclu. Pourtant, feindre l'indifférence devant ce qui était visiblement une obsession pour ses accompagnatrices risquait de passer pour un manque de politesse. Elle se risqua.

— Apporté par les colons ? Ce n'est pas une plante américaine ?

Shelly et Laura s'immobilisèrent pendant deux secondes, comme si on venait de leur dévoiler la date et l'heure de leur mort. C'est Laura qui dut s'occuper de faire l'éducation de Pia.

— Ma chérie, on va te trouver des papiers pour traverser la frontière, mais pas avant Détroit. D'ici là, il vaut mieux te familiariser avec le lilas.

— Qu'est-ce que tu veux dire ?

— Je veux dire que nous allons traverser la frontière canadienne de manière illégale, car il est hors de question, étant donné ce que tu sais, que tu montres tes vrais papiers.

— Et alors ?

— Et alors, si tu veux arriver au Canada, tu ferais mieux de te familiariser avec l'abc du lilas, question d'être crédible. Le lilas est notre alibi. Nous suivons cette route chaque printemps depuis huit ans. On ne sait jamais, mais si on te pose des questions, il ne faut pas que tu aies l'air d'une ignorante, tu me suis ?

Entre se faire appeler *ma chérie* par cette Portoricaine yankisée, s'abstenir de manger de la viande et se voir forcée d'étudier la botanique historique, Pia ne savait pas ce qu'elle ferait valoir comme circonstance atténuante dans un futur procès pour meurtre. Elle fut tentée de courir vers le premier téléphone, d'appeler l'ambassade du Brésil à Washington pour se livrer vive à son personnel et exiger qu'on la ramène chez elle, peu importe les conséquences. Assise sous l'arbuste, engoncée jusqu'au cou dans un anorak – printemps ou pas, elle frissonnait dans ce pays glacé dans sa laideur –, Pia, résignée, écouta Laura lui raconter l'histoire du lilas en retenant ses gaz de toutes ses forces. Accompagnant son récit de larges mouvements des mains, Laura se lança dans un exposé sur le lilas dans l'Antiquité.

Pan, divinité grecque, mi-homme, mi-bouc, au regard rusé et à la barbiche concupiscente, convoite les deux sexes. Il fréquente les satyres, ces créatures mi-cheval, mi-homme, souvent représentés avec un pénis en érection, qui symbolisent mieux que tout la brutalité érotique de la jeunesse. Pan et les satyres *consomment* leurs proies, qu'ils abandonnent après un dernier râle, souillées de leur semence, haletantes, gémissantes, incertaines de ce qui vient de leur tomber dessus. Grâce à ses pattes d'ovin, Pan saute d'un rocher à l'autre et se rit des obstacles que la nature place entre lui et les tendres nymphes qu'il aime pourchasser pour les posséder sauvagement au grand soleil, à l'ombre d'un bocage ou dans l'eau fraîche d'une crique. Le mot « panique » nous viendrait de Pan, protecteur des troupeaux et des bergers. Ses cris terrifiants sont capables d'engendrer l'hystérie des foules. On dit que celui qui le voit devient fou. Ainsi, lorsque la jeune et jolie nymphe Syrinx, qui descend du mont Lycée, se rend compte qu'elle est poursuivie par cette bête, son premier réflexe est de se mettre à courir. Mais le monstre la prend en chasse. S'ensuit une course folle de monts en vaux à travers la campagne. À bout de souffle, épuisée, sur le point d'abandonner pour céder sa virginité à cette créature rustre en érection, Syrinx atteint les berges du fleuve Ladon en poussant de petits cris pour alerter ses sœurs qui vivent sous l'onde. Elle entend le claquement des sabots de Pan s'approcher d'elle, bientôt il la saisira par l'épaule. Syrinx implore les nymphes du fleuve de la métamorphoser en végétal. Celles-ci s'exécutent avec plaisir, car elles ont très peu de patience pour cette bête mal élevée dont la gueule écume maintenant de volupté anticipée. Les bras de Pan se referment sur une touffe de lilas en fleur. Il piaffe, il grogne, il bêle, mais c'est peine perdue, Syrinx lui a échappé. Il devra insérer ailleurs son membre sur le point d'exploser. Dépité, il s'assoit sur la rive du fleuve pour réfléchir. Il mordille les branches du lilas dont le goût extrêmement amer le fait grimacer. Étonné, il constate qu'elles sont creuses. L'idée lui vient de couper des bouts de branches de diverses longueurs pour s'en faire une flûte. Cet instrument qu'on appelle syrinx, ou flûte de Pan, sera son prix de consolation pour ne pas avoir réussi à posséder Syrinx. C'est donc du grec que nous vient le nom scientifique du lilas, celui qui pousse partout, à flanc de montagne comme dans la plaine, le *Syringa vulgaris*. En se servant de ce nouvel instrument, Pan parvient pour la première fois à produire un son qui ne soit pas effrayant et qui arrive même à envoûter, pourvu que l'on comprenne qu'il n'est que la manifestation musicale du vent expulsé des entrailles d'un…

Laura n'eut pas le temps de terminer sa phrase que Pia, incapable de résister une seconde de plus, laissa échapper un pet sonore. Elle rougit de honte.

— Pardonne-moi, Laura ! Ton histoire est intéressante, mais ce sont vos lentilles, je n'ai pas l'habitude… Chez moi on mange de la viande. Je souffre le martyre !

Lorsque les rires eurent cessé, Shelly s'engouffra dans le camping-car pour en ressortir quinze minutes plus tard avec une thermos contenant un liquide fumant. Elle en remplit une tasse qu'elle tendit à Pia.

— C'est une infusion de feuilles de lilas. Attention, c'est très amer. Mais ça va te faire passer tes flatulences et tes crampes.

À l'instar de Pan, Pia grimaça en goûtant le breuvage.

— Le goût n'a rien à voir avec le parfum. Eurk !

— Ça va te faire du bien. Ce soir, je te ferai des cataplasmes avec une décoction de lilas pour tes douleurs aux pieds.

— C'est très gentil, mais je suis sûre qu'un peu d'ibuprofène fera l'affaire. J'ai déjà lu cette histoire, Laura. Je pense que tu te trompes de plante. Les nymphes du fleuve ont transformé Syrinx en roseau, pas en lilas. La flûte de Pan est faite de *roseaux* !

Shelly et Laura croisèrent les bras et se turent pendant deux bonnes minutes, assez pour que Pia comprenne qu'il valait mieux ne pas mettre en doute la toute-puissance du lilas. Elle tenta de se rattraper.

— Ou peut-être qu'il y a plusieurs versions de cette histoire… C'était peut-être du lilas, tiens. Pourquoi pas ?

— Il n'y a pas de « peut-être » qui tienne ! C'était du lilas !

— Oui, Laura, c'était sûrement du lilas. Je suis sûre que la version avec les roseaux a été inventée pour nous, les gens du Sud qui ne connaissent pas le lilas, ça doit être ça !

Laura reprit son exposé laudatif. Là où il y a un hiver, le lilas s'installe. Si vous l'abandonnez, il survivra sans problème tant qu'il aura du soleil. Sa capacité à s'adapter aux conditions les plus rudes fait de lui un candidat idéal pour le voyage vers le Nouveau Monde, de sorte que l'on sait qu'il faisait partie des plantes ornementales que les premiers colons ont apportées en Amérique pour se sentir chez eux, peut-être pour servir d'ambiance florale pendant le massacre perpétré contre les Amérindiens, mais personne ne sait exactement qui a planté le premier *Syringa vulgaris* en terre d'Amérique. On soupçonne les Français d'Acadie et de Québec, mais le diamètre des troncs de lilas de Portsmouth, au New Hampshire, nous incite à penser que l'arbuste est arrivé dans toutes les colonies américaines neigeuses à peu près en même temps que la variole, le typhus et le christianisme. Au Michigan, sur l'île Mackinac dont le nom signifie « la bosse de la Grande Tortue », on sait que l'explorateur Jean Nicolet en a planté en 1634. De nos jours, l'île célèbre chaque année un festival du lilas. À part peut-être la Russie, le nord-est de l'Amérique du Nord est l'endroit qui offre la plus haute densité de *Syringa vulgaris*.

Pia écoutait Laura, pensive. Pour montrer qu'elle avait bien appris sa leçon, elle résuma non sans sarcasme :

— Alors, je résume : c'est une plante étrangère dont le nom nous vient d'une histoire de viol sordide perpétré par un voyou notoire de la mythologie. Pour avoir commis le crime d'avoir plu à Pan, Syrinx a été transformée en un arbuste à jamais. C'est ça ? C'est la version officielle que tous les douaniers canadiens ont apprise par cœur ? Tu crois que je pourrai m'en sortir en disant ça ?

Stoïque, Laura prit le parti de sourire à cette provocation. Shelly lui versa une autre tasse d'infusion de lilas. Elle avait l'habitude de ce genre de réaction à ses tirades. Les femmes qui voyageaient dans leur camping-car en venaient toutes à perdre un peu patience devant le lilas. Mais elles avaient pris Pia en affection parce qu'elle était la seule, parmi toutes celles qu'elles avaient un jour aidées, à écrire aussi furieusement. La plupart des voyageuses refusaient le papier qu'elles leur tendaient, contrairement à Pia chez qui le parfum du lilas semblait avoir déclenché un phénomène similaire à une transe d'écriture automatique. Comme elle écrivait en portugais, il leur était impossible de connaître la teneur de son inspiration, mais elles avaient noté que Pia était plus calme après avoir écrit. Elle se plaignait moins de ses douleurs aux pieds et limitait ses sarcasmes sur l'Amérique. Elle cessait de dire des bêtises, comme de prétendre que les gens du Kentucky étaient plus laids que les vaches dans les champs. Comme le jour passait et qu'elle voulait quand même écrire un peu avant le coucher du soleil, Laura tendit à Pia le cahier qu'elle avait commencé à noircir la veille. La Brésilienne le saisit comme s'il s'était agi d'une bouée de sauvetage.

*Thiago Guimarães Vieira da Conceição était photographe de seconde génération, premier homme autorisé à photographier d'abord une à une, puis par groupes, les étudiantes du collège Sacré-Cœur-de-Marie de Belo Horizonte. Son arrivée dans l'enceinte du collège avait causé un certain émoi. Même quand il n'était pas bardé de son équipement de photographe, Thiago ne passait pas inaperçu. C'est Vitória qui l'avait vu d'abord, car c'est son groupe qu'on avait appelé en premier. L'image du coq dans le poulailler pourrait venir à l'esprit, mais à bien y repenser, ce serait mal le connaître. Thiago était le renard. Mais nous ne le savions pas encore. J'étais dans la salle d'étude du collège quand les premiers bruissements de la nouvelle me sont parvenus. Des filles plus jeunes ricanaient devant moi. Je ne les connaissais que très peu. Elles m'ont informée qu'un beau garçon, flanqué d'un assistant, était arrivé au collège, portant sous son bras un appareil-photographique, ce qui à l'époque lui garantissait une entrée remarquée, où qu'il aille.*

*Très peu d'hommes, je crois, comprennent avant d'avoir atteint un certain âge leur valeur réelle sur le marché des amours. Dans le cas de Thiago, la chose lui avait été exposée de manière tout à fait claire quand, le jour de ses quinze ans, son oncle avait décidé de le déniaiser dans un bordel de Belo Horizonte. Il m'a raconté que son* oncle avait choisi une prostituée qui, après l'avoir toisé longuement, avait décidé d'offrir gratuitement ses services. Devenue spirite, disciple d'Allan Kardec au Brésil, elle était convaincue qu'elle était en train de dépuceler la réincarnation d'un prince polonais dont elle prétendait avoir été l'amante avant d'avoir été forcée à l'exil après la guerre. Il avait selon elle le même regard, et son sourire tendre promettait les mêmes voluptés. L'oncle m'avait plus tard confirmé l'histoire en précisant que cette femme se faisait passer pour une Française pour pouvoir pratiquer des tarifs plus élevés. Il avait même offert une parodie du mauvais accent français qu'elle imitait, roulant les « r » à l'appui : « Thiago, je vais te montrrrer l'amourrrr... » L'oncle se trouvait très drôle.

Pour tous ses autres neveux, il avait dû payer le prix normal pour un dépucelage. Pour Thiago, la pute n'avait voulu d'autre monnaie que ses caresses. On disait d'elle qu'il lui arrivait, étendue sur le dos pendant qu'un puceau la bourrait, de changer la station de la radio qu'elle avait au-dessus de son lit. Pendant les trois minutes qu'avait duré le dépucelage de Thiago, elle n'avait pas touché à son poste de radio, mais avait regardé pour une fois dans les yeux le garçon qui était sur le point de m'arracher à Belo Horizonte, à mon bel horizon.

Thiago avait ce que l'on peut appeler une beauté objective. Personne ne l'aurait trouvé laid, sauf peut-être le plus amer de ses rivaux. Ainsi, quand son père lui a confié la tâche de prendre en photo chacune des collégiennes du Sacré-Cœur-de-Marie, la notion de l'Immaculée Conception nous est apparue comme une idée tout à fait relative, contingente, et je dirais même, facultative.

J'ai dû attendre un jour encore avant d'être autorisée à m'en approcher, car il avait débuté par les autres classes. Tout a commencé à cause d'un refus de sourire. Après la photo de groupe, nous avons fait la queue pour les portraits individuels. Comme les sœurs étaient présentes, je ne souriais pas. Les autres filles, visiblement impressionnées *par notre photographe, avaient toutes le visage traversé par le même rictus idiot. Toujours pleines d'esprit, les religieuses nous ont dit plus tard qu'elles-mêmes avaient été décontenancées par la douceur du visage de Thiago, qu'elles comparaient à celui du Christ sur un tableau de la Cène qui décorait le réfectoire : « Souverain et suave. » Quand je les ai vues sourire, ces corneilles, mon unique pensée fut leur visage bovin quand, au matin, elles surveillaient nos ablutions. J'imagine que, les jours qui ont suivi la visite de Thiago au collège, elles ont dû en servir des « Ne frottez pas trop, là, en bas… » et des « Pensez au Christ sur la croix… ». Les pensionnaires ont donc toutes souri comme des nouilles au moment du déclic, sauf moi. Je le regardais droit dans les yeux. Bien sûr que je le trouvais beau, Thiago. Personne ne serait resté indifférent devant ce magnifique garçon. Mais ce qui me fascinait en lui était autre chose. Je l'enviais, oui, mais pas pour les raisons auxquelles on pourrait penser. Toutes ces filles folles de lui, qui l'auraient suivi n'importe où, je trouvais cela encombrant. Ce qu'il avait et que je n'avais pas, c'était la faculté d'immobiliser l'instant dans la chambre noire. Grâce à lui, l'image acquérait une durée et je maudissais la nonchalance avec laquelle il réglait son compte à l'évanescence. Il était capable de transformer la seconde en siècle, le furtif en toujours. Je sais que pour une adolescente, cela peut paraître étrange, mais c'est pour cette raison que je ne lui souriais pas et qu'on ne voit mes dents sur aucune des photos du collège. Arrivait cet être insolent de liberté, beau à s'en confesser et qui semblait de surcroît avoir la maîtrise du temps. Puisque je ne souris pas, j'ai le regard neutre de celle qui tente par tous les moyens de faire bonne contenance. Je pense que si j'avais souri comme toutes les autres filles qui étaient disposées à faire bien davantage pour Thiago, il ne m'aurait jamais fait envoyer ce mot par le livreur de fromages. Et cela aurait mieux valu pour moi, pour lui et pour tout le monde. Cachée dans une caisse de faisselles* minéroises, sa première enveloppe contenait une photo de lui et un mot : « Je veux vous revoir. »

À l'heure de notre entrée au cycle moyen, nous avons été autorisées, comme toutes les autres pensionnaires du collège, à prendre le tram sans être accompagnées de religieuses. Ces petites permissions avaient pour but, selon la prieure, de nous enseigner le sens du jugement et du maintien en public, comme s'il fallait nous initier à petites doses, captives que nous étions, au contact de la ville et des citadins. Nous ne sortions évidemment jamais seules. C'est donc en compagnie de Vitória que je descendais l'avenue Afonso Pena les samedis après-midi dans l'espoir d'y croiser le beau Thiago, qui avait été instruit de nos allées et venues par voie de billets dissimulés. Il montait deux arrêts après nous, jouant l'innocent, feignant d'être à ses affaires, mais ne me lâchait pas des yeux, sauf pour se plonger dans la lecture d'un de ces imprimés remplis de photos de vedettes de la chanson brésilienne qu'il abandonnait toujours sur le banc avant de sortir, non sans l'avoir farci de poèmes d'amour qui m'étaient adressés. Il y était souvent question de mes yeux noirs, de mon visage qu'il qualifiait de sévère, et du jour-où-enfin.

Vitória semblait se délecter de ses poèmes et de la situation en général. Beaucoup plus que moi, elle appréciait ces magazines qui nous donnaient à voir le visage des voix de la radio. Puisque les ondes n'atteignaient pas notre ferme, c'est en ville que nous avons découvert les mélopées langoureuses de la samba-canção et les premiers chuchotements de la bossa-nova qui allait bientôt marcher sur le monde. Cette cour discrète mais efficace dans les transports publics a duré quelques mois. Vitória me disait que je jouais avec le feu sur tous les plans, d'abord en acceptant les invitations de Thiago à désobéir aux sœurs, puis en m'entêtant à ne pas lui sourire. Selon elle, il allait finir par se lasser. Moi, j'avais peur qu'après avoir obtenu le sourire qu'il cherchait il appuie sur le bouton et dise : « Suivante ! »

Comme nous avions le droit de sortir, nous aurions facilement pu participer à ce que nous appelions à Belo Horizonte le « footing ». C'était une activité fort simple : il s'agissait pour les filles de marcher en petites grappes de haut en bas de Praça da Liberdade, le long des palmiers impériaux ou de l'avenue Afonso Pena, pour passer devant des groupes de garçons qui marchaient de l'autre côté de l'allée. Je pense qu'il y avait aussi des footings dans d'autres lieux de la ville. Je ne sais pas d'où est arrivée cette tradition de parade nuptiale. En tout cas, le beau Thiago ne participait pas à ces promenades, ce qui le rendait d'autant plus mystérieux à nos yeux. Nous le cherchions parmi les groupes de garçons qui nous regardaient à la dérobée en tentant de faire les indifférents, mais nous ne le trouvions pas.

Au fil des lettres cachées et des promesses griffonnées au crayon, Vitória a eu l'idée en apparence brillante de l'inviter à Três Tucanos pour prendre des photographies de la ferme. Pour que ça marche et pour ne pas éveiller les soupçons, il fallait cependant convaincre Aparecida de le rémunérer. Pour avoir toutes les chances de réussir, nous avions convenu qu'il contacterait lui-même Aparecida par courrier. Il avait préparé un dossier si convaincant qu'Aparecida en a parlé à mon père qui était en visite. C'est d'ailleurs de lui que nous avons appris que notre ruse avait fonctionné. Quand il rentrait à Rio de Três Tucanos, Hércules s'arrêtait toujours à Belo Horizonte pour prendre un repas avec nous. Il restait quelques jours en ville, prenait probablement le temps de s'arrêter au bordel, mais n'avait à nous consacrer que quelques heures. Je crois que cette pingrerie affective attristait ma sœur plus que moi, car j'avais depuis longtemps compris l'inutilité de cet homme, je veux dire, sur le plan émotif. Je ne comprends pas ces gens qui tentent par des thérapies qui n'en finissent plus de refaire leurs rapports avec leur père. J'avais déjà compris à cet âge qu'Hércules ne servait à rien. Il nous a emmenées manger dans une *sorte de foire agricole où l'on vendait aux enchères des bêtes de ferme. C'est aussi ce jour-là qu'il a commencé à parler du fiancé qu'il avait trouvé pour Vitória. Il semblait penser que j'étais jalouse.*

*— Pour toi, je n'ai encore personne, mais ne t'en fais pas. Tu seras mariée avant d'avoir vingt ans.*

*Je me souviens qu'à vingt mètres de nous le crieur s'époumonait à écouler un lot de génisses et de truies qu'il qualifiait de « délicieuses ». Je ne pouvais m'empêcher de penser que mon père avait pour Vitória et moi les mêmes égards que ce vendeur pour ces bêtes. Des créatures à livrer au plus offrant. Nous le laissions parler. Vitória semblait emballée à l'idée de se marier. Quant à moi, à vrai dire, pour que l'on comprenne les décisions que je prendrais plus tard, j'insiste pour dire que, bizarrement, je voyais en Thiago la personne qui me permettrait d'échapper au mariage. C'était bête comme ça. J'ai mis des années à le comprendre, mais ce photographe me semblait la dernière chance d'échapper au plan de mon père qui consistait, n'ayons pas peur des mots, à me vendre comme son père avait acheté Aparecida et comme ce crieur était en train de vendre ces truies et ces génisses. Il s'agissait donc de battre Hércules à son jeu, de lui couper l'herbe sous le pied. Oui, à bien y repenser, c'est peut-être par dépit pour les projets d'Hércules que j'ai poursuivi Thiago avec un tel aplomb.*

*— Aparecida a trouvé un professionnel à Belo Horizonte pour faire des photos de la ferme. Je vais lui demander de vous photographier toutes les deux, ça facilitera mes démarches. Vous serez à Três Tucanos à Pâques.*

*Autant Vitória a pu être charmée par l'idée d'être, tel un zébu, l'objet d'un négoce, autant j'ai eu envie de crier. Nous n'avions pas encore compris qu'Hércules avait la ferme intention de vendre ses propriétés du Minas Gerais et que ces photographies l'aideraient à trouver un acheteur non seulement pour ses terres et ses bœufs, mais aussi pour ses deux filles encombrantes. Je pense qu'Aparecida* ne devait pas être au courant. Autrement, pourquoi faire photographier cette ferme qui ressemblait à toutes les autres de la région ? Hércules nous a raccompagnées au collège. C'est la dernière fois que je l'ai vu. J'avais dix-sept ans.

Au collège, les filles avaient séché leurs larmes. Des amitiés s'étaient formées. Au fond, cette existence réglée comme du papier à musique m'a donné tout ce qu'il fallait pour réussir après. Ces sœurs, je les ai détestées comme on laboure un champ : avec patience et résignation. Il n'empêche qu'un des buts avoués de leur enseignement était de nous rendre pareilles à elles, ce à quoi elles sont parvenues dans une certaine mesure. Je me réveille toujours à l'heure des poules. Rester oisive me plonge dans un gouffre de culpabilité que même le whisky n'arrive pas à noyer. C'est au Sacré-Cœur-de-Marie que je suis devenue une harpie, je pense.

Le soir, dans nos dortoirs immenses, on entendait des chuchotements, des rires aigus vite détectés et étouffés par un sifflement de la religieuse de garde. Ce collège était conçu pour nous couper du monde extérieur. Ainsi, les grandes fenêtres qui laissaient entrer l'air et la lumière étaient à une hauteur qui nous empêchait de voir dehors, même en montant sur nos lits. Nous entendions les voitures passer, des bribes de conversations, des cris urbains, mais nous ne voyions rien. Je demeure convaincue que l'architecture peut changer la société. Je l'ai compris, là, dans le dortoir du collège. De la même manière que les dispositifs de sécurité servent à sanctuariser les quartiers des riches, isolés des masses ouvrières, l'architecture des collèges de nonnes est un moyen de préserver la virginité des filles de planteurs, de médecins et d'ingénieurs.

À cette époque, il était encore possible de laisser les fenêtres ouvertes pour dormir la nuit à Belo Horizonte, car la circulation finissait par se calmer et l'époque faisait en général moins de bruit. Nous arrivions donc à nous endormir sans trop de mal, malgré les respirations sifflantes, les ronflements, et les gémissements causés par quelque rêve inavouable. Si je rêvais de Thiago ? Je rêvais de partir, avec Thiago ou grâce à lui, oui. Je ne pensais pas à lui en tant que personne. Mon esprit se fixait sur ce qu'il pouvait faire pour me sortir du collège, m'emmener vers le monde des livres, le monde tout court. Je n'étais donc pas obsédée par son image, contrairement à ce que ma sœur et ses amies semblaient penser. Je prends la peine de dire « ses » amies, parce que, avant Paris, avant Thérèse, je ne crois pas avoir eu d'amie.

Quelques semaines après l'apparition de Thiago dans ma vie cependant, la tranquillité de tout le collège a été perturbée. Un soir, en lieu et place du silence relatif qui régnait sur la ville après vingt et une heures, le dortoir a été envahi par le tumulte de ce qui semblait être une fête foraine. Je me souviens de la tête de la religieuse de garde quand elle est entrée dans le dortoir. Elle avait l'air d'avoir mangé un citron.

— Mesdemoiselles, nous avons de nouveaux voisins ! Sachez que nous ferons tout ce qui est en notre pouvoir pour faire taire ce vacarme. Voici des bouchons pour protéger vos oreilles. Nous vous interdisons d'entendre les paroles qui viennent de cet endroit !

En face du collège, sur un terrain vague, une espèce de foire s'était installée. On entendait tonitruer des airs à la mode, claquer les mécanismes des manèges et les cris des amuseurs qui aboyaient dans leurs porte-voix. Nous distinguions clairement les rires et tous les bruits que fait le bonheur quand il n'est pas enfermé dans un couvent. Les bouchons ne bloquaient pas grand-chose, nous ne perdions rien des annonces faites par un animateur qui enjoignait aux fêtards de lui apporter leurs demandes spéciales. Des cris et des musiques crachées par des haut-parleurs énormes nous interdisaient le sommeil jusqu'à presque minuit. Souvent, on entendait annoncer une chanson en demande spéciale, du genre « Hélio offre à Maria da Glória **Blue Moon** *comme preuve d'amour et de considération »*, ce qui nous faisait mourir de rire.

Les religieuses ne sont pas arrivées à faire fermer le parc. Nous le regardions de jour, théâtre déserté du brouhaha qui nous empêchait de dormir la nuit. J'en ai fait une description assez poétique dans une longue lettre que j'ai réussi à faire parvenir à Thiago par l'entremise du laitier, encore une fois. Je lui parlais des cernes sous les yeux des filles depuis l'ouverture du parc d'attractions, de la colère des religieuses et de ces prétendants qui faisaient des demandes spéciales pour leur fiancée ou leur amoureuse. Bientôt, le soir dans notre dortoir, les filles ont commencé à reprendre la formule des demandes spéciales sous toutes sortes de prétextes. « Voudrais-tu m'aider à repasser mes subjonctifs français ? » « Oui, ma chère, je le ferai comme preuve d'amour et de considération... » Et nous riions comme des dindes.

Pendant les vacances de Pâques 1957, Thiago a voyagé jusqu'à Três Tucanos. Nous étions déjà là. L'éloignement du lieu, disait-il, le forçait à séjourner à la plantation. « En voilà un qui a du cran ! » s'était dit Aparecida qui le trouvait culotté de s'inviter tout bonnement parmi nous. Elle ne voyait rien autour d'elle qui fût sujet à photographie, pas même sa propre personne. Thiago a pourtant réalisé d'Aparecida trois magnifiques portraits dont les épreuves doivent toujours être dans les affaires de Vitória. Le premier la montrait debout devant quelques centaines de caféiers chargés de fèves presque prêtes à être cueillies à la main par les dizaines de journaliers qu'elle supervisait de son regard de chouette tombée de sa branche. Pour le deuxième, Thiago lui avait demandé de poser dans la cuisine, devant le personnel de maison, dans une posture qui révélait clairement sa position de régente. Elle s'était exécutée avec grâce, comment dire non à ce garçon si beau ? Elle s'était même faite coquine, lui envoyant des sourires qu'on eût dits chargés de nostalgie pour un bonheur qu'elle n'avait pas connu. Pour la troisième photographie, il a utilisé un appareil plus petit pour la saisir à son insu alors qu'elle sermonnait un vacher accusé de retards répétés. Quant à moi, je me suis fait un devoir de ne pas sourire sur les photographies que Thiago a prises de moi à la plantation. C'était comme une entente tacite entre lui et moi. Sachant très bien que ces images devaient servir de publicité pour notre mise en marché, Thiago n'a fourni aucun effort pour me rendre sympathique aux yeux d'un concurrent éventuel. Vitória, en revanche, a tout fait pour se rendre désirable et Thiago a joué son jeu. Il disait qu'il me gardait pour lui, ce qui nous faisait beaucoup rire.

C'est pendant ce week-end à Três Tucanos qu'il nous a confié son ambition de devenir photographe de vedettes du cinéma et de la musique. En plus de leur studio de photographie, ses parents avaient sur l'avenue Bias Fortes une salle de danse sociale très courue de la bonne société belhorizontaine. Dans cette salle, il avait vu défiler des vedettes de deuxième ordre qui, pour une raison qui lui échappait, fréquentaient la capitale du Minas Gerais. Comme il avait obtenu pour ces clichés un peu d'argent des journaux locaux, il avait flairé une mine d'or, mais pour la mettre pleinement en valeur, il devait sortir du Minas, car l'or commençait à se faire rare dans ces terres épuisées. Pendant les quelques minutes où, grâce à des ruses ourdies par Vitória, nous avons réussi à discuter en privé, il m'a confié qu'il était sur le point de partir pour Rio de Janeiro, mais s'est refusé à me dire pour quelles raisons, car, superstitieux, il pensait que cet aveu pouvait porter malheur à son projet. Du même souffle, il m'a promis que s'il réussissait, il demanderait ma main à mon père sans avoir tout à fait compris qu'il devait plutôt adresser sa requête à Aparecida, qui détenait le pouvoir réel en ces lieux. Le fils du fermier voisin avait déjà exprimé son intention de faire une offre sur la moitié de Vitória, car c'est ainsi que la vente avait été pensée. Celui qui achetait la moitié de la plantation et assez de bœufs s'engageait à prendre aussi l'une des deux filles du propriétaire comme épouse. Je pense qu'avant de juger ce que j'ai fait après, on doit d'abord savoir et comprendre ça, que j'étais annoncée dans l'inventaire d'une ferme au même titre que les caféiers, les zébus et le hachoir de métal géant dans lequel on jetait les racines de manioc pour les transformer en farine.

Vitória s'était coiffée. Elle avait mis du maquillage. J'avais pris une tête d'enterrement qui avait fait rire Thiago. Vitória trouvait le fils du voisin assez bien de sa personne pour s'abaisser à ce théâtre. Nous avions appris par la machine à ragots que le jeune homme avait l'intention de s'établir à Belo Horizonte pour laisser derrière lui la poussière, les serpents venimeux et les troupes de bandits qui sévissaient encore dans les coins reculés de l'État et dont Aparecida tirait prétexte pour conserver ce grand fusil dans sa chambre. Était-il amoureux de Vitória ? Bien évidemment que non, mais il allait le devenir, car Vitória savait mieux que moi se faire aimer. Elle n'avait pas en elle cette étincelle, ce petit feu qui vous réveille la nuit et vous fait vous demander pourquoi et comment vous êtes devenue une marchandise à vendre. Et jamais Vitória n'aurait consenti à se faire draguer comme une fille à prendre dans les transports publics. La seule chose qui l'inquiétait dans ce mariage était qu'elle ne serait plus là pour veiller sur sa petite sœur, qu'elle confiait aux soins du cœur immaculé de Marie.

Si j'ai aimé Thiago, c'est d'abord et avant tout parce que je le voyais en libérateur, tandis que Vitória semblait considérer son promis comme un trophée, une proie vivante comparable à ce tamanoir apprivoisé qu'Aparecida gardait dans un enclos et qui, sous les yeux des enfants de Três Tucanos, glissait sa langue intrusive et gluante dans les orifices des morceaux de fourmilière qu'elle faisait jeter à l'animal comme pitance quotidienne. C'est ainsi que je m'imaginais mon futur beau-frère, comme un animal pataud et léchant, même s'il était un brave type. Je me voyais plutôt comme le jaguar, car j'avais attrapé Thiago,

*une prise très convoitée, si j'en jugeais par la réaction des*
*filles et des religieuses du collège et par celle d'Aparecida*
*qui, pour Thiago, produisait des sourires que nous ne lui*
*connaissions pas et des airs enjoués que nous n'avions*
*plus vus depuis que maman était morte. Le reste s'était*
*réglé dans la salle de danse des parents de Thiago, deux*
*semaines plus tard, à Belo Horizonte. Je m'étais enfuie du*
*collège, ivre de liberté et de bière glacée. J'étais allée le*
*retrouver au mépris des imprécations de Vitória. Je l'avais*
*aimé sans jouir, les pieds dans la poussière derrière la*
*salle de danse de ses parents. Mais pour tout dire, pour*
*être claire, je contemplais son visage penché sur le mien,*
*navrée qu'il ne fût pas imberbe, et je déplorais de toutes*
*mes forces l'odeur d'ammoniac que son corps dégageait.*
*Mais cet homme allait me sortir de Belo Horizonte. Si je*
*l'aimais ? Je l'admirais, sûrement. J'ai dû prendre mon*
*admiration pour de l'amour. Thiago incarnait la promesse*
*d'un autre monde. Si une femme m'avait promis de me*
*sortir du collège Sacré-Cœur-de-Marie, je l'aurais suivie.*
*J'aurais aussi suivi un tapir ou n'importe quel être qui*
*m'aurait promis la même chose. J'aurais suivi un oiseau*
*si j'avais su à l'époque qu'il me ferait voir le monde.*
*J'aurais suivi une idée.*

    — *Je veux être avec toi.*

    *C'est tout ce que je lui ai dit en le quittant pour rentrer*
*à l'aube au collège où m'attendait mère Crucifixo, l'œil*
*mauvais, les dents serrées. Comment est-il possible que*
*Vitória et moi soyons si différentes ? Nous sommes pour-*
*tant les héritières du même patrimoine génétique. Ainsi,*
*quand les nonnes promenaient leurs regards concupiscents*
*sur nos cuisses dénudées pendant la toilette du matin,*
*Vitória n'en pensait rien, alors que, moi, je ne me gênais*
*pas pour marmotter quelque rumeur selon laquelle les*
*religieuses devraient augmenter la dose de comprimés*
*qu'elles prenaient, selon les mauvaises langues de Belo*
*Horizonte, pour calmer leurs ardeurs sexuelles. Quand la*
*surveillante du dortoir reprochait à Vitória son manque*

d'ordre, l'intéressée restait coite. Si je recevais les mêmes reproches, je répondais effrontément à l'inquisitrice. Il faut dire que, dès cet âge, j'étais troublée par le regard que les femmes portaient sur moi et que je résistais très mal à la tentation de les provoquer. Je crois que quelque chose en moi espérait presque qu'une main de religieuse me gifle, ne serait-ce que pour sentir sur ma joue la douceur du toucher féminin.

Rétrospectivement, les derniers soirs que j'ai passés au collège furent très divertissants. Les religieuses étaient déjà sur mon cas à cause de cette fugue d'un soir qui m'avait menée à la salle de danse des parents de Thiago. Elles me donnaient une seconde chance, après quoi il y aurait des mesures disciplinaires sévères. Évidemment, elles n'ont jamais su que je n'étais plus vierge. Autrement, elles ne m'auraient même pas laissée adresser la parole aux autres, encore moins partager leur dortoir. La prieure m'avait passé un savon en règle. Les autres filles me regardaient avec un mélange de pitié et d'admiration. Comment avais-je osé ? Je ne suis restée que quelques soirs après ma fugue. Très vite, Thiago a abattu une carte qui lui a permis de remporter la manche et la partie. Le tumulte du parc d'attractions battait son plein. Les filles avaient du mal à dormir à cause des cris, mais aussi parce que les demandes spéciales se multipliaient. À croire que tous les prétendants de Belo Horizonte s'étaient mis dans la tête d'offrir une preuve d'amour et de considération aux filles qu'ils draguaient. Soudain, au milieu du tintamarre de la fête, la musique s'est arrêtée. Toutes les filles étendues sur leur lit tendaient l'oreille pour savoir quel prénom serait nommé.

— Thiago offre à Pia Barbosa La Mer de Charles Trenet comme preuve d'amour et de considération.

Il y a eu un silence de mort. La chanson a duré un siècle. Thiago savait que le français était de loin ma matière préférée au collège. Il savait aussi à quel point j'y étais malheureuse. Son coup d'éclat a eu l'effet d'une explosion thermonucléaire dans le couvent. Au matin, la moitié des filles ne m'adressaient plus la parole. D'autres chantaient sur mon passage les paroles déformées de La Mer pour ironiser. Vitória refusait de me parler tant elle était embarrassée. Une heure à peine après les prières du matin, j'étais sur le trottoir, devant le collège, avec ma valise et un billet de tram, folle de liberté. Je me suis retrouvée chez les parents de Thiago, qui m'ont accueillie avec méfiance.

Un jour, peu après Pâques, Thiago m'a annoncé qu'il partait le lendemain pour accomplir sa mission secrète à Rio. Il voulait que je retourne à Três Tucanos jusqu'à ce que sa situation se stabilise et que je puisse le rejoindre. Je l'ai supplié de m'emmener avec lui. Il a cédé. Nos destins ont été scellés à partir de ce moment. Commettre une folie pareille dans le Brésil rural des années 1950 signifiait que l'un des deux coupables s'engageait à enterrer l'autre, car ce genre de crime unissait à jamais ceux qui l'avaient perpétré. Ils étaient à jamais exclus des conventions d'un monde qu'ils avaient scandalisé. C'est par voie de supplications et de prières que j'ai réussi à convaincre Aparecida de ne pas avertir Hércules de mes intentions. À vrai dire, elle n'avait pas envie de trahir sa fille adoptive. Elle avait bien compris que Thiago ne prévoyait pas hériter de terres qui lui auraient permis de prétendre à m'épouser. Il n'était pas pauvre, loin de là, mais Hércules avait été clair : il voulait pour ses filles minéroises des partis dotés de titres de propriété. Si j'avais su que ce mensonge signerait la perte d'Aparecida, je pense que j'aurais agi autrement. Je serais partie sans rien lui dire, sans la mettre dans le coup, pour la protéger. Elle m'avait promis sa discrétion en échange de l'engagement que je ne la laisserais jamais sans nouvelles. Elle a dû croire que cette idylle ne durerait pas et qu'elle me verrait rentrer au bercail – littéralement ! – une fois que Thiago m'aurait assez trahie. Car elle savait ça, aussi. Dans tout cela, elle cherchait surtout à éviter une réponse violente de mon père.

Au Sacré-Cœur-de-Marie, la cause était déjà entendue. Si je voulais y retourner, il me faudrait passer un examen gynécologique complet pour attester ma virginité. La prieure avait été claire dans la lettre qu'Aparecida m'avait fait suivre. Cette dernière n'avait peut-être pas été indifférente aux charmes de Thiago, en témoignait ce sourire énigmatique qu'elle lui avait envoyé pendant la séance de photographie, celui que l'on voyait très bien sur la deuxième épreuve. Pourtant, quand elle a informé Hércules – parce qu'elle n'avait plus le choix – que sa fille avait été expulsée du collège après une fugue et qu'elle avait quitté Belo Horizonte avec un inconnu, il est paraît-il resté silencieux. Aparecida avait lu dans son silence renfrogné le bouillonnement d'une colère sourde qui ne trouverait sa résolution que dans la vengeance. Elle avait tout faux. Le silence d'Hércules traduisait plutôt son malaise de devoir s'avouer indifférent devant cette disparition. J'allais bientôt comprendre la raison de son indifférence. Il n'a donc rien fait. Personne n'a été envoyé à mes trousses et je me suis expliqué cette absence de réaction de mon père par le fait qu'il avait déjà obtenu, en fiançant Vitória à Zé, assez pour se contenter. Que l'autre fille choisisse de disparaître dans la nature devait l'inquiéter, certes, mais tant qu'elle ne lui demandait rien, cela signifiait qu'elle lui coûterait moins cher à entretenir. Si jamais, cependant, il apprenait que je menais une mauvaise vie ou que je frayais avec des gens infréquentables, comme des communistes ou des forains, il m'aurait envoyé quérir et aurait été impitoyable envers ceux qui avaient détourné sa fille du droit chemin comme il l'avait été avec ce fils de pute qui avait un jour tenté de convaincre Amália de se séparer de lui. Je lui prêtais ces intentions. Dieu que j'avais tort ! Dieu que je me trompais ! Appeler la police pour gérer cette affaire était pour lui trop risqué, mais je ne savais pas encore pourquoi. D'ailleurs, qui serait assez écervelé pour se tourner vers la police en Amérique latine ?

Le voyage vers la capitale, que nous appelions toujours « la cour » tant nous étions démodés, a été interminable. Je n'avais jamais vu la mer ni entendu l'accent carioca en dehors de quelques discours radiophoniques et d'une professeure de mathématiques qui m'avait prise en grippe à cause de ma façon de me jouer dans les cheveux pendant ses cours. J'associais d'ores et déjà le chuintement de Rio à des avertissements disciplinaires comme les Français associent aux accents germaniques la mauvaise humeur et la cruauté. Nous avons d'abord logé chez un cousin lointain de Thiago, un homme sans trop de manières, un peu dyspepsique, qui ne semblait pas être au courant des intentions de son parent dont l'accent chantant le faisait rire. Je n'ai pas mis longtemps à comprendre que Thiago avait pris quelqu'un en chasse, ou plutôt l'image de cette personne.

Pendant que je flânais dans Rio, complètement oisive et insouciante, ou que je tenais compagnie aux enfants de nos hôtes, Thiago était aux trousses de sa proie. Il savait comme tout le monde que le moineau se produisait au Copacabana Palace, mais comme il n'était pas du milieu, il lui fallait se tapir dans les coins, s'embusquer, attendre patiemment comme le caméléon attend que passe sous son œil rond la mouche avant de dérouler vers elle sa langue adhésive. Il a patienté longtemps, l'a suivie, elle et son entourage, dans les rues de Rio. Il n'arrivait jamais à la capturer toute seule dans son cadrage, des essaims d'hommes et de femmes gravitaient autour d'elle, probablement ses amis et ses musiciens. Tout dans leur apparence et dans leur comportement criait l'étranger, il était donc facile de les pister dans la ville. Mais il la voulait seule, souriante et détendue. La chance a fini par sourire à Thiago à la descente du petit train qui monte vers le Corcovado. Elle était sortie avant tous les autres et avançait dans le soleil de l'après-midi. La lumière était parfaite. Il n'y avait personne autour d'elle. Et il a appuyé sur le déclencheur sans oublier, deux secondes avant, d'imiter le cri d'un oiseau qu'il avait entendu dans le Minas Gerais les soirs d'été, une sorte de psîîînt aigu impossible à ignorer, un son qui pique la curiosité sans irriter, susceptible de produire sur le visage du sujet l'expression précise que Thiago recherchait. Ce n'est que tout récemment que j'ai compris que ce cri qu'il imitait était celui de l'engoulevent d'Amérique. Elle s'est tournée vers lui.

Il l'avait enfin trouvée, la proie qu'il était venu chercher à Rio de Janeiro. Celle qu'il traquerait jusqu'en France.

La photographie d'Édith Piaf, les yeux écarquillés, la bouche entrouverte, souriante et détendue, lui a rapporté de quoi louer un petit appartement où il m'a installée. Le moineau parisien lui a cédé encore quelques clichés à la sortie du Copacabana Palace, puis à l'occasion d'une promenade, jusqu'à ce qu'un homme qui l'accompagnait apostrophe le photographe non autorisé, le doigt levé, en lui donnant par la même occasion son premier cours de français. Il lui a dit clairement, le poing brandi, qu'au prochain cliché il lui arriverait des bricoles. J'étais avec lui ce jour-là, mais pas pour la première photo au Corcovado. Thiago ne s'est pas laissé intimider et il a continué à photographier Édith Piaf jusqu'à ce que La Môme elle-même décide d'intervenir. Bonne joueuse, elle s'est plantée devant lui et s'est offerte, les bras en croix, pour le portrait qui a confirmé la naissance d'un nouveau paparazzi. Il l'a remerciée, a voulu l'embrasser, mais il en a été empêché par quatre bras français rattachés à des protecteurs exaspérés par son outrecuidance. Il a encore entendu la chanteuse dire quelques railleries que les hommes de son entourage ont manifestement trouvées très drôles, puisqu'ils ont tous éclaté de rire avant de s'engouffrer dans l'hôtel où ils logeaient.

Ivre de ce succès, Thiago a encore attrapé dans son filet argentique Elizeth Cardoso, étoile montante de la chanson brésilienne. Mais il chassait une image encore verte. Il lui faudrait attendre quelques années avant que les clichés de celle qui avait enregistré le premier disque de bossa-nova vaillent leur pesant de café. Elizeth était au paparazzi ce que la perdrix est à l'aspirant chasseur : un bon exercice préparatoire. Il n'a même pas obtenu de quoi manger pour ces clichés la montrant marchant dans la rue, au bras d'une amie, ou à la sortie d'un spectacle. Pourtant ce rien, cette poignée de monnaie, laissait entrevoir les lingots d'or que Thiago allait bientôt fondre à partir des paillettes que les chanteurs et chanteuses laissaient dans leur sillage. Pour des photographies d'une autre chanteuse de bossa-nova, Sylvia Telles, en compagnie d'un galant, Thiago a réussi à obtenir d'un journal à potins les premiers paiements sur une vieille Volkswagen Coccinelle. Les clichés volés à la languide Maysa ont rapporté encore davantage. Je crois qu'il est possible d'établir un lien entre la valeur de ces photographies et le fait que Sylvia Telles est morte dans un accident de voiture, écrasée par une cargaison d'ananas, tandis que Maysa, déprimée au-delà de tout salut, a fracassé son véhicule contre le parapet central du pont qui enjambe la baie de Guanabara vers Niterói. Ce sont ces accidents, je pense, qui ont mené Thiago à conclure que la valeur d'une photo volée est directement proportionnelle au nombre de jours qu'une chanteuse a encore devant elle. Plus la mort est proche, plus le cliché vaut cher. Il n'a jamais oublié cette règle d'or de ce métier de charognards. Et on dirait qu'il a légué sans le vouloir cette science à sa fille, Simone. Mais je ne vais pas mettre la charrue devant les zébus. Simone n'appartient pas au monde d'avant Paris, d'avant Thérèse. Chaque chose en son temps.

En plus des photographies des chanteuses, les portraits des filles et des femmes de la bourgeoisie d'Ipanema nous assuraient une subsistance décente. Ces deux premières années passées à Rio de Janeiro furent heureuses et complètement insouciantes, je dirais presque écervelées, comme la bossa-nova. J'avais terminé mon cours moyen et m'étais inscrite à la faculté. Un vent de liberté soufflait sur le Brésil. Une nouvelle capitale était sur le point d'être inaugurée. Les édifices qu'on y construisait avaient l'air de soucoupes volantes venues embarquer tous les Brésiliens pour un voyage vers le futur. Et Thiago et moi voulions y monter. Demain appartenait à tous. Notre vie était faite de travail et d'étude. J'avais été bannie de Três Tucanos, mais je m'en moquais éperdument. J'étais sans nouvelles d'Aparecida, et de mon père, et même si je savais qu'il était presque toujours à Rio, je ne cherchais pas à le rencontrer, un peu comme le mauvais payeur de dîme évite de passer devant le presbytère de crainte de croiser le curé de la paroisse. Dans mon existence de fugueuse, à bien y réfléchir, Thiago avait pris le rôle du père et de la mère, de l'amant et de la sœur. J'étais comme Gelsomina, ce personnage de Fellini dans La Strada, vendue par sa mère au forain Zampano qui l'emmène partout sur les routes. Maintenant, je sais que j'étais tout simplement soulagée d'avoir réussi à échapper à l'isolement de Três Tucanos, aux mugissements de ses bœufs puants, au collège Sacré-Cœur-de-Marie, aux croassements de ses corneilles funestes et à un fils de planteur quelconque qu'Hercules m'aurait trouvé comme parti, comme éternité, comme condamnation. Toutes les femmes se retournaient sur le passage de Thiago. C'était assez pour que je pense que j'avais gagné le match de la vie. Dieu que j'étais bête !

Vitória continuait de m'écrire. Elle s'était bel et bien fiancée avec Zé, mais ils prévoyaient vivre à Belo Horizonte après le mariage. Quand je parlais d'avenir avec Thiago, nous étions d'accord sur une chose : voyager. Dès qu'il aurait gagné assez d'argent, nous comptions nous embarquer pour le Portugal, nous verrions Londres et surtout Paris dont la seule mention nous plongeait dans un état d'hypnose. Pourtant, nous avions Rio à nos pieds. Que dirais-je aujourd'hui à cette jeune fille pour qui la Ville merveilleuse ne suffisait pas, sinon qu'elle aurait dû *chercher ailleurs qu'à Paris le monde imaginaire où les livres l'avaient conviée ?*

*Il arrivait à Thiago d'acheter le* Paris Match. *Son rêve était d'arriver à leur vendre quelques clichés. Il avait même pris contact avec une cousine de sa mère, qui s'était établie en France après avoir épousé un ingénieur minier rencontré à Belo Horizonte. Depuis toujours, les étrangers sont attirés non pas par la terre du Minas Gerais, mais par ce qu'elle recèle en son sein. Cette parente l'avait mis en relation avec quelques photographes français, mais avant de se proposer comme assistant, il devait apprendre la langue, faire encore plus d'économies et, surtout, me laisser terminer au moins trois ans de faculté, comme je le lui avais demandé. Au Sacré-Cœur, mon sujet préféré avait toujours été le français, et depuis que Thiago avait rapporté comme trophée de chasse la tête d'Édith Piaf aux journaux brésiliens, je me laissais bercer par ces ritournelles remplies de pàthos, savais déjà par cœur* La Vie en rose *et lisais sans consulter le dictionnaire les romans que les professeurs de la faculté inscrivaient dans les listes de lectures obligatoires. Pas ceux du XIX$^e$ siècle, qui sont truffés de mots morts dont plus personne ne se sert, mais ceux des auteurs plus récents. J'avais un faible pour Jean Cocteau et Antoine de Saint-Exupéry. Chez les artistes que nous fréquentions un peu dans les bars d'Ipanema, où Thiago avait des clients, on disait mille merveilles de cette culture française où le concubinage n'était pas une condamnation à la réclusion sociale. En faisait foi le couple Beauvoir-Sartre, dont l'union insolente de liberté me faisait rêver, même si je m'étais cassé les dents sur* Le Deuxième Sexe *sans y comprendre rien, mais je persévérais, trouvant délicieusement effronté de m'asseoir dans un lieu public pour lire un livre dont la couverture portait le mot « sexe ». Dans le Minas Gerais, j'aurais caché la couverture sous une couche de papier brun. À Rio, je me laissais aller à la volupté de la provocation. À Thiago, je m'étais contentée d'expliquer* que l'auteure de ce livre vivait librement hors des liens du mariage avec le plus grand esprit vivant sur terre. Il avait aimé cette description. Il avait même rétorqué : « Moi aussi. » Notre départ pour la France était écrit dans le ciel en lettres de feu, mais jamais je ne me serais doutée que mon vœu serait exaucé si vite et dans des circonstances aussi étranges.

Deux ans après le départ d'Édith Piaf de Rio de Janeiro, nous vivions dans un petit appartement au-dessus du studio de photographie que Thiago avait ouvert tout en continuant de pourchasser les vedettes. Les samedis soir, nous sortions entendre cette nouvelle musique faite de chansons susurrées où il était question de filles impavides qui se déhanchent sous les yeux d'admirateurs béats, de petits bateaux qui passent sur l'eau et d'autres sujets inoffensifs pour notre conscience politique aliénée. Rio refusait les soucis. Quelques chanteuses et musiciens faisaient alors partie de la clientèle de Thiago. Sa réputation de portraitiste avait fait le tour des beaux quartiers, de sorte qu'un jour une cliente tout à fait inattendue a débarqué dans son studio pour lui commander des portraits de famille.

Je n'étais pas à la maison quand elle est venue. D'ailleurs, je n'ai su tout ça qu'après. La femme s'est présentée sous le nom de Lina Pimentel Barbosa et a expliqué qu'elle souhaitait, pour elle, son mari et ses deux fils, des portraits qui mettraient en valeur à la fois leur nouvelle aisance financière, la beauté architecturale de leur maison neuve du quartier Leblon, et l'élégance racée de ses deux fils. C'est ainsi qu'elle l'aurait formulé, selon Thiago. Elle s'était probablement attendue à ce qu'il réponde par une platitude du genre : « Mais c'est votre beauté qui illuminera ces images, Madame », ce que tout Carioca aurait bien évidemment pensé à dire en de telles circonstances. Mais Thiago avait été déstabilisé par le nom de la cliente. Certes, le Brésil grouille de Barbosa et il lui a presque répondu que sa copine portait le même nom qu'elle, mais devant les bijoux et les vêtements qui confirmaient l'appartenance de Lina Pimentel Barbosa à une certaine société où le concubinage était vu comme un péché mortel, il a choisi de se taire. Il n'allait pas perdre un contrat pour un faux pas. Elle a ajouté qu'il serait attendu le vendredi suivant, en fin de journée, à l'heure où la lumière se fait plus douce. La dernière phrase de Lina a achevé de le décontenancer : « Il y a le nom de mon mari, Hércules Barbosa, sur la plaque à côté de la grille. Vous trouverez facilement. Puis-je vous laisser une avance ? » Elle a réglé en espèces et elle est sortie rapidement en expliquant que son chauffeur l'attendait.

Bien qu'il eût été rémunéré pour photographier la propriété de Três Tucanos, Thiago n'avait jamais rencontré Hércules. Mais voilà qu'un concours de circonstances inouï allait faire de lui son photographe personnel ! Il ne pouvait s'agir que de mon père. Thiago ne m'en a pas parlé tout de suite. Vitória et moi avions compris depuis longtemps que notre père devait avoir quelque part une maîtresse, une fille entretenue, mais jamais nous ne nous serions doutées qu'il était marié et père de deux enfants de notre âge. Je n'ai ressenti aucune jalousie ni éprouvé la moindre curiosité de connaître ces garçons. À mes yeux, cette nouvelle était suffisante pour que nous nous embarquions sur-le-champ sur le premier navire en partance pour n'importe où. Thiago a passé les deux jours suivants à peser le pour et le contre. Il était convaincu qu'Hércules ne le reconnaîtrait pas et il n'était même pas certain que ce dernier connût son nom. Après tout, il avait toujours discuté avec Aparecida. Impossible non plus de penser qu'il pût s'agir d'un piège. Lina avait l'air trop respectable, mais sait-on jamais ?

Elle avait entendu parler de lui par une autre cliente pour laquelle Thiago avait réalisé des portraits très flatteurs dans son jardin privé. Lina avait avisé son mari et ses fils de sa venue le vendredi suivant. L'avait-elle présenté comme un photographe de grand talent prénommé Thiago ou avait-elle prononcé son nom complet ? Dans la première éventualité, il pourrait toujours s'en sortir en omettant de marquer d'un tampon les photographies qu'il produirait pour Lina. Dans l'autre, il pourrait être découvert, même s'il savait qu'Aparecida n'avait pas révélé à Hércules Barbosa le nom de l'homme qui était parti avec sa fille, évitant ainsi le risque de provoquer un crime d'honneur. Son patron était un homme imprévisible, opaque. Dieu sait s'il n'aurait pas envoyé un tueur régler son compte à Thiago en apprenant que sa fille était partie avec lui.

Thiago a été tenté d'envoyer un assistant, mais il s'est ravisé. Lina n'accepterait personne d'autre que lui. Par ailleurs, en se défilant, il risquait d'attirer l'attention d'Hércules, car Lina ne manquerait pas, après un tel affront, de parler à son mari de ce Thiago Guimarães Vieira da Conceição, une personne fort peu fiable, à l'accent minérois. Il a décidé de ne rien me dire pour m'éviter une crise d'angoisse, car j'étais et suis toujours sujette à des débordements colériques. Mieux valait ne pas jouer avec ce feu. Les choses étaient déjà assez compliquées et il subsistait encore une chance que cet Hércules ne soit pas l'homme qu'il redoutait.

La gorge sèche, Thiago s'est présenté le vendredi, à l'heure dite, à la résidence de Lina. La famille complète l'attendait. Il a su en posant les yeux sur Hércules qu'il était devant le père de son amoureuse. Nous avons les mêmes yeux. Le même nez. Ces attributs qui l'avaient charmé chez moi prenaient chez mon père des airs menaçants. À son grand soulagement, Lina l'a présenté par son prénom en clamant qu'il était un génie de l'image, brandissant à l'appui un exemplaire du journal où était imprimée la photographie de Piaf, les bras étendus, debout devant le Copacabana Palace. Lina a précisé à la blague qu'elle et sa famille étaient des sujets plus coopératifs que les chanteuses que Thiago chassait dans Rio. Elle a ajouté qu'elle avait adoré la série de portraits que Thiago avait réalisée de l'amie qui lui avait indiqué son studio. Hércules a tout de suite détecté son accent.

— *Je possède un élevage et une plantation au cœur du Minas Gerais, vous connaissez Três Tucanos ? Probablement pas ! C'est le cul du monde !*

Thiago a menti doublement, d'abord en répondant qu'il n'avait jamais entendu parler de cet endroit, puis en omettant de reprendre Hércules en lui expliquant que Três Tucanos était plutôt le pou qui monte sur le poil qui pousse sur la verrue qui croît sur le cul du monde. En mentant ainsi, il jouait gros. Mais l'étalage de la vérité en ces circonstances, il l'avait compris, aurait pu entraîner sa perte. Il est resté deux heures dans la maison de Lina, cent vingt longues minutes pendant lesquelles il a écouté Hércules lui expliquer les merveilles de l'arrière-pays du Minas Gerais.

— *J'ai même une série de photographies. Permettez-moi de vous les montrer. Vous me direz ce que vous en pensez.*

Thiago se mordait la langue. Il retenait une envie de rire aux éclats pendant qu'Hércules montait à son bureau chercher les photographies en question. Lina a fait servir du café en le remerciant pour la quatorzième fois de s'être déplacé. Il a trouvé les deux fils d'Hércules absolument charmants. Ils avaient, paraît-il, quelque chose de moi dans le regard. Manifestement, Lina et ses fils ne savaient rien d'Amália et de ses filles. L'homme de la maison est revenu avec les photographies que Thiago a reconnues, bien évidemment, mais devant lesquelles il se devait de réagir avec une candeur feinte. Un sourire lui a traversé le visage au moment où il a constaté que son père n'avait pas apposé au verso des photographies l'estampille du studio familial de Belo Horizonte. Il avait dû oublier. C'était lui qui, à la demande de Thiago, avait tiré les épreuves et envoyé les agrandissements à Aparecida. Thiago a béni en silence le gâtisme précoce dont son père était atteint. Tout était maintenant éclairé d'une nouvelle lumière. Il a compris dès cet instant que l'invitation n'était pas un piège, mais un malheureux concours de circonstances, et il a décidé de s'amuser un peu, car il était comme ça.

*Déjà, avec Édith Piaf, je lui disais : « Arrête ! Tu vas te faire casser la gueule ! » Thiago aimait le risque, les promenades sur la corde raide. Ainsi, quand Hércules lui a décrit tout ce qu'il avait déjà vu et photographié, les plantations de caféiers, les bœufs, les journaliers, la grande véranda bleue et Aparecida, il a fait l'innocent. Provocant, il a montré Aparecida du doigt sur une photo en demandant de qui il s'agissait.*

*— C'est la femme de mon intendant. Elle est très serviable. Une belle femme, non ?*

*— Et où est l'intendant ?*

*— C'est lui.*

*Hércules a désigné un homme que Thiago avait photographié en train de discuter avec Aparecida et qui était en fait nul autre que le propriétaire de la ferme voisine, c'est-à-dire le futur beau-père de Vitória. Il était venu en visite le jour des photographies, probablement pour inspecter la marchandise avant de consentir à prendre Vitória dans sa famille. Je pense que, dans toute cette trahison, c'est le reniement d'Aparecida en tant qu'administratrice de l'entreprise qui m'a fait le plus mal. Je savais que mon père ne s'intéressait pas à nous. Apprendre qu'il avait une autre famille à Rio n'était qu'une explication logique de son désintérêt. Mais savoir qu'il était prêt à renier celle qui avait élevé ses deux filles et fait rouler ses affaires pendant qu'il se la jouait à Rio, c'était trop. Tout ça pour quoi ? Pour ne pas que l'on sache qu'il avait confié ses affaires à une femme, noire de surcroît ? Laquelle de ces deux « tares » l'embarrassait davantage ? Les cafés ont rapidement été avalés et la séance de pose a commencé.*

*Quelques jours plus tard, Lina est revenue au studio de Thiago pour jeter un coup d'œil aux épreuves, puis elle est repassée une fois qu'il a eu agrandi les négatifs qu'elle avait choisis. Pendant deux semaines, il a enfoui au plus profond de lui-même le souvenir de sa visite à Leblon, chez Lina. Thiago pouvait être rustre sous le coup d'une frustration soudaine ou après une provocation. Il a fallu* que je le provoque dans des circonstances qui n'avaient rien à voir avec mon père pour apprendre quelque chose. Je pense qu'il avait peur de ma réaction, de m'attrister. Il pensait probablement (et avec raison) que j'étais capable de monter à la villa d'Hércules et de tout casser. Quand Lina est venue cueillir ses photographies, elle a fait remarquer à Thiago qu'il ne les avait pas marquées de l'estampille de son studio, celle qui donnait son nom complet et son adresse. Elle a exigé qu'il le fasse. N'était-il pas après tout l'un des paparazzis les plus en vue de Rio ? À quoi servait de se faire photographier par celui qui avait attrapé l'image d'Édith Piaf, de Sylvia Telles et de Maysa s'il devenait impossible de s'en enorgueillir auprès de ses amies du Country Club ? Thiago s'est exécuté à contrecœur. Sa visite à Leblon rendait impossible l'idée d'un mariage où mon père aurait été présent. Ce tampon rendait même notre cohabitation dangereuse. Hércules avait maintenant mon adresse. Il aurait suffi que Vitória ou Aparecida, ou n'importe quel témoin de notre idylle à Belo Horizonte parle pour que mon père me trouve en un rien de temps. À ce stade, je croyais toujours qu'il me cherchait. Au moment où Thiago a rendu à Lina la boîte remplie de photographies qui portaient ses coordonnées, elle l'a saisie en caressant tendrement de la main droite son avant-bras gauche et en le dévorant des yeux.

— Vous pouvez toujours m'appeler. Mon mari s'absente parfois pour s'occuper de ses affaires dans l'arrière-pays, là-bas. J'ai des heures libres. Plus que des heures, des semaines entières... Au revoir, Thiago.

C'est tout juste si elle n'a pas ajouté qu'il n'avait pas encore vu le meilleur d'elle. Je pense que c'est justement à cause de ces avances déplacées que Thiago avait choisi de ne pas me parler de Lina. Mais les circonstances allaient en décider autrement.

En juillet 1959, une lettre est arrivée de Belo Horizonte. Vitória allait se marier et me suppliait de faire la même chose pour éviter d'être à jamais mise au ban de la société. Elle m'expliquait qu'elle n'était plus au Sacré-Cœur après qu'on l'avait laissée passer ses examens finaux et qu'aucune des religieuses ne serait invitée à son mariage qu'elle comptait célébrer dans l'église Saint-François-d'Assise de Pampulha que le cardinal de Belo Horizonte avait finalement décidé de consacrer après dix ans d'atermoiements liés au fait que son architecte, Oscar Niemeyer, était un communiste. J'en étais à ma deuxième année de lettres à la faculté de Rio et je trouvais la proposition alléchante pour toutes sortes de raisons. D'abord, je n'avais plus revu Vitória depuis ma fuite. Elle me manquait terriblement. Aparecida aussi. J'envisageais une carrière dans l'enseignement, mais me présenter dans les collèges comme concubine de Thiago était impensable. Aucune institution respectable n'aurait voulu de moi. En gros, je ne serais pas une femme libre tant que je ne serais pas mariée. Il me restait à vendre l'idée à Thiago. Quand j'ai abordé le sujet pendant le repas du soir, il a blanchi comme si je venais de lui dire que j'avais la syphilis. Il a d'abord tenté de me raisonner. « À quoi sert cette institution finie du mariage ? Tu n'es pas heureuse comme ça ? Tu penses que je vais t'aimer davantage parce que je t'aurai passé la bague au doigt devant un prêtre ? Ne t'en fais pas pour ta carrière ! Je vais m'occuper de toi ! » Mais je ne voulais rien savoir d'être une reine du foyer. Je voulais travailler, être utile, servir la République, rencontrer des gens intéressants, améliorer la vie de ceux qui veulent apprendre, me retourner quarante ans plus tard et pouvoir contempler un sentier battu de mes pieds, bref, exister. Était-ce trop vouloir ? Une dispute épouvantable a éclaté. Et c'est bien moi qui ai prononcé les premiers gros mots, Thiago me l'a rappelé deux jours plus tard quand il a recommencé à me parler, quand il m'a présenté des excuses pour m'avoir plaquée contre le mur et possédée. Dans mon emportement, je lui avais craché au visage qu'il ne m'aimait pas. Il avait voulu me prouver le contraire en me violant. Acculé au pied du mur, Thiago avait cru qu'un rapport sexuel forcé serait le seul moyen de se sortir de cette situation. J'ai mis des années à comprendre que j'avais été prise de force par l'homme que je voulais épouser à tout prix. Mais sur le moment, je ne lui ai pas reproché l'acte sexuel, mais les ecchymoses qu'il m'avait laissées sur les bras et la douleur lancinante qui m'avait traversé le dos pendant des semaines. Thiago frappait plus fort qu'Aparecida et que les religieuses. Il était un homme qui frappait de ses poings. Il était le père de Simone. Il me disait : « Si tu souriais plus souvent… » Je ne suis pas une personne souriante. Je n'aime pas tout le monde. Je n'ai jamais gagné le prix du professeur le plus aimé des étudiants. Bien au contraire.

Un mois plus tard, je suis revenue à la charge, cette fois en brandissant la menace de le quitter s'il ne m'épousait pas. Cette fois, j'ai choisi de lui parler après un rapport sexuel matinal, un moment moins propice aux coups et aux cris, car j'avais déjà noté qu'il lui suffisait de deux bières pour qu'il s'énerve. Il s'est habillé en silence, s'est allumé une cigarette et m'a demandé de l'attendre pendant qu'il descendait au studio chercher quelque chose. Je ne lui laissais plus le choix. Une fois remonté à l'appartement, il m'a appris l'existence de Lina et de mes deux demi-frères en étalant sous mes yeux les épreuves en noir et blanc, pour que je me taise enfin. Je suis restée longtemps à étudier leur visage et surtout ce sourire satisfait et solaire que je n'avais jamais vu auparavant sur le visage d'Hércules Barbosa.

— Et tu penses que ton père va te laisser m'épouser ? Tu n'as pas encore vingt et un ans. Il te faudrait sa permission. Oublie ça. Dans deux ans, peut-être, mais tu devras te marier avec moi en secret. Quand Hércules saura que c'est moi qui t'ai arrachée à Belo Horizonte, il pourrait nous faire tuer tous les deux.

— Comment ? Nous faire tuer ?

— Tu sais très bien ce que je veux dire. Tout le monde

raconte qu'il a fait assassiner ce type qui rôdait autour de ta mère à Três Tucanos. On ne peut plus se montrer à Belo, maintenant. Encore moins pour un mariage où ton père risque fort d'être présent. Il sera à celui de ta sœur ?

— Je pense bien que oui… Comment tu as su, pour le type de Três Tucanos ?

— Aparecida me l'a dit. Je pense qu'elle voulait me mettre en garde.

— Et là, tu fais quoi ?

Thiago n'avait pas tort. Si Hércules apprenait la vérité, Dieu seul sait ce qui pouvait advenir de nous. Mais ce qui m'effrayait encore davantage, c'était la perspective de tomber face à face avec lui et sa femme Lina à Rio. Le hasard n'aurait pas toujours la complaisance qu'il avait eue envers nous jusqu'alors. Tôt ou tard, la vérité se saurait. Le fait même que Lina possédait ces photos estampillées du nom de Thiago était une menace dormante. Elle finirait par le recommander à une autre bourgeoise, laquelle découvrirait le pot aux roses. J'ai abattu ma dernière carte.

— Je suis enceinte.

L'enfant à naître s'appellerait Jean-Paul. Simone, s'il était du deuxième sexe. C'est ce que je voulais. Le lendemain, Thiago partait seul pour Belo Horizonte afin de quémander à son père les fonds nécessaires pour un voyage en France.

# Je repars à zéro

Le vent d'avril caresse l'Amérique du Nord dans un mouvement vernal-centrifuge. C'est-à-dire qu'il survient autour de l'équinoxe du printemps d'abord au centre du continent et qu'il se déploie ensuite vers l'est et l'ouest en immenses filaments cotonneux. Il voyage ainsi du sud au nord en remontant le cours des fleuves américains, et du creux des vallées jusqu'à la cime des montagnes. Ni les Rocheuses ni les Appalaches ne parviennent à le contenir. Une fois qu'il part en spirale à partir des États du Midwest, il laisse dans son doux sillage, après les crocus, les jacinthes et les tulipes, le lilas en fleur. Shelly, Laura et Pia suivaient lentement l'évolution de ce printemps américain. Leur tactique était très simple. Une fois qu'elles avaient séjourné assez longtemps à un endroit pour avoir vu tous les lilas éclore, elles repartaient vers le nord-est et roulaient assez longtemps pour trouver des arbustes remplis de boutons sur le point de s'ouvrir. Là, elles attendaient patiemment que les fleurons des thyrses s'ouvrent, car c'est au moment de l'éclosion que le parfum du lilas est le plus suave. C'est aussi à cette période que ses couleurs sont les plus éclatantes, surtout pour les lilas blancs, roses et bleuâtres dont les fragiles fleurs se flétrissent vite sous les rayons du soleil. Le lilas blanc, en particulier, souffre de l'exposition aux ultraviolets qui le font vite jaunir. Ce phénomène est fréquent chez certains hybrides créés pour la blancheur de leur floraison. Le 'Madame Lemoine' n'échappe pas à cette règle.

Elles faisaient en sorte de se trouver là au moment de l'éclosion du lilas pour vivre aussi souvent que possible le bonheur qui consiste à être les premières à sentir la fleur naissante. Sans son parfum dont il est inutile de faire l'apologie, le lilas ne serait qu'un autre arbuste montagnard, il n'aurait pas prospéré en Amérique et serait resté chez lui, dans les Balkans. Toutes les autres parties du lilas, racines, branches, écorce, sont d'une amertume très prononcée. Mais son parfum n'est jamais si pur que lorsque se déploient les pétales de ses fleurons au premier jour de mai.

Pia voyageait maintenant avec Shelly et Laura depuis plus de trois semaines. Mai serait bientôt là. Incapable de digérer les légumineuses qu'on lui servait, elle avait conclu avec ses hôtesses un accord qui lui permettait de manger de la viande sans heurter leur sensibilité de végétaliennes. Un jour sur trois, elles la déposaient devant un *steak house* américain pendant qu'elles mangeaient leur ragoût écorespectueux dans le stationnement, bien installées dans leur salon roulant, à l'abri des regards. Pia privilégiait les restaurants qui se servaient des cornes de bovidés comme enseigne, en vrai ou en dessin, cela lui importait peu, mais elle voulait avoir la preuve avant d'y entrer qu'elle y trouverait des pièces de bœuf. Shelly avait d'abord refusé, prétextant qu'il était trop dangereux pour Pia de traîner seule dans des endroits où elle pourrait être reconnue. Elles attiraient moins l'attention à trois dans les jardins botaniques et les campagnes du Midwest qu'une femme assise seule devant un steak énorme. Pia avait obtenu gain de cause en promettant d'abord de ne parler à personne, sauf au serveur, puis de porter d'immenses lunettes noires, du fond de teint et un chapeau. C'est ainsi gréée qu'elle mastiquait avec délice deux fois la semaine un morceau de viande qu'elle commandait en montrant du doigt le menu, car elle ne connaissait pas les coupes de bœuf américaines. *Rib eye* ne voulait rien dire pour elle, ce qui ne l'empêchait pas d'en manger. Il lui arrivait aussi de se laisser tenter par un bœuf Stroganoff, même si objectivement elle trouvait que les restaurants brésiliens le réussissaient mieux. Ces escapades carnées lui permettaient aussi de se reposer des sujets de conversation de Shelly et Laura, qu'elle trouvait parfois ennuyeux à mourir, et de boire de l'alcool. La vie à trois dans l'intérieur exigu du camping-car exigeait une attitude zen peu naturelle pour Pia, habituée à vivre seule depuis le départ de sa fille pour Rio de Janeiro à la fin des années 1980. Soudainement coincée dans une boîte de sardines avec ces deux femmes remplies de manies et de caprices, Pia devait souvent se mordre la langue plutôt que de se plaindre. Encore ce matin-là, Shelly avait fredonné pendant au moins une heure une chanson dont elle ne connaissait que le refrain, remplaçant les paroles oubliées par un bourdonnement sourd qui avait failli rendre Pia folle. Elle avait dû se pincer la cuisse jusqu'au sang pour s'empêcher de lui crier de se la fermer. Ainsi buvait-elle, abondamment, mais avec élégance. Vivement Montréal !

Pour que Pia demeure joignable en cas d'urgence, Shelly lui prêtait son téléphone intelligent pour ses sorties en solitaire. Très vite, elle s'était rendu compte que l'appareil lui permettait d'accéder à des journaux du monde entier et même au site du réseau de télévision TV Real où travaillait sa fille, Simone. Bien qu'elle ait juré à la face du monde que jamais elle ne s'abaisserait à regarder ces programmes qu'elle condamnait de toutes ses forces, elle ne pouvait s'empêcher d'ouvrir les capsules d'une nouvelle émission dont elle n'avait jamais entendu parler. En mastiquant son steak, elle regardait cela attentivement et n'en revenait pas. De temps à autre, elle déposait sa fourchette pour se couvrir la bouche et rire, les yeux écarquillés. Quand ça devenait trop drôle, elle riait aux éclats, offrant aux autres clients du restaurant le spectacle banal d'une Brésilienne à demi ivre, s'esclaffant devant un petit écran qu'elle tenait dans sa main droite. Un soir, par deux fois on lui avait demandé de baisser le volume de son appareil. Par deux fois, elle avait souri comme pour dire : « Non. » La troisième fois, sous le regard menaçant d'un serveur, elle s'était réfugiée aux toilettes. Pendant toute la semaine, Pia avait exigé qu'on lui prête le petit téléphone pour regarder son émission quotidienne, la première pour laquelle elle éprouvait une certaine dépendance. Jamais elle n'avait eu si honte d'aimer quelque chose. Pour la première fois de sa vie, elle comprenait pleinement le sens du plaisir coupable.

Ces repas solitaires lui laissaient le temps de réfléchir, car Shelly et Laura ne se taisaient que pour dormir ou pour écrire, ce qui ne lui laissait que très peu de temps pour mettre en perspective la folie des semaines qui venaient de s'écouler. Elle s'étonnait de constater qu'en dépit de ses douleurs arthritiques aux pieds, que les traitements de Shelly avaient par ailleurs estompées en partie, elle avait rarement été dans une meilleure forme. Certes, elle était arrivée à Nashville à demi morte de peur et de fatigue, mais ces trois semaines passées en compagnie de ses deux nouvelles amies avaient eu sur elle l'effet d'un élixir de jouvence. Inutile de leur en parler, car elle savait déjà ce qu'elles auraient répondu : c'était le lilas ! Il n'empêche que Pia ne s'était plus sentie si libre, si humaine et vraie depuis ses années parisiennes. Quand elle n'écrivait pas, elle ne pensait que très rarement à sa vie brésilienne. L'image de sa fille lui revenait, certes, mais sans la tristesse et la douleur qui semblaient être restées derrière elle, au Brésil. L'image de Montréal, en revanche, s'imposait dans sa conscience comme une promesse d'avenir, et celle de Thérèse, comme la blessure du passé.

C'est au retour d'un de ses dîners sanguinolents que Pia trouva ses deux compagnes de voyage penchées sur une carte de l'État de l'Ohio qu'elles étaient en train de traverser. Elles avaient quitté Columbus et parlaient de faire un détour par Mentor, sur les rives du lac Érié, avant de remonter vers Détroit où elles traverseraient la frontière canadienne. Des informatrices les avaient avisées que de beaux spécimens de lilas hyacinthes avaient commencé à fleurir dans l'arboretum Holden, non loin de Cleveland.

— Les lilas *hyacinthiflora* sont très spéciaux, ils sont les premiers à fleurir, avant les *vulgaris*. Leur parfum est plus dense, comment t'expliquer ?

Laura semblait particulièrement disposée à faire ce crochet par-delà Cleveland pour cette simple raison. Agacée par ce délai supplémentaire – et quand même un peu éméchée –, Pia avait croisé les bras.

— Encore combien de temps jusqu'au Canada ? Et combien de fleurs encore ? Le lilas, une fois qu'on en a vu un, on les a tous vus !

Laura ne broncha pas devant ce blasphème.

— Nous ne pouvons pas traverser la frontière avant quelques jours de toute manière, autant occuper les quelques jours qui restent à bon escient.

— Je suis attendue ! Partons maintenant ! Je n'en peux plus de cette prison roulante !

Shelly et Laura avaient l'habitude des crises de nerfs de leurs passagères. L'avant-dernière, une immigrante clandestine salvadorienne qu'elles avaient conduite à Toronto à la demande de son amante canadienne, avait même menacé de les frapper si elles ne roulaient pas plus vite vers le Canada. Pour Shelly, dépasser la vitesse permise était le meilleur moyen d'attirer sur elles l'attention des autorités. Non. Mieux valait avancer lentement, suivre le lilas et profiter du printemps. À la Salvadorienne excédée, elles avaient proposé de se calmer par la lecture, l'écoute d'une musique relaxante ou la méditation. Peine perdue, la pauvre continuait de siffler son impatience. Le parcours avait été un calvaire. Pourtant, deux ou trois gouttes de Rivotril ou de n'importe quelle autre benzodiazépine auraient amplement suffi à calmer les nerfs de leur passagère. Mais Shelly et Laura se dévouaient aux extraits de plantes naturelles. Elles tenaient par-dessus tout à ne pas s'immiscer dans la vie privée de leurs passagères. Ce que Pia s'en allait faire à Montréal ? Elles n'en avaient pas la moindre idée. Une personne en qui elles avaient confiance leur avait demandé de la lui livrer vive le 19 mai au Jardin botanique de Montréal. Elles n'en savaient pas plus et ne comptaient pas forcer les confidences. Dans quelle histoire cette Brésilienne aux penchants carnivores et alcooliques avait-elle trempé ? Shelly avait conseillé à Laura d'attendre, de laisser les choses arriver en temps et lieu. Leur mission consistait à transporter Pia jusqu'à Montréal, le reste ne leur appartenait pas. Or, Laura commençait à perdre patience devant cette Brésilienne qui prétendait faire la loi dans leur royaume roulant.

— Tu veux qu'on te trouve du cannabis ? Quelque chose pour t'anesthésier ? Tu commences à me les ronger solidement, très chère !

— Vous voulez me droguer, en plus ? Je ne veux pas de cette cochonnerie !

— Ah ouais, c'est vrai, j'oubliais : Votre Altesse Impériale préfère s'engourdir au scotch !

Shelly la fusilla du regard.

— Assez ! Je ne veux plus vous entendre, vous deux. Nous partons pour Mentor sur l'heure. Laura, tu conduis.

Pendant les heures qui suivirent, Pia resta coite sur une banquette, au fond du véhicule. Shelly faisait mine de dormir. Laura ne disait plus rien. Une fois qu'elles eurent parcouru deux cents kilomètres, Pia cassa le silence qui régnait dans le camping-car.

— Ne savez-vous pas pourquoi je suis aux États-Unis et ce que je vais faire au Canada ?

Silence.

— Rosa ne vous a rien dit ?

Shelly répondit, sans ouvrir les yeux :

— Nous n'avons pas posé de questions. Cela ne nous regarde pas. Rosa nous a contactées pour nous demander de te transporter. J'en sais assez sur elle pour lui faire confiance. Elle était paniquée quand elle m'a écrit. Elle a tout simplement dit qu'il était arrivé une malchance épouvantable chez toi. Nous lui avons proposé de te prendre avec nous sur la route du lilas. C'est tout.

— Sans savoir qui j'étais ?

— Elle nous a dit que tu as connu sa mère il y a très longtemps.

— C'est tout ? Cela vous a suffi ? Ça ne vous a pas fait peur de prendre une inconnue dans votre camping-car ?

— Non, et à toi ?

— Pourquoi aurais-je peur de vous deux ? Vous n'êtes pas bien effrayantes.

— Toi non plus, sauf quand tu rentres soûle de ton *steak house*.

Saisie par la franchise de la réplique, Pia choisit de rire. Puis elle ne dit plus rien. Shelly tenta de détendre l'atmosphère en expliquant pourquoi elle tenait absolument à voir les lilas de l'arboretum Holden. Il y avait là, racontait-elle, une collection de lilas, dont le fameux 'Lamartine' créé par le croisement d'un *Syringa oblata*, une espèce hâtive originaire du nord de la Chine et de la Corée, avec un 'Azurea Plena', un lilas commun à fleurs doubles produit par un horticulteur liégeois du nom de Libert-Darimont. Une fois pollinisé par les mains agiles de madame Lemoine juchée sur son escabeau, le *Syringa oblata* avait engendré une nouvelle variété, et le lilas à fleur de jacinthe était né. Les *hyacinthiflora* fleurissent comme leur père, l'*oblata*, avant les autres lilas, et, comme leur mère, l''Azurea Plena', leurs fleurs produisent au moins cinq pétales et souvent deux corolles. Leur parfum est un peu différent de celui du *Syringa vulgaris*, il porte une note de fraîcheur, une sorte de chape printanière, un supplément de douceur. Le 'Louvois', qui fleurit si bien dans le Midwest, en est un hybride lavande. D'autres *hyacinthiflora*, comme le 'Buffon', le 'Turgot' et le 'Fénelon', sont rose pâle, presque blancs. Le problème avec le lilas à fleur de jacinthe, c'est qu'il est souvent victime des gels tardifs qui peuvent survenir jusqu'à la mi-mai. Il n'est pas rare que ses propriétaires se réveillent au matin avec des thyrses gelés dans leur jardin. Qui plante des *hyacinthiflora* en Amérique du Nord prend un risque, mais le jeu en vaut la chandelle, finit d'expliquer Shelly.

L'arboretum Holden étant déjà fermé à leur arrivée, elles durent attendre au lendemain pour y faire leur excursion. Pia n'avait pas parlé de la soirée. Au matin, elle avait mangé moins qu'à l'habitude. Laura trouvait qu'elle avait le teint jaune, mais n'osa pas s'informer de son état de santé de crainte de l'indisposer. Elle regrettait amèrement la flèche qu'elle lui avait décochée la veille. Laura s'entendait habituellement bien avec tout le monde, mais il arrivait à cette Brésilienne de prendre ses grands airs, par exemple quand elle reprenait sa prononciation de mots français comme « Lafayette », ou quand elle levait le nez sur leur cuisine en allant se repaître d'animaux morts dans des restaurants remplis de beaufs obèses. Sa patience avait été mise à rude épreuve le jour où Pia, rentrée légèrement ivre et empestant la barbaque, s'était lamentée sur l'odeur d'un plat au cari qu'elles venaient de manger. Autrement, elle la trouvait gentille, d'une propreté irréprochable et capable d'entretenir une conversation sur à peu près tous les sujets.

Alors qu'elles avançaient dans le Display Garden de l'arboretum Holden, Laura proposa pour détendre l'atmosphère un jeu célébrant les superstitions qui avaient entouré le lilas à travers les âges. Dans les colonies américaines, les jeunes filles cherchaient dans les thyrses des lilas blancs une fleur portant cinq pétales au lieu des quatre habituels.

— C'est comme un trèfle à quatre feuilles, sauf qu'il faut cinq pétales, c'est ça ?

Pia tentait de faire preuve d'enthousiasme.

— Oui, c'est exactement ça. Il faut chercher dans un lilas blanc, c'est plus facile.

Elles repérèrent un spécimen à floraison blanche et se plongèrent le nez dans les thyrses pour y chercher une fleur à cinq pétales. Pia en trouva une.

— Voilà, maintenant il faut que tu l'avales solennellement.

— L'avaler ?

— Oui, le lilas est comestible.

Pia s'exécuta et avala la fleur avec toute la solennité dont elle était capable.

— Voilà, maintenant que tu l'as avalée sans t'étouffer, il faut que tu cries : « Elle m'aime ! »

— Elle m'aime !

— Voilà, elle t'aime.

— Et si je m'étais étouffée ?

— Tu aurais crié : « Elle ne m'aime pas ! »

— Et si je l'avais recrachée, cette fleur ? À cause de son goût ?

— Le jeu ne prévoit pas le rejet de l'être aimé !

— C'est dommage, car il m'est arrivé de recracher des fleurs !

Shelly et Laura n'osèrent pas demander de détails. Plus tard, assise à côté d'un hybride dont toutes les fleurs avaient deux rangées de pétales, un lilas à fleur de jacinthe, Pia, pour rire, mordit à pleines dents dans un thyrse fleuri. Horrifiées, ses deux compagnes l'arrachèrent de l'arbuste qu'elle avait mordu et lui couvrirent la tête d'une couverture pour ne pas que les autres visiteurs la voient.

— Mais qu'est-ce qui te prend ? On va se faire foutre dehors pour vandalisme !

Pia recrachait ce qu'elle avait dans la bouche.

— Voilà, je les avale toutes ! Elles sont toutes pour moi ! Quoi que vous en disiez ! Vous n'en aurez pas !

Elles rirent longtemps de cette plaisanterie assez lamentable, non pas parce qu'elles la trouvaient drôle, mais parce que Pia tentait pour la première fois de les faire rire. Et aussi parce que, dans son agitation, une des fleurs lui était ressortie par une narine. À côté d'un lilas à fleur de jacinthe épanoui, Shelly étendit la couverture et donna à Pia son cahier. Elles écrivirent.

*Parfois je me désole de constater que nous sommes mal faits, nous les humains. Je veux dire par là qu'il y a un* problème avec le fait que les femmes puissent concevoir sans désir. Nous ovulons sans l'avoir demandé. C'est un processus complètement indépendant de notre volonté, qui peut se produire pendant notre sommeil, alors que les hommes ne peuvent pas engrosser une femme sans avoir désiré au moins l'acte sexuel. Un homme ne peut pas accidentellement pénétrer une femme. L'éjaculation ne peut pas lui arriver à la suite d'un geste malheureux, d'une distraction, comme se tromper de sortie sur l'autoroute. Pour féconder la femme, l'homme doit viser, il doit y penser, le vouloir, appliquer sa force à la maîtriser si elle résiste, la plaquer sur le dos en lui tenant le cou d'une main pendant qu'il la possède en grognant jusqu'à ce que le frottement de son gland dans le sexe de la femme provoque le jaillissement. Toutes ces manœuvres sont exécutées de manière tout à fait consciente. J'en conclus que ce sont les hommes et non les femmes qui veulent et qui font les enfants. Dire le contraire, c'est faire preuve de peu de jugement. Toutes les naissances sont le fruit du désir masculin, voilà. De dire que ce sont les femmes qui font les enfants, c'est faux. Elles les portent. Je me demande ce qui adviendra des femmes le jour où on aura remplacé leur matrice par des machines. La maternité que l'on glorifie comme une mission divine est plutôt une forme de résignation féminine. Voilà. Je ne veux pas dire par là que je regrette d'avoir été enceinte. Mais je voudrais simplement que la question de la volonté et du choix soit mise au clair. Mais avant de partir pour Paris, mes préoccupations étaient bien différentes.

Thiago m'avait dit qu'il avait contacté un journal parisien qui s'était montré intéressé à son travail. C'était un mensonge qui ne m'avait pas du tout rassurée. Le tuyau de la cousine de sa mère s'était en revanche révélé bon. Il serait assistant chez un photographe vieillissant qui tenait boutique dans le 9e arrondissement de Paris. Rien ni personne ne garantissait qu'il parviendrait à vendre des images à la presse. Le reste dépendrait de sa chance et de son aplomb. *Il avait réussi à m'obtenir un passe-port en graissant la patte d'un fonctionnaire, parce que, officiellement, il me fallait la permission de mon père pour voyager. Je n'étais pas assez mûre pour prendre cette décision. Avec des vêtements amples, j'arrivais toujours à masquer ma grossesse. Le père de Thiago avait fait preuve de retenue dans sa mansuétude, aussi les billets sur les navires plus chers, qui nous auraient permis de débarquer dans un port relativement proche de la capitale française, étaient-ils restés hors de notre portée. C'est donc sur un navire de second ordre que nous avons dû nous embarquer à Santos, non pas en direction du Havre ni même de Southampton, mais de la vieille Lisbonne d'où, encore verts d'un voyage en mer qui m'avait forcée à redéfinir la notion même de nausée, nous avons dû prendre un train fort peu confortable en direction de Paris.*

*À la fin des années 1950, la pension Renard de la rue de la Tour-d'Auvergne avait atteint un état de décadence trop avancé pour loger les visiteurs fortunés, mais avait gardé assez de gueule pour satisfaire les rêveurs de notre acabit. Sur ces quatre étages d'appartements mal éclairés vivaient deux frères venus d'Italie, tous les deux employés dans une quelconque usine parisienne, deux étudiantes portugaises incompréhensibles quand elles parlaient entre elles, et un nombre indéterminé et changeant d'Argentins aux manières clinquantes et aux mains baladeuses. Au troisième étage, madame Renard nous avait gentiment logés dans un minuscule deux-pièces mal chauffé où l'air parisien novembrait à en transformer notre haleine en buée. Elle nous a expliqué l'essentiel de ce qu'il fallait savoir sur la maison.*

*— Et ne craignez rien. Il n'y a pas de boches chez moi. Il n'y en aura jamais plus. Je vous le garantis. Je fermerai boutique avant d'en ravoir. Si vous aviez vu ce qu'ils ont fait au papier peint du deuxième ! Enfin... Vous n'avez pas l'air de savoir de quoi je parle. Y sont*

*quand même pas descendus jusque chez vous ? Je sers le déjeuner à treize heures en bas... Regardez, si j'avais encore un étage, on verrait la tour Eiffel !*

*Madame Renard montrait du doigt un point de l'horizon nocturne et brumeux dont la vue était bloquée par les mansardes des maisons. Je l'écoutais d'une oreille distraite en attendant que Thiago gravisse les dernières marches de l'escalier qu'il avait dû emprunter, faute de place dans le minuscule ascenseur. Pour se permettre le luxe de dormir dans cette cambuse glaciale et mal nettoyée – je crois que madame Renard avait la vue basse –, mon pauvre Thiago avait encaissé sa part d'héritage. Quand elle s'est rendu compte qu'il n'était pas avec nous, elle s'est arrêtée de parler, car même si je parlais assez bien le français à l'époque, alors que lui, pas du tout, c'est à monsieur qu'elle s'adressait. Il est arrivé hors d'haleine, une valise à chaque main. J'étais prête à hurler. Madame Renard évitait mon regard dans lequel elle devait reconnaître l'expression ordinaire et familière de la rancœur à laquelle ses résidentes l'avaient habituée. Plus tard, elle m'a confié que toutes les femmes d'Amérique latine réagissaient exactement comme je l'avais fait quand elles débarquaient chez elle.*

*— Voilà, j'ai mis la causeuse dans ce coin, il y a de l'eau chaude à partir de six heures du soir jusqu'à minuit dans la salle de bains que vous partagez avec les Argentins du quatrième. Ils parlent espagnol, comme vous. Si vous avez froid, vous me le dites. Mais vous devez être fatigués ! Je parle sans arrêt, vous devez me dire de me taire ! Vous trouverez de tout dans ma maison, sauf des Allemands, n'ayez aucune crainte. Il va naître quand, votre petit ? On dirait que c'est pour dans dix minutes ! Je vous appelle comment, Madame ?*

*— Vous pouvez m'appeler Pia. Je ne savais pas que la butte Montmartre était si grosse. Sur les images, elle paraît plus petite.*

*Comme si elle venait d'oublier que nous étions*

*effectivement éreintés, Yvette Renard nous a invités à descendre à la salle à manger pour nous servir un thé et faire notre connaissance. Pendant que Thiago comptait sur la table de bois les billets de banque avec la volonté de régler, dès notre arrivée, plusieurs mois de loyer, Yvette en a profité pour nous raconter la petite histoire de la butte Montmartre, du quartier et de la ville. Cette femme parlait sans arrêt, elle oubliait que vous étiez devant elle. Je ne sais quelle blessure ces torrents de paroles pouvaient cacher, mais elle était toujours gentille. Elle reste, après Thérèse, mon meilleur souvenir de Paris.*

*— La butte Montmartre est toute en gypse ! Il paraît qu'elle était deux fois plus grosse avant, mais on l'a grugée pour construire des maisons. À ce qu'il paraît, le sous-sol de Paris est troué comme un fromage.*

*Elle nous a raconté comment, en 1778, sept personnes avaient été englouties d'un coup, rue Ménilmontant, avalées par l'effondrement de la rue. Elle nous a aussi parlé de l'écroulement du passage Gourdon et de ceux de la rue de la Santé à la fin du XIX\ :sup: siècle. Je me souviens de ses yeux écarquillés quand elle nous a raconté que la terre s'était aussi ouverte sur le boulevard Saint-Michel, à Bagnolet, il y a de ça longtemps, mais aussi après la guerre, à Nanterre et à Romainville. Le sol parisien, troué au sud et au nord par les anciennes carrières de calcaire et de gypse, nous disait-elle, et de surcroît grignoté par les excavations effectuées pour la construction des lignes de métro, des égouts et autres conduits, n'est en réalité rien d'autre qu'un gros gruyère. Du côté de Montmartre, on ne sait pas exactement où se trouvent les vieilles mines que la ville a fini par recouvrir. Dans les profondeurs de la terre, des poches se sont formées et remontent parfois jusqu'à la surface en fontis. Elle nous a aussi expliqué qu'un fontis est un affaissement, un vide qui remonterait très lentement vers la surface à la faveur d'une érosion de la matière par la pluie et les écoulements de la nappe phréatique, comme une bulle d'air monte à la surface* de la pâte mal pétrie pendant la cuisson du pain. Je me souviens de ses mains qui ouvraient la brioche qu'elle nous avait offerte pour illustrer son propos.

— Vous voyez, c'est comme si vous marchiez sur la croûte de cette brioche et que cette petite bulle montait à la surface pour vous avaler. C'est effrayant !

Personne ne sait quand un fontis peut s'ouvrir, telle une fistule, à la surface de la Terre ; on ne peut qu'espérer que cela se fasse dans un parc, à un moment où personne ne passe. Au vu de ce qui allait se produire quelques années plus tard, je crois qu'Yvette Renard était quelque chose comme une sorcière, un devin. Elle était expansive et maternelle, assez peu parisienne en réalité. C'était une de ces personnes extralucides, qui savent prophétiser les pires catastrophes, mais qui sont incapables de régir leur propre vie. Je crois qu'on les appelle des Cassandre, comme dans l'histoire de la guerre de Troie. Comme elles donnent tous les signes de la folie, personne ne porte attention à leurs propos. Lassés par le voyage, nous n'écoutions guère ses babillages que j'étais par ailleurs la seule à comprendre. J'ai cru que c'était le genre de choses que tous les Parisiens racontaient à tous les visiteurs : « Attention, notre sol est fragile. Nous marchons sur de l'air. »

Nous n'avons même pas eu la force de nous déshabiller avant de nous endormir. Dehors, l'automne 1959 enveloppait déjà Paris comme un suaire humide et froid. Le photographe de la rue Laferrière, où Thiago avait obtenu la permission de développer ses épreuves, avait profité de l'arrivée de ce Brésilien pour lui confier les séances de photographies de fiancés, de bébés et de mariages, pareilles à celles qu'il prenait en charge à Rio, les palmiers en moins, ce qui nous a permis de respirer pendant les premiers mois. Le meilleur restait à venir.

Je dois bien l'avouer : ces premières semaines à Paris ont passé comme un rêve. Mes nausées avaient cessé et je pouvais me risquer dans les rues sans craindre de tomber sur mon père. J'avais passé les derniers mois à Rio pour ainsi dire cloîtrée dans notre appartement. Je ne sortais qu'à la nuit venue, la tête couverte d'un foulard, comme une espionne. Bien avant que le choc culturel parisien me frappe comme un coup de pelle en plein visage, bien avant que je me bute à la froideur extrême des Européens, j'ai aimé Paris. Il est impossible de ne pas aimer cette ville du premier coup. Tout me plaisait : ses lumières, sa vitesse, ses espaces publics qui semblaient appartenir à tout le monde et d'où personne n'était exclu. À Rio, riches et pauvres ne se côtoyaient que quand les premiers donnaient du travail aux seconds. À Paris, il ne semblait pas extravagant pour une fille de bonne famille de déambuler dans un parc où se trouvait au même moment un chômeur, présent lui aussi pour jouir de la beauté des lieux, sans qu'on le lui interdise pour délit de pauvreté. Tandis que Thiago poursuivait son oiseau chanteur, une bête fragile qui commençait sérieusement à battre de l'aile, je traînais au parc des Buttes-Chaumont, au Luxembourg, aux Tuileries, au bois de Boulogne, partout où ces improbables mélanges sociaux se donnaient à voir à mon regard. De ce spectacle de la mixité sociale, je ne me suis jamais lassée. C'était ainsi que le monde devait être. Je voulais être parisienne.

Édith Piaf était rentrée en France en 1959, après un voyage aux États-Unis d'où elle avait ramené Doug Davis, son fiancé américain qu'elle n'avait gardé que l'espace de quelques mois, après quoi il était parti rejoindre le boudoir encombré de ses anciens amants avec les autres Moustaki, Montand et Aznavour. Ce qui a retenu l'attention de Thiago, c'est que ce jeune peintre de trente ans avait réussi à gagner le suffrage de la chanteuse en peignant d'elle un portrait flatteur. Cette peinture venait confirmer ce que son sixième sens de photographe savait depuis longtemps, c'est-à-dire que certaines images valent plus cher que d'autres. C'est le temps que l'on consacre à une image qui lui donne sa valeur, et surtout, il ne faut jamais oublier que plus le sujet est proche d'une mort inattendue et prématurée, plus l'image trouvera d'acheteurs. Une fois que les vedettes sont à la retraite, leur image ne vaut plus rien. Il faut les saisir au moment où elles commencent à constater, horrifiées, que les rayons du soleil dont elles se sont trop approchées font fondre la cire qui retient leurs ailes. C'est cette expression de panique qu'il faut saisir sur la pellicule.

Le 19 février 1959, à la sixième chanson de son tour de chant au Waldorf, Piaf s'est écroulée devant son public, victime d'un malaise. Dans un hôpital new-yorkais, on lui a enlevé une partie de l'estomac. Cortisone et calmants figuraient déjà à son menu quotidien, minces remparts contre une polyarthrite chronique évolutive qui lui tordait les mains et faisait de sa vie un enfer de douleurs. Si Thiago a appris le français si vite, ce n'est pas seulement grâce à l'obligation qu'il avait de gagner sa vie à Paris, mais aussi parce qu'il avait toujours le nez plongé dans un journal ou une revue, à la recherche de renseignements sur Piaf. Il lui arrivait de camper devant l'appartement qu'elle avait, boulevard Lannes, juste pour voir qui y entrait et qui en sortait. Souvent, je me suis demandé pourquoi Thiago avait choisi de partir pour la France. Ce n'était pas l'endroit le plus évident pour un Brésilien à cette époque. Pourquoi pas Buenos Aires ou Lisbonne ? Pourquoi ne pas avoir fui, comme moi aujourd'hui, vers les États-Unis, cette poubelle de l'humanité où La Môme était allée chercher cette gloire qui était en train de la consumer ? Tout simplement parce que Thiago avait compris, en explorant la presse de boulevard parisienne, que la valeur monétaire d'une photographie est fonction, comme je l'ai dit, du délai qui la sépare de la mort du sujet, mais qu'elle est aussi directement proportionnelle à la distance qui sépare ce que les gens croient être de ce qu'ils croient devoir être. Selon ce qu'il avait compris, cette distance est plus grande à Paris qu'à tout autre endroit dans le monde. Il avait aussi compris, sans pour autant pouvoir l'exprimer en ces termes, que les artistes, en particulier les chanteuses, représentent, à l'instar des matières premières et du travail, une forme de capital dont la valeur fluctue selon le temps, les modes et le pouvoir d'achat de la classe ouvrière. Ainsi, il avait bien remarqué qu'Édith Piaf, avec ses chansons ringardes et sa vie délurée, était snobée par l'avant-garde de la société parisienne. Ceux qui achetaient les magazines et les journaux qui publiaient les photographies de Piaf n'étaient pas des gens à la mode. En fait, Piaf, en 1959, était déjà sur le point d'être balayée par les chevelures anarchiques des yéyés et des minaudeuses qui n'avaient qu'un filet de voix. Thiago avait compris cette notion clé du capital culturel : si les filles du pressing aiment, c'est qu'il y a un profit à faire, pourvu que ces dernières puissent se permettre de temps en temps l'achat d'un disque, d'un billet de spectacle, d'un magazine. Et à en juger par l'entrain qui portait l'interprétation de Les Amants d'un jour par la fille du pressing de la rue des Martyrs, une mine d'or attendait d'être forée dans le sol déjà abondamment troué de Paris. Bref, il fallait à Thiago une culture populaire robuste et une populace capable d'en acheter quotidiennement de petits bouts. Le Brésil offrirait un jour cette réalité payante. Paris avait déjà tout ça : un peuple féminin doté de quelques francs et une élite qui le regardait de très haut. Cela, Thiago l'avait compris depuis Rio de Janeiro. Il avait aussi compris, comme tous les paparazzis de Paris, que le fruit Piaf était mûr.

Édith Piaf est rentrée à Orly le 21 juin, sans échapper aux caméras des actualités. À l'Hôpital américain de Neuilly, on l'a opérée pour une pancréatite. Comme si elle voulait envoyer un bras d'honneur au destin, elle a ensuite décidé de partir en tournée, car elle était fauchée. Ses maladies lui coûtaient cher. Elle était en sursis. Tous les photographes de Paris étaient convaincus qu'elle allait s'écrouler sur scène pendant cette série de représentations qu'elle allait donner dans les campagnes riantes de la région parisienne et du nord de la France. Thiago s'est joint au cortège des charognards dont chacun était convaincu qu'il rapporterait aux journaux l'image toute fraîche d'une Piaf agonisante, effondrée aux pieds d'un pianiste affolé, le micro sur son flanc. Il s'agissait donc pour chacun d'acheter des billets pour tous les spectacles et de la suivre dans chacun de ces bleds. À Melun, Marlene Dietrich a fait une apparition surprise dans son Alfa Romeo, comme pour conjurer le sort. Elle a embrassé Piaf sur la bouche. La Môme en était-elle à se consoler dans les bras des femmes ? Mais Thiago n'avait pas le temps de se poser ces questions – ni de se demander ce que je faisais toute seule à Paris pendant qu'il parcourait les routes de France –, car il avait réussi à emprunter la voiture du photographe qui l'employait, une Renault poussive au levier de vitesse capricieux qu'il malmenait comme une jument rétive. Il m'a raconté qu'à Rouen il avait juré sur la tête de sa mère, de son enfant à naître et de tous ses aïeux qu'il irait à l'église tous les dimanches s'il survivait à cette tournée-suicide. Chaque spectacle amenait le même tour de chant, parfois répété deux fois si le public en redemandait. Il traversait dans d'épais brouillards Abbeville, Le Mans, Lille et Calais pour entendre chaque soir les mêmes rengaines : Hymne à l'amour, La Foule, Bravo pour le clown, C'est l'amour, assez pour en savoir les paroles par cœur. Contre toute attente, Piaf ne tombait pas. Elle terminait son tour de chant, exécutait des rappels, signait des autographes et se moquait des photographes qui étaient venus la voir s'aplatir pour de bon. Elle ne reconnaissait pas Thiago dans le groupe des paparazzis qui la suivaient comme les hyènes suivent une bête atteinte. Elle ne savait pas que c'était lui qui l'avait photographiée à sa descente du petit train au Corcovado.

À Maubeuge, il a presque réussi. Par deux fois elle s'est trouvée mal pendant le spectacle, au point qu'on a dû aller

*chercher un médecin pour la soigner en coulisses. Thiago,*
*perdu dans le dédale des routes de la campagne française,*
*est arrivé en retard au spectacle et a manqué l'instant où,*
*K-O, Piaf a titubé pour aller se réfugier dans les coulisses*
*sans toutefois offrir le spectacle de sa mort aux charo-*
*gnards qui n'avaient rien manqué. Pour des raisons tout*
*à fait égoïstes, Thiago a été soulagé d'apprendre qu'elle*
*avait survécu. Cela signifiait qu'il lui restait encore une*
*chance d'immortaliser son trépas. Le derby de démolition*
*a continué à Saint-Quentin, Béthune, Reims, Dieppe,*
*Laval, Metz et Thionville, où Thiago s'est encore une*
*fois perdu malgré une étude attentive des cartes routières*
*empilées dans le coffre à gants. À Évreux, la chanteuse*
*a provoqué les journalistes dressés devant elle, objectifs*
*brandis : « Vous venez pour me voir tomber ? Vous arrivez*
*mal, je suis en pleine forme ! » Mensonge éhonté que son*
*visage boursouflé et sa mine de bête traquée démentent*
*au premier coup d'œil. À Calais, Thiago l'a vue faire la*
*fête jusqu'au petit matin, requinquée à coups de piqûres*
*magiques et fouettée par une pharmacopée hallucinante. À*
*Dreux, Thiago est parvenu à se faufiler dans les coulisses*
*et a réussi un coup de maître : la photographier après sa*
*chute sur le piano, à la fin de son tour de chant. Double*
*malheur. D'abord, elle n'est pas morte. Ensuite, le rideau*
*venait de tomber, annulant par l'intimité qu'il garantit la*
*possibilité de la photographier au moment de sa mort* en
public. *Les coulisses, ça ne compte pas, car il faut que la*
*mort prenne des allures d'exécution publique.*

*Et comme si elle avait voulu prouver à ce Brésilien*
*qu'elle ne lui offrirait pas le cliché funèbre qu'il espérait*
*vendre à tous les journaux du monde, Piaf a survécu à sa*
*tournée pour rentrer à Paris soigner une jaunisse. À la*
*clinique de Meudon, un énigmatique garçon blond était*
*à son chevet. Elle en avait encore à donner, visiblement.*
*Thiago, lui, était au bout de ses ressources et a dû rentrer*
*à Paris où je l'attendais. J'avais accouché le 13 décembre.*
*Seule avec le médecin et une infirmière. J'étais épuisée,*

probablement dans le même état qu'Édith Piaf, mais cela n'intéressait pas Thiago.

Nous avons célébré Noël en famille à la pension Renard. Notre petit Jean-Paul était un bébé fort qui me ressemblait et ne pleurait presque jamais. C'était madame Renard qui m'avait accompagnée à la clinique. Elle n'avait pas eu beaucoup de bons mots pour ce père qui, à la naissance de son premier fils, avait préféré l'errance sur les routes de France, en quête d'un cliché payant, plutôt que d'être au chevet de sa femme. Mais elle n'avait rien dit devant lui. Pendant plus d'un mois, alors que Thiago courait après son moineau, Yvette Renard m'avait préparé mes repas, car j'étais alitée. Elle m'avait prise sous son aile, un peu méfiante envers mon « mari » absent. Mais je n'étais pas du tout triste et je ne me sentais pas abandonnée. J'avais mes livres. La naissance de Jean-Paul m'avait allégée de plusieurs kilos et m'avait donné une importance que je n'avais jamais eue aux yeux des autres. Yvette avait voulu savoir pourquoi ce petit, né de parents brésiliens aux noms roulants, avait reçu le prénom de Jean-Paul. Quand je lui en ai expliqué la raison, elle a levé les yeux au ciel. « Un communiste ? Mais vous l'avez bien regardé ? Vous n'avez pas peur qu'il lui ressemble ? » Je n'avais pas de réponse à cette question. Moi, j'étais certaine qu'en France Jean-Paul Sartre et Simone de Beauvoir faisaient l'unanimité. Yvette a achevé de dissiper mes illusions.

— Il paraît que la voisine, madame Auclair, la connaît, l'autre, là, sa femme, cette pimbêche. Elle en parle tout le temps. Simone par-ci, Simone par-là… Et elle l'appelle par son prénom ! Imaginez pour qui elle se prend, l'Auclair ! Vous ne pouvez pas la manquer, elle vit juste à côté avec sa grande amie, une Belge aussi snob qu'elle. Y'en a qui disent que ces deux-là sont… enfin, juste à savoir qu'elle connaît Simone de Beauvoir et on ne s'étonne plus de rien !

Elle parlait de ce couple de femmes qui, dès mon arrivée à la pension Renard, avait piqué ma curiosité. La *fenêtre de notre chambre donnait sur une cour intérieure, la plupart du temps très obscure, où la lumière du jour ne pointait pour ainsi dire jamais. Leur salle à manger était juste en face de nous. Quand la fenêtre était ouverte, nous ne perdions pas un mot de leurs conversations. Comme elles avaient souvent des invités qui parlaient très fort, elles nous forçaient à vivre la fenêtre fermée, ce qui nous indisposait quand même un peu l'été. Thiago et moi avions d'abord cru qu'il s'agissait de deux sœurs, car ce n'est pas parce que nous les entendions que nous les comprenions nécessairement.*

*Je les avais aussi remarquées, un soir, en rentrant d'une promenade, figures dans la cinquantaine, silencieuses, avançant bras dessus, bras dessous dans les rues gelées de mon quartier. À vrai dire, j'étais trop préoccupée par le froid qui prenait possession de Paris pour me soucier de mes voisines. Ce froid, on m'en avait parlé, certes, mais je ne m'attendais pas à ce qu'il morde. Dans cet air coupant, je sentais la promesse de la mort pénétrer entre mes os. Un jour, j'en étais convaincue, on me trouverait raide morte dans la neige. L'idée ne me paraissait pas du tout saugrenue.*

*L'échec Piaf n'a pas découragé Thiago de la France. Moi, j'étais heureuse avec mon petit Jean-Paul. Le patron de Thiago lui confiait un nombre toujours croissant de contrats, de sorte qu'à la fin de 1960 il a arrêté de piocher dans ses économies pour m'annoncer que nous allions nous marier à Paris. Il avait malgré tout réussi à placer quelques clichés de la tournée de Piaf dans* Ici Paris *et* France Dimanche. *Assez pour survivre et pour l'encourager à prendre en chasse d'autres vedettes. Dalida se faisait moins désirer ; Brigitte Bardot, pas du tout… Il a réussi à voler à la première une image avec bigoudis, ce qui lui a valu des noms d'oiseaux auxquels il s'était habitué depuis Rio ; à la seconde, il a arraché des prises en contre-plongée qui lui ont tellement rapporté qu'il m'a promis que je pourrais, dès que Jean-Paul marcherait,* m'inscrire à la faculté. J'ai accepté sa proposition de mariage, surtout pour que mon état civil, inscrit partout, cesse de provoquer les regards suspicieux des autorités. Je me rendais compte que Simone de Beauvoir et Jean-Paul Sartre étaient dans leur pays des animaux rares. Ils représentaient l'exception qui confirme la règle sociale. Restait à déterminer une date.

J'ai vécu cette maternité comme une seconde naissance. Mes heures les plus douces, je les passais avec Jean-Paul, que son père soit présent ou non. Il m'arrivait de vouloir le manger tant je trouvais qu'il avait une odeur appétissante. Je m'étais inquiétée, car Yvette n'arrêtait pas de dire qu'une femme qui aime Simone de Beauvoir ne peut pas faire une bonne mère. Pourtant, je ne me séparais même pas de Jean-Paul pour aller aux toilettes. Tard le soir, quand il rentrait du studio, Thiago le berçait un peu avant de dormir. Quelqu'un aurait pu dire, comme Yvette ne cessait de le répéter, que j'étais malheureuse parce que Thiago était rarement à la maison. Mais que dire ? J'étais habituée à l'absence du père. La personne qui me manquait le plus, ce n'était pas Thiago, c'était Aparecida, car elle seule aurait pu répondre aux questions que je me posais : Pourquoi ces boutons sur ses fesses ? Pourquoi ne mange-t-il pas ? Quelle purée lui donner ? Du Brésil arrivaient des lettres d'Aparecida et de Vitória qui s'informaient du sexe du nouveau-né. Ma sœur tentait de me convaincre de rentrer à Belo Horizonte et de me réconcilier avec mon père. Une bonne discussion pourrait tout régler, c'était ce qu'elle croyait.

Malgré le froid, l'hostilité des Parisiens – amusante, quand on la considère d'un point de vue purement anthropologique – et le manque de moyens, nous n'avions aucune envie de rentrer dans les tropiques. D'accord, nous passions le plus clair de notre temps à nous plaindre du manque de courtoisie des gens, de la foule et de la cherté des aliments, mais nous étions à l'âge où on endure tout ça aisément. Je ne le referais plus aujourd'hui. Enfin…

Paris nous convenait parfaitement, d'autant plus que nous avions quelques amis, dont Paul et Anne-Marie qui avaient eu une petite fille une semaine après mon accouchement. Anne-Marie me conseillait de terminer mes études en France et de me diriger vers l'enseignement. Thiago était d'accord, mais j'hésitais à me séparer de mon petit Jean-Paul. Il avait vraiment changé mes attentes envers la vie.

En juin 1961, nous avons trouvé Yvette Renard assise dans sa cuisine, tétanisée par le bulletin de nouvelles. Elle était si blanche que j'ai cru un instant que l'armée allemande avait traversé la frontière et s'apprêtait à marcher encore une fois sur Paris. Yvette réussissait à peine à parler. Une des deux Portugaises qui logeaient chez elle a fini par nous expliquer qu'un glissement de terrain venait d'avoir lieu à Clamart, en banlieue parisienne. Le sol s'était effondré, engloutissant les gens et les maisons. On a su plus tard qu'il y avait eu vingt et un morts. Les coupables étaient encore une fois de vieux puits et des galeries de mine désaffectées sur lesquels tout un quartier tenait en équilibre. Je pense qu'Yvette est restée deux jours sans parler. Vraiment, à bien y repenser et après tout ce qui s'est passé ensuite, je pense qu'elle était un peu spirite.

Deux ans se sont écoulés pendant lesquels les affaires de Thiago ont prospéré, comme à Rio. Son employeur, impressionné par son ardeur au travail et par son talent, lui avait pardonné toutes ses escapades aux trousses de chanteuses agonisantes. Ragaillardie, Édith Piaf avait de son côté sauvé de la faillite l'Olympia en y chantant pendant trois mois à guichets fermés. En 1962, il a fallu faire un choix déchirant : emménager dans un appartement plus grand ou racheter la Dauphine d'un client de Thiago. Nous avons choisi la mobilité. C'est à cette époque, à l'été, qu'un incident curieux s'est produit à la pension Renard.

J'étais sortie faire une course rue des Martyrs et j'avais

laissé Jean-Paul sous la surveillance d'Yvette qui me suppliait presque pour que je la laisse s'occuper un peu de lui tant elle s'en était éprise. En rentrant, je me suis arrêtée vingt mètres avant notre porte parce que je venais de me rendre compte que j'avais oublié mon porte-monnaie chez la boulangère. Devant la porte de la pension Renard, il y avait une jeune fille blonde à s'en confesser, qui semblait attendre qu'on lui ouvre. Elle devait avoir vingt ans, à tout casser. Je l'ai prise pour une personne qui cherchait une chambre et ne lui ai accordé aucune attention, parce que je devais courir à la boulangerie. En rentrant, j'ai croisé la même fille dans la rue de la Tour-d'Auvergne, qui essuyait une larme sur sa joue. À en juger par son maquillage et sa tenue vestimentaire, elle devait être une admiratrice de Brigitte Bardot.

De retour à la pension, j'ai demandé à Yvette ce que cette blonde voulait. Elle a d'abord feint de ne pas avoir vu de blonde. J'ai insisté.

— Mais je viens de la voir sonner à la porte ! Elle m'a fixée du regard comme si j'étais un fantôme !

— Ah ! Cette blonde-là !

Manifestement, Yvette Renard avait tenté de me cacher quelque chose. Dans la cuisine, la radio jouait cette chanson… cet air qui m'obsède jour et nuit, cet air n'est pas né d'aujourd'hui… que Jean-Paul accompagnait de ses babillages. Elle a marmotté une histoire confuse au sujet des jeunes et m'a menti en prétendant que cette fille cherchait une chambre. Plus tard, une des deux Portugaises, qui avait été témoin de la scène, m'a raconté que la fille était venue demander si un Brésilien du nom de Thiago vivait dans cette maison. Madame Renard l'avait tout de suite prise en grippe et lui avait rétorqué qu'il y avait effectivement un Thiago et que le bébé qu'elle tenait dans ses bras était son fils. Apparemment, le visage de la petite s'était effondré comme le sol à Clamart et elle était tout simplement partie sans dire un mot. Je ne savais pas encore. Je pense qu'Yvette Renard avait dû nous entendre nous engueuler, moi et Thiago. Elle l'avait probablement entendu me frapper. Ça n'arrivait pas souvent à cette époque, mais les murs de cette maison étaient faits de papier ! La Portugaise savait aussi. Tout le monde savait. Dans la cuisine, mon petit Jean-Paul, qu'Yvette avait rassis sur sa chaise, tapait des mains sur la finale de la chanson… qui bat, comme un cœur de bois ! C'était assez étrange, il était tout petit, mais il avait déjà compris quand une chanson était sur le point de finir. Il avait la musique en lui, mon petit Jean-Paul brésilien.

Je pense qu'Yvette s'est sentie coupable à cause de cette menace blonde. En tout cas, elle étouffait Jean-Paul d'affection. L'arrivée de cet enfant dans sa pension avait eu sur elle l'effet d'un printemps en plein décembre. Le matin, elle s'impatientait pour que Thiago disparaisse enfin dans Paris, soit au studio où il était devenu indis-pensable, soit sur la trace d'une vedette. Elle savait que je comptais reprendre mes études, mais trouvait inutile pour une femme d'en faire tant, alors qu'un homme promettait de m'épouser et de me faire vivre.

— Moi, si j'avais un homme, vous pouvez être sûre que je ne m'échinerais pas ici !

Certes, elle ne trouvait pas Thiago parfait, mais, selon elle, il valait mieux se prendre de temps en temps quelques baffes si cela permettait de s'épargner les affres et les humiliations du travail. Mais à toute chose malheur est bon. Pour Yvette, mon projet de finir mes études signifiait qu'elle pourrait se retrouver seule avec Jean-Paul, qu'elle entourait de soins attentionnés. Je suis tombée dans le piège. Parfois, je me dis encore que si j'avais écouté Thiago et que j'étais restée chez nous au lieu de confier Jean-Paul à Yvette, les choses se seraient passées autrement pour tout le monde. J'étais déchirée entre ces deux perspectives qu'on me présentait comme incompatibles et qui s'excluaient mutuellement : les livres de Simone de Beauvoir et mon devoir de mère. C'est l'ambition qui l'a emporté, de sorte que j'ai consenti, après avoir reçu l'approbation de Thiago, à laisser l'enfant aux soins d'Yvette Renard pendant que je commencerais les démarches pour m'inscrire dans une faculté avec l'objectif de décrocher l'agrégation de lettres. Pour arriver à mes fins, il me fallait courir entre l'ambassade et l'université, naviguer dans les méandres de la bureaucratie universitaire, bref, me faire un temps l'esclave de l'arbitraire. En France comme au Brésil, ce genre de chemin de croix constitue en soi une occupation à temps plein. Le petit était tout juste sevré que je partais user mes talons sur les trottoirs parisiens. Je me sentais coupable. Mais Yvette me rassurait.

— Il est si tranquille, ça me fait plaisir de m'occuper de lui. Allez à vos affaires en paix.

Yvette m'aidait à choisir mes vêtements, m'orientait dans le dédale des transports en commun, et elle m'a même indiqué le nom d'anciens pensionnaires qui pouvaient m'aider dans mon projet. Je pense qu'Yvette se faisait du cinéma avec Jean-Paul qui était arrivé comme une sorte de réponse à des prières qu'elle n'avait jamais osé adresser à Dieu. D'après ce que les pensionnaires m'avaient raconté, elle avait eu un mari que les Allemands avaient envoyé au Service du travail obligatoire et qui n'en était jamais revenu. Elle avait élevé seule une fille qui vivait en banlieue parisienne et que l'on voyait très rarement dans le 9ᵉ. Je crois donc que l'affection qu'elle portait à Jean-Paul n'était rien d'autre qu'une forme de projection de l'amour pour le fils qu'elle n'avait pas eu. Je ne me l'explique pas autrement. Elle arrivait facilement à faire abstraction du fait que l'enfant portait le prénom de cet étrange philosophe dont elle ne comprenait ni le discours ni l'acharnement à démolir la France dans les journaux. Le rôle de l'enfant était simple : se laisser pousser dans un landau qu'elle empruntait à une voisine pour aller faire ses courses. Au début, il lui a fallu amadouer le petit parce qu'il refusait de se séparer de moi. Le premier jour, elle n'y est pas parvenue. Jean-Paul ne s'approchait que d'une autre personne que moi : son père. Mais Yvette avait *une envie folle d'être vue tenant cet enfant magnifique devant les étals du marché. Le troisième jour, elle a eu recours aux grands moyens. Après coup, elle a fini par admettre que dans le lait matinal de Jean-Paul, qu'elle sucrait deux fois plus que de coutume, elle incorporait aussi une dose infime de Gardénal qui faisait son effet au moment où je l'embrassais pour sortir de la pension. Yvette a ensuite installé Jean-Paul dans le landau et est partie parcourir la rue des Martyrs. Les premières fois, elle est allée jusqu'au bout de sa fantaisie, c'est-à-dire qu'elle a marché jusqu'à des commerces qu'elle ne fréquentait pas d'habitude, dans le but qu'on la prenne pour la mère de l'enfant endormi. Le subterfuge, nous a-t-elle avoué avec candeur, avait fonctionné quelques fois. Au premier compliment qu'elle a reçu, elle a presque pleuré. Puis, fatiguée par ce manège qui la forçait à marcher deux fois plus que d'habitude, elle a recommencé à fréquenter ses commerçants habituels. Tant que l'illusion se tenait dans son propre esprit… Tôt ou tard pourtant, Jean-Paul finissait par se réveiller dans son landau, les yeux lourds, la tête légère, un peu affolé de ne plus reconnaître le décor de la pension. C'est à ce moment qu'Yvette lui glissait dans la bouche un caramel mou qu'elle avait réchauffé dans sa poche. Presque noyé dans le jus sucré, le petit cessait de pleurer et, par un réflexe pavlovien, il a appris à associer le sourire d'Yvette au goût du caramel, si bien que dès la deuxième semaine Jean-Paul exigeait de lui-même qu'on le mette dans le landau, sans aucune intervention médicamenteuse.*

*Quand elle rentrait vers les dix heures et demie dans sa cuisine – non sans avoir exhibé son petit Brésilien chez la boulangère, le boucher, la mercière, le poissonnier, les minettes du pressing et surtout, oui surtout, chez cette « mégère nullipare » du café de la rue de la Tour-d'Auvergne –, Yvette allumait la radio, installait Jean-Paul dans une grande chaise et chantait en préparant le* déjeuner. *Quand elle chantait* T'es beau tu sais *en tenant le petit dans ses bras, elle y croyait, je pense.*

*Entre sa tournée-suicide et le jour de sa disparition en octobre 1963, Édith Piaf a fourni aux paparazzis parisiens et à la presse de boulevard un carburant en apparence inépuisable. Promise à la douleur, sa gloire à l'Olympia, au début de 1961, a fait long feu. Elle a encore subi quelques opérations sans jamais pour autant laisser entendre qu'elle quitterait la scène. Son visage hâve à la sortie de l'Hôpital américain a rapporté à Thiago de quoi entretenir sa voiture et sa famille.*

*Je n'ai pas eu besoin d'Yvette Renard pour comprendre que Thiago me trompait. Je ne lui en voulais pas, non. Je pense qu'il a toujours su que je n'ai jamais pris de plaisir avec lui, de sorte qu'à la fin de ma grossesse je me doutais déjà qu'il allait chercher ailleurs la confirmation qu'il pouvait être un amant talentueux. Il rentrait imbibé de parfums, taché de cosmétiques... Il n'était pas très adroit. Mais je répète que je ne lui en voulais pas et que je me trouvais même soulagée d'un devoir qui m'ennuyait au possible. Je savais très bien, quand il me disait qu'il partait aux trousses d'une Piaf mourante ou d'une Bardot ivre, qu'il faisait des détours pour se divertir dans d'autres bras. Mais pour tout dire, j'étais plus jalouse d'Édith Piaf et des autres vedettes que de ces créatures inconnues auxquelles j'attribuais un rôle hygiénique, comme un dentiste ou une pédicure. Si le sexe avec Thiago avait voulu dire quelque chose à mes yeux, je me serais probablement fâchée. Mais je ne savais pas. Je ne pensais pas à ces choses-là. C'était une autre époque de ma vie. De son côté, il arrivait très bien à rationaliser ces infidélités en se disant qu'après tout nous n'étions pas encore mariés, et que si notre couple se donnait l'union Sartre-Beauvoir comme modèle, les amours contingentes devaient aussi y avoir leur place. Ce n'est pas lui qui me parlait d'*amours contingentes, *mais moi, bien sûr, car il ne lisait pas les livres de Beauvoir. Ça ne l'intéressait pas. À vrai dire, nous n'avons jamais* eu de discussion claire sur la contingence des amours. Et je persiste à dire que malgré les coups qu'il me donnait quand nous nous disputions il m'aimait, mais moi, non. J'aimais la liberté qu'il m'avait offerte en m'arrachant à Três Tucanos. J'appréciais ce qu'il faisait pour moi.

Je ne m'étais jamais arrêtée à penser à sa réaction s'il apprenait que j'avais un amour contingent avec un autre homme, tout simplement parce que je ne regardais pas les autres hommes. J'imagine qu'il l'aurait tué. Mais il était préoccupé par d'autres choses. Ainsi, quand Doug Davis, le fiancé que Piaf avait ramené des États-Unis, est mort dans un accident d'avion à Orly, Thiago est entré dans une rage noire parce qu'il était prisonnier de l'agenda du studio de photographie et qu'il ne pouvait pas courir sur les lieux du désastre. Il rageait aussi d'être coincé à Paris par manque de moyens : il aurait voulu être à Cannes le jour d'août où Piaf a déclaré, en sortant du Palais des festivals, qu'elle comptait épouser Théo Sarapo, ce jeune Grec dont elle aurait facilement pu être la mère. Il a pris sa revanche le printemps suivant, quand Édith a émergé d'un coma de six semaines dans une clinique de Neuilly-sur-Seine. Arrivé sur place bien avant ses rivaux, il a réussi à obtenir d'une Piaf très piquée des vers quelques clichés assez payants alors qu'elle montait dans une voiture. Puis, elle a disparu sur la Côte d'Azur encore une fois. Paris ne la reverrait plus. Elle est morte le 10 octobre à Grasse, mais toute la presse parisienne, y compris Thiago, a été dupée. On a fait croire que Piaf était morte paisiblement dans son appartement du boulevard Lannes, où il s'est précipité. Déjà, les charognards, les pique-assiettes et les autres oiseaux de malheur qui constituaient son entourage avaient pillé ses possessions, dont un petit bol en terre cuite ayant supposément appartenu à Cléopâtre. Devant sa dépouille, des milliers de personnes ont défilé en silence. Nul ne sait combien exactement.

Le 14 octobre 1963, je ne l'ai pas oublié. Je conserve de toute cette période une mémoire cinématographique, *car j'en suis sortie marquée. Yvette et Thiago aussi. Si elle est toujours vivante, je suis sûre qu'Yvette y repense tous les jours. Mais elle doit être morte, la pauvre. Elle avait bien tenté, accompagnée de Jean-Paul, de faire la queue boulevard Lannes pour voir la dépouille de Piaf qu'on avait installée dans son appartement, mais ses obligations de logeuse l'avaient forcée à rebrousser chemin avant même d'avoir pu s'approcher de la porte de l'immeuble. Le lundi des funérailles de La Môme Piaf, j'assistais à un cours de littérature, car j'avais réussi entre-temps à m'inscrire à la Sorbonne. Ce cours, je m'en souviendrai jusqu'à mon dernier souffle, portait sur les notions de responsabilité et de résistance passive. Le professeur parlait du* Bartleby *de Melville. Je ne comprenais pas tout. Thiago était déjà au cimetière du Père-Lachaise, attendant le cortège funé-raire qui était passé devant le Trocadéro, avait traversé tout Paris en avançant lentement devant des centaines de milliers de Parisiens, certains juchés sur les branches des arbres et sur les toits pour mieux voir. La voix de la France était morte. Yvette n'arrivait pas à se résoudre à suivre à la radio l'enterrement de celle qu'elle considérait comme un membre de sa famille. Combien de similitudes étonnantes avait-elle trouvées entre son destin et celui de Piaf ? Veuvage, pauvreté, misère, mais aussi bonheurs, amours et espoirs ! Et cette manière qu'avait Piaf de dire « Paris » comme d'autres disent « toujours » ! Quand elle avait entendu dire chez la boulangère que l'archevêque de Paris avait refusé des obsèques religieuses à Piaf, mais que ce marquis poudré de Jean Cocteau, mort presque en même temps, y aurait droit, elle était entrée dans une colère tellurique. « Bien sûr ! Entre hommes, on peut se rendre certains services... Dire qu'il a dû enfiler à peu près tout ce qu'il y a d'acteurs... » Yvette Renard était plus allumée que bien des gens. Elle a décidé pour la première fois de sa vie que ce lundi ne serait pas fait de lessive ni de purée de pommes de terre. En quelques secondes, elle a installé Jean-Paul dans son landau même s'il était* d'humeur à courir. Je pense qu'elle a dû le droguer encore une fois pour avoir la paix, pour s'assurer qu'il ne lui échapperait pas dans la foule, car il avait commencé à gambader. Elle est partie avec lui vers le cimetière où les Parisiens convergeaient déjà comme des fourmis vers un fruit fraîchement tombé de l'arbre.

Personne, surtout pas Yvette, ne s'était attendu à ce que tant de gens viennent faire leurs adieux à Édith Piaf. Les grilles principales du cimetière étaient fermées, mais la foule a réussi à se faufiler par les entrées latérales pour monter jusqu'à la concession où l'on s'apprêtait à mettre le cercueil en terre. Des tombes ont été piétinées, les services de sécurité débordés avaient peine à maintenir un semblant d'ordre. Bousculée de droite et de gauche, Yvette s'agrippait au guidon du landau comme à sa vie. La multitude l'entourait, plus moyen d'avancer, plus moyen de reculer, il fallait tout simplement se laisser porter par le mouvement de la vague, mais le landau tanguait sous les coups des hanches affolées. Personne ne semblait vouloir accorder la moindre importance à la fragilité de la petite vie qui y dormait. Ainsi, quand un type a jugé bon de crier que quelqu'un arrivait pour ouvrir les grilles, ce qui était faux, des milliers de jambes ont fait quelques pas vers l'avant et la foule s'est comprimée contre le métal indifférent à toute cette agitation. Le reste, Yvette ne s'en souvient pas clairement, car elle était elle-même tombée à la renverse sous la force du ressac humain. La foule tentait maintenant de s'éloigner de la grille principale. Des cris, des semelles sur ses doigts, ses lunettes qu'elle ne trouvait plus… Plus tard, elle a compté quatre traces de pas sur ses vêtements déchirés. Une main miraculeuse l'a aidée à se remettre sur ses pieds, puis a disparu, emportée par la foule. Elle cherchait du regard en priant. À côté du landau gisait notre petit Jean-Paul, lui-même couvert d'empreintes de chaussures noires. Il respirait encore. Il est resté en vie pendant encore une heure et dix minutes, jusqu'à ce que le médecin des urgences déclare forfait.

Le petit avait les poumons perforés et une fracture du crâne. Il aurait dû en principe mourir sur le coup. Il a peut-être hésité à attirer l'attention sur sa personne le jour de l'enterrement d'une reine.

Yvette Renard a vieilli de dix ans en une minute. Elle a laissé Jean-Paul à la morgue de l'hôpital et a marché vers sa pension où tout le monde l'attendait, rongé d'inquiétude. Il était déjà passé huit heures du soir. Quand elle est entrée dans la cuisine, elle n'a rien dit. Elle a attendu trois minutes avant d'ouvrir la bouche.

— Elle était comme ma sœur, il fallait que j'y aille.

Il lui a fallu encore quelques minutes avant de nous apprendre la nouvelle. Puis nous sommes allés nous occuper du corps de notre enfant. Nous étions muets de douleur. Je n'ai jamais parlé à Simone de ce grand frère qu'elle a eu avant même d'exister. Je n'en suis pas encore capable.

# Rien à déclarer

Le soir tombait sur l'Ohio. De peine et de misère, Shelly et Laura avaient transporté Pia dans le camping-car, car elle s'était trouvée mal vers la fin de la journée. Sans crier gare, elle avait déposé son stylo, fermé son cahier, puis fermé les yeux en croisant les bras. Assise dans l'herbe du Jardin botanique de Holden, elle avait été comme secouée d'un sanglot sec avant de partir à la renverse. Affolées, Shelly et Laura avaient cru à un accès d'anémie, à un retour de la fatigue qui l'avait accablée à son arrivée à Nashville trois semaines auparavant. Cette fois, elles avaient eu très peur de la perdre.

Au petit matin, Pia se réveilla visiblement ébranlée par son évanouissement.

— Je ne veux plus sentir les lilas.

Elle expliqua à ses compagnes qu'elle avait atteint sa limite. Le parfum du lilas ravivait des souvenirs qu'elle avait enfouis au plus profond d'elle-même et qu'elle avait cru dominer.

— C'est trop fort, c'est partout, ça me retourne. Je n'en peux plus…

Elle parlait en faisant mine de balayer de la main tout ce qui se trouvait devant elle. Dans les aires de repos auto-routières, elle faussait compagnie à Shelly et Laura pour aller se cacher dans les toilettes. Elles la retrouvaient les yeux rougis par les larmes, au bord de l'hystérie, hurlant dans des langues qu'elles ne comprenaient pas. Pendant deux jours, elles restèrent à ses côtés sans lui imposer de lilas. Cette crise contrecarrait un peu leurs plans, car elles souhaitaient traverser la frontière canadienne dès le début de mai.

— De toute façon, il faut qu'on fasse une petite pause. Il n'y aura plus de lilas avant le Canada. Il faut que tu te ressaisisses. Ton heure de vérité arrive.

Pia ne trouva rien à répondre. Il lui semblait que la vérité avait eu son heure au moment où elle avait décidé de ne pas sourire à Thiago. Il aurait fallu répondre que ladite heure était passée depuis longtemps, depuis le moment où elle avait retenu son sourire devant Thiago, depuis l'instant où elle avait confié Jean-Paul à Yvette Renard, depuis le jour où elle avait envoyé chier mère Crucifixo. Cette heure s'étirait depuis en longs filaments gluants qu'elle n'arrivait plus à secouer de ses mains. C'était comme le contraire d'une photographie qui réussit à cristalliser une saison, une année, une vie en un seul instant. C'était comme un vomissement qui ne veut pas finir. Cette vérité n'avait pas de fin.

— Je n'entends plus l'oiseau. Cela fait deux semaines.

— Il va nous rattraper, sois patiente.

Pia avait son visage de la mi-carême. Sur la route des lilas, celui qui cherche la première éclosion vit dans un printemps éternel. Ce printemps frisquet, qu'elle ressentait comme un hiver polaire, la ramenait aux frissons de la saison qui avait suivi la mort de Jean-Paul, qui prophétisait un trépas qu'elle espérait maintenant proche.

L'engoulevent d'Amérique avance dans le sillage du lilas, il ne le précède pas. Il faut que la nature ait eu le temps de produire assez de larves et d'insectes volants pour lui permettre de se nourrir en plein vol. Shelly était moins préoccupée par l'oiseau – c'est peu dire, en fait elle s'en moquait éperdument – que par la frontière canadienne qui s'approchait. Dans cette région de l'Amérique, la frontière canado-américaine est surtout matérialisée par les Grands Lacs, puis par le fleuve Saint-Laurent jusqu'au Québec. Shelly avait songé à faire un détour par l'est, là où la frontière traverse une forêt dense, difficile à garder, une zone touffue où il aurait été facile de faire passer Pia, mais cela les aurait forcées à annuler leur arrêt à Hamilton, dans le sud de l'Ontario. Et cela n'aurait pas réglé le problème des papiers que Pia n'avait pas.

— Pas question qu'on manque les lilas de Hamilton. On y va chaque année.

Pour une tarée du lilas, renoncer à Hamilton équivaudrait pour la dévote à faire une croix sur Rome. Impensable. Les Royal Botanical Gardens de Hamilton étaient un arrêt obligé, un haut lieu du pèlerinage floral, le cinquième pilier des disciples du lilas.

En banlieue de Détroit, Laura gara le camping-car devant un centre commercial hideux. En quelques paroles imprégnées de mystère, elle annonça qu'elle partait seule en taxi et qu'elle ne reviendrait que le lendemain. Shelly semblait comprendre son manège. Avant de partir, Laura demanda à Pia de lui donner 2 000 dollars américains de sa réserve.

— 2 000 dollars ! Pour faire quoi ?

— Pour traverser la frontière. J'ai trouvé une solution, mais elle a un prix.

Laura disparut en direction de Détroit à bord d'un taxi. Shelly dit ensuite qu'elles n'attendraient pas son retour les bras croisés, puis elle saisit Pia par le poignet pour la tirer jusqu'aux portes du centre commercial.

— Écoute, ma vieille, il faut que tu te ressaisisses. Tu veux la rencontrer, la petite Rosa ? Il faut que tu fasses ton effort de guerre. Là, en ce moment précis, j'ai besoin de tes bras. Oublie ce qui se passe dans ta tête et concentre-toi sur tes mains, tes bras. Quand plus rien d'autre ne fonctionne, travaille !

Depuis Thiago, personne n'avait agi de manière si physique avec Pia qui se montra très peu impressionnée par ces manières rustres. Dans un magasin de matériaux de construction, Shelly l'invita à pousser un Caddie dans lequel elle empila des pots de peinture, des pinceaux et divers objets servant à la décoration. Pia ne put retenir ses sarcasmes.

— Tu vas repeindre le camping-car ? Tu fais une murale de lilas ?

— Pas tout à fait. Il y aura bien une murale, mais je ne vais pas la peindre toute seule. Sa Majesté l'impératrice du Brésil va aussi mettre la main à la pâte.

Pia pinça les lèvres. Shelly semblait fortement indisposée.

— Je ne sais pas si tu comprends l'enjeu, Pia. Si on est prises à la frontière avec une clandestine, oui, je parle de toi, parce que c'est ce que tu es, une clandestine, voilà, n'ayons pas peur des mots… Alors, si on se fait prendre, on sera toutes les trois enfermées dans un pénitencier pour femmes. Tu sais de quoi ces endroits ont l'air, ma chérie ? Non, rien qu'à voir tes ongles, je devine que tu ne le sais pas. Alors, je vais te demander de changer d'air un peu. À partir de maintenant, tu souris et tu donnes au moins l'impression que tu apprécies notre compagnie. Moi, je m'en balance, parce qu'une fois qu'on t'aura livrée à Rosa, on ne te reverra plus. Mais devant les douaniers, il faudra qu'on ait l'air de trois copines à la vie à la mort, alors la neurasthénie, les airs d'enterrement, tu me nettoies ça, compris ? La vie, ma chère, LA VIE !

Clandestine. L'idée plut à Pia qui se dit qu'Aparecida et Vitória l'auraient aimée encore plus. Elle eut envie de marchander l'humeur que Shelly exigeait d'elle, elle aurait peut-être pu en obtenir un steak, mais elle décida de ne pas provoquer davantage son hôtesse. Quelque chose dans le ton de Shelly lui avait rappelé Aparecida dans ce qu'elle pouvait avoir de plus autoritaire et de plus directif quand elle et Vitória faisaient les quatre cents coups à la ferme, quand elles harcelaient les bœufs en leur tirant la queue. Cette manière de la tenir par les épaules de ses fortes mains pour lui dire ses quatre vérités la renvoyait à Três Tucanos. Elle aimait cela. Et c'était vrai qu'elle les avait un peu traitées comme des malpropres, ces derniers temps. Pourtant, elle leur devait tout. Le soir tombait. Shelly avait gauchement empilé ses achats au milieu du camping-car, entre les banquettes.

— Là, tu dors. Demain, à l'aube, on se met à l'ouvrage. Je te conseille de te faire des forces. Pas de scotch pour toi ce soir.

Pia opina du menton, mais, cachée sous une couverture, elle regarda cette émission de télé qu'elle avait commencé à suivre quelques jours auparavant, cette affaire si drôle qu'elle n'en croyait pas ses yeux ni ses oreilles. Elle avait même dérobé une paire d'écouteurs à Laura pour ne pas déranger Shelly pendant qu'elle rattrapait l'épisode de la veille, qu'elle avait raté à cause des émotions fortes que son écriture lui avait fait vivre. Elle dut se pincer au sang pour ne pas éclater de rire en regardant cette émission démente qui lui faisait presque regretter d'avoir quitté le Brésil. Parfois, un rire sonore et franc lui échappait. Shelly avait bien compris son petit manège, mais elle n'avait pas l'intention de lui reprocher de rire. L'Américaine soupira en se disant que c'était bien la dernière fois qu'elle amenait une passagère au Canada. Pia ricana encore pendant une heure comme une petite fille. Il vint à Shelly l'idée de lui demander ce qui la faisait tant rire, mais la fatigue la gagna. Le lendemain, une grande besogne l'attendait. Mieux valait dormir.

Au matin, Pia trouva Shelly en train de tracer de grandes lettres sur les flancs du véhicule. Un outil dans la bouche, elle pointa de l'index les pots de peinture lilas qui attendaient qu'on les ouvre. Tantôt juchée sur une échelle, tantôt à quatre pattes, Pia appliqua la couche de fond d'une couleur lilas tirant sur le bleu. À une heure de l'après-midi, exténuée, elle finissait d'étendre la seconde couche. Pendant ce temps, Shelly peignait le lettrage et les motifs sur les parties qu'elle avait préalablement découpées. Il fallut refaire les angles, lisser des coins, remplir encore des trous de couleur, mais, au couchant, après une journée de travail harassant, dégoulinantes de peinture et de sueur, elles contemplèrent leur travail digne de la Biennale de

Venise. Le camping-car était maintenant lilas. Chacune de ses surfaces avait un cadre deux ou trois tons plus foncés que l'intérieur. Sur chacun des flancs, en lettres élégantes et aériennes, Shelly avait écrit *La Menace mauve*. Cette fois, et pour la première fois depuis qu'elle avait quitté le Brésil, Pia laissa jaillir un rire franc, sans trop savoir s'il était provoqué par les émanations toxiques de la peinture, la fatigue ou la douce ironie de ce slogan.

— Si tu me promets de te la fermer pour toujours, je t'emmène manger au *steak house*.

Elles ne roulèrent que quelques minutes avant de trouver un établissement où l'on servait de la vache assassinée. Derrière ce geste qui se voulait une main tendue à sa passagère clandestine, Shelly voulait tester l'effet de son projet artistique sur un public composé principalement d'ostrogoths du même acabit que les ploucs en uniforme qu'elles devraient duper le lendemain. Le *steak house* lui permettait de faire d'une pierre deux coups. L'arrivée du camping-car dans le stationnement du restaurant réduisit au silence l'assemblée des carnivores attablés autour de morceaux d'animaux morts. En entrant dans ce lieu qu'elle abhorrait, Shelly dut respirer par la bouche pour ne pas succomber à la puanteur de barbaque carbonisée. Pia avait trop faim pour se préoccuper des regards qui les dévisageaient. Quelques rires fusèrent d'un coin où était attablée une famille de mastodontes au regard bovin.

Pendant tout le repas, les conversations des mangeurs de viande, installés près de Shelly et Pia, furent menées en sourdine. Chaque fois que l'une d'elles ouvrait la bouche pour parler, leurs voisins tendaient l'oreille pour tenter de deviner par l'accent d'où elles sortaient. Prenant rapidement goût à cette microcélébrité et d'humeur festive, les deux femmes se trouvèrent pompettes au bout d'une bouteille de zinfandel californien qu'elles jugèrent râpeux mais salutaire pour leurs poignets endoloris par le travail du jour. Pia engloutit un steak, tandis que Shelly, cliente chiante, exigea qu'on lui apporte une salade et une pomme de terre au four. On les servit avec un minimum de courtoisie, très rapidement, dans le respect de la Constitution du pays, mais pas un poil de plus. Pour qu'elles repartent. Vite. D'ailleurs elles ne traînèrent pas en ce lieu, car Laura venait de les aviser par SMS que sa mission était accomplie. Shelly jubilait.

— Écoute, ma chérie, je pense que ça va marcher. Tu as vu leur tête, dans ce restaurant ? Les types qui gardent la frontière sont faits du même bois.

En silence, Pia remercia le zinfandel de l'avoir rendue trop gaga pour protester. Elle finit par en commander une autre bouteille, qu'elle engloutit sous le nez de Shelly. À vrai dire, à l'idée de traverser la frontière canado-américaine à bord de cette provocation mauve, elle commençait à avoir la tremblote. Mais avait-elle le choix ? Elles arrivèrent dans le stationnement du centre commercial au moment où Laura descendait du taxi, l'air triomphant. Les nouvelles couleurs du camping-car la ravirent.

— On aurait dû faire ça il y a longtemps. Je propose que ce soit permanent !

Pour fêter l'occasion, elle avait ramené de la ville une bouteille de Jack Daniel's. Les yeux de Pia brillaient de convoitise.

— Ça va juste nous rendre plus crédibles aux yeux de ces imbéciles.

Pia se foutait d'avoir l'air crédible. Elle n'aspirait qu'à noyer sa peur dans l'alcool. Dans le camping-car, à l'abri des regards, Laura lui tendit une enveloppe.

— OK, ma chérie, ça c'est ton passeport américain. Tu t'appelles Cecilia Iris Hernandez. Apprends ta date de naissance et tes coordonnées par cœur. Tu es née à Porto Rico en 1941. Fais ce que tu pourras pour avoir un accent espagnol si on te pose des questions. Sur ces feuilles, tu trouveras les détails de ta vie à Détroit, le nom de tes deux filles et de tes quatre petits-enfants. Tu es institutrice.

Pia feuilletait le document, mystifiée.

— Tu as volé un passeport ?

— Acheté.

— Mais la vraie Cecilia Iris Hernandez aura de graves problèmes !

— Là où elle est, il n'y a plus de problèmes, très chère. Elle était la mère d'une fille que nous avons aidée il y a quelques années au Texas. Une affaire de femmes. Elle nous en devait une. Et elle n'a pas levé le nez sur tes dollars ! Cecilia est morte il y a un mois. C'est encore tout frais. S'ils ne contrôlent pas, tu gagnes. Si tu fais ta Brésilienne pincée, ça ne va pas marcher. Alors, tu m'écoutes : les types que tu vas voir demain, ils ne font pas la différence entre une Brésilienne et une Portoricaine. Pour eux, c'est la même chose. Ils ne savent même pas que tu parles le portugais. Fais-moi confiance. Tu pourrais leur dire que tu viens de Tokyo et ils te demanderaient dans quel pays ça se trouve. Si tu commences à parler de Rio, si tu te mets à danser la samba, si tu te fous un chapeau de fruits tropicaux sur la tête, ils vont *peut-être* commencer à se douter de quelque chose, mais tu ne feras rien de tout ça. Tout ce qu'ils vont voir, c'est la photo d'une vieille Latina et ta tête. Essaie juste de penser à leurs grosses couilles molles en les regardant dans les yeux. Ça va te donner la contenance nécessaire pour les convaincre du reste.

Rien de tout cela ne les rassura pourtant, de sorte qu'elles passèrent une partie de la nuit à éteindre le feu de leur angoisse à grandes lampées de Jack Daniel's. Au matin, vertes et muettes après quelques heures de mauvais sommeil, elles n'échangèrent pas dix mots avant de prendre la route. Elles mirent le cap sur le pont Ambassador qui relie les villes de Détroit, aux États-Unis, et Windsor, au Canada. La gorge sèche, le cerveau endolori par leur cuite, les trois femmes étaient coites. Dans un geste silencieux et solennel, elles s'appliquèrent du rouge à lèvres lilas que Laura avait dégotté dans une pharmacie (Kat Von D Studded Kiss Lavender, 21 dollars américains). La nausée les avait pâlies, au point qu'elles avaient l'air de trois mortes.

Au fil des ans et des missions de transport, Shelly

avait appris à respecter au pied de la lettre le code de la route dans les États qu'elle traversait, pour ne pas attirer l'attention des autorités. Ne jamais dépasser la vitesse permise. Ne jamais accélérer sur un feu jaune. Ne pas doubler. Se garer là où le règlement le permet et pas ailleurs. Par cette bonne hygiène de vie sur la route, en évitant d'entrer en contact avec les forces de l'ordre, elle évitait que ses passagères ne soient soumises à un interrogatoire importun et maximisait leurs chances de succès. Jusqu'à ce jour, la discrétion-à-tout-prix lui avait garanti une certaine invisibilité sur les routes des États-Unis, en dépit de la taille du camping-car. Mais cette fois Shelly appréhendait le franchissement de la frontière parce que Pia parlait l'anglais avec un fort accent étranger. Son petit doigt lui disait qu'il fallait diriger l'attention des douaniers canadiens vers des choses qui n'avaient rien à voir avec l'origine de Pia, d'où son idée de repeindre le camping-car. Le lettrage était destiné à faire diversion, à causer un choc aux douaniers. Shelly espérait ainsi profiter de leur stupeur pour écourter la procédure. Elle avait soigneusement choisi son malaise. C'était quitte ou double. Ou bien elles passeraient comme une lettre à la poste, ou bien on les arrêterait pour trafic de migrant. À environ vingt kilomètres de la frontière, une voiture de police de l'État du Michigan les doubla, toutes sirènes hurlantes. Une main lui indiquait de se ranger sur l'accotement.

Le central des appels d'urgence avait reçu un certain nombre de plaintes à l'égard d'un véhicule « outrageant » filant à une « vitesse inquiétante » vers la frontière. Des citoyens préoccupés, qui avaient aperçu le camping-car repeint, exigeaient que la police s'occupe de ce cas flagrant d'indécence. Shelly contemplait son reflet dans les verres fumés de l'*officer* Delvecchio, un bonhomme d'une cinquantaine d'années arborant une moustache tout à fait rassurante dans les circonstances. Il étudia les papiers de Shelly avec soin, puis exigea de voir ceux des autres passagères. Sans dire un mot, il fit le tour du véhicule deux fois. Puis, debout devant Shelly, à qui il avait demandé de descendre du véhicule, il enleva ses lunettes d'un geste théâtral.

— C'est quoi, ça, *La Menace mauve ?*

Il sembla à Shelly lire dans les yeux de l'*officer* Delvecchio le mélange d'étonnement chagriné et de stupéfaction paralysante attendus chez le mâle américain qui vient de se rendre compte que le monde existe très bien sans son pénis. L'apparition d'un champignon atomique dans l'horizon du Michigan aurait causé chez lui la même expression d'incrédulité ahurie. Elle fut honnête sur le fond, inventive sur la forme. Elles allaient profiter du lilas au Canada en écrivant des textes littéraires. Ses deux passagères étaient des amies de longue date. Quand Delvecchio lui demanda ce qu'elle entendait par *menace*, Shelly répondit sans mentir qu'il s'agissait d'une plaisanterie. Lorsque Pia fut interrogée sur la raison de sa présence dans le camping-car, elle expliqua en roulant ses « r » qu'elle voulait terminer un roman en suivant la floraison du lilas, ce qui, étant donné l'évolution vernale-centrifuge du printemps en Amérique du Nord, ne lui laissait plus d'autre choix que de monter vers l'Ontario et le Québec pour trouver les clés de son inspiration. Médusé par leur audace, quelque peu dégoûté par leur mauve à lèvres, l'*officer* Delvecchio conclut qu'elles étaient inoffensives. C'étaient des folles, point final. Il n'était écrit nulle part que les folles n'avaient pas le droit de se déplacer sur les autoroutes. Avec un minimum de chance, elles resteraient au Canada avec leur camping-car scandaleux. Des scribouilleuses, inverties par-dessus le marché. Toutes les molécules de son corps lui hurlaient de laisser ces femmes s'éloigner de sa personne, de son lieu de travail et des États de l'Amérique que Dieu avait bénis et unis. Qu'elles aillent porter leur non-sens chez ces lavettes du Canada.

En engageant son indécent camping-car sur le pont Ambassador, Shelly marmotta machinalement une prière. Laura et Pia se rongeaient les ongles sous les yeux furibonds de Shelly qui leur ordonna de prendre un air « zen et détaché ». Elles étaient toutes les trois certaines que Delvecchio avait alerté les agents canadiens et qu'elles seraient refoulées comme des malpropres dans le meilleur des cas. Pia se voyait déjà accroupie dans un cachot glacial.

Lorsque les douaniers voulurent savoir combien de temps elles comptaient rester au Canada, Laura leur répondit tout simplement qu'elles rentreraient aux États-Unis une fois que le dernier lilas du Canada se serait fané. Du côté canadien, on paniqua en voyant le camion, mais pour des raisons légèrement différentes. Il y eut, certes, un léger ramollissement du scrotum chez les agents qui s'approchèrent du véhicule, mais on sentit surtout chez eux la peur panique d'être accusés d'homophobie ou de sexisme, de se prendre un blâme quelconque, bref, la peur que leurs supérieurs leur reprochent d'avoir agi sans réfléchir. Ils étaient quatre gaillards en uniforme, les mains sur les hanches, à contempler l'œuvre d'art de Shelly d'un air dubitatif. Que faire de cet équipage ? On décida d'envoyer une douanière inspecter l'intérieur du camping-car. Cette dernière n'y sentit rien d'autre qu'un relent de whisky mal cuvé et le piquant des épices indiennes dont se nourrissaient Shelly et Laura. Comme Delvecchio, elle voulut en savoir plus sur leurs motivations, leur raison d'être, et surtout sur cette menace mauve.

— Nous sommes des activistes du lilas. Nous croyons au pouvoir de son parfum pour guider les femmes qui se cherchent.

Laura n'en revenait pas de l'audace de Shelly. La douanière ne broncha pas. Elle leur demanda si elles connaissaient les Royal Botanical Gardens de Hamilton.

— Nous espérons y être pour le lunch.

Shelly souriait comme si elle s'était adressée à une cousine. La douanière discuta pendant quelques secondes avec Pia. Dans ce coin du Canada, son accent espagnol mal imité passa sans difficulté. Elle aurait tout simplement pu singer le cri d'un canard qu'on l'aurait crue. On les autorisa finalement à franchir la frontière. Dans le rétroviseur, Shelly regarda les douaniers canadiens fixer du regard son véhicule jusqu'à ce qu'il disparaisse.

Sur l'autoroute 401 vers Hamilton, les trois femmes restèrent muettes pendant au moins une heure tant le succès de leur entreprise les avait abasourdies. C'est Shelly qui brisa le silence.

— Dieu qu'ils sont cons ! Sont-ils pareils chez vous, Pia ?

— Qui donc ?

— Les poulets !

— T'as pas idée.

Jamais Pia ne s'était sentie plus vivante que pendant ces heures clandestines où elle s'appelait Cecilia Iris Hernandez. La décharge d'adrénaline qui l'avait submergée au moment où la douanière était montée dans le camping-car lui avait fait perdre cinquante ans. Elle se sentait disposée à remonter l'Amazone à la nage, à gravir le mont Fuji à trottinette, à dompter des fauves. Elle arriva soûle à Hamilton. Comme ses deux compagnes, d'ailleurs. L'heure était à la fête. Les yeux de Laura brillaient pendant qu'elle racontait à Pia son affection pour Hamilton.

Pour les adorateurs du lilas, les Royal Botanical Gardens, non loin du lac Ontario et de la luisante Toronto, sont un peu des lieux saints. On y retrouve le *Syringa vulgaris* en abondance, de nombreux hybrides de Victor Lemoine et ceux d'autres figures marquantes des pépinières, notamment les hybrides prestoniens, réussite emblématique de l'horticulture canadienne. En outre, s'y tient un festival annuel du lilas. À l'approche des jardins, une frénésie spasmodique avait gagné Shelly et Laura. Pia ne put s'empêcher de remarquer que les deux femmes considéraient le Canada comme une sorte de terre promise. Et ce n'était pas seulement à cause des hivers rigoureux qui sont nécessaires à l'obtention de thyrses fournis et lumineux. Shelly et Laura vouaient un culte à Isabella Preston, égérie de l'horticulture canadienne.

Peu après la Seconde Guerre mondiale, on invita un

amiral japonais à visiter les États-Unis. On lui proposa notamment de l'emmener aux chutes du Niagara, une valeur sûre pour une première visite en terre américaine. L'amiral refusa poliment et demanda à ses hôtes, contre toute attente, à ce qu'on l'emmène au Canada pour y rencontrer Isabella Preston, dont les cultivars de lys s'étaient rendus jusqu'au Japon. Là-bas, les férus de lys ornementaux la vénéraient comme une sorte de divinité florale.

Isabella Preston débarqua dans le sud de l'Ontario en 1912. Cette Anglaise, fille d'un jardinier de Lancaster, avait étudié au Swanley Horticultural College de Londres avant de suivre sa sœur aînée, Margaret, au Canada. Lorsque Margaret déménagea en Caroline du Sud, elle implora Isabella de l'y accompagner, mais celle-ci déclina l'invitation en expliquant placidement à sa sœur qu'elle refusait d'habiter un pays qui n'était pas britannique. Elle resta donc au Canada. Margaret, qui enseignait la musique, ne comprit jamais la passion de sa sœur pour les plantes de jardin. Elle suggéra d'ailleurs fortement à Isabella, si elle tenait absolument à pratiquer un métier agricole, de se lancer dans l'élevage de la volaille qui avait, elle, le mérite d'être comestible, contrairement aux lys, pommetiers, roses et lilas, qui devinrent ses spécialités.

Isabella travailla d'abord à Guelph, pour un horticulteur qui hybridait des framboisiers, puis elle fut engagée comme horticultrice à la Central Experimental Farm d'Ottawa, où elle gagnait à son embauche douze cents de l'heure. À l'époque, étant donné la lenteur du travail, la plupart des horticulteurs n'avaient pas assez d'une vie pour se consacrer à la plante de leur choix. De rares exceptions, comme Victor Lemoine et Isabella Preston, ont pourtant réussi à infléchir le destin de plusieurs espèces ornementales. Isabella avait son franc-parler. On raconte qu'elle pouvait discourir pendant des heures sur les soins à apporter aux lys ou sur la taille des pommetiers, mais qu'elle aurait préféré être brûlée vive plutôt que de prendre la parole en public. Elle n'hésitait pas à défendre ses fleurs. Un jour, à la ferme expérimentale d'Ottawa, elle surprit un député libéral, Jean-François Pouliot, en train de cueillir des fleurs en sifflotant, pour s'en faire un bouquet. L'homme était le rejeton d'une famille importante de la politique canadienne. Lorsqu'elle lui ordonna d'arrêter son pillage, il lui demanda si elle savait qui il était, ce à quoi elle se contenta de répondre aigrement : « Peu m'importe que vous soyez le roi d'Angleterre. Cessez de cueillir mes fleurs ! » Laura et Shelly mimaient la scène en avançant dans les allées des Royal Botanical Gardens.

Le Canada est aussi – et surtout – la terre où Isabella Preston créa ses cultivars de lilas à floraison tardive, capables de résister aux attaques du gel qui peuvent anéantir non seulement les élégants *french lilacs* à floraison hâtive, comme le 'Madame Lemoine', mais aussi le lilas commun. En mai, aucune fleur n'est à l'abri d'un gel mortel au nord du lac Ontario. C'est en croisant deux espèces de lilas asiatiques, le *Syringa villosa* et le *Syringa reflexa*, qu'Isabella Preston arriva à créer le *Syringa prestoniae* et tous les cultivars qui en descendent. Pour créer ces variétés qui ne fleurissent pas avant juin, elle dut se résoudre à quelques sacrifices. D'abord, il lui fallut accepter que le parfum de ces nouveaux lilas ne serait pas aussi suave que celui des cultivars à floraison hâtive et du lilas commun. Isabella Preston eut d'ailleurs du mal à se débarrasser de ce qu'elle appelait le « parfum nauséabond du *Syringa villosa* ». Ce parfum désagréable à certains nez disparaît chez les hybrides prestoniens qui présentent aussi l'avantage non négligeable d'être plus grands que leurs parents, le *villosa* et le *reflexa*.

Le jour était magnifique. Le ciel azur, d'une impitoyable gaieté, avait attiré des centaines de visiteurs dans les jardins. Shelly et Laura, encore électrisées par la traversée de la frontière, racontaient à grands gestes l'histoire d'Isabella, en se coupant la parole l'une et l'autre et en tétant du whisky Jack Daniel's à même une bouteille thermos pour ne pas affoler les familles qui infestaient le parc en ce début d'après-midi de mai.

Tout en racontant l'origine des lilas prestoniens, Laura étendait sur une pelouse leur grande couverture à carreaux. Le lilas choisi, un spécimen prestonien assez grand, ne fleurirait pas avant deux semaines au moins. Laura expliqua que, grâce à Isabella Preston, un jardinier pouvait désormais faire fleurir le lilas pendant six semaines en mélangeant des lilas hâtifs, communs et tardifs. Pia feignit l'admiration en se retenant de demander comment l'extension de la saison du lilas pouvait régler les grands problèmes de l'humanité. Les lilas prestoniens, dit Laura, avaient aussi la particularité d'être plus pâles que les hybrides lorrains et que le lilas commun ; à l'éclosion, ils sont d'un rose pâle que le soleil blanchit très vite. Les autorités des Royal Botanical Gardens sont aussi les gardiens des registres répertoriant les hybrides de lilas créés par les horticulteurs du monde entier, mais l'inscription n'est pas automatique et les hybrideurs sont parfois déçus. Un fâcheux qui travaillerait en même temps que vous, à votre insu, sur le même croisement, pourrait vous damer le pion. Isabella Preston en savait quelque chose. Le registraire doit d'abord s'assurer que le cultivar est un original, que personne ne l'a déjà inscrit. Le registraire des lilas est une personne très importante. C'est un peu lui qui décide si un lilas peut porter le nom que son créateur veut lui donner, car certains noms sont déjà pris. Il exigera des preuves et de nombreux renseignements sur la couleur et la forme des fleurs, mais aussi sur la qualité de l'écorce, le nom des parents du nouveau cultivar, etc. En bref, il y a des formulaires à remplir. Trop anciens, morts avant l'ordination du monde par des machines, Victor Lemoine et Isabella Preston ont échappé à cette folie bureaucratique. Ainsi, entre les mains d'Isabella Preston, le *Syringa villosa* croisé avec le *Syringa reflexa* engendra l'hybride prestonien qui, une fois croisé avec le *Syringa josikaea*, engendra un autre cultivar, jusqu'à ce qu'il devienne impossible de savoir qui avait engendré quoi. Le registraire international du lilas a donc pour mission de maintenir un semblant d'ordre dans ce fouillis généalogique. Donner son nom à un lilas ou à une tulipe est un privilège qui se mérite. Cet honneur n'est accordé qu'à ceux qui se lèvent tôt pour bêcher, qui ont l'estomac assez solide pour remuer à mains nues la terre boueuse et pleine de vers, qui n'ont pas peur des épines de la rose. Chaque innovation horticole est considérée comme un grand pas pour l'humanité. Ainsi, au sortir de la Première Guerre mondiale, la quête d'Isabella Preston, à la ferme expérimentale d'Ottawa, était de créer un lilas tardif que les habitants de sa terre d'adoption pourraient chérir. Son patron, William T. Macoun, conservateur de l'arboretum où Isabella s'échinait du matin au soir, l'avait questionnée sur ses méthodes. Isabella l'avait mis dans le secret de ses travaux à venir, sans savoir que Macoun ne comprenait rien à la sensibilité des renseignements qu'elle lui confiait. Peu après, Macoun partit faire sa tournée annuelle dans les Prairies, rendant visite aux horticulteurs de ces provinces excentrées, qui travaillaient à divers projets. En toute candeur, il déballa tout ce qu'il savait sur « cette Anglaise » qu'il venait d'engager, sur ses méthodes et – pauvre ahuri ! – sur les détails de ses travaux et son objectif : créer un lilas tardif proprement canadien. À son retour à Ottawa, cette tête légère ne se gêna pas pour raconter à Isabella qu'il avait révélé toute sa stratégie à Frank Skinner de Brandon, au Manitoba, un horticulteur qui tentait depuis des années d'arriver au même but qu'elle. L'Anglaise entra dans une colère noire. Comment avez-vous pu être si naïf, Macoun ?

Les choses n'en restèrent pas là. Dans sa pépinière du Manitoba, Skinner s'activait en suivant la méthode d'Isabella Preston que Macoun lui avait bêtement dévoilée. Heureusement, une Américaine, Susan Delano McKelvey, occupée à terminer le premier ouvrage d'envergure consacré au lilas, rendit visite à Isabella Preston en 1927. Fortement impressionnée par le nombre de cultivars qu'Isabella avait réussi à croiser en si peu de temps et par la qualité des arbustes, c'est Susan McKelvey qui donna à l'ensemble des créations d'Isabella le nom de *lilas prestoniens*. Skinner ragea pendant des années. Il exprima souvent son dépit devant cette injustice. Selon lui, Isabella Preston bénéficiait d'un avantage de taille qui le défavorisait : puisqu'elle vivait à Ottawa, elle pouvait aller plus facilement à Boston pour acheter du pollen de meilleure qualité, tandis que lui était réduit à utiliser le pollen qu'il commandait par la poste et qui arrivait trop sec au Manitoba, ce qui avait retardé ses travaux. Skinner et Preston furent des rivaux pendant des années. Le lilas ne fut pas leur unique fleur de discorde. Pour calmer cette guerre de pépinière, le registraire des lilas baptisa en 1967 un hybride créé en l'honneur du centenaire de la fondation du pays. Le 'Miss Canada' faisait son entrée dans le registre mondial des lilas avec cette mention : « En commémoration du travail horticole de feu Miss Isabella Preston d'Ottawa et du Dr F. L. Skinner de Dropmore, Manitoba. » Si elle avait été vivante, Isabella aurait bâillé, haussé les épaules, enfilé ses gants, coiffé son chapeau et serait sortie s'occuper de la cinquantaine de cultivars qui portaient son nom à elle. Son plaisir était dans le jardin. Laura prit un air coquin pour finir son histoire.

— Elle ne s'est jamais mariée. On lui connaît cependant une amitié très proche avec une certaine Beatrice Palmer…

Pia soupira.

— Pas d'homme, donc forcément lesbienne, n'est-ce pas ?

— C'est bien de se l'imaginer, tu ne trouves pas ?

— Je la trouve belle, son histoire, mais je ne trouve pas important de lui trouver un amour. Ses réalisations ne sont-elles pas suffisantes ? Faut-il par-dessus le marché qu'on doive trouver dans sa biographie la preuve d'un bonheur amoureux ?

— Non, mais c'est quand même du lilas. Les Lemoine étaient un couple. Il y a eu aussi Kolesnikov qui…

Pia réprimait des bâillements maintenant. Elle feuilletait

112

le cahier de Laura, prise d'un léger vertige. Ils y étaient tous : John Dunbar (1859-1927), le jardinier écossais émigré qui voulut faire de Rochester la capitale mondiale du lilas et qui donna au monde le 'Rochester' ; Hulda Thiel Klager (1864-1960) de l'État de Washington, qui trouva le temps, en plus d'honorer ses devoirs d'épouse de fermier et de mère, d'étudier tous les livres et catalogues de botanique qui lui tombaient sous la main pour créer plus de soixante-quinze cultivars, dont le très prometteur 'Abundant Bloomer' ; Theodore Havemeyer (1868-1936), créateur du 'Charm' et du 'Glory', disciple de Victor Lemoine dont il admirait les créations à un point tel qu'il planta plus de vingt mille de ses lilas à Long Island ; Leonid Alekseïevitch Kolesnikov (1893-1973), l'immense horticulteur soviétique qui hybrida les lilas de Lemoine pour créer notamment le très odorant 'Belle de Moscou' et le 'Bolshevik', parmi tant d'autres cultivars qui embaument toujours la Russie et que les jardiniers du monde entier s'arrachent.

Poliment, Pia trouva le moyen d'échapper au discours de Laura qui se perdait dans ses cultivars et ses horticulteurs célèbres. En marchant dans les sentiers des jardins, elle réfléchit aux rivalités, aux tromperies et au nombrilisme qui infectaient jusqu'au monde des fleurs. Et encore, elle n'avait entendu que le début de l'histoire du lilas ! Combien d'autres histoires se cachaient derrière les tulipes et les roses ? S'arrêtant devant les arbustes prestoniens, Pia constata qu'Isabella leur avait donné le nom d'héroïnes shakespeariennes : Cléopâtre, Ophélie et Cordélia allaient bientôt fleurir avec en toile de fond d'autres arbres à floraison printanière. Pour la première fois, Pia se demanda comment elle nommerait un lilas qu'elle aurait créé. Elle s'était battue contre cette pensée, mais, assaillie de toutes parts par les histoires de Shelly et de Laura, elle n'avait plus le choix d'y réfléchir. Elle ne l'appellerait pas Simone, de ça, elle était sûre. Ni Jean-Paul, elle ne voulait plus y penser. Comme elle n'avait pas devant elle les années nécessaires à la création d'un cultivar de lilas et qu'elle n'avait aucune intention de se salir les ongles à creuser dans la terre, elle retourna d'un pas preste vers ses amies et quémanda un nouveau cahier. Shelly la regarda, dubitative.

— La dernière fois que tu as écrit, tu en es presque morte.

— Je sais, c'étaient des histoires difficiles. Cette fois, je veux parler de la vie.

— La vie ? Celle de quelqu'un en particulier ?

— Non, celle qui m'a été offerte après mes malheurs, celle que je n'ai pas voulu prendre à deux mains parce que j'étais lâche. Et si j'étais si triste, c'est parce que j'écrivais mon histoire. Mais si j'écrivais celle de quelqu'un d'autre, pour voir ?

— Ne sois pas trop dure envers toi-même, Pia, répondit Shelly sans lever les yeux de la feuille de papier qu'elle noircissait furieusement.

— Tu crois que je suis trop vieille pour créer un cultivar de lilas ?

— Il n'est jamais trop tard. Tiens, prends ce stylo, il glisse sur le papier comme de la mélasse en juillet. Tu l'appellerais comment, ton lilas ?

— Thérèse.

— Tiens, ça c'est original. Le premier lilas brésilien ! Je pense qu'il n'y en a pas encore !

Dans les Royal Botanical Gardens de Hamilton, le parfum du lilas est particulièrement intense. Pia respira profondément. Le parfum du lilas la ramenait à Paris.

# Mémoires
# d'une vieille ville rongée

« *Paris est un fromage, non pas un camembert coulant ni un gouda caoutchouteux, mais une pâte dure trouée, semblable au gruyère. Ces trous sont des vestiges d'anciennes carrières qui...* » La religieuse insistait pour qu'on l'écoute en tapant de sa règle sur une coupe transversale de la Terre.

— *Mademoiselle Ostiguy, pouvez-vous répéter ce que je viens de dire ?*

C'est ainsi que les religieuses de Montréal l'appelaient avant qu'elle choisisse de s'appeler Thérèse Ost. À cette époque, son esprit flottait loin de la classe de géographie de sœur Marie-Rose, loin du collège Regina Assumpta, probablement quelque part dans les forêts de la Mauricie où ses cousins avaient, eux, la liberté de s'intéresser à des choses concrètes et non à des idées incertaines et fumeuses. Car malgré toutes ses lectures, son air bien sage de sœur économe, Thérèse Ost appartenait aux choses concrètes. Il est donc difficile de comprendre les raisons qui l'ont poussée à accepter la proposition de son père d'aller étudier en Europe dans les années 1960, à une époque où les filles pensaient plus au mariage qu'aux études. N'est pas Isabella Preston qui veut. Je pense qu'elle était avant tout une rêveuse et que c'est cette qualité, en plus des possibilités matérielles que lui offrait son père, qui l'a déposée devant moi, dans le 9ᵉ arrondissement de Paris. Peut-être que, si elle avait écouté sœur Marie-Rose, le désastre de la rue de la Tour-d'Auvergne ne se serait pas produit. Mais Thérèse n'était pas du genre à prêter l'oreille à ce qu'elle appelait, avant de cracher par terre, les « graillements des corneilles de l'oppression patriarcale chrétienne ». Avant de la rencontrer, je n'avais jamais osé appeler une religieuse par un nom d'oiseau. Au Brésil, on se contentait de dire qu'elles étaient frustrées sexuellement.

— Non, ma sœur. Mais je crois que vous parliez d'un fromage, non ?

Elle avait distinctement entendu le dernier mot de la phrase, « gruyère », et s'y était raccrochée. Sœur Marie-Rose, toutes épines saillantes, a soupiré.

— Vous rêvassez trop, Mademoiselle Ostiguy. Je sais que vous vous croyez supérieure à nous toutes, mais jusqu'à la fin de l'année scolaire, nous devrons cohabiter. Pour ce faire, j'aurai besoin de toute votre attention. Écoutez-moi quand je parle.

Je crois qu'elle a prié Dieu pour que la religieuse ne s'aperçoive pas qu'elle était en train de lire en cachette. Lire Gabrielle Roy était toujours mieux que d'écouter les sœurs. Elle devait avoir raison, à bien y penser. Pourtant, la religieuse avait tort. Thérèse ne s'est jamais sentie supérieure à quiconque. C'était mal la comprendre. Disons qu'elle se sentait plutôt éloignée des autres, ce qui est très différent. Je pense qu'elle devait aussi être un peu amoureuse de sœur Marie-Rose, car elle m'en parlait tout le temps.

De ses camarades de classe, elle ne m'a à peu près rien dit, mais elle a parlé d'une certaine Denise qu'elle a fini par oublier, probablement parce que cette fille n'était pas inoubliable. Quand, le soir de notre rencontre, les sapeurs-pompiers parisiens lui ont ordonné de se coucher sur la civière, je suis certaine qu'elle a eu une pensée pour la leçon de géologie de sœur Marie-Rose du collège Regina Assumpta de Montréal.

Avant de quitter Montréal pour New York, où elle s'est embarquée sur un navire en partance pour Le Havre en 1964, elle avait donc lu Gabrielle Roy, mais aussi Simone de Beauvoir, en cachette de sœur Marie-Rose, mais au nez et à la barbe de ses parents qui n'y voyaient qu'une autre provocation. C'était le genre de Thérèse : déranger. Pour ces gens peu instruits, bien que prospères, il n'y avait ni premier ni deuxième sexe. De ça, ils ne parlaient pas. C'est tout. Quand ils l'ont prise en flagrant délit de beauvoirisme, ses parents n'ont pas eu le courage de faire enquête pour découvrir comment elle avait pu se procurer Mémoires d'une jeune fille rangée à Montréal. Sur sa civière, elle ne devait pas penser beaucoup à ses parents ni à Simone de Beauvoir.

— Je ne suis pas malade. Je veux rester debout.

Debout. Je pense que c'est le mot qui la définissait le mieux. Parfois, elle disait même « deboutte ! » et ça faisait rire nos amis à Paris. Je ne sais pas d'où elle tirait cette liberté de faire des accords là où la grammaire l'interdit. Cette fille, elle se permettait tout. Elle était debout devant son père, entrepreneur de plomberie qui avait compris mieux que tous ses concurrents les effets multiplicateurs des dons privés au financement de tel parti politique. C'est pour ça qu'elle vivait dans un beau quartier de Montréal, et non avec ses cousins dans une maison mal chauffée de la Mauricie. Elle avait fréquenté comme moi une école qui coûtait des sous. Quand son père avait compris qu'elle avait des penchants contre nature, il avait eu peur des conséquences pour sa famille. Lui et sa femme avaient d'ailleurs été convoqués par la directrice du collège pour discuter de cette fameuse Denise.

— Ce n'est rien d'autre qu'une amitié très forte, ma sœur, avaient-ils fait valoir pour faire taire la corneille noire de colère.

Dans l'esprit du père, de toute façon, toutes ces nonnes étaient « comme ça ». Si Thérèse commençait à s'inté-resser aux filles, c'était par simple contagion. L'éloigner *des religieuses et de Montréal la remettrait dans le droit chemin et, si elle décidait malgré tout de persister dans le vice, elle le ferait loin des regards. À cette époque, il avait des connaissances, des bourgeois qui le narguaient en faisant étalage de leur instruction et de leurs richesses. Certains envoyaient leurs enfants étudier aux États-Unis ou en Angleterre. Il décida d'envoyer la sienne à Paris. Il lui avait dit sans sourire qu'un séjour là-bas rehausserait peut-être sa féminité.*

*Le père de Thérèse avait une maison dans les Laurentides, une voiture américaine de l'année, un bateau qu'il laissait tanguer à la marina l'été durant, une très belle femme ornée de bijoux, et maintenant une fille à qui il payait des études en France. Dans les cercles qu'il fréquentait, les études à Paris valaient un peu plus que l'Oldsmobile, mais quand même moins que le bateau. Inutile de dire que Thérèse a accepté sans même réfléchir. Pensez-y ! On lui proposait de partir de Montréal, d'échapper au mariage et de fouler les mêmes trottoirs que Simone de Beauvoir ! Elle pourrait peut-être même la rencontrer, qui sait ? Elle ne croyait tout simplement pas sa chance. Parfois, il faut savoir se servir du système pour mieux l'attaquer. Accepter les largesses de son père capitaliste était justifiable, puisque cela servait un intérêt plus grand.*

*Elle se tenait aussi debout devant sa mère qui n'avait pas consenti à ce projet d'études en France, sous prétexte que Thérèse aurait tout simplement pu trouver un bon parti en fréquentant l'Université de Montréal, où de plus en plus de jeunes femmes trouvaient des maris si gentils et si bien peignés. Toujours soumise à son propre mari, Huguette Ostiguy n'avait pas eu d'autre choix que d'accepter sa décision. C'était un peu parce que sa mère s'aplatissait comme un tapis devant son père que Thérèse avait réussi à s'affranchir du joug patriarcal. Ironique, non ?*

— *Tu es veule. Ta propre fille va finir par te marcher sur le corps !*

*Armand Ostiguy ne savait pas ce que « veule » voulait*

dire. Par contre il savait que, dans les cercles qu'il fréquentait, dire qu'il envoyait sa fille étudier à Paris ferait un effet bœuf. C'est tout. Et il comprenait le mot « bœuf ». Madame Ostiguy a regardé sa fille aînée partir comme une volée d'oies sauvages, les bras le long du corps, impuissante à la retenir.

— Pourquoi veux-tu faire des études ? Marie-toi ! Fais comme moi ! Tu vas faire rire de toi. Tu es bonne, mais pas excellente ! Les femmes doivent être excellentes. Tu pourrais être une excellente mère ! Et tu vas geler comme un rat. Les Français n'ont pas de chauffage l'hiver !

Huguette Ostiguy avait eu raison sur ce point. La chambre de bonne que Thérèse louait du côté de la Sorbonne devenait glaciale en hiver. Elle avait dû aussi la décrasser et la récurer pendant trois jours avant de pouvoir y vivre. C'est dans ces cas-là que l'on se réjouit de n'avoir que quinze mètres carrés à soi. Mais elle s'était faite à la saleté de sa chambre comme je m'étais faite à celle de la pension Renard. Nous, gens du Nouveau Monde, sommes habitués à des intérieurs aseptisés. Nous n'avions pas encore compris que cette propreté n'est rien d'autre qu'une conséquence de l'esclavage permanent de la moitié féminine de la population. Quand j'ai rencontré Thérèse, ses chaussures étaient déjà usées et sales à force de battre les trottoirs parisiens. Et elle s'en moquait.

À bien y repenser, elle était parfois méchante envers les Parisiens. Remarquez, ils le cherchaient bien. Souvent, on se moquait de son accent en lui disant qu'elle parlait comme une créature sortie du Moyen Âge. Cela lui donnait un charme. Elle leur lançait des noms d'oiseaux et parfois leur répondait en anglais, langue qu'elle parlait sans accent. Ils étaient toujours ébahis de se faire tancer par une fille de cet âge, surtout les bonshommes. Dieu que je l'ai aimée.

Un jour, elle a compris que Paris est un miroir qui renvoie l'image que vous lui donnez. Voulez-vous haïr Paris ? Elle vous le rendra. Vous attendez-vous à ce que tous les serveurs et les commis de boucherie vous fassent une conversation gentillette comme dans les Amériques ? Paris n'est pas pour vous. Voyez, la vraie chaleur humaine ne se trouve jamais au bout d'un échange marchand. À Paris, personne ne vous impose cette gentillesse américaine qui ne sert qu'à vendre du jambon. Je pense que c'est pour ça, pour cette honnêteté, que Thérèse aimait Paris, cette ville où les gens qui travaillent dans les services ne sont pas tenus de minauder ni même d'être sympathiques avec les clients. Ils font leur boulot, c'est tout.

Au début, elle a été, comme moi, subjuguée et très agacée par les Parisiens, toujours enclins à argumenter, à vouloir avoir réponse à tout, même quand ils ont pleinement conscience d'avoir tort. Nous avons fini par comprendre que l'éducation qu'ils reçoivent ne ménage pas d'espace pour l'aveu d'ignorance. Dire « je ne sais pas » équivaut à montrer à votre interlocuteur que vous n'accordez pas d'importance à ses propos. Ainsi, mieux vaut dire n'importe quoi, même si on a tort. Une fois qu'on a compris ça, on peut prendre les Parisiens en pitié. Et la pitié mène parfois à l'affection. La première fois qu'elle a entendu un Parisien dire « je ne sais pas », c'était en janvier 1966. Vingt centimètres de neige venaient de tomber sur la capitale française. Elle était sortie faire des achats, comme elle l'aurait fait à Montréal, mais tout était fermé ! Elle était la seule à tenter de trouver dans les rues du Quartier latin un peu de pain pour la journée. Elle a croisé un homme qui semblait chercher la même chose qu'elle. Elle lui a demandé quand il pensait que les magasins allaient rouvrir. Il a répondu : « Je ne sais pas, Mademoiselle. Je ne sais vraiment pas. » Elle a marqué le calendrier d'une croix.

Thérèse avait aussi compris qu'elle userait ses semelles moins vite si elle ne manifestait pas aux côtés des jeunes communistes de la Sorbonne, mais elle se moquait de ça aussi. Elle était présente le jour de la formation des Jeunesses communistes révolutionnaires, en avril 1966.

Présente aussi à toutes leurs assemblées, membre du service d'ordre plus souvent qu'à son tour, elle avait la réputation parmi les militants de ne jamais dormir, ce qui était à moitié vrai. Quand je lui ai demandé ce qui l'attirait dans ce mouvement, elle m'a bêtement répondu qu'elle aimait leurs affiches. Je pense qu'elle traînait aussi du Québec une certaine envie de se révolter. Elle m'a expliqué qu'elle avait honte d'être une bourgeoise alors que ses semblables, en particulier ses cousins, étaient forcés d'aller travailler dans des usines. Elle trouvait injuste la richesse de son père. Elle trouvait bien des choses injustes. Les mouvements révolutionnaires et communistes permettaient aux filles de s'exprimer. On ne les écoutait pas toujours, mais elles avaient plus souvent le droit de parole que chez les fachos, disons-le ainsi. Elle aimait, comme moi, les promesses de lendemains nouveaux, les « plus jamais ça » de l'Algérie, du Viêt Nam et de tous les colonialismes. Quand venait le temps de répondre aux jeunes réactionnaires qui nous attaquaient pendant l'occupation des amphithéâtres ou des rues, elle était la première à saisir les pioches et les marteaux. Un jour, elle s'est inscrite à un cours d'allemand. C'est là qu'elle a commencé à se faire appeler Ost plutôt qu'Ostiguy, pour signifier son appui aux peuples d'Europe de l'Est. Sa boussole idéologique pointait vers Moscou. Changer son nom, c'était rester fidèle au rêve qu'elle avait un jour eu pour elle-même. Elle n'a jamais su ce que ses parents en pensaient. Elle se moquait de cela aussi, j'en suis sûre. Nous étions faites pour nous entendre.

Le 24 du mois de janvier 1966 était marqué dans son calendrier : dîner chez Marie et Albertine. Un redoux et des pluies verglaçantes avaient semé une pagaille indicible en Normandie et en région parisienne. Les Parisiens continuaient de dire « je ne sais pas » au grand étonnement de Thérèse qui savait très bien, elle, ce qu'il fallait faire des Parisiennes et de la neige : les aimer. Autrement, elles sont insupportables. Elle n'était cependant pas prête à élargir ce raisonnement aux Parisiens qu'elle pelletait, déblayait et tassait dans un coin à la moindre provocation. Ils n'en menaient pas large. Un jour, j'ai appris par une mauvaise langue qu'on l'avait surnommée « la bûcheronne ». C'est drôle, elle considérait cette insulte comme un trophée. Si elle ne fréquentait pas les boîtes et les cafés, c'est qu'elle manifestait toujours de la réticence devant les rapports humains qui découlent d'une transaction… Pour elle, un bar était un endroit d'échange monétaire. C'était assez pour la dégoûter. Elle était un peu extrémiste, oui. Elle rencontrait ses amantes dans les manifs et dans les réunions de groupes de gauche, car dans ces endroits la parole était vraiment libre. Elle ne se gênait pas pour balancer à la gueule des membres des JCR qu'ils n'étaient en fait rien d'autre que les oppresseurs de demain. Ces jeunes gauchistes, pourquoi fréquentaient-ils les facultés si ce n'était pour se hisser au-dessus des classes opprimées ? Elle, au moins, en était consciente, et elle comprenait très bien les hésitations du Parti communiste français, plus proche des ouvriers, à appuyer les JCR dont elle n'était pas la militante la plus courtoise ni la plus appréciée. Combien de fois a-t-elle traité ses camarades de petits bourgeois farcis de remords ? Parfois, pour se moquer d'elle, on fredonnait cette vieille chanson réaliste, La Garce, quand elle entrait dans une pièce. Je pense qu'elle avait raison. Toute formation universitaire de gauche n'est que ça, un club préparatoire à la bourgeoisie de demain ! C'est peut-être pour ça aussi qu'elle aimait tant Paris, parce qu'elle pouvait s'y permettre d'être la garce qu'elle n'aurait jamais pu être à Montréal. Seule Paris permet ce genre de fantaisies aux coloniaux. À Montréal, on lui aurait tout simplement dit : « Know your place. » Tel le roi borgne au royaume des aveugles, Thérèse promenait son effronterie au royaume de l'arrogance parisienne.

Je dois dire que j'admirais aussi sa facilité à réconcilier des choses en apparence opposées en trouvant entre elles un fil d'Ariane. Tenez, dans sa chambre, elle avait punaisé au mur une photo de Simone de Beauvoir à côté d'une photo de Dalida. Elle était convaincue qu'on pouvait aimer ces deux femmes en même temps. Je sais que l'on s'attendrait, parce que nous avons fait des études, à ce que nous écoutions Barbara. Mais celle-ci nous ennuyait. Nous la trouvions trop verbeuse et poseuse. Dalida avait comme nous un accent. C'était la belle étrangère. Et elle chantait pour les gens simples que nos mouvements politiques voulaient rejoindre. Que l'on ne se méprenne pas, nous savions que son but était de vendre un maximum de disques, comme il est clair que Beauvoir devait son indépendance au fait d'avoir vendu tant de livres. Pour nous, elles étaient des femmes qui avaient réussi. Point.

La voilà maintenant en retard au dîner parce qu'elle s'est trompée de ligne de métro. Elle avance sur le boulevard de Clichy, poussée par un vent impertinent, sans se rendre compte qu'elle marche au-dessus des anciennes carrières de gypse auxquelles Paris doit son plâtre. Mais elle ne pense pas à ça, en ce lundi soir du 24 janvier. Elle essaie plutôt de trouver des sujets de conversation en prévision du dîner avec Marie Moreau et Albertine Auclair. Ces femmes étaient mes voisines. Madame Renard m'avait parlé d'elles. De ma chambre à coucher, je voyais leur salle à manger. Thérèse leur avait été recommandée par une amie militante à qui elle avait raconté que sa plus grande ambition était de rencontrer Simone de Beauvoir en personne pour discuter avec elle de certains passages du second tome du Deuxième Sexe, c'est-à-dire ces portraits de femmes à ses yeux un brin caricaturaux, surtout celui des lesbiennes. La vérité, c'est qu'elle avait pour Simone de Beauvoir un béguin immense que seule l'image de Dalida arrivait à lui faire oublier. Elle avait déjà vu le Castor marchant d'un pas preste le long du boulevard Saint-Michel et l'avait suivie jusqu'à la rue Schœlcher où elle habitait, mais elle n'avait pas osé lui adresser la parole de crainte de passer pour une folle. Elle était triste d'avoir raté le lancement d'Une mort très douce, une de ses lectures beauvoiriennes préférées. J'imagine que ce livre charriait des émotions qui rejoignaient la peur qu'elle avait de subir une longue agonie. On ne pense pas à cela quand on a vingt ans, mais elle, si. Mourir dans la dignité, ne pas laisser les médecins, au nom de la science et de leur carrière, s'acharner sur un corps qui n'est plus que souffrance, voilà qui m'apparaît aujourd'hui comme un des seuls idéaux pour lesquels il est toujours utile de se battre. Car ceux qu'elle appelait « nos petits bourgeois de demain » sont nos médecins aujourd'hui ! Ils ont depuis longtemps compris qu'un patient vaut plus cher vivant que mort.

Ces deux femmes vivaient ensemble depuis vingt-cinq ans. Marie était belge et Albertine, française. Dans le quartier, elles passaient pour deux sœurs ou des cousines, mais les plus perspicaces comprenaient tout. Thérèse était gonflée d'espoir à l'idée de les rencontrer, mais elle était à mille lieues de se douter qu'elle se présentait à un dîner de conne.

Elle se serait contentée de prendre un café quelque part avec Albertine, histoire qu'elle lui ouvre la porte de la maison Beauvoir, mais les Parisiens ont cette manie de tout régler au-dessus de l'assiette. En plus, il y avait d'autres invités. « Nous avons pensé, puisque vous êtes nouvelle à Paris, profiter de l'occasion pour vous présenter quelques amis qui en sont. Il y aura d'abord Gérard Depeux, mon collègue et professeur d'hébreu moyen. Nous avons aussi invité le professeur Pfaff qui enseigne le serbo-slovène et l'austro-hongrois dans notre faculté. Il sera là avec son amant, Pierre, qui est une sorte de manuel, je pense. Nous vous attendrons à huit heures. » Nous avons su plus tard que cette connaissance qui l'avait recommandée était tout à fait au courant que ces deux femmes étaient des adeptes du polyamour et qu'elles donnaient toujours la chasse à quelque jeune femme pour former un trio. Si elle avait su, elle serait restée dans sa chambre de bonne. L'amour, pour elle comme pour moi, ne pouvait pas être un triangle ; il devait être la rencontre de deux subjectivités, pas plus. En ajouter une troisième ne faisait que brouiller les choses de sorte que, même si elles avaient eu son âge, Thérèse aurait ressenti le même malaise. Ce que je ne voyais pas de ma chambre, mais que Thérèse m'a expliqué plus tard, c'est que leur appartement ne comptait que deux pièces. Avant de la laisser entrer, Marie a expliqué à son invitée que les W.-C. étaient sur le palier. Thérèse a cru un instant qu'elle plaisantait. Comme moi, elle était étonnée que des professeurs partagent les toilettes avec leurs voisins. Pour nous, gens du Nouveau Monde, c'est une chose impensable. Chez nous, chaque prof a ses chiottes à lui.

Marie lui a déplu instantanément. D'abord, elle s'obstinait à la vouvoyer tout en lui tapotant l'avant-bras comme la sorcière tâtonnait Hansel pour savoir s'il avait assez engraissé pour être cuit. On les lui avait pourtant décrites comme des femmes de gauche, ce qu'elles étaient bel et bien, mais de cette gauche qui vouvoie et qui va à l'Opéra. Albertine, plus âgée que Marie, était assise dans un fauteuil et lui souriait.

— Vous êtes très jolie. Alors, il paraît que vous aimez les livres de Simone de Beauvoir ?

— Oui, je suis folle d'elle ! Mon plus grand rêve serait de la rencontrer.

Elle n'avait pas encore compris qu'à Paris il est de mauvais ton de montrer trop d'enthousiasme et d'empressement.

— Vous pourrez bien sûr rester avec nous après le dîner, si vous ne voulez pas rentrer à Saint-Germain dans ce froid glacial.

— Je suis habituée. J'aime marcher dans la neige.

Albertine ressemblait à ces vieillards valétudinaires que l'on photographie parfois en train de signer un accord de paix ou de déclarer la guerre, selon leur humeur. Après avoir passé le plus clair de sa vie adulte à Paris, Marie n'avait plus la moindre trace d'accent belge. Thérèse m'a confié que cela lui était un peu « tombé sur les nerfs », mais *qu'elle était prête à pardonner toutes ces imperfections en se disant que Marie était le sésame qui lui permettrait de rencontrer la merveilleuse Simone. Les autres invités arrivèrent en une seule grappe. Depeux, Pfaff et son compagnon, Pierre-le-Manuel. Cette condescendance avec laquelle Albertine avait décrit Pierre avait exaspéré Thérèse et l'avait convaincue de se solidariser avec ce garçon qui devait avoir vingt ans de moins que son amant. Elle a pris immédiatement en pitié ce jeune homme timide à la moustache proustienne, tortillée et cirée en pointes, au bras de cet homme qui le considérait de toute évidence comme son inférieur. Thérèse s'intéressait peu aux activités de ces deux professeurs de langues mortes et enterrées, mais elle aurait bien aimé savoir ce que Pierre faisait dans la vie. Il ne semblait pas très loquace, ou du moins il laissait le champ libre à Pfaff et à Depeux qui, aussitôt qu'ils eurent retiré leur manteau, se mirent à babiller comme des fillettes avec Albertine qu'ils semblaient vénérer comme une matriarche amérindienne. Ce soir-là, je les entendais depuis ma chambre de la pension Renard. Je me souviens clairement que Depeux avait un timbre de voix particulièrement irritant pour les tympans. Après chacune de ces attaques auditives perçantes, Thérèse se demandait si une orientation sexuelle commune et assumée était un motif suffisant pour réunir six personnes autour d'une table. Moi, je pense que non. Quoi qu'on en dise. Ils ont discuté de gens qu'ils connaissaient et d'une mise en scène ratée de* Mort pour toujours, *une pièce qu'Albertine avait traduite d'une langue protoslave et qu'un petit théâtre de province avait montée. Pfaff avait détesté.*

*— Pourtant, Albertine, le metteur en scène doit avoir lu vos livres ! Comment n'est-il pas arrivé à présenter autre chose que ce montage d'amateurs ?*

*— Bah ! Lire mes livres ne rend pas forcément intelligent !*

*Ils ont tous ri. Thérèse, qui ne savait pas pourquoi il fallait rire, est restée impassible, ce qui a créé un malaise.*

126

Albertine lui a offert à boire en l'appelant « mon petit » avant de sommer tout le monde de passer à table. C'est à ce moment que j'ai vu Thérèse pour la première fois, par ma fenêtre. J'étais assise sur mon lit, occupée à lire.

Je me suis souvent demandé pourquoi les femmes qui aiment les femmes se sentent obligées de fréquenter les hommes qui aiment les hommes. Si j'ai une chose à reprocher aux homosexuels, hommes et femmes, c'est cette manie de toujours vouloir se regrouper en petites cliques chamailleuses et criardes où l'on devient très vite vulgaire. Vue de chez moi, cette salle à manger avait l'air d'un poulailler. J'entendais le rire strident de Pfaff, même si ma fenêtre était fermée. C'est son rire qui a attiré mon attention sur la tablée. C'est pour le visage de Thérèse que j'ai laissé les rideaux ouverts. La lumière qui en tombait m'éclairait jusque dans mon lit.

Pendant que Marie remplissait les verres, Albertine présentait Thérèse aux autres convives comme une « cousine » du Canada, intéressée par les écrits de Simone de Beauvoir – elle l'avait réduite à ça –, et comme future agrégée de lettres. Mais les échanges denses et exsangues tournaient plutôt autour de sujets dont nos parents nous disent qu'il est inconvenant de parler à table. Le professeur Depeux a décrit la dernière opération qu'il avait subie, parlant abondamment de l'état de sa « tuyauterie » et des inquiétudes de son médecin quant à son fonctionnement, ce qui a coupé l'appétit de Thérèse. Il a aussi parlé longuement des causes pour lesquelles il luttait. Depeux se définissait comme un homme de gauche, participait aux manifestations, votait pour le Parti communiste, et il a énuméré les gens qui appartenaient à sa cellule. Thérèse était déjà soulagée de l'entendre parler d'autre chose que de transit intestinal et, malgré ses manières très appuyées, elle commençait presque à le trouver sympathique. Tous les convives semblaient d'ailleurs partager les mêmes opinions politiques, ce que Thérèse a trouvé rassurant dans la mesure où des gens de gauche étaient plus susceptibles de la mener vers son but : la rue Schœlcher. Il a aussi été question de politique, de sexe et d'argent. Thérèse a tenté par deux fois d'intervenir, mais, le vin aidant, la conversation avait pris un rythme très rapide, de sorte qu'elle se faisait systématiquement couper la parole par Depeux et Pfaff. Elle a pris le parti de se taire et d'attendre qu'ils partent pour parler de Simone. Mais il est des situations où se taire est difficile. Ainsi, quand Depeux a exigé le silence en frappant son verre de son couteau, parce qu'il avait une annonce importante à faire, Thérèse a serré les poings. Ses tympans étaient déjà au bout de leurs forces. Ils n'étaient que six à table, l'oiseau aurait pu attirer leur attention plus délicatement. Surtout que ce qu'il avait à dire était d'une bêtise attristante.

— Alors, vous ne le dites à personne, mais j'ai eu hier soir la confirmation de mes soupçons sur l'homme dont je vous parlais la dernière fois. Le verdict est irréfutable : c'est une folle !

Pourquoi certains homos, pour se définir, doivent-ils récupérer le vocabulaire qui sert habituellement à les avilir ? L'humiliation que la société leur réserve n'est-elle pas suffisante ? Faut-il en rajouter ? Depeux parlait d'un homme politique français très haut placé, à qui les rumeurs prêtaient des tendances homosexuelles refoulées. Qu'il fût homo ne le sauvait pas de l'insignifiance, en tout cas pas aux yeux de Thérèse qui, en bonne militante de gauche, trouvait que la France était gouvernée par des momies. Que ces dernières se donnent à des hommes ou à des femmes, en secret ou au grand jour, ne l'intéressait pas le moins du monde. Pfaff a émis un doute. Comment Depeux pouvait-il en être sûr ?

— J'ai mes sources, et je puis vous affirmer qu'il aime les jeunes hommes méditerranéens. Ce que je vous raconte n'est pas un bobard, c'est vrai !

— Allons, Depeux ! Ce n'est quand même pas la première fois que vous nous déballez ce genre de révélations !

Albertine doutait aussi. Thérèse a commis l'erreur de prendre la parole.

— Si vraiment ce monsieur est comme ça et que, comme vous le dites, vous le savez, pouvez-vous nous en faire la preuve ?

— Oui ! Laissez-moi aller chercher le chauffeur qui me l'a raconté. Il travaille à l'Élysée et…

— Mais en quoi cela est-il important ? S'il ne veut pas en parler, c'est…

— Cela est important parce que ce type risque de devenir président de la République !

Thérèse s'est étonnée elle-même de l'avoir interrompu. Depeux en a pris ombrage. Pierre-le-Manuel est venu à son secours.

— Ne vous en faites pas, Thérèse, moi non plus je ne comprends pas toujours ce que ces deux-là racontent !

La pitié que Thérèse avait jusque-là éprouvée pour lui s'est transformée en mépris. Comment pouvait-il se faire le vassal de ces deux commères qui n'avaient rien de plus intelligent à dire autour d'une table que des rumeurs et des ragots sur des hommes politiques ? Pfaff, son amant, a empiré les choses.

— Oui, mon petit chéri, tu ne me comprends pas toujours, mais c'est pour ça que je t'aime !

Puis, en aparté avec les autres convives, comme si Pierre n'était pas là :

— Il est si charmant et si doux, ce garçon ! Il a bien d'autres qualités que la perspicacité, croyez-moi !

Des rires ont éclaté. Pierre a rougi. Thérèse aussi, mais de rage et le poing fermé. C'est à ce moment que cela est arrivé : Thérèse a senti le pied d'Albertine lui caresser le mollet droit. Elle arrivait à peine à avaler la viande filandreuse qu'on venait de lui servir. Elle tentait de rester forte, de se concentrer sur son objectif, de ne pas fléchir devant ces gens. À sa gauche, Pfaff et Depeux étaient maintenant lancés dans une discussion sur le Faust qu'ils avaient entendu la veille à l'Opéra. Pfaff déplorait que la Marguerite eût cochonné un trille dans un de ses airs. Depeux a rebondi en affirmant qu'en revanche le Méphisto était parfait et très beau. Il a continué en disant qu'il avait invité sa sœur à les accompagner, mais qu'elle avait prétexté un mal de tête pour ne pas y aller.

— Alors je lui ai dit : il y a deux sortes de gens, ceux qui vont à l'Opéra et les vaches !

Ils se sont tous mis à rire comme des déments, sauf Thérèse qui n'a jamais saisi ce niveau d'humour. Des vaches ? Il parlait en ces termes de sa propre sœur ? À partir de cet instant, elle a haï cet homme et son zozotement tragique. Le pied d'Albertine avait repris son jeu, ce qui lui donnait l'envie de partir en claquant la porte, mais elle n'avait pas encore réussi à placer un mot sur l'affaire qui l'avait attirée jusque dans la rue de la Tour-d'Auvergne. Elle était si prise par cette obsession qu'elle était disposée à se faire caresser le mollet par Albertine jusqu'au dessert. Mais pas plus. Les lèvres pincées, Depeux lui a demandé si elle avait vu des spectacles intéressants à Paris. Thérèse aurait peut-être dû lui répondre qu'elle était trop prise par ses lectures pour sortir, ou inventer n'importe quoi, comme le font les Parisiens quand ils ne savent pas quoi dire, mais quelque chose en elle tenait à le provoquer.

— Je suis allée entendre Dalida parce que je suis une vache.

À ces mots, le pied d'Albertine a cessé de lui chatouiller le mollet. Pour nous deux, il était possible d'inviter dans son cœur à la fois Dalida et Simone de Beauvoir, mais elle avait compris que pour les gens comme Pfaff et Depeux il existe deux sortes d'êtres : les amateurs d'art lyrique et les animaux de ferme. Thérèse semblait tenir à ce qu'il sache qu'elle appartenait au groupe des bovins. Depeux ricanait. Pierre n'osait rien dire et la regardait comme si elle avait dénudé ses seins à table. Le pire, c'est que c'était vrai. Elle était allée entendre Dalida deux fois *tant elle avait aimé le spectacle. Pfaff tentait de se faire compréhensif.*

— *Ah oui, et qu'est-ce que vous lui trouvez ?*

— *Je la trouve très belle et le timbre de sa voix me plaît. Quand elle chante* Bonsoir mon amour, *j'imagine qu'elle susurre à mon oreille.*

*Pfaff et Depeux sont partis tous les deux dans un rire gloussant.*

— *Mais vous voulez rire ? Elle chante comme un homme !*

*Il y a eu un long silence gêné. Thérèse a avalé de travers son dernier morceau de chou. Chanter comme un homme ? Une jeune femme cultivée aurait envoyé une réplique pleine d'esprit, par exemple elle aurait pu dire : « C'est vrai qu'elle a la voix grave, mais c'est justement ce qui me touche. C'est comme si s'étaient réunis en elle les plus beaux attributs des deux sexes, une voix grave et mélodieuse, et tous les charmes de la féminité. » Thérèse était probablement un peu cultivée, mais elle n'a jamais été à sa place. C'est pour cela qu'elle était à Paris, loin de sa place, dans cette ville qui était en train de faire d'elle une garce. Elle n'a jamais pu s'expliquer la suite des choses, qui lui a échappé.*

— *Dalida a peut-être la voix d'un homme, mais moi je connais des hommes qui rient comme des dindes !*

*Quelques fourchettes sont tombées sur le rebord des assiettes. Pierre-le-Manuel a écarquillé les yeux, puis il a éclaté de rire, mais pas d'un rire normal ni d'un rire de volaille, mais d'un rire franc et gras qui puisait ses harmonies et sa basse dans la France profonde. Des larmes lui coulaient le long des joues. Thérèse a entendu distinctement son amant lui botter le tibia. Albertine et Marie, désemparées, tentaient de rétablir la situation.*

— *Je vois que vous avez de la repartie, Thérèse. J'adore.*

*Quelque chose dans leur regard disait à Thérèse qu'elles l'enviaient d'avoir remis Depeux à sa place. Pierre-le-Manuel se tordait toujours de rire.*

— On dit que Dalida s'est assise sur le trône que Piaf a laissé vide en mourant. Qu'en pensez-vous, Thérèse ? lui a-t-il demandé avec la plus grande sincérité du monde.

Depeux a saisi l'occasion au vol :

— Mais en quoi cela est-il important ? a-t-il dit en imitant gauchement l'accent canadien. J'imagine qu'elle serait alors la reine des ploucs ! Pour autant qu'elle ne nous fasse pas le même coup que Piaf avec son enterrement bordélique... Ce n'est pas vous, Albertine, qui racontiez qu'un de vos voisins y a perdu son enfant ?

Thérèse aurait voulu lui planter sa fourchette dans un œil, mais sa vessie lui envoyait depuis vingt bonnes minutes des signaux affolés. Elle a demandé à Albertine de lui indiquer les toilettes.

— Sur le palier, ma chérie. On vous l'a dit tout à l'heure. J'espère que personne n'y est ! Frappez avant d'entrer.

En refermant la porte de l'appartement, elle a entendu très distinctement un des deux professeurs, Pfaff ou Depeux, prononcer le mot « garce ». Si son envie d'uriner n'avait pas été si pressante, elle serait retournée dans l'appartement pour les remercier du compliment. Quelqu'un occupait les W.-C. Elle a dû attendre patiemment, jusqu'à ce qu'un homme rabougri ressorte des cabinets, l'air soulagé et satisfait. Une puanteur fécale a envahi le palier. Isolée, elle s'est assise sur la cuvette et s'est pris la tête entre les mains. Elle les a tous maudits en les envoyant aux enfers. Elle leur a souhaité des poussées de pustules, de purulences, et la pestilence pour les siècles des siècles. Elle était décidée, une fois sa vessie vidée, à reprendre son manteau et à quitter cette maison de fous. C'est ce que Simone de Beauvoir aurait fait, elle en était certaine. Dalida n'aurait même pas eu la patience de répondre à ces imbéciles. Et c'est peut-être le signe de la croix qu'elle a fait machinalement, assise sur ces chiottes, qui a déclenché le désastre qu'elle appelait de tous ses vœux.

En refermant la porte des W.-C., elle a entendu les

premiers craquements. De ma chambre, j'ai ressenti comme une vibration au même moment.

Cela s'est fait en quelques secondes. Un bruit sourd a détoné comme le tonnerre à Belo Horizonte, un bruit à la fois clair, profond et vaste, comme la voix de Dalida quand elle annonce un effondrement du cœur. Thérèse était sur le palier quand, sous ses yeux, tout le mur s'est écroulé dans un immense nuage de poussière. Une partie de la maison d'Albertine venait de sombrer dans la terre, emportant dans les abîmes parisiens toute la tablée qu'elle avait quittée à peine cinq minutes auparavant. Seule cette moitié avait été engloutie par un fontis qui avait remonté jusqu'à la surface, comme si la bouche d'un dieu vengeur souterrain avait aspiré l'air au bout d'une paille depuis le centre de la Terre. Pas un cri. Que de la poussière. Et un grand froid. Le mur de ma chambre s'est aussi écroulé, laissant entrer le vent dans la pièce.

La plupart des occupants de la maison avaient disparu dans un fontis qui avait aussi aspiré le mur mitoyen qui séparait la maison de madame Auclair de la pension Renard dont les locataires, pour la plupart installés autour de la table, en train de dîner, ont pris panique pour se réfugier dans la rue, d'où ils ont observé pendant de longues minutes un grand champignon de poussière qui retombait sur le 9e arrondissement. La main devant la bouche, les yeux écarquillés, madame Renard grelottait dans l'air de janvier. Au troisième étage, de ma chambre devenue balcon, je regardais devant moi. Thiago était absent, probablement en train de courir un cocktail ou de draguer une ravissante idiote quelque part dans Paris. Je me suis levée, choquée.

Il a quand même fallu une minute avant que je la voie, le temps que la poussière retombe. L'éclairage de la pension Renard fonctionnait toujours, tandis que celui de la maison d'Albertine s'était éteint, de sorte que j'étais dans la lumière et elle, dans l'obscurité. Dans cet éclairage, je devais avoir l'air d'un personnage dans un théâtre de marionnettes grandeur nature, suspendu dans le ciel de l'hiver. Sans manteau, elle croisait les bras pour se protéger des assauts du froid. Elle a fini par me repérer, de l'autre côté de l'abîme, à une dizaine de mètres d'elle. Je pense qu'il est important que l'on sache que si elle ne m'avait pas regardée à cet instant et n'avait pas esquissé ce sourire, si inconvenant, si déplacé étant donné les circonstances, je ne serais pas tombée complètement amoureuse d'elle. Elle m'a raconté plus tard qu'elle souriait parce qu'elle croyait toujours avoir rêvé. Il a fallu les sirènes des pompiers pour lui faire comprendre que la maison s'était effondrée dans le sol de Paris. Il m'a aussi fallu quelques minutes pour comprendre ce qui venait de se passer. Sur la moitié de palier qui restait, l'homme qui avait empesté les W.-C. est sorti de son appartement, le regard hagard. Depuis le trottoir, des gens criaient dans notre direction. Il ne fallait pas bouger. Les sapeurs-pompiers sont arrivés très vite, armés d'échelles et de cordages. Ils ont d'abord fait descendre le vieux chieur qui était vraiment paniqué, ce qui m'a laissé tout le temps de contempler Thérèse.

— Ne bougez surtout pas ! Les secours vont arriver ! Nous allons chercher une échelle !

On nous a aidées à regagner le plancher des vaches. Une fois sur le trottoir, j'ai compris très exactement ce qui s'était produit. On avait obligé Thérèse à s'étendre sur une civière. Elle protestait. Longtemps, elle est demeurée convaincue qu'elle avait provoqué l'effondrement de la maison en dépit des explications rationnelles qui prouvaient le contraire. Il a fallu deux jours pour dégager les restes humains des débris. On n'a trouvé dans les décombres que des corps désarticulés aux sourires crispés. Thérèse a eu beaucoup de peine pour Pierre-le-Manuel, mais n'a pas pleuré les autres longtemps. Elle pouvait être très dure.

Elle s'est très vite levée de sa civière. Après tout, elle n'était pas blessée, à peine un peu secouée. Madame Renard, sur le trottoir, était stupéfaite. Son pire cauchemar était devenu réalité. Déjà qu'elle ne parlait plus beaucoup depuis la mort de Jean-Paul, cet incident a précipité, je crois, les effets de l'âge sur elle.

— Je vous l'avais dit ! Le sol de Paris est un fromage ! C'est un miracle que vous soyez vivante, Pia !

Puis, elle s'est assise, le visage dans les mains, coite. Neuf voisins avaient trouvé la mort. D'autres pompiers arrivaient, un attroupement s'était formé devant le trou, les sirènes de police criaient. Pour Yvette Renard, c'était la fin du monde. Pour moi, c'était le commencement d'une nouvelle vie.

— Vous allez bien ?
— Oui, je pense que je n'ai rien.
— Je m'appelle Maria Pia, enfin, Pia.
— Vous ressemblez à Dalida.
— Brune ou blonde ?
— Brune.
— Oh… Merci. Pourquoi vous parlez comme ça ?
— Je suis canadienne.

Dans le tumulte et la confusion qui régnaient dans la rue de la Tour-d'Auvergne, quelque chose tombait en place. Cet effondrement a été, je le penserai toujours, comme une intervention divine visant à mettre de l'ordre dans le chaos humain. En Thérèse, quelque chose avait changé aussi. Le fontis avait emporté non seulement Albertine, Marie et leurs invités insupportables, mais aussi son désir de rencontrer Simone de Beauvoir. Tout ce qui lui restait dans la tête, elle me l'a dit plus tard, c'était un air de Dalida et le désir de me revoir. Mais je ne le savais pas. Thiago est arrivé sur ces entrefaites, Thérèse a été raccompagnée chez elle par la police, et Thiago et moi avons été pris en charge par la Croix-Rouge.

À toute chose malheur est bon. La pension Renard ayant perdu un mur entier et étant devenue de ce fait inhabitable, Thiago n'a plus eu d'autre choix que de nous trouver un appartement décent. Mais, deux jours à peine après l'effondrement, Thérèse m'avait retrouvée.

*Allez savoir comment elle avait fait ! Elle a donné pour adorable prétexte qu'elle voulait savoir comment je me portais. Cette candeur, chez elle, cette nudité du cœur... Comment dire ? Je n'avais jamais vu ça. C'est tout. Elle avait les yeux bleus, ce qui chez les Brésiliens marque toujours des points parce que peu de gens chez nous ont les yeux clairs. Elle ne s'est pas gênée pour faire des commentaires sur mes yeux noirs qu'elle disait être incapable de ne pas regarder. Fantasque, elle était, ma Thérèse. J'ai bien ri quand elle m'a avoué la raison de sa présence chez feu Albertine.*

*— Mais tu n'avais pas à faire tout ça ! Pour rencontrer Simone de Beauvoir, il suffit de lui écrire. Elle répond à toutes les lettres qu'on lui envoie et accepte de rencontrer toutes les étudiantes qui en font la demande. Je lui ai moi-même déjà parlé !*

# Tous les lilas du monde
# sont sans retour

Les voyageuses de *La Menace mauve* connaissaient bien les routes du Québec et de l'Ontario, et pour cause. Il y a du lilas partout dans ces deux provinces. Shelly et Laura avaient d'ailleurs élaboré leur propre interprétation de la devise que les Québécois ont reproduite sur toutes les plaques d'immatriculation : *Je me souviens*. On leur avait offert une explication opposant un lys français à une rose anglaise, version qu'elles avaient refusée, car elles la trouvaient ennuyeuse et banale. Elles décidèrent donc d'en inventer une. Pour ce faire, Laura s'inspira de multiples récits de femmes ayant vécu le même traumatisme. Dans tous les cas, il s'agissait de personnes qui avaient grandi près d'un lilas. Venait un jour maudit où le destin bascu-lait. Il fallait déménager loin de l'arbuste, par exemple au quinzième étage d'une tour d'habitation. Dans ce cas, la nostalgie du lilas pouvait mener des filles autrement honnêtes et sans reproche à chiper des branches du lilas dans les jardins publics ou, pire encore, sur des terrains privés. Dans les quartiers résidentiels limitrophes des développements de HLM, les voleuses de lilas sont un fléau très commun. Armées de ciseaux de jardinage, de canifs ou tout simplement de leurs dents, elles dérobent pendant la nuit les thyrses éclos ou en boutons qu'elles offrent à leur mère, commissionnaire et complice du crime.

Mais il y a pire encore : il arrive aussi que ces filles soient forcées de déménager dans des régions de l'Amérique ou du monde où le lilas ne fleurit pas, comme la Floride, le sud de la Californie, le Mexique et autres terres hostiles au lilas. S'ensuit pour elles une longue période d'oubli. Le lilas disparaît avec tous les souvenirs du pays abandonné au profit de nouvelles fleurs, de nouveaux parfums. Mais rien dans la nature ne remplace la fragrance du lilas. Un jour, ces personnes arrachées à la fin de l'adolescence à leurs arbustes odorants finissent fatalement par les retrouver à la faveur d'un voyage printanier au pays natal ou dans quelque autre endroit béni par l'hiver. C'est à ce moment que se produit un phénomène qui, selon Laura, ne touche que les femmes. Le parfum du lilas, redécouvert après des années de privation, libère dans la conscience une coulée de souvenirs, heureux ou difficiles, qui engloutit tout sur son passage. Abondantes et précises comme des photographies, ces images du passé ont la qualité d'apparitions divines. Tant et aussi longtemps que le nez reste à proximité des fleurs, le sujet garde un accès sans limites à tout ce que sa mémoire a enregistré à l'époque où il vivait parmi les lilas. Par le nez, les images et les sons lui reviennent dans toute leur clarté, sans la moindre distorsion.

Ces miraculées font ainsi l'expérience de l'extralucidité que recherchent sur des voies divergentes les yogis et les cocaïnomanes. Mais attention, ces soubresauts mémoriels peuvent faire des ravages, car l'oubli est avant tout un mécanisme de défense. Jetées nues devant leurs souvenirs dentés, les victimes du lilas revivent parfois dans la douleur des épisodes difficiles de leur vie. Or ces souffrances sont bien insignifiantes, car le sujet peut toujours se consoler en se disant que ces épisodes passés ne reviendront plus. Bien pires sont les souvenirs heureux qui reviennent avec toute leur clarté, parfois avec le timbre de la voix d'une personne disparue, son odeur, ses gestes, cette manière qu'elle avait de simplement s'asseoir à côté de vous sur une balancelle devant les prés vert tendre du printemps, ou cette facilité qu'elle avait, juste en synchronisant sa respiration avec la vôtre, à vous aider à trouver le sommeil, ou ces après-midi de mai, quand elle proposait de faire une sieste sur le grand sofa, ou ces soirs de juin, quand pour la première fois on pouvait manger dehors, entendre ensemble le cri du premier engoulevent de l'été. Oh… retrouver cet amour… Quand ils sont rappelés inopinément par le parfum du lilas, ces moments-là prennent la forme d'épées qui transpercent le cœur, car peu importe leur valeur, leur contenu, ils vous jettent au visage toute la violence de l'amour qui ne reviendra plus. Ils vous expliquent en une seconde la toute-puissance du temps qui passe et vous renvoient à votre banalité. Ils sont impitoyables. Il faudrait mettre la population en garde contre ces sursauts mémoriels induits par la floraison du lilas. Aux yeux de Laura, le *Je me souviens* québécois n'était rien d'autre que cela : une menace mauve. L'expérience qu'elles venaient de vivre à Hamilton prouvait de manière irréfutable la validité de sa théorie qu'elle tentait tant bien que mal d'expliquer à Pia, à demi morte sur le sofa ouvert du camping-car. Encore une fois, elle avait été prise d'une transe d'écriture qui avait failli la tuer.

— La madeleine de Proust n'a pas le même pouvoir ?

— Pas tout à fait. Le lilas est plus démocratique. Un Chinois ne ressent rien en mordant dans une madeleine trempée dans le thé. Et il est toujours possible de refuser de manger la madeleine. Avec le lilas, vous ne pouvez pas échapper à vos souvenirs, à moins de cesser de respirer.

— C'est radical, en effet.

Pia regardait défiler les lilas en fleur qui bordaient la route 2, entre Toronto et Cornwall. Lors de leurs premiers voyages, Shelly et Laura s'étaient contentées de rouler sur l'autoroute 401, se privant ainsi du défilé de lilas commun qui attend le voyageur moins pressé le long de l'ancienne route flanquée de maisons de ferme sur lesquelles veillent des lilas centenaires dont les thyrses alourdis de pollen se bercent paresseusement dans la brise du printemps.

Au grand désespoir de Pia, qui aurait préféré filer à toute vitesse vers Montréal, Shelly prenait son temps. Pas question de partir tant qu'il y a des lilas. Parfois, un carouge à épaulettes jaillissait du feuillage, où il avait fait son nid, pour effaroucher un promeneur importun, son plumage noir et ses épaules rouge feu contrastant audacieusement avec le mauve du lilas. À Hamilton, Pia s'était réveillée en pleurant après une nuit agitée, sans trop comprendre l'origine de ses sanglots. Shelly et Laura avaient tenu à passer quelques jours aux Royal Botanical Gardens, histoire de permettre à Pia d'aller au bout de ses cahiers. Puis, ayant été informées que le lilas fleurissait le long du lac Ontario, sur la route 2, elles étaient reparties sans se presser, ralentissant à chaque touffe mauve, s'arrêtant parfois pour admirer un coloris particulièrement intense. Derrière le camping-car, de jeunes hommes klaxonnaient rageusement, furieux d'être ralentis par ce véhicule poussif. Parfois, des motocyclistes les saluaient, tout sourires. Peu de gens restaient indifférents à *La Menace mauve*. Elles s'arrêtèrent dans la ville de Cornwall, en Ontario, à environ une heure et demie de route de Montréal. Autrefois, Cornwall avait disputé à Rochester (New York), Rochester (New Hampshire) et Spokane (Washington) le titre de « ville des lilas ». Désormais, le Festival du lilas était défunt, mais les arbustes y fleurissaient toujours. Shelly décréta que Cornwall serait leur dernier arrêt avant Montréal. Elle avait avisé Rosa qu'elles arriveraient le surlendemain et lui avait donné rendez-vous dans la section des lilas du Jardin botanique de Montréal. Depuis qu'elle avait commencé à coucher sur papier ses souvenirs parisiens, Pia saisissait toute la pertinence de la théorie de Laura sur les effets à long terme du parfum du lilas sur la mémoire. Elle savait maintenant que c'est à Paris que son cerveau avait été transformé. Comment expliquer autrement cette avalanche de souvenirs pénibles ?

— Les filles, il faut que je termine mon histoire. J'aimerais passer à autre chose quand je serai avec Rosa.

Laura cessa son discours sur le lilas. Elles reprirent leurs cahiers.

# L'œil de Belo Horizonte

Un an après la mort de Jean-Paul, j'avais repris mes cours à la Sorbonne. À la faveur d'un événement public, j'avais entendu Simone de Beauvoir et Sartre parler d'un de leurs voyages en Union soviétique. Il me fallait bien trouver une raison de vivre. Thiago et moi étions mariés. C'était plus simple comme ça. Thérèse et moi avions donc cela aussi en commun, comme plein d'autres choses. Nous étions du Nouveau Monde, trouvions les Français un peu figés dans leurs manières, parlions avec un accent, bref, nous étions les Autres. Elle m'a parlé longuement de sa famille au Canada, qu'elle méprisait. Dès les premiers jours, nous nous sommes raconté nos vies, je pense. Jamais elle ne s'est lassée de m'entendre parler de Três Tucanos. Toutes les histoires qui tournaient autour des zébus et du café avaient sur elle l'effet de l'opium. Elle ne se gênait d'ailleurs pas pour dire que j'étais son « oiseau tropical ». Et dès les premiers jours, non, dès les premiers instants, aussitôt que la poussière de l'effondrement a été assez dissipée pour que je puisse la distinguer dans le noir, j'ai compris ce qu'elle voulait de moi et j'ai tout fait pour qu'elle comprenne que j'étais disposée à le lui donner. Elle ne m'a convertie à rien. Je l'attendais, c'est tout.

Cet hiver-là a été long, le carême, interminable. À quoi bon vivre dans un pays catholique si c'est pour se passer de carnaval ? Madame Renard avait fermé sa pension. La pauvre, traumatisée, était allée vivre chez sa fille après avoir vendu sa maison – ou plutôt ce qui en restait. Je n'ai plus eu de nouvelles d'elle. Thérèse et moi profitions des jours où nous avions toutes les deux des cours pour nous voir dans des cafés du côté du boulevard Saint-Germain et de la rue Gay-Lussac. Thiago avait refusé de quitter le 9ᵉ parce qu'il voulait rester proche de son studio. Nos rapports étaient cordiaux. Il avait voulu remplacer notre fils le plus tôt possible. J'ai réussi à gagner du temps. Je savais qu'il me trompait à droite et à gauche, mais j'avais appris à ne pas le contrarier. À bien y repenser, ça m'était égal, mais, comme je dépendais de lui pour tout, il me fallait le ménager. Thiago n'aimait pas qu'on le bride, qu'on lui dise quoi faire. Là où j'avais grandi, tout le monde se tapait dessus. Aparecida nous frappait pour nous discipliner. Mon père frappait parfois Aparecida et ses autres servantes. Les employés se donnaient des baffes à la vue de tous. La violence faisait partie intégrante de la vie et je m'étonnais d'ailleurs de ne pas en voir davantage autour de moi. Je croyais que toutes les femmes étaient frappées par leur mari. À mes yeux, les hommes avaient le droit de lever la main sur elles.

Je me suis vite rendu compte que la mention du nom de Thiago jetait un voile gris sur le regard de Thérèse. Je lui en parlais donc le moins souvent possible en devinant dans cet air affligé une faille assez grande pour m'y glisser. Il fallait seulement que je sois patiente. Je ne dormais plus du tout. Thérèse était devenue mon unique pensée, ma seule espérance.

Puis, au bout de quelques semaines, à Pâques, en 1966, pendant que Thiago dormait dans le lit d'une jeune mannequin très déterminée, je suis tombée endormie pour la première fois dans la chambre de bonne de Thérèse, boulevard Saint-Germain. J'avais patienté pendant tout le carême, me contentant de lui serrer les mains dans les cafés, de m'asseoir près d'elle à la bibliothèque et de marcher bras dessus bras dessous avec elle dans les rues. À Pâques, nous avons craqué.

— Reste avec moi, ce soir. Tu ne vas pas rentrer,

*toute seule, dans cet appartement. Ton mari ne viendra
pas, tu le sais.*

— *S'il l'apprend, il ne sera pas content.*

— *Et puis ?*

*Nous nous sommes aimées toute la nuit. Au matin, Thérèse
est descendue chercher des croissants à la boulangerie.
C'est ainsi que j'ai commencé à découcher, d'abord le
dimanche soir, prétextant des soirées d'études communes.
Je n'avais pas encore présenté Thérèse à Thiago. Puis,
je suis restée chez elle deux fois par semaine. À la fin de
l'été 1966, Thiago avait compris que quelque chose ne
tournait pas rond. Bien sûr, nos rapports intimes se résu-
maient à bien peu de chose, mais il considérait que je lui
appartenais de plein droit et tolérait mal mes absences,
que je ne justifiais pas toujours avec conviction. Depuis
la mort de notre enfant, il me rudoyait seulement quand
je le contrariais. Le jour où j'ai parlé à Thérèse, bien
innocemment, des coups que Thiago me donnait parfois,
elle s'est tue pendant une heure. Puis, j'ai reçu une pluie
de questions et d'ordres. « Mais comment peux-tu endurer
ça ? Ça ne peut pas continuer ! Il faut que tu te sépares
de lui ! » Ça ne finissait pas.*

— *Il est comme ça. Et je sais me défendre, ne t'inquiète
pas.*

*Mais quand je suis arrivée chez elle un jour avec des
ecchymoses sur les bras, elle est sortie de ses gonds. Thiago
m'avait sommée de justifier mes absences et de lui dire
comment s'appelait mon amant, car il était évidemment
convaincu que je le trompais avec un homme.*

— *Je dors chez une amie qui étudie avec moi. Nous
nous aidons dans nos travaux.*

*Il n'y avait pas cru. Il m'avait serré les bras un peu
fort. Voilà. Pourtant, ce n'était pas tout à fait faux.
Thérèse m'aidait à rédiger mes travaux universitaires.
Concordance des temps, accords, emprunts malhabiles
au portugais que je faisais encore à cette époque, mais
j'apprenais vite. Nous étions vraiment insouciantes. J'ai*

compris que Paris est un peu comme l'hiver : dès lors que vous avez à vos côtés une personne qui vous aime, ses rudesses et ses froideurs disparaissent. Tout devient prétexte à se réjouir. C'est au printemps de 1966 que j'ai appris l'existence d'un arbuste appelé « lilas », dont les fleurs étaient les préférées de Thérèse. Pendant ce premier printemps à Paris, nous en cherchions partout dans la ville. Les plus beaux lilas fleurissaient sur les tombes du cimetière du Père-Lachaise, où j'avais toujours refusé de mettre les pieds après la mort de Jean-Paul, mais en tenant la main de Thérèse j'aurais pu traverser les enfers. Nous allions aussi dans le jardin des Archives nationales, rempli de lilas. Et au Luxembourg, évidemment. Armées de ciseaux, nous en volions le soir au risque de nous faire accuser de vandalisme. Quand j'ai senti leur parfum le mois dernier à Nashville, tout Paris a défilé dans ma tête. Pour Thérèse, le lilas, c'était le Canada. Quand elle plongeait le nez dans une touffe de lilas fleuri, elle n'était plus à Paris, mais à Montréal. Elle était d'ailleurs convaincue que le lilas était un arbuste américain. Elle disait que c'étaient les fleurs les plus démocratiques du monde, parce qu'elles s'épanouissent là où les pauvres vivent, qu'il y en a dans les quartiers populaires et même autour des habitations les plus miséreuses.

Thiago voulait aussi savoir d'où venait mon intérêt nouveau pour les cosmétiques, car nous avions commencé à nous maquiller l'une et l'autre. Souvent, je faisais à Thérèse un point de beauté identique à celui de Dalida.

— Comme ça, il croira que nous sommes copines. Il ne verra rien. Les hommes sont trop bêtes pour se rendre compte de ces choses, crois-moi !

Il fallait que je la présente à Thiago, car il se faisait de plus en plus menaçant. Thérèse, elle, n'avait envie de le rencontrer que pour une seule et unique raison : lui casser la gueule. J'ai fini par la convaincre de se calmer. Si nous tirions les choses au clair, si je la présentais comme une amie, il nous laisserait tranquilles. Il ne serait pas *difficile de le berner ! La ruse a fonctionné. Nous avions choisi un café de la rue des Martyrs pour la rencontre. Il s'est montré d'une gentillesse exemplaire. Jusqu'à Noël, il ne s'est douté de rien. Il a accueilli cette Canadienne comme un mystère féminin inaccessible à sa conscience d'homme. J'avais une amie, tant mieux ! Et Thérèse s'est aussi un peu calmée, car il a été très gentil avec elle au début. Et, constatant qu'il s'était inquiété pour rien, il m'a présenté ses excuses et a cessé de me rudoyer. Pour un temps.*

*Devant Thérèse, Thiago me reprochait sans aucune gêne de ne pas vouloir faire un autre enfant. Il prenait son air de chien battu et demandait à Thérèse ce qu'elle en pensait. Elle lui donnait des réponses provocantes et agressives qui me faisaient beaucoup rire, mais qui désarçonnaient Thiago. Ce refrain, il avait commencé à le pousser six mois après la mort de Jean-Paul. Mais j'éludais toujours la proposition. Pour dire vrai, je n'avais jamais joui dans les bras de Thiago. Avant de rencontrer Thérèse, les orgasmes m'étaient inconnus, de sorte que, la première fois, je me suis évanouie. Elle a dû me réveiller à l'aide d'une serviette trempée d'eau glaciale. La rencontre avec Thérèse ne visait qu'à désamorcer les soupçons de Thiago, à retrouver un peu de paix, jusqu'à ce que...*

*— Justement, Pia, nous allons vivre comme ça combien de temps encore ? Je t'aime. Il faudra un jour que tu te libères de Thiago. Ce n'est pas possible. Si tu ne le fais pas pour moi, fais-le pour toi. Pour notre amour.*

*L'argument matériel n'avait sur elle que peu de prise. Elle était convaincue qu'avec un peu de débrouillardise nous pourrions vivre en nous tassant un peu dans sa chambre de bonne, du moins jusqu'à l'obtention de notre licence de lettres. Après, nous pourrions travailler. Aller vivre à Montréal. Ou au Brésil. Loin de Thiago. À cette époque, quand nous n'étions pas en cours ou à la bibliothèque, nous traînions dans les librairies qui étaient souvent bien chauffées. Nous riions beaucoup. Nous avons ri jusqu'à Noël.*

*Thiago avait trouvé Thérèse fort sympathique malgré ses manières un peu froides et son refus de l'enfantement. Il mettait ça sur le compte de ses origines : pour lui, les gens qui avaient grandi dans des pays neigeux étaient nécessairement de tempérament froid. Déjà, il trouvait les Français glaciaux. Quand Thérèse lui avait expliqué les hivers de son pays, il avait tout simplement conclu qu'elle était faite de glace et de pierre. La preuve, elle se moquait de ceux qui voulaient faire des enfants. Mais il l'avait trouvée assez jolie, au point de l'inviter à passer Noël avec nous. Deux jours avant, j'ai offert à Thérèse un exemplaire du* Capital *de Karl Marx. La couverture était rouge. Je l'avais trouvé dans une librairie où nous allions souvent ensemble. Pour qu'elle se souvienne de moi, je lui avais écrit en portugais les paroles d'une chanson de Tom Jobim qui avait tant de succès à cette époque.*

Eu sei e você sabe já que a vida quis assim
Que nada nesse mundo levará você de mim
Não há você sem mim, eu não existo sem você.

*En gros, ça disait que rien ne sépare ceux qui s'aiment, que je n'existais pas sans elle. Au fond, la bossa-nova de Tom Jobim se contentait de susurrer et de murmurer un idéal que Piaf et Dalida avaient déjà chanté d'une voix forte. C'est peut-être ce qui charmait les étrangers dans cette musique australe. Au dîner de Noël, Thérèse a été impossible. Elle avait le vin mauvais, elle n'en buvait d'ailleurs presque jamais. Elle avait accepté l'invitation parce que l'idée d'être séparée de moi pour les fêtes lui était insupportable. Thiago insistait sur le fait qu'une force divine nous avait placés sur son chemin. Il avait pour elle des attentions que je trouvais déplacées, jusqu'à ce que je comprenne qu'il l'avait invitée dans l'espoir que naisse un triangle amoureux. À la dérobée, Thérèse m'a soufflé* que la dernière fois qu'on l'avait invitée à pratiquer ce sport d'équipe les choses avaient très mal tourné. À ces mots, nous avons toutes les deux eu le fou rire. Ensuite, Thiago s'est fait un peu lourd. Ses mains se baladaient partout. Thérèse perdait patience. À un moment donné, Thiago a dit quelque chose pour nous faire comprendre qu'il savait, qu'il avait tout compris.

— Tu sais, Thérèse, je la trouve belle, votre amitié. Si tu étais un homme, je t'aurais tuée, mais, finalement, Pia a bon goût.

La paix était sérieusement compromise. Et même si je l'avais suppliée de respirer par le nez, Thérèse lui a balancé la table au visage, avec tout ce qu'il y avait dessus. Il gisait par terre, à côté des débris de la chaise de bois qu'elle venait de lui fracasser sur le crâne. Il saignait abondamment, hurlait qu'il allait l'étrangler. Elle lui crachait dessus en le noyant d'injures. C'était un échange poétique international. Je pense que la brèche que la chaise lui avait ouverte dans le crâne a laissé pénétrer assez de lumière dans son esprit pour qu'il comprenne que, en plus de coucher ensemble, Thérèse et moi étions amoureuses l'une de l'autre. Thérèse m'a alors ordonné de prendre mes affaires et de partir sur-le-champ avec elle. Lui, il essayait de recoller ses morceaux. J'ai passé le jour de l'an dans le Quartier latin, dans une chambre de bonne.

L'hiver 1967 n'a été qu'un long baiser qui s'est terminé par une nouvelle éclosion de lilas. Thérèse et moi étions devenues inséparables. Nous étions de toutes les manifestations. Évidemment, je parlais très peu du fait que j'étais la fille d'un latifundiste brésilien, cela ne regardait personne. Il valait mieux, dans ces milieux, s'inventer un arbre généalogique rempli de démunis et d'opprimés remplis de courage. Tout devenait plus facile. À force de vivre dans l'intimité de Thérèse, j'ai compris les raisons pour lesquelles elle aimait tant les milieux militants. Elle semblait traîner un mépris profond pour tout ce qui était

institutionnel. D'ailleurs, nous avions souvent des engueu-
lades, car je soutenais à fond les Jeunesses communistes
révolutionnaires qu'elle trouvait décidément déjà trop
embourgeoisées. Thérèse était tout à fait d'accord avec
le Parti communiste français qui hésitait à se solidariser
avec les mouvements étudiants. Moi, je me méfiais de
la simplicité des masses ouvrières. Quand j'y repense
aujourd'hui, je comprends pourquoi je me suis retrouvée
professeure dans une faculté à Belo Horizonte et pourquoi Thérèse a abouti dans une usine de papier comme
dirigeante syndicale. Déjà, à Paris, cet avenir était écrit
dans le ciel en lettres de feu. Elle ne supportait pas ceux
qui tiennent de grands discours, mais qui ne sont jamais
prêts à se salir les mains. Elle était pour l'action, tout de
suite, maintenant. Nous aurions bien le temps de réfléchir
à nos gestes pendant notre vieillesse ! Et surtout, elle ne
supportait pas les prétentieux et les beaux parleurs. Je me
demandais même pourquoi elle insistait pour fréquenter
ces grosses têtes. Car derrière les slogans pacifistes et
les appels à la camaraderie se cachent souvent, au sein
même des organisations militantes, une violence à peine
voilée et une prédilection inquiétante pour l'autoritarisme
et la hiérarchie. Thérèse refusait de voir tout cela. Pour
elle, la force du travail allait contraindre le capitalisme à
plier. Le changement profond et vrai viendrait des usines,
de ceux que le capital a réduit en esclavage, et non des
facultés qui ne sauraient qu'améliorer le sort de ceux
que le système privilégiait déjà. Je demeure convaincue
qu'elle avait tort. L'instruction peut changer le monde.
Mais Thérèse se faisait dogmatique. Instruire le prolé-
tariat, pour elle, n'était qu'un moyen détourné pour la
bourgeoisie de continuer à exploiter d'autres personnes
encore plus faibles, ailleurs. Tout ce que je voulais, c'était
enseigner à l'université ou dans un lycée. Le reste, le sort
du monde, il m'importait, oui, mais j'étais plus égoïste
qu'elle ! À mes yeux, accéder à l'enseignement était déjà
un progrès social important. Aux yeux de Thérèse, cette

promotion sociale n'était qu'une manière pour le capital de me récupérer, de faire de moi une sorte de chien savant inutile. Elle n'en démordait pas, la structure entière du monde devait changer abruptement, d'un seul coup. Je pense que le temps lui a donné raison en partie. Tout ce que nous avons réussi à faire, c'est de grossir la classe moyenne. Ceux qui n'avaient rien à l'époque ne sont pas mieux lotis aujourd'hui. Mais, à l'époque, quand nous battions la semelle sur les pavés en criant « À bas le colonialisme ! », nous étions toutes les deux sûres d'avoir raison.

Les autres militants s'étaient pris d'affection pour ces deux Américaines à l'accent chantant qu'ils traitaient gentiment de gouines siamoises, ce à quoi nous répondions par des insultes en portugais et en québécois. Ils adoraient le fait que nous utilisions le même rouge à lèvres rouge soviétique. Par crainte de devenir la risée de ses camarades, elle m'avait demandé de ne pas parler de Dalida devant les autres, de ne jamais fredonner ses chansons ni de faire allusion à elle. De toutes ses manies, je pense que celle-là était la plus attendrissante. Il fallait dire que nous écoutions Barbara. Je pense que c'est en fréquentant des groupes de gauche qu'on finit par comprendre la notion de plaisir coupable. Si Thiago me manquait ? Oui, un peu quand même. J'étais très attachée à lui, mais il m'avait fait trop mal, trop souvent. Sans le dire à Thérèse, je l'avais revu deux fois. Il voulait me parler. Je ne l'avais pas trouvé convaincant. Ce qui me manque le plus de ce printemps 1967, à part les lilas que nous chipions partout, ce sont les dimanches matin que nous passions à nous lire à voix haute les auteurs de nos pays respectifs, Jorge Amado et Gabrielle Roy. Puis, comme dans une chanson de Dalida, la réalité nous a rattrapées.

Je croyais que Thiago ne savait pas où j'étais. Depuis Noël, je ne lui avais pas donné de nouvelles. Il m'a pourtant retrouvée en passant par la faculté. Un matin, il était en bas de l'immeuble de Thérèse, appuyé sur sa voiture ; il m'attendait. Au Brésil, Hércules était mort assassiné par le mari d'une maîtresse ! Vitória m'avait envoyé une longue lettre que Thiago était venu me remettre en mains propres. Il fallait que je rentre à Belo Horizonte pour défendre ma part de l'héritage, car la mort de notre père avait révélé notre existence à sa famille de Rio. « Hâte-toi, sinon tout est perdu », m'écrivait-elle. Hércules était mort depuis trois mois quand j'ai reçu la lettre. Vitória proposait même de me payer le voyage par bateau. Qu'il soit dit que j'ai sérieusement pensé à ignorer cette lettre pour rester avec Thérèse à Paris. Nous vivions toutes les deux de la petite rente que lui versait son père depuis Montréal. Or, vers la même époque, monsieur Ostiguy a écrit à sa fille pour lui expliquer en moins de quarante mots qu'il lui coupait les vivres et qu'elle devait rentrer à Montréal. Je n'avais donc plus le choix. Thérèse me disait qu'on a toujours le choix. Elle craignait par-dessus tout que Thiago ne vienne me rejoindre au Brésil et qu'il ne me convainque de rester là-bas, loin d'elle. Il était très difficile de lui faire comprendre que cet héritage, s'il ne m'était pas enlevé, signifiait pour moi la liberté par rapport à Thiago. Je lui avais fait la promesse que j'irais la retrouver à Montréal. Il était hors de question qu'elle vienne s'installer au Brésil, étant donné la situation politique. Elle ne voulait rien entendre. À ses yeux, je l'abandonnais pour succomber aux tentations de la vie facile et de l'argent. C'était probablement vrai. Elle m'accusait de l'avoir utilisée pour me débarrasser de Thiago, mais d'avoir eu peur d'une vraie vie de liberté. Et c'est pourquoi elle m'a balancé, juste avant de me quitter : « Il n'y a pas d'esclavagisme, il n'y a que des esclaves. » Je lui ai demandé si c'était de Montesquieu. Elle a levé les yeux au ciel pour montrer qu'elle ne s'abaisserait pas à répondre à une question si futile, et elle est partie. Je ne l'ai plus revue. Jamais.

Quand Thiago m'a tendu la lettre, sur le trottoir du boulevard Saint-Germain, je savais qu'il l'avait lue, car il avait dans les yeux les mêmes étincelles qu'à l'époque où il courait sur les pas d'Édith Piaf à Rio de Janeiro. Je n'étais pas au bout de mes peines. J'ai quitté la France seule, laissant Thérèse et Thiago derrière moi. Après un voyage interminable en bateau, je me suis installée chez ma sœur et son mari, à Belo Horizonte. Thérèse est partie juste un peu après moi. Au début, nous nous écrivions régulièrement. Dans sa première lettre, elle m'a avoué avoir eu avec ses parents une engueulade qui s'était mal terminée. Elle était très malheureuse. Pourtant, les institutions d'enseignement lui faisaient les yeux doux. Il lui suffisait, me disait-elle, d'imiter l'accent parisien pour se faire engager dans les nouveaux collèges et les universités qu'on construisait partout. Un jour, elle m'a écrit de ce village où elle s'était installée, là-bas, au bout du monde. Même que le nom du lieu, si je me souviens bien, signifiait, dans une langue amérindienne, « là où la terre s'arrête ». J'ai reçu quelques photos, puis plus rien. Quand les nouvelles du soulèvement de mai 68 nous sont parvenues, j'ai failli mourir de rage. Ce printemps des révoltes, nous l'avions vu venir, nous l'avions presque enfanté. Mais voilà que nous le manquions, l'une et l'autre, à cause de nos pères.

Je ne suis pas restée très longtemps chez Vitória. Elle et son mari étaient adorables, mais elle avait déjà deux enfants en bas âge et des domestiques à gérer. Elle était devenue une vraie bourgeoise, en témoignaient la qualité et les tarifs de la meute de juristes qu'elle et son mari avaient engagés pour nous aider à obtenir notre juste part de l'héritage d'Hércules, que Lina et ses fils réclamaient eux aussi. Nous nous disputions presque quotidiennement. Très vite, j'ai compris qu'il fallait que je travaille pour survivre et que mon séjour à Belo Horizonte serait plus long que je ne l'avais cru en quittant Paris. Il faut dire que, malgré la lourdeur de l'atmosphère au Brésil à la fin des années 1960, je suis restée pendant trois mois en état d'extase en retrouvant mon pays. Après presque une décennie passée à Paris, j'avais oublié la gentillesse et la simplicité des gens du Minas Gerais. Me faire appeler « ma chérie » par une vendeuse du marché me faisait monter les larmes aux yeux. Plus personne ne me demandait d'où je sortais ni de justifier ma présence devant eux ; bref, j'étais chez moi.

Un jour, je suis rentrée complètement émerveillée après avoir visité les bâtiments d'habitation Juscelino Kubitschek qui étaient en construction en plein cœur de la ville. C'était un projet du grand architecte Oscar Niemeyer, le même qui avait réalisé le complexe de la lagune de Pampulha et, bien sûr, Brasilia, la nouvelle capitale que les militaires avaient saisie quatre ans à peine après son inauguration. L'ironie de la chose, c'est qu'Oscar Niemeyer, communiste avoué, s'était exilé en France après le coup d'État militaire de 1964 et qu'il ne rentrerait pas au pays avant 1985. Il n'a pas vu de ses yeux la construction de ces logements destinés à la classe moyenne de Belo Horizonte. On disait que la tour B serait la construction la plus élevée de toute l'Amérique latine. Vitória m'a fait une avance pour que je puisse y acheter un appartement. Elle était en désaccord complet avec ce projet utopique, mais elle n'allait pas m'empêcher de l'habiter. Le complexe Juscelino Kubitschek, ou jotaca, comme on l'appelait, m'avait beaucoup plu. Sur les plans des appartements que le courtier me montrait, je croyais découvrir la réalisation de toutes nos aspirations politiques. Il y avait de tout, des studios, des duplex, des deux-pièces et même des appartements avec deux chambres à coucher. Toutes les classes sociales cohabiteraient et s'épanouiraient dans ce grand village vertical. Dans les aires communes, les habitants pourraient se restaurer et faire la lessive ensemble tout en sympathisant. On y serait comme en France, dans ces lieux publics où le notaire côtoie la minette du pressing sans que personne y trouve à redire. J'y croyais aussi, comme Niemeyer, comme Le Corbusier, son maître, à cette idée que l'architecture peut changer la société. Si tous les Brésiliens se mettaient à se rapprocher, à vivre dans des constructions de ce type, les classes sociales finiraient par disparaître. Dieu que j'étais conne !

J'ai décidé d'aller m'installer à Três Tucanos en attendant le règlement du litige au sujet de l'héritage et, surtout, en attendant l'achèvement de la tour d'habitation. J'avais réservé au 34ᵉ étage. Côté travail, on me faisait de l'œil un peu partout. Mes années en France m'avaient rendue très désirable.

Aparecida n'était pas peu fière de me voir rentrer, moi, sa brebis égarée. Quand je suis arrivée seule à la ferme, elle n'a même pas posé de questions au sujet de Thiago, contrairement à Vitória qui avait exigé de tout savoir. Ma sœur savait que quelque chose ne tournait pas rond, mais elle se mêlait de ses affaires. Elle était aussi convaincue que le coup d'État militaire l'avait sauvée d'une dictature marxiste. Il y a des gens qu'il vaut mieux laisser à leurs illusions. Je n'étais déjà plus chez elle depuis deux semaines quand Thiago est arrivé pour s'informer de moi. Et si Vitória n'avait pas eu ce réflexe de vouloir se prendre pour ma mère, les choses auraient probablement mieux tourné pour lui. Elle a voulu qu'il lui raconte ce qui s'était passé à Paris pour que je rentre seule. Mes explications ne semblaient pas l'avoir satisfaite. Elle a probablement cru bien faire en lui expliquant que j'étais à Três Tucanos, en train d'aider Aparecida à liquider la ferme.

Les enjeux étaient tout simplement trop grands pour que Thiago se permette d'échouer. Ne m'avait-il pas fait vivre à Paris pendant toutes ces années, après tout ? Ne m'avait-il pas arrachée vive aux griffes des religieuses du collège Sacré-Cœur-de-Marie ? Il croyait que je lui montrerais au moins la reconnaissance du ventre. Il avait emprunté le véhicule de son frère pour faire le voyage de la reconquête au cœur du Minas Gerais. Quand nous l'avons entendu arriver, Aparecida et moi, nous étions assises sur la véranda de la maison aux volets bleus. Elle a émis un petit rire.

— Tiens, le beau garçon qui revient. Qui sait ce qu'il est venu chercher !

Elle ne savait rien de son mauvais caractère. Ou peut-être qu'elle savait tout parce qu'elle l'avait deviné. Avec elle, tout était possible. Épuisé par le voyage, il m'a raconté qu'il était presque mort de chagrin quand il avait compris que je quittais Paris sans lui. Il m'a expliqué qu'il avait changé, qu'il m'aimait, qu'il voulait vieillir avec moi et faire d'autres enfants. Il m'a juré qu'il avait consulté un médecin à Paris pour venir à bout de ce qu'il appelait ses « humeurs ». Je lui ai répondu qu'il pouvait s'installer dans la chambre à côté de celle d'Aparecida et qu'il aurait beaucoup de travail. Je ne pouvais quand même pas le forcer à reprendre la route. De toute façon, avec Aparecida et les employés de la ferme comme gardes du corps, je n'avais pas vraiment peur de lui. Thiago ne frappait que lorsque nous étions seuls. Et il y avait vraiment beaucoup de travail à faire à la ferme. Ses bras nous seraient utiles.

Pour Thiago, c'était une demi-victoire. Pendant les semaines qui ont suivi, il est devenu en quelque sorte l'esclave d'Aparecida qui l'envoyait livrer les meubles qu'elle vendait un à un, faire des courses impossibles, et qui lui confiait des tâches de ferme qui auraient achevé un ouvrier de vingt ans. Nous nous voyions à l'heure des repas sans beaucoup nous adresser la parole. Je le laissais faire un peu par curiosité, pour voir jusqu'où il était prêt à aller. J'avais fait le pari que devant mon indifférence il rentrerait dare-dare en France. Il ne me disait rien du studio qu'il avait abandonné là-bas. Avait-il engagé un assistant pour s'en occuper ? Aparecida ne comprenait rien à notre manège. Comment pouvais-je repousser un si beau garçon ? Ainsi, je n'ai pas réagi quand elle a commencé à le couvrir d'attentions spéciales. Pourquoi se serait-elle privée de cet homme que tant de femmes avaient désiré ? Elle a dû tourner autour de lui pendant quelques jours. Je n'ai jamais eu la preuve qu'elle ait réussi à le séduire et il ne m'en a jamais parlé. D'autres m'ont rapporté qu'Aparecida pleurait quand nous avons quitté la ferme pour de bon.

Sur le front juridique, les choses avançaient. Une fois la propriété vendue, ce qui en resterait, moins les émoluments de tous ces avocats et les dettes d'Hércules, serait partagé entre les enfants de Lina, Vitória et moi. C'était une petite victoire. Cette somme suffirait à payer l'appartement du jotaca et un peu plus encore. Je pense que Thiago a cru que j'étais devenue milliardaire. Mais à partir d'un certain montant, bien des principes foutent le camp. Il se comportait de manière exemplaire. Pendant trois mois, il a été courtois, au sens médiéval du terme. Il vivait chez ses parents, qui l'avaient repris, tandis que je prenais possession de mon chez-moi. J'avais commencé à enseigner à l'université où mes collègues me traitaient comme une reine parce que je revenais de la Sorbonne. La perspective de retrouver Thérèse devenait chaque semaine moins probable. Elle écrivait, mais ses lettres n'arrivaient pas à remplacer sa présence, son énergie. Pour qui a aimé une personne intense comme l'était Thérèse, la correspondance est toujours un ersatz décevant. Les lettres permettent aux timides de briller ; elles n'offrent aux extravertis qu'une dilution de leur caractère. Je commençais à croire que Simone de Beauvoir et Jean-Paul Sartre avaient raison : l'idée d'un amour éternel est en soi un non-sens. L'amour est contingent. Point final. On aime un temps, c'est tout.

Ma nouvelle aisance financière – toute relative – et mes succès professionnels me donnaient l'illusion de maîtriser la situation, de sorte que je commençais, à force de raisonnements complètement idiots, à me dire que Paris était responsable du comportement de Thiago. C'est ce qu'il me répétait quand nous nous voyions. À cette époque, au Brésil, divorcer était très compliqué ; en fait, ce n'était pas possible du tout. Je n'étais pas prête à reprendre la vie avec lui, mais il avait le droit de monter me voir au 34ᵉ étage, de temps à autre. C'est par pitié, et parce que je me sentais très seule, je l'avoue, que j'ai fini par céder à ses avances, un soir. Je me suis mise à croire toutes ces sottises qui excusent l'inexcusable, cette bêtise inouïe selon laquelle la violence de Thiago n'était qu'une réaction masculine et virile à un milieu hostile, et que, chez lui, il redeviendrait le garçon dont je m'étais éprise au Brésil. Mais l'avais-je jamais aimé ? Ne m'étais-je pas plutôt enamourée d'une idée de la liberté ? Cette liberté, je la tenais entre mes mains dans un pays prisonnier. Décidément...

Entre-temps, des nouvelles épouvantables étaient arrivées de Três Tucanos. Les nouveaux propriétaires de la ferme étaient en brouille avec Aparecida qui les accusait de la traiter comme une moins que rien. Dans une lettre enflammée adressée à Vitória, elle expliquait que les nouveaux maîtres avaient tout faux, qu'ils ne savaient pas exploiter une ferme, qu'ils traitaient les employés comme des animaux, qu'ils refusaient d'entendre ses conseils et menaçaient de la chasser. C'est pourtant Aparecida elle-même qui avait refusé de nous suivre à Belo Horizonte. Elle aurait pu s'installer chez Vitória, se faire cuisinière ou intendante, mais elle avait tenu à rester à la ferme, car elle ne se voyait pas mourir ailleurs. À nos yeux, Aparecida était une créature trop solide pour être intimidée par qui que ce soit. Nous nous trompions, car l'être humain tend à surévaluer la force de ceux qui l'ont élevé d'une main de fer. Les souvenirs qu'on a d'eux, eux les tout-puissants de notre enfance, nous cachent leur nature fragile et vulnérable. Nous n'avons rien su quand, un jour, le propriétaire de la ferme, avec le concours des religieuses de Pirapora, d'indicibles dindes, l'a mise dans le train des fous pour l'hospice de Barbacena. Par deux fois, elle avait refusé de se taire quand on le lui avait ordonné. Ce n'est que beaucoup plus tard que nous avons su qu'elle était enceinte quand elle a quitté Três Tucanos et que c'est en accouchant qu'elle est morte à l'hospice de Barbacena. Il pouvait s'écouler des mois sans qu'on ait de nouvelles d'Aparecida. Nous ne nous inquiétions pas de ne pas recevoir de lettres. À cette époque, personne n'était au courant des choses terribles qui se déroulaient dans cet endroit. Ce n'est que tout récemment que nous avons su que plus de soixante mille personnes supposément folles y ont trouvé la mort dans des conditions horribles. Les cadavres étaient vendus à des facultés de médecine de l'État du Minas Gerais. Les « fous » qu'on y envoyait n'étaient la plupart du temps que des alcooliques, des homosexuels, des femmes devenues encombrantes, comme Aparecida. À l'époque, je croyais que c'était une sorte de clinique et qu'elle y serait soignée. C'est ce que les nouveaux propriétaires de la ferme nous avaient dit. Il paraît que les gens y mouraient de froid dans la cour intérieure, couchés à même le sol, sous les yeux des urubus qui attendaient patiemment leur heure. On dit que ceux qui n'étaient pas fous en y entrant le devenaient après deux semaines.

Thiago faisait d'immenses efforts pour rentrer dans mes bonnes grâces. Si j'avais su, pour Aparecida, j'aurais tout compris plus vite. Mais il était déjà trop tard, car moi aussi j'attendais un enfant de lui. Avant de lui en parler, je me suis précipitée chez Vitória parce que j'étais désespérée. Je lui ai tout raconté, les coups, les violences que j'avais subies à Paris. Je ne me voyais pas tout recommencer. J'avais été faible. Vitória a réagi à mon histoire avec un calme qui m'a effrayée. Comme elle n'a pas versé une seule larme, j'ai cru qu'elle s'en moquait éperdument. J'avais oublié ce don qu'ont les gens du Minas Gerais pour cacher leurs émotions, pour vous rassurer dans les moments les plus sombres.

— C'est toi qui es partie avec lui, personne ne t'a poussée dans ses bras. Mais s'il recommence, il faut que tu me parles.

*Je n'en revenais pas. Elle me renvoyait à lui. Ma propre sœur ! Je n'ai eu d'autre choix que de lui dire qu'il allait bientôt être père de nouveau. Il a insisté pour emménager avec moi dans le* jotaca, *ce à quoi je me suis résolue. À cette époque, je recevais toujours des nouvelles de Thérèse. Chaque fois qu'une lettre d'elle arrivait, Thiago perdait ses moyens. Il était arrivé à se maîtriser, à cacher sa vraie nature pendant des mois, mais il suffisait qu'il voie sur le coin d'une enveloppe un timbre canadien pour que ce mince vernis de civilisation disparaisse et que sa rugosité réapparaisse au grand jour. Au moins, il ne levait plus la main sur moi. Il claquait des portes, brisait des objets, mais il ne me touchait pas. Cela dura un temps. Il avait recommencé à travailler avec son père au studio familial. Leurs affaires étaient bonnes, mais Thiago avait perdu l'habitude de Belo Horizonte. Paris lui manquait. Je le comprenais ! Là-bas, il était quelqu'un, son travail était plus intéressant. Au Brésil, mes perspectives étaient meilleures que les siennes. Je continuais de fréquenter des gens qui partageaient mes idées, mais nous devions nous faire discrets. Dans les milieux de gauche brésiliens, c'était la débandade. Les militants n'osaient pas parler trop fort. D'ailleurs, je m'éloignais d'eux comme de la peste. Nous savions déjà, pour les tortures et les meurtres de militants.*

*Puis, un jour, Thiago est rentré à l'appartement un peu ivre. Il s'était querellé avec son père pour des raisons d'argent et me demandait de lui prêter une somme assez importante. J'ai fini par comprendre qu'il avait flambé tout l'argent qu'il avait gagné en France. Le voyage de retour l'avait ruiné. Ce qu'il gagnait n'était pas suffisant et, par-dessus tout, il m'a avoué qu'il était très étonné de ne pas avoir reçu sa part de l'héritage d'Hércules. Je me suis dit que j'avais mal entendu. Il ne pouvait tout de même pas s'attendre à ce que je partage tout ce que j'avais avec lui. Il est revenu à la charge deux jours plus tard en me parlant du projet qu'il avait d'ouvrir une nouvelle salle de danse à Belo Horizonte. Il lui fallait des fonds pour acheter un terrain ou louer un local. Il voulait que je lui donne la part de l'héritage qui lui appartenait de plein droit. Le pire, c'est qu'il avait raison. Nous nous étions mariés à Paris et avions même pris la peine, avant de nous séparer, de faire reconnaître notre mariage à l'ambassade du Brésil. D'un point de vue strictement juridique, la moitié de ma part de l'héritage lui revenait. Puis, je me suis dit qu'il m'avait quand même aidée quand j'avais eu besoin de lui. Sans Thiago, je n'aurais pas vu Paris. Je n'aurais pas connu Thérèse.*

*Quand je lui ai donné la moitié de l'héritage qu'il convoitait, Thiago m'a regardée avec de grands yeux. Il croyait que je lui mentais. À ses yeux, Vitória et moi avions touché un pactole. C'était loin d'être le cas. Il y en avait assez pour lui permettre de lancer une petite entreprise, mais pas assez pour se la couler douce pour le reste de ses jours ! Il m'a accusée de lui mentir. Puis, il m'a frappée pour la première fois depuis qu'il m'avait retrouvée. Une seule fois. Et j'ai vu dans ses yeux qu'il le regrettait amèrement. Après, c'est moi qui ai commis des erreurs. Tout cela aurait pu se terminer différemment si j'avais agi autrement. Je me suis précipitée chez Vitória, encore tachée du sang qui avait coulé de mon nez. J'étais en pleurs. J'avais peur et sa maison me paraissait un lieu sûr.*

*Elle m'a accueillie, écoutée comme elle le faisait toujours. Puis, comme elle me posait des questions très précises, j'ai dû tout lui répéter, tout ce que je lui avais déjà dit sur les mauvais traitements que Thiago m'avait fait subir à Rio et à Paris. Elle m'a demandé si je m'imaginais avec lui dans dix ans. Je lui ai répondu que non, qu'il fallait que nous trouvions une solution. Ce soir-là, je sais qu'elle a longuement parlé avec son mari et que celui-ci est sorti, seul, assez tard. Je m'installerais donc chez elle pendant quelques jours, car j'avais peur de rentrer chez moi. Thiago devait savoir que j'étais chez Vitória,* puisqu'il n'a pas montré le bout de son nez chez elle. Il devait être en train de noyer sa honte dans le whisky, comme d'habitude. J'ai prêté à Vitória les clés de mon appartement parce que j'étais partie sans prendre mes affaires et qu'il était hors de question que je retourne les chercher. Elle y est allée avec son chauffeur. De cela, je suis certaine, puisqu'elle m'a rapporté des vêtements et mes livres de professeure. Plus tard ce soir-là, je lui ai demandé de me rendre mes clés, mais apparemment son chauffeur les avait gardées par erreur. Je ne les aurais que le lendemain. Bizarrement, le lendemain, mes clés ne sont pas réapparues. Le chauffeur a bredouillé une excuse et m'a promis de me les rendre le lendemain. Vitória devait se moquer éperdument que je comprenne ce qui s'était réellement passé, car, le lendemain, un jeune homme en uniforme est venu chez elle. C'était un petit gros moustachu, de grade inférieur, qui s'appelait Ribeiro. J'étais censée être à l'université, mais j'étais restée au lit parce que je ne me sentais pas capable de travailler. Je me suis levée pour aller voir ce qui se passait, j'entendais des éclats de voix. Ma sœur reprochait au jeune homme de ne pas avoir tenu sa promesse et elle le traitait de menteur. Lui répliquait qu'il ne pouvait pas lui donner ce qu'elle voulait, parce que ça le mettrait en danger. Vitória était sur le point de lui lancer un objet à la figure.

— Combien tu veux de plus ? Dis-moi un prix !

— Ça ne s'achète pas. Je risque trop, c'est tout.

— Et qu'est-ce que je vais dire à ma sœur ? Et à l'enfant qu'elle aura bientôt ?

— Ce que vous voulez, mais si vous me mêlez à ça elle va disparaître aussi. Je vous conseille la discrétion, Madame.

C'est alors qu'ils m'ont vue. Vitória est devenue blanche comme un drap. Ribeiro m'a souri. Il n'avait pas l'air de savoir qui j'étais. Nous étions seuls dans la maison, Vitória semblait avoir donné congé à tout son personnel pour la journée. Ils me regardaient fixement, comme si j'étais une *revenante. Le jeune homme a quand même eu l'audace de me tendre la main en guise de salutation. Il a même eu l'aplomb de se présenter. Puis Vitória l'a raccompagné jusqu'à la porte, mais il refusait de partir. Vitória m'a demandé sur un ton ferme, presque martial, de les laisser seuls. J'ai compris plus tard qu'il voulait être payé et que ma sœur ne voulait pas qu'il y ait de témoin. Il a fini par foutre le camp, et peu après Vitória s'est sauvée comme une enfant, sans rien me dire. Je ne l'ai pas revue avant le soir. Pendant deux jours, elle m'a fuie comme la peste. Puis, lorsque j'ai insisté pour ravoir mes clés, elle me les a données en souriant. Tout de suite, je suis retournée au* jotaca *pour prendre des nouvelles de Thiago, mais il n'était pas là. Par contre il y avait des objets par terre, comme si des gens s'étaient battus. En bas, le portier m'a dit que Thiago avait été arrêté par les militaires trois jours auparavant. Au poste de commande, j'ai réussi à retrouver Ribeiro, mais il a refusé de me recevoir. J'ai insisté. Il a fini par accepter de me parler, mais simplement pour me confirmer que Thiago avait été arrêté pour activités subversives et qu'il ne savait pas lui-même où il avait été emmené. Il m'a ensuite balancé du courrier qui m'était adressé, mais que le bureau de poste avait intercepté. Il y avait des lettres de Thérèse et d'amis militants de Paris. Ribeiro voulait savoir si j'entretenais des liens avec les milieux de gauche. Évidemment, j'ai tout nié. Il voulait savoir qui étaient ces gens qui m'écrivaient, ce qu'ils voulaient, et pourquoi certains m'envoyaient des livres interdits au Brésil. Comme je n'avais pas reçu les paquets, je lui ai répondu que je ne savais pas, ce qui était vrai. Il m'a clairement fait comprendre qu'il m'avait à l'œil. Je n'y comprenais rien. En fait, je comprenais tout, mais je refusais de l'admettre.*

*Lorsque Simone est née, je n'en savais pas davantage. Vitória a été d'une générosité immense. Elle m'a trouvé une nounou pour la petite, la même que pour ses enfants. Elle m'a proposé, ou plutôt suppliée, de venir m'installer* avec eux dans leur palace de Serra, mais j'ai refusé. L'appartement du jotaca était mon rêve, mon projet. Je voulais au moins être fidèle à ça. Simone n'a jamais vraiment compris pourquoi nous vivions là, alors que j'avais largement les moyens de déménager dans une maison plus tranquille, plus grande. Je lui disais qu'elle vivait dans l'œil de Belo Horizonte. Que de sa chambre elle voyait toute la ville, contrairement aux autres petites filles qui ne voyaient souvent qu'un mur.

Des années ont passé avant que ma sœur m'avoue que, avec son mari, elle avait payé Ribeiro pour qu'il arrête Thiago et l'exécute. Elle ne m'a jamais dévoilé la somme que Ribeiro avait exigée, mais j'ai compris qu'elle avait dû lui filer mes clés. Elle m'a aussi avoué que, le jour où je l'avais surprise en train de discuter avec Ribeiro, elle était sur le point de l'étrangler parce qu'il refusait de lui remettre un certificat de décès qu'il lui avait pourtant promis. Elle voulait une preuve, pour que je dorme en paix, pour que tu dormes en paix, Simone.

Les dernières nouvelles que j'ai reçues de Thérèse datent de 1972. C'est moi qui ai coupé les ponts. J'étais trop occupée. J'avais ma petite fille, mon travail et mes affaires. Et j'étais toujours furieuse parce qu'elle m'avait traitée d'esclave, cette gringa. Et voilà que, après-demain, je vais rencontrer sa fille, Rosa. Elle lui a donné le prénom de Rosa Luxemburg. Et toi, Simone, tu sais d'où vient le tien.

Donc, oui, je suis passée chez Ribeiro le mois dernier. Il s'est approché d'une fenêtre pour s'allumer une cigarette. Je n'ai aucun remords. J'ai fouillé son appartement et j'ai trouvé ce que je cherchais. Ta tante a dû déjà te remettre l'enveloppe. Maintenant, tu sais ce qui s'est passé avant ta naissance.

# En apesanteur

Après avoir mis le point final à son récit, Pia ne s'évanouit pas. Elle s'étendit sur le dos, les mains derrière la nuque, comme elle l'avait fait si souvent dans l'herbe du jardin du Luxembourg, avec Thérèse, pour contempler les grappes de fleurs d'un lilas. Elle ne versa pas une larme, si bien que Shelly et Laura redoutèrent le pire.

— Es-tu en train de nous mourir en pleine face, Pia ?

— Non, très chère, je suis en train de renaître.

Le soir, Pia chipait toujours le téléphone de Shelly, à l'heure habituelle. Shelly et Laura supposaient qu'il devait s'agir d'une sorte de feuilleton télévisé dont les Brésiliens sont accros. Grande fut leur surprise quand, en regardant par-dessus l'épaule de Pia, elles constatèrent qu'il s'agissait plutôt d'une émission où une personne de très forte corpulence, vêtue d'une robe qui semblait faite de tulle blanc, mimait une histoire à grands gestes.

— Mais qu'est-ce que tu regardes, pour l'amour du ciel ? Qui est cette personne ?

Pia ne sut pas trop quoi leur répondre.

— Il raconte une histoire extraordinaire !

— *Il ?*

— Oui, c'est un monsieur ! Il s'appelle Ulisses Werner di Milano ! Je suis morte de rire !

Mais elle ne leur en dit pas plus. Expliquer aurait été trop long, trop laborieux. Ces deux *gringas* n'auraient pas compris de toute façon. Pia aurait pourtant pu, très succinctement, présenter Ulisses à l'aide de deux nombres importants : 14 898 876, le nombre exact de personnes qui avaient voté pour lui la veille de la finale de *Raconte-moi le Brésil*, une émission de téléréalité que Pia suivait secrètement, le soir, sur le téléphone de Shelly (le vent avait tourné dès qu'Ulisses avait fait son apparition vêtu d'une copie de la robe que portait Romy Schneider dans *Sissi impératrice*) ; et 140, son poids en kilogrammes. « *Même si on te catapultait sur Vénus, où la force gravitationnelle est plus faible, tu serais toujours en état de surpoids aigu.* » C'est ce que lui avait lancé une rivale furibonde, quatre secondes avant d'être expulsée de l'émission à l'issue d'un vote populaire.

C'était la première fois que Pia regardait jusqu'à la fin une série d'émissions réalisées par sa fille, Simone. Elle n'avait jamais tenu plus de dix minutes devant les autres, qu'elle trouvait trop violentes et vulgaires. Ce soir-là, c'était la fin de l'histoire que racontait le mystérieux personnage vêtu de tulle. Pendant le dernier quart d'heure, sous les yeux étonnés de Shelly et Laura, Pia rit comme une folle, puis versa une larme qu'elle essuya de la manche de sa veste. Elle se moucha, puis elle rendit le téléphone à Shelly en la remerciant.

— Tu vas nous la raconter, cette histoire ?

— Si vous êtes sages. Si j'arrive à me souvenir de tout, peut-être, répondit Pia, visiblement émue par ce qu'elle venait d'entendre.

Le lendemain matin, Pia demanda qu'on la conduise au bureau de poste le plus proche. Là, elle envoya Laura lui chercher une grande enveloppe jaune dans laquelle elle parvint à insérer les cahiers qu'elle avait noircis entre Nashville et Cornwall. Assise dans le camping-car, elle s'appliqua à écrire l'adresse de sa fille à Rio de Janeiro. Elle s'étonna d'ailleurs de la connaître par cœur. Satisfaite, elle demanda à Laura de retourner poster l'enveloppe. Au moment où, à l'intérieur du bureau de poste, cette enveloppe tomba dans la pile de courrier partant, un phénomène extrêmement angoissant se produisit, et c'est heureux que

Pia se fût trouvée dans le camping-car. Sans comprendre comment ni pourquoi, elle se mit à sentir qu'elle s'élevait lentement du vieux sofa, comme ces yogis qui lévitent au bout de longues méditations. À sa grande frayeur, son derrière monta dans les airs, puis ses épaules et sa tête. Bientôt, elle rebondit sur le plafond du camping-car à la manière des cosmonautes en apesanteur. Pia était collée sur la paroi du véhicule comme si une force suprême l'avait soustraite à la loi de la gravité. Shelly, qui était restée avec elle, conservait tout son poids.

— Pia, tu flottes !

À son retour du bureau de poste, Laura ne put que constater la même chose. Pia avait perdu son poids, elle flottait dans le camping-car. Si elle avait été dehors, elle serait montée jusque Dieu sait où dans le ciel du printemps, aurait été emportée par les vents vers des horizons inconnus, probablement jusqu'à la mer, jusqu'à mourir de faim et de froid en altitude. Shelly et Laura ne s'énervèrent pas outre mesure. Le phénomène ne pouvait être que temporaire.

— Ne t'inquiète pas, Pia, la légèreté finit toujours par passer. Nous l'avons connue aussi. Ça ne dure pas longtemps. C'est fréquent à la fin d'un long projet d'écriture.

— Mais aidez-moi !

Pia voulut savoir s'il y avait quelque chose à faire, une décoction de lilas à prendre, une prière à faire au dieu Pan, un sacrifice à faire à la mémoire de Victor et Marie-Louise Lemoine, saints des très saints lilas lorrains.

— Ce qui peut aider, c'est de boire une grande quantité d'alcool. Ça va te remettre les pieds sur terre, mais en attendant il faut que tu restes dans le camping-car, sinon on va te perdre. D'ailleurs, il faudrait qu'on t'attache le pied au cas où tu glisserais dehors…

Pendant que Shelly et Laura dévalisaient le *liquor store* local, Pia s'accrochait aux bras du sofa, les pieds en l'air, la tête en bas, prise d'une hilare légèreté. Elle riait encore quand Laura, tout en s'activant à retirer une bouteille de Veuve Clicquot de son emballage de carton, lui annonça qu'elles passeraient la dernière nuit avant d'arriver à Montréal sur le terrain d'une connaissance qui habitait une maison de ferme ancestrale bordée de lilas, à la frontière du Québec.

— C'est la fête ?

— Oui ! L'impératrice du Brésil peut lever son verre !

Elles sortirent de Cornwall pour trouver la maison en question. Sa propriétaire, une vieille femme qui vivait toute seule en compagnie de dix-huit chats, fut ravie de les voir arriver, mais déplora de ne pouvoir les accompagner dans leur soirée de festivités, car elle ne sortait plus de chez elle.

— Vous pouvez même faire un feu ce soir si vous promettez de l'éteindre.

Pendant tout l'après-midi, les trois femmes laissèrent de côté leurs cahiers et leurs stylos. À l'aide d'une corde, elles avaient attaché Pia par un pied au tronc d'un lilas, de sorte que son corps flottait au-dessus de l'arbuste tel un archange sur le point d'annoncer une naissance miraculeuse. Pourtant, elle riait, un verre de Veuve Clicquot à la main. Quand elles eurent vidé la première bouteille, Pia se rapprocha un peu du sol. Après la troisième, elle réussit à faire quelques pas sur terre. Un scotch *on the rocks* finit par lui rendre son aplomb et sa pesanteur. L'alcool coulait à flots. Le lendemain, elles seraient à Montréal. Personne ne savait ce qui arriverait à l'écosystème formé par leurs trois personnes. Elles voulaient que leur dernier après-midi et leur dernière soirée soient mémorables. Le champagne et le scotch aidant, elles commencèrent à se raconter leur vie. Shelly et Laura mouraient d'envie que Pia leur raconte son enfance, sa jeunesse, bref, tout ce qu'elle avait couché sur le papier au cours des semaines passées sur la route des lilas. Elles se doutaient bien que c'était sa vie que Pia avait écrite dans ces cahiers, mais elles n'avaient jamais osé lui poser de questions, car, pour elles, les souvenirs libérés par le lilas étaient une chose éminemment personnelle. Leur teneur ne regardait que celle qui les avait couchés sur le papier. Quand elles avaient constaté que les cahiers partaient pour le Brésil et que leur contenu resterait secret à jamais, elles avaient ressenti une frustration certaine. D'accord, elles auraient eu bien du mal à lire le portugais de Pia, mais au moins, elles en auraient su un peu plus sur cette passagère clandestine mystérieuse qui jamais ne parlait d'elle ni de sa vie brésilienne. Elles envoyaient des sondes, des questions qui flottaient comme des ballons que Pia ne daignait même pas leur renvoyer. Finalement, elle leur expliqua qu'elle était un peu lasse de leur petit jeu.

— La Minéroise mange en silence.

— Qu'est-ce que ça veut dire ?

— Ça veut dire que là d'où je viens on ne parle pas beaucoup. On fait les choses sans trop en dire. Et nous ne sommes pas comme les autres Brésiliens, nous sommes plus réservés.

— On avait remarqué ! Alors, tu ne vas pas nous parler de ta fille ? De tes amours ? De ta jeunesse ?

— Comme je vous l'ai dit tout à l'heure, je repars de zéro !

— Comme Édith Piaf ?

— Un peu, oui !

Quand elles en avaient assez de parler, Shelly sortait les enceintes pour faire jouer des musiques échevelées sur lesquelles elles dansaient comme des sorcières. Le soir venu, elles firent un feu de camp. L'heure était aux confidences et aux histoires. Pia fit l'erreur de parler du lilas.

— Donc, le lilas est venu directement de l'Angleterre et de la France jusqu'ici… mais moi j'ai fait le voyage inverse, je…

— Pardon ?

Laura dégrisa soudainement, comme si quelqu'un venait de la gifler.

— Oui, c'est bien toi qui m'as dit que le lilas est venu de France, Laura.

— Certainement, mais le lilas n'est pas français.

— Alors il vient d'où ?

— Ah ! Tu veux l'histoire de l'origine du lilas ?

Comment te dire ? Disons que le lilas est une conséquence de la politique extérieure autrichienne, ou plutôt un effet du patriarcat.

— Qu'est-ce que tu veux dire ?

— Je veux dire que le lilas est venu en France grâce à une princesse autrichienne.

Laura se fit un plaisir de raconter comment le lilas avait voyagé de Constantinople jusqu'à Paris, car ce n'est pas parce que les Américains aiment l'appeler *french lilac* que le lilas vient de France. Longtemps, les Français eux-mêmes ont cru que la plante était arrivée du Portugal ou d'Espagne, voire de Perse, car on soutenait que c'était par la route de la soie que l'arbuste avait trouvé son chemin jusque dans les jardins versaillais de Marie-Antoinette. Cela est archifaux. Le lilas hongrois (*Syringa josikaea*) et le lilas commun sont les deux seules espèces de lilas autochtones d'Europe. Les vingt et une autres proviennent toutes d'Asie, de Chine surtout, mais aussi de Corée. Originaire des Balkans, le lilas commun fleurissait aussi abondamment dans les Carpates, dans l'ouest de la Roumanie, au pays des vampires et des danses paysannes sous les pluies de fleurs. Là-bas, le lilas commun a toujours plongé ses racines dans les sols rocailleux bien drainés, en plein soleil. On dit que dans l'Antiquité les médecins grecs se servaient de ses bouts de branches creuses pour saigner les patients ou pour leur injecter des substances. Seringue de fortune chez les Grecs, le lilas commun devient chez les Ottomans très recherché pour le parfum de ses fleurs et parce qu'on peut fabriquer des tuyaux de pipe avec son bois.

Le lilas fleurit dans les jardins des Ottomans qui l'ont rapporté des Balkans, territoires où ils guerroient. Invité dans ce harem de fleurs que sont les jardins des sultans du XVIᵉ siècle, le lilas se dispute avec les roses la préférence des femmes. Mais si Marie-Antoinette peut, les matins d'avril, se fourrer le nez avec délice dans une gerbe de lilas fraîchement éclos, c'est davantage grâce à ses ancêtres autrichiens qu'aux efforts de Soliman le Magnifique qui a pour Vienne autre chose en tête qu'un jardin odorant. Maximilien II, l'empereur d'Autriche, réussit à repousser les Turcs devant Vienne, mais la paix n'est pas pour autant garantie. Il envoie à Constantinople un diplomate du nom d'Ogier Ghislain de Busbecq. Officiellement, Busbecq est ambassadeur de l'empereur autrichien chez les Turcs de 1556 à 1562, bien que son statut soit plutôt celui d'un captif – ou d'un invité que l'on ne veut pas voir partir. Bon, disons qu'il était prisonnier du sultan... Il réussit cependant à rentrer à Vienne au bout de quelques années et ramène dans ses bagages le lilas commun, les tulipes et le marronnier d'Inde.

Les Viennois sont subjugués par la beauté et le parfum des lilas. On commence à en voir un peu partout dans la ville, des attroupements se forment autour des arbustes dont les thyrses embaumés ont un effet hypnotique. Celui qui l'a senti une fois dans sa jeunesse en reste marqué. L'empereur a une confiance telle en son ancien ambassa-deur qu'il lui confie l'éducation de ses fils et de sa fille, l'archiduchesse Élisabeth, qui sera donnée en mariage au souffreteux Charles IX, fils de Catherine de Médicis et du roi Henri II, ce qui signifie que l'heureuse élue sera reine de France. Pour le lilas, cette alliance ouvre des perspectives inespérées. Ghislain de Busbecq est mandaté d'une part pour accompagner la fiancée jusqu'à Paris et la remettre en mains propres à Sa Majesté qui règne sur la France depuis qu'il a dix ans, et d'autre part pour servir en qualité d'ambassadeur à la cour royale.

Élisabeth d'Autriche arrive dans un pays en proie aux violences religieuses. Des rivières de sang coulent dans toutes les directions sans jamais sembler se tarir. C'est dans cette atmosphère de fin du monde, de massacres sanglants et de haine pure que Ghislain de Busbecq offre aux Français les végétaux qu'il a trouvés chez Soliman le Magnifique. Les tulipes et les marronniers charment par leurs couleurs, mais le lilas, révolution olfactive, déclenche chez les Parisiens une véritable frénésie horticole. Dans une ville où chaque chose et absolument tout le monde puent, et pas juste un peu, les effluves du lilas sont presque pris pour un phénomène surnaturel. Pendant deux semaines au printemps, le parfum du lilas libère les Parisiens des miasmes putrides auxquels l'absence d'égouts et d'hygiène générale semble les avoir condamnés. Tout le monde en veut dans son jardin. On s'arrache les boutures avec violence. Bientôt, l'arbuste vigoureux prend racine dans le nord de la France, traverse la Manche, fleurit les Pays-Bas et embaume jusqu'aux royaumes scandinaves, terres glacées où le lilas s'installe dans un sol qui lui rappelle ses montagnes natales. Depuis la Saint-Barthélemy donc, le lilas fleurit en France. Si son parfum n'évoque plus au nez des Parisiens l'odeur des entrailles que firent jaillir les premiers massacres, ses fleurs rappellent toujours la palette de couleurs mauves, violettes et bleuâtres qui marbraient le visage de ceux dont on avait tranché la tête parce qu'ils n'adoraient pas la Vierge.

Laura finit de raconter son histoire en ajoutant une bûche dans le feu. Pia était pensive.

— Tu trouves que c'est une histoire de princesse intéressante ?

— Pas toi ? Enfin, c'est grâce à Élisabeth d'Autriche si le lilas est arrivé en France, ou plutôt grâce à cette manie que les empereurs autrichiens avaient d'étendre leur pouvoir en couchant leurs filles dans les lits des princes héritiers et des rois.

— J'en connais de meilleures.

— Ah oui ? Tu peux nous en raconter une ?

— Ça va prendre toute la nuit.

— Il y a encore deux bouteilles de champagne et trois bouteilles de scotch. Je pense qu'il doit rester du vin aussi. Aucun danger que tu t'envoles.

— Alors, mets une autre bûche dans le feu, je vais vous en faire voir, moi, des princesses autrichiennes. Voilà maintenant trois fois que vous m'appelez l'« impératrice du

Brésil ». Vous croyez que je ne vous entends pas ? Alors, pour vous dire, mes très chères, j'ai entendu raconter par Ulisses l'histoire de la *vraie* impératrice du Brésil !

— Excuse-nous si nous t'avons froissée. Il t'arrivait d'être un peu chiante sur la route. Tu veux dire qu'il y a eu une impératrice du Brésil pour vrai ?

— Oui ! Je vais vous raconter son histoire !

— Nous aurions préféré que tu nous racontes ta vie !

— Bah… L'histoire de ma vie n'a pas été très différente… Installez-vous bien, mes chéries, c'est une longue histoire… Je ne peux pas vous promettre le même bagout qu'Ulisses, mais je vais essayer !

# La fiancée autrichienne

Le printemps est arrivé dans les jardins du château de Laxenbourg. Peu après le lever du soleil, à l'heure allemande, trois figures avancent dans la brume du matin. C'est la comtesse Lazansky entourée de deux jeunes filles portant une bêche, une pelle et quelques sacs de semences qu'elles s'apprêtent à mettre en terre. La comtesse n'a pas pris la peine de se demander si les deux petites avaient l'air d'archiduchesses en sortant des appartements impériaux. De toute façon, personne ne les verrait ni ne s'en approcherait avant l'arrivée du précepteur en sciences naturelles, à neuf heures. Les deux filles aînées de l'empereur évoluent dans un cercle de fréquentations restreint.

Ce matin, la comtesse veut les initier au jardinage. La plus âgée des deux, Marie-Louise, princesse de Hongrie et de Bohême, n'a pas encore quatorze ans. Le temps qui passera ne changera rien au fait qu'elle est plus jolie que sa petite sœur, Léopoldine, qui n'a que sept ans et qui agrippe gauchement les instruments aratoires qu'on s'étonne de voir entre les mains d'une petite fille, archiduchesse de surcroît. Avec la peau pâle, bleutée, couleur mormon, que leur ont conférée des siècles de mariages avec tonton, elles ont l'air de revenir des danses mexicaines de la Toussaint. Les petites filles savent que les graines qu'elles s'apprêtent à planter germeront, elles l'ont appris. Elles savent que les semences deviendront des haricots, c'est ce que la comtesse Lazansky a promis. Bêcher la terre humide de Laxenbourg fait partie du programme pédagogique des archiduchesses d'Autriche, au même titre que la botanique, l'astronomie, la minéralogie et la zoologie. La comtesse, sorte de maréchal féminin de la cour, veille à ce qu'elles absorbent l'étiquette impériale, qu'elles suivent leurs leçons de français et d'italien, qu'elles apprennent la musique, le dessin et la danse. Elle voit aussi, surtout et par-dessus tout, par un régime de surveillance de tous les instants et par l'exercice d'une autorité jamais infléchie, à ce que jamais ne germe en leur esprit le moindre sentiment d'indépendance, d'autonomie personnelle, ni l'ombre d'un cheveu de volonté de verbaliser leurs désirs. La comtesse Lazansky reçoit une sorte de prime au rendement prenant la forme de la reconnaissance impériale.

Pendant que les autres font la guerre, l'heureuse Autriche se marie, encore faut-il que ses filles soient mariables. La question de savoir si les archiduchesses sont heureuses, inquiètes, apeurées, volontaires ou résolues n'est pas pertinente à leur naissance. La cour autrichienne produit des archiduchesses qu'elle parsème dans les lits des têtes couronnées depuis des siècles comme un éleveur de teckels produit des femelles et les fait s'accoupler dans un respect similaire des liens de parenté entre les sujets. L'empereur Franz a fait une douzaine d'enfants, dont huit filles. Cinq mourront en bas âge des effets de la consanguinité. L'archiduchesse Marie-Clémentine, la petite sœur mijaurée (oui, encore plus que les deux aînées...), sera donnée en mariage à son oncle Léopold, prince de Bourbon-Siciles, à qui elle donnera quatre enfants dont deux filles mort-nées, un fils qui ne vivra pas un an et une fille, Marie-Caroline, qui se déventrera un jour d'un nombre encore plus effarant d'anormaux et de cadavres. Mais remontons vers Léopoldine qui ne sait rien encore des eaux de mars qui ferment l'été, ni de la tristesse qui n'a pas de fin, encore moins du bonheur qui en a une. La maman de Léopoldine va donner naissance dans quelques semaines à une enfant handicapée mentale, comme son grand frère Ferdinand qui n'est pas sorti jardiner parce qu'il a eu pendant la nuit une crise d'épilepsie qui l'a laissé exsangue. C'est Ferdinand, fils débile et aîné, qui coiffera un jour la couronne de son père. Heureuse Autriche, tu te maries…

Mais pas encore !

Dans le petit zoo de Laxenbourg, Léopoldine élève un perroquet amazonien. Des années plus tard, ce sont des caisses entières d'aras étendus, morts, à côté de singes aux yeux révulsés, de toucans empaillés, de chevêchettes, de tapirs et de chauves-souris qu'elle aura capturés sur ses nouveaux terrains de chasse. Tout cela parce que l'Autriche va bientôt l'échanger contre une collection d'oiseaux morts, de primates dévidés de leurs entrailles et de tapirs, ce mammifère ongulé et perplexe dont le regard hagard lui rappellera, lorsqu'elle le verra pour la première fois, celui de son grand frère. Si vous montez à l'étage des oiseaux du Musée d'histoire naturelle de Vienne, vous pourrez encore, paraît-il, admirer les bêtes traquées par l'archi-duchesse pendant ses années américaines. Ces animaux morts constituent tristement la seule raison pour laquelle on se souvient d'elle à Vienne de nos jours.

Léopoldine a sept ans. De tous ses frères et sœurs normaux et vivants, elle est la plus intelligente, la plus douée, et la plus sensible. Toutes les lettres qu'elle adressera à son père commenceront par « Mon cher Papa » et se termineront par « Votre fille obéissante ». À sa grande sœur Marie-Louise, elle voue une affection qui borde la folie. En ce mois de mai 1804 à Laxenbourg, près de Vienne, la campagne rit, le lilas chante pour les enfants tarés des Habsbourg et leurs filles-chameaux. La sagesse du terroir dit : « Qui ne vaut point une risée ne vaut pas grand-chose. » Si ce dicton est vrai, la famille à laquelle la petite Léopoldine devait être livrée vive, quelques années plus tard, devait être la plus riche de la terre, à défaut d'être la plus puissante. Il faut que je vous parle de ces gens que vous connaissez peut-être.

Un jour, le duc de Bragance, futur Jean IV – roi de

Portugal et des Algarves, de chaque côté de la mer en Afrique, duc de Guinée et de la conquête, de la navigation et du commerce, d'Éthiopie, d'Arabie, de Perse et d'Inde par la grâce de Dieu –, refusa une aumône à un moine qu'il a même frappé, un jour de mauvaise humeur. Il est dit que le moine garda longtemps une blessure qui ressemblait à des écailles de poisson. Parce qu'il estimait avoir été puni sans raison, le moine prophétisa que l'aîné des Bragance mourrait toujours enfant et que l'héritier du trône porterait toujours à la jambe une cicatrice. Vous avez dit rancunier ? Étrangement, cette prophétie s'est réalisée chez tous les héritiers régnants, jusqu'au dernier empereur du Brésil qui a abdiqué son trône en 1889, un an après que sa fille, la princesse Isabel, a aboli l'esclavage avant de partir elle-même en exil. Un jour de 1891, ce monsieur qui avait régné pendant plus de cinquante-huit ans sur notre vaste et vert pays était assis sur un banc du jardin du Luxembourg, à Paris. C'était une chaude journée d'été. Il devait y avoir des enfants qui criaient. Quelqu'un s'est présenté à lui et a voulu savoir, en contrepartie, comme le veut la courtoisie, à qui il s'adressait.

— Je suis l'empereur du Brésil, a répondu Pedro II sans mentir.

Ceux qui l'ont connu disent qu'il avait une voix fragile, très aiguë, flûtée et éthérée, qui contrastait avec sa grande stature. Il n'est pas interdit de penser qu'il y avait dans ce timbre quelque chose de sa mère, un restant de fragilité viennoise, un soupir dénonciateur épuisé avant de mourir. Il s'éteignit la même année, en décembre. À son sujet, il est possible d'écrire beaucoup d'histoires, de raconter ses voyages qui l'ont mené quasi partout, jusqu'aux chutes du Niagara, au temps de la variole ; de parler des sciences qui furent sa passion, des langues qu'il parlait couramment, en plus du portugais – l'allemand, l'anglais, l'arabe, le chinois, l'espagnol, le grec, l'hébreu, l'occitan, le sanskrit – et de celle qu'il est impossible de ne pas lui envier : le tupi-guarani. Parce que, bon, le premier bigleux venu peut vous dire, comme ça, qu'il a appris l'allemand ou le russe. Le tupi-guarani saura clore le bec de toutes les chieuses de l'Université de São Paulo. Faites-moi confiance. Pedro fut aussi le premier Brésilien à posséder et à utiliser un appareil daguerréotype. Aujourd'hui encore, si vous prenez la route entre Rio de Janeiro et Belo Horizonte, vous passerez par la jolie ville de Petrópolis, dans les montagnes de la serra dos Órgãos. C'est lui qui l'a fait construire et l'a inaugurée sur un terrain que son père avait acheté. À la fin de sa vie, le prince triste, qui souffrait gravement du diabète, avait besoin de soins médicaux constants. Il n'arrivait pas toujours à se lever ni à s'habiller tout seul.

Pedro le second devait à son père le trône qu'il occupa pendant plus d'un demi-siècle et à sa mère ses cheveux blonds, ses yeux bleus et la lippe des Habsbourg. Sa mère, Léopoldine, était l'arrière-petite-fille de Marie-Thérèse d'Autriche, fille de Franz I$^{er}$, petite-nièce de Marie-Antoinette, belle-sœur de l'Antéchrist et première impératrice du Brésil. Pour vous donner une idée du legs génétique qu'elle a reçu à sa naissance le 22 décembre 1797 à Vienne, il suffit de jeter un coup d'œil à son arbre généalogique qui nous apprend, vous n'en serez peut-être pas étonnées, vu ces noms répétés, ces lignées en spirales concentriques et ces raccourcis inhabituels, que la petite était l'arrière-petite-fille de Marie-Thérèse d'Autriche d'un côté comme de l'autre de son ascendance. Elle était aussi deux fois arrière-petite-fille de Charles III d'Espagne. En poussant votre étude, vous constaterez que chez les Habsbourg les prénoms reviennent comme des saisons, comme des chansons, comme des maladies.

Pedro I$^{er}$, celui qui deviendrait son mari, avait lui aussi un arbre généalogique stupéfiant que l'on montre encore du doigt en se couvrant la bouche de l'autre main. Né à Lisbonne en 1798, Pedro était le fils de Jean VI, roi de Portugal, du Brésil et des Algarves, et de Carlota Joaquina, une Bourbon d'Espagne atteinte de nymphomanie et dont la tête était couverte de poux. Pour l'épargner, les historiens vous diront qu'elle était « excentrique » et qu'elle avait du « tempérament ». Dans ces réseaux d'ascendances et de descendances touffus, si difficiles à démêler au moyen d'un peigne qu'il vaudrait mieux tout tondre et laisser repousser, il n'est pas facile de tout distinguer. Là aussi, les noms tournent et reviennent, tontons épousent nièces, et tantines meurent de tristesse, et là aussi, les prénoms reviennent comme des oiseaux, comme des souvenirs, comme l'épilepsie qui n'épargnera qu'un seul des enfants de Pedro I$^{er}$, mais pas Pedro II ni l'autre Pedro que Pedro I$^{er}$ eut avec sa maîtresse pauliste. Mais inutile de se gausser d'eux aujourd'hui comme s'ils étaient les corgis d'Elizabeth II. Ce genre d'humour les déshumanise. Mis à part le fait d'être nés dans des maisons royales absolutistes, d'avoir eu dès l'enfance la chienne de l'Antéchrist et d'aimer l'équitation, Pedro et Léopoldine avaient en commun un couple d'arrière-grands-parents, Charles III, roi d'Espagne, et Marie-Amélie de Saxe. Autrement, ils n'avaient rien à voir l'un avec l'autre. Jusqu'à ce que le papa de Pedro, Jean VI, demande à son ambassadeur de lui trouver une princesse capable de lui donner une descendance nombreuse – il fallait toujours soustraire le premier fils –, d'apporter un peu de lustre à la famille Bragance qui, comme je vous promets de vous le montrer, en manquait tragiquement, et de réduire l'influence de l'Angleterre sur le royaume de Portugal, du Brésil et des Algarves.

La petite Léopoldine a grandi dans la peur de l'Antéchrist qui avait une manière bien particulière de faire assavoir ses intentions aux souverains des pays qu'il envahissait en ces temps. « Casse-toi, pauv'con ! », aurait-il dit en substance au roi d'Espagne, à l'empereur autrichien et aux autres couronnes qui se trouvaient sur son chemin révolutionnaire. Même que Jean VI, prince héritier des Bragance et futur beau-père de Léopoldine, aurait pris au pied de la lettre les éructations du Corse, si bien que, en novembre 1807, il quitta Lisbonne avec sa femme « excentrique », Carlota Joaquina, et tous ses poux – il est dit que ces derniers embarquèrent avec elle sur le navire qui l'emportait loin du danger –, sa mère la reine Marie la Folle, sa tante, ses deux fils, Dom Pedro et Dom Miguel, ses filles, l'infant d'Espagne qui s'adonnait à être en visite, et environ quinze mille accompagnateurs, c'est-à-dire toute la cour, des gens de métiers, chirurgiens royaux, confesseurs, dames d'honneur, pages, militaires, juges, tous accompagnés de leurs serviteurs, tout cet entourage plus ou moins parfumé qui fait que l'on se sent comme un roi. Si anglaise fut sa fuite que même les bateaux qui l'escortaient appartenaient à *His Majesty* George III, lequel gagna pour service rendu accès à tous les ports du Brésil. Dans cette nuit de novembre à Lisbonne, le peuple, comme un enfant qui se réveille pour trouver une maison abandonnée, criait, pleurait, faisait tous les temps. Jean VI n'avait même pas pris la peine de lui dire au revoir.

Lorsque les premiers soldats français arrivèrent au port de Lisbonne, ils ne virent à l'horizon que le prince héritier de Portugal qui montrait ses fesses, un geste souvent imité métaphoriquement de nos jours par ceux qui, devant un grave danger, victimes des nerfs, par peur des Lumières ou tout simplement parce que c'est dans le vent, partent s'installer à Rio de Janeiro. Le Corse l'aurait écrit lui-même de son exil à Sainte-Hélène, Jean VI, l'enfant de la folle, est le seul à lui avoir échappé. Rio de Janeiro devint deux mois plus tard, à l'arrivée de la reine Marie la Folle, le siège du trône du royaume de Portugal.

Carlota Joaquina, dont le navire avait été retardé par une tempête, arriva à Rio après son mari. Pour la débarrasser de ses poux, on lui a rasé le crâne. Elle débarqua dans la ville merveilleuse avec une sorte de turban enroulé autour de sa tête couverte de croûtes. Les femmes de Rio s'imaginèrent que c'était la mode européenne et se mirent à porter elles aussi des turbans, comme la princesse espagnole. Comme l'affection qu'éprouvaient les Brésiliens pour Carlota Joaquina, cette mode fit long feu.

Les membres de la cour portugaise ont réquisitionné

les maisons de la ville et se sont installés où ils pouvaient. Le prince héritier a choisi de s'établir avec ses fils dans la Quinta da Boa Vista, tandis que sa femme pouilleuse, qu'il ne supportait pas, s'installait à Botafogo – distance salutaire –, la tête rasée, enveloppée d'une étoffe. La chaleur suffocante du mois de décembre a provoqué d'abondantes sudations qui ont fait couler en petites rivières les morceaux de croûtes que les poux avaient laissés sur son cuir chevelu. De rage, elle gifle parfois quelqu'un. N'importe qui. Une esclave, un palefrenier, ses propres fils, mais jamais son mari, qui la dompte quand il le faut. Elle compte les jours passés dans cette immense étuve coloniale. Elle frappe encore plus fort les esclaves qui ne tombent pas à genoux sur son passage. Elle prenait la relève de ceux à qui elle avait donné l'ordre de frapper, parce qu'elle les trouvait trop mous. Elle s'est mise à frapper encore plus fort quand les démangeaisons de la gale l'ont rendue complètement dingue. Elle l'avait attrapée en frottant frénétiquement ses foufounes en feu de Bourbon d'Espagne contre un corps en sueur d'Angola. Dans ce Brésil qui la haïssait à battre la chamade, elle trouvait quand même le moyen de se faire baiser comme une reine, titre qui ne lui serait conféré que plus tard. Pour l'instant, elle demeurait princesse puante, pouilleuse et galeuse.

C'est la future belle-mère de Léopoldine. C'est l'avenir de la petite fille qui plante des haricots dans un jardin de Laxenbourg, fornication en moins. Qui dit pire ? Pour se calmer les nerfs, Carlota Joaquina bourre sa pipe d'un dé de cannabis venu du Maranhão. Elle partage avec sa belle-mère, Marie la Folle, cette prédilection pour cette herbe qu'elles trouvent en abondance sur cette terre bénie d'Amérique.

Mais où en est-elle, notre archiduchesse habsbourgeoise ? Elle trottine encore, la petite, dans la fraîcheur vaporeuse du matin autrichien. Sa grande sœur Marie-Louise la tient par la main. Dans les jardins du château de Laxenbourg, leur endroit préféré, loin du remugle de la capitale, la comtesse Lazansky gronde la petite Léopoldine qui geint parce qu'elle n'arrive pas à manier sa bêche correctement. Marie-Louise, grande sœur bien-aimée, l'aide à semer ses haricots. La femme de chambre de Léopoldine arrive en trottinant, c'est Franziska Annony, celle dont le nom sera porté par les derniers souffles de l'archiduchesse, là-bas, au pays des grands oiseaux verts du Sud. Elle a oublié de munir sa petite protégée d'une écharpe de laine. L'archiduchesse rechigne. Ça pique. La laine frotte dans un crissement chuintant sur sa chemise sèche et archi-sèche. Le passage d'un verdier dans les branches des saules bourgeonnants la distrait. Elle le montre du doigt. « *Ein Grünling !* », car c'est dans cette langue pleine de consonnes qu'elle parle avec sa grande sœur. La comtesse et la femme de chambre sourient au passage du petit oiseau vert du Nord. Léopoldine veut devenir la nature, connaître tous les noms des choses qui grouillent, nagent, piquent, mordent et guettent leur proie. Elle saura tout ça en son temps. Elle est l'archiduchesse des herbiers et des hannetons, des minéraux et des animaux, elle tient ça de son papa qui s'intéresse davantage à ses collections de cailloux qu'aux affaires de l'État pour lesquelles il y a, et y aura toujours, ce bon Metternich. Franziska Annony embrasse encore les fillettes avant de retourner au château s'occuper des draps archimouillés de l'archiduchesse. Aujourd'hui, Léopoldine aura la permission d'attraper des papillons qu'elle ajoutera à sa collection.

Trois hommes tireront les ficelles de la courte vie de Léopoldine : l'empereur autrichien Franz I$^{er}$, l'Antéchrist et Pedro, prince héritier de la couronne portugaise, celui dont la mère se gratouille les chevilles en attendant que passe l'été austral. Mais il ne passe pas. La lumière à cette latitude la rend aveugle. La chaleur la rend hystérique.

Franz I$^{er}$ ne s'intéresse pas beaucoup à son gouvernement, il préfère collectionner toutes sortes de choses, les miné-raux, les animaux empaillés, les insectes et les veuvages. Sa deuxième femme, Marie-Thérèse, a formé un petit orchestre avec les enfants dans lequel il joue du violon. L'impératrice chante si bien que Haydn la laisse interpréter ses oratorios et ses messes. Ces égards n'empêchent pas Marie-Thérèse de Naples-Sicile de mourir en avril 1807 de la tuberculose. L'enfant qu'elle a mis au monde avant de rendre l'âme s'éteindra lui aussi deux jours plus tard. Il faut user de violence pour éloigner l'empereur en larmes qui s'accroche au corps de sa femme. Fou de dévastation impériale, Franz snobera les funérailles pour aller se barricader à Buda, sur les rives hongroises du Danube. La petite Léopoldine écrira des lettres à son père dès qu'elle arrivera à tenir la plume. « Mon cœur d'enfant se réjouira quand vous arriverez ici jeudi, je resterai donc tranquille, et je dois vous confesser, cher Papa, que si votre retour tardait encore davantage, cela m'attristerait tant, puisque mon plus grand désir est de vous voir ici avec nous. Je vous aime de tout mon cœur… » Et d'épanchements elle est capable : « Veuillez donc accepter avec affection, cher Papa, l'assurance que, vous embrassant les mains respectueusement et avec la plus grande vénération, je resterai ma vie durant, Papa adoré, votre fille très obéissante. » Et la petite a tenu promesse. Jamais dans les lettres qu'elle adressera à son père ne transpirera la moindre expression d'insatisfaction, la moindre lamentation, pas même une vacherie impériale à l'égard de sa belle-mère galeuse, preuve de la qualité supérieure de l'éducation dispensée aux archiduchesses autrichiennes.

Dans le cœur de l'archiduchesse, Son Altesse Impériale règne sans partage, illumine tous les recoins de sa lumière, penche son visage hâve sur les souffrances de la petite fille. Car elle en a. Elle a, par exemple, peur de l'Antéchrist. La frayeur à crampons que le monstre inspire à la famille impériale les renvoie au paganisme, aux danses primitives des tribus germaniques, aux rituels enfantins qu'on soigne aujourd'hui par des ordonnances médicamenteuses. Marie-Louise et Léopoldine ont inventé un jeu pour conjurer leur peur de la France. Les enfants impériaux, des êtres sensibles aux manières délicates, ont reçu en cadeau une poupée de bois hideuse qu'ils ont habillée comme l'Antéchrist. En lançant des incantations teutonnes, elles l'insultent : « Tu es un gros caca vert, à mort ! » Ou elles se contentent de le transpercer avec des aiguilles que madame Annony met gentiment à leur disposition.

On a promis à Léopoldine que l'empereur saurait chasser l'Antéchrist avant qu'il arrive à Vienne. Or il frappe maintenant à la porte de Schönbrunn. Demain, il écrasera de ses grosses bottes-nations l'orangerie, la roseraie et le chemin des gazons coupés. Marie-Thérèse de Naples-Sicile, pas encore phtisique, pas encore morte, soulève Léopoldine du sol, et, pendant que son mari se réfugie à Budapest avec le reste de sa marmaille pâli-chonne, s'engouffre dans le quartier général établi à Brno, en Moravie. Et commence la fuite sur les routes d'Europe pour échapper à l'Antéchrist. La bête française est montée d'Italie. Elle a pris Steyr et Amstetten avec une facilité désarmante, comme si les Autrichiens et les Russes n'avaient rien vu venir. C'est le 13 novembre 1805 qu'elle arrive à Vienne, à temps pour manger les restants de l'oie de la Saint-Martin. Léopoldine et sa mère, elles, sont déjà à Brno. Passant par Olmütz, elles iront se perdre dans les entrailles de la Moravie pour ne rentrer à Vienne qu'en 1806. L'Antéchrist ne lâche pas prise. Il tourne autour de l'empereur, têtu comme une mouche. La petite Léopoldine est souvent grondée par ses gouvernantes et ses précepteurs qui lui offrent la grâce de l'humiliation en la forçant à confesser sa paresse à l'étude à nul autre que l'empereur, qu'elle vénère, qu'elle adore, dont le tendre souvenir la soutiendra dans les moments difficiles. Des exercices de calligraphie de l'archiduchesse ont survécu jusqu'à aujourd'hui. « N'oublie jamais, ô être humain, que tu dois ta présence sur terre à la sagesse de l'Éternel qui connaît ton cœur, qui devine la vanité de tous tes désirs et qui souvent, par pure miséricorde, refuse d'exaucer tes prières. Ne te plains donc pas de la fatalité divine, mais soigne tes mœurs. Sérieusement, nous devons nous efforcer d'être bons pour nous permettre d'espérer l'aide de Dieu. » C'est dans cette posture qu'elle se trouve, en 1807, huit mois après la mort de sa maman.

L'affection que Léopoldine vouait à sa mère sera pesée et évaluée avant d'être liquidée. La moitié reviendra à Maria Ludovica que l'empereur prend pour troisième épouse, huit mois après la mort de Marie-Thérèse, et que Léopoldine appellera dorénavant « Maman ». L'autre moitié de l'amour maternel qui reste entre les mains de la petite fille est versée comme une eau alpine sur la tête de sa grande sœur Marie-Louise.

Maria Ludovica est une femme de lettres, elle se mêle de politique quand Metternich la laisse faire. Elle n'a que vingt ans, mais son esprit lumineux lui en fait paraître trente. Le modèle que les enfants impériaux doivent dorénavant suivre devient exigeant. Dans l'emploi du temps de l'archiduchesse Léopoldine, les leçons et les cours divers et variés se suivent sans lui laisser le temps de cultiver un vouloir ou une envie quelconque. Dans ces conditions, l'humain a deux choix : rejeter en bloc l'existence offerte et foutre le camp très loin ; ou, comme l'heureux lierre, faire le tour de la difficulté pour s'y adapter. Une archiduchesse n'a que le second choix à sa disposition. Cela ne veut pas dire qu'elle n'est pas humaine, bien au contraire, et c'est le comte Metternich qui l'a dit lui-même : « En Autriche, l'homme commence avec le baron. » Ce monsieur qui sait où commencent les hommes n'a pas cru bon de nous dire où finit la femme. La femme Léopoldine n'existe pas encore. Dès qu'elle aura ovulé pour la première fois, et c'est Franziska Annony qui le saura la première, la cour entière entrera en effervescence, les parois de ses couloirs s'épaissiront, les humeurs changeront. Pour l'instant, Léopoldine trouve la joie dans ces divertissements anodins qu'elle peut faire passer pour de l'étude, c'est-à-dire les herbiers, les animaux empaillés et les papillons. Dans la collecte et l'organisation des minéraux, elle est maîtresse de son propre nez. Autrement, elle obéit. Aux petits cailloux qu'on lui apporte de toutes les régions de l'empire et d'au-delà, Léopoldine peut donner des ordres : mettez-vous en rang, soyez sages. Même chose pour les fleurs séchées et les papillons. Ils forment le peuple sur lequel elle règne, les seules choses qui ne lui donnent pas d'ordres. Léopoldine est une enfant absolument normale. Peut-être un peu sensible. Probablement trop dépendante de l'approbation de son père. En 1809, les enfants impériaux sont charriés de nouveau à travers les Carpates. Nouvelle fuite devant l'Antéchrist dont le souffle chaud et diabolique descend maintenant sur le cou de grande-sœur.

Les pierres la rendent folle. À treize ans, elle possède une collection de cinquante caisses de minéraux divers qu'elle connaît par leurs noms scientifiques. Maria Ludovica emmène Léopoldine en voyage et lui impose un horaire d'étude infernal, car la petite tend à la distraction et passe d'une activité à l'autre sans vraiment s'engager, sauf quand elle se trouve seule avec ses minéraux. Elle peut alors observer ses cailloux des heures durant, à en oublier le boire et le manger, pauvre Didine. Elle comprendra davantage la mort injuste qui lui a pris sa maman que la raison pour laquelle elle perdra sa grande sœur, peut-être à jamais. Est-ce bien cela qu'ils viennent de dire ? Oui, ma belle, tu as très bien entendu. C'est Marie-Louise qui s'y colle ! C'est quasiment incroyable, ça la jette par terre, elle vomit et tambourine sur les portes en criant : « Non ! Papa ! Non ! Ne donne pas grande-sœur à l'Antéchrist ! » Marie-Louise doit se marier avec l'Antéchrist. C'est la volonté de l'empereur, c'est-à-dire de Metternich mets-ton-nez-partout. La tendresse du père s'arrête là où la raison d'État commence.

Saisie par un transport inconnu, Léopoldine court, errante et sans dessein dans le palais de Schönbrunn, sachant parfaitement qui elle aime et qui elle hait. Léopoldine n'est pas racinienne. Franziska Annony la supplie de s'arrêter, de cesser ces hauts cris qui l'abaissent au rang de paysanne, la comtesse Lazansky la gifle de la paume et du revers. Que Votre Altesse se ressaisisse ! Léopoldine cherche sa Luisa chérie. Où est-elle ? Enfermée dans ses appartements, car elle pleure. Toi, heureuse Autriche, tu te maries.

Le Corse a exigé ce butin, sinon il y aura une autre guerre. Pour Austerlitz, pour Wagram, pour Trafalgar, il veut une fille de l'empereur. Juste ça. Il l'aura. Elle lui sera livrée vive en échange de sa patience, pour avoir la paix. La docilité de Marie-Louise dans cette histoire est une preuve de la réussite de l'instruction impériale. Elle devient impératrice des Français qui la détesteront parce que sa tête leur rappelle trop celle de sa grand-tante dont elle a toutes les manières hautaines et obséquieuses. On la lui laissera sur les épaules parce qu'on a d'autres gens à fouetter. Pour exprimer leur mépris, ils se contentent de la loger dans les quatre pièces où Marie-Antoinette s'est terrée pendant la Révolution. Ces prévenances envoient à Marie-Louise un message clair. Dans le but avoué de changer d'étage social, de s'élever jusqu'à la légèreté de Ferdinand de Habsbourg, le Corse l'engrossera, comme de bien entendu, car, il l'a dit lui-même, c'est un ventre qu'il épouse. Il fera un fils à la fille de celui qui a voulu sa perte.

À Vienne, le départ de Marie-Louise a ramené la paix et une existence normale. Léopoldine a l'impression qu'on lui a arraché un bras. Mais elle doit battre la vie, elle est après tout deux fois arrière-petite-fille de Marie-Thérèse d'Autriche. De tous les membres de la famille, c'est Marie-Louise qui prend le mieux la nouvelle après avoir pleuré. Mais ces larmes, les a-t-elle versées d'émotion de voir enfin accomplie sa mission politique ultime ? La grand-mère maternelle, Maria Carolina, s'est contentée de siffler : « Il ne manquait plus que ça, que je devienne la grand-mère du diable ! » Mais Marie-Louise, comme ses sœurs, n'a encore vu ni diable ni loup. Elles n'ont aucun élément de comparaison parce qu'on les a tenues éloignées des hommes. Les hormones aidant, elles se jetteront sur le premier que la raison d'État placera devant elles. Pour l'instant, Léopoldine est à demi morte de tristesse.

S'il est possible de faire avaler la couleuvre corse à grande-sœur, la petite Léopoldine montre des signes inquiétants de personnalité dans cette affaire. Sa belle-mère, Maria Ludovica, rapportera à l'empereur : « Je suis plus satisfaite d'elle, elle est plus solide, mais elle a toujours besoin qu'on la tienne fermement. » Ce commentaire laisse présager un avenir rempli d'instabilité. Il faudra trouver un moyen de lui calmer les nerfs. Le départ de Marie-Louise aménage dans le cœur de Léopoldine un cimetière intérieur peuplé par quelques morts triés sur le volet : sa maman, qu'elle finira par oublier ; grande-sœur, avec qui elle entretiendra une correspondance quasiment honnête. Bien d'autres suivront. Car dans les lettres qu'elle adresse à son père, Léopoldine porte le masque de l'archiduchesse. Ce n'est que dans les lettres à grande-sœur qu'elle parle ouvertement de ses peurs, de son grand frère Ferdinand qui l'agace, de l'oncle Léopold qu'elle trouve vulgaire, déplacé et dont elle craint chacune des visites. En juin 1810, un grand bonheur l'attend. L'impératrice Maria Ludovica décide de l'emmener en voyage en Bohême, à Prague, à Carlsbad, ville des eaux où la haute noblesse autrichienne va faire tremper ses chairs maladives. Quand elles y arrivent, au terme d'un voyage interminable, Johann Wolfgang von Goethe les accueille par un poème de six strophes, dédié à l'impératrice, dans lequel il exhorte les fleurs de la vallée à se contenir, à retenir leur éclosion jusqu'à son arrivée.

Dès la première strophe, Léopoldine, sujette aux dérè-glements intestinaux induits par l'excitation du voyage et par la présence de Goethe, se demande justement si elle parviendra à se contenir. Goethe est possédé par son propre génie. Il déclame. *Parez-vous de vos atours pour accueillir Sa Majesté.* Tous les habitants de Carlsbad se sont attroupés autour du cortège impérial et chacun est effectivement couvert de jolies étoffes. Léopoldine sait que le poète de Weimar fait rarement court et que le sonnet n'est pas son fort. Elle en a pour trois strophes, dans le meilleur des cas. Elle ne pense qu'à la visite dans cette mine qui lui a été promise et aux promenades dans les bois avec la comtesse Lazansky, toujours partante, où elle trouvera avec un peu de chance le nid du bouvreuil qu'elle entend piailler dans le lointain, peut-être un engoulevent. *S'extirper des crevasses bouillonnantes. De nouvelles forces animent la force.* Une crampe se fait plus insistante que les autres. Toute la nature convie Léopoldine au recueillement et à l'observation de ses merveilles, mais Goethe en a long à dire. C'est à ce moment, aux quatorze ans de Léopoldine, que l'on constate la qualité de l'éducation habsbourgeoise sur cette archiduchesse tentant de chasser de son esprit l'image de crevasses bouillonnantes. Tenir jusqu'à la dernière strophe. Seigneur, donnez-m'en la force nouvelle. *Que chacun se réjouisse de se sentir heureux et libre.* Se libérer fait effectivement partie des priorités de l'archiduchesse. Dans la forêt, elle compte trouver des fraises des bois… Non, ne pas penser aux fraises, cela lui fait regretter les abricots qu'elle a mangés une heure avant d'arriver à Carlsbad. Quand le poète s'exclame : *Au merveilleux divin !*, Léopoldine croit le poème fini. Mais il ne fait que reprendre son souffle, allez, encore deux strophes de cette mélasse ! Léopoldine ferme les yeux, contracte, essaie de se faire granite. Ne pas penser à ces fontaines qui coulent, à la chanson des cascades qui invite à l'élimination. Elle n'entend pas la cinquième interminable strophe de cet éloge sans finale. Elle est maintenant résolue à l'humiliation, tout va lâcher, mais elle trouve encore la force, elle est vouée à régner après tout. *Lancez vos vœux bénits et enflammés vers elle pour la saluer !* Dans les applaudissements qui suivent, Léopoldine s'éclipse discrètement pour répondre aux exhortations de la nature. L'archiduchesse est arrivée à Carlsbad, ville d'eau, elle pousse un gémissement de soulagement en retenant sa robe. Les applaudissements nourris pour Goethe couvrent la pétarade si longuement retenue. Plus jamais d'abricots en route. Jamais.

Goethe tire toutes les ficelles de l'aristocratie, fait de grandes léchées mouillées à la main qui le nourrit. Chaque jour, l'impératrice le fait venir à sa table pour qu'il déclame ses poésies et des extraits de ses pièces. Le poète, personne ne s'en fait de mystère, baille des soins dégoulinants d'affection à cette impératrice dont il cherchera souvent la compagnie. Insensible à cette parade nuptiale entre l'art et le pouvoir, Léopoldine entreprend de glorieuses promenades avec la comtesse Lazansky dans le paysage de Bohême. On lui fait visiter des mines. De Billin, Léopoldine écrira à sa sœur : « Il y a là un rocher qui doit être aussi grand que le mont Calvo. Il a une forme étrange et est composé uniquement de schiste porphyrique. » À quatorze ans, l'archiduchesse utilise des expressions comme « schiste porphyrique ». Savez-vous ce qu'est le schiste porphyrique ? Elle, si. Johann Wolfgang von Goethe aussi, puisqu'il parle du même rocher dans ses *Œuvres d'histoire naturelle*. Mais bientôt, la première ovulation de la petite rendra inintéressant le fait qu'elle sache distinguer le schiste porphyrique du schiste micacé.

À Vienne, Léopoldine grandit. Il est absolument normal que le régime d'enseignement auquel on la soumet la mène à des comportements compulsifs obsessifs. D'ailleurs, on s'y attend. Un jour, quand elle aura compris que les pierres de cette grande collection de minéraux que l'empereur lui a offerte pour son seizième anniversaire ne sont pas des amies, que jamais elles ne prendront la parole, ni sa défense ni son parti, elle accueillera l'idée de devenir pierre elle-même pour décorer une couronne. *Tenez-vous ainsi... vos mains, vos mains, Votre Altesse...* Léopoldine hait comme la maladie ce Kotzebuch qui a été professeur de musique des enfants impériaux. « Il est très dur, il me serre les bras et les doigts très fort quand je fais un visage mélancolique en me disant : je faisais la même chose à l'impératrice des Français, est-ce vrai ? »

Mais elle devient une excellente pianiste. Elle n'est pas la seule dans cette famille à se passionner pour la belle musique. L'oncle Rodolphe, frère de l'empereur, est l'élève particulier de Ludwig van Beethoven, dont la figure sombre et tourmentée hante déjà les jardins de Baden. Le compositeur a dédié quelques œuvres à cet homme aux mains élégantes que Léopoldine aime beaucoup, mais dont elle trouve le comportement excentrique. À seize ans, elle écrit à grande-sœur : « À cause de sa maladie, l'oncle Rodolphe a besoin du traitement qui consiste à garder dans sa chambre deux bouvreuils qu'il doit lui-même nourrir et dont il doit nettoyer lui-même la cage. Il doit se laver dans l'eau que les oiseaux ont bue et frotter entre ses paumes suantes les miettes de pain qu'ils ont mangées ; deux oiseaux sont morts déjà et chaque fois que l'un d'eux meurt, l'état de l'oncle Rodolphe s'améliore ; j'espère que ce traitement ridicule le guérira. » L'homme survivra et sera même nommé évêque d'Olmütz.

Foin des leçons, des oncles bizarres et des poèmes de six strophes à rimes alternées, la nature a parlé. Léopoldine s'intéresse aux bébés depuis que grande-sœur a donné naissance à un petit Antéchrist, là-bas, à Paris. L'Aiglon déchire sa mère en naissant. La mort jongle avec l'idée de prendre d'emblée ce fragile oisillon, mais décide d'attendre encore une vingtaine d'années. À Vienne, Léopoldine, devenue tantine, ne se peut plus. À l'horizon russe, la tempête de neige parfaite se dessine pour l'Antéchrist. Il rentre en France les noix bien gelées. Marie-Louise refuse de vivre avec un empereur qui garde ses bijoux dans un bocal. Sentant la soupe chaude et le pouvoir se tarir de cette source, elle agit en bonne Habsbourg et fout le camp. Elle rentre à Vienne, chez son père qui ne va pas la laisser élever l'enfant. Un peu sonnée, Marie-Louise est toujours amoureuse de l'Aigle dont elle s'inquiète, à qui elle voudrait écrire, qu'elle pense rejoindre dans son île.

Juchée sur le piédestal où l'a installée sa petite sœur, l'archiduchesse Marie-Louise est prise de vertige. Ces étourdissements lui feront perdre son jugement. Difficile de deviner, dans ces montagnes de lettres remplies de sous-entendus et de détours du langage, ce que notre petite Léopoldine savait des choses de la vie. Mais une chose est sûre : lorsque Marie-Louise rentre à Vienne après que Waterloo a achevé de rendre l'Antéchrist insignifiant à ses yeux, les archiduchesses séparées par l'humiliante paix imposée à leur empire s'en donnent à cœur joie. Marie-Louise a vu le loup. Elle sait précisément de quoi avait l'air l'engin sur lequel elle s'était un soir assise pour la gloire de l'Autriche. Grande-sœur parle et petite sœur écoute. Metternich a été formel. Pas question de compromettre la morale de cette enfant. Il se mettra le nez jusque dans ce que Marie-Louise a le droit ou non de montrer à Léopoldine. L'impératrice déchue l'inquiète au plus haut point, mais il n'est pas au bout de ses ruses. Il lui fait le cadeau empoisonné d'un voyage à Aix-les-Bains accompagnée du général comte de Neipperg. Pendant le voyage, Neipperg n'a d'œil que pour elle. Cette image doit être prise au pied de la lettre, puisque le général avait perdu l'autre œil, piqué par une baïonnette française à Dolen. Mais il a tant de charme qu'un seul lui suffit pour dissuader Marie-Louise d'aller retrouver l'Antéchrist à l'île d'Elbe. Ici, le génie de Metternich brille dans la nuit absolutiste. Il faut s'incliner devant lui, car il l'a fait exprès. C'est lui qui a chargé Neipperg de devenir l'amant de Marie-Louise, tâche qu'il exécute à merveille. L'impératrice déchue des Français s'amourache complètement de cet homme avec qui elle consommera, bien avant le temps et au-delà de toutes les convenances, un mariage morganatique, car il n'est pas de son rang. Léopoldine ne le saura jamais.

Ici s'ouvre une brèche importante dans le granite d'affection qui unit ces deux sœurs. À la cour de Vienne, on a retiré à Marie-Louise la charge de l'Aiglon qui sera élevé dans la tradition habsbourgeoise avant d'être emporté par la tuberculose à vingt ans, comme Marie-Thérèse de Naples-Sicile. Sa mère est envoyée à Parme pour y régner au nom de l'empereur. Elle aura avec Neipperg des enfants dont Léopoldine ne saura jamais rien. Inutile de lui mettre ces idées de bonheur personnel dans la tête, Dieu sait ce que cette petite cabocharde pourrait se faire comme illusions. Il faut admirer le talent de ce Metternich qui a réussi deux fois à séparer ces deux sœurs qui s'adoraient. Après avoir été Marie Luise, puis Marie-Louise, c'est avec une conviction renouvelée qu'elle devient par décret, en 1816, Maria Luigia, duchesse de Parme et de Plaisance. Metternich fait tout pour que ces deux âmes littéralement sœurs ne se revoient jamais. Il réussira partiellement, car elle est vraiment têtue, la petite Léopoldine.

Pour l'instant, elle a perdu grande-sœur pour une deuxième fois. Leurs liens épistolaires reprennent. Léopoldine entonne au début de chaque lettre une lamentation qu'elle déclinera dans toutes les tonalités jusqu'à sa mort. « Écris-moi plus souvent, j'attends avec impatience de tes nouvelles d'Italie. » « Je veille sur ton fils. » « Il n'est pas d'être que j'aime plus au monde que grande-sœur chérie. »

Heureuse Autriche peut recommencer à se marier. Dans l'ordre des préférences de l'empereur autrichien, Marie-Louise est la première, ce qui ne fait qu'attiser l'admiration que lui vouent les autres enfants impériaux. Viennent ensuite, dans l'ordre, Léopoldine et François-Charles qui deviendra le père de François-Joseph, lequel épousera Sissi, laquelle avait une si jolie robe dans le film ! Il se soucie moins des autres qui ont à ses yeux moins de valeur sur le marché d'Autriche-tu-te-maries. Le départ de Marie-Louise pour l'Italie agit comme un vecteur d'accélération sur les instincts maternels de Léopoldine. Le fils de l'Antéchrist ne fait pas partie de ses bagages pour Parme. Il reste à Vienne. L'instinct maternel de Léopoldine en profite pour se cristalliser. Dans ses lettres à grande-sœur, elle relate les progrès du petit, l'informe des punitions qu'il reçoit pour avoir menti, des ennuis que la cour lui fait. Elle défend l'enfant quand elle peut. « Ton fils se porte très bien, c'est ce qu'a dit monsieur de Geneg que j'ai rencontré hier dans le jardin avec Franz ; malheureusement, je ne le verrai pas ce dimanche parce que l'oncle Léopold ne veut pas le voir, ce qui est très imbécile. » L'affection qu'elle porte à ce petit garçon, victime insignifiante des guerres menées par son père, ouvre la voie aux souffrances à venir, quand elle aura et perdra ses propres enfants. L'Aiglon est une sorte de terrain d'essai pour ses vibrations maternelles. L'empereur l'a-t-il fait exprès parce qu'il a une nouvelle à lui annoncer ?

L'oncle Léopold est le frère de Franz I$^{er}$. Régent de Naples. Il est une menace pour sa nièce Léopoldine qui lui a été offerte en mariage. Elle ne peut pas le sentir. D'ailleurs, depuis que le papa de Léopoldine lui a appris à tuer des cerfs à Baden, la petite comprend mieux son pouvoir d'infléchir le cours des choses. Elle sait viser juste et occire les bêtes sauvages. Si l'éducation habsbourgeoise est comme un solfège ardu qui vous enferme la voix dans un carcan classique impossible à oublier, sa sévérité fait de votre instrument une force capable de trancher une pomme en deux à vingt mètres. À son grand soulagement, c'est sa petite sœur Marie-Clémentine qui épouse ledit oncle Léopold peu après le retour de l'empereur d'un voyage en Italie. Les noces sont célébrées dans l'intimité de la famille endeuillée par la mort de l'impératrice Maria Ludovica, celle à qui Goethe avait dédié son long poème à Carlsbad. L'oncle emmène sa nouvelle épouse vivre à Naples. Léopoldine est heureuse, car elle a peu de patience pour cet homme qu'elle trouve grossier, peu raffiné et affreusement gras avec ses cent cinquante kilos. Il était de surcroît un Bourbon de par sa mère, ce qui le poussait à détester grande-sœur Marie-Louise et encore plus l'Aiglon, le fruit de ses entrailles. « Il discourt avec une telle fougue, en faisant de grands gestes inutiles, de sorte qu'il cause grande frayeur à qui se tient près de lui. » Le mariage avec oncle-mufle est écarté. Marie-Clémentine d'Autriche, petite sœur de Léopoldine, aura avec son oncle des enfants malades. Dans le nid impérial viennois est un jour né un aigle à deux têtes qui est devenu l'emblème de l'Autriche-Hongrie.

Quels choix s'offrent alors à Léopoldine dont chaque ovule perdu représente une chance manquée pour l'empereur d'étendre la puissance de son pays ? L'empereur confie à Léopoldine que, s'il n'arrive pas à la marier bientôt, elle deviendra la minéralogiste officielle de la cour. Des années plus tard, il deviendra clair que Léopoldine aurait dû accepter sur-le-champ l'offre d'emploi et devenir luminaire de la science à Vienne.

À Rio de Janeiro, Jean VI se tâte. L'homme ne prend jamais de décisions. Il se contente de réagir aux circonstances. L'idée de décider de quoi que ce soit lui répugne à un point tel qu'il ne change jamais de vêtements. Depuis son arrivée à Rio en 1808, il porte la même redingote tachée qui n'a jamais été lavée. Nous sommes en 1816. À ce stade, la redingote portugaise pourrait, par la force de la puanteur qui émane d'elle, voyager par ses propres moyens jusque dans les cours européennes et négocier le mariage de Pedro I$^{er}$, prince héritier des Bragance, avec une princesse quelconque. Mais Jean VI dispose d'un outil beaucoup plus convaincant qu'une redingote puante : le marquis de Marialva. Cet émissaire portugais est une arme diplomatique puissante. Avant sa fuite de Lisbonne, Jean VI l'a envoyé à Paris livrer à l'Antéchrist une couronne de diamants du Brésil et une de ses princesses dans le but de l'amadouer, mais surtout de gagner du temps. Les Français ont emprisonné Marialva, qu'ils finiront par relâcher. Au Brésil, les Bragance vivent dans le manque total de tout. Ils logent dans des habitations qui ne conviendraient même pas à des bourgeois espagnols. Grevés de dettes, ils confèrent des titres de noblesse de pacotille à qui veut contre ce qu'il faut pour vivre. Comme l'Antéchrist, Jean VI sait qu'il a besoin pour son fils trousse-jupon d'une épouse de rang stratosphérique. Or, pendant qu'il tergiverse, la petite Léopoldine est promise à un prince de Saxe. Zut. La mère de Pedro, Marie la Folle, vient de mourir au bout de sa démence à Rio. Jean VI est acclamé souverain du royaume. Contrairement à l'Antéchrist, ce roi exilé et sans moyens ne dispose pas d'une grande, ni même d'une petite armée pour aller arracher la belle aux salles d'Opéra de Vienne. Et les négociations pour obtenir la main d'une princesse de Naples et d'une fille du tsar achoppent. C'est trop loin. Vous avez dit Bragance ? Non. Vraiment, non. À Rio, que vous voulez l'emmener ? Avec les sauvages ? Nous y réfléchirons, c'est promis. Fin juillet 1816, l'empereur autrichien ouvre son jeu à sa fille. Tonton Léopold ayant – que Dieu soit loué – été écarté de l'équation, il propose deux choses à Léopoldine. La première est de se marier avec un prince allemand, mais dans deux ans seulement. Ce dernier aurait d'ailleurs précisé qu'il ferait son choix à partir d'une grappe de princesses allemandes et qu'il avait déjà exprimé son désintérêt pour Léopoldine. Sa conquête serait ardue. Pedro, fils de Jean VI de Portugal, est présenté comme seconde solution. Léopoldine écrit à grande-sœur. « Je pense que les perspectives quant à mon sort sont favorables parce que ce cher Papa m'a dit il y a peu de temps : je ne crois pas que notre Léopoldine sera avec nous l'hiver prochain. Mais pour l'amour de Dieu ne dis à personne que je t'ai confié cela, Papa ne veut pas que ça se sache. » Léopoldine a deux jours pour choisir, c'est-à-dire deux jours pour se faire à cette idée et paraître souriante et disposée devant son père. Ainsi Léopoldine échappe-t-elle aux bras potelés de son oncle Léopold. Le même mois, après avoir vu une pièce de théâtre à Vienne, elle révèle son caractère archiducal. Dans cette pièce, un chevalier salvateur arrache une femme à son mari pour qu'elle l'épouse « de la manière la plus immorale qui soit, et je transpirais de honte et de chaleur comme si j'étais plongée dans l'eau. Imagine Marie et ses scrupules ». Elle parle de sa petite sœur, celle qui dort maintenant aux côtés de l'oncle obèse à Naples. Mais l'oncle Léopold revient en visite. Cette fois, Léopoldine se brouille gravement avec lui. Entre ces deux-là, ça ne passe pas. C'est tout.

L'empereur se félicite de son choix tout en se demandant si Léopoldine est faite pour le mariage. Si cette petite n'hésite pas à prendre son bec d'archiduchesse avec son propre oncle, si gentil, qui voulait même l'épouser pendant un moment, qu'en sera-t-il de son époux futur ?

Le 26 novembre 1816, le contrat de mariage est célébré à Vienne au son des trompettes. C'est l'impératrice – le trois-fois-veuf empereur s'est encore remarié – qui lui explique en privé les détails de ses devoirs d'épouse. Léopoldine transpire terriblement en écoutant les explications de l'impératrice. Il vous arrivera ceci. Normalement, ça ne dure pas très longtemps. Vous ressentirez, Votre Majesté, quelque inconfort qui vous paraîtra moins pénible si vous pensez à l'Autriche. De ce côté, non. Ne montrez pas trop d'empressement. Acceptez tout. Au début des contractions, vous aurez peur de mourir. À la fin, vous aurez peur de ne pas mourir. Voilà, c'est ça.

L'empereur se contente de lui expliquer ce que la maison de Habsbourg attend d'elle (progéniture abondante, interventions politiques prudentes et autres obligations propres à son sang) et en profite pour lui conseiller d'exaucer tous les souhaits de son mari, même les plus petits et les plus secrets, d'accueillir la bienveillance de son beau-père et d'éviter sa belle-mère dans la mesure du possible. Puis débarque le marquis de Marialva. Le diplomate le plus efficace et talentueux que la terre ait porté entre dans Vienne le 17 février 1817 à la tête d'un cortège de quarante et un attelages de six chevaux, flanqués des deux côtés de serviteurs aux livrées rutilantes. Tout est théâtre et faire-semblant dans cette danse nuptiale, car Marialva était à Vienne depuis trois mois déjà. Venaient d'abord les gardes du corps, des gens armés avec tant de petits pages, une nuée de serviteurs et, pour fermer le train, les carrosses transportant les ambassadeurs de France, d'Angleterre et d'Espagne. Il ne faut pas lire dans la présence de ces derniers l'expression d'un appui aux desseins de Marialva. Petits-fours et vin blanc sont promis *a vontade*, en quantité suffisante pour faire sortir le corps diplomatique de la torpeur dans laquelle il baigne. Jean VI a dit : « Ne regarde pas à la dépense. Je suis assis sur des mines d'or et de diamants. Il me suffit de faire fouetter les esclaves de Vila Rica un peu plus fort pour extraire de la terre assez de brillant et de scintillant pour acheter n'importe quelle princesse. Tu y donnes la claque, mon Marialva ! Ne reviens pas les mains vides ! » C'est donc les poches pleines de bijoux, de cadeaux et de caresses tropicales que Marialva part à la conquête de Vienne. Le combat durera des mois, mais il vaincra. Le 1er juin 1817, dans des salons spécialement construits dans les jardins de l'Augarten, plus de deux mille personnes s'entassent pour un bal spécial payé avec les diamants que Jean VI a réussi à cacher aux Anglais qui lui font payer le gros prix pour l'avoir aidé à fuir l'Antéchrist. Pour gagner Léopoldine, il s'appuie sur la méfiance que ressent Metternich à l'égard des Anglais qui commencent décidément à prendre trop de place. Attirés par le fumet des viandes que l'on prépare pour la fête, la famille impériale en entier, toute la noblesse, le corps diplomatique – dont l'alimentation est affaire d'État – et mille autres pique-assiettes en tous genres sont présents. Les danses commencent à huit heures du soir. Deux heures après, un souper de quarante couverts est servi dans des assiettes en argent massif pour la famille impériale. On ne sait pas si la note d'un million de florins comprend le pourboire. Marialva bombarde l'empereur autrichien de cent soixante-sept diamants, de dix-sept lingots d'or, de topazes et d'émeraudes. Metternich n'est pas négligé, il reçoit lui aussi la lumière de pierres arrachées à la terre du Brésil. Pendant quelques semaines, à Vienne, renaît l'éclat glorieux du royaume lusitanien qui régnait sur les mers.

Marialva attise encore un peu plus l'esbroufe en promettant à la princesse une rente de 60 000 florins versée mensuellement par le roi de Portugal. Du Brésil, Léopoldine ne connaît que très peu de chose, et des Brésiliens, encore moins. Difficile de définir comme tels ces envoyés du roi, qui étaient tous nés en Portugal, pris en bagage par Jean VI dans sa fuite vers Rio. Mais elle a fréquenté une famille noire employée par l'envoyé portugais Navarro de Andrade qui loge à Baden. Ces deux petites filles de descendance africaine, qui fascinent toute la ville, charment l'archiduchesse qui n'avait jusque-là vu de cheveux négroïdes que sur les corps humains empaillés du Musée d'histoire naturelle. À côté des primates. À Baden, les corps des petites filles bougent, les visages sourient, les petites servent du thé et rangent les vêtements portés par les corps blancs et parlent même français, preuve de leur humanité. Les deux servantes sont pour elle des *enfants de la nature* qui n'ont pas encore été gâtées par le luxe et ont conservé une nature humaine franche et honnête. C'est la réalisation de la promesse de Papageno et Papagena. C'est Mozart qui a vendu le Brésil à l'archiduchesse. Pour Léopoldine, le Brésil devient *La Flûte enchantée*.

Les fêtes pétillantes, les diamants et les carrosses du marquis de Marialva ont parlé. Le roi de Portugal a promis que l'exil à Rio de Janeiro ne durerait pas. Dès que possible, il rentrerait à Lisbonne avec toute sa cour. Il ne s'agissait pour l'instant que de consolider l'Amérique portugaise à coups de couronnes pour en arrondir les rebords, éviter qu'elle ne connaisse le même destin que l'Amérique espagnole en train de se pulvériser en d'innombrables petites républiques insignifiantes, et, surtout, éviter à n'importe quel prix le sort de l'Amérique française vouée au mépris et à la survivance.

L'idée plaît à Léopoldine pour qui les mots « république », « constitution » et « liberté de presse » sont synonymes de maladies honteuses. Elle ne sera pourtant épargnée que par la République, mais, ça, elle ne le sait pas encore. De Lisbonne, se dit-elle, elle pourra voyager vers l'Italie, rendre visite à grande-sœur, monter jusqu'à Vienne embrasser les mains de cher Papa. Rio n'est qu'un purgatoire temporaire, une plongée scientifique dans le vert tropical, la chance de voir un singe voler d'une liane à l'autre, de constater le bon sauvage. Bref, à en croire le marquis de Marialva, celui-là même qui a réussi à confondre l'Antéchrist avec ses histoires de diamants pendant que Jean VI préparait sa fuite, le séjour au pays de Papageno ne durera que le temps qu'il faudra au roi de Portugal pour préparer son retour à Lisbonne. Mais rien en ce sens n'est signé. C'est la parole d'un diplomate qui a aussi parlé d'un prince sensible, éduqué, amoureux des sciences et de la littérature. Ce sont les lumières trompeuses des diamants qui hurlent et se font entendre par-dessus le tumulte des craintes et des suspicions. Au Brésil, l'argent hurle depuis deux siècles déjà. De Vienne, l'empereur autrichien prête oreille à son cri strident, à ses lamentations avinées, à ses ordres de destruction.

Ce Brésil, Léopoldine le sent. En témoignent les cartes géographiques affichées sur ses murs et l'embauche de professeurs de portugais que Marialva constate en pénétrant pour la première et dernière fois dans ses appartements privés. L'archiduchesse est dans le sac. Elle l'écrit elle-même à grande-sœur, sur le ton de regarde-je-fais-comme-toi, regarde-je-suis-aussi-bonne-que-toi, vas-tu enfin l'admettre ? Grande-sœur, encore meurtrie par son séjour en France où elle a été livrée aux flatteries des courtisans, aux intrigues perfides de la cour, lui sert par missive cet avertissement : « Je ne peux qu'approuver ta démarche, chère Léopoldine ; le plus grand apaisement vient d'avoir fait ce qui est utile à son père et au bien de l'État. Mais je te prie, au nom de notre amour sororal, de ne pas t'imaginer que ton avenir sera si radieux. Nous, celles à qui on ne laisse pas le choix, ne pouvons nous fier ni aux charmes de notre figure ni à ceux de notre esprit. Si nous les avons, tant mieux (il ne faut cependant pas croire tout ce que les gens disent) ; si nous ne les avons pas, nous pouvons quand même être heureuses. L'assurance d'avoir fait son devoir, des occupations nombreuses et variées, l'éducation des enfants apportent une certaine paix d'âme et égaient l'esprit, ce qui demeure le seul vrai bonheur sur terre ! » Mais Léopoldine ânonne déjà les terminaisons nasales portugaises, commande tous les livres qui parlent du Brésil et de ses singes. Elle est déjà là-bas.

Une seule chose lui manque cependant, c'est un portrait de son futur mari. Léopoldine en fait maintes fois la demande à l'empereur. Les envoyés portugais ont apporté dans leurs caisses des diamants du Minas Gerais, des assiettes d'argent, des promesses de rentes et de retour en Europe, mais pas de portrait du prince. Léopoldine s'inquiète. Oui, il a à peu près son âge, un an de moins, mais jeunesse ne garantit rien. A-t-il toutes ses dents ? Affectionne-t-il les moustaches ? Grand ? Luisant ? Malingre ? Monstrueux ? Honteuse de céder à ces superstitions, Léopoldine demande qu'on lui prépare un bain rempli de fleurs de lilas dans lequel elle marine pendant une heure car, selon une tradition allemande, la jeune femme qui baigne dans l'eau de lilas verra en songe son futur amour. Toutes ses peurs se cristallisent cependant autour d'une même personne. « Mais la seule chose dont j'ai peur est ma future belle-mère. On dit d'elle, selon Papa chéri, qu'elle est une personne négligée, intrigante ; bien que le roi soit, paraît-il, un excellent souverain, qui la tient par les rênes et qui l'éloigne le plus possible de ses enfants... »

La réputation sulfureuse de la princesse pouilleuse alimente les conversations viennoises. Léopoldine est-elle amoureuse de Pedro ? « Si être amoureuse signifie n'avoir rien d'autre en tête que Dom Pedro et d'être au Brésil, alors je le suis, mais seulement si ce portrait qui n'est pas encore arrivé correspond exactement à la description qu'on m'en a faite. » Le portrait tardera. Elle s'en enquiert tous les jours auprès de l'empereur. Elle veut voir à quelle sauce elle sera servie. Elle ne le verra pas avant avril 1817, une fois qu'elle aura la jambe prise dans l'engrenage. À grande-sœur, elle dira qu'elle ne le trouve pas particulièrement beau, mais qu'il a des yeux merveilleux, un beau nez, et que ses lèvres sont encore plus grosses que les siennes. Se ravisant quelques jours plus tard : « Le portrait du prince me laisse toute retournée, il est aussi beau qu'un Adonis ; imagine un front beau et large de style grec, assombri par des cheveux noisette, deux yeux noirs, beaux et scintillants, un nez aquilin et fin, et une bouche souriante ; tout en lui est attirant et semble vouloir dire je t'aime et veux te voir heureuse ; je t'assure que je suis déjà complètement amoureuse ; qu'adviendra-t-il de moi quand sa vue se présentera à moi tous les jours ? » Ce portrait lui fait perdre toute rationalité. Dès lors, chaque report de son départ de Vienne deviendra un calvaire d'attente. Partir, être avec son mari, loin des intrigues de la cour, car il n'y a selon elle rien de tout ça au Brésil où l'homme n'est qu'un prolongement de la nature, où il fait partie de la flore au même titre que l'ananas ou que ces arbres flamboyants qu'on dirait faits de feu dont lui parlent les envoyés portugais. Là-bas, tout est encore pur. Là-bas, l'Antéchrist n'a pas tout pourri. Là-bas, il n'y a pas de Constitution. Il suffit de lever le bras pour cueillir sa pitance l'année durant, de secouer un cocotier pour se nourrir de la bonté de Dieu. Il ne neigera plus jamais. Entre le moment où l'on dépose le médaillon de Pedro entre ses mains et leur rencontre à Rio de Janeiro, le temps s'étirera en filaments comme de la pâte de guimauve. La date du mariage est fixée au 13 mai 1817. Léopoldine supplie Marialva de reporter cette date, car elle est superstitieuse. Sa mère est morte un 13, grande-sœur est partie pour Paris un 13, l'Autriche a perdu une bataille importante un 13, mais rien n'y fait. Ce sera le 13, comme il se doit. Le mariage est célébré par procuration à Vienne, Marialva tenant le rôle de prince. C'est à cette date qu'elle sera délestée de sa nationalité autrichienne pour devenir portugaise.

Le 2 juin 1817, Léopoldine quitte Vienne pour le bout du monde. Quarante-deux caisses hautes comme un homme contiennent ses affaires, ses collections de minéraux et de végétaux, et quelques cadeaux pour sa belle-famille. Elle ne part pas seule : Metternich-la-fouine est du voyage.

Il l'accompagnera jusqu'à Livourne où elle embarquera sur un vaisseau de Jean VI. Metternich est furieux. Mais pourquoi tant de bagages ? Il faut délester. Le système digestif de Léopoldine se rebiffe en gros bouillonnements. Sujette aux coliques et aux diarrhées au moindre stress, elle est agitée par de terribles crampes pendant la cérémonie d'adieux. Elle doit se vider vingt-sept fois avant de partir. Le visage hâve, elle quitte sa ville natale accompagnée de Metternich, de la comtesse de Künburg, des comtesses Rosa von Sarntheim et de Lodron, de six dames de cour, de quatre pages, de six nobles hongrois, de six gardes autrichiens, de six serviteurs, d'un aumônier, d'un chapelain et des chevaux qui tirent cette masse en exil. Tous n'iront pas jusqu'à Rio.

Le voyage jusqu'à Livourne donne à Léopoldine l'occasion de mesurer sa volonté à celle de Metternich qui veille au grain. Elle exige que l'on s'arrête à Parme pour rendre visite à grande-sœur. C'est sur le chemin. Metternich refuse pour éviter que Léopoldine ne voie l'enfant illégitime de Marie-Louise, un rejeton dont elle ignore l'existence. À force de crises, d'insistance et de lettres à l'empereur, elle parvient à obtenir une rencontre à Padoue. Elles se verront là pour la dernière fois.

À Livourne, les bateaux de Jean VI se font attendre. Ils n'arriveront que le 25 juillet. Le 12 août, on livre officiellement la princesse aux autorités portugaises dans une cérémonie dont la solennité déclenchera dans les boyaux de Léopoldine une tempête annonciatrice du périple maritime qui l'attend. Sur les navires, le *Dom João VI* et le *São Sebastião*, règne une pestilence animale à couper au couteau. À part les mille deux cent vingt passagers, vaches, veaux, cochons, agneaux, quatre mille poulets, des centaines de canards et six cents canaris s'entassent dans l'arche du roi. La princesse a un piano dans sa cabine. Les navires ne sont pas dans un état qui rassure Metternich, mais ce n'est pas lui qui va voyager. Il commence à regimber, cherche du regard à qui il pourrait demander de qui l'on se moque. Mais Léopoldine, elle, est absolument, entièrement et pleinement satisfaite des navires de Sa Majesté le roi de Portugal. Ces navires, qui l'emmèneront vers celui que son cœur aime sans l'avoir vu en chair et en os, sont pour elle tout à fait dignes de l'accueillir. On ne rejette pas ce que l'on a attendu si longtemps, peu importe les imperfections. Après neuf semaines, trois jours et onze heures de voyagement aux côtés de Metternich l'emmerdeur, Metternich lèche-empereur, Metternich nez-marron, Léopoldine a compris qu'il lui suffirait de faire une moue dubitative devant ces vaisseaux surchargés, de se pincer le nez sous le remugle que libère le bétail entassé dans les cales pour que ce pisse-vinaigre de Metternich retarde son embarquement et lui impose encore plus longtemps sa présence arrogante, pénible et superflue. Il lui tarde de voir la silhouette de cet homme rapetisser sur le quai de Livourne, diminuer jusqu'à disparaître à jamais de sa vue et de sa conscience. À l'idée de ne plus voir Metternich lui pourrir ses matinées du dimanche au samedi, Léopoldine se met à aimer le Brésil et tous ses oiseaux célestes.

Le 15 août, Léopoldine vogue vers le large, laissant derrière elle Metternich et quelques autres accompagnateurs. Au loin la côte rapetisse, devient une ligne, disparaît. Le mal de mer la gagne. Elle ne pense qu'à se réunir à son mari. La tempête qu'ils affrontent dans le détroit de Gibraltar la vide de ses derniers jus. Puis la longue traversée de l'Atlantique commence. Il y aura encore une escale à Madère pour remplacer un mât cassé. Puis, plus rien. Quelques tempêtes qui font de Léopoldine un simple dé agité dans un godet avant d'être jeté sur la table. Il tombera sur quel chiffre ? Le voyage durera trois mois. Léopoldine traverse la ligne équatoriale à neuf heures du matin. Pendant le rituel païen organisé pour souligner cet instant initiatique, la folie s'empare des membres de l'équipage, qui se livrent à toutes sortes de jeux et de simagrées. Léopoldine ne comprend strictement rien à ce carnaval maritime. Quelques jours après, une tempête effroyable s'abat sur les navires portugais, apportant à Léopoldine un motif valable de prier pour son salut. Des vallées d'eau se creusent dans l'océan, les navires tombent pendant d'interminables secondes pour se retrouver à creux de vague, sur le flanc, cependant que la prochaine vague les saisit déjà pour une brève montée et une autre descente. Pendant ces minutes trompe-la-mort, Léopoldine ne regrette pas un instant d'avoir abandonné Metternich sur le quai de Livourne. Le mal de mer la rend folle, voire délirante, mais elle l'endure avec stoïcisme. Cette tempête, c'est pour elle l'épreuve de l'eau que la princesse Pamina doit surmonter pour gagner le droit de marcher aux côtés du prince Tamino, dans *La Flûte enchantée*. Loin derrière elles sont restées les sombres figures intrigantes de Monostatos-Metternich et de Sarastro, promis à la nuit européenne. Dans son délire nauséeux – résultat de la bière chaude qui lui est servie et du roulis du navire –, une princesse et un prince à favoris courent sur la plage, ivres de liberté, appelés à repeupler l'humanité dans un grand pays vert qui un jour dominera le monde. Léopoldine en est certaine, le chant qu'entonnera le Brésil à son arrivée aura la magnificence solaire du chœur de la finale de la *Flûte*. Mais le calme ne ramène qu'une mer plate et infinie. L'horizon, il n'y a plus que le bel horizon pour Léopoldine.

Depuis Cabo Frio, à cinquante kilomètres à vol d'oiseau, le système de signalisation télégraphique avise la population de Rio de Janeiro de l'approche des navires qui transportent l'archiduchesse et sa suite. Les salves de canons tirées de tous les navires enterrent le son des cloches de toutes les églises de Rio qui sonnent pour l'occasion. Une personne qui se serait éveillée à ce moment dans la capitale brésilienne aurait cru à la fin du monde. Dans sa première lettre écrite à son père depuis le palais de São Cristóvão où elle réside, Léopoldine dira que le Brésil est encore plus beau que la Suisse. Là, il faut que je vous dise que Léopoldine n'était jamais allée en Suisse. Elle en connaissait des images, des gravures, des peintures, mais n'y avait jamais mis les pieds. Le Brésil l'a tant impressionnée qu'elle a pris la liberté de le déclarer plus beau que des endroits dont elle ne connaissait que des représentations flatteuses.

La voilà qui descend dans la galiote transportant toute la famille royale. Là se gratte Carlota Joaquina. Le roi Jean VI, qui souffre de la jambe, la présente à son fils Pedro qu'elle décrit comme « un ange de bonté » après qu'il lui a offert les « fruits de ce pays » : un diadème serti de diamants et une cassette pleine de pierres précieuses. Son arrivée à l'arsenal de la marine dans la ville pavoisée, ornée de fleurs et de fanions, est saluée par des vivats, des cris de joie, des gens sortis de partout pour voir arriver la future reine de Portugal, certains portés par des Africains, d'autres se frayant un chemin dans les glapissements rauques de femmes à marmaille tétante, des fourmillements d'esclaves dont le nombre est impossible à évaluer. La moitié de la population de Rio est composée d'Africains dont Léopoldine voit pour la première fois la misère et la souffrance. Dans le tableau qu'en peindra Jean-Baptiste Debret, le débarquement de Léopoldine à Rio de Janeiro prend des allures de couronnement. Sur le rivage, le roi a fait construire un élégant pavillon à hauteur de l'eau pour permettre à la nouvelle princesse de prendre pied facilement sur l'Amérique. La baie de Guanabara grouille de chaloupes, de canots et de petites embarcations toutes décorées comme des arbres de Noël. Pour ouvrir le passage dans la rue Direita, la cavalerie d'abord, puis des hérauts, des laquais en livrée, plus de quatre-vingt-dix carrosses tirés chacun par quatre chevaux décorés pour l'arrivée de Léopoldine.

Il lui faudrait trois paires d'yeux supplémentaires pour arriver à contempler tout ce qui s'offre à son regard, en particulier son époux. Sur le chemin des acclamations, Léopoldine réprime des rires éclatants, car elle a gagné à la loterie des maris. Le sien est beau comme un dieu.

Elle a une pensée pour pauvre grande-sœur promise à ce crapaud d'Antéchrist. Son Pedro est infiniment baisable.

Au palais São Cristóvão, dans la Quinta da Boa Vista, il y a une cérémonie devant les évêques d'Angola, de Pernambuco, de Goiás, de São Tomé et de Mozambique, appelés en renfort pour bénir l'union de Pedro et de Léopoldine. On donne aussi un grand dîner au palais, puis le mariage est consommé. Attendue depuis des mois, la mise au lit de Léopoldine prend des airs solennels. Il y a deux versions à cette histoire. D'abord, celle de la comtesse de Künburg, demoiselle de compagnie qui a vaillamment suivi l'archiduchesse depuis Vienne jusqu'à Rio de Janeiro. Cette femme prétend dans ses mémoires avoir déshabillé la nouvelle épouse et l'avoir menée, morte de peur, jusqu'au lit où l'attendait Dom Pedro que le frère Miguel et le père, Jean VI, avaient déshabillé pour la nuit de noces. Dans l'autre version, c'est Carlota Joaquina et sa fille Maria Tereza de Bragança, princesse de Beira, qui ont mené Léopoldine à l'autel. Quoi qu'il en soit, Léopoldine s'est plainte plus tard de souffrir de la gale, comme tous les étrangers qui vivaient à Rio. Le reste fait partie de la légende. Dans les lettres qu'elle a envoyées à sa sœur et à son père dans le mois qui a suivi, Léopoldine se lamente : « Mon mari ne me laisse pas dormir. » Mais Léopoldine n'est pas la seule à ne point trouver le sommeil à Rio en novembre 1817.

Le roi Jean VI n'a pas lésiné sur les préparatifs en vue de l'arrivée de sa bru autrichienne. Tout devait faire bonne impression. Les fleurs qui ornaient chaque maison, les oriflammes qui claquaient dans le vent chaud de novembre, les musiciens qui jouaient dans chaque recoin de la ville ne laissaient pas deviner qu'il avait d'abord fallu faire un certain ménage dans les affaires familiales avant le grand débarquement. En effet, pendant que le marquis de Marialva s'évertuait à coups de feux d'artifice et de dîners diplomatiques à convaincre Metternich et l'empereur autrichien d'envoyer Léopoldine dans les tropiques, notre Pedro, lui, avait séduit une ballerine française du nom de Noémie Thierry, beauté installée à Rio avec sa mère et sa sœur, probablement aussi blondes que l'archiduchesse. Il l'avait vue pour la première fois à l'occasion d'un spectacle au théâtre de la cour, puis l'avait prise comme maîtresse, de même que sa sœur. Noémie avait emménagé avec Pedro dans une maison du jardin de la Quinta da Boa Vista et attendait de lui un enfant. Jean VI avait dû manœuvrer serré pour convaincre son fils de se séparer de cette femme dont il s'était éperdument épris, contrairement aux douzaines de maîtresses de toutes les couleurs et de toutes les origines qui lui étaient passées entre les mains. En était-il tombé amoureux dans le simple but de se faire les dents sur ce sentiment qui lui était resté inconnu jusque-là ?

Lorsque Léopoldine arrive à la Quinta da Boa Vista pour commencer sa vie de princesse des tropiques, le parfum de cette femme flotte encore dans l'air du palais de São Cristóvão. Chose sûre, Noémie fait partie de la foule acclamant l'arrivée de l'Autrichienne à Rio. Le menton empâté par des mois d'inactivité sur le navire portugais où il lui fallait constamment manger pour tromper l'ennui et le mal de mer, Léopoldine est maintenant replète. Si le profil trompeur de proconsul romain de son mari l'avait séduite, il serait téméraire de prétendre que ce dernier éprouvait pour elle la même attirance. Mais, prouvant qu'il avait assimilé les leçons de son père, Pedro ne laisse pas Léopoldine dormir. Dès le lendemain de sa nuit de noces, il insiste pour que sa nouvelle épouse l'accompagne jusqu'à la demeure de Pedro José Cauper, son valet de chambre, pour une visite de courtoisie. Une fois sur place, il laisse la famille de Cauper s'entretenir avec Léopoldine pour aller présenter ses hommages à Noémie Thierry qui a été installée dans une pièce attenante. Il ne faut pas beaucoup d'astuce à Léopoldine pour comprendre le manège, et elle s'en plaint à son beau-père qui, furieux, ordonne que la Française enceinte de six mois soit envoyée à Recife, loin de la cour. Là, elle donne naissance à un fils qui meurt quelques mois plus tard, dans le respect de la malédiction des Bragance, et elle vit le cœur brisé, loin de son prince. Pour se rappeler à son souvenir, elle fait embaumer la dépouille du bébé, qu'elle envoie dans un petit cercueil à Rio. Pedro est dévasté d'apprendre la mort de son fils illégitime et garde longtemps le cercueil dans son bureau, comme un objet décoratif.

Léopoldine comprend mieux les avertissements que lui avait servis son père avant son départ de Vienne. Jean VI, malgré son apparence peu soignée, son embonpoint et sa redingote croûteuse, demeure son plus grand allié. Sa belle-mère est véritablement folle. Chaque jour apporte une preuve irréfutable de sa démence. Les rumeurs étaient donc fondées. Léopoldine trouve cependant un certain charme dans la compagnie de sa belle-sœur Maria Tereza. Au début, elle doit parler en français avec Pedro, langue qu'elle maîtrise beaucoup mieux que lui. Très vite cependant, elle apprend le portugais, qu'elle parle admirablement, mais avec un accent allemand aux consonnes un peu trop dures. Le marquis de Marialva lui avait promis un mari sensible, cultivé, amant des livres et des sciences naturelles. Pedro n'est rien de tout ça. En fait, le garçon et son frère Miguel, dès leur arrivée au Brésil, ont été laissés à eux-mêmes et n'ont reçu qu'une éducation minimale. Pedro est connu pour ses crises de colère et ses multiples conquêtes. Il peut, pendant qu'il discute avec un palefrenier, zyeuter une esclave qui nourrit une bête et, sans même s'excuser, prendre des libertés avec elle au vu et au su de tous, sans la moindre cérémonie. Pour les femmes blanches, donc « libres », le prince héritier a un peu plus d'égards et ne les culbute la plupart du temps que derrière une porte close, ou du moins à l'abri des regards. Il est aussi connu pour son franc-parler et son aisance en société. Tellement à l'aise qu'il lui arrive, les jours où il a trop chaud, de se dévêtir entièrement, sous les yeux des demoiselles de la cour, et de courir vers la plage pour plonger dans l'Atlantique.

Le premier mois à Rio est donc riche en découvertes de toutes sortes pour Léopoldine. Il ne faut pas croire qu'elle est malheureuse, loin de là ! Elle le dit d'ailleurs dans ses lettres. Le bonheur d'accomplir le destin de son sang prime les petits désagréments et les imperfections de son époux. Elle s'est d'ailleurs rendu compte très rapidement d'un phénomène important en ce qui concerne Pedro. Si elle parvient à dormir, c'est qu'une autre gémit entre les bras du prince. Il n'y a pas à en sortir. Mais on lui a caché un autre détail au sujet de son mari... À peine un mois après l'arrivée de Léopoldine, Pedro lui fait le cadeau d'une crise épileptique nocturne, après une journée où il s'est montré particulièrement irritable. Seule avec le malade, elle l'observe, impuissante, paniquée devant les convulsions. Elle est persuadée qu'il va mourir. Mais il survit. Ses attaques sont longues et effrayantes. Pendant un temps, il n'habite plus ses yeux. Par moments, ses borborygmes avoisinent la glossolalie, menant Léopoldine à penser qu'il est possédé du démon. Dans ses lettres à son père et à grande-sœur, Léopoldine se montre persuadée qu'une fois la cour rentrée à Lisbonne, loin du climat pesant de Rio de Janeiro, cette maladie le laissera en paix. Car elle y croit toujours, en 1818, à ce retour à Lisbonne qui la ramènerait sur son continent. De temps à autre, Pedro reçoit la visite de sa mère, Carlota Joaquina, qui l'engueule, lui fait la leçon et s'amuse parfois même à lui donner des baffes.

Léopoldine est tombée dans une famille de fous. Mais l'éducation, cet ensemble de figures apprises, prend le dessus. D'ailleurs, pendant sa première année, Léopoldine n'est jamais abandonnée par l'éducation habsbourgeoise. Et n'oubliez pas l'élément central de sa mission : faire des enfants à qui elle inculquera le même savoir, les mêmes usages. Il ne faut pas la plaindre, du moins, pas encore, car tous ceux qui sont autour d'elle souffrent davantage, au premier chef les esclaves qui sont à son service et qu'elle trouve laides comme la nuit. Il y a ensuite la comtesse de Künburg, qui souffre dans l'été austral comme une nymphe jetée aux braises des enfers, le médecin qui l'accompagne et tous les membres de l'expédition scientifique envoyée par l'empereur. Arrivés un mois après Léopoldine, sur le navire *Austria*, ils doivent ramener en Autriche des croquis et des spécimens de la flore et de la faune. N'allez pas vous l'imaginer toute seule, jetée aux griffes des jaguars et à l'étreinte gluante des serpents ! Non, l'archiduchesse a amené dans son sillage tout un entourage qu'elle réussira à garder autour d'elle pendant un an ; parmi ces personnes, Franziska Annony, la même qui, cela lui paraît être hier encore, lui enseignait à semer des haricots dans un jardin avec grande-sœur. La cour portugaise regarde ces étrangers d'un très mauvais œil. Ils sont pris pour des espions et traités avec très peu d'égards.

Un des compatriotes de Léopoldine, un peintre paysagiste, a été chargé par l'empereur autrichien de ramener des images du Brésil. Il s'appelle Thomas Ender et n'est plus que souffrance depuis son arrivée à Rio. Avouons que ces gens du Nord ont très mal choisi leur saison pour s'acclimater aux tropiques. Ender est un solitaire. Pendant les quelques mois que durera son séjour à Rio, il sera la proie de la fièvre jaune ou de la dengue, on ne sait trop, mais en tout cas les symptômes sont épouvantables et épuisants. Il repartira en juillet 1818, au bout de ses forces et avec dans ses bagages plus de sept cents images du Brésil. Cet homme timide n'a pas la stature artistique du Français Jean-Baptiste Debret, qui le méprise. Il pose sur le Brésil un regard autrichien et ramène chez lui ses impressions de *gringo* fiévreux et dérouté. Et savez-vous ce qu'un *gringo* regarde quand il met les pieds à Rio ou à Salvador ? Il regarde ce que nous ne regardons plus. Il s'attarde à des détails d'une insignifiance ahurissante. Ainsi, sur ces sept cents dessins qui sont toujours gardés dans un musée viennois, vous verrez défiler à peu près toutes les sortes d'esclaves qui peuplaient les rues de Rio à l'arrivée de Léopoldine. Esclaves transportant des charges, la plupart du temps des chaises à porteurs où sont assis des Portugais, car personne ne marche à Rio. Les esclaves sont là pour vous transporter. Esclaves poussant des chariots remplis de ballots. Esclaves tombant à genoux sous les coups de bâton. Thomas Ender est fasciné par ceux qu'on appelle les « tigres ». Leur tâche consiste à transporter sur leurs frêles épaules les barils remplis des excréments produits par les quelque cent mille êtres humains qui peuplent la ville dépourvue d'égouts. Les giclées de déjections qui leur éclaboussent la peau laissent des marques qui rappellent les rayures du tigre. Ender les dessine, eux et les esclaves assignés au travail de maison, c'est-à-dire ceux qui pour-raient, avec un peu de chance, ne pas mourir d'épuisement, la tête dans la canne à sucre. Il a souvent représenté la route qui grimpe vers le Corcovado. De là, on a une vue splendide sur la baie de Guanabara. C'est aussi le lieu que choisit souvent Léopoldine pour faire ses promenades à cheval, quand elle obtient la permission de sortir seule, car elle n'a pas le droit de se promener dans la ville, en aucun temps. Rio n'est pas sûre. Tout y est sale ou malade, les épidémies se succèdent, la gale y court aussi vite que les rumeurs. Ender peint le couple princier de loin, il ne le fréquente pas, bien qu'il ait été présenté à Léopoldine et qu'il fasse partie du contingent germanophone qui suscitera un temps chez elle l'impression de toujours être à la cour autrichienne. Il restera à Rio assez longtemps pour immortaliser à l'aquarelle une scène mémorable.

On est en janvier. Il fait une chaleur de chien crevé. Sur la route du Corcovado, Ender, trempé de sueur et secoué par les frissons de la fièvre, s'arrête pour croquer une famille d'esclaves assise à même le sol, devant une platée de fruits. Il y a trois hommes et une femme. À quelques mètres à peine de là, un jeune homme tente d'occire un immense serpent à l'aide d'un bâton et d'une pierre. Il est vêtu d'un simple pagne. Les autres personnages ne semblent pas lui prêter attention. Tout à fait à gauche, une femme sort du couvert de la forêt et s'avance sur la route. Elle porte en bandoulière une arme à feu et tient d'une main une ombrelle qui protège sa peau trop blanche du soleil implacable. C'est Léopoldine qui devance un groupe de promeneurs dont font partie Dom Pedro et son valet de chambre. Ils sont à cheval, mais Léopoldine a décidé de marcher en éclaireur, devant les autres. Ender met aussi dans son tableau un couple d'Africains, à droite, qui marche en direction de Léopoldine et passe devant le jeune homme qui tente de tuer le serpent. La femme porte un enfant sur son sein. Dans quelques secondes, tout basculera. Au moment où le couple noir passe, le jeune homme au bâton assène un coup au serpent. Celui-ci est atteint, mais pas mortellement. La douleur le rend fou. D'effroi, la mère laisse échapper son enfant qui tombe sur ses pieds et se met à courir vers le reptile qui se cabre, s'arc-boute et siffle. L'enfant est littéralement hypnotisé par le serpent. Les esclaves se lèvent, alertés par les cris de la mère. Le jeune homme au bâton tente un second coup, mais il le rate. Puis, à l'instant où le serpent s'apprête à frapper l'enfant de ses crochets pour lui injecter son venin, un coup de feu part dans l'air humide. La tête du serpent éclate en mille morceaux vermeils. Le temps s'arrête. À vingt mètres, la princesse Léopoldine tient son arme à feu sans trembler. C'est alors seulement que surgissent derrière elle le prince et son valet. Tous les témoins de la scène tombent à genoux, sauf l'enfant qui se met à pleurer, effrayé par la détonation. Léopoldine s'approche de lui. Il peut avoir cinq ans. Il ne porte qu'une chemise de lin grossier qui lui descend jusqu'aux genoux. Un silence s'étend sur la forêt. Avant que le coup parte, un urubu survolait la route, impatient d'assister au dénouement ; il devra se contenter du serpent une fois que tout le monde sera parti. Et puis, zut, il n'attend pas et plonge pour saisir la créature morte dans son bec, puis il disparaît derrière un rocher pour s'en repaître. Après son retour à Vienne, Ender racontera la scène qui sera mise sur le compte des fièvres tropicales.

Léopoldine ne s'était pas encore approchée des esclaves qui lui faisaient tous un peu peur. Sur l'image de cet enfant qu'elle vient de terroriser se superpose celle du fils de grande-sœur à Vienne. La mère veut reprendre son enfant, mais le prince s'interpose. Qu'elle reste à genoux jusqu'à ce que tout le monde soit passé. Léopoldine n'obéit déjà plus aux ordres de son mari qui, à ses yeux, a le même âge mental que le marmot qu'elle vient de sauver des crochets du serpent.

— Qui est votre propriétaire ?

Personne ne parle. Il doit s'agir d'un des fermiers qui vivent au pied du Corcovado ou d'un des commerçants de la ville, car la mère porte une jupe brodée. C'est une esclave de maison, c'est clair.

— Tu vas répondre à Son Altesse ?

Pedro s'impatiente. Le père de l'enfant répond qu'ils sont tous les deux d'une ferme voisine. Il le supplie de ne pas lui faire de mal. Il s'excuse de s'être trouvé sur le chemin du prince. Après avoir obtenu le nom du propriétaire, Léopoldine lui envoie le soir même un messager pour s'informer du prix de l'enfant. Le propriétaire, impressionné par la demande, offre à Léopoldine le garçon qu'elle fera élever par ses esclaves personnels, dans les cuisines de São Cristóvão. Au début, elle voulait l'envoyer en cadeau à son père, mais le prince a su l'en dissuader, convaincu que le garçon ne résisterait pas au voyage, mais surtout parce qu'il ne voyait pas pourquoi il se laisserait dépouiller ainsi d'un esclave en parfaite santé. Que l'empereur autrichien vienne chercher lui-même les esclaves qu'il n'a pas les moyens d'aller cueillir en Afrique. À sa livraison au palais dès le lendemain soir, l'enfant reçoit de Léopoldine elle-même le nom de Jésus. Elle apprendra quatre mois plus tard que les parents de l'enfant sont morts du typhus qui a décimé la plantation à laquelle ils appartenaient. Quand on lui demandera d'où il vient, des années plus tard, l'enfant ne parviendra qu'à dire qu'il est le Jésus du Corcovado.

Quand elle ne chasse pas avec son mari, Léopoldine est possédée par lui. Il ne la laisse pas en paix plus de quelques heures. Rien ne l'arrête. Elle doit continuellement le rappeler à l'ordre. Pour Pedro, Léopoldine possède, au-delà de son éducation, de sa grande culture et de son nom qui l'élève, ces fesses bien larges qui honorent les familles et construisent des nations qui dansent. Dire de lui qu'il donne force de loi au caprice du mâle serait juste, mais le prince ne nie pas le plaisir de la femme. Avec une mère pareille, comment le pourrait-il ? Deux mois après son arrivée à Rio de Janeiro, Léopoldine explique à grande-sœur que le *naturmensch* que Mozart lui avait promis dans *La Flûte enchantée* n'existe pas. En fait, il existe, oui, elle l'a même épousé, mais son chant n'a rien d'amusant. Papageno est un oiseleur insatiable qui ne laisse aucune chance à ses proies. Rien n'arrive à brider ses envies. À la cour des Bragance, on ne lui a jamais rien interdit. Comment cette étrangère y arriverait-elle ? Elle fait ce qu'elle peut pour limiter les dégâts. Lorsque l'écrivain et explorateur français Jacques Arago débarque pour distraire la cour, Pedro l'invite à jouer au billard. Le prince ne se doute pas qu'Arago est imbattable. Flairant la bagarre, Léopoldine s'approche du Français pour lui murmurer à l'oreille : « Laissez-le gagner une partie ou deux, mon mari est très colérique. » Mais le Français veut faire la leçon à ce prince mal élevé. Il réussit à gagner toutes les parties. Pedro, se sentant ridiculisé, s'emporte et fait une scène digne des gargotes des faubourgs de Paris. Il tente ensuite de tricher, sans succès. Il quitte la salle en colère pour se venger plus tard de manière violente. C'est cet homme qui bouscule ceux qui osent le vaincre au billard, qui culbute les esclaves en plein soleil, qui garde dans son bureau la dépouille empaillée de son fils illégitime, c'est ce type que Léopoldine se propose de changer.

En juillet 1818, Léopoldine commence à comprendre

que la rente qui lui a été promise à Vienne ne lui sera jamais versée. Son mari en aurait pourtant bien besoin pour ses débours, car les ressources sont rares à Rio et les titres de noblesse que les Bragance distribuent à gauche et à droite ne rapportent pas tant que ça. La cour est aussi trop fauchée pour continuer d'entretenir cette bande d'Autrichiens qui passe son temps à se plaindre de la chaleur et à se moquer du prince héritier. Par-dessus le marché, la comtesse de Künburg a commis l'irréparable erreur de s'être liée d'amitié avec cette folle furieuse de Carlota Joaquina qui, malgré son caractère rédhibitoire, est probablement la personne la plus cultivée du clan Bragance. Jean VI ne supporte pas de voir cette noble de rang inférieur comploter avec sa femme qu'il déteste ouvertement et qu'il traite de tous les noms devant tout un chacun. Il décrète le renvoi de la comtesse en Autriche. Künburg vit sa déportation comme une libération. « Pour rien au monde je ne voudrais rester dans ce pays ! Quelle différence avec notre patrie, et comme il est bête de se plaindre de l'Autriche ! »

Les repas sont particulièrement pénibles pour Léopoldine, non seulement parce que sa belle-famille mange avec les doigts, mais aussi parce qu'elle se trouve à ces occasions exposée à toutes leurs intrigues et à une cuisine portugaise tout en lourdeur. En juillet, sa vie change pour de bon. Ce qui restait d'Autriche autour d'elle est embarqué sur un navire. Il ne lui restera plus pour parler l'allemand, pour se sentir chez elle, que des lettres de grande-sœur et de son père qui arriveront tous les six mois. Quand un navire apparaît dans la baie, Léopoldine perd ses moyens. Elle exige qu'on aille vite chercher les lettres qu'elle attend. À la moindre missive d'Autriche, elle fond en larmes, la relit trente fois, palpe le papier avec délice et passe des heures à écrire à ceux qui lui manquent.

Vers l'Autriche elle expédie des centaines de caisses remplies d'animaux empaillés, mais elle chasse aussi pour nourrir la cour. La princesse a le viseur dans l'œil. « Je chasse tous les jours maintenant ; j'abats journellement de trente à quarante pièces. » Il est rare qu'elle rate sa cible, Léopoldine. Sur les talents de chasseresse de notre première impératrice, il existe des anecdotes éloquentes. Dans un traité de chasse rédigé au XIXᵉ siècle, on raconte qu'un jour Léopoldine se mit à se plaindre de la timidité et de la vélocité des cerfs qui lui échappaient. Son valet de chambre, Tedim, lui proposa alors un divertissement à la hauteur de son talent. Dans les environs de Jacarepaguá, il fit installer une tente assez grande pour qu'on y dresse une table destinée à recevoir Léopoldine et son entourage, à l'endroit précis de la forêt où surgirait un cerf adéquatement poursuivi par des chiens et des rabatteurs. Léopoldine venait de terminer son déjeuner quand un des chiens flaira la bête proche. Aussitôt, Tedim ordonna qu'on la prenne en chasse. La princesse, qui venait littéralement d'avaler sa dernière bouchée, eut à peine le temps de saisir son arme et de tirer que le cerf s'engouffrait dans la tente, renversant tout, vaisselle, verres et reliefs de table. L'animal réussit à ressortir de la tente, mais s'effondra quelques mètres plus loin, foudroyé par une balle qui l'avait atteint en plein cœur. C'est ainsi que Léopoldine occupait sa lune de miel à abattre des animaux d'un seul tir.

En août 1818, ça y est : elle sera mère. C'est annoncé pour l'automne, car Léopoldine parle maintenant des saisons à l'envers. Au Brésil, juin ouvre l'hiver, et l'été commence peu avant Noël. Les promenades à cheval lui sont interdites. La voilà condamnée à arpenter le palais de São Cristóvão en quête de fraîcheur. La demeure, que Léopoldine ne juge pas digne d'un fermier bavarois, est en rénovation. Il s'agit de paver la cour qui se transforme pendant la saison des pluies en une mer de boue. Des tas de fumier plus hauts que des hommes s'élèvent à gauche et à droite, projetant dans l'air du palais un remugle abominable et libérant des nuées de moustiques qui se repaissent de la chair fraîchement débarquée d'Europe. C'est dans ces miasmes nauséabonds que Léopoldine passera les premiers mois de sa grossesse, au printemps de 1818. Enceinte et galeuse pour la Saint-Sylvestre, elle a toutes les misères du monde à se concentrer sur ses partitions. Quand elle arrive à échapper aux réunions du Conseil ou aux bavardages de sa belle-sœur, Léopoldine envoie chercher le petit Jésus à la cuisine. Elle ordonne à une esclave d'asseoir l'enfant sur un sofa parisien, et elle lui joue *Ein Mädchen oder Weibchen* de Mozart. Puis elle attend. Elle est certaine que la gaieté de cette mélodie rejoint l'âme sauvage de cet enfant. Lui, il pense qu'il a faim. Il veut retourner dans la cuisine où son travail consiste à attraper des cafards, c'est plus amusant que les bruits assourdissants que produit la princesse Léopoldine en tapant sur son piano désaccordé. Léopoldine prend sur ses genoux l'enfant, sous le regard ébahi de l'esclave qui est allée le quérir aux cuisines. Il résiste. Il n'aime pas cette chose grasse qui a les cheveux d'une morte et les yeux continuellement remplis d'eau bleue. De retour à la cuisine, Jésus fredonne la mélodie pendant quelques secondes et retourne à la chasse aux cafards, ce qui lui permet de chaparder un bout de pomme de terre, des miettes tombées, un carré de lard oublié. Jésus n'a pour sa part aucun reproche à adresser à la cuisine portugaise qui le nourrit plus qu'un air pour baryton composé dans un pays qu'il ne verra jamais, pour des gens qui ne se doutent même pas de son existence, mais qui pensent à lui, de temps à autre, au moment de jeter un cube de sucre dans leur café. Ils se disent : « Quelque part dans les colonies, il y a un petit garçon noir qui a taillé la canne à sucre pour mon plaisir. Que ces âmes sauvages sont capables de bonté ! » Jésus se prend d'un marmiton métis un coup de pied au cul parce qu'il a oublié de tuer un cafard sous le four. Il n'oubliera plus.

Léopoldine est persuadée que Jésus deviendra un petit Papageno noir, comme elle est certaine de pouvoir changer son mari. Elle l'a d'ailleurs écrit à grande-sœur. Cette ascendance de l'archiduchesse autrichienne calme, cultivée et réservée sur ce jeune homme mal élevé, impétueux et ignorant est espérée, souhaitée, voire attendue de tous à Rio. « Il me dit tout ce qu'il pense avec franchise et même avec une certaine rudesse ; accoutumé à ce que tout soit fait selon ses désirs, à ce que tous s'adaptent à lui, jusqu'à me faire endurer des grossièretés, bien qu'il voie combien cela me blesse et qu'il pleure ensuite avec moi. Malgré toute son impétuosité et sa manière de penser, je suis convaincue qu'il m'aime sincèrement. »

Mais c'est plutôt elle qui change. Grande-sœur en a la primeur à la lecture d'une lettre datée du 1er mars 1818 et écrite à la *fazenda* de Santa Cruz, propriété de Jean VI où Léopoldine aime aller se reposer des intrigues de la cour. Elle tance vertement grande-sœur parce que le dernier navire ne lui a pas livré de lettres d'elle. Ces lettres sont devenues une obsession, son unique consolation. « Crois-moi, j'ai eu tant d'expériences au cours des derniers mois à vivre avec d'autres gens, dans un autre pays, que je suis devenue méfiante et prudente ; ayant surmonté quelques ingratitudes, quelques dégoûts… »

Les jours de fête, toute la cour va au théâtre du Largo do Rossio. Le vrai spectacle n'est pas sur scène, il est dans les loges et au parterre où les dames de la bonne société carioca étalent leurs richesses. La plupart d'entre elles ne savent ni lire ni écrire, mais sont couvertes de diamants, d'argent et d'or, de sorte que les danseurs et musiciens sont eux-mêmes hypnotisés par la lueur de l'argent qui leur parvient de la salle. Les spectacles sont très ennuyeux pour Léopoldine, habituée aux scènes viennoises. Un soir, elle rentre au palais, tétanisée. Là, au théâtre, entre deux représentations, quelqu'un est monté sur scène en brandissant la tête fraîchement coupée et sanguinolente d'un condamné à mort.

Désormais seule avec le Brésil, Léopoldine attend la délivrance de sa première grossesse. Cela viendra en avril 1819. En quelques heures de travail seulement, elle donne naissance à Maria da Glória. On est un peu déçu, car cette fille ne peut prétendre au trône pour l'instant, mais la rapidité avec laquelle le travail de la naissance s'est fait a rassuré la belle-famille de Léopoldine sur ses qualités de parturiente. Le médecin accoucheur l'a charcutée, elle s'en plaindra pendant des mois. C'est d'ailleurs à ce moment qu'elle commence à devenir intéressante aux yeux de sa belle-famille et de la cour. Ceux – et ils étaient nombreux – qui la trouvaient chiante avec ses grands airs, ses partitions de Mozart et sa manie d'apprendre si vite tant de choses qui ne servent à rien doivent se résoudre à l'évidence : il ne sera pas possible de la retourner à l'expéditeur pour cause de stérilité. Il faudra endurer ses visites intrusives dans les quartiers des esclaves. Accepter de mieux les traiter, du moins en sa présence. La naissance de Maria da Glória vient changer l'équilibre des forces au palais royal. Avant cette naissance, il y avait tout en haut Jean VI, puis son fils Pedro ; venaient ensuite en bas Carlota Joaquina, qui intriguait toujours pour devenir reine de Cisplatine, une province que nous connaissons aujourd'hui sous le nom d'Uruguay, puis son fils Miguel. Sans enfants, Léopoldine n'était qu'une quantité négligeable, une force en puissance qui devait encore prouver que son utérus pouvait servir de boussole pour ceux qui cherchaient un avenir à donner à ce pays. Il y avait bien sûr, pêle-mêle, conseillers, flagorneurs, courtisans, militaires et intrigantes qui, chacun à leur façon, tiraient de leur côté la couverture du pouvoir brésilien, mais jusqu'à la naissance de Maria da Glória la structure du pouvoir se présentait à peu près ainsi. De l'argent, personne n'en avait. Même Léopoldine, achetée à prix fort à l'un des hommes les plus puissants de la terre, était réduite à supplier son père de lui envoyer de l'argent. Elle découvrait le pouvoir des dettes qui rendaient son assassinat, sa déportation ou son bannissement de la cour absolument improbables. Les dettes, surtout si leur paiement est étalé loin dans l'avenir, vous rendent intouchable. Peut-être encore plus que la fortune. Mais cette petite fille, si délicate, qui ressemble déjà à son père, Pedro, vient de tout bousculer à Rio. Si elle avait été garçon, tout le monde aurait eu intérêt à se concentrer sur lui, au mépris de sa mère vouée au désamour et à l'indifférence. Mais elle est fille, et fille n'est que promesse de garçon. Pendant qu'une esclave frotte la peau de la princesse avec une pommade soufrée pour venir à bout des sarcoptes, sa matrice se régénère, le système habsbourgeois reprend des forces, comme la reine abeille en hiver.

Jean VI se félicite. Il a vu juste en choisissant cette archiduchesse aux larges hanches faites pour les colonies. Tant qu'il reste dans le décor, c'est-à-dire, roi de Portugal, du Brésil et des Algarves, Léopoldine peut dormir tranquille, quand son mari et ses démangeaisons le lui permettent, évidemment. Elle fait ensuite deux fausses couches qui ne font pas perdre courage à Jean VI ni à Pedro. Un détail important échappe cependant à Léopoldine dans toute sa sagesse. Elle ne se rend pas compte qu'en s'attirant l'affection de son beau-père elle compromet le lien affectif avec son mari. Car, soudainement, Pedro doit partager l'amour de son père avec cette étrangère qui pond des héritiers. Jamais il ne manque aux soins de sa fille ni de ses autres enfants qu'il aime tendrement. Mais force est de constater que, sans eux, Léopoldine aurait pu être écartée de la cour, suivre le destin des princesses au ventre vide et rentrer semer des haricots à Vienne, livrée à la bonne ou mauvaise volonté de Metternich.

Mais les cloches sonnent encore à Rio, des coups de canon sont tirés, dans les rues on fête la naissance de la nouvelle princesse ! Devant le palais, une foule en liesse crie son bonheur et son amour pour Léopoldine ! Notre prince a bien su la prendre et maintenant nous avons une princesse ! Oui, c'est ça, Léopoldine ! Du nerf ! Ouvre encore tes jambes pour le prince héritier ! Couvre le Brésil de tes enfants bénis !

Pendant tout ce temps, elle envoie des quantités démentes de plantes séchées et d'animaux empaillés à son père. L'empereur autrichien en reçoit tant que ces objets s'entassent dans des entrepôts à Vienne. Il finira par faire ouvrir le

Brasilianum, un musée où tous les Viennois pourront aller admirer les toucans, les perroquets et les noix de coco que leur archiduchesse a trouvés dans les colonies. La princesse Léopoldine se meurt de nostalgie pour son pays. Mais l'Antéchrist continue d'avoir sur son existence une influence très importante. Au Portugal, le départ de la cour royale a laissé le peuple sans direction. Et même si l'Antéchrist n'a pas pris pied dans ces terres arides, les idées françaises, moins regardantes, s'y sont enracinées. Par exemple, ce délire morbide aux yeux des rois : « La liberté consiste à pouvoir faire tout ce qui ne nuit pas à autrui. » Il fallait à tout prix voir à ce que de pareilles folies ne prennent jamais racine en terre brésilienne. Il paraît d'ailleurs que cet extravagant de Pedro, sous l'influence de francs-maçons et d'une jeunesse insensée, commencerait à s'intéresser aux idées libérales. Mais Léopoldine veille. Elle saura lui faire passer ses dangereuses lubies.

Dans la Quinta da Boa Vista, Léopoldine est enfermée tous les soirs par son mari. Impossible de sortir de sa chambre. Plus facile ainsi pour Pedro de papillonner dans Rio. Mais tout cela ne change pas le mouvement de fond qui s'effectue dans la personne de notre Léopoldine. Car c'est une personne. Une personne qui a voulu quelque chose qui soit à elle et seulement à elle. Lorsque son papa lui a permis de choisir entre un prince prussien, une vie de scientifique au service de la cour et le mariage avec Dom Pedro, elle a pris une décision. Dès lors, la petite fille têtue, qu'on devait punir parce qu'elle préférait rêvasser plutôt que d'apprendre le français, a eu un rêve : le Brésil. Notre Léopoldine, elle était brésilienne avant de fouler le sol de Rio de Janeiro. Rien, ni les moustiques, ni la gale, ni les infidélités de son mari, rien ne peut lui enlever ce rêve de l'esprit. Et cette obsession tropicale est venue se greffer sur son éducation politique habsbourgeoise qui la rend capable d'intriguer, de fomenter et de décider au moment opportun. Bref, Jean VI n'aurait jamais pu imaginer qu'un esprit si dangereux débarquerait un jour dans les jardins de la Quinta da Boa Vista. Contrairement à ses sœurs, qui ont été de véritables pions sur l'échiquier des alliances habsbourgeoises, Léopoldine a eu le temps de rêver et elle va bientôt foutre un bordel immense au Brésil. Voilà pourquoi il est important pour les gens qui ont des filles de les empêcher de trop rêvasser. Léopoldine en paiera le prix, mais elle sera fidèle à l'image qu'elle a un jour rêvée pour sa personne : être reine, et pas n'importe laquelle. Elle veut être reine du Brésil. Les Portugais ont choisi pour elle un autre destin, mais ils ne savent pas, ces insurgés de Porto, à quelle bête ils se frottent.

Au Portugal, la révolution des *Cortes* a raison du roi Jean VI. Mais qui sont donc ces ennuyeux ? Dans l'histoire du Portugal, les *Cortes* sont des assemblées de citoyens importants qu'on consulte depuis des siècles pour les affaires qui outrepassent le pouvoir royal ou pour prendre des décisions difficiles. En 1820, personne ne leur a demandé leur avis depuis cent vingt ans. L'absence du roi leur facilite la tâche à Lisbonne, de sorte qu'ils réussissent à faire accepter une constitution qui limite les pouvoirs du roi. Le simple mot de « constitution » donne la nausée à Léopoldine. Lorsque les troupes portugaises arrivent à Rio pour obliger le roi à rentrer chez lui, elle est catastrophée. Mais d'une certaine manière, elle gagnera ainsi une certaine marge de manœuvre. Les *Cortes* ont tout pour lui déplaire. Leur projet de morceler le Brésil en une multitude de provinces répondant directement au Parlement de Lisbonne la laisse pantoise. Pourquoi ne pas tout simplement déclarer l'indépendance de dix-huit républiques ? Pourquoi ne pas tout simplement donner les armes aux esclaves pour qu'ils massacrent tout le monde comme ils l'ont fait à Haïti ? Depuis le massacre des troupes napoléoniennes à Vertières, toutes les colonies sucrières sont en état de panique. L'ombre de Toussaint Louverture plane sur Saint-Domingue, sur la Martinique et sur Rio.

Sur le quai de l'arsenal de la marine, la foule fait ses adieux à Jean VI et à Carlota Joaquina qui doivent rentrer à Lisbonne sur ordre des *Cortes*. Le roi a le cœur brisé de devoir laisser ses fils derrière lui. Il a d'abord eu l'idée d'envoyer son fils au Portugal, idée qui a terrassé d'effroi Léopoldine qui ne veut pas rester seule à Rio, mais il décide finalement de partir le 25 avril 1821 et de se taper une seconde traversée de l'Atlantique, cette fois sur le même bateau que sa femme qu'il ne supporte pas, qu'il rêve de voir tomber dans les flots, qu'il imagine sanglante dans la gueule des requins. Léopoldine et Pedro accompagnent le couple royal jusqu'au navire qui les ramènera jusqu'à Lisbonne, la ville qu'ils ont abandonnée au beau milieu d'une nuit de novembre, en 1807. Sur la rive, de mauvais plaisantins rotent d'excellentes anecdotes sur le jour où, ayant négligé de s'agenouiller sur le passage du palanquin de Carlota Joaquina, ils ont vu la reine folle glisser de ses coussins de soie pour les corriger à coups de bâton. D'autres tentent d'énumérer le nombre d'amants qu'on lui connaît, mais se plaignent de ne pas avoir appris à compter jusque-là. Bref, Rio respire. Déjà, dans les couloirs du palais, et peu importe où elle se trouvait, la reine hurlait de plaisir à la nouvelle de son retour en Europe. Partout où elle soupçonnait la présence d'une oreille, Carlota Joaquina clamait qu'elle risquait de devenir aveugle à son retour, ayant passé les treize dernières années dans l'obscurité avec les Noirs et les Métis. Aux curieux qui se massent sur le quai pour la voir partir – ou pour acquérir la rassérénante certitude de son départ –, la reine crie : « Je vais enfin vivre dans un pays peuplé d'humains ! » Carlota se moque du pays qui l'a accueillie alors qu'elle fuyait l'Antéchrist. Elle ne sait pas encore qu'elle trouvera à Lisbonne toutes les raisons d'aimer le Brésil. Jean VI, lui, verse des larmes. Il n'a aucune envie d'abandonner ce pays aimé, cette terre où il a été roi. La reine se gausse de ses larmes dans un rire sardonique.

— Regardez-moi ce lâche qui verse des larmes sur cette terre maudite, sur ce marécage infesté de moustiques où la chaleur ne s'arrête jamais. Écoutez-le brailler sous ce soleil implacable qui nous brûle les yeux ! Et vous pensez que je vais pleurer ? Ah ! De joie, peut-être, à l'idée de retrouver la civilisation !

Léopoldine la regarde une dernière fois pour garder d'elle un souvenir concret, car la reine est tellement laide que Léopoldine n'a pas trouvé la force jusqu'à ce jour de la contempler pendant plus d'une seconde. Son estomac le lui interdisait. C'est son instinct maternel et la droiture de ses principes pédagogiques qui la poussent à imprimer dans sa mémoire une image fidèle de Carlota Joaquina, qu'elle devra dans quelques années décrire à ses enfants. « Votre grand-mère était… enfin… comment dire… » Léopoldine redoute déjà cet instant sans savoir que Dieu le lui épargnera. Nul ne sait par quel miracle Jean VI n'a pas jeté sa femme par-dessus bord pendant la traversée. On raconte qu'il la faisait enfermer dans une cabine. À l'approche de Lisbonne, la reine recommence son numéro. Est-ce pour déplaire souverainement à son mari, qui adorait le Brésil, qu'une fois le navire engagé dans l'embouchure du Tage Carlota Joaquina y jette toutes les chaussures qu'elle a rapportées du Brésil en criant à qui veut l'entendre qu'elle refuse de salir la terre du Portugal avec de la poussière brésilienne ? Est-ce pour le convaincre de la faire enfermer pour de bon que, une fois débarquée, elle se jette par terre pour embrasser le sol portugais ? Ce dont nous sommes certains, c'est que, lorsqu'elle se rendra compte que le Portugal est maintenant régi par des révolutionnaires ayant adopté les idées françaises que l'Antéchrist a laissées derrière lui en 1808, Carlota Joaquina deviendra folle de rage et regrettera amèrement le Brésil, sa chaleur suffocante, son cannabis délicieux, ses oiseaux et son soleil qui vous brûle la rétine. Elle mourra seule, oubliée et démente, dans un château lugubre, froid et humide, sujette à des fièvres délirantes qui la transportent au pays des toucans, là où personne n'a jamais eu froid.

Léopoldine tente de cacher sa joie de femme. Il est fort probable que Pedro, que Jean VI a nommé prince régent du Brésil avant de partir, soit rappelé lui aussi à Lisbonne. C'est alors que commencent pour elle les vrais tourments de la politique, car rentrer à Lisbonne signifierait la fin de son calvaire tropical, la fin des moustiques et de la puanteur, la fin des serpents et des grandes chaleurs. Et, de là, elle pourrait facilement rendre visite à grande-sœur. Dans ses rêves endormis, Léopoldine voit de la neige tomber sur Rio. Elle sent qu'elle va rentrer chez elle. Ces gens du Nord sont ainsi, ils rêvent la nuit de neige et de frimas, toutes ces choses contre lesquelles ils se battent dans leurs pays glaciaux. À Rio, Léopoldine se languit de l'Europe. Ces *Cortes* qui rappellent Pedro à Lisbonne lui offrent une chance inespérée de mettre un point final à son calvaire tropical. Mais souvenez-vous qu'elle est deux fois arrière-petite-fille de Marie-Thérèse d'Autriche, ses gènes produisent un petit déclic lorsque les *Cortes*, par décret parlementaire, déclarent que le royaume du Brésil n'existe plus, que le pays retourne à son état de colonie. Par une loi inique et révoltante, ces libéraux qu'elle associe à la peste noire ont dissous le royaume. Pedro obtient le titre de grand capitaine de la province de Rio de Janeiro. Ni plus ni moins. Toutes les cellules du corps de Léopoldine la confortent dans l'espoir que, bientôt, elle sera aussi à Lisbonne, car les *Cortes* n'en restent pas là, mais quelque chose lui dit qu'il vaut peut-être mieux rester. Pulsion de vie qui lui apportera la mort. Rester ou partir ? Les *Cortes* veulent le retour de Pedro à Lisbonne et désirent même envoyer le jeune homme, qu'ils considèrent comme un inculte et un incompétent, s'instruire dans les grandes capitales européennes. On est même prêt à payer un voyage d'études à Londres et à Paris au prince demeuré. Mais Léopoldine réfléchit. Un retour à Lisbonne est-il dans l'intérêt du Brésil ?

La Quinta da Boa Vista est devenue un endroit paisible après le départ du roi. Ce calme ne durera pas. D'ici peu de temps, Rio de Janeiro sera secouée par une révolution qui fera d'une princesse une impératrice. Qu'elle ne prétende pas n'en rien savoir, qu'elle cesse de prendre ces airs d'ingénue quand elle coiffe cette couronne ornée de plumes, qu'elle arrête de parler dans les lettres à son père du cours inexorable des choses ! Il y a un os dans la viande que les *Cortes* engloutissent à grands coups de dents, cet os s'appelle Léopoldine. Seule dans ses appartements, elle mande son messager. Pour l'instant, elle lui parle toujours en présence d'une dame de la cour, n'importe laquelle, pour éviter les malentendus. Léopoldine ordonne au messager d'aller chercher le cuisinier et le petit Jésus qu'elle n'a pas vu depuis quelques jours. Chaque fois qu'il arrive devant la princesse, l'enfant fait mine de ne pas la reconnaître. Il est aussi possible qu'il ne la reconnaisse pas du tout. Impossible de le savoir étant donné qu'il ne dit jamais un mot. Il se contente de se balancer sur le pouf brodé de soie sur lequel Léopoldine le fait asseoir. Elle l'a décidé, l'enfant deviendra cuisinier. Elle tente d'obtenir du cuisinier qu'il prenne le garçon comme apprenti. Le Français hésite.

— Cet enfant n'est pas comme les autres, Madame. Il ne grandit pas.

Comment cela, il ne grandit pas ? La princesse ne comprend pas. Le cuisinier s'exprime-t-il en paraboles ? Si Jésus n'apprend pas au même rythme que les autres, c'est qu'il faut faire les choses plus lentement, tout simplement, ne pas le brusquer. Léopoldine repense à Kotzebuch, le professeur de piano qui la secouait, la brusquait et piquait ses longs doigts osseux dans la chair de ses bras.

— Je vous assure, Votre Majesté, que le petit Jésus n'a pas grandi d'un centimètre depuis qu'il est arrivé dans nos cuisines. Et pourtant, il mange.

Léopoldine considère l'enfant qui rit en tournant sur lui-même. A-t-elle jeté son dévolu sur un nain ? La princesse est immédiatement remplie de pitié pour Jésus. À quoi pourrait-il bien servir, sinon comme esclave de maison ? Le cuisinier semble s'inquiéter que le gamin, s'il est un nain, puisse devenir une sorte d'animal de compagnie, une bête de foire qui, tombée entre de mauvaises mains, risquait de mener une vie difficile. Loin de croire, comme Léopoldine, que son handicap lui enlève de la valeur, il est convaincu que Jésus sera tôt ou tard acheté par un collectionneur. Pour le bien de l'enfant, il demande à Léopoldine de le faire propriétaire du garçon, de le lui vendre à bon prix. Il lui promet qu'il veillera à ce que le petit ne souffre pas et qu'il vive une existence normale.

— N'ayez crainte. Je ferai le nécessaire auprès du prince. Mais dites-moi, le petit ne parle pas du tout ?

— Si, il parle, il répète certains mots qu'il entend, mais il ne forme pas encore de phrases très longues. Il sait dire « manger », « dormir » et « haricots ». Il apprend chaque jour un peu plus, mais il n'est pas porté vers la parole. Quand il me voit entrer, il dit mon nom. Il connaît aussi le vôtre et celui de certaines bêtes, « moustique », « cafard », « cheval » et « chien ».

Léopoldine paraît quelque peu rassurée. Elle est tentée de demander aux médecins de la cour d'examiner le gamin, mais elle se ravise au souvenir de son premier accouchement. Personne ne mérite pareille torture. Le corps de Jésus ne présente aucune des caractéristiques des nains achondroplases que Léopoldine avait connus en Autriche. Ses membres et son tronc sont parfaitement proportionnés, de sorte qu'elle attribue ce retard de croissance à une alimentation déficiente, commune chez les esclaves du Brésil. Elle a sauvé le petit quelques mois seulement après son arrivée à Rio de Janeiro. Est-il normal qu'en trois ans un enfant nourri de restes que les cuistots lui jettent n'ait pas grandi ? Est-ce une particularité de sa race ? Elle en doute. Si l'enfant était simplet par-dessus le marché, il serait complètement inutile. Le cuisinier précise que l'enfant comprend aussi les ordres et les interdits, et qu'il chante aussi, avec une exactitude impressionnante, les mélodies que la princesse lui joue au piano. N'étant que cuisinier, il ne peut pas diagnostiquer chez Jésus un retard d'apprentissage. La princesse, curieuse, demande à l'enfant de s'approcher. Elle désigne le buste de Franz I<sup>er</sup> qui trône sur un meuble. Elle dit : « Empereur. » L'enfant répète : « Empereur. » Elle est rassurée.

Le prince ne fait pas de cas du transfert de propriété de l'enfant vers le cuisinier. À ses yeux, un nain est inutile. Le garder comme curiosité au palais ne l'intéresse pas. En vérité, il se réjouit de ne plus avoir cette bouche à nourrir qui jamais ne servira à rien. Léopoldine, quant à elle, n'a plus beaucoup de temps à consacrer à l'enfant-jouet qu'elle a sauvé de la morsure du serpent.

— Donnez-lui à manger. Tout ce qu'il peut avaler. Ne le privez de rien.

En mars 1821, Léopoldine donne naissance à un petit garçon. Dire qu'il est en santé serait présomptueux, étant donné les secousses épileptiques qui l'agitent dès la naissance. João Carlos est l'héritier attendu. Pedro est fou de joie. Léopoldine, à partir de ce moment, devient indispensable. Sa matrice a livré la promesse faite par Franz I<sup>er</sup>. Le nouveau-né se trouve à être le cousin de l'Aiglon, fils de l'Antéchrist. Jamais, jamais Pedro, grand admirateur des talents militaires français, n'aurait cru un jour être lié de si près à l'homme qui l'a chassé de son pays quand il était petit.

Autour du palais de São Cristóvão, les monticules de fumier continuent de se multiplier. Dans la ville, les tigres porteurs d'excréments ne suffisent plus à la tâche tant il y a de nouveaux arrivants dans la capitale. L'odeur fétide – une entité politique en soi – laisse présager des jours inquiétants. Seule dans ses appartements, Léopoldine réfléchit. Fin mai 1821 arrive à Rio de Janeiro un officier portugais du nom de Jorge de Avilez, ancien gouverneur de Montevideo. Son épouse, femme de la haute aristocratie, devient en très peu de temps la nouvelle flamme extraconjugale de Pedro, ce qu'Avilez sait et encourage, car il pense pouvoir attirer ainsi le prince vers le Portugal. La mission d'Avilez, récemment nommé gouverneur militaire de la province de Rio de Janeiro, est assez simple :

maintenir l'autorité de Lisbonne au Brésil et rembarquer Pedro pour le Portugal pour éviter qu'il ne se proclame roi, empereur ou autre figure menaçante pour les *Cortes*. Les patriotes brésiliens trouvent en la personne de Léopoldine un soutien inattendu. La princesse doit en effet faire semblant d'aimer les déjeuners quotidiens avec Avilez et sa femme. Elle doit aussi, même si elle est au courant de l'idylle entre son mari et la Portugaise, feindre d'être sa meilleure amie et se laisser voir main dans la main avec l'usurpatrice. Pendant des mois, Avilez hypnotise Pedro dans le but de le faire rentrer à Lisbonne.

C'est ici que Léopoldine est placée devant un choix cornélien. Rentrer à Lisbonne signifierait revoir grande-sœur et l'Autriche. Rentrer à Lisbonne voudrait aussi dire la fin des moustiques, des tas de fumier et des fièvres qui rendent fou. Or, cet Avilez est possédé par les idées françaises qui déplaisent impérialement à Léopoldine. Elle le sait, elle le sent, si elle laisse Pedro partir seul, il ne reviendra jamais. Elle devra aller le rejoindre. Et le Brésil sera perdu à jamais, broyé par l'insignifiance libérale. Tous les jours les deux couples déjeunent ensemble. Léopoldine avale de travers les viandes graisseuses qu'on lui sert. L'emprise que les Portugais exercent sur Pedro horrifie Léopoldine et les Brésiliens patriotes qui se voient tomber une seconde fois dans la servitude de Lisbonne. Les quelque dix ans de présence royale de Jean VI à Rio sont montés à la tête des Brésiliens qui comprennent dorénavant que leur pays est au centre des convoitises. Ici se produit une déflagration, un tremblement de terre dans l'âme de Léopoldine. Sans dire un mot, de la manière la plus habsbourgeoise qui soit, elle décide qu'elle ne rentrera pas en Europe. Elle se sacrifiera pour le pays. Pour le Brésil. Elle l'écrit d'ailleurs à grande-sœur en lui présentant ses excuses. Le reste appartient à la ruse. Léopoldine prend contact avec des patriotes dans le dessein que ces derniers influencent son mari. Elle l'a compris depuis longtemps, Pedro est une girouette, une pâte malléable par toutes les mains, une terre fertile pour toutes les idées. Laissez-le fréquenter les *Cortes* pendant dix jours et il sera libéral. Donnez-lui un absolutiste comme précepteur pendant une semaine et il se couronnera empereur. Enfermez-le avec des tamanoirs pendant un mois et il mangera des fourmis. Cette capacité d'adaptation, cette facilité d'apprentissage fait de lui un musicien extraordinaire ; elle lui a aussi permis d'aimer le Brésil dès qu'il a posé le pied sur son sol en 1808. Pedro a la personnalité du caméléon et la libido du lapin. C'est ce qu'elle a compris avant tout le monde. Elle sait que son mari possède la faculté de concentration d'une mouche à fruit. Il suffit que le cœur y soit, car, de tête, il n'a pas. Elle demande qu'on l'amène dans la cellule de l'évêque Sampaio pour qu'il fasse la connaissance de ce patriote connu et influent. Rapidement, l'évêque commence à exercer de l'ascendant sur Pedro. S'ajoutent à ces efforts ceux de José Bonifácio de Andrada e Silva, un conseiller de Pedro, proche de Léopoldine, qui lui aussi est convaincu que le départ de Pedro pour le Portugal annoncerait le début de la fin. Ce monsieur à la chevelure ouverte en deux par le milieu assistera Léopoldine dans son grand projet de protéger le Brésil des ténèbres françaises. À la fin de l'année, malgré ces efforts, Pedro est toujours déterminé à partir. La très enceinte Léopoldine lui fait comprendre qu'elle ne peut pas voyager dans cet « état intéressant ». C'est peut-être un autre fils, Pedro chéri, le voyage pourrait lui être fatal. Léopoldine a compris depuis longtemps que son ventre est sa bouée de sauvetage.

Sampaio et Andrada finissent par venir à bout de la volonté du prince mais, au début de janvier 1822, les troupes portugaises sont sur le point de le forcer à embarquer. Au palais arrivent des lettres portant des milliers de signatures ; les Brésiliens implorent le prince de rester à Rio et de ne pas les abandonner au pouvoir des *Cortes*. Le Brésil ne doit pas devenir une province du Portugal ! Léopoldine sent que son plan pourrait flancher au moindre prétexte. « Le prince est décidé, mais pas autant que je le voudrais. »

Finalement, le prince cède et refuse de s'embarquer. Tout le monde connaît la suite.

« Dites au peuple que je reste. »

Jorge de Avilez est fou de rage. Il *sait* que cette Autrichienne a tout intrigué. Il menace de faire embarquer de force le couple princier. À Rio, le diable est aux vaches. Dans les rues, le parfum entêtant de l'indépendance commence à percer à travers le remugle habituel. Le 11 janvier, le prince et la princesse se fraient un chemin parmi les immondices pour assister à un opéra. Le public les acclame. Dans la nuit, le chaos s'empare de la ville, de sorte que Léopoldine, convaincue qu'Avilez est sur le point de l'enlever pour la faire rentrer de force en Europe, part toute seule avec sa marmaille, Maria da Glória et João Carlos âgé de dix mois, pour se réfugier à la ferme de Santa Cruz, loin du tumulte. Elle n'y arrivera que vingt-quatre heures plus tard, après avoir voyagé sous un soleil impitoyable. Le périple sera fatal à ce nourrisson de santé fragile. Il mourra quelques semaines plus tard, au bout d'une crise épileptique de trente-six heures, sous les yeux de sa mère hypnotisée par la souffrance de cet être qu'elle s'accuse d'avoir tué en fuyant. Si le « Je reste » de Léopoldine fait moins de bruit que celui de son époux, il n'en est pas moins déterminé. En fait, la suite dépend d'elle. Elle le comprend. Plus jamais dans ses lettres elle ne se plaindra d'avoir abandonné sa belle Europe pour cet enfer tropical.

Cet enfer est maintenant son enfant. Quand Léopoldine regardera l'horizon, cherchant des yeux les galions dorés porteurs des nouvelles de grande-sœur, elle saura que ces bateaux ne ramèneront d'elle que de longues lettres, comme celle adressée à son père où elle justifie l'adoption d'une constitution au Brésil. « Tout, sauf la République, pleure-t-elle. Mais je vous aime, Papa chéri, sachez que votre fille sait mener cette barque dans les eaux les plus troubles. » À sa sœur, elle se confesse de ses nouveaux sentiments libéraux. Le fruit du Brésil n'est pas encore mûr, mais Léopoldine, elle, en cet automne 1822, est prête à accoucher à tout moment. Il n'est pas exagéré de dire que pendant ses années au Brésil Léopoldine aura passé plus de temps enceinte que le ventre vide. Lisbonne a coupé les vivres de Pedro. Plus personne ne reçoit d'argent. Le palais est pour ainsi dire réduit à l'indigence.

Dans la province de Pernambouc, la révolution gagne du terrain. Des massacres d'Européens sont perpétrés au nom des idées antéchristiques, les nouvelles de ces bains de sang atteignent São Cristóvão au moment où les premières contractions saisissent le ventre de la princesse. Il est tard, Léopoldine marche de long en large dans le palais en attendant le médecin qui ne vient pas. À cinq heures et demie du matin, par une température de 36 degrés centigrades, après des heures de travail épuisant, de guerre lasse, à bout de forces et de sueur, elle saisit Pedro, s'agrippe à son cou avec toute la force dont elle est capable, plie légèrement les genoux et, dans cette posture de sauvagesse, expulse de son corps un enfant. Miraculeusement, le médecin, Picanço, arrive au moment où la petite fille va tomber sur le plancher et l'attrape au vol. Elle s'appellera Januária, en l'honneur de la ville où elle a vu le jour. Encore une fois, on fait tonner les canons pour la naissance d'une nouvelle petite épileptique. Celle-là vivra longtemps. Elle s'éteindra à Nice en 1901. Il existe des photographies d'elle. Elle n'aura gardé de sa mère que la forme du visage et la lippe habsbourgeoise proéminente. L'arrivée de Januária dans le paysage carioca ne calme en rien les menaces de soulèvement ni les semonces de Lisbonne qui n'a pas digéré l'entêtement de Pedro à rester au Brésil. Tous savent que l'Autrichienne a ourdi tout cela, mais attenter à la vie de la mère des héritiers de la couronne est impossible. Contrairement à sa grand-tante Marie-Antoinette en France, Léopoldine a su se faire aimer des Brésiliens, particulièrement des esclaves et des petites gens qui défilent devant le palais pour quémander son assistance. Le postpartum de Léopoldine se lit clairement dans cette lettre adressée à grande-sœur, le 23 juin 1822, deuxième jour d'un long hiver austral qui mènera le Brésil à l'indépendance. « Même si rien n'est venu de toi depuis une demi-année, ce qui me cause une douleur infinie (étant ta meilleure et fidèle amie), je ne peux laisser passer cette occasion de me rappeler à ta mémoire. Nous allons tous bien, je deviens chaque jour un peu plus misanthrope parce que je connais malheureusement des personnes de plus en plus corrompues, porteuses d'idées adverses. Dieu seul sait ce qui adviendra ; l'avenir est noir, noir ; quant à moi, ma chérie, sois tranquille, dans le pire des cas, je rentrerais dans ma patrie, ce qui ne me déplairait pas. »

Dans les rues de Rio et même à la cour, Portugais et Brésiliens s'affrontent, même si la ligne qui sépare les deux reste floue. Pedro est portugais de naissance. Mais, comme son épouse, et contrairement à sa mère, il a appris à aimer le Brésil, et les Brésiliennes. Les pères de famille le savent. Léopoldine aussi. Elle a appris à monter à cheval pour pouvoir suivre son mari dans tous les voyages. La raison en est simple : il faut garder un œil sur lui. Léopoldine monte comme un homme, à califourchon, contrairement aux autres femmes qui ont les jambes d'un côté et le cul de l'autre. La princesse enfourche la bête comme on tente de mater un prince récalcitrant.

Pendant ses grossesses – elle en aura neuf en huit ans –, Léopoldine est assignée à résidence, ce qui laisse le champ libre à Pedro. Quand il se déplace dans le Minas Gerais, dans la province de São Paulo et partout où pointe la menace d'une insurrection républicaine, les pères de famille sont avisés de son arrivée par téléphone arabe. « Le prince va passer devant vos maisons. Cachez vos filles. » L'avis tombe comme un avertissement pour certains et une occasion d'affaires pour d'autres. Celui qui est assez fortuné pour ignorer le prince ordonne à ses filles de ne pas se montrer à la fenêtre tant qu'il restera dans les parages. Les autres poussent leur progéniture, jeune, pulpeuse et disponible, à se planter devant les grandes fenêtres des demeures riches sur le passage de Pedro. S'il aime ce qu'il voit, il entre sans cérémonie, se présente et consomme. Bien des hommes ont compris qu'ils peuvent obtenir en échange des charges, des privilèges ou tout simplement l'amitié du prince. L'empereur autrichien n'est pas le seul à jouer à ce jeu.

À l'hiver 1822, Pedro doit quitter Rio de Janeiro pour tenter de calmer la révolte qui gronde à São Paulo. La province menace de déclarer son indépendance, de ne plus payer d'impôts ni à Lisbonne ni à Rio. Léopoldine doit rester à la cour. Il est absolument impensable qu'elle voyage avec son mari. Laisser la cour vide équivaudrait à la déposer entre les mains des opposants. Léopoldine reste donc au palais, investie en l'absence du prince de tous les pouvoirs. Et d'ailleurs, devinez quoi : elle est encore une fois dans un « état intéressant ». C'est en l'absence de Pedro que Bonifácio de Andrada fomente la déclaration d'indépendance du Brésil. Bien qu'elle ne sache pas encore comment elle justifiera cette séparation du Portugal à son père, Léopoldine signe le document. Elle envoie à son mari à São Paulo des messages désespérés. « Prince, vous devez revenir, la révolution gronde. » « Prince, je ne sais encore combien de temps les troupes portugaises resteront coites devant la naissance du Brésil. » « Prince, je vous en conjure, revenez à Rio. » Immédiatement. Tout tombe. Tout fout le camp. Elle pousse à un sommet le culot, la défiance à l'égard des Portugais : pour la garde d'honneur composée de cent cinquante volontaires, Léopoldine a fait confectionner des uniformes aux couleurs de l'Autriche.

En août, c'est fait. Léopoldine l'a décidé. Le Brésil sera indépendant. Pedro sera empereur. Les troupes portugaises sont débarquées à Salvador de Bahia, ce n'est qu'une question de temps, elle en est sûre, avant qu'elles attaquent Rio de Janeiro et la fassent prisonnière. Après une réunion marquante avec le Conseil d'État, où Léopoldine s'est montrée particulièrement perspicace et décidée, elle rédige la lettre qui poussera Pedro à déclarer l'indépendance du

Brésil. Léopoldine n'a pas d'autre choix. Autrement, elle serait rembarquée dans un navire pour Lisbonne où elle serait enfermée par les *Cortes* avec Jean VI. « Pedro, le Brésil est pareil à un volcan. Il y a des révolutionnaires jusqu'à la cour. » Léopoldine s'applique, car elle doit écrire en portugais dont la grammaire lui donne du fil à retordre, c'est pourquoi ce document est écrit dans un portugais fautif, portant un fort accent allemand. « Le roi et la reine de Portugal ne sont plus souverains, ils ne gouvernent plus, ils sont gouvernés par le despotisme des Cortes qui les persécutent et les humilient… » Léopoldine vivra dans un enfer tropical, d'accord. Elle se pliera aux fantaisies de son mari, soit. Mais jamais, jamais l'arrière-petite-fille de Marie-Thérèse d'Autriche ne sera humiliée par des bourgeois. « Le Brésil entre vos mains sera un grand pays. Le Brésil vous désire comme monarque. Avec ou sans votre appui, la séparation se produira. Le fruit est mûr, cueillez-le vite, sinon, il pourrira. »

Le fruit est mûr, il faut le cueillir maintenant. C'est exactement ce que se dit Domitila de Castro Canto e Melo, assise dans son palanquin sur le chemin qui la ramène à la maison de son père après une sortie. Entre les rideaux de sa chaise portée elle aperçoit Pedro, l'homme qui est sur le point de devenir l'empereur du Brésil. Domitila serre les fesses en guise de réchauffement, s'assure que son périnée se contracte selon ses désirs, puis sourit au prince héritier qui lui rend son hommage en enlevant son chapeau. Il arrive à São Paulo pour mater une révolte et gagner les habitants à la cause de l'indépendance.

Domitila est l'une des cinq filles d'un petit propriétaire de São Paulo. Elle a été répudiée par son mari et a déjà trois enfants le jour où elle obtient une audience avec Pedro. Il l'a pourtant déjà vue, dans un palanquin porté par des esclaves, cachée derrière des rideaux à travers lesquels elle lui a souri. Il a répondu en ôtant son couvre-chef. Mais comment cette femme sans fortune, sans éducation et sans manières, fille d'un locateur de mulets, est-elle parvenue à soumettre l'héritier de la couronne portugaise à son autorité ? Par son esprit ? Elle sait écrire, mais avec beaucoup de mal et en massacrant la langue portugaise. Par sa beauté ? Non plus, elle n'a pour elle que des atouts discrets. Nous le saurons très bientôt.

Le soir du 30 août 1822, huit jours avant le cri d'Ipiranga qui marquera l'indépendance du Brésil, des orages terribles s'abattent sur la région de São Paulo. Domitila et Pedro sont pour la première fois seuls. Domitila est souriante, les mains du prince la parcourent de haut en bas, la débarrassent de ses vêtements, la voilà livrée vive à l'appétit insatiable de Pedro. Leur lit devient ensuite le théâtre d'un coup d'État érotique. Le prince ne rencontre dans le vagin de Domitila qu'une résistance molle qui lui rappelle son épouse laissée à Rio. Domitila a eu trois enfants d'un mari qu'elle a fui parce qu'il la battait. Il a même essayé de la tuer à coups de couteau, mais elle s'en est sortie avec une cicatrice sur la cuisse. Le prince s'active par petits coups. Il sent sur son membre dur une sorte de caresse, une onde qui va du gland jusqu'à la racine et qui le fait rire. Avec un petit sourire en coin, Domitila passe en deuxième vitesse. C'est maintenant un massage pénien en bonne et due forme qu'elle lui administre, à son grand plaisir. Il saisit, ou plutôt est saisi, car Domitila est adepte du pompoarisme, le talent de la Pompadour... Il en avait entendu parler, mais ne savait pas qu'une experte se terrait dans les entrailles de son grand royaume vert. L'effet est à la fois vivifiant et apaisant. Domitila contracte ses muscles intravaginaux avec un peu plus d'insistance... Le prince accélère la cadence. Son phallus est maintenant menotté dans le vagin de Domitila. Il n'ose plus bouger, convaincu que la belle est dotée d'une guillotine intérieure capable de le castrer. En tenant fermement la racine du pénis de Pedro de son anneau musculaire qu'elle sait actionner à sa guise, Domitila se sert de muscles plus profonds pour exercer un effet de succion sur le gland. Le prince ouvre la bouche, incapable de crier, l'image d'un pis de vache malmené pendant la traite traverse son esprit affolé. De sa gorge ne sortent que quelques glapissements saccadés qui traduisent l'état de transe dans lequel il vient d'entrer. Les muscles profonds s'activent, arrêtent de sucer pour mordiller le gland affolé de Pedro. Alors qu'elle lui murmure à l'oreille « mon grand démon », Pedro rend les armes, crache la vérité, cependant que défrisent ses favoris. Il ne s'en tirera pas à si bon compte, Domitila refuse de relâcher son emprise. Le corset de chair recommence à onduler de haut en bas du phallus princier. Pedro supplie son amante de le laisser sortir, de ne pas lui trancher le membre, mais elle ne semble pas l'entendre. Des larmes coulent sur les joues du pauvre prince dont le sceptre est pris dans un étau de plaisir. Le voilà qui crie, notre pauvre Pedro, il crie grâce, laisse-moi ! Elle ne se contentera pas d'une simple éjaculation. Elle en aura trois, au terme desquelles le prince, vanné, torché et pleurnichant, sera libéré des mâchoires roses de Domitila. Maintenant, Sa Majesté est autorisée à se retirer. Il tombe à genoux devant sa maîtresse. Dans toute vie, il y a un avant et un après, un point de non-retour. Il vient de passer le sien. Encore en larmes… le prince murmure « Titila », comme un enfant qu'on vient de punir.

Le 7 septembre, à São Paulo, le prince est la proie d'une attaque de diarrhée foudroyante. Accroupi dans un buisson, secoué par des coliques d'une douleur inouïe, il lit la lettre de Léopoldine, celle dans laquelle elle lui explique que le fruit est mûr. Il l'est, cela est indéniable. Domitila en a extrait le jus. Cet homme ne se possédera plus jamais, ni de corps ni d'esprit. Léopoldine aura eu tout juste le temps, avant que l'empereur ne tombe sous le joug érotique totalitaire de sa nouvelle maîtresse, de lui faire déclarer l'indépendance du Brésil. Pour Domitila, une nouvelle vie va commencer. Seule dans ses appartements de São Cristóvão, Léopoldine est sur le point de découvrir de nouvelles nuances de déshonneur.

Ah, mes amies, notre impératrice l'a toujours su. Dès

qu'elle a posé le pied au Brésil, elle était trompée. Et n'allez pas croire qu'elle en était étonnée. Si les empereurs autrichiens n'ont jamais été des modèles de fidélité, aucune maîtresse n'a jamais joué à la cour des Habsbourg le rôle d'une Pompadour ou d'une Du Barry. Enfin. De toute façon, lorsque Pedro rentre enfin à Rio après la déclaration d'indépendance en 1822, toute la ville est verte. La couleur des Bragance a été choisie pour symboliser le Brésil, avec le doré des Habsbourg. Comme tout le monde est fauché, à commencer par l'impératrice elle-même, tous les bouts de tissu verts sont recyclés en étendards patriotiques. Même Léopoldine taille ses taies d'oreiller en morceaux pour en faire des rubans qu'elle offre à ses visiteurs pendant la cérémonie du baisemain.

Domitila commence à tenir salon, car la garce s'est installée à Rio. Elle se pavane dans les robes magnifiques qu'elle se fait confectionner avec l'argent que lui donne l'empereur. Mais à quoi servent tous ces atours, sinon à impressionner celles qui n'en ont pas ? L'empereur, lui, ne néglige pas pour autant ses devoirs conjugaux. Léopoldine donnera naissance à Paula Mariana en février 1823 et à Francisca en août 1824. Le prince héritier se fait encore attendre. Ça, la Domitila l'a compris. Qui sait si dans sa tête elle n'a pas l'idée de donner un fils à l'empereur ? Depuis la déclaration d'indépendance, Pedro écoute de moins en moins ceux qui l'ont mené vers le chemin du couronnement. Il reste encore à obtenir la reconnaissance de l'indépendance du Brésil. Domitila obtient en un temps record le divorce de son ancien mari ainsi que la garde de ses enfants dont les frais d'éducation seront pris en charge par l'empereur. D'autres parents, comme sa sœur et son père, vivront aussi aux dépens de la couronne. Deux jours après son divorce, le 23 mai 1824, elle met au monde une fille nommée Isabel Maria. Pedro ne reconnaîtra pas tout de suite la paternité de l'enfant pour ne pas indisposer Léopoldine qui fait des pieds et des mains pour que son père, l'empereur autrichien, ou Metternich – cette vieille fouine – intercèdent auprès du roi de Portugal pour obtenir la reconnaissance du nouvel État. Pendant que Pedro visite Domitila en secret aussi souvent qu'il le peut, Léopoldine s'active sur le front diplomatique. Son but est d'obtenir de Franz I$^{er}$ qu'il reconnaisse le nouvel État brésilien et qu'il encourage toutes les couronnes européennes à faire la même chose. « Maintenant, je ne désire plus rien, sinon que Son Altesse, Papa chéri, accepte d'être notre vrai ami et allié ; ce sera, pour mon époux et moi, le plus beau jour de notre vie lorsque nous en aurons la certitude ; quant à moi, Papa chéri, recevez la certitude que, si le contraire devait arriver, à notre plus grand regret, je resterais éternellement brésilienne de cœur, en concordance avec mes devoirs de mère et d'épouse… » Là je voudrais juste vous dire, à toutes les deux, que ces paroles de Léopoldine pour son père devraient être pesées par tous ceux qui ont un jour méprisé cette Autrichienne. Voyez qu'elle est prête, la fille obéissante, à se tenir debout devant son père pour que vive le Brésil. Brésilienne de cœur ! Voyez-vous ça ! Cette fille qu'on croyait incapable de faire le moindre choix écrit maintenant à son père pour qu'il reconnaisse le pays qu'elle a contribué à faire accéder à l'indépendance. Évidemment, son père n'en fait rien. Il ne peut tout simplement pas transgresser les règles convenues pendant le Congrès de Vienne. Pas question pour lui de se mêler des affaires internes du Portugal. Léopoldine doit probablement à ces hésitations européennes un certain répit dans sa vie d'épouse. Tant que Pedro a encore besoin d'elle, Domitila reste dans l'ombre. Mais dès après la naissance de cette fille bâtarde, la Domitila recommence à contracter ses muscles. Son étreinte est forte, tellement forte que d'autres gens que l'empereur commencent à la ressentir. En fait, tout Rio ressent une pression sur ses flancs.

Ça commence à se savoir. De Domitila, le petit peuple, qui adore l'impératrice, toujours droite et aidante, se méfie comme de la fièvre jaune. Nous devons maintenant nous incliner devant elle ? Vous voulez rire ? Pendant toute l'année

1823, la Pauliste reste coite chez elle. Elle guette le jour propice à sa première apparition publique. Celle-ci aura lieu un soir de septembre 1824, au petit théâtre constitutionnel São Pedro. Dans ce lieu privé, les spectateurs sont triés sur le volet. Personne n'y entre sans y être invité. Ce soir-là, on donne une représentation pour Dom Pedro. Domitila décide, sans en parler à son amant, de se faire belle pour lui faire la surprise de sa présence. Pépin : on la refoule à l'entrée. Domitila insiste. Je suis invitée par l'empereur lui-même ! Oui, oui, Madame, rentrez chez vous. Nous avons des ordres stricts. Et veuillez cesser tout ce cirque, la pièce est à l'intérieur, pas ici ! Domitila fulmine.

— Vous ne savez pas à qui vous avez affaire. Vous aurez de mes nouvelles ! Vous serez détruits !

Domitila est femme de parole. Lorsque Pedro apprend qu'on a fait refluer sa maîtresse aux portes du théâtre où il se trouvait, il entre dans une rage impériale. Vous savez de quoi cela peut avoir l'air ? Disons simplement qu'on commence à deviner chez Pedro des airs d'Antéchrist. Sa réaction est impitoyable. Le lendemain, l'intendant de police Aragão, sous un prétexte fumeux, interdit aux artistes de se produire. Peu après, l'empereur ordonne la vente du théâtre, jetant les artistes à la rue. Fous de rage contre Pedro, ces derniers profitent de leur dernier jour dans le théâtre pour tout saccager. Dans la rue tombent les tapisseries, les pièces d'ameublement et de décoration, les tentures. Un feu de joie est allumé. Tout Rio ne parle plus que de cet incident. Cet Aragão est un protégé de Domitila. C'est grâce à elle qu'il est devenu intendant de police de Rio de Janeiro, car la dame commence, je dis bien *commence* à monnayer ses faveurs. Ceux qui refuseront de les acheter passeront quand même à la caisse, qu'ils le veuillent ou non.

Mais Domitila n'est pas la seule source de tension dans la capitale. Y affluent des militaires allemands invités par Léopoldine pour protéger le Brésil contre les Portugais, et qui seront témoins de scènes inoubliables. Un soldat suisse rapportera dans son pays le souvenir impérissable de Pedro qui, un jour, pendant un défilé à Praia Vermelha, agité par un remous intérieur, escalade un mur, s'accroupit et se vide sous les yeux des soldats. L'empereur, fidèle à lui-même, ne fait aucun secret de ses désirs et de ses envies.

Lentement mais sûrement, Domitila assure son emprise sur la capitale. Le 21 janvier 1825, le beau-frère de Domitila, Boaventura Delfim Pereira, est nommé chef de cabinet de l'impératrice. Il obtient aussi le poste d'intendant général des domaines impériaux, assorti d'un traitement annuel qui le place à l'abri des malheurs. Un frère de Domitila devient, le 15 avril 1825, le directeur du domaine Macaco, et ainsi de suite. Encore quelques contractions du bas-ventre et Domitila pourra entrer par la grande porte au palais São Cristóvão. Tous ces coups d'éclat sont rapportés par des potineurs professionnels à l'impératrice qui reste sur son quant-à-soi habsbourgeois. Elle sent l'odeur de sa rivale, elle sait qu'elle est en train de gravir la colline de la Quinta da Boa Vista. Elle n'aura bientôt plus d'autre choix que de l'affronter. Déjà, elle anticipe que pour la vaincre, pour protéger ses enfants de son influence tentaculaire, elle devra peut-être payer le prix ultime.

Bien des rapporteurs de faussetés jacassent que Léopoldine est une femme froide qui, en dehors de l'éducation de ses enfants, des sciences naturelles et de la littérature, ne s'intéresse à rien. Elle se plaint souvent dans ses lettres de n'avoir pas trouvé âme de confiance dans toute la cour. Cela est vrai, et cela ne l'est pas. Il y a une Anglaise, Maria Graham, née Dundas, d'origine irlandaise, une femme éduquée qui a voyagé aux Indes et qui a été présentée par Lord Cochrane à Léopoldine en 1824. Ce fut un coup de foudre d'amitié entre ces deux femmes. Léopoldine pouvait être chiante quand il était question de l'éducation de ses enfants. Elle voulait une gouvernante européenne, parlant plusieurs langues, elle voulait surtout une personne qui cesserait de la contredire sur tout. Non, elle ne trouvait pas la cour portugaise devenue brésilienne particulièrement stimulante pour les choses de l'esprit, elle pour qui Goethe déclamait des poèmes à six strophes, elle dont la mère chantait des airs que Haydn lui composait. Maria Graham arrive à Rio le 4 septembre 1824. C'est son second séjour au Brésil. Elle a accepté l'invitation de Léopoldine à devenir la gouvernante de Maria da Glória. Seulement, elle ne sait pas qu'à part Léopoldine le reste de la cour lui réservera un accueil glacial. Les dames de la cour, championnes de toutes les intrigues, ne comprennent pas pourquoi l'empereur a donné la permission à une Anglaise d'élever la progéniture impériale. Dès le premier jour, elles font tout pour intimider l'intruse. Des serviteurs et quelques dames de la cour ont suivi Maria Graham jusqu'à sa chambre pour la regarder vider sa malle. Chaque objet qu'elle en sort est accueilli par des rires moqueurs ou des exclamations admiratives exagérées. Tous les visiteurs le diront, les étrangers ne sont pas les bienvenus à Rio de Janeiro à cette époque troublée.

Léopoldine a prié Maria Graham d'initier les enfants impériaux aux joies du jardinage. Elle a même fait venir d'Europe des outils miniatures pour leur permettre de retourner la terre, car elle se souvient combien elle trouvait difficile, avec ses petites mains, de manier bêches et pelles dans les jardins de Laxenbourg. Les dames de la cour épient chaque geste de l'Anglaise. Ce qu'elles voient les horripile. « Comment ? Elle veut que les enfants de notre empereur remuent la terre comme des esclaves ? Mais pour qui se prend-elle ? » Elles s'en plaignent à l'empereur et menacent de s'embarquer sur le premier navire vers Lisbonne, car elles ne supportent plus ces scènes humiliantes. Maria Graham ne s'aide pas. La petite Maria da Glória, qui très bientôt sera mariée à son oncle Miguel pour devenir la reine de Portugal, a un sale caractère qu'elle tient soit de son père, soit de sa grand-mère Carlota Joaquina, personne n'est trop sûr. Elle aime torturer les enfants esclaves dans ses jeux, leur donner des coups, les humilier et les monter comme s'ils étaient des bêtes. Quand Maria Graham la gronde, elle se plaint aux dames de la cour qui prennent la gouvernante à partie. « Elle ne fait rien de mal, ces enfants d'esclaves existent pour être frappés. Allez-vous ravaler la fille de notre empereur au rang d'esclave ? » Elles relancent l'empereur : l'Anglaise doit partir. Pedro perd patience et ordonne que la gouvernante soit rétrogradée au rang de professeure d'anglais. Des proches de Pedro ont décidé de venir à bout d'elle et de forcer son départ. Ils y arriveront. Un certain Plácido, responsable de verser les salaires des serviteurs de la cour, prive Maria de l'argent qui lui a été promis. À ses yeux, une Portugaise ou une Espagnole de petite noblesse aurait mieux fait l'affaire pour assurer l'éducation des enfants de l'empereur. Et cette manie qu'elle a de leur parler en anglais l'horrifie. À part ses tâches de gouvernante, Maria tient compagnie à l'impératrice. Elle sera sa seule et unique véritable amie au Brésil. Dans son journal de voyage qu'elle tient religieusement, elle décrit la déchéance de Léopoldine qui, de jour en jour, devient plus renfermée, plus solitaire. Peu avant de quitter cette cour hostile pour retourner en Angleterre, Maria Graham relate la première apparition de Domitila à la cour dans son journal.

Pendant la semaine sainte de 1825, Domitila fait le grand saut. Vêtue comme une reine, elle se fait mener à la tribune de la chapelle impériale où sont assises les dames de la cour, celles qui accompagnent Léopoldine dans ses excursions de chasse en forêt, celles qui l'entendent pleurer d'amères larmes quand elle reçoit de rares lettres de grande-sœur. Sur l'ordre de l'empereur, un valet conduit la maîtresse vers ce lieu où elle n'a que faire. Les dames se lèvent toutes pour déguerpir en guise de protestation. Domitila serre un peu plus fort. La solidarité des dames de la cour avec Léopoldine ne fera que compliquer les choses pour l'impératrice. Pedro entre dans une colère épouvantable et insulte sa femme abondamment devant toute la cour. Maria rapporte que jamais elle n'a vu un mari humilier sa femme de cette façon, du moins pas une personne du rang et de la qualité de Léopoldine. On fera comprendre à celles qui ont humilié la maîtresse que leur famille sera détruite si elles s'entêtent à refuser la compagnie de la Pauliste. Le message passe. Pour clore le bec de tout le monde, Pedro se surpasse : il nomme Domitila première dame de la cour. Léopoldine est forcée d'accepter cette décision. Obéissante. Loyale et brésilienne de cœur.

Maria Graham s'en va, la seule confidente de Léopoldine. Maria Graham s'en va, car la cour brésilienne lui soulève le cœur. Maria Graham s'en va et c'est tant mieux pour elle, car elle ne sera pas témoin des plus grandes souffrances de l'impératrice.

En sa qualité de première dame de la cour, Domitila est présente à toutes les réceptions et suit l'impératrice dans tous ses déplacements publics. On lui verse pour ses services un salaire dément. Léopoldine la reçoit avec la plus grande placidité, sans laisser voir qu'elle est au courant de sa relation intime avec l'empereur. Lorsque l'envoyé autrichien Mareschal rapportera à l'empereur ce qu'il sait de la situation, Franz I$^{er}$ griffonnera dans la marge : « Pauvre de moi, car je sais maintenant que mon gendre n'est qu'un misérable. »

Léopoldine est au-dessus des scènes de ménage publiques. Elle a tout intérêt, pour le bien de ses enfants, à ce que le comportement de son mari reste chose secrète. Le contraire pourrait remettre en question la lignée royale, priver ses enfants de la couronne. Bientôt, le dernier rempart qui protège Léopoldine de l'humiliation complète tombe : le Portugal reconnaît l'indépendance du Brésil. Pedro n'a donc plus besoin de personne. Il est ivre de pouvoir. Difficile de ne pas comparer son comportement à celui de l'Antéchrist. Et voilà, l'impensable, l'effroyable, le ridicule est consommé un jour d'octobre 1825. Domitila est anoblie vicomtesse de Santos. Au Congrès, dans les officines de la cour, dans l'entourage de Léopoldine, le bruit des grincements de dents est assourdissant. Tous sentent sur leur corps l'emprise chaude et palpitante de

Domitila à qui il ne reste plus qu'à fournir quelques efforts pour étouffer sa rivale. Léopoldine est cuite. Elle le sait.

L'empereur, qui depuis l'indépendance mène une existence monastique, couvre la première dame de cadeaux, bijoux, vêtements et maisons de campagne. Le père de Domitila devient vicomte, ses frères, barons. L'opinion publique se déchaîne avec virulence après le financement d'un palais luxueux pour la première dame de la cour, juste en face de la Quinta da Boa Vista. Léopoldine et Domitila sont maintenant voisines par la volonté de l'empereur, celui qui signe de « Ton grand démon » les billets d'amour à sa maîtresse.

Cette nouvelle demeure devient un arrêt obligatoire pour tous les diplomates étrangers qui veulent présenter leurs doléances à l'empereur. Ceux qui s'abstiennent d'aller rendre hommage à la nouvelle vicomtesse sont menacés de destitution, d'anéantissement. Partout, on commence à croire qu'avant longtemps la Pauliste pourrait devenir impératrice. Mais l'utérus de Léopoldine n'a pas dit son dernier mot. Le 2 décembre 1825, Léopoldine donne enfin naissance à un autre fils qui sera appelé Dom Pedro de Alcântara. C'est lui, ce petit garçon déjà agité de convulsions, qui, au tournant du siècle suivant, ira mourir à Paris sans un sou. C'est lui qui sauvera l'honneur de sa mère qu'il ne connaîtra pas. Dans Rio repartent les canons, les trompettes, les chants et les alléluias. Tiens ! Bourre ta pipe de ce tabac et fume, Titila ! Peu impressionnée, Domitila donne quelques jours plus tard elle aussi naissance à un fils de l'empereur qui s'appellera... Dom Pedro de Alcântara Brasileiro, comme s'il était plus brésilien que son demi-frère. Cette fois, c'est la guerre ouverte. Léopoldine ne traînera pas très longtemps pour répliquer. À peine trois mois plus tard, elle est de nouveau enceinte. Pour la dernière fois.

En 1826, à Salvador de Bahia où vit une population portugaise importante, des soulèvements de Métis enflamment la ville. Il y a encore des massacres d'Européens et des menaces de sécession de l'Empire. La mort jette une nouvelle fois sur la cour des Bragance son ombre funeste. Pedro prend les grands moyens. Il ira lui-même à Salvador pour faire le ménage, mais il ne part pas seul. Il fait affréter le *Piranga*, le *Parguassu* et le navire *Dom Pedro I*er pour partir en compagnie de l'impératrice, de sa fille aînée, Maria da Glória, de Domitila – accompagnée de son frère… –, de trois cents dignitaires, de la garde d'honneur, de médecins, de religieux, de laquais et d'esclaves. Quelques jours avant le départ apparaissent sur les murs de Rio des graffitis peu flatteurs à l'égard de l'empereur dans lesquels il est question d'une « dame pauliste » qui exercerait sur lui trop d'influence. L'empereur reçoit des lettres anonymes moqueuses où on l'accuse d'emmener sa maîtresse pour servir de camouflage à sa femme. Il s'en plaint à Léopoldine qui, placide, lui répond : « Si cette rumeur est fausse, il ne vaut pas la peine de s'en occuper. Si elle est vraie, il faudrait au moins donner l'apparence de la nier, pour qu'elle disparaisse. »

Fin février, ils arrivent à Salvador. L'empereur est logé au palais municipal, dans le même édifice que Domitila. L'impératrice, quant à elle, est logée dans une maison voisine, certes liée au palais par un corridor, mais quand même séparée. C'est pendant ce voyage qu'ils apprennent la mort du petit Pedro de Alcântara Brasileiro, fils bâtard concurrent de l'héritier de la couronne. L'aller est un véritable calvaire pour Léopoldine qui se réfugie sur le pont pendant que l'empereur se divertit dans la cale avec sa maîtresse. Le retour paraît trois fois plus long. En mai 1826, un nouvel affront est lancé au visage de l'impératrice : l'empereur décide de reconnaître la paternité d'Isabel Maria, la première fille illégitime qu'il a faite à Domitila, à l'occasion d'une célébration tenue dans la maison construite pour sa maîtresse. Léopoldine n'y assiste pas. Meurtrie, elle va se réfugier dans la forêt où elle se cache de plus en plus souvent pour échapper aux déplaisirs que lui cause son mari depuis l'arrivée à Rio de Domitila. La petite Isabel Maria est dès lors conviée à jouer avec les enfants de Léopoldine au palais de São Cristóvão. « Je peux tout supporter et j'ai tout supporté, mais pas que cette enfant devienne l'égale de mes enfants ; je tremble de colère quand je la vois. La recevoir est le plus grand des sacrifices ! » Lorsqu'elle a reçu l'enfant pour la première fois, elle l'a serrée dans ses bras en sanglotant : « Ce n'est pas ta faute, ce n'est pas ta faute. »

Léopoldine écrit des lettres désespérées à son père. Elle lui demande des sommes importantes pour rembourser les dettes qu'elle a contractées pour aider des immigrants tombés dans la misère. Elle ne recevra rien. Son père lui répond d'exiger que son mari lui verse la rente qu'il lui a promise en vertu du contrat de mariage, ce qu'il ne fera jamais. En plus de son salaire de dame de la cour, Domitila reçoit des bijoux, des robes, des palanquins, des chevaux, des esclaves, des terres, des maisons.

À l'hiver 1826, la sournoise – et maladroite – Domitila répand une rumeur toxique dans Rio. L'impératrice serait en train de préparer une visite en Europe pour aller rejoindre sa famille, ce qui lui laisserait le champ libre pour étendre son pouvoir encore un peu plus. Oui, Léopoldine ne rêve que d'une chose, aller rejoindre son Autriche, mais l'organisation d'un tel voyage ne se ferait jamais sans la permission de Pedro, qui n'y pense même pas. Lui est persuadé que Léopoldine est heureuse, plongée dans ses lectures, dans ses promenades de plus en plus longues et de plus en plus fréquentes dans les forêts qui entourent Rio. En août apparaissent des placards et des graffitis éloquents, multiples ironies à l'égard de l'empereur et de sa maîtresse. L'un d'entre eux représente Sa Majesté sous la forme d'un cheval tirant un attelage à deux roues, cependant que sa maîtresse tient les rênes et fait aller le fouet. D'autres sont carrément vulgaires, montrant Domitila serrant la tête de Pedro entre ses cuisses, un sourire sardonique torturant son visage. Un autre promet un dénouement tragique :

Léopoldine poignardant la favorite tandis que Pedro, à genoux, implore son pardon.

Le 24 août, le petit Pedro de Alcântara doit être présenté dans un théâtre devant public. Cette cérémonie sert à le proclamer héritier de la couronne du Brésil. Fidèle à lui-même, Pedro a choisi le père de Domitila, João de Castro Canto e Melo, pour porter l'enfant sur la scène dans ses « bras herculéens », selon son dire. Ce soir-là, l'empereur ordonne aux troupes de rester dans les casernes et fait doubler les patrouilles et les gardes. On craint un soulèvement populaire et militaire visant à anéantir Domitila et sa famille. Des provinces de São Paulo, du Minas Gerais et du Rio Grande do Sul arrivent des rumeurs de soulèvement contre l'empereur qui, il le comprend maintenant, a franchi un interdit. Dans les jours qui suivent, pour calmer la colère du peuple, Pedro se laisse voir en compagnie de son épouse et délaisse quelque peu Domitila qu'il continue cependant de baiser sauvagement le soir. Il couche aussi avec une des sœurs de Domitila, à qui il fera un enfant. La petite fille dont il a reconnu la paternité devient duchesse de Goiás, et Titila est élevée au rang de marquise de Santos, la première marquise du Brésil. Jamais on n'avait vu les titres nobiliaires pleuvoir si dru sur la tête d'une même famille en si peu de temps.

Léopoldine en est à quelques mois de sa neuvième grossesse lorsque commence son dernier printemps brésilien. Après le départ de sa seule amie, Maria Graham, chassée par la petitesse d'esprit des dames de la cour et la perfidie de certains conseillers de l'empereur, Léopoldine sombre dans une période de misanthropie profonde dont elle n'émerge que pour se permettre quelques crises de colère. La lettre qu'elle rédige pour grande-sœur le 17 septembre 1826 ne cache rien de sa désillusion. « Je me réjouis de savoir que mon beau-frère a changé pour le mieux, spécialement parce qu'ils entendent le marier à ma fille. Que Dieu permette que cette union soit heureuse ! Car je dois te confesser que je suis de plus en plus convaincue que seules une passion mutuelle et l'amitié peuvent apporter le bonheur dans un mariage, et nous, pauvres princesses, ne sommes que des dés qu'on lance et dont la chance ou la fortune dépendent du résultat. Tu croiras que je suis devenue une vraie philosophe, mais l'ardeur de la jeunesse s'éteint facilement, avec la prudence acquise par certaines expériences. » C'est décidé, Jean VI étant mort quelques mois auparavant, Maria da Glória, la fille aînée du couple impérial, partira pour le Portugal pour y être reine. Elle n'a que sept ans. Mais Léopoldine est préparée à ce genre de séparation. On l'entend pleurer, se plaindre, mais ce n'est pas tant le départ de sa fille, nouveau dé jeté sur l'échiquier politique, qui l'atterre. Depuis des semaines, Pedro ne prend plus la peine de rentrer au palais São Cristóvão. Il passe toutes ses nuits à la résidence de Domitila, laissant seule l'impératrice gestante.

Elle a obtenu que l'on engage un nouveau cuisinier français, arrivé il y a quelques mois. François Pascal Bouyer devient le confident de Léopoldine. C'est avec lui qu'elle passe des heures de plus en plus nombreuses, parfois en compagnie du petit Jésus que le Français a hérité de son prédécesseur, lequel n'en voulait plus parce que l'enfant ne grandissait pas. Parler le français est un des derniers plaisirs de Léopoldine. La majorité des dames de la cour ne le parlant que très mal ou pas du tout, le français constitue presque pour Bouyer et Léopoldine un code secret qui leur permet d'avoir de longs conciliabules, même sous les regards inquisiteurs de ces gribiches portugaises. Bouyer a cherché à obtenir de l'impératrice une explication sur le retard de croissance du petit Jésus. Nanisme ? Il reste sceptique. Des nains, il en a déjà vu. Tous les membres de Jésus sont parfaitement proportionnés pour un enfant de cinq ans. Non, Votre Altesse, ce garçon ne me semble pas être un nain. Rachitisme ? Bouyer veut bien croire que le mal est répandu chez les esclaves, mais l'enfant mange sans cesse. Il l'a même vu en train de chaparder de la nourriture dans les casseroles. On lui a aussi raconté que des enfants nés après Jésus le dépassaient maintenant largement. Quant à son développement intellectuel, il semble aussi stoppé à l'âge de cinq ans. Certes, il est capable d'apprendre, il sait de quoi et de qui il faut se méfier, il distingue les donneurs de taloches des mains caressantes, et puis il a appris des tâches simples qu'un enfant bien intentionné peut exécuter, mais son langage demeure celui d'un garçon de cinq ans. Souvent, d'autres enfants d'esclaves, qui le croient maléfique, le prennent à partie, lui tapent dessus sans ménagement jusqu'à ce qu'un adulte intervienne. Et, toujours, Jésus retourne vers ces garnements en quête d'une amitié, d'une caresse, d'une mangue. D'autres esclaves voient en lui une sorte de porte-bonheur, pour la simple et bonne raison qu'il ne sort pas de l'enfance. Les vieilles lui caressent la tête, le soir, en le berçant. Bouyer voudrait que l'impératrice se fasse plus claire au sujet de ce qu'elle souhaite pour cet enfant.

— Il est sous votre responsabilité. Qu'il ne lui arrive rien, se borne-t-elle à dire.

Et jamais Bouyer n'a déçu Léopoldine. Elle le convoque souvent en ce printemps 1826, elle qui ne trouve que rarement la force de parler aux autres. Le 8 octobre, elle écrit à un envoyé autrichien. « Ici, malheureusement, tout a changé, par des femmes infâmes pareilles aux Pompadour et Maintenon ! Qui, pis encore, ne possèdent aucune forme d'éducation, et les ministres, vendus à l'Europe entière et à la sainte Ignorance, gouvernent tout, tandis que les autres doivent se taire et se cacher dans le plus grand isolement. » Léopoldine ne sait pas encore combien de temps elle tiendra, mais elle commence déjà à tâter le terrain pour essayer de rentrer en Europe. Elle sait que Pedro ne laissera partir personne. Cette certitude participera de la décision qu'elle prendra pour sauver ses enfants des griffes de Domitila. Quoi ? Vous pensez que Léopoldine n'a pas compris que c'est le trône qu'elle veut, cette Pauliste ? Et quand bien même elle le voudrait, me direz-vous, comment y arriverait-elle si elle n'a pas le droit d'y monter ? Après toutes ces bravades, rien n'empêcherait Pedro de prendre Domitila comme épouse morganatique si Léopoldine disparaissait. Le clergé, au Brésil, est sous domination de l'empereur qui peut, selon ses envies, dicter divorces et mariages, comme il l'a fait pour aider sa maîtresse à divorcer en un temps record de son premier mari.

Soyons clairs, ces deux femmes, Léopoldine et Domitila, sont d'intelligence supérieure. Elles savent toutes les deux que les *droits*, cette nouvelle invention française, sont monnayables. Les droits, comme les bijoux, se vendent et s'achètent, se confèrent et s'aliènent, quoi qu'on en dise. C'est pour cette raison que Léopoldine les déteste et que Domitila les adore. Léopoldine a tout de suite saisi la supercherie derrière la Déclaration des droits de l'Homme : seuls ceux qui pourront les acheter en jouiront. Dès que chacun aura compris qu'il a des droits, tout le monde voudra en faire le commerce. Elle anticipe déjà que les miséreux, qui n'ont pas les moyens de s'acheter les droits les plus élémentaires, finiront par s'apercevoir qu'en se réunissant, en se liguant, ils pourront acheter des droits qu'ils partageront entre eux pour en priver les autres. Quand le prix sera trop élevé, ils tueront pour obtenir ce qu'ils veulent. Aveuglés par l'illusion de l'égalité, ils prendront par la force ces droits qui, hier encore, ne voulaient rien dire à leurs yeux.

Début octobre, João de Castro Canto e Melo, le père de Domitila, est victime d'une attaque d'apoplexie. L'empereur se décrète infirmier du vieillard de quatre-vingt-cinq ans. Il ne quittera plus son chevet. Depuis le premier jour du printemps, Pedro est invisible à la Quinta da Boa Vista. Le 21 octobre, Léopoldine, entre deux crises de larmes, convoque Bouyer. À qui d'autre se confier ? Le petit groupe formé par l'évêque Sampaio, José Bonifácio de Andrada e Silva et ses frères, ces hommes brillants qu'elle a voulu approcher de Pedro pour l'éclairer, a été réduit au silence ou à l'exil par l'empereur qui les a vite écartés du gouvernement après l'indépendance. Il a aussi chassé la seule amie de Léopoldine, Maria Graham. Le 21 octobre, elle rédige devant Bouyer un billet pour l'empereur. « Monsieur, depuis un mois, vous ne dormez plus ici. Je souhaite que vous reconnaissiez publiquement l'une des deux, ou que vous me donniez la permission de me retirer auprès de mon père. » L'empereur ne répondra même pas.

À bout, l'impératrice mande le valet de chambre de Pedro, à qui elle ordonne d'entasser tous les vêtements de l'empereur dans une valise pendant qu'elle lui écrit une lettre lui ordonnant de déménager chez Domitila pendant qu'elle se réfugiera dans un monastère en attente d'un navire qui la ramènera au Portugal, d'où elle pourra gagner Vienne, chez son père. Le valet alerte l'empereur qui rapplique dans l'heure. Une scène de ménage épouvantable éclate alors au palais. Pendant d'interminables minutes, l'empereur et l'impératrice se lancent à la tête des objets et s'échangent des paroles indignes de leur rang. C'est à cet instant que l'on rapporte que l'empereur aurait violenté son épouse, puis qu'il serait tombé à genoux pour implorer son pardon, et qu'elle le lui aurait accordé. Le dernier printemps de Léopoldine ne fait que commencer.

Le 2 novembre meurt João de Castro Canto e Melo, le père de Domitila. Il aura des funérailles comme on n'en a jamais vu au Brésil. L'empereur, qui vient de couper les vivres à son épouse, offre à cet ancien locateur de mulets, anobli grâce aux manœuvres de sa fille, des pompes dont l'éclat n'a rien de funèbre. Dom Pedro prend en charge tous les frais : médecins, préparation de la dépouille et cortège ; il règle les cinquante et une messes qui seront chantées au-dessus du cercueil du défunt et cent autres d'avance. Mais pendant que le mort aspire toute l'attention, l'impératrice tombe malade. En plus des chaleurs, de la gale et des raideurs, maux qu'elle a apprivoisés, elle se découvre des algies nouvelles. D'affreuses hémorroïdes se déclarent et elle écrit à son médecin qu'elle a découvert des flocons dans son urine. La chaleur revient à Rio. Léopoldine sait que dans l'état où elle se trouve, elle ne survivra ni à l'accouchement ni à un nouvel été carioca. Elle n'a même pas la force d'offrir à Pedro la sainte colère qu'il mérite pour les funérailles coûteuses de Castro. Les critiques se déchaînent devant les largesses de l'empereur. Cette fois, il est allé trop loin, on parle ouvertement de sa destitution.

Pour tout dire, c'est autour de cette époque que Léopoldine commence à délirer. Cela la prend d'abord la nuit. Des chaleurs, des quintes de toux et des accès de fièvres bilieuses qui n'en finissent pas, jamais plus elle ne connaîtra une nuit normale de sommeil. Comme si la mélancolie et le mal du pays qui l'accablent n'étaient pas assez, elle reçoit une lettre de la comtesse Lazansky qui lui transperce le cœur telle une flèche. À Vienne, on a célébré la fête onomastique de l'empereur Franz. Tout le monde y était, son oncle, l'archiduc Charles, son frère Ferdinand, les tantes Henriette, Sophie et Beatrix, le prince Anton et même grande-sœur montée d'Italie ! Il ne manquait que Léopoldine. Pourtant, dans ses nuits fiévreuses de novembre, elle s'y voit, à cette fête. Elle y voit même ceux qui n'y sont pas : Goethe, Haydn, Beethoven et le fantôme de Mozart gravitent autour de ce groupe. Pendant les premiers jours de novembre, elle devient gravement malade et répète trois fois par jour qu'elle va mourir. On commence à craindre une fausse couche.

Et c'est là qu'elle va une nouvelle fois donner la preuve que même affaiblie, avilie par la maladie, elle reste deux fois arrière-petite-fille de Marie-Thérèse d'Autriche. Pour ramener l'opinion publique en sa faveur, l'empereur choisit ce moment précis pour annoncer qu'il part fouetter l'ardeur des troupes brésiliennes engagées depuis des années dans la guerre de Cisplatine, aujourd'hui l'Uruguay, dont les habitants, aidés par l'Argentine, veulent déclarer leur indépendance. Défait sur le front intérieur, Pedro est sûr qu'il pourra faire oublier ses affronts aux bonnes mœurs en écrasant cette révolte. Dans ses délires, Léopoldine appelle dans un triste murmure sa nourrice

Annony. Le 20 novembre, Pedro, ignorant royalement l'état gravissime de son épouse, organise une cérémonie d'adieu à laquelle il tient mordicus à ce que sa maîtresse et son épouse participent. Il sait que s'il parvient à réunir Léopoldine et Domitila, l'une à côté de l'autre, devant tous les membres de la cour, les rumeurs mourront dans la chaleur étouffante qui reprend ses droits à Rio de Janeiro. On lui a raconté que le peuple est furieux de savoir que l'empereur s'occupe davantage du père décédé de sa maîtresse que de l'impératrice enceinte. Rien de mieux qu'un départ pour la guerre pour se refaire du capital politique auprès de tous ces simplets, pense-t-il. Pedro a choisi le 20 novembre pour cette cérémonie d'adieu qui laisse la plupart des courtisans pantois. Malade depuis des jours et des nuits, comment l'impératrice est-elle censée participer à cette affaire ?

Léopoldine n'a aucune intention de faire cadeau à l'empereur de sa présence à cette fête. Accepter de quitter sa chambre pour participer à ce théâtre signifierait la reconnaissance de la maîtresse. Fiévreuse, mais pas encore folle, Léopoldine refuse de sortir. Pedro est hors de lui. Quoi ? Elle ne veut pas sortir ? Plusieurs témoins vont le confirmer : l'empereur est entré dans la chambre où se terrait Léopoldine pour la saisir par le bras et la frapper, la corriger brutalement. Tu ne veux pas obéir ? Moi, je vais te faire comprendre ! Sors ! C'est à moi que tu dois tout ce que tu es ! Ne contrarie pas ma volonté ! Fille d'empereur tant que tu voudras, c'est moi qui commande ici ! Et il la frappe partout, de haut en bas, sans réussir à faire céder Léopoldine. Elle n'ira pas. Plutôt mourir que de s'abaisser à ça. Le palais São Cristóvão devient pendant quelques minutes le théâtre d'une scène horrible : l'empereur flanque une raclée à l'impératrice devant témoins. C'est à grands coups de pied et de poing qu'il corrige Léopoldine. Personne ne sait si elle a écrit la dernière lettre à son père avant ou après avoir été battue ce jour-là.

*Très cher Papa,*

*Bien que je sois toujours très affaiblie par une fièvre bilieuse depuis douze jours et que je n'arrive ni à dormir ni à manger, je considère qu'il est de mon devoir de vous écrire pour vous rassurer et me recommander à vos prières paternelles ; mon extraordinaire faiblesse, mes douleurs rhumatismales et ma grossesse parvenue au troisième mois rendent plus que jamais nécessaire que j'implore vos prières ferventes auprès du Tout-Puissant. Je vous embrasse les mains d'innombrables fois, comme celles de chère Maman...*

*Votre fille obéissante.*

Pedro part pour la guerre sans avoir pu accomplir sa mise en scène ridicule. Dans la nuit du 1er décembre, Léopoldine fait une fausse couche. Le fœtus est de sexe masculin. La fièvre reprend de plus belle, cette fois accompagnée de cauchemars horribles dans lesquels l'impératrice appelle à grands cris grande-sœur, son père et Annony, sa nourrice. On soupçonne maintenant que le typhus pourrait avoir été la cause de la fausse couche. Ça ou la dépression profonde dans laquelle Léopoldine est tombée depuis le départ de l'empereur pour la guerre. Le 8 décembre, Léopoldine fait ses adieux à ses enfants qu'on a assis sur son lit de mort. Il y a là Maria da Glória, sept ans, Januária, quatre ans, et les autres, Paula, Francisca et Pedro, encore plus jeunes.

Dans la ville, l'agonie de Léopoldine ne passe pas inaperçue. La population de Rio remplit les églises, on organise des processions et des prières pour son rétablissement. Tous les médecins de la cour sont maintenant unanimes : seul un miracle pourrait la sauver. Le désespoir est tel que l'on fait revenir une ancienne dame de la cour, la marquise de Aguiar, qui connaît mieux que personne l'étiquette du trépas. Certaines femmes sont des accoucheuses. Elle, c'est une moureuse. Jamais elle ne quittera le chevet de

Léopoldine. C'est elle qui décide qui entre et qui sort de la chambre où se meurt l'impératrice.

Que fait Domitila ? Pendant l'agonie de Léopoldine, Domitila, maîtresse de l'empereur Dom Pedro et source de tous les tourments de l'impératrice, tente de se faufiler dans la chambre de la mourante même si on lui a bien expliqué que sa simple présence au palais suffit à aggraver l'état de l'impératrice. En invoquant sa position de première dame de la cour, Domitila réussit à se glisser dans l'antichambre et pousse l'audace jusqu'à faire annoncer sa présence pour qu'on la laisse entrer et parler à Léopoldine. Cette demande cause une commotion dans l'antichambre. Sa Majesté, à demi délirante de douleur, demande ce qui se passe. Dans un dernier sursaut de l'honneur et de la dignité impériale autrichienne, elle refuse catégoriquement de recevoir la visiteuse. Furieuse, Domitila essaie de pénétrer dans les appartements de Léopoldine et y serait même parvenue si le marquis de Paranaguá, ministre de la Marine, ne s'était placé devant la porte. Domitila se retire en sifflant qu'elle se vengera sur tout le ministère. On réussit à faire déguerpir l'intruse qui doit sa défaite à l'absence de l'empereur qui – quelqu'un en doute encore ? – aurait forcé l'entrée de la maîtresse dans la chambre de Léopoldine s'il avait été là. Le peuple, qui s'est massé devant l'entrée du palais et qui attend des nouvelles de Léopoldine, est mis au courant de la tentative d'intrusion de Domitila, justement arrêtée par le marquis de Paranaguá qui sera acclamé comme un héros. À Domitila, il est conseillé de se faire rare, car le peuple réclame sa tête. Sa maison est vandalisée, des dessins sur les murs de la ville la représentent pendue au bout d'une corde.

Le 8 décembre, à quatre heures du matin, Léopoldine dicte à la marquise de Aguiar la dernière lettre qu'elle enverra à grande-sœur. « Réduite à un état de santé déplorable et arrivée au dernier jour de ma vie dans les plus grandes souffrances, je souffre aussi le déplaisir de ne pouvoir t'expliquer tous les sentiments qui existent en mon âme. Ma sœur aimée, je ne te reverrai plus ! Je ne pourrai plus jamais répéter que je t'aimais, que je t'adorais ! [...] Entends le cri d'une victime qui réclame de toi non pas la vengeance, mais la pitié, et le secours de ton affection sororale pour mes enfants innocents qui resteront orphelins, sous le pouvoir de celui ou des personnes qui sont responsables de mon malheur. Il y a presque quatre ans, ma sœur adorée, comme je te l'ai déjà écrit, à cause d'un monstre de séduction, je me suis vue réduite à un état de pur esclavage et complètement oubliée de mon Pedro adoré. Récemment, il m'a donné la dernière preuve de l'oubli du respect en me maltraitant en présence de celle-là même qui fut la cause de mon malheur. J'ai tant à te dire, mais les forces me font défaut pour me souvenir de cet attentat horrible qui sera sans doute aucun la cause de ma mort. »

Dans la même lettre, Léopoldine confie l'éducation de ses enfants à la marquise de Aguiar. Le 11 décembre au matin, elle s'éteint, à bout de forces, de souffle et de tristesse. Elle avait vingt-neuf ans. Toutes les cloches de la ville sonneront sans arrêt, le jour durant, la nuit aussi. Un coup de canon sera tiré toutes les dix minutes pour marquer la mort de Léopoldine. Les magasins sont fermés. Dans les rues, tous, Noirs, Métis, Portugais, Anglais, Irlandais et Allemands, pleurent la mort de celle qu'ils appelaient leur mère. Un esclave, les yeux remplis de larmes, court vers la ville en criant : « La mère des Noirs est morte ! Qu'allons-nous devenir ? »

Le peintre français Jean-Baptiste Debret, lui-même spectateur, peint le cortège funèbre de Léopoldine, qui avance lentement, éclairé par des centaines de torches dans les rues de la capitale. L'ouvre une division de la cavalerie, puis suivent douze chevaux magnifiques des écuries impériales, accompagnés par le palefrenier de Léopoldine, puis en uniforme de deuil viennent les sénateurs, les valets de chambre, les serviteurs, les porteurs de sceptre et d'autres gens de la cour. Une douzaine de laquais portant des flambeaux éclairent le cercueil, suivis de la voiture de l'empereur… vide.

Dans les rues de Rio, la révolte gronde. L'empereur est parti, il suffirait à la garnison allemande de tirer le premier coup de fusil pour qu'éclate le pays tout neuf. Pedro ne rentrera que le 15 janvier de Cisplatine pour venir venger Domitila qui s'est plainte dans une lettre du traitement que lui ont réservé plusieurs ministres et des gens de la cour. Tous paieront. Pedro sera intraitable. Devant témoins, il feint un deuil profond et exprime même sa tristesse en composant un sonnet à Léopoldine en qui il dit avoir perdu non seulement une épouse, mais aussi un ange gardien. À part Maria da Glória, aucun des enfants de Léopoldine ne gardera un souvenir d'elle.

Léopoldine est morte. Qui l'a tuée ? Qui est responsable ? Je vais vous le dire, moi. Tout le monde a regardé l'empereur et Domitila l'étouffer jusqu'à ce qu'elle comprenne qu'elle ne gagnerait pas. La mort de Léopoldine est aussi un suicide, elle savait très bien que Pedro ne s'en tirerait pas à bon compte et que ses enfants seraient sauvés de l'étreinte toxique de Domitila si elle mourait au bon moment, comme meurent les reines.

Domitila a dû quitter Rio. C'est très simple : peu après la mort de Léopoldine, Pedro a voulu se remarier. On lui a bien fait comprendre qu'il devait choisir une personne de son rang. Voilà qu'il dépêche des messagers et des ambassadeurs dans toute l'Europe pour lui trouver une seconde épouse. Il a même le culot d'aller frapper à la porte de Metternich pour savoir s'il n'aurait pas, par hasard, une autre archiduchesse à lui donner. Mais toutes les cours européennes savent déjà ce qu'il a fait à Léopoldine. Finalement, c'est une princesse bavaroise qui sera donnée à l'empereur à la condition que Domitila soit éloignée de la cour brésilienne. Ce qui sera fait. Elle rentrera à São Paulo, où elle passera le reste de sa vie. Pedro et sa seconde épouse seront chassés du Brésil en

1831. Ils mourront tous les deux au Portugal. Pedro finira sa vie dans la pièce où il était né, dans le château de Queluz non loin de Lisbonne, emporté par la tuberculose, comme l'Aiglon et Marie-Thérèse de Naples-Sicile.

# Oka

À leur décharge, il faut dire qu'elles avaient peu dormi. Plus tard, quand elles essaieraient de s'expliquer les événements d'Oka, elles attribueraient les déboires du jour à la fatigue du voyage, à l'excès d'alcool et à la mort de l'impératrice du Brésil, épilogue de la longue histoire de Pia qui les avait rendues muettes de rage. Elles avaient versé de grands seaux d'eau sur les dernières braises de leur feu de camp alors que pointaient à l'est les premières lueurs du jour. Elles devaient reprendre la route, car elles étaient attendues le jour même au Jardin botanique de Montréal pour les épreuves du Lilas aveugle 2012. Shelly et Laura étaient d'accord : on pouvait livrer Pia à Rosa à cet endroit en toute sécurité. Personne ne se douterait de rien.

Le problème d'apesanteur de Pia n'était pas tout à fait réglé. Il lui arrivait encore de perdre pied, de s'élever de quelques centimètres au-dessus du sol. Laura la tenait en place tandis que Shelly conduisait. Elles avaient toutes les trois la gueule de bois.

— La personne à qui tu as envoyé tes cahiers, c'est ta fille ?

— Ma fille…

— C'est l'histoire de Léopoldine que tu lui racontes ? C'est ce que tu écrivais aux États-Unis ?

— Non, je lui ai raconté l'histoire d'autres princesses.

— Lesquelles ?

— Bof… Des princesses loin de chez elles, il y en a tant !

Laura ne partageait pas l'humeur légère de Pia. Si

Shelly avait ri aux éclats aux malheurs de ces aristocrates pour lesquels elle n'arrivait pas, en bonne républicaine, à éprouver de pitié. Laura, qui avait le vin mauvais, avait senti sourdre en elle une colère noire au milieu du récit de Pia, au moment où Léopoldine posait le pied au Brésil. Vingt fois elle avait poussé des insultes à l'endroit de Pedro.

— Alors, si je veux danser sur sa tombe, il faut que j'aille à Lisbonne ?

— Non, je pense que ses restes sont à São Paulo, à côté de ceux de Léopoldine. Il y a une sorte de mausolée.

— Quoi ! Ils les ont mis côte à côte, après tout ça ?

— Faut croire.

Shelly regardait sa compagne du coin de l'œil. Elle la connaissait assez pour savoir qu'elle ne décolérerait pas de la journée. Laura serait tout simplement invivable.

— Tu veux te faire une verveine, ma chérie ? Tu es en train de devenir un peu tranchante, dit-elle sur le ton de la douceur.

— Tranchante ? Mais il l'a tuée ! C'est clair ! Et l'autre intrigante, cette Pompadour des tropiques qui vient la narguer sur son lit de mort ! Je l'aurais étranglée de mes mains !

Pia regretta un instant d'avoir raconté l'histoire telle qu'elle l'avait entendue dans cette émission de télé. Elle voulut corriger le tir.

— C'est *une* manière de raconter cette histoire. Au Brésil, nous la connaissons tous. Domitila a eu sa *telenovela*, Pedro aussi. Habituellement, ils ne sont pas dépeints ainsi. Ce que je trouve intéressant dans la version d'Ulisses, c'est que Léopoldine est au centre de tout. Normalement, elle est un personnage secondaire.

— Et pourquoi donc ?

— Je ne sais pas. Jusqu'à maintenant, on s'est surtout intéressé à l'histoire d'amour entre Domitila et Pedro. Les Brésiliens sont d'un romantisme désespérant.

— Tu appelles ça du romantisme ?

Laura gueulait maintenant. Shelly dut ralentir pour lui dire de se calmer.

— Mais qu'est-ce que ça peut te foutre que les Brésiliens soient romantiques ? Pourquoi tu t'énerves pour une princesse morte il y a presque deux siècles ?

— Et pourquoi je ne m'énerverais pas ? Hein ?

Si Shelly n'avait pas eu les deux mains sur le volant, elle se serait enfoui le visage dedans pour signifier son désarroi à Pia. Il y eut un long silence. Le temps passait. Laura exigea qu'on lui cède le volant.

— Pas dans l'état où tu es. Tu vas d'abord te calmer.

— C'est bon, mais je voudrais qu'on passe par Oka. On a le temps ?

— Pourquoi Oka ?

La colère de Laura s'était muée en volonté de réparation de tous les abus perpétrés contre les femmes à travers l'histoire. Si elle voulait faire un détour par Oka, ville paisible endormie au bord du lac des Deux Montagnes, juste à l'ouest de Montréal, c'était pour visiter un endroit dont elle n'avait appris l'existence que tout récemment. Elle raconta l'anecdote avec emphase, accompagnant ses propos de grands gestes des bras.

Dans les années 1940, les frères trappistes qui possèdent, en plus d'une ferme laitière, d'immenses jardins fleuris, ont besoin des conseils d'un expert sur les soins à prodiguer à certaines plantes ornementales, notamment les lilas, mais aussi les roses et les forsythias. On écrit donc au directeur de la Central Experimental Farm d'Ottawa pour lui demander d'envoyer son meilleur horticulteur. Bien que près de leurs sous, les moines, chacun le sait, prennent soin de leur butin, et ils sont prêts à rémunérer convenablement l'éminence qui les aidera à faire fleurir un jardin encore plus somptueux que celui de leurs rivaux de Rougemont. L'affaire est cruciale. Ils ne tardent pas à recevoir une réponse positive rédigée en anglais, une langue qui rend parfois les sexes invisibles, pour le meilleur ou pour le pire. Une réponse en français aurait permis d'éviter le quiproquo.

Les trappistes ont donc formé un comité d'accueil apte à recevoir cet éminent visiteur. Puisque ce dernier ne parle certainement pas le français, on a sélectionné les moines les plus compétents dans la langue de Shakespeare pour accueillir l'horticulteur au quai du lac des Deux Montagnes, où accostera son bateau venu d'Ottawa par la rivière des Outaouais. Les voilà donc vêtus de leur bure du dimanche pour recevoir leur arme secrète, l'homme qui aspergera généreusement leur jardin de sa science et fécondera les pousses vertes et les bulbes rougeâtres frétillants qui déjà percent la terre printanière. Le moment devient solennel lorsque le moins myope des moines voit poindre sur les flots le bateau attendu. Les visiteurs accostent, commencent à débarquer. Les moines cherchent leur horticulteur qu'ils croient mâle, racé et viril. Aucun des hommes qui débarquent ne leur accorde la moindre attention. Enfin descend la dernière personne, une femme d'allure austère, la chevelure retenue par un chignon et couverte d'une grande robe dont les manches descendent jusqu'au gras du pouce. Esquissant un sourire un peu douloureux – le soleil du printemps se reflétait sur les flots du lac –, elle tend la main à celui qui semble être le plus âgé des moines.

— Je suis Isabella Preston, l'horticultrice envoyée par la Central Experimental Farm.

Soixante siècles s'écoulent avant que les moines réagissent, puis ils finissent par afficher une expression nouvelle, mi-grimace, mi-sourire. Isabella Preston parle anglais et a un accent britannique à couper au couteau. Mais ce n'est pas son anglicité qui zombifie les moines, c'est son sexe : inattendu, superflu et, surtout, interdit dans l'enceinte de l'abbaye. Personne au Canada n'en sait plus sur le lilas et les plantes ornementales qu'Isabella Preston. Aucun jardinier canadien n'a réussi à créer autant de variétés de lilas qu'Isabella Preston. Nul ne doute de la compétence d'Isabella Preston. Mais elle a un défaut rédhibitoire. Dans les rangs des moines, on regarde par terre. Le bateau ne repartira pas avant la fin de la journée, ce qui signifie qu'il faut s'occuper de *cette personne*. Les bonnes manières prennent le dessus. Les moines décident de la promener autour de l'abbaye et de lui poser des questions sans grande importance sur les plantes qui poussent aux alentours. Au bout de quelques heures, on raccompagne Isabella Preston au quai d'Oka. Elle rentrera à Ottawa à contre-courant. Les moines soupirent de soulagement : l'air de leur jardin ne sera pas corrompu par la présence d'une femme.

Pia avait écouté l'histoire, amusée.

— Et tu veux passer par Oka, pourquoi ?

— Je veux parler à ces moines.

— Tu vas leur dire quoi ?

— Ce que je pense.

— Mais ils doivent tous être morts !

— Pas nécessairement.

Étrangement, Shelly n'objecta rien à ce détour. Elle imposa cependant ses conditions. La visite serait muette. Personne n'adresserait la parole à d'éventuels moines, peu importe leur âge.

Comme Isabella Preston, elles arrivèrent à Oka par l'eau, sur le bac venu de Hudson. À leur grande déception, elles trouvèrent un monastère abandonné par ses moines qui avaient laissé, avant de déménager dans une autre région du pays, une usine de fromage et une boutique pour les touristes. Laura croisait les bras rageusement. Habituée à ces tentatives de réparation du passé, Shelly la prit par l'épaule.

— Ils ne sont plus là. C'est fini. Oublie ça. Ils sont tous morts et Isabella demeure à jamais la reine des lilas. On va être en retard au rendez-vous. On va être en retard pour le Lilas aveugle !

Pia prit quand même la peine d'acheter un fromage dont l'odeur intense indisposa fortement ses compagnes. Le détour par Oka avait été inutile et leur avait fait perdre un temps précieux. Les voilà maintenant prisonnières d'un bouchon monstre, sur la route. Visiblement calmée par sa visite à Oka, Laura viola un tabou.

— Et Rosa ? Vas-tu nous dire ce qu'elle est pour toi ?

Pia semblait stupéfaite par la laideur de la ville. Rien ne ressemblait aux photographies flatteuses de Montréal que Rosa lui avait envoyées. À cause du détour par Oka, elles arriveraient très en retard au Lilas aveugle 2012. Pia ne répondait pas. Laura ne lâchait pas le morceau, alors que Shelly, concentrée sur la conduite du camping-car dans la circulation, lui envoyait des œillades assassines.

— Et tu ne nous parles jamais de ta fille…

Pia restait coite. Au loin, la silhouette de l'oratoire Saint-Joseph lui rappela un bâtiment qu'elle avait vu elle ne savait plus où. La circulation s'était figée. Une chaleur inhabituelle pour la mi-mai accablait la ville. Laura fit un pas de trop.

— En tout cas, je trouve que tu lui as donné un très joli prénom. Est-ce en l'honneur de Simone de Beauvoir ?

Importunée au-delà des mots, Shelly alluma la radio qui emplit l'habitacle d'une musique assourdissante. Dans ce vacarme, personne ne l'entendit crier : « Ta gueule, Laura ! »

# L'enfer astral de Simone Barbosa

Dieu n'est pas brésilien. Il serait téméraire de prétendre
le contraire. Et pour cause : un mois avant leur anniversaire, les Brésiliens entrent dans une zone de turbulences
qu'ils appellent l'enfer astral, c'est-à-dire une période de
quatre semaines pendant lesquelles les forces cosmiques se
déchaînent contre eux. Celui qui guette Simone Barbosa,
quarante-deux ans, réalisatrice vedette de la chaîne de
télévision brésilienne TV Real, se prépare manifestement
depuis longtemps. Pour avoir été de tout temps épargnés
par le frimas, le froid et les neiges, toutes ces réalités
qui rendent les *gringos* si irritables, les Brésiliens paient
un cher tribut. Simone doit maintenant régler la part qui
lui revient de cette addition salée. L'enfer astral ne se
manifeste pas à tous les anniversaires et il ne faut pas le
confondre avec une simple pénurie de fortune ou un bras
d'honneur du karma. Pour que l'on puisse diagnostiquer
un enfer astral en bonne et due forme, certains symptômes
doivent se manifester simultanément. Il faut que la lame
coupe dans la chair en frôlant l'os, il faut que la victime
confonde la réalité avec un cauchemar, il faut que *tout*
chie, et ce, au moins trois fois dans la même semaine,
voire le même jour. Chez Dante, l'enfer est composé de
neuf cercles subdivisés en plusieurs girons. Plus léger
mais d'autant plus efficace, l'enfer astral de Simone se
déclinera en trois girons brûlants.

# Premier giron

Simone est convoquée dans le bureau de son supérieur, un goujat notoire qui la regarde toujours droit dans les seins. Il s'appelle Laerte Silva. Il règne sur TV Real. Sa parole prend force de loi, sa volonté devient réalité. Le choix du pasteur évangélique ? Silva. Le dernier mot sur l'embauche de nouveau personnel ? Silva. La préparation du calendrier de production ? Silva. L'attribution des rares places de stationnement aux employés ? Silva. Le calcul des salaires et des cachets ? Silva, encore et toujours, tout honneur et toute gloire, pour les siècles des siècles. Amen.

— Tu dois penser à nos actionnaires, Simone. *Alerte dans la ville* est annulée. La dernière émission sera diffusée dans deux semaines, c'est-à-dire le 23 mars. Je m'attends à ce que ta nouvelle émission commence au plus tard à la fin avril.

Silva la renvoie à l'avilissement : intégrer le monde de la fiction, quitte, dans le meilleur des cas, à se faire employer comme assistante de plateau dans une *telenovela* d'un concurrent. Autant faire des ménages. Simone déteste la fiction. Elle n'a rien contre les histoires inventées, mais trouve futile et ruineuse leur représentation à la télévision. C'est pour l'amour de la vérité qu'elle travaille. Parce que seul ce médium peut prétendre livrer le vrai, à l'inverse de la fiction, ce gouffre sans fond de suppositions parfois primitives qui la rapprocheraient trop du monde des livres de sa mère. Le slogan de TV Real est d'ailleurs formel : *Vrai comme vous.* Entre réalité et fiction, Simone a fait son choix depuis longtemps. Elle veut le vrai. Ceux qui la connaissent peuvent en témoigner, aux sens propre et figuré, Simone ne fait jamais de cinéma. Elle fait de la télé.

Cet amour de la Vérité a un prix, car celle-ci se vend moins cher le kilo que la fiction. Ainsi, les employés de TV Real touchent un salaire nettement inférieur à celui de leurs collègues des réseaux concurrents. Ce manque de moyens explose à l'écran en mille bourdes et maladresses techniques et se traduit par l'omniprésence d'émissions produites à peu de frais, toutes campées dans la région de Rio de Janeiro. S'en éloigner coûte trop cher.

L'émission de Simone était pourtant partie en lion. C'est elle qui avait tout élaboré : le format, les couleurs, la longueur des reportages, les thèmes. Tout était d'elle. Mais Silva, après avoir pris connaissance des parts d'audience, s'en était déclaré le concepteur. Depuis trois ans, il surfe sur le succès d'*Alerte dans la ville* sans vergogne aucune.

En janvier 2009, la recherche d'un animateur capable de porter sur ses épaules une thématique aussi lourde ne s'est pas faite sans peine. Pour son émission, Simone voulait à tout prix un visage jeune et nouveau, une tête capable d'appâter la génération montante et de régénérer un public que l'on devait s'imaginer majoritairement composé de têtes blanches terrorisées au fond d'appartements obscurs. Simone a insisté pour que l'on engage un jeune reporter noir du nom de Gustavo, un reporter novice très prometteur. Silva l'a trouvé trop foncé.

— Il nous faut un Blanc pour tenir la barre de cette émission, Simone.

Si elle ne s'était pas affamée du lundi au jeudi pour garder sa ligne, Simone aurait vomi bruyamment. Mais estomac vide ne rend rien. Elle garda quand même les coordonnées du jeune Gustavo pour un projet personnel qui lui tenait à cœur et dont le dénouement deviendrait le deuxième giron brûlant de son enfer astral. Si elle avait su, elle aurait jeté ces coordonnées à la poubelle et n'aurait pas contacté Gustavo. Simone est trop confiante en l'avenir, elle n'a pas appris, comme sa mère Pia et sa tante Vitória, à s'en méfier. C'est un problème générationnel. Il faut parler de Simone au présent, parce que sa connaissance du passé s'arrête là où commencent ses plus anciens souvenirs. Sa mère est habile à manier les temps et les modes verbaux au passé, mais elle n'a pas légué ce talent à sa fille.

Silva n'en démordait pas, il fallait un bonhomme, un gros tonton à moustache d'au moins cinquante ans pour inspirer confiance aux téléspectateurs, quelque chose du type ancien flic qui, on le comprend en le voyant, se tient du bon côté de la frontière ténue qui sépare la civilisation du chaos, quelqu'un dont le regard d'acier puisse rassurer et terroriser à la fois. Un journaliste possédant l'expérience adéquate fut engagé, un bonhomme aux yeux clairs, d'une corpulence rassurante, au geste grave et pesant, appelé Fernando Costa, détective de la police militaire défroqué qui s'était reconverti dans le journalisme à sensation. Le format : Fernando debout dans un studio de Niterói, s'adressant en duplex à des reporters sur le terrain qui lui rapportaient les crimes du jour. Le premier mois, les affaires suivantes furent dévoilées :

1) Dans la banlieue nord de Rio, Paula travaille comme serveuse pour soutenir sa tante et sa sœur. Sa beauté et sa blondeur attirent les garçons du voisinage qui n'ont d'yeux que pour elle. L'un d'entre eux, Emerson, un jeune homme perturbé et jugé instable, est particulièrement troublé par l'amour qu'elle lui inspire. Rassemblant son courage, il décide de lui avouer ses sentiments. Paula rit, mais, attendrie, propose à l'admirateur d'être son amie. Emerson accepte, mais encaisse mal l'affront. Le lendemain, il attend Paula sur le chemin du retour du travail. Il lui fait croire que des hommes ont tué un immense serpent dans un boisé voisin et propose de lui montrer le cadavre du reptile. Paula le suit. Loin des regards, Emerson la viole, puis la tue avant d'abandonner son corps dans un fourré. Il assistera aux funérailles de Paula deux jours avant d'être

arrêté par la police, un témoin l'ayant vu discuter avec la victime quelques minutes avant le meurtre.

2) À Betim, Isabelle fait sa dernière année de droit. Elle fréquente depuis un an Robson, un machiniste agricole de 23 ans. Au bout de dix mois, Isabelle décide de mettre un terme à cette relation. Un soir qu'elle est installée à la terrasse d'un bar en compagnie d'amis de la faculté, Robson surgit sur sa motocyclette et charge le groupe d'amis qui n'a d'autre choix que de se disperser. Dix jours après l'incident, Robson parvient à convaincre Isabelle de renouer leur liaison. Quelques semaines plus tard, il l'abat d'une balle dans le cœur et disparaît de la circulation. La police le recherche toujours. Si vous connaissez cet homme, si vous l'avez vu, téléphonez au numéro qui apparaît au bas de l'écran. Votre anonymat sera respecté.

3) À Goiânia, Suzana, 30 ans, est retrouvée morte dans sa cuisine, assassinée de huit coups de couteau. C'est sa fille de 8 ans qui fait la macabre découverte. Son amant, Gabriel, est connu pour sa jalousie et pour son tempérament violent. Il est le premier suspect dans cette affaire. Quelques heures avant le meurtre, Suzana avait envoyé à Gabriel une photographie du bikini qu'elle venait d'acheter et qu'elle comptait étrenner lors d'un voyage au bord de la mer. Gabriel demeure introuvable. Si vous connaissez cet homme, si vous l'avez vu, téléphonez au numéro qui apparaît au bas de l'écran. Votre anonymat sera respecté.

4) Ana et Samuel se sont rencontrés à Natal. Peu de temps après, ils se mettent en ménage et ont vite un fils. Pour offrir une vie meilleure à l'enfant, le couple déménage à São Paulo. Après cinq ans dans la capitale pauliste, leur vie est devenue routinière. Et Samuel a révélé son caractère violent. Il lui arrive de battre sa femme et même de l'obliger à dormir à même le sol. Ana quitte Samuel et recommence sa vie. Elle trouve un emploi et rencontre un nouvel amant, Rodrigo, 28 ans, et se colle avec lui. Samuel, mis au courant de cette relation, menace Ana de la tuer. Trois fois elle portera plainte à la police. Elle remplira

trois dépositions, mais sans que s'arrêtent les menaces. Un jour, Samuel décide de tuer Rodrigo à l'aide d'un complice. Profitant d'un instant de solitude de sa proie, il lui loge six balles dans le thorax. Or Rodrigo survit à l'attaque et identifie son assaillant qui s'en va croupir en prison, d'où il continue de menacer Ana. Depuis sa cellule, il lui promet qu'il la fera assassiner par un tueur à gages. Terrorisée, Ana n'a pas quitté sa demeure depuis deux ans.

5) Sivanès a 22 ans. Elle vit à Uberlândia avec ses parents. Elle termine des études de dentisterie. Depuis deux ans, elle fréquente un homme d'affaires de 20 ans son aîné, Xéno, qui est très attaché à elle. Or Sivanès décide de faire un hiatus dans leur relation, le temps, dit-elle, de se consacrer à cette si exigeante dernière année d'études. Xéno prend très mal la séparation. Il implore Sivanès de revenir, mais celle-ci décide plutôt de rompre après quelques incidents de harcèlement. Un soir, elle lui rapporte quelques affaires qu'il avait laissées chez elle, pour bien lui signifier que leur liaison est terminée. Soudain, Xéno dégaine une arme à feu, abat Sivanès de deux balles et tente de se suicider, mais se rate.

6) À Curitiba, Maia, une adolescente de 13 ans, quitte la maison de sa tutrice de mathématiques. Sur le chemin du retour, elle rencontre trois garçons qu'elle ne connaît pas. Ceux-ci l'entraînent de force à l'intérieur d'une maison qui doit être celle des parents de l'un d'eux. Ils la violent à tour de rôle jusqu'à ce qu'elle s'évanouisse. Maia survivra à l'agression, mais se suicidera dix ans plus tard après avoir traversé de multiples épisodes dépressifs.

7) Âgés de 21 ans, Romildo et Juliana quittent leur ville natale de Salvador pour s'installer à São Paulo. Il part en premier pour préparer le terrain. Pendant qu'il est seul dans la grande ville, il découvre le monde de la drogue, qu'il délaisse à l'arrivée de Juliana. Les premiers temps, ils sont très heureux. Leurs voisins diront d'eux qu'ils baisaient sans arrêt. Il travaille comme portier ; elle, comme employée domestique. Mais l'argent commence à manquer

parce que Romildo a recommencé à se droguer. L'amour d'adolescence qui avait survécu à la distance commence à battre de l'aile. Romildo décide de se désintoxiquer. Il y arrive. Bonheur. Après neuf mois naît une petite fille. Malchance, Romildo perd son emploi et recommence à se droguer sans le dire à Juliana. Celle-ci ouvre dans la rue un stand de cuisine bahianaise pour subsister. Elle exige la séparation et le départ de son conjoint. Lui, rendu inutile par la drogue, sort rarement de l'appartement. Un jour, sans aucune explication, il confie le bébé à sa mère, qui tient un restaurant dans le quartier, en lui disant de bien s'en occuper. Peu après, la mère de Romildo, inquiétée par le ton de son fils, demande à deux employés d'aller frapper à sa porte, car elle croit qu'il pourrait s'être suicidé. Après avoir défoncé la porte, ils trouvent Juliana assassinée. Elle avait 28 ans. Romildo disparaît dans la nature. Si vous connaissez cet homme, si vous l'avez vu, appelez-nous. Votre anonymat sera respecté.

8) Camille, une étudiante d'une université de Rio de Janeiro, est trouvée morte dans un véhicule dans la zone nord de la ville. Son amoureux, Ronaldo, est gravement blessé à ses côtés. L'enquête révèle que le couple a été abattu par Rafael, un trafiquant de drogue que fréquentait Camille avant de rencontrer Ronaldo. Incapable de supporter la fin de leur liaison, Rafael avait décidé d'éliminer son ex-copine et son nouvel amant. Malheureusement pour le malfaiteur, Ronaldo survécut et réussit à identifier le meurtrier.

9) À Campinas, José et Beatriz ont 16 ans. Ils sortent ensemble depuis six mois. Beatriz est toujours à l'école et rêve de devenir comptable dans une grande entreprise. Quelques mois après le début de leur relation, Beatriz apprend à son amoureux qu'elle est enceinte. Ce dernier se réjouit de la nouvelle, mais de mauvaises langues commencent à colporter la rumeur selon laquelle l'enfant ne serait pas de lui. José ne peut contenir sa colère et tue

Beatriz dont le corps est retrouvé après quelques jours de recherche dans un terrain vague en bordure de la ville.

10) Lucia, 27 ans, travaille dans un magasin d'articles pour bébés de Cabo Frio. Elle rencontre Valmir sur les réseaux sociaux. Après de longues séances de chat, ils décident de se rencontrer. Ils tombent amoureux l'un de l'autre. Un jour, une dispute éclate autour d'un téléphone portable que Lucia a reçu en cadeau de son frère. Valmir exige que Lucia lui donne le code pour ouvrir le téléphone. Il veut surveiller ses communications avec d'éventuels amants. Elle cède. Valmir lui fera régulièrement des crises de jalousie, jusqu'au soir où – les voisins le confirmeront – le couple se dispute gravement. Leurs cris sont si forts que les voisins décident d'appeler la police qui n'arrive que pour trouver le corps de Lucia sans vie et Valmir en sanglots à ses côtés, un couteau de cuisine à la main. Il plaidera la légitime défense.

11) Edinilson et Ariana, tous deux âgés de 20 ans, se sont connus par un site de rencontres en ligne. Lui est du Pernambouc ; elle, du nord de Rio, où Edinilson décide de venir s'établir pour être avec sa bien-aimée. Pendant les six premiers mois, ils vivent un amour parfait. Puis, Ariana se lasse de trouver les capsules de cocaïne vides qu'Edinilson sème un peu partout dans l'appartement. Elle le quitte et retourne chez sa mère, non sans avoir aidé Edinilson à se trouver un petit logement. Six mois après la séparation, Ariana commence à fréquenter un autre garçon, ce qui rend Edinilson furieux. Il décide de se rendre au domicile d'Ariana pour la tuer. Il s'introduit dans le garage et l'attend patiemment. Coup du sort, c'est la mère d'Ariana qui rentre en premier et c'est elle qu'Edinilson tue froidement avant de prendre la fuite. Il court toujours. Si vous avez vu cet homme ou si vous le connaissez, appelez au numéro au bas de l'écran. Votre anonymat sera respecté.

12) District fédéral. Eduardo, 17 ans, 11 mois et 29 jours ; Ivanir, 15 ans pile aujourd'hui. Comme c'est son

anniversaire, ils décident d'aller à une danse populaire. Il est persuadé qu'elle a donné rendez-vous à un autre garçon la veille. La preuve : le rival est là. Au retour, Eduardo emmène Ivanir dans la cour et lui loge une balle dans la tête. Il publie ensuite une vidéo du cadavre ensanglanté sur les réseaux sociaux.

13) À Rio de Janeiro, Anderson, 30 ans, soupçonne sa copine, Carolina, 27 ans, de le tromper. Carolina est souvent partie en tournée avec la troupe de danse dont elle fait partie. Avant leur séparation, il a menacé deux fois de la tuer. Oui, deux fois. Quand elle s'est réfugiée chez sa sœur à São Paulo, les menaces sont devenues quotidiennes. Oui, quotidiennes. Carolina a porté plainte quatre fois à la police. Quatre fois, oui. Finalement, il la convainc de lui accorder une nouvelle chance et l'invite à passer la nuit avec lui. Il la tue trois minutes après son arrivée. Il cache son corps dans un placard pendant deux jours avant de se livrer à la police.

14) À Cuiabá, José, 54 ans, est marié avec Maria depuis seize ans. Ils ont chacun quatre enfants d'un premier lit. Tous les enfants de José ont coupé les ponts avec leur père, car il a mauvais caractère. Il lui arrive, pendant des crises de jalousie, de frapper Maria qui décide un jour de le quitter pour de bon et d'aller vivre avec son fils dans un quartier populaire. Maria est nounou de profession. José n'accepte pas la séparation et la harcèle d'appels téléphoniques. Maria finit par accepter de se rendre chez lui pour discuter. La conversation ne plaît pas à José ; il roue Maria de coups, la rosse, la frappe et cogne jusqu'à ce qu'elle tombe inanimée. Il l'enterrera dans un boisé voisin.

15) À Ribeirão Preto, Lucia, une jeune femme bien née, disparaît de la circulation. L'employée de maison (Simony) et le jardinier (Jackson), les derniers à l'avoir vue vivante, expliquent qu'elle a quitté la maison pour aller rencontrer une amie. La police fouille l'immense demeure en vain. C'est finalement l'odeur de putréfaction de son cadavre caché sous un escalier, dans le sous-sol, qui attire

l'attention d'un membre de la famille. Après l'avoir violée et brutalement assassinée à coups de barre de métal, le jardinier et l'employée de maison avaient caché le corps de Lucia. Le jardinier désirait son corps, l'employée en était jalouse. Lui la violait pendant qu'elle lui tenait les bras. Pendant qu'on cherchait la disparue, Simony servait aux parents éplorés un jus de fruits de la passion, réputé pour calmer les nerfs et favoriser la perte de poids.

16) Suzy a 17 ans et vit chez ses parents à Rio de Janeiro. Elle caresse le rêve de devenir policière. Elle rencontre Wilerson dont elle s'éprend follement. Les deux décident de faire vie commune. Pendant la visite d'un ami, une violente dispute éclate entre les deux amants. Wilerson accuse Suzy de faire des avances au visiteur. Après le départ de ce dernier, Wilerson abat sa copine à l'aide d'une arme de calibre .357 pour laquelle il ne détient pas de permis. À la police, il tentera d'abord de faire croire que Suzy a été victime d'un braqueur. Or, deux jours après le meurtre, Wilerson se rend et confesse son crime. En vertu des lois brésiliennes, il est libéré en attente de son procès. Il s'évanouit dans la nature. Il n'a pas encore été retrouvé. Si vous avez vu cet homme ou si vous le connaissez, appelez au numéro au bas de l'écran. Votre anonymat sera respecté.

17) À João Pessoa, Leila, 35 ans, et Joël, 44 ans, vivent des jours difficiles. Elle est vendeuse ; lui, policier militaire. Ils sont ensemble depuis douze ans. Elle prétend qu'il la bat et s'en plaint à ses sœurs qui l'implorent de quitter cet homme dangereux. Il l'accuse de la même chose. Un jour, Leila disparaît après une dispute très bruyante, diront les voisins. Peu avant de partir de chez elle, elle a écrit le message suivant sur les réseaux sociaux : « À partir de maintenant, je serai heureuse. Enfin, ce mariage de mensonges est fini. Je vais relever la tête et reprendre le contrôle de mon existence. » Son corps sera retrouvé dans des bosquets. Joël, qui n'a pas d'alibi, clamera tout de même son innocence.

18) São Paulo. Andrea a 20 ans et Leonardo, 21. Tous les dimanches, Leonardo fréquente l'église où chante la chorale d'Andrea. Il lui fait la cour. Elle finit par céder et elle accepte une demande en mariage, même si sa mère la met en garde contre cet homme qu'elle trouve mal assorti à sa fille. Pour se faire aimer de la famille, Leonardo emménage dans le même quartier qu'Andrea. À sa future belle-mère, il demande un prêt pour meubler cette nouvelle demeure. Elle accepte, mais elle a des réticences. Très vite, Leonardo montre qu'il est un homme violent. La mère d'Andrea convainc sa fille de porter plainte. Au fil du temps, Andrea fera huit dépositions, mais en vain : Leonardo revient chaque fois en promettant de s'assagir. Il ne respectera aucune des injonctions d'éloignement que la justice lui imposera. Andrea ne quitte plus le domicile de ses parents par crainte de son fiancé. Un jour, elle disparaît. Leonardo a enlevé sa fiancée et fait pression sur les parents pour qu'ils retirent les plaintes à la police. Ceux-ci cèdent aux menaces. Lorsque Andrea recouvre sa liberté, elle déclare avoir fui volontairement avec son fiancé. Par crainte de représailles, elle niera toujours avoir été enlevée. Finalement, on retrouve son corps sans vie près de son domicile. Dans le quartier, plusieurs personnes avouent qu'elles ont déjà été témoins d'empoignades entre Leonardo et Andrea. Deux témoins sur sept ont dit pendant leur témoignage : « J'ai toujours su qu'un jour il la tuerait » ; et trois autres : « Tout le monde savait qu'il voulait la tuer. On se demandait quand il le ferait. » Les deux autres n'ont rien dit de tel.

19) Petrolina, dans l'État du Pernambouc. Alviana est mariée depuis quatre ans avec Carlos, un homme qui l'adore. Elle a eu avec lui un fils. Un jour, lassée de sa liaison avec Carlos, elle décide d'aller vivre seule avec son enfant, avec l'appui moral et financier de Carlos. Leurs relations sont bonnes. Bientôt, elle rencontre Luis. Après deux mois de fréquentation, Alviana se rend compte qu'elle est enceinte. Heureuse, elle en parle à son nouvel amant

qui, tout en restant calme, lui demande d'aller passer un test de grossesse, qui se révèle positif. Alviana décide de préparer un dîner pour annoncer la grande nouvelle à son Luis. Ce qu'elle ne sait pas, c'est que ce dernier est déjà marié et père de deux enfants. Il lui ordonne de se faire avorter. Elle refuse catégoriquement. Il la poignarde de douze coups de couteau à quelques mètres du berceau où dormait son premier fils âgé de 18 mois.

20) À Belo Horizonte, Julia et Everton se fréquentent depuis cinq mois, mais peu à peu Julia se met à trouver qu'Everton est trop déprimé. Ce dernier, garde municipal, a effectivement le cafard. Son employeur l'a mis en congé forcé et lui a retiré son arme. Julia décide alors de mettre fin à leur liaison. Everton le vit très mal et se présente chez Julia, la force à un rapport sexuel. Plus tard, ils vont ensemble dans un centre commercial où Julia prétend vouloir s'acheter une robe. Elle en profite pour murmurer à la vendeuse qu'elle a besoin d'aide et que son petit ami est armé. Une course folle s'engage alors dans le centre commercial. Julia tente de s'enfuir. Elle court, court. Everton l'abat de trois balles et elle meurt sur le coup, entre les tables de la zone de restauration. Le jeune homme retourne ensuite l'arme contre lui-même.

21) Benjamin, 50 ans, est propriétaire d'un salon de coiffure. Il aime les jeunes femmes et la boisson. Il s'imbibe tout le temps. Un jour, il rencontre une manucure de 20 ans, Christiana. Il tombe follement amoureux d'elle et la demande en mariage. Le couple aura deux enfants. Après quelques années de vie commune, Benjamin regrette sa vie de célibataire. Il se remet à sortir et rentre ivre tous les soirs, imprégné de parfums de femmes. Il menace Christiana et la frappe tous les jours. Elle décide de fuir avec ses deux enfants. Le frère de Christiana dira : « Il la battait et nous le savions, mais nous ne le croyions pas capable de commettre un crime. » Furieux, Benjamin lui laisse des messages effrayants sur son répondeur. Un jour, il lui dit : « J'arrive. Je viens te tuer. » Inquiète, Christiana

file chez une amie, mais Benjamin la suit, surgit dans la maison de l'amie et tue Christiana d'une balle de revolver.

22) À Porto Alegre, Babila, 28 ans, rêve de trois choses : fonder une famille, être top model et devenir actrice. Contrairement à la plupart des filles qui caressent les mêmes rêves, Babila signe de bons engagements de mannequin. Un jour, elle rencontre Bruno, 30 ans, à une fête. Il fait tout pour la conquérir, mais elle lui résiste farouchement par crainte de ralentir sa carrière. Elle finit par céder, au grand dam de ses parents. De type « gestionnaire », Bruno exige de Babila qu'elle renonce à sa carrière de mannequin pour l'épouser, ce qu'elle accepte. Après la naissance de leur premier enfant, Bruno devient de plus en plus possessif. Il finit par interdire à son épouse de voir ses parents. Pendant une altercation, il la menace avec un couteau. Paniquée, Babila s'enferme dans la salle de bains pour téléphoner à sa mère, laquelle prévient la police. Devant les agents, Babila renonce à porter plainte. Quelques semaines plus tard, Bruno assassine sa femme en pleine crise de jalousie, à trois heures du matin. Les cris de Babila réveilleront les voisins qui se diront choqués, mais pas surpris. Tout le monde savait qu'il finirait par la tuer.

23) À Barbacena, Larissa, 21 ans, étudiante en médecine, s'évapore dans la nature. Des témoins ont vu un couple l'aborder dans le stationnement de la gare routière où elle avait garé sa voiture. L'homme et la femme l'ont forcée à prendre place sur la banquette arrière de sa voiture et l'ont emmenée on ne sait où. Douze jours plus tard, son corps a été retrouvé en état de putréfaction, dans la campagne environnante. Lucas, son ami de cœur de 22 ans, un mannequin très séduisant, nie toute implication dans le crime, jusqu'à ce que José Roberto, son imprésario et propriétaire d'une boutique de vêtements griffés, passe aux aveux. C'est lui qui a commandité le meurtre de la jeune femme parce qu'elle avait découvert l'idylle secrète entre lui et Lucas. L'assassinat lui a coûté 1 000 réaux, c'est-à-dire 275 dollars américains. En apprenant la

nouvelle, les habitants de la ville ont pillé et incendié la boutique de l'accusé. Les polos Ralph Lauren s'envolèrent en quelques secondes.

24) Recife. Lais, 25 ans, fréquente Saulo, 27 ans, un joueur de football qui a porté les couleurs de plusieurs clubs, dont le Cruzeiro de Belo Horizonte. Le couple publie chaque jour des selfies d'eux, tout amoureux, sur les réseaux sociaux. Pourtant, en privé, Saulo agresse Lais qui finit par porter plainte à la police pour coups et blessures. Un jour, Saulo publie la photographie d'un couteau apposé sur le cou de sa copine en menaçant de la tuer puis de se suicider. En dépit de l'injonction d'éloignement, le jeune homme se rend au domicile de sa copine, la bat violemment et l'achève d'une balle.

25) Ângela, 34 ans, dentiste à Porto Alegre, vient de rompre avec Luis, 37 ans, son amant qui était aussi son instructeur dans un centre de conditionnement physique à la mode. Luis se gare devant l'immeuble où Ângela a son cabinet. Une fois tous les patients partis, il entre et tue son ex-amante de cinq balles en pleine poitrine.

26) Alina, 17 ans, vit avec sa mère dans la banlieue de Santos. Elle rencontre Alan, un garçon de 25 ans avec qui elle a dès le premier jour des rapports sexuels. Elle se rend vite compte qu'elle est enceinte. Alan exige qu'elle se débarrasse du bébé, ce qu'Alina refuse de faire. Alan se fait menaçant. Il harcèle la mère et la fille de coups de téléphone pleins d'agressivité. Un jour, alors qu'Alina s'apprête à aller passer une échographie, le jeune homme l'appelle pour lui dire qu'il va la tuer. Il lui envoie aussi un SMS pour le cas où elle l'aurait mal compris. Alina prend connaissance de ces menaces de mort sans s'affoler. Alan se présente ensuite au domicile d'Alina et lui demande de le suivre. La mère implore sa fille de ne pas obéir, de ne pas ouvrir la porte et de se cacher dans la maison, le temps que la police arrive. Mais Alina cède à Alan, sort de la maison et le suit. Oui. Elle pense qu'elle peut le raisonner. Il sort une arme à feu. Alina tente de fuir et

Alan lui tire trois balles dans le dos. Il prend le large et court toujours. Si vous avez vu cet homme ou si vous le connaissez, appelez au numéro que vous voyez au bas de l'écran. Votre anonymat sera respecté.

27) Margareth a 23 ans. Depuis cinq ans, elle fréquente Fernando, un garçon de son âge issu d'une famille riche de la zone est de São Paulo. Fernando lui annonce un jour qu'il est amoureux d'une autre fille et qu'il compte mettre un terme à leur liaison. Des disputes éclatent, mais le couple finit par se réconcilier. Lorsque Margareth apprend à Fernando qu'elle est enceinte, il exige qu'elle avorte. Elle refuse. Fernando coupe les ponts et retourne auprès de l'autre amante. Enceinte de sept mois, Margareth sort de chez elle un matin, accompagnée de son frère. Un ami doit passer les prendre. Pendant qu'ils attendent au bord de la rue, une moto chevauchée par deux hommes passe. Le frère de Margareth reconnaît Fernando sous le casque du conducteur. La moto fait demi-tour et s'arrête devant eux. Le passager en descend, sort un revolver de son blouson et loge deux balles dans la poitrine de Margareth. Ensuite il fait feu sur le frère qui s'effondre. Avant de remonter sur la moto, il tire encore trois balles dans l'abdomen de la jeune femme pour achever le fœtus. Le frère de Margareth survivra et racontera tout à la police. Dix ans plus tard, après avoir grassement payé plusieurs avocats, Fernando n'a pas encore été jugé. Il vit avec sa femme et ses deux enfants à São Paulo. Avant d'être assassinée, Margareth, à la faculté de droit où elle étudiait, avait travaillé sur une dissertation ayant pour sujet : « La complicité dans le crime et l'impunité. »

28) Renata, 20 ans, vit à Fortaleza. Elle est danseuse de ballet. Poursuivant son rêve de devenir actrice, elle déménage à Rio de Janeiro où, contre toute attente, elle réussit à décrocher le rôle principal dans une télésérie. Elle rentre à Fortaleza pour fêter cette victoire avec ses proches. Gustavo, un ami, la ramène chez ses parents après la fête. Son véhicule aurait coupé la route à celui de Vladimir, un

étudiant en droit d'une famille aisée. Furieux, ce dernier prend en chasse Gustavo, sort son arme et loge une balle dans la tête de Renata qui meurt sur le coup. Vingt-deux ans plus tard, oui, vingt-deux, Vladimir est condamné en troisième instance à douze ans de prison. Il compte se pourvoir en appel. Pendant toute la durée des procédures, Vladimir a vécu en homme libre. Il a fait des études et fondé une famille.

29) Leila étudie le droit dans une université privée de Rio. Disparue depuis une semaine, la jeune femme est retrouvée sans vie au fond d'un fossé, dans la zone sud de la ville. Sans qu'on sache comment il a obtenu ce privilège, un reporter d'*Alerte dans la ville* réussit à suivre la police et attend les proches de la victime pour filmer leurs réactions au bord du fossé, le caméraman ayant refusé d'aller plus loin. Il y a d'abord le frère de Leila qui jaillit des hautes herbes en vomissant, puis sa mère, s'arrachant les cheveux, puis sa cousine, criant le nom de Dieu en vain, puis les gens de la morgue. Les réactions de chacun des proches ont correspondu à des pics d'audience, à la seconde près. Le journaliste s'approche ensuite des proches éplorés pour leur demander, à chaud, leurs impressions sur l'affaire, sans oublier de rappeler aux téléspectateurs que l'odeur putride du cadavre rend l'air irrespirable. Des automobilistes s'arrêtent, intrigués par l'attroupement, créant un petit embouteillage qui met une demi-heure à se dissoudre dans les relents mortuaires. On soupçonne d'emblée un ancien petit ami que Leila avait éconduit deux semaines avant sa disparition. Le corps de la jeune femme portait cinquante-huit lacérations profondes, selon le médecin légiste qui l'a autopsié.

Ça, c'était le premier mois.

Conformément aux attentes, les chiffres de l'Ibope ont fait monter des larmes d'émotion aux yeux de Simone et eu un effet similaire sur la rétribution qu'elle recevait de TV Real. Chaque fois qu'une Brésilienne mourait étranglée ou poignardée par son amant, les cotes d'écoute faisaient un bond qui se reflétait dans la rémunération de Simone. Dans la case horaire de fin de soirée, *Alerte dans la ville* avait coiffé tous ses concurrents, sauf évidemment TV Globo. Sans dire un mot, Silva, qui, il fallait bien l'admettre, savait se servir de la louange autant que de l'humiliation, a fait préparer un immense gâteau en forme de 7 % – la part d'audience – qu'il a dévoilé à midi devant tous les employés de TV Real. Pendant les mois qui suivirent, Simone enchaîna grâce à *Alerte dans la ville* une suite de succès professionnels, jusqu'au jour où l'inévitable s'est produit.

Tous les concurrents, à l'exception de TV Globo dont le taux d'écoute ne descendait jamais sous la barre des 25 %, avaient repris l'idée de Simone et diffusaient doré-navant des actualités policières encore plus sanglantes que le modèle qu'ils copiaient. Le coup fatal lui est venu de TV Carioca qui a eu l'audace de diffuser la vidéo de l'enlèvement d'une adolescente à la sortie d'une banque de Botafogo, en pleine lumière du jour. La chance a continué de sourire à ces tristes plagiaires le lendemain, lorsque la captive, séquestrée dans un endroit inconnu, ayant réussi à déjouer ses ravisseurs, s'est servie de leur téléphone non pas pour appeler la police à son aide, mais pour marchander calmement avec les journalistes de TV Carioca le récit de son calvaire. Ce coup fumant a sonné le glas de la domination d'*Alerte dans la ville* pour Simone, convaincue comme tout le monde que la victime était de mèche avec l'équipe de production de TV Carioca. Dès lors, son audimat n'a plus guère dépassé 4 %.

Silva est très clair. Il lui laisse une dernière chance avant de la faire simple assistante sur *Quand le scalpel se trompe*, un florilège effrayant de chirurgies plastiques ratées, qui parvient tant bien que mal à faire 5 % le lundi soir.

— Navré, mais c'est la fin pour *Alerte dans la ville*. Tu as trois jours pour nous proposer un truc qui va marcher. Disons une semaine parce que c'est toi.

Comme elle devra se l'avouer plus tard, une fois que le désastre aura été consommé, lorsqu'il sera trop tard, Simone a allumé elle-même le deuxième giron de son enfer astral.

# Deuxième giron

Le premier feu n'a pas suffi à faire comprendre à Simone la gravité de la situation. Pourtant, il avait été précédé d'avertissements, fumées annonciatrices du brasier qui se préparait. Par exemple, en 2012, deux semaines avant le mercredi des Cendres, avait paru dans la revue d'actualité politique *Veja* une longue interview avec un dénommé Ribeiro, colonel de l'armée à la retraite. L'homme avouait candidement avoir torturé et assassiné des dizaines de militants à la fin des années 1960. Son travail consistait souvent à couper les mains et les pieds des cadavres pour qu'il soit impossible de les identifier. Manifestement éméché et endommagé par des décennies de consommation excessive d'alcool, Ribeiro se disait fier de ses actes. Simone a lu l'entretien avec grand intérêt. Se pourrait-il que cette vieille outre connaisse le destin de Thiago Brasileiro Guimarães Vieira da Conceição, ce père qu'elle n'a pas connu qui avait été arrêté pour activités subversives par les militaires quelques semaines avant sa naissance ? Le Brésil ne manque pas de vieux croûtons galonnés que l'amnistie de 1979 a blanchis de crimes indicibles. Seulement, celui-là est de Belo Horizonte et, qui plus est, s'est installé pour sa retraite dans un appartement de la tour A du complexe d'habitation Juscelino Kubitschek, juste à côté de la tour B où Simone a grandi. Cet article lui a fait perdre le sommeil. Juste après la fin du carnaval, au lendemain du mercredi des Cendres, Ribeiro a été trouvé mort au pied de la tour B, à la verticale de son appartement du 23ᵉ étage. Les journaux ont rapporté son décès comme un suicide, même si l'alcoolémie mesurée lors de l'autopsie tendait plutôt à classer l'incident sous la rubrique des dommages collatéraux du carnaval. Ce jour-là, Simone a composé le numéro de téléphone de sa mère, à qui elle n'avait pas parlé depuis dix ans. Elle a laissé sonner un coup, puis elle a raccroché. Non, la mort de Ribeiro, sa présence dans la tour voisine de celle où elle a grandi, ses aveux à *Veja*, rien de tout cela ne suffisait comme prétexte pour s'imposer des retrouvailles. Tout cela devait être le fruit d'une série de coïncidences. Ce vieux croûton avait trop parlé, c'est tout. Suicide ? Destruction d'archives, plutôt. Elle se dit qu'elle en parlera avec sa tante Vitória, avec qui elle est restée en contact, à l'occasion de leur conversation téléphonique annuelle du début avril, à l'occasion de l'anniversaire de tante Vivi. Simone ne l'appelle pas tout de suite parce qu'elle a peur que sa tante lui tienne la patte au téléphone. Elle rentre de vacances, elle a d'autres chats à fouetter en ce retour au boulot. Plus tard, quand les conséquences de son insouciance – plutôt un manque d'attention – lui seront dévoilées, Simone se jurera de ne plus jamais ignorer des signaux si évidents du destin. Mais il sera trop tard. À sa décharge, disons que la mort de Ribeiro a surpris Simone en pleine période de désarroi amoureux.

Comme une vaste proportion de ses compatriotes, Simone est rongée par le trouble mental le plus répandu en Amérique latine : la jalousie. Son état – caractérisé par des mouvements secs et nerveux et une respiration saccadée – passe quasiment inaperçu, sauf aux yeux des amants concernés. En 2009, au moment où avaient lieu les entretiens d'embauche pour *Alerte dans la ville*, Simone a dû renoncer à confier le rôle d'animateur à Gustavo, dont elle a cependant gardé les coordonnées. Une semaine après l'entretien infructueux, elle le contacte pour lui proposer une mission rémunérée. Elle soupçonne son ami de cœur de la tromper depuis quelques semaines déjà. Elle n'a rien de concret à lui soumettre, aucune preuve, juste ce tremblement de l'âme qui suffit à mettre la rationalité et l'intelligence d'une personne au service de ses fabulations et de ses doutes. Elle veut faire prendre Rui en filature, un homme qu'elle fréquente depuis quelques mois, mais à qui elle refuse encore de donner son entière confiance et la clé de son appartement. Rien là d'antipatriotique.

On pourrait objecter que Gustavo, avec son jean délavé, sa chemise polo, ses airs délicieux de tombeur nordestin et son teint de six tons plus foncé que celui de Simone, ne passera jamais inaperçu, peu importe les circonstances de la vie carioca dans laquelle on le jettera. De beaux Noirs comme Gustavo, Rio de Janeiro en grouille, si tant est cependant qu'on regarde les Noirs et les hommes. Or Rui est affligé de mélantuphlie[1] depuis l'adolescence, un défaut de vision très répandu : son œil ne décèle pas la présence des Noirs. Simone l'a compris depuis longtemps. Jamais il ne suit du regard les femmes noires, pas même les métisses. Quant aux hommes noirs, ses sens ne les perçoivent tout simplement pas. Le phénomène ne peut en

---

1. Endémique au Brésil depuis l'abolition de l'esclavage en 1889, la mélantuphlie (du grec ancien μελας, « noir », et τυφλος, « aveugle ») provoque chez l'être humain un blocage de la rétine qui l'empêche de voir les personnes noires en dehors des jours de carnaval. Trouble assez rare et isolé jusqu'à la moitié du XXe siècle, la pathologie s'est répandue conjointement avec le développement des réseaux de télévision et l'apparition des fictions télévisuelles de type *telenovela*. Au Brésil, une faible proportion de la population est toujours affectée par la maladie qui est la cause, notamment, de nombreuses collisions entre des piétons et des voitures, et entre des personnes marchant sur le même trottoir. La gratuité et l'efficacité des traitements (la psychothérapie se révèle la plus efficace) se butent cependant au refus fréquent chez les personnes touchées d'admettre leur état. Pour se prémunir contre des effets non désirés et douloureux, les personnes noires évitent habituellement de fréquenter les quartiers et les zones où vivent une grande proportion de mélantuphliques. Occasionnellement, la mélantuphlie frappe aussi les personnes de descendance africaine. Bien qu'aucun chercheur ne soit encore parvenu à établir un lien génétique, il n'est pas rare que plusieurs individus d'une même famille soient atteints.

aucun cas être confondu avec le racisme ordinaire et relève plutôt d'une pathologie très répandue qui a fait l'objet de multiples études. Depuis des décennies, les cas semblent se multiplier chez les caméramans brésiliens, de sorte que certaines offres d'emploi dans ce domaine sont de nos jours accompagnées de cette mention claire : « Mélantuphliques, abstenez-vous de postuler pour ce poste. »

Après l'entretien désastreux, Gustavo est tout simplement allé à la plage après avoir mis en sûreté dans son appartement son portefeuille, son téléphone et ses vêtements griffés. Les yeux fixant le bel horizon, il n'osait avouer à personne son soulagement de ne pas avoir été sélectionné pour un second entretien ou pour une de ces mises en situation débiles où on vous demande de faire semblant de couvrir un non-événement pour un non-public avant de finir sur une non-embauche. Meurtri, certes, mais pas étonné. Il avait compris en voyant la tête de Silva la réelle étendue de ses possibilités à TV Real. C'est pourquoi il a poussé un soupir d'agacement en recevant ce message de Simone lui donnant rendez-vous dans un café. Celle-là avait de l'aplomb !

L'attirance et la sympathie que Simone éprouvait pour Gustavo n'étaient pas réciproques, mais il avait besoin d'une entrée de fonds. Honnêtement, il trouvait qu'elle en mettait trop. De quoi ? De fond de teint. D'ombre à paupières. De fard. De sorte qu'il l'a d'abord prise pour une Pauliste, jusqu'à ce qu'elle se mette à parler. Après, il a deviné : Minéroise qui cache son accent. Cela promettait. Il aimait bien le Minas Gerais. Le traitement princier qu'elle lui offrait a fini de le convaincre. Et ce jeu de filature l'amusait, lui donnait l'impression de désobéir à sa mère et à sa tante qui souvent l'avaient puni pour avoir rendu la vie impossible à des personnes atteintes de mélantuphlie. L'épisode le plus mémorable, c'était le jour où un substitut mélantuphlique avait été engagé pour remplacer son enseignante de mathématiques partie en congé de maternité. Pendant des mois, Gustavo avait eu l'impression de ne plus exister dans la classe. Jamais le prof ne lui posait la moindre question. Tant qu'il restait silencieux – les mélantuphliques entendent parfaitement les Noirs, dont ils se piquent par ailleurs d'adorer la musique –, il pouvait se permettre de quitter son pupitre, de sortir de la salle de classe et d'errer dans les couloirs du collège sans être inquiété. Évidemment, quelque mouchard avait tôt fait de le dénoncer à l'enseignant. Gustavo avait poussé l'espièglerie jusqu'à changer des objets de place à l'insu du remplaçant. Mais où est ma calculette ? Qui a pris mes bâtons de craie ? Cette fois, le directeur de l'école avait dû convoquer la mère de Gustavo pour une discussion sérieuse. Très indisposée, madame Melo de Oliveira s'était confondue en excuses devant le directeur et avait remonté les bretelles de son fils facétieux une fois rentrée chez elle.

— Il ne faut pas se moquer des personnes handicapées, c'est très mal. Tu es puni pour deux semaines. Ces gens ont beaucoup souffert. Tu dois les respecter !

Avant la découverte de la maladie et sa reconnaissance – très rapide, presque sans poser de questions – par les autorités brésiliennes, des milliers de mélantuphliques ont été injustement condamnés à des peines d'emprisonnement et à des amendes. Ce pour quoi sa mère le punissait quand il était adolescent méritait maintenant un salaire. Il se dit que la vie était pleine de surprises. Secrètement, Gustavo trouvait ces mélantuphliques un brin barbants. Si la cure existe, pourquoi ne guérissent-ils pas tous ? Ces gens ne se retranchent-ils pas derrière les murs de la victimisation ?

Suivre Rui comme une ombre s'est révélé un peu plus compliqué qu'il l'avait imaginé, le plus grand défi consistant à rester silencieux et à ne pas attirer l'attention de l'entourage de sa proie qui, lui, le voyait parfaitement. Les filatures en voiture causent aussi un problème puisque les mélantuphliques ont l'habitude des véhicules – bicyclettes, camions, mobylettes, etc. – qui avancent sans chauffeur. Ils savent alors qu'il y a un Noir au volant ou au guidon. Même chose pour ces portes qui s'ouvrent comme par enchantement devant eux dans les hôtels et les centres commerciaux, ils comprennent tout à fait. Ils savent qui est derrière tout ça et sont, pour la plupart, très conscients de leur état, contrairement aux alcooliques qui perdent de précieuses années de sobriété avant de s'avouer malades. Si conscients d'ailleurs que leur incapacité à voir les Noirs les pousse à attribuer à ces derniers tous les phénomènes inexplicables à leurs yeux, comme la disparition de marchandises ou l'apparition de graffitis sur les murs de la ville. Souvent accusés à tort de racisme, les mélantuphliques gaspillent beaucoup d'énergie à se défendre. Ainsi, la plupart d'entre eux portent au poignet un bracelet d'argent gravé fourni par le ministère de la Santé, semblable à ceux que portent les diabétiques et les personnes allergiques à la pénicilline. En cas de malentendu, ils le brandissent comme défense. Par exemple, quand ils renversent accidentellement une personne noire avec leur voiture, cet objet leur évite souvent d'être accusés à tort de crime haineux.

Simone a vu juste. Jamais Rui ne s'est douté de la présence de Gustavo. Il s'agissait tout simplement de rester toujours un peu en retrait, d'anticiper avec justesse les mouvements de sa proie et de manœuvrer avec vitesse et discrétion comme le caïman à lunettes.

— Quand il n'est pas en train de boire des cafés avec ses potes ou de courir après ses loyers, il passe son temps chez l'esthéticienne à se faire épiler, à la salle de muscu ou sur la plage à jouer au volley. Le vendredi après-midi, il monte à votre appartement vers les seize heures, probablement pour vous attendre.

Jamais Simone n'a trouvé Rui en rentrant chez elle le vendredi soir. Seize heures ? Mais il savait très bien qu'elle n'arrive jamais à s'évader de TV Real avant au moins dix-huit heures. Simone n'est pas carioca de naissance. Elle vient d'une ville de l'arrière-pays montagneux où l'on sait cacher ses émotions. Elle a versé à Gustavo ses honoraires. Il lui a fallu ensuite trois ans pour élucider le mystère des visites de Rui à son appartement le vendredi après-midi. Car elle n'a plus repensé à cette histoire de filature jusqu'au vendredi 9 mars 2012, premier jour de son enfer astral. Tant de signaux ignorés, on se demande parfois si Simone n'est tout simplement pas trop stressée par son travail.

Trois jours pour ressusciter. Autant s'en remettre à la statue du Christ rédempteur. C'est ce que se dit Simone en trouvant une mince consolation dans le fait que pour la première fois en cinq ans elle emprunte le pont Niterói-Rio de Janeiro bien avant l'heure de pointe. Elle garde l'œil sur cette moto chevauchée par deux jeunes hommes qui la suivent d'un peu trop près à son goût. Elle craint un instant un braquage au premier arrêt. Elle fait machinalement, par acquit de conscience, un clin d'œil au Sauveur de l'humanité aux bras étendus au-dessus de la baie de Guanabara et ralentit assez pour que le pilote de la moto n'ait plus d'autre choix que de la doubler. Des enfers astraux, Simone en a vu d'autres. Si ce rat d'égout de Silva pense qu'il va la dévaster avec ses menaces, il ferait mieux de bien se tenir. Simone Barbosa jamais ne perd. Son CV en fait foi.

Et si elle n'avait pas été coupée de ses sentiments dès l'enfance, d'une manière aussi sèche et brutale que le fut le petit George W. Bush de son intelligence, Simone Barbosa s'efforcerait probablement de formuler dans un vocabulaire compréhensible la fine nuance qui existe entre l'orgueil et la dignité. C'est de cela qu'il doit bien sûr s'agir, tout le monde sait qu'une menace de congédiment réveille immanquablement ce débat. Mais Simone fait partie d'une génération de Brésiliens pour qui cette distinction n'a plus beaucoup d'importance. Peut-on perdre son orgueil tout en conservant sa dignité ? N'est-ce pas l'inverse qui est plus fréquent ? Alina, la jeune femme de Santos, qui a ouvert la porte à son amant, Alan, qui venait pourtant de lui envoyer le message « Je vais te tuer », a-t-elle agi par orgueil ? A-t-elle cru, comme Carmen devant Don José,

qu'elle pouvait raisonner celui qui avait juré de l'occire ?
Simone sait qu'elle pourrait, si elle y mettait du sien,
répondre à cette question. Mais pour cela, il lui faudrait
faire appel à des sentiments, rappeler des cas de figure de
sa propre jeunesse, bref, s'aventurer dans des réflexions
qui n'auraient plus rien à voir avec la distinction entre la
fiction et la vérité, les deux notions qui tracent l'axe principal sur lequel elle oriente ses pensées. Depuis quelques
semaines pourtant, la fine et salutaire membrane qui la
sépare du monde trouble de ses sentiments commence à
s'user. Des trous apparaissent. Certains fluides circulent.
Simone connaît la cause précise de cette nouvelle acuité
émotive. Sur les conseils de sa psychanalyste, elle a
complètement cessé de fumer son joint quotidien, point
d'orgue rassurant de ses journées harassantes à TV Real
depuis des années.

— Ça vous aidera à y voir plus clair. Attendez au
moins dix jours et vous verrez le brouillard se dissiper
sur bien des choses. Et vous oublierez moins souvent nos
rendez-vous…

Habituellement, l'amnésie induite par le cannabis permet
à Simone le tour de force qui consiste pour elle à ne pas
mourir de tristesse en contemplant sa vie émotive et à ne
pas tuer son supérieur, Laerte Silva – cet urubu –, à coups
de hache. L'effet de la drogue s'étend sur un jour ou deux,
de sorte que jamais Simone ne s'est présentée devant ses
souvenirs tout à fait nue, sans le bouclier salvateur que lui
offre le THC. Depuis la mi-décembre, cependant, seules
quelques gouttes quotidiennes de Rivotril la séparent de
l'attaque nerveuse. La voilà qui négocie avec son surmoi.

— Juste un, et puis c'est vendredi, merde, tout ce
que je veux, c'est ne plus rien sentir…, se surprend-elle
à dire à voix haute dans l'ascenseur qui la mène vers le
stationnement où l'attend sa Fiat.

Simone touche un bon salaire, mais dans cette ville,
mieux vaut rouler dans une voiture qui n'attire pas l'attention.
Sans la perspective d'un soulagement mental, la circulation

démente de ce vendredi midi cuisant de janvier lui paraît encore plus insupportable. À l'entrée du pont Rio-Niterói, un panneau lui rappelle un des piliers de son éducation.

*80 KM/H MANTENHA DISTANCIA*

Gardez vos distances. Oui. L'utopie ne se vit pas autrement. Elle ne pourrait pas le dire, le chanter ou l'écrire en des termes précis, mais elle sent le besoin de redonner à sa membrane protectrice un peu de fermeté. La rencontre avec Silva l'a éreintée. Aujourd'hui est un jour spécial. Aujourd'hui il faut un remède.

Tout en essayant d'éviter les feux rouges pour réduire les risques de braquage, elle se met à penser aux trois choses qui lui feraient vraiment oublier ce vendredi : siroter une *caipirinha* bien sucrée, fumer ce joint qui traîne dans le tiroir de sa coiffeuse depuis trois mois, et baiser follement avec son amant, Rui, qui doit rentrer comme d'habitude à la fin de la journée. Dès que Silva – l'ordure – a commencé ses vomissements, ce pétard – il est question ici du joint ou plutôt de la représentation obsédante que Simone s'en fait – s'est mis à occuper une place grandissante dans son esprit. À la sortie du pont Rio-Niterói, ce joint est devenu son unique pensée. Même l'image de son amant, Rui, avait peine à rivaliser avec celle du cannabis soigneusement roulé, de sorte qu'un référendum intérieur, organisé parmi toutes les voix qui forment la personnalité de Simone, serait sans aucun doute défavorable à Rui. Simone sait aussi trouver des hommes doués au lit, ce qui au Brésil ne relève pas de l'utopie. Tout le monde y arrive. Pourtant, Simone est une femme en état de manque. Elle l'avouerait elle-même si on lui posait la question.

Les paroles de Gustavo, qui l'a mise en garde il y a trois ans, lui reviennent à l'esprit. Lorsqu'elle a fini de gifler sa femme de ménage qu'elle a surprise à quatre pattes, en plein acte, la bouche déformée par la surprise et le plaisir, devant son amant nu et bandé comme elle ne l'a jamais vu, elle jette sa bague de fiançailles par la fenêtre de sa chambre. La scène est digne d'un reportage d'*Alerte dans la ville.* Mort de honte, Rui met vingt minutes pour réunir ses effets personnels et sortir définitivement de la vie de Simone. La femme de ménage rajoute cette maladresse qu'elle vocifère depuis le palier : « Quelle idée de rentrer avant l'heure ! C'est votre faute ! Si vous aviez appelé avant, rien de tout ça ne serait arrivé ! » Elle descend par l'escalier. Blessée dans son orgueil, atteinte dans sa dignité, Simone gifle aussi Rui qui riposte par un crochet de droite avant de claquer la porte. Mise K-O, à quatre pattes, le nez en sang, Simone ne l'entend pas la traiter de vache. Elle ne l'entend pas lui dire qu'elle est devenue trop vieille. Elle ne l'entend pas lui dire qu'il ne l'aime plus depuis longtemps. Elle saigne, seule.

Simone s'enferme à double tour. Son premier réflexe est de passer un coup de fil au serrurier du quartier pour éviter tout retour de l'être honni. Horrifiée, elle constate que ce joint qu'elle appelle de tout son corps depuis des heures, celui sur lequel elle a tout misé, celui qui devait la prémunir contre la folie, que… enfin, comment dire ? Il a été fumé. Jusqu'au bout. Le mégot a été écrasé dans un cendrier de terre cuite portant l'inscription « *Smile, you're in Bahia* » et le dessin à l'encre d'un toucan enjoué. Jamais Simone n'osera avouer à personne que c'est la perte du joint qui l'attriste le plus. En fait, si. Simone en parlera à sa psychanalyste, dans quelques semaines. Cette dernière l'invitera à en tirer un enseignement.

# Troisième giron

Le meilleur reste encore à venir. Les planètes, voyant Simone dans les câbles, renchérissent en usant d'une tactique redoutable : l'appel de la tante minéroise[1]. C'est peu avant les vingt heures, alors que Simone tord son ultime flacon de Rivotril dans l'espoir d'en extraire une huitième goutte, que le téléphone sonne. APPEL ENTRANT DE L'ARRIÈRE-PAYS. L'avertissement est clair. C'est la sœur de sa mère, une redoutable pipelette, une indispensable alliée, un réconfort dans un monde impitoyable. Ne pas répondre, autrement elle en a pour une heure d'écoute. La boîte vocale fait office d'oreille. Vitória s'en tient à l'essentiel : « Simone ? Ça va, ma chérie ? Écoute, je ne vais pas te déranger longtemps parce que je sais que tu es très occupée. C'est juste pour te dire que ta cousine Juliana a été braquée hier en sortant du centre commercial. Tu sais, juste en sortant du Diamond Mall, dans la rue Rio Grande do Sul, là où il y a la pizzeria, du côté du supermarché, tu sais ? Elle est encore sous le choc, mais Dieu merci il ne lui est rien arrivé. Ils ont pris son sac et sa chaînette en or, mais ils ne lui ont rien fait. Tout ça en

1. Dans la mythologie brésilienne, la tante minéroise intervient habituellement au téléphone, un peu avant le début de la deuxième *telenovela* du réseau Globo. Depuis l'invention des appareils permettant d'enregistrer les émissions pour les visionner plus tard, ces appels peuvent à toute heure du jour surgir comme des singes hurleurs dans la jungle, mais pas la nuit, car la tante minéroise n'appelle plus personne après vingt et une heures.

plein jour, sous les yeux des passants, et figure-toi que personne ne l'a aidée, tu penses bien ! Dommage, encore une fois cette année, on ne t'a pas vue pendant les fêtes, oui, oui, je sais, tu es très occupée et Rio au jour de l'an est beaucoup plus trépidante Belo Horizonte, moi, je ferais comme toi si j'avais ton âge ! Tu es allée sur la plage ? Tu t'es habillée en blanc ? Tu sais que j'ai fait ça une fois avec ton oncle quand il était encore vivant, mais il n'aimait pas la sensation du sable entre ses orteils, il s'en est plaint pendant des années après, enfin, moi, j'étais avec ta mère. Après, bon, je suis un peu vannée, tu vois, parce j'ai dû faire le ménage moi-même vu que ma bonne a attrapé la fièvre dengue. La belle affaire ! Il paraît que ses gouttières étaient mal nettoyées. Elle dit que non, que c'était une piscine abandonnée près de chez elle qui avait mal été vidée, mais elle ne va pas s'incriminer elle-même, c'est sûr que c'est la faute d'un riche quelque part ! Et comment elle fait pour le savoir ? C'est le moustique qui lui a dit comme ça où il était né avant de la piquer ? Moi, je pense qu'il n'y aura pas d'espoir pour le Brésil tant et aussi longtemps que ces gens-là n'auront pas appris à assumer leurs responsabilités. Il faudra bien qu'un jour ou l'autre ils comprennent que comme on fait son lit, on se couche ! Moi, par exemple, j'ai passé ma vie entière dans le Minas sans jamais attraper la dengue. Pourquoi ? Parce que je fais attention ! Remarque, ça lui a fait un bien immense ! Tu sais comme elle était grosse ? Eh bien, figure-toi qu'elle a perdu douze kilos, et même que je ne l'ai pas tout de suite reconnue quand elle est revenue après trois semaines de congé, maigre comme un contre-filet. Vraiment, cette dengue, c'est la liposuccion des pauvres ! Ne le répète pas, mais je pense que je vais arrêter de fermer mes fenêtres la nuit pour laisser entrer les moustiques. De toute façon, on n'en meurt pas, c'est la fièvre jaune qui tue, comme avec ma mère que tu n'as pas connue, mais [sa voix se serre à cause du chagrin que ce souvenir évoque] avoue qu'elle s'en tire à meilleur compte que moi quand je suis passée sous le bistouri l'an dernier. Six semaines que je suis restée sur le flanc pour perdre dix kilos ! Et puis il y a encore ta cousine, la nièce de feu ton oncle Zé [elle soupire, car elle aimait beaucoup son mari], qui voudrait savoir si tu es libre en août pour son mariage, ils veulent faire ça à Tiradentes dans l'auberge du cousin de son fiancé, mais il paraît que c'est pas trop grand… Ne me demande pas pourquoi ils tiennent à faire ça dans ce trou perdu ! Moi, je leur ai dit de faire comme tout le monde, de se marier à l'église de Pampulha, mais elle est têtue comme une mule. En tout cas, tu lui écriras ou tu l'appelleras parce qu'elle me rend déjà folle avec ses histoires. Tu sais qu'elle s'est mis dans la tête d'inviter tes cousins de Formiga ? J'ai failli dégorger ma papaye quand elle m'a annoncé ça un matin, ça fait quand même dix ans qu'on les a pas vus ces culs-terreux, et là, il faudrait leur payer un festin ? Et leurs histoires de fesses qu'ils vont gueuler pendant toute la soirée avec leur accent de ploucs ! Essaie de la dissuader, tu veux ? Elle parle toujours de toi, elle t'admire parce que tu travailles pour la télé et que tu vis à Rio. Dis, si tu croises Malvino Salvador, tu pourrais te faire un selfie avec lui et le lui envoyer, elle serait folle de joie ! Tu le trouves beau, toi ? Moi, c'est bien simple, je suis sur le point de le faire kidnapper pour qu'il devienne mon esclave sexuel ! Hi ! Hi ! Hi ! Non, sans rire, quand il enlève sa chemise le soir dans *Fina estampa*, je recommence à ovuler ! Ha ! Ha ! [bruit sourd et désagréable du combiné qui tombe] Oh ! Excuse-moi, ma chérie… Tu vois que ta tante ne s'assagit pas. Avoue quand même qu'il est quelque chose, ce bel enfant… Voilà, je suis tout en sueur… Il ne faut plus que je pense à lui… Et rappelle-moi. Tu te souviens de moi, Simoninha ? Ta tantine de Belo Horizonte ? Je sais bien que tu te souviens de moi, je te tire la patte parce que je t'aime. Tu sais que je t'aime, ma petite ? Mais je ne veux pas te mettre la pression… Tu sais, il y a ce voisin, tu sais le vieux Frederico Pimentel ? Bon, alors tu vois, sa Nubia, oui, sa fille, elle vit au Canada, et quand il est mort le mois dernier, elle est même pas venue avec son *gringo*. Je pense qu'il est radin ou fauché. La femme de Pimentel dit qu'il souffrait le martyre à l'hôpital, qu'il s'accrochait à la vie dans l'espoir qu'apparaisse sa Nubia chérie, mais elle n'est jamais venue. Le pauvre est mort au bout de sa douleur en pleurant... Bon, écoute, chérie, je parle, je parle, mais je ne t'ai pas encore dit le plus important. C'est que... Je veux dire... enfin, bon. Alors, voilà, je te balance la nouvelle, puis tu en fais ce que tu veux. Je te la laisse en message parce que la dernière fois que j'ai essayé de te parler de ta mère au téléphone, pour essayer de te convaincre de l'appeler, de lui donner des nouvelles, tu as raccroché. C'était il y a trois ans. Moi qui t'ai toujours traitée avec tant de prévenance. Tu sais que je t'aime ? Alors, c'est ça... Il faut que je te dise que, enfin, comment t'annoncer ça, ma chérie ? Ta maman a disparu. C'est aussi simple que ça. Personne ne sait où elle est passée. Remarque, je lui ai toujours dit que cette tour d'habitation était dangereuse, dès le début ! Mais tu crois qu'elle m'écoute ? Ah non ! Pour qu'elle me croie, il faudrait que je porte la barbe de Lula ou de Marx ! De mon temps, les barbus étaient des marxistes. Il paraît qu'aujourd'hui ce sont des hipostères. Tu sais que Karl Marx ne se lavait jamais ? Il paraît qu'il puait. En tout cas, ça ne l'a pas empêché d'engrosser la meilleure amie de sa femme... Moi, je ne dis rien, mais je n'en pense pas moins ! C'est ce type que Lula nous présente comme la lumière du monde ? Bon, pour ta mère... Au début, j'ai cru qu'elle boudait, comme d'habitude, qu'elle s'était enfermée chez elle dans son appartement, et moi, tu le sais bien, je ne vais pas là. Je n'ai rien contre ces gens, tout le monde a le droit de vivre où il veut, mais bon, moi, je refuse de descendre jusque-là. Dire qu'elle t'a élevée là-dedans ! Je ne sais pas comment tu as fait pour devenir le succès que tu es devenue, ma chérie, mon petit ange... Et comme elle n'a pas de portable, pas même un vieux flip de femme de ménage, difficile de savoir où elle se terre. Et je pense qu'avant de disparaître elle est devenue folle, je veux dire *complètement* folle cette fois. Tu vois, la dernière fois que je lui ai parlé, c'était… attends. Aujourd'hui c'est le 9 mars, alors c'était il y a deux semaines, au petit matin. Elle voulait savoir si j'avais entendu un oiseau crier pendant la nuit ! Elle disait « Dis… Vitória, tu n'as pas entendu cet oiseau crier la nuit dernière ? Il faisait un *psîîînt ! psîîînt !* Juste à la tombée de la nuit. Est-ce qu'il a crié dans ton quartier aussi ? Si oui, ça fait longtemps que tu l'entends ? » Mais que voulais-tu que je lui réponde ? Je lui ai tout simplement dit que je dors, la nuit, et qu'elle se fasse prescrire des calmants si elle fait de l'insomnie. Je crois qu'elle est devenue gaga. Donc, c'est ça, une semaine plus tard, je l'ai appelée pour lui parler du mariage de ta cousine. J'ai essayé je ne sais plus combien de fois. Après trois jours, je me suis inquiétée. Je ne t'ai pas appelée avant parce que je sais que tu ne lui as pas adressé la parole depuis déjà presque dix ans et que ça devait t'être un peu égal. Alors, c'est ça, ma jolie, le quatrième jour, j'ai envoyé mon chauffeur pour voir, pour sonner à son 34e étage. Rien. Il a fallu que j'appelle la syndique de son immeuble pour exiger qu'on entre, juste pour voir, tu sais, à notre âge… Mais bon. Ils ont fini par accepter. Imagine-toi que cette dinde m'a rappelée pour me dire qu'il n'y avait personne chez Pia ! Son appartement était vide. Du coup, tu vois, et tu vas devoir m'excuser de ne pas t'avoir avisée avant, mais bon, ma chérie, j'ai cru comprendre qu'entre toi et ta mère… Tu sais, je ne te fais pas de reproches, non. Mais, là, c'est ça, on n'a plus trop le choix de t'en parler, là je suis arrivée à l'étape où je dois signaler sa disparition, il faudrait que… [un sanglot l'empêche de terminer sa phrase]. Bon, fais-moi signe, hein, ma jolie… Bisous. Je t'aime, ma petite chérie, tu me manques, tu nous manques à tous, on ne te voit jamais, mais vis ta vie ! Viiiis ! »

Simone laisse s'écouler le flot des paroles de sa tante en étouffant un bâillement. Cette fois, c'est clair, le réel se venge. Impossible d'en douter, l'enfer astral brûle de tous ses feux. Il lui reste encore quatre gouttes de Rivotril. Six si elle casse le flacon pour en lécher les fragments.

Elle dort pendant douze heures.

# Peintures de guerre

Au début de cette bataille, lorsque résonnent au loin les premières déflagrations de l'artillerie, il faut de toute urgence et après s'être purgé l'esprit de toute pensée négative se laver le visage à l'eau tiède. Il est crucial ensuite d'appliquer une lotion hydratante. Trop de batailles ont été perdues parce que des guerrières pressées négligeaient de s'hydrater la peau du visage. Attendrissantes dans leur ingénuité, ces filles séduites par la possibilité de finir le travail au plus vite se retrouvent deux heures dans la bataille avec des plaques de maquillage qui se morcellent, une ombre à paupières qui s'effrite, une base qui ne tient pas, un fond de teint qui fout le camp. Des femmes d'expérience l'ont mise en garde contre les deux ennemies d'un maquillage réussi : la pingrerie et la hâte. Celle qui cherche à rogner sur ces dépenses, celle qui croit qu'elle peut se produire en quinze minutes, celle-là court droit à sa perte. Ainsi, ne pas hésiter : savon facial Clinique (79 réaux) et gel hydratant Clinique Tellement différent (129 réaux). Une fois la peau bien hydratée et séchée, il convient, lui a-t-on dit, de commencer par le dessin des sourcils, car ces arcs domineront l'ensemble de l'œuvre. Ni trop fins ni trop épais, ne pas exagérer l'angle pour ne pas avoir l'air de la cousine perdue de Dracula ou de la sorcière circonflexe. Crayon pour sourcils MAC Sculpt (101 réaux). Le geste doit être rapide et sûr. Toujours du centre vers l'extérieur. Primez les paupières. Pré-base pour les yeux O Boticário Make B (29 réaux). Puisqu'il s'agit d'une bataille assez importante, deux couleurs d'ombre à paupières seront nécessaires sur les quatre que contient son kit Chanel Les 4 Ombres Tissé Camélia (186 réaux). Ces teintes se modulent à l'infini. Mais estompez… Mieux que ça ! Estompez, vous dis-je ! Ne laissez jamais une ligne bien définie entre ces couleurs ! Le geste, ici, est d'une précision chirurgicale. Il rappelle les mouvements aériens des calligraphes japonais. Pour le noir sur les yeux, l'eye-liner liquide est de mise le soir, mais pas le matin, surtout pas aujourd'hui, car Simone prévoit faire de la route. Il est trop facile, au volant, de se dépeindre l'œil dans un mouvement gauche du poignet, à cause d'une poussière, d'une larme. Donc, le crayon MAC Chromagraphic (49 réaux). Pas trop épais sur la paupière active pour ne pas donner un air de fatigue. Un soupçon à l'intérieur de l'œil pour ouvrir le regard, le rendre plus vrai, plus mystérieux. Avant de sortir de la zone oculaire, elle hésite entre le rimmel Guerlain Cils d'enfer maxi Lash (90 réaux) et le Maybelline Colossal Go Extreme Intense Black (40 réaux), puis finit par prendre le premier parce qu'il pue moins. L'appel de tante Vitória lui a un peu retourné l'estomac. Ne jamais appliquer par le dessous. Jamais. S'exécute ensuite une tâche extrêmement périlleuse qui consiste à dissimuler les taches, ridules et autres imperfections à l'aide du correcteur MAC Studio Finish SPF 35 (93 réaux). Périlleuse parce que légions de malheureuses utilisent pour cacher les cernes sous leurs yeux un produit trop clair pour leur teint ou la couleur de leur base. S'ensuit un effet de panda inversé effrayant, un air harassé, au bord de la crise de nerfs, ou de celle qui s'est endormie au soleil avec ses lunettes fumées. Ici, tout est question de jugement. Il faut choisir sa teinte avec soin, se souvenir que l'été, la peau risque de bronzer et d'exacerber d'autant l'effet de contraste. Même chose pour le protecteur solaire et base Clinique Super City Block 40 SPF (129 réaux). Un ton trop à gauche et vous aurez l'air d'une folle. N'allez surtout pas tenter de corriger une base trop foncée à l'aide d'un talc, votre peau s'épaissirait et prendrait l'aspect d'une pelure d'orange, vous exposant aux rires et aux moqueries. Il va sans dire que de ne rien appliquer du tout vous attirera des jugements encore plus sévères. Alors, oui, Brésilienne, maquille-toi, et tâche de le faire comme il faut ! Il doit être précisé que l'erreur qui consiste à choisir une base trop pâle est très commune. Mais Simone n'a jamais tenté de se pâlir. Non. Pour créer un effet de fraîcheur et faire tomber sur son visage la lumière de la jeunesse, elle recourt au fard à joues MAC Chinese New Year (76 réaux) dont elle possède les deux teintes proposées par le fabricant : Dame et Fleur Power. Elle choisit Fleur Power. Appliquer pour donner l'impression d'un léger bronzage naturel, comme si la couleur était tombée du ciel sur votre visage, tel un léger pollen de beauté. Là entre en jeu une technique fine qui s'acquiert au fil du temps. Appliquer le fard en très petite quantité non pas sur la joue, mais sur les extrémités de l'os zygomatique les plus excentrées du visage, juste avant le commencement de la chevelure. Autrement, vous auriez l'air d'une poupée russe, Simone. Éviter les grands mouvements de pinceau qui laisseraient de fines lignes artificielles. Faire tourner le pinceau en petits cercles concentriques et, surtout, estompez ! Estompez comme si vous deviez mourir demain ! Vous m'entendez mal ? Estompe, câlisse ! Voilà qu'elle tient entre ses doigts le tube d'illuminateur Urban Decay Naked Illuminated de ton Luminous (219 réaux) qu'elle fourre dans son sac en se disant qu'elle l'appliquera une fois arrivée à destination. Encore une fois, appliquer bien au-dessus de l'os en secouant l'excédent du pinceau avant de toucher le visage. Ne pas trop insister. Ça fait mauvais genre, sauf le soir pour les fêtes, le carnaval, les mariages. Autrement, *less is more*. Ne jamais oublier que l'illuminateur n'est là, justement, que pour éclairer un peu le visage, pas pour éblouir.

Voilà maintenant qu'elle arrive là où d'autres commencent : le rouge à lèvres. Oui. Il faut en parler. Elle en possède sept. Chacun lui sert à mener des combats différents.

L'Estée Lauder Pure Color couleur Pink Parfait (95 réaux) irradie trop de douceur pour l'occasion. Le Nyx Velvet Matte couleur Unicorn Fur (26 réaux) manque de sérieux. Et le Lancôme Rouge In Love (95 réaux) ? Transmet-il assez de confiance en la vie ? Hurle-t-il tout le bonheur qui lui fait défaut ? Peut-être trop… Et elle se rappelle qu'elle doit rouler pendant de longues heures… Ce sera le rouge à lèvres de longue durée Maybelline Superstay 24 heures couleur Vieux rose (44 réaux). Sa couleur apaisante arrivera peut-être à transmettre l'expression authentique de la sollicitude et de l'empathie à sa tante. Elle a cependant du mal à trouver dans sa trousse un crayon à lèvres de couleur adéquate. Plutôt que de risquer un clash de couleurs, elle applique le rouge sans faire le contour. Il faudrait qu'elle y voie.

Elle laisse ses cheveux libres sur ses épaules. Comme il fait déjà 36 degrés centigrades, elle met une robe courte à bretelles spaghettis à motifs incas bleu marine de marque Chifon (149 réaux), achetée un peu avant Noël. Elle chausse des escarpins sanglés à embout ouvert, en jute, avec talon compensé de cinq centimètres. Elle n'a pas verni ses ongles d'orteils par manque de temps, mais les ongles de ses doigts sont encore présentables. Elle ne porte pas de montre, car elle va conduire sa voiture dans les faubourgs de Rio de Janeiro où il convient de ne pas trop attirer l'attention. Elle renonce aussi à ces boucles d'oreilles de fantaisie en or, achetées dans la boutique hors taxes de l'aéroport Schiphol d'Amsterdam en décembre 2009, et à ces lunettes fumées Diesel qu'elle a trouvées dans le vestiaire de sa salle de sport. Elle sait qu'elle aurait dû les rendre à la réception, mais elles lui allaient parfaitement. Elle ne se sent aucunement coupable de les avoir gardées : les gens qui fréquentent sa salle de sport ne souffrent pas de ce genre de perte. Elle choisit plutôt de mettre des lunettes fumées achetées pour une poignée de monnaie à la pharmacie du coin. Elle fourre pourtant dans son sac les Diesel pour quand elle sera arrivée dans des quartiers plus sûrs. L'ecchymose que Rui lui a laissée sur le visage est maintenant bien couverte.

Voilà, sa burqa brésilienne est impeccable. Bien sûr qu'elle l'a fait exprès. Bien sûr qu'elle vous emmerde.

Elle a évidemment relu l'article de *Veja* en avalant son smoothie protéiné et sa tranche d'ananas matinale, cet entretien horrible avec cet ancien tortionnaire.

Parée pour tous les combats, elle prend le volant de sa voiture, direction Belo Horizonte. Pendant les sept heures interminables que durera le voyage, elle réfléchit à la riposte qu'elle donnera aux attaques cosmiques dont elle est victime depuis la veille. Elle ignore comment elle réagirait si, comme Alina de Santos, elle recevait un SMS de son amant lui annonçant qu'il arrive pour la tuer. Elle ne sait pas si elle lui ouvrirait la porte pour tenter de le raisonner. Elle ne sait pas si elle le suivrait dans la rue, tout simplement parce que personne ne lui a jamais annoncé par voie de SMS qu'il frapperait bientôt à sa porte pour la tuer.

Il lui arrive en conduisant de jeter un coup d'œil sur le siège vide du passager où elle a déposé l'exemplaire de *Veja*. Le colonel à la retraite João Ribeiro est en page couverture. Des bribes de l'entretien qu'il a accordé aux journalistes du magazine tournicotent dans la tête de Simone comme les paroles d'un mauvais tube. Quand elle réussit à oublier le « Je leur coupais les mains et les pieds pour ne pas qu'ils soient identifiés si on les déterrait », c'est le « Tout le monde a eu ce qu'il méritait » qui remonte à la surface. Ribeiro a témoigné devant la Commission nationale de la vérité tout récemment. La violence crue de ses aveux a piqué la curiosité des journalistes qui ont voulu présenter le personnage dans toute sa laideur au Brésil entier. La barbe mal taillée, le nez en rosace et les yeux bouffis par l'alcool, Ribeiro n'a rien pour susciter la miséricorde chez son prochain. Depuis la promulgation en 1979 de l'amnistie générale tant pour les accusés de désobéissance civile et de crimes politiques que pour les tortionnaires de l'armée, personne n'a fait preuve d'une candeur aussi cynique dans l'énumération de sévices perpétrés à l'endroit de ses concitoyens. Ribeiro surpasse tous les autres en cruauté. Il horrifie Simone.

Si elle a choisi de s'aventurer sur les routes cahoteuses du Minas Gerais plutôt que de prendre l'avion comme l'aurait fait une autre personne de sa classe sociale, c'est surtout pour se donner le temps de réfléchir à son enfer astral, à Ribeiro et à sa mère, qu'elle est certaine de trouver à Belo Horizonte au bout de son voyage. Le transport aérien, avec ses multiples files d'attente et ses distractions constantes, ne permet pas à la pensée de se déployer assez longtemps pour accoucher d'une réponse adéquate aux questions importantes. Et la psychanalyste de Simone a été formelle : vous devez réfléchir, Simone. Cette femme que Simone consulte depuis quatre ans l'a sommée de faire le ménage dans son passé.

— Je crois que vous souffrez du syndrome des souffrances intergénérationnelles.

Pour la psychanalyste, le diagnostic est clair. Les états nerveux que Simone traite par toutes sortes d'expédients, cannabis, Rivotril, amants voluptueux, travail forcené, sont autant de remèdes peu efficaces pour engourdir une douleur qu'elle a héritée, qu'elle porte en elle et qu'elle léguera, cela est clair, sinon à ses enfants, puisque, bon, il est, avouons-le, trop tard, du moins à son entourage immédiat. La psychanalyste s'appuie sur des études de cas de descendants de victimes civiles des crimes de guerre traités pour des symptômes de stress post-traumatique. Les exemples abondent. Les enfants et petits-enfants des survivants de diverses tragédies humaines présentent des symptômes qui ne trouvent dans leur quotidien aucune cause identifiable. Chez ces sujets, l'anamnèse ne ramène au psy aucune explication. Descendants de survivants de l'Holocauste, des pensionnats autochtones canadiens, des régimes dictatoriaux de partout ; enfants des survivants d'Hiroshima, petits-enfants des déportés de l'ancienne

Prusse-Orientale, tous présentent des pathologies communes que le syndrome de la souffrance intergénérationnelle peut expliquer. La psychanalyste en est convaincue.

— Votre fascination morbide pour le crime, enfin, je veux dire, au point d'en faire une carrière, votre incapacité à maintenir une relation stable, votre consommation de stupéfiants et de calmants… Tout cela est clair, Simone. Vous êtes une plaie béante. Je vous invite à réfléchir à la disparition de votre père.

Un chien errant traversant l'autoroute fait émerger Simone de sa réflexion. L'animal sort de nulle part. Du côté droit du véhicule, elle entend quelques aboiements douloureux. L'espace d'une seconde, elle veut arrêter la voiture sur le bas-côté de la route, puis elle se ravise. Pourquoi s'arrêter dans sa course pour constater la mort de la bête ? Elle roule encore deux ou trois kilomètres, puis, sans comprendre pourquoi, immobilise sa voiture sur l'accotement. La tête sur le volant, Simone gémit.

— C'était un accident. Je ne voulais pas qu'il meure.

Et reprend sa route. Les heures passent. À ce stade, Simone n'a pas encore compris qu'elle baigne jusqu'aux hanches dans les jus bouillants de l'enfer astral. Elle pense par exemple que l'appel de Vitória n'est rien d'autre qu'une ruse pour la forcer à reprendre contact avec sa mère, qu'elle s'attend d'ailleurs à trouver chez elle ou, pire encore, dans l'appartement de sa tante, deux lieux où elle entend livrer sa bataille. Elle va jouer le jeu, car elle est tenaillée par l'envie de demander à sa mère si elle sait quelque chose de ce Ribeiro que l'on a retrouvé mort sur le béton.

À la hauteur de Barbacena, elle s'arrête à une station-service parce qu'elle est certaine que les deux jeunes hommes qui la suivent dans une voiture noire s'apprêtent à la braquer en la forçant à s'arrêter sur le bord de la route. Elle prend le temps de s'offrir une bouteille d'eau glacée et de retoucher son maquillage. Elle attend une demi-heure avant de repartir. Perdue dans ses pensées, elle rate presque la sortie vers le centre-ville. Elle aperçoit au loin, perchée au sommet de la tour B du complexe d'habitation où elle a grandi, l'horloge de l'Itaú qui marque seize heures douze. À quelques mètres à peine au-dessous de ce symbole de Belo Horizonte se trouve son ancienne chambre, cet endroit d'où elle a longtemps contemplé le bel horizon.

# Le cri de l'engoulevent

Au-dessus des montagnes ferreuses, rougeâtres, qui murent la ville sur son flanc sud, des nuages apocalyptiques s'étaient empilés comme autant d'oreillers jetés là par une amante prise d'une crise de nerfs. Un éclair jaillit dans l'air de l'été tropical. L'intensité de la lumière fut telle que même ceux qui avaient les yeux fermés sur les trottoirs virent se découper en noir contre l'écran rose saumon de leurs paupières la silhouette des objets et des êtres qui se trouvaient devant eux. Pour un peu ils auraient vu leur squelette. Les trombes qui s'abattirent sur la ville décoiffèrent violemment les citadins qui traînaient encore autour des abribus en dépit des alertes météorologiques. Toujours habitée par la croyance que celui qui se sert d'un téléphone ou d'un quelconque appareil électrique pendant un orage risque d'être frit sur pied comme un éperlan dans la poêle, Pia termina à la hâte sa réponse avant d'éteindre son ordinateur et de débrancher son grille-pain, sa cafetière, sa radio, son tourne-disque – elle avait gardé tous ses vinyles en dépit des progrès techniques qui les avaient rendus presque obsolètes – et son lave-vaisselle. Elle n'avait pas de télévision parce qu'elle trouvait la programmation trop abrutissante. Elle ne regardait donc jamais les émissions réalisées par sa fille, Simone, avec qui elle était en froid depuis quelques années. Ce mercredi des Cendres ressemblait à tous les autres. Elle était en train d'écrire à une jeune Québécoise qu'elle aurait préféré avoir comme fille. Cette idée l'obsédait et lui faisait un peu honte, car on doit aimer ses enfants peu importe ce qui arrive. Elle était certaine qu'il était écrit quelque part qu'il est péché de vouloir remplacer les enfants que l'on a par d'autres qui nous plaisent davantage. Si cela était le cas, Pia n'était plus en état de grâce depuis que cette Québécoise l'avait contactée. Pour cela, elle se sentait coupable. Pour cela, elle pensait que le Ciel lui envoyait un avertissement par voie de tonnerre et d'éclairs. Pour cela, elle savait qu'elle allait se repentir. Elle voulait remplacer sa fille qui ne lui adressait plus la parole par cette inconnue. Voilà le problème.

« À Belo Horizonte, les orages sont l'avant-programme de la fin du monde. Au 34ᵉ étage, on ne badine pas avec ça. Je te laisse, très chère Rosa. Je t'écris demain. » Sa correspondante aima tant l'image qu'elle crut nécessaire de taper à la hâte une réponse : « Raison de plus pour que tu te dépêches de monter à Montréal ! Crois-tu que tu arriveras à temps pour la fin du monde ? Je mets le vin au frigo à tout jamais ! On trinque à quoi pour le Jugement dernier ? As-tu déjà entendu l'engoulevent ? »

L'engoulevent d'Amérique (*Chordeiles minor*) n'est pas un bel oiseau. C'est la première chose qui avait étonné Pia quand, tout au début de leur correspondance, Rosa avait voulu savoir si on l'entendait à Belo Horizonte. Elle aurait trouvé absolument normal qu'une Montréalaise, n'ayant jamais mis les pieds au sud de Manhattan, lui demande si elle ne voyait pas virevolter des toucans ou des aras dans l'air du soir autour de sa tour d'habitation du centre-ville, car c'est bien le genre de questions que les gens du Nord posent. Rosa lui avait même fait parvenir un dossier complet sur l'ambitieuse migration annuelle de cet oiseau insectivore qui dès mars quitte ses quartiers hivernaux du Minas Gerais pour remonter vers l'Amérique du Nord. L'immense majorité des humains avec lesquels il partage son écosystème n'arriveraient pas à l'identifier. Il ne viendrait à l'idée de personne de le mettre en cage pour le vendre à des collectionneurs ou à une fiancée autrichienne.

Il ressemble à une petite perdrix, son plumage marron et noir lui permet d'échapper aux prédateurs et de fendre les airs nocturnes sans être aperçu. Pour se nourrir, il attend l'heure exquise où le soleil se couche et où moucherons et moustiques survolent la ville en nuées menaçantes et bourdonnantes. Il s'élève alors au-dessus de ses proies qui ne se doutent de rien. D'un coup d'ailes, il dévisse, tête première, bec ouvert en fendant l'atmosphère. La pression de l'air lui gonfle les joues, lui ouvre largement le bec – ainsi ses yeux sont exorbités –, assez pour lui permettre d'engouler des dizaines d'insectes nuisibles au sommeil humain. Pour remonter vers le Canada, il longera les sommets de la cordillère des Andes, suivra la côte de l'Amérique centrale, survolera le Texas, trouvera le Mississippi, puis l'Ohio, Détroit, Toronto et finalement Montréal où « son cri annonce aux mortels encore transis par l'hiver que les chaudes journées d'été sont arrivées ». C'est ainsi que l'avait écrit Rosa.

— Un peu pénétrant comme style, quand même…, avait marmotté Pia devant son écran.

L'engoulevent aime les villes, et par-dessus tout les toits plats sur lesquels, sans se donner la peine de faire un nid, il dépose ses œufs mouchetés de gris qui se confondent avec le revêtement. L'engoulevent est frileux. C'est un oiseau d'été qui ne se ménage que les plus belles saisons des Amériques. À Montréal, il arrive tout de suite après le flétrissement du dernier lilas. On le reconnaît à son cri qui perce la canicule : *psîîînt* ! C'est par ce cri que l'on sait qu'il est en train de s'alimenter. Ce son est au moustique ce que le cri de l'aigle est au lièvre : un glas irréversible.

L'orage était tombé en grands rideaux liquides. La noirceur tropicale encra le ciel vespéral en quelques minutes, comme si quelqu'un avait tourné le commutateur du soleil. Dehors, l'avenue Olegário Maciel luisait encore de la pluie tombée avant la chute brutale du soleil. Le vacarme de la ville avait baissé de quelques décibels pour céder la place au ronflement inquiet de la nuit. Au loin scintillaient les lumières d'une favela agrippée aux flancs d'une montagne du bout de ses doigts maigres. C'est à cette heure traversée des dernières lueurs du jour que la ville méritait le mieux son nom. Très loin dans le bel horizon, un fourmilier tombait endormi. En bas, sur les pierres portugaises du trottoir, un ivrogne bramait sa vie et toute l'injustice du monde. Le carnaval était fini depuis midi. Pia n'allait plus sortir, ce qui ne voulait pas dire qu'elle dormirait.

Avant d'ouvrir ce roman que Rosa – elle avait un goût impeccable, comme sa mère – lui avait recommandé, elle jeta encore un coup d'œil rieur à l'improbable itinéraire qu'elle avait à la blague dessiné pour contenter les fantasmes de rencontre de sa correspondante.

Comme intitulé de son premier message, Rosa n'avait rien trouvé de plus agressif que *Je voudrais vous connaître*. Pia avait reçu ce vouvoiement comme un crachat sur le front. Me connaître ? Mais dans quel but ? Elle ne se rappelait plus à partir de quel moment *la petite* – c'est ainsi qu'elle l'appelait en pensée – avait commencé à la tutoyer. Cela s'était fait naturellement, très vite. Elle n'avait pas encore entendu sa voix, mais Pia savait rien qu'à la lire que Rosa avait la voix de sa mère. Comment aurait-il pu en être autrement ? Et elle avait refusé, pour cette raison précise, ses suppliques pour avoir avec elle une conversation téléphonique. Pia digérait encore la nouvelle de l'existence de Rosa. Elle n'était pas prête encore à entendre sa voix. Si elle avait eu un téléviseur, c'est à ce moment précis qu'elle l'aurait allumé pour se distraire de cette pensée de Rosa, cette fille dont elle ne soupçonnait même pas l'existence, qui à peine un an auparavant l'avait trouvée avec une facilité désarmante grâce à Internet, ce monstre tentaculaire dont Pia s'était méfiée dès son invention. Qui oserait encore appeler « autoroute du futur » cet instrument maléfique qui ne servait qu'à ressusciter les morts et à déterrer les souvenirs consciencieusement enfouis ? Elle était à la retraite depuis quatre ans lorsqu'une collègue de l'Université fédérale du Minas Gerais l'avait appelée pour lui dire qu'une Canadienne la cherchait.

— Elle m'a écrit pour me demander si je te connaissais. Je lui ai répondu que tu avais pris ta retraite. Elle a dû trouver ton nom dans les pages de la faculté. Son âge ? Elle doit être assez jeune. Elle dit que sa mère t'a connue à Paris. Elle m'a laissé son adresse électronique, tu la veux ?

En 1971, Pia avait soutenu une thèse sur la temporalité et l'ellipse dans la narration des romans de l'écrivain portugais Eça de Queirós avec une mention d'excellence. De cet ouvrage, le chapitre le plus fort, qui portait sur l'ancrage narratif par la technique du retour en arrière, avait été tiré et publié dans une revue savante. Il y a des ironies douces, d'autres légères ; celle-là était cruelle, se dit-elle. Mais quel retour en arrière ne l'est pas ? Pour tout rempart, Pia avait réussi à gagner un peu de temps, à repousser l'échéance. Elle avait donc attendu deux mois avant d'aller s'acheter un ordinateur portable dans le quartier Savassi. Le vendeur avait dû être très patient avec cette vieille un peu bourrue dont le regard s'était affolé devant l'interface criarde du système d'exploitation. Elle avait exigé la machine la plus simple de toutes.

— Si vous en avez une qui ne fait que le courrier électronique, je la prends. Le reste ne m'intéresse pas.

Le jeune homme avait souri. *Não Senhora*, vous prenez la chose telle quelle, l'appareil avec le bon et le mauvais, ce qui tue et ce qui guérit, toutes ses fonctionnalités, même celles dont vous ne soupçonnez pas l'existence, même celles qui vont vous précipiter dans l'abîme de mélancolie que vous avez naïvement cru vous épargner avant de mourir. Assise à la terrasse du café Três Corações, Pia avait laissé sur la table la machine bien en évidence dans son emballage bariolé portant le nom de la marque japonaise, en espérant sans vouloir l'admettre qu'un voyou la lui volerait, l'en libérerait, lui permettrait de mourir en paix. Que devait-elle comprendre du fait que toutes les personnes qui lui avaient permis de communiquer avec

Rosa étaient de jeunes hommes souriants, comme ce technicien envoyé par son fournisseur de service qui lui avait montré comment naviguer sur Internet et comment envoyer et recevoir des messages ? Autre trait de comportement typiquement mâle : aucun d'entre eux n'était resté pour lui expliquer comment elle devait gérer ce choc émotif, ce retour du refoulé.

Lorsque, une fois seule, elle eut réussi à activer le système et à ouvrir son compte de messagerie, elle s'envoya un mot à elle-même pour tester la vitesse des échanges. Elle écrivit « test », ce qui lui sembla être le mot juste étant donné les circonstances. C'était un test, une épreuve, voire un examen de conscience. Bien qu'habituée à l'altitude de son 34e étage, elle fut prise de vertige en tapant dans le champ du destinateur l'adresse électronique que Rosa avait laissée à sa collègue. Elle avait refermé l'ordinateur portable d'un geste sec, l'avait recouvert d'une vieille nappe et oublié dans un coin pendant deux semaines pour fuir à Ouro Preto, ville historique dont les églises de style baroque tardif portugais lui semblaient interdire la possibilité même du courrier électronique.

À son retour, l'ordinateur la narguait depuis la cuisine. Elle finit par flancher. « Chère Rosa, je suis bel et bien la Pia Barbosa dont votre mère vous a parlé… » La suite avait été plus ardue. Devait-elle prendre des nouvelles de Thérèse, sa mère ? Ne pas le faire aurait été très indélicat. En revanche, elle était tout à fait consciente de l'imprudence qui consistait pour elle à s'enquérir du destin d'une femme qui lui avait dit avant de ne plus jamais lui adresser la parole : « Il n'y a pas d'esclavagisme, il n'y a que des esclaves. » La réponse avait été dévastatrice : « Maman est morte dans notre maison à Notre-Dame-du-Cachalot, en Gaspésie, en 2000. Elle m'a souvent parlé de vous, du Brésil, de Três Tucanos, de votre sœur Vitória, de Paris et même de l'enterrement d'Édith Piaf. » Cette candeur ! Cette manie d'aller droit au cœur ! Ça, elle le tenait de Thérèse. L'anéantir en trois lignes ! Pia en perdit l'appétit pendant des jours. Mais pourquoi avoir répondu à cette fille ? Mais pourquoi revenir là-dessus ? La géographie en avait pourtant décidé autrement : Thérèse au nord, Pia au sud, l'une en hiver pendant que l'autre vivait l'été. Un ours blanc pour l'une, un fourmilier pour l'autre. Thérèse était donc morte. Fin cinquantaine. Elle qui semblait destinée à vivre tranquillement cent ans dans son pays glacial. Pia en avait vomi, sous le choc, puis s'était tailladé la main en fracassant d'un coup de poing le miroir de la salle de bains qui lui renvoyait ce qui lui restait de jeunesse entre les crevasses, les rides et les cernes.

— Petite buse ! L'enterrement d'Édith Piaf ! ? Je n'y étais même pas ! Comment oses-tu remuer ces choses qui ne t'appartiennent pas ? Enlève tes doigts ! avait-elle hurlé en voyant son sang couler.

La suture n'avait pas tenu le coup. Mais Rosa n'en avait pas fini avec elle ! Maintenant qu'elle la tenait entre ses longues mains blanches – elle a cette peau de rouquine de sa mère –, prête à l'étrangler, maintenant qu'elle l'avait acculée au pied du mur – ce regard, c'est Thérèse, ces yeux ! –, maintenant qu'elle l'avait trouvée dans son bel horizon – et cette manie de ne pas s'imaginer une seconde que les autres pourraient ressentir de la pudeur ! Dieu, c'est congénital ! –, elle lui ferait tout déballer. La petite voulait savoir. Qui était cette Pia ? Cette femme dont il ne subsistait dans l'album de feu Thérèse Ost que cette photo où elles se tenaient la main devant la sépulture d'Oscar Wilde au cimetière du Père-Lachaise. *Thérèse et Pia, 1966.* Mais la petite avait attendu le tutoiement pour lui asséner le coup de grâce : « As-tu des enfants ? » Le délai de réponse – trois semaines – avait dû donner l'heure juste à Rosa. Le message ne contenait que ces trois phrases lapidaires : « J'ai une fille. Elle s'appelle Simone. Elle vit à Rio. » Rosa ne l'avait plus interrogée sur ce sujet. Puis, peut-être pour se faire plus légère, elle avait commencé à joindre à ses messages des photographies qu'elle avait faites. Elle choisissait pour sujets des oiseaux, des fleurs, le lilas surtout qu'elle disait abondant et odorant à Montréal, des écureuils, des ratons laveurs, une volée d'oies sauvages en V. Un jour, Rosa avait joint à son message l'enregistrement des cris des oies survolant Montréal dans leur migration automnale. « Je les ai enregistrées sur le balcon ! » Ses messages étaient parsemés de « quand tu viendras » et de « tu verras, en hiver ». Pia avait écouté le cri des oies vingt-deux fois le premier jour et quatorze le lendemain. Très vite, Rosa avait ajouté une photographie d'elle-même à un de ses messages. Pia avait hésité pendant quelques secondes avant de double-cliquer sur ce fichier intitulé *Rosa – Jardin botanique mai 2008*. D'ailleurs, les doubles-clics lui donnaient toujours un peu de fil à retordre. Mais elle y était parvenue. L'image l'avait choquée comme une photographie de guerre. Rosa posait debout devant un arbre en fleur. En plus d'être le portrait tout craché de sa mère, elle avait hérité d'elle cette manie de pointer le menton vers le bas, en diagonale, sur les photos. Sans que Pia comprît d'abord pourquoi, son regard avait analysé autant les grappes de fleurs du petit arbre que la couleur des yeux de Rosa. Un mécanisme mnémonique involontaire s'était déclenché dans son esprit, le phénomène tenait du rot de mémoire :

— Du lilas !

Pia avait mis à contribution le garçon d'ascenseur pour l'aider à sauvegarder la photographie sur un support externe et la faire imprimer dans un magasin. L'image n'aurait de sens qu'au moment où elle la tiendrait entre ses doigts. Autrement, elle n'avait pour une femme de son âge aucune valeur. Les images sur écran fuient, celles que l'on imprime restent. Pia tenait à ce que cette image reste.

Rosa avait dû sentir, malgré les kilomètres et le cryptage numérique, les réticences de Pia à parler d'elle-même. Que dire de cette mère qui répond d'une manière si succincte quand on lui demande si elle a des enfants ? Certaines femmes, sans même que l'on aborde le sujet, ne se gênent pas pour joindre le CV de leur progéniture, narrer les détails de leur quotidien ou exhiber leurs photographies de mariage. Pia se faisait très peu diserte sur cette question. Sentant que son sujet se refermait, Rosa avait choisi une autre approche, si tant est qu'elle fût du genre à élaborer des stratégies, pensait Pia. Sa mère était plus directe. Elle devait l'être aussi. C'est ainsi qu'elle se réjouit de voir Rosa échanger avec elle sur les sujets les plus prosaïques et les plus incongrus, comme la fabrication des lanternes chinoises et la migration de l'engoulevent d'Amérique. Une fois que leur amitié virtuelle se fut bien affermie, Rosa commença à joindre à ses courriels des textes littéraires brefs. La plupart du temps, il s'agissait d'histoires naturelles où des animaux dotés de la parole et des plantes nostalgiques de l'époque des jardins victoriens se posaient des questions sur l'amour, l'amitié et les questions liées au genre et à l'identité. Le lilas était souvent au centre de l'action.

Mise au courant que Pia n'était pas une fanatique des voyages en avion, Rosa avait commencé à suggérer, sûrement à la blague – qui aurait pu dire une chose pareille sérieusement ? –, que Pia pourrait tout simplement suivre la migration de l'engoulevent pour monter jusqu'à Montréal depuis Belo Horizonte. Il lui suffirait d'être attentive à son cri, de monter un peu plus vers le nord chaque fois qu'il lui échapperait. « Tu mettras tout au plus deux mois pour arriver ! »

Impossible de savoir si Rosa se moquait d'elle.

Elle ne semblait pas lâcher l'idée de ce voyage vers le nord. Têtue comme sa mère. Incapable, en aucune langue, de comprendre le refus ou d'admettre le désintérêt de son interlocutrice pour un sujet. Ainsi, la question de savoir ce que la fille avait reçu en héritage de la mère ne mit pas longtemps à trouver réponse. Rosa était comme Thérèse de ces êtres qui semblent si éblouis d'être vivants qu'ils ne sentent jamais chez l'autre la pulsion de mort, le *thanatos*, lointain cousin grec de la *saudade*. Cette dernière ne consiste-t-elle pas à contempler des choses mortes en regrettant le temps où elles étaient en vie ?

Puis vint cette singulière invitation, envoyée sur un carton électronique – Pia ignorait qu'une telle chose existât –, à un événement dont elle n'avait jamais entendu parler. Le document annonçait en multiples tons de mauve, rose et bleu que le Jardin botanique de Montréal serait l'hôte du grand concours du Lilas aveugle de 2012. Pia avait demandé d'être éclairée. Qu'est-ce qu'un lilas aveugle ? Il s'agissait tout simplement pour les concurrents de ce concours de se présenter dans la section des lilas du Jardin botanique hôte, au jour dit et à l'heure dite, accompagnés d'un guide. Là, les yeux bandés et guidés par leur équipier, ils s'approchaient d'un lilas en fleur, plongeaient le nez dans un thyrse débordant de parfum et, au premier ou au second nez, devaient deviner le nom du cultivar responsable de cette volupté momentanée. Rosa semblait tout particulièrement enthousiaste, car, pour la première fois, la métropole québécoise accueillerait cet événement de haute compétition olfactive que toutes les grandes capitales du lilas se disputaient aux années bissextiles. Rosa était déterminée à s'inscrire après avoir dû renoncer au Lilas aveugle de Minsk (2008) à cause d'une grève dans une compagnie aérienne, à celui de Boston (2004) parce qu'elle était en pleine session d'examens de fin de programme de la faculté de travail social de l'Université McGill, et à celui de Moscou (2000), tout simplement parce qu'à cette époque elle venait d'emménager à Montréal et avait bien d'autres chats à fouetter que de s'entraîner à distinguer au premier nez le parfum du 'Sensation' de celui du 'Katherine Havemeyer'. Pia ne fut pas étonnée d'apprendre que Rosa participait à cet événement inusité. Thérèse n'y aurait participé, se dit-elle, que pour avoir la chance de voyager en Europe de l'Est. Elle s'imagina l'espace d'un instant ce que sa vie aurait été, eût-elle décidé de rester dans les bras de Thérèse et de ne pas revenir au Brésil. Qui sait si son ancienne amie ne l'aurait pas entraînée dans ces douces excentricités boréales. Elle s'imaginait tenant le coude d'une Thérèse le visage enfoui dans une gerbe de lilas, cherchant dans sa mémoire olfactive le nom d'un cultivar rare. Puis elle se dit que les organisateurs de ce concours, pour éviter la tricherie, ne devaient pas permettre aux concurrents de se laisser guider par des proches, ce qui était effectivement le cas.

La photo sur laquelle Rosa posait devant un lilas en fleur continuait son lent et patient travail de forage dans la conscience de Pia. Monter jusqu'à Montréal pour sentir le lilas ? Quelle drôle d'idée ! Elle avait reconnu la fleur photographiée, mais était incapable de se faire une idée de son parfum enfoui dans les entrailles de sa mémoire. C'était une torture apparentée au désespoir du cruciverbiste à qui il ne manque pour finir sa grille que le nom du fleuve canadien en six lettres se terminant par un *r*. L'expérience était d'autant plus frustrante que Pia se souvenait claire- ment d'avoir suivi Thérèse pendant la saison du lilas à Paris. Contrairement aux images et aux sons, les odeurs ne peuvent voyager par courrier électronique.

Pendant des jours, ce vide lui travailla la conscience. La nuit, elle rêvait qu'elle marchait dans un jardin rempli de lilas, dans une ville nordique, croyant avoir enfin trouvé le parfum qui lui apporterait la paix. Quand elle se mettait le nez dans les thyrses en fleur, elle se réveillait dans son lit, les dents et les poings serrés. Elle fit ce rêve trois fois. Retrouver le parfum du lilas au cœur de Belo Horizonte était en train de devenir l'unique pensée de Pia. Malheureusement pour elle, l'intensité du lilas ne peut être reproduite à l'aide d'extraits naturels, trop difficiles à obtenir pour cette fleur. Son parfum doit être recomposé à partir de diverses molécules comme l'alpha-terpinéol, l'e-bêta-ocimène et l'aldéhyde lilas, des produits que le Carrefour voisin du complexe d'habitation de Pia n'a pas en stock. Et même si elle les y trouvait, il lui faudrait des années de formation avant d'apprendre les recettes, les proportions et les incantations qui l'aideraient à distiller l'essence de lilas. Il lui aurait aussi fallu trouver de l'indole, cette molécule chimique qui, à l'état pur, ressemble à de la poudre de diamant. Quand il n'est pas dilué, l'indole peut faire fuir les estomacs les plus solides. Il pue intensément, plonge le nez et les sens dans des miasmes traumatisants dont il est difficile d'identifier la dominante entre le caca frais, la naphtaline, le goudron et le pourrissement avancé d'un animal. Une fois dilué, il sert à la composition de tous les parfums qui se réclament des fleurs blanches comme le lilas et le lys, mais aussi la violette et le muguet, comme quoi tout est question de dosage. Elle se résolut donc à partir à la recherche d'un parfum ou d'un cosmétique qui lui donnerait satisfaction, qui réconcilierait son œil avec son nez.

Le parfum du lilas étant pour les Brésiliens aussi exotique que peut l'être le goût du fruit de l'acajou pour les Finlandais, il lui fallut s'armer de patience et sortir le chéquier pour faire face à la dépense. Aucune des vendeuses des boutiques de cosmétiques abordables du centre commercial populaire où Pia aimait faire ses courses ne sut l'aider. Elles étaient unanimes. Si ça se trouve ici, c'est la parfumerie *Le frisson fou* qui l'aura, au troisième étage du Diamond Mall, centre commercial haut de gamme où tout scintille et brésille, à deux pâtés de maisons de chez Pia, un endroit qu'elle évitait à tout prix et dont elle ne fréquentait que le supermarché du rez-de-chaussée.

Dans l'espoir – vain, pauvre, pauvre Pia… – que l'industrie des parfums français l'aiderait à donner à cette photographie de lilas arrivée de Montréal par voie électronique le complément olfactif adéquat, elle fit un effort vestimentaire, car il lui faudrait monter dans ces boutiques où elle n'était jamais allée, et parler à ces gens qui n'avaient selon elle rien à dire. Un peu de rouge à lèvres, encore. Un chignon, ça irait. La voilà sur l'escalier mécanique du Diamond Mall, les lèvres pincées, le périnée contracté comme pour chanter un contre-ré. Elle monte vers l'étage des boutiques de luxe comme une reine vers l'échafaud. Elle maudit Rosa. Elle maudit la mère de Rosa. Elle maudit son père, Hércules, et les fils de pute qui font dérailler les révolutions. Elle maudit cette photo de lilas qui l'a rendue folle. *Le frisson fou* est flanqué d'une joaillerie où l'on vend des topazes impériales, des émeraudes et des diamants. Une vendeuse la repère immédiatement, la toise de la tête aux pieds et grimace en voyant ses chaussures usées et son visage qu'aucun chirurgien n'a retenu dans sa chute. En voilà une autre qui voudra des échantillons ou se parfumer pour rien. Pia la salue gentiment.

— Ma chère, je cherche un parfum qui sente le lilas. Vous en avez ?

— Le quoi ?

— Le lilas. C'est une fleur du Nord. Une fleur de France. Il paraît que l'on fait des parfums qui sentent le lilas. Je voudrais sentir le lilas parce que je viens de voir la photographie d'un lilas en fleur.

La vendeuse dut appeler en renfort sa gérante. Cette dernière réussit en trois secondes à se faire un portrait sociologique de sa nouvelle cliente. Cette femme était soit une folle, soit une intellectuelle excentrique. Dans le premier cas, il faudrait probablement appeler du renfort pour l'expulser ; dans le second, on arriverait probablement à lui vendre quelque chose, car ces gens sont souvent salariés. Pendant que ces deux femmes couvertes de la tête aux pieds de cosmétiques compulsaient les catalogues des maisons européennes, Pia jeta un œil sur la marchandise. Le prix des articles lui donna un haut-le-cœur. Sous ses yeux, un flacon d'eau de toilette d'une maison parisienne valait un aller-retour Belo Horizonte-Buenos Aires. Elle le savait, car elle avait, à peine huit ans auparavant, voyagé vers la capitale argentine pour assister à un colloque sur la littérature portugaise. Elle se souvenait précisément du prix qu'elle avait payé pour s'y rendre. La gérante disparut dans l'arrière-boutique pour réapparaître une décennie plus tard chargée de flacons et de petites boîtes de carton.

— Voilà, j'ai trouvé quelques marques qui pourraient vous intéresser. Évidemment, aucun de ces parfums n'est composé uniquement de lilas. Vous savez, un parfum doit raconter une histoire qui commence par les notes de tête. Ce sont les premières notes qui ne durent pas très longtemps. Ensuite se déploient les notes de cœur, l'âme du parfum, pour finalement céder la place à…

— Je peux sentir ? l'interrompit sèchement Pia.

— Oui, bien sûr, commençons par le *Fleur allégorie*, une…

Pia coupa de nouveau la parole à la vendeuse pour corriger sa prononciation française défaillante. La dame perdit son sourire.

— Je disais donc que la maison Rouart l'a lancé en 2007. Il est très demandé.

Elle en vaporisa sur une languette de papier qu'elle tendit à Pia en se retenant pour ne pas l'envoyer au diable. Pia ferma les yeux. Elle se rappela soudain qu'elle avait oublié de racheter du nettoyant à vitres.

— Sentez-vous la fraîcheur ?

— Oui, c'est frais comme des toilettes fraîchement nettoyées. On dirait que j'ai avalé du shampoing par accident chez la coiffeuse.

— Mais sentez-vous le lilas ?

— Oui, vaguement. Mais c'est un peu à côté.

Si elle sentait le lilas ? Oui, quelque chose comme ça. L'odorat est un sens mal compris pour plusieurs raisons. D'abord, il est le sens le plus puissant et le moins exploité de l'être humain. Contrairement à la vue et à l'ouïe, il ne s'altère pas avec l'âge. Ses capacités d'évocation sont infinies. Ensuite, il exige pour livrer les souvenirs qu'il cache que l'odeur sentie soit *exactement* la même. Il ne peut y avoir le moindre écart entre les fragrances, sinon, c'est raté. Pia tentait de mettre des mots sur ses sensations, mais décrire l'effet d'un parfum, pensa-t-elle, est aussi difficile – et utile – que d'essayer de commenter un projet architectural au moyen d'une danse. La gérante lui proposa le *Nuits d'Ivry*, une composition florale plutôt agressive, forte en agrumes, qui grilla les neurones de

Pia. Le parfum évoqua chez elle les attaques à l'ypérite de la Première Guerre mondiale.

— Vous… vous en portez vous-même ?

— Oui, parfois, répondit la vendeuse.

— La prochaine fois, faites-le chez vous toute seule et assurez-vous de calfeutrer vos fenêtres.

Derrière le comptoir, la gérante retenait son poignet droit de sa main gauche, dans son dos. Non, elle ne giflerait pas cette vieille taupe. Lui trouver un parfum pour lequel elle viderait son porte-monnaie sous ses yeux deviendrait son fait d'armes de la semaine, sa vengeance.

— Vous trouvez que ce n'est pas assez fort en lilas ?

— Ce n'est pas tout à fait ça. C'est un peu à côté. Et il y a d'autres fleurs qui hurlent en même temps. Il faudrait qu'elles se taisent.

La gérante retint un rire. Sans le savoir, Pia venait de toucher à une problématique bien connue en parfumerie : la fleur muette. Les parfumeurs désignent ainsi les fleurs dont il est impossible de tirer un extrait naturel à ajouter comme ingrédient à des cosmétiques ou des savons. Le lilas, comme le lys, le muguet et la violette, une fois fané, emporte dans la mort son parfum suave. Pour recomposer ou évoquer sa présence, il faut synthétiser certaines molécules. Ainsi *Diorissimo* de Dior est-il une composition de muguet absolument artificielle qui aurait été impossible sans les percées scientifiques du XXe siècle. Le lilas est donc muet. Si Pia avait su que le lilas reste coi, elle serait sortie de cette boutique sans même saluer les vendeuses, sans insister. La gérante le sait, mais elle n'en parle pas pour ne pas faire fuir les clientes. Contrairement au lilas, la gérante est très loquace et tout à fait perspicace. Elle a maintenant compris la nature de la bête qu'elle affronte. Cette femme un peu agaçante parle trop bien pour être pauvre. Quand on sait prononcer correctement *Fleur allégorie* de Rouart et que l'on vit à Belo Horizonte, c'est que l'on a quand même quelques moyens. La gérante a aussi compris par le vocabulaire de Pia et par l'absence de couleurs sur ses vêtements qu'elle est probablement une professeure à la retraite. Rares sont les femmes qui ressortent de son magasin les mains vides. Elle décide de s'amuser un peu avec Pia.

— Je suis navrée, j'en aurais peut-être un autre, mais bien honnêtement je pense que c'est un parfum pour homme, et d'ailleurs, entre vous et moi, je le trouve hors de prix, dit-elle en chuchotant, sur le ton de la confidence.

— Ah oui ? Et il sent vraiment le lilas ?

— C'est ce qu'on dit. Moi, je ne sais pas, je ne suis jamais sortie du Brésil, je n'ai jamais vu de lilas, mentit-elle.

— Et il s'appelle comment, ce parfum ?

— Oh ! Je ne sais pas ! C'est écrit en français, attendez…

Elle revint en brandissant un flacon minuscule au design recherché.

— Pouvez-vous m'aider à prononcer son nom, Madame ?

Pia jeta un coup d'œil sur l'emballage.

— *Eaux d'avril*. Tiens, quel nom original ! C'est de la maison François Frottin. Vous voulez me le faire sentir ?

— Comme c'est beau, le français ! Bien sûr ! Voici !

Cette fois, le lilas baragouina quelque chose. En fait, ce que Pia entendit, ce sont les artifices d'un parfumeur génial qui avait réussi à créer un parfum dont les notes de tête aquatiques laissaient la place à des notes de cœur de lilas sous la pluie pour finalement s'ouvrir sur des notes résiduelles de concombre et de blé, créant chez elle l'illusion de s'être enfoui la tête dans un arbuste de lilas en fleur pendant une averse printanière. Oui, ce parfum évoquait les beautés de Paris, certes, mais vues derrière la vitre embuée d'un train nocturne. Elle eut même un frisson tant la fragrance évoquait les crépuscules frisquets des printemps parisiens. Le lilas était rappelé dans ce qu'il a de plus âpre, avec une pointe de dureté. L'illusion a un prix. Cette fois, c'était l'équivalent d'un vol Belo Horizonte-Manaus. Pia n'était pas inquiète. En marchant sur ses principes de consommatrice avertie, elle arriverait à se faire croire qu'elle avait vraiment besoin de cet ersatz de lilas. Et elle avait largement les moyens de s'offrir ce rêve olfactif.

— Pourquoi dites-vous que c'est un parfum pour homme ? Je le trouve très féminin.

— Peut-être. Oui, vous avez raison, pour une femme capable de le défendre, de le porter. Il faut plus de caractère que pour le *Nuits d'Ivry*.

En vérité, la gérante ne savait pas si *Eaux d'avril* est un parfum pour femmes ou pour hommes. Elle aurait été capable de vendre n'importe quoi à n'importe qui. Pia continuait de renifler la languette.

— Je le prends.

La gérante s'empressa de régler l'affaire avant que Pia change d'idée. Elle lui offrit des échantillons et un peigne en faux nacre. Une fois que Pia fut sortie du magasin, la gérante ne put s'empêcher de la persifler devant la vendeuse.

— Ces gens de gauche peuvent être insupportables. Mais, Dieu merci, ils sont aussi crédules que les autres.

Une fois rentrée chez elle, Pia alluma son ordinateur pour afficher la photographie de Rosa devant son lilas de Montréal, puis s'aspergea généreusement du parfum qui venait de faire un trou béant dans son budget mensuel. Or, le cerveau humain mémorisant les odeurs à l'aide de « repères » mentaux qui sont différents pour chaque individu, le parfumeur ne peut que recréer le souvenir d'une perception ou l'abstraction d'une abstraction. En tout cas, grande fut sa déception lorsqu'elle se rendit compte que l'image des lilas éclos ne correspondait pas exactement à l'odeur qu'avait retenue son cerveau. Après une demi-heure, les notes de lilas laissèrent la place à des effluves moins intéressants qui lui rappelaient des fougères en putréfaction. Son désir de sentir l'odeur du vrai lilas restait inassouvi. *Le frisson fou*, 1 ; Pia, 0.

Et qu'il soit dit que de tous les motifs qui finirent par jeter Pia dans le camping-car de Shelly Duncan, l'envie de retrouver ne fût-ce qu'une fois avant de mourir l'hyp-notisante odeur du lilas avait probablement été la plus déterminante, mais la moins avouable, car directement liée aux sens. Personne n'avoue à ses collègues de travail qu'il a traversé l'Atlantique et une partie de l'Europe pour retrouver dans un bled autrichien le goût perdu du miel de sapin sur une tranche de pain noir. Pourtant, cela se fait. Cela ne se dit pas, on trouve des excuses, des prétextes fumeux comme des visites touristiques, des concerts, des amis. Mais la vérité des sens ne s'admet pas, elle se cherche.

En ce 22 février 2012, mercredi des Cendres, elle était sur le point de sortir faire ses courses matinales au supermarché Carrefour de la rue Rio Grande do Sul lorsqu'elle se souvint que les commerces ne seraient pas ouverts avant l'après-midi. Elle patienta, en se demandant si les Canadiens fêtaient le carnaval. Le visage du garçon d'ascenseur s'illumina lorsqu'il la vit monter.

— *Professora*, mais où allez-vous donc toute jolie ? Et comme vous sentez bon !

Depuis que Rosa s'était invitée dans ses pensées, Pia avait recommencé à se maquiller. Rien de très lourd, un peu de rouge à lèvres, un trait de crayon. Elle avait teint ses cheveux d'une couleur différente, celle qu'elle avait en 1966, comme ça, pour rire. Dans la rue, les orages donnaient à la ville le même parfum qui règne dans les serres tropicales des jardins botaniques du Nord, en plus intense, partout, tout le temps. Rosa avait demandé à Pia de lui parler de son lieu de vie après lui avoir envoyé la photographie de cette maison gaspésienne revêtue de bois peint dans laquelle Thérèse l'avait élevée, au bord du golfe du Saint-Laurent. Sur ces photographies de la Gaspésie, Pia arrivait à *voir* le silence. Depuis, elle n'avait plus que ce silence en tête. Cette terre glacée où Thérèse était morte sans qu'elle ait pu lui dire qu'elle n'avait jamais été esclave. Qu'elle ne le serait jamais. Elle pensait au silence et au parfum du lilas, deux réalités étrangères à son quotidien de Belhorizontaine. Elle n'arrivait plus à se souvenir de cette odeur. Quelque chose dans sa mémoire lui ordonnait de faire monter dans ses voies respiratoires ce parfum oublié comme le drogué repenti se languit de la première sniffée.

En sortant dans la rue dos Guajajaras, laissant dans son sillage des effluves artificiels de lilas, elle fit un détour vers l'entrée de la tour A du complexe d'habitation Juscelino Kubitschek. Elle vivait à l'un des étages supérieurs de la tour B, tout là-haut, juste au-dessous de l'horloge de la banque Itaú qui donnait l'heure juste à toute la ville. Pendant les années 1970, la tour B du *jotaca* avait été la plus haute construction de Belo Horizonte. Cela avait beaucoup impressionné Rosa. Pia avait rendez-vous avec la syndique pour régler une histoire de graffitis graveleux peints sur les murs d'un couloir de son étage. Elle en profita pour saisir un exemplaire du *JK Notícia*, le mensuel publié pour les quelque cinq mille *jotakenses* qui habitaient l'utopie imaginée par Oscar Niemeyer. Émerveillée de savoir que sa correspondante vivait dans une construction dessinée par ce vieux communiste de salon, Rosa lui avait demandé de lui parler de son complexe d'habitation ; Pia l'avait décrit comme une *illusion perdue*. Rosa n'en revenait tout simplement pas. Niemeyer, le même qui a dessiné les édifices de Brasilia ? Ces espèces de soucoupes volantes posées dans le désert ? Celui-là même. Elle avait voulu des photographies, des anecdotes, des histoires. Comment se sent-on lorsqu'on habite une utopie ? « On se sent très vieille, ma chérie. Les utopies, c'est très démodé. » Pia s'était surprise à vouloir faire rire cette jeune inconnue – Dieu qu'elle ressemble à sa mère ! – sans trop comprendre pourquoi. Peut-être pour la même raison qu'elle avait ressorti son rouge à lèvres. Peut-être pour la même raison qu'elle l'appelait *la petite*. Elle s'imaginait voyageant avec Rosa sur les routes de la Gaspésie, comme le feraient une mère et une fille, sauf qu'en voyageant avec la rieuse Rosa elle s'éviterait les soupirs ennuyés de Simone, ses récriminations, ses critiques incessantes.

Elle avait parlé à Rosa des hauts et des bas du *jotaca*, des années 1980 et 1990 qui avaient vu défiler dans les couloirs des tours A et B prostituées et vendeurs de drogue, deux catégories d'êtres qui réussissent à enlever à l'utopie le charme qu'elle promet aux honnêtes gens. « Pour tout te dire, Rosinha, c'était devenu une favela verticale, mais ça ne me dérangeait pas trop puisque je vis tout en haut, où je ne vois pas mes voisins. Et tout compte fait, depuis que ça s'est embourgeoisé, je me demande si je ne préférais pas les putes aux hipsters… Les putes étaient authentiques ! »

Plus tard Pia se dit que, si elle s'était contentée de parler au téléphone avec la syndique sans passer par la salle commune, elle aurait encore pu infléchir son propre destin pour un temps. Mais tôt ou tard, elle se serait retrouvée face à l'individu, de toute façon. Elle aurait simplement préféré ne pas tomber dessus par surprise, à la fin d'un carnaval qu'elle avait passé plus ou moins seule dans son appartement. Elle marchait sur l'immense aire de béton qui sépare les deux tours du *jotaca* pour regagner la salle commune, le vestibule, puis la sortie. Une faculté sensorielle similaire à celle qui permet à la chauve-souris de trouver ses proies s'activa soudain. Quelque chose n'allait pas. Un parfum fétide piquait l'air estival de février. Dans la salle commune où quelques vieux regardaient une émission de télévision, l'odeur se précisa. Cette grande salle était ce qui restait du rêve communiste de Niemeyer. Le soir, l'endroit s'emplissait de gens venus regarder en groupe la *telenovela* de vingt et une heures, jouer au bingo ou tout simplement boire une bière qu'ils achetaient à la cantine. C'était bien loin de la vision initiale de l'architecte, qui avait prévu dans ses plans une cafétéria et un lavoir où les classes sociales auraient coexisté, où le chauffeur et le juge auraient lavé leurs slips dans la même eau, où l'épouse de celui-ci aurait utilisé la fourchette que la fille de celui-là aurait mise dans sa bouche la veille seulement. Adorable, cet Oscar Niemeyer.

Il y avait une dizaine de tables. Pia ne le vit pas en passant à côté de lui. Il ne la remarqua pas non plus. C'est seulement lorsqu'elle contourna la murale d'*azulejos* qu'elle se retourna, car elle en était sûre, elle avait *senti* une présence. Et elle le vit. Comment fit-elle pour garder son calme ? Pour ne pas se mettre à courir, à crier, à lancer des objets ? Pour ses soixante et onze ans, elle montrait un tonus musculaire hors du commun et une endurance insolente à l'effort, mais sa myopie s'était aggravée. À l'abri des regards, elle chaussa les lunettes qu'elle avait laissées dans son sac. Elle devait en avoir le cœur net. Si tant est qu'un organe quelconque puisse prétendre à la propreté après avoir vu ce qu'elle venait de voir.

C'était lui.

Elle en était sûre. Ribeiro. Il était assis à une des tables de la salle commune. Seul devant une bouteille de bière à midi et demi. Ce nez, cette carrure d'épaules, elle ne pouvait pas se tromper. Elle ne l'avait plus vu depuis 1969. Quel âge pouvait-il avoir ? Quelques années de plus qu'elle, c'était clair. Lui ne l'avait pas vue. L'odeur venait de son corps, ou du souvenir que la mémoire olfactive de Pia en avait gardé. Cachée derrière la cloison qui la séparait de la salle, elle l'observa en train d'éructer. Sa carcasse fatiguée ne semblait plus avoir que quelques heures à vivre. Assommée, elle pressa le pas pour sortir de la tour A et se retrouver rue dos Timbiras. Il fallait qu'elle s'éloigne de l'odeur. Elle traversa la rue, ses pieds la menèrent jusqu'au Carrefour où elle entra, haletante, après avoir couru bien malgré elle. Mais comment cela était-il possible ? Elle jeta machinalement quelques articles dans son panier, paya et redescendit la rue Rio Grande do Sul vers la tour B, certaine d'être suivie. Arrivée à son appartement, elle se laissa choir sur son sofa. À ce stade, Pia espérait encore qu'il s'était agi d'une méprise. N'avait-elle pas atteint cet âge où la mémoire vous joue des tours ? Et si celui-là était le tour le plus vilain jamais joué par la mémoire humaine ?

Il lui fallait en être sûre. Elle téléphona au portier de la tour A. Il devait savoir. Mais comment lui poser la question ? Elle raccrocha en entendant sa voix. Elle pensa immédiatement à Ivanir, la cuisinière qui tenait la cantine de la salle commune, qu'elle réussit à joindre. Tentant de dissimuler la nervosité dans sa voix, elle discuta d'abord de choses prosaïques avant de poser la question.

— As-tu noté de nouveaux locataires dans la tour A, Ivanir ?

Cette femme savait tout. Oui, il y avait ce bonhomme qui avait commencé à fréquenter la salle commune et sa cantine un mois auparavant. Il vivait au 23$^e$ étage de la tour A, un vieux bizarre qui pouvait passer des heures tout seul dans la salle à téter d'innombrables bières.

— Son nom ? Il s'est présenté ?

— Oui, Joãzinho, qu'il se fait appeler.

— Non, son nom, son nom de famille !

— Attendez, *professora*, il me semble que c'est Ribeiro. Oui, c'est le portier qui me l'a dit. Un retraité de l'armée.

Elle trouva encore la force de changer de sujet pour ne pas éveiller les soupçons d'Ivanir, et peu après elle raccrocha. Sans attendre, suante, tremblotante, les orteils arqués par le stress, elle composa le numéro de sa sœur, Vitória. Elle tomba sur sa boîte vocale. À cette heure, Vitória était chez sa coiffeuse, comme tous les mercredis après-midi. Sans même ranger ses achats dans le réfrigérateur, elle resta assise jusqu'à ce que Vitória la rappelle, vingt minutes plus tard, fraîchement coiffée.

— Piazinha ! Mais quel message affolé ! Tu vas bien, ma chérie ?

— Il est revenu.

— Qui ça ?

— Ribeiro.

— Tu… tu en es sûre ? Mais où ça ?

— Là, en bas, dans la tour A ! Dans la salle commune, assis à boire de la bière ! C'est lui, j'en suis sûre ! Ivanir me l'a confirmé ! Il s'est installé au 23$^e$ étage de ce côté-là !

— …

— Je ne peux pas m'être trompée. Ivanir m'a même confirmé son nom !

— *O filho da puta…*

— Celui-là même, Vitória.

Tout ce que Vitória trouvait à répéter, c'était *filho da puta*, d'une voix aiguë à peine perceptible.

— Je t'en prie, ne fais rien pour attirer son attention. Si ça se trouve, il est juste revenu habiter là. Il ne se souvient plus de tout ça, il doit être sénile, à son âge.

Vitória tentait de rassurer sa sœur qui ne parlait plus. Elle n'offrit pas sa présence à Pia, pas plus qu'elle ne l'invita à monter chez elle, dans son quartier de Serra. De toute façon, Pia n'y serait pas allée, parce qu'elle avait les jambes sciées par ce qu'elle venait de voir. Après avoir raccroché, elle rangea à la hâte les courses qu'elle avait faites en état de choc pour se rendre compte qu'elle avait acheté, cela devait être une erreur, une bouteille de whisky, elle qui ne buvait plus depuis des années. Elle s'en servit un verre. Puis deux. Pour se donner bonne conscience, elle mélangea la troisième dose avec du jus d'orange. À quatorze heures, elle était ivre comme elle ne l'avait plus été depuis le mercredi des Cendres de 1992, exactement vingt ans auparavant. Comme elle n'avait plus bu une goutte d'alcool depuis ce jour et qu'elle avait un peu perdu de sa résistance légendaire, elle se sentit la tête un peu légère. Et si elle descendait ? Si elle allait lui parler, à cet avorton ? Comme pour se donner contenance, Pia refit son rouge à lèvres avant de sortir.

Ribeiro avait quitté la salle commune. Ivanir, la cuisinière, s'activait déjà à ses fourneaux. Plus déséquilibrée qu'elle ne l'aurait cru par ses trois verres de whisky, Pia s'appuya sur le rebord de la fenêtre par laquelle Ivanir servait les clients. En s'approchant, la cuisinière sentit l'haleine éthylique de Pia, la *professora* du 34ᵉ étage de la tour B, qu'elle ne connaissait pas beaucoup, mais qui avait été jadis, on le lui avait dit, une soiffarde frisant la dipsomanie. Elle avait une fille à Rio qui ne montrait jamais le bout du nez à Belo Horizonte. Ivanir avait été femme de ménage chez plusieurs enseignants qui habitaient le *jotaca*. Mais elle connaissait Pia tout simplement parce que la *professora* faisait partie du groupe très restreint des tout premiers habitants du complexe d'habitation, une espèce en voie de disparition. L'aînée des *jotakenses* lui souriait. Ivanir se souvint de la conversation qu'elles avaient eue à peine une heure auparavant au sujet du vieux Ribeiro.

— Dites donc, ce bonhomme, il vous est tombé dans l'œil, *professora* ? C'est pour lui, ce nouveau parfum ?

— Mais de qui tu parles, Ivanir ? rétorqua Pia, jouant l'innocente.

— De ce vieux bouc, Ribeiro… Mais enfin, nous venons d'en parler ! C'est moi qui viens de vous dire qu'il a emménagé dans la tour A !

— Ah ! Ce vieux débris ? Non, non, non… Je voulais juste m'informer un peu des nouveaux venus… je… et comment pourrait-il m'être tombé dans l'œil si je ne l'ai même pas encore vu ? mentit-elle, se souvenant qu'Ivanir n'était pas encore arrivée lorsqu'elle avait vu Ribeiro affalé comme un sac de farine de manioc sur sa chaise.

— En tout cas, vous n'êtes pas la seule à vous intéresser à ce type.

— Ah bon ?

— Une femme née sous le signe de la chipie et son assistant sont venus il y a deux semaines pour le rencontrer. Il a commandé encore une bière, puis il est monté avec eux. Il n'a rien pris pour eux ! Ils doivent être allés dans son appartement. Ils ont fait des photos, là, dans la cour, entre les deux tours, avant de monter.

— C'étaient peut-être des membres de sa famille.

— Non, du tout, ils ont fait connaissance sous mes yeux. C'étaient des journalistes, elle a dit qu'elle était de la revue *Veja*.

— Et là, il est parti ?

— Oui, il ne mange jamais ici. Je pense qu'il monte chez lui quand il est trop ivre, juste après midi. Ce matin, il a bu plus que de coutume. Fin de carnaval oblige !

— Comment, de coutume ? Tu parles comme s'il traînait ici depuis des années !

— C'est vrai, il est ici depuis un mois seulement, mais il a déjà ses habitudes. Je vous dis, il s'installe ici tous les matins vers neuf heures pour boire sa bière. À midi il s'en va, ivre. Parfois, il redescend le soir, après le journal télévisé, vers les vingt et une heures.

— Et il est ici, dans la tour A ? s'enquit Pia avec toute l'innocence qu'elle fut capable de feindre.

— Oui, il loue un des appartements de deux chambres à coucher, comme vous. Le 2326, je pense, je n'en suis pas sûre. En tout cas, ce n'est pas lui qui va rendre les environs du *jotaca* plus propres. Il jette par la fenêtre ses assiettes de styromousse encore à demi pleines !

— Comment peux-tu savoir que c'est lui ?

Ivanir se pencha vers Pia pour lui avouer en chuchotant :

— L'administration veut traquer les voyous qui jettent leurs déchets par la fenêtre. Ils m'ont demandé de marquer d'un chiffre les contenants qui sortent d'ici. J'ai écrit un cinq sur le sien et les concierges l'ont retrouvé par terre. C'est un cochon, comme les jeunes du 7e ! Mais il ne faut pas que ça se sache, sinon je me ferais zigouiller, les pauvres ne se doutent de rien !

— Enfin, on s'attaque à ce problème ! C'est devenu une vraie plaie. L'autre jour, on m'a lancé une pelure de banane !

— Je sais, ils ont réussi à mettre les putes à la porte, mais leurs fils sont restés pour jeter des déchets par la fenêtre !

Pia tentait de se donner une contenance. Elle mourait d'envie d'aller confirmer le numéro d'appartement de Ribeiro et d'y monter. Elle entendit quelqu'un derrière elle changer de chaîne sur la télé. Il était quatorze heures. Ivanir pesta.

— Ah, non ! Il va encore nous mettre ce pasteur merdeux !

— Quel pasteur ?

— Vous savez bien, celui qui passe sur TV Real ! Mais attendez… N'est-ce pas la chaîne où votre fille, Simone, travaille ? Vous devriez le connaître, ce pasteur !

Pia se retourna. Un homme aussi âgé qu'elle – elle le connaissait de vue, elle savait aussi son prénom, il vivait dans la tour A depuis 2008 –, la télécommande à la main, explorait tout le bouquet des chaînes brésiliennes. Ivanir lui cria de laisser la télé en paix.

— Sur Globo, ils ne parlent que de cette satanée Coupe du monde ! C'est quand même pour dans deux ans ! J'en ai assez de cette superficialité. Je veux nourrir mon âme ! répondit-il sans même regarder en direction de la cuisine.

— Si tu as faim, j'ai encore des *pasteis* de poulet et du café. Pour ton âme, je n'ai rien d'autre que mes prières ! Et dans deux ans, quand ça aura commencé, tout ce que tu voudras voir, c'est la Coupe du monde, comme tout le monde ! Allez, je te connais !

Le bonhomme lui intima l'ordre de se taire d'un signe de la main. Pia avait fait chou blanc et commençait à dégriser. C'était peut-être mieux comme ça, se dit-elle. À l'écran, un jeune homme cravaté, cheveux séparés par une raie, costume noir, tout sourires devant Dieu et les hommes, debout devant une table sur laquelle trônait une bible ouverte, montrait du doigt un passage des saintes Écritures. Pia s'approcha de la télé. Si elle avait été tout à fait sobre, elle serait simplement sortie de la salle commune pour remonter chez elle, mais le whisky avait ramolli sa volonté. Au coin inférieur gauche de l'écran apparaissait le logo de TV Real. Pia croisa les bras en prenant une posture de méfiance. Un pasteur évangélique, maintenant… Elle se demanda si elle n'aurait pas préféré voir sa fille devenir prostituée plutôt que de travailler pour cette chaîne merdique. Elle avait d'ailleurs eu le culot de le lui dire à l'époque où elles se parlaient encore.

Sans dire au revoir à personne, Pia remonta à son appartement. Chaque fois qu'elle posait les yeux sur un téléviseur allumé, elle comprenait pourquoi elle n'en avait pas. Quand elle tombait sur une émission de TV Real, le soulagement était double ; elle se surprenait même à envier les aveugles à qui ce triste spectacle était épargné. L'effet du whisky se dissipait lentement, laissant dans son cœur un vide qu'elle entendait remplir en écrivant à *la petite*. Elle ne lui parla pas du retour inopiné de Ribeiro ni de sa rechute dans les spiritueux. Rien ne servait de l'ennuyer avec le récit de ses tourments de vieille femme. Elle lui raconta qu'elle avait entendu le cri de l'engoulevent quelques fois dans le ciel de Belo Horizonte, parla de choses susceptibles d'attendrir une correspondante du Canada et lui promit de lui envoyer plus de photographies de la ville. Pendant les quelques minutes qu'elle consacra à la rédaction de ce message, Pia ne pensa pas à Ribeiro. Très vite, elle s'était rendu compte que Rosa servait d'épouvantail aux idées noires. Ou était-ce le souvenir de Thérèse qui donnait à Pia l'illusion qu'elle maîtrisait la situation ? Inutile de se le cacher, elle s'était sentie rajeunir lorsqu'elle avait reçu le premier message de Rosa. Une lumière qu'elle savait tombée du visage de Thérèse s'était mise à luire dans des recoins de son cœur qu'elle avait crus à jamais plongés dans les ténèbres. Après avoir envoyé son message, elle resta encore pendant quelques minutes devant l'écran dans l'espoir que Rosa lui réponde tout de suite, mais elle devait être au travail. Il était maintenant presque midi à Montréal. Pia s'imaginait Rosa en train d'assister des gens dans le besoin, car la petite lui avait dit qu'elle était travailleuse sociale pour un organisme gouvernemental. Ce genre de travail devait se faire à la lumière du jour, pensa-t-elle, Rosa ne lirait pas son message avant la fin de la journée. Elle lui écrivait d'ailleurs toujours le soir, ce qui avait laissé Pia supposer que Rosa était célibataire.

En temps normal, elle serait sortie en fin d'après-midi avec d'anciens collègues de la faculté pour voir un film au cinéma Belas Artes de la rue Gonçalves Dias, mais elle se décommanda. Les événements de l'après-midi l'avaient vidée. Seul un message de Rosa aurait pu la ragaillardir, mais sa boîte de réception restait désespérément vide. Elle ne contenait d'ailleurs que des messages de Rosa. Personne d'autre ne communiquait avec Pia par voie électronique. Elle resta assise sur son sofa à contempler l'après-midi. La bouteille de whisky entamée, laissée sur le plan de travail à côté d'une mangue, était en train de devenir son unique pensée. Jusqu'à dix-neuf heures, elle trouva le moyen de s'occuper en faisant le ménage, elle qui n'était pas particulièrement portée sur la vadrouille. Elle était tout à fait consciente du fait que cette crise de nettoyage, tentative futile de mettre de l'ordre dans le chaos, avait été déclenchée par la réapparition de Ribeiro. Ainsi réagissent parfois ces gens qui reçoivent un diagnostic fatal : en faisant du ménage, comme si balais et torchons pouvaient vaincre le cancer. Ribeiro était une merde. Il fallait la nettoyer. Lorsqu'il ne resta plus rien à astiquer, plus aucune poussière à traquer dans son appartement de deux chambres à coucher, Pia décida de mettre de l'ordre dans ses vieux disques, comme si elle devait mourir le lendemain et qu'elle avait voulu se mettre à l'abri du jugement de ses héritiers. Si seulement Rosa lui avait écrit, elle ne se serait pas livrée à cet exercice rempli de pièges. Mais lui récrire sans avoir reçu de réponse lui paraissait un peu téméraire. Qu'irait-elle s'imaginer ?

C'est une chanson de Michel Legrand, *La Valse des lilas*, qui la força à se verser un autre whisky. Les paroles « On ne peut pas vivre ainsi que tu le fais, d'un souvenir qui n'est plus qu'un regret… » étaient venues à bout de ses forces. Pia savait pourtant qu'il lui aurait fallu vider cette bouteille dans l'évier *avant* de sortir ses vieux vinyles parisiens. Lorsqu'elle mit *Avec le temps* interprétée par Dalida, elle se servit un troisième verre.

Personne ne l'avait mise en garde contre les effets de l'alcool sur les correspondances électroniques. Légèrement ivre, elle se mit à relire les messages que Rosa lui avait envoyés depuis qu'elles avaient pris contact. Le charme opérait toujours. Tant qu'elle pensait à Rosa, au souvenir de Thérèse, à ce Canada qu'elle n'avait jamais vu, l'image du vieux Ribeiro la laissait en paix. Puis, vers les vingt et une heures, alors que l'asphalte de la place Raul Soares brillait encore des orages de la fin de l'après-midi, elle entendit un *psîîînt !* aigu et perçant fendre le bruit de la ville. C'était le cri de l'engoulevent, elle en était sûre. Devait-elle blâmer le whisky si elle éprouva le besoin d'envoyer à Rosa le message suivant ?

« Rosa ! Je viens d'entendre notre oiseau lancer son cri dans le ciel de Belo Horizonte ! Oh ! Comme j'ai envie de le suivre dans son voyage ! Il me mènera jusqu'à toi ! Comme je voudrais te tenir dans mes bras ! »

Comme tous les ivrognes le font en pareilles circonstances, elle appuya sur Envoyer, persuadée qu'elle avait trouvé dans ce message le ton approprié pour parler à la fille de Thérèse. L'alcool fouettait son ardeur. Bientôt, elle fut trop confuse pour s'y retrouver dans les fonctionnalités de sa messagerie électronique, alors elle retourna à ses vieux disques qu'elle arrivait à placer sur sa vieille table tournante même en état d'ébriété passablement avancé. Pia dormit sur le sofa pendant quelques heures, puis s'éveilla, affamée.

Le sommeil n'avait apporté à sa rage aucun répit ; si tant est que l'on puisse qualifier de sommeil l'état d'assoupissement fébrile dans lequel l'alcool l'avait plongée. Elle se trouva horriblement irritable, ce qui n'est pas peu dire pour une professeure que personne n'avait jamais tutoyée, non pas parce qu'elle l'avait exigé, mais parce que l'expression de son visage l'interdisait tout simplement aux étudiants. *A Senhora* Barbosa était à prendre avec des pincettes, des gants blancs, toutes les précautions techniques qui servent à éviter les explosions de gaz instables. Ce matin du 23 février 2012, le cerveau groggy, elle fixait la bouteille de Black Label vide, incrédule.

— Ce trou du cul m'a fait rechuter. Il va me le payer.

Pia était toujours habillée. L'immense horloge plantée sur le toit de la tour B, à quelques mètres au-dessus de sa tête, indiquait quatre heures. Le soleil ne pointait pas encore à l'horizon. Elle attacha ses cheveux à l'aide d'une barrette de plastique, ajusta sa robe fripée, se couvrit la tête d'un immense chapeau et, après avoir pris la peine de refaire son rouge à lèvres, elle sortit sur le palier et appela l'ascenseur qui monta sans se faire attendre et sans garçon. Dans la rue, elle se demanda si elle allait monter vers la tour A par la rue Rio Grande do Sul ou par l'avenue Olegário Maciel. Elle choisit la première pour éviter de passer devant ce bar strident où pouvaient encore traîner des voyous. Elle marcha jusqu'à l'entrée de la tour A. Le gardien à demi endormi ne vit même pas son ombre furtive se diriger vers les escaliers.

Elle n'hésita pas une seconde avant de frapper à la porte du 2326. Elle frappa fort, car elle était certaine que Ribeiro dormait d'un sommeil profond. Grande fut sa surprise lorsqu'il ouvrit la porte. Il était en pyjama, c'est-à-dire qu'il portait le pantalon et que son vaste torse n'était couvert que d'une mince camisole de coton blanc bon marché. Il empestait l'alcool, mais dans l'état où elle était, Pia ne sentit rien. Il l'avait reconnue, en témoignaient les quatre centimètres qui séparaient ses deux lèvres.

— Je crois que vous me devez quelque chose. Je peux entrer ?

Ribeiro était retourné s'asseoir sur un sofa immonde, à côté de la fenêtre ouverte par laquelle entrait une légère brise qui faisait de son mieux pour dissiper les relents de sueur, de tabac et d'alcool qui empestaient l'appartement. Pia refusa de s'asseoir.

— Il y a plus de quarante ans, vous avez tué mon mari, Thiago Guimarães Vieira da Conceição, à la demande de ma sœur et de mon beau-frère. Vous souvenez-vous de moi ? De ma sœur ? De Thiago ?

L'homme qui fixait le vide grogna en souriant. Pia ne se laissa pas démonter.

— À l'époque, vous étiez censé nous fournir un certificat de décès et une photographie de son cadavre pour que sa fille puisse dormir en paix, pour qu'elle sache ce qui était advenu de son père. Vous n'avez tenu parole qu'à moitié.

Ma fille n'arrive pas à faire son deuil. Elle veut savoir. Où sont ces papiers ? Les avez-vous ?

Le bruit de la respiration du vieux colonel était parfois couvert par le ronronnement d'une voiture qui passait dans la rue dos Timbiras. Dehors, la nuit commençait à faire quelques concessions au jour. Il se pencha vers l'avant, comme pris d'une crampe soudaine, laissant échapper un son sifflant qui pouvait être interprété comme un rire ou comme l'expression d'un doute. Pia n'en était pas certaine. À travers ses lèvres serrées s'échappa un ricanement. Il regarda en direction d'un meuble sale au coin de la pièce, une sorte de classeur de métal qui, comme lui, avait connu des jours meilleurs. Ribeiro pointa le meuble du menton, comme pour indiquer à Pia que ce qu'elle cherchait s'y trouvait. Il se leva et, sans même regarder son interlocutrice, marcha vers la fenêtre ouverte dont le rebord ne lui arrivait qu'aux genoux. Là, sur une table, il trouva le paquet de cigarettes qu'il cherchait. Il tournait le dos à Pia qui serrait les poings, les dents, les orteils, les abdominaux, tout ce qui en elle se contractait. Elle ne voyait plus que la silhouette de cet homme de dos, s'allumant à contre-jour une cigarette dégoûtante. Il ouvrit la bouche comme pour dire quelque chose, un chiffre, une somme d'argent. Il grommela qu'une entente était possible. Elle vit rouge et perdit conscience de ses actes. Quand elle revint à elle, le corps de Ribeiro gisait sur le béton tout en bas. Elle fut soulagée de constater qu'il avait entraîné sa cigarette allumée dans sa chute, car elle détestait l'odeur du tabac. Haletante, Pia fondit sur le classeur.

À la fois morte de frayeur mais sûre de ses gestes, elle redescendit les derniers étages par l'escalier. Lorsqu'elle se rassit sur son sofa, le soleil commençait à poindre à l'horizon. Tremblotante, la bouche sèche, elle sortit de son sac les documents qu'elle avait réussi à extraire du classeur de Ribeiro pour les glisser dans une grande enveloppe. Puis, elle se mit à écrire un long message à Rosa en pesant chaque mot. Ne sachant plus à quel saint se vouer, elle implorait son conseil. Elle vit deux voitures de police qui arrivaient de la place Raul Soares. Peu après l'heure où elle aurait normalement pris sa papaye et ses trois biscuits au fromage, le téléphone sonna. Elle choisit de ne pas répondre. Si, comme sa sœur, Vitória, elle avait eu la télé, elle aurait su que l'on parlait déjà du cadavre de Ribeiro. Elle débrancha le téléphone qui n'arrêtait pas de sonner. Sur les hauteurs du quartier Serra, Vitória attendait que sa sœur réponde. Pia était déjà en route, munie des papiers qu'elle avait volés à Ribeiro. Elle ne resta pas longtemps chez sa sœur, à qui elle donna des instructions précises.

À midi, elle rentra chez elle. Un message l'attendait. Rosa lui proposait de l'aider à fuir. Seulement, il fallait qu'elle parte le plus rapidement possible, avant qu'on commence à s'intéresser à ses allées et venues au moment où Ribeiro était tombé. Mais partir ainsi ne prouverait-il pas à tous qu'elle avait quelque chose à se reprocher ? Rosa se fit très convaincante. « Dès qu'ils te soupçonneront, ils consulteront tes courriels. Tu es cuite. Je te conjure de partir. J'ai parlé aux Louisianaises, elles t'attendront à Nashville. Il faut que tu montes jusque-là, très vite. N'essaie pas d'entrer au Canada ou aux États-Unis sans visa, tu serais refoulée à la frontière. Passe par le Mexique. Une fois là-bas, démerde-toi pour franchir la frontière. Ça va te coûter cher, mais c'est ton seul espoir. Pars d'une ville où on ne te cherchera pas. »

Effrayée à l'idée d'être dénoncée par son ordinateur, Pia fit un détour par la lagune de Pampulha pour le jeter dans l'eau. L'après-midi même, elle vida son compte bancaire et renouvela une vieille ordonnance de somnifères, car elle avait le sommeil fragile et capricieux, surtout en voyage. Au soir, elle était assise dans un autocar pour Brasilia. Rosa était bien informée, les Brésiliens doivent obtenir un visa pour les États-Unis et le Canada, mais, pour le Mexique, leur passeport suffit. Et le temps pressait. Bientôt, elle n'arriverait même plus à sortir du Brésil.

Arrivée le 26 février à Mexico, elle n'y resta que le temps

de trouver un bus pour Monterrey, puis un transport pour Reynosa. Le franchissement de la frontière américaine lui coûta 2 000 dollars américains, qu'elle donna à un homme qui la découperait peut-être en petits morceaux pour la jeter en pâture à ses chiens. N'étant pas une habituée des cavales, elle avait mis un mois à trouver le coyote qui l'aiderait à passer la frontière. Mais il tint parole. À San Antonio, au Texas, elle monta dans un autre car pour le Tennessee.

À Nashville, le chauffeur la réveilla. Il fallait sortir. Ses pieds la portaient à peine. L'homme plein de sollicitude voulut savoir si elle s'en sortirait, s'il devait appeler les secours. Parce qu'il était noir, elle le laissa l'accompagner jusqu'à un fauteuil de la salle d'attente. Autrement, elle l'aurait envoyé paître. Occupe-toi de toi-même et de ta nation odieuse… Mais il était noir et son visage la ramenait au bonheur du Brésil. Il lui apporta de l'eau. Puis elle lui demanda de partir, car c'était le lieu où elle devait attendre. Elle trouva encore la force d'insérer quelques pièces de monnaie dans la fente d'un téléphone public et de composer le numéro que Rosa lui avait donné, de laisser sonner trois coups et de retourner s'asseoir. Sur le fauteuil, elle perdit conscience.

# La disparition

Oscar Niemeyer n'avait pas prévu de quartiers pour le personnel de maison dans les appartements du *jotaca*. Cette absence fut considérée comme un défaut rédhibitoire par les acheteurs de bonne famille qui boudèrent ces appartements lumineux dans les années 1960. Mais une poignée de professionnels, idéalistes gauchisants, marxisants et moralisants, y emménagèrent tout de suite, séduits par le concept égalitariste à l'origine de cette construction. Le simple fait d'habiter le *jotaca* était en soi une prise de position, un énoncé politique clair. C'est là que Simone est née en 1970, dans le béton réconfortant, élevée par une mère célibataire qui s'inscrirait au Parti des travailleurs et serait une fervente admiratrice du président Lula. Après des années de déchéance immobilière, la notoriété de Niemeyer aidant, la jeunesse bohème et éduquée de l'État du Minas Gerais s'est approprié ces deux immeubles pour en faire un lieu culte et cool qui cessa d'être synonyme d'échec. À la fin des années 1990, les résidents propriétaires avaient élu un conseil d'administration déterminé à en finir avec la réputation douteuse des lieux par un grand ménage.

L'embourgeoisement et l'hipstérisation sont des processus exponentiels qui rappellent la multiplication des rats. Au Brésil, c'est comme ailleurs : si vous ne maîtrisez pas adéquatement la première infestation, vous êtes foutu. Ainsi, un nombre croissant de locataires jeunes et à la mode commencèrent à y emménager, les règles de sécurité furent renforcées pour rassurer ces derniers et les propriétaires indésirables furent contraints à payer l'arriéré de leurs frais. Ces mesures, ajoutées à une intimidation policière facilitée par la présence d'un poste de la police militaire sis sous la tour B, eurent pour effet de purger le *jotaca* des éléments qui lui avaient valu son triste surnom de favela verticale. C'est entre ces deux tours que Simone a grandi, malgré ce qu'elle raconte à ses collègues de Rio de Janeiro à qui elle a fait croire qu'elle vient du quartier Santa Tereza de Belo Horizonte, car on admet mal l'utopie en société.

Après avoir cherché pendant quinze minutes où se garer et retouché son maquillage, Simone descend la rue Rio Grande do Sul où elle a réussi à ranger sa Fiat sous le nez d'une quinquagénaire qui a riposté par un doigt d'honneur bien senti.

Sur l'immense esplanade de béton qui sépare la tour d'habitation de la rue, cet espace vide de toute végétation et apparemment dénué d'utilité pratique, le ruban de balisage pendouille toujours. Ces grandes étendues bétonnées, exemptes de décorations, de fleurs et d'ameublement urbain, détachent les tours du *jotaca* des constructions plus récentes qui, elles, étant donné la rareté des terrains dans la ville, sont collées les unes sur les autres comme autant de cercueils verticaux. Dans le langage architectural de Niemeyer, ces surfaces planes et propres permettent justement d'isoler les tours d'habitation de l'ensemble urbain, forçant le spectateur à s'arrêter et à s'étonner. Il n'est pas rare de trouver en ces lieux des sacs-poubelle que les habitants les plus incivils des tours jettent de leur fenêtre, et, au fil du temps, surtout pendant les années où le *jotaca* accueillait des âmes tourmentées qui évoluaient dans les milieux criminogènes, les corps de ceux qui avaient trouvé dans une ultime chute de nombreux étages la solution aux maux qui les accablaient. Ces plates-formes vides, désertées, noires et parsemées de déchets permettent à chacun des quelque cinq mille résidents des deux tours d'envisager un suicide propre et sûr pour les autres. Grâce à ces aires bétonnées, personne ne risque, en sautant du 9$^e$

ou du 20ᵉ étage, de tuer dans sa chute un passant qui a fait le choix de vivre, un moyen ingénieux que l'architecte a trouvé pour éviter la mutualisation des souffrances individuelles. L'embourgeoisement du *jotaca* a sonné le glas de ces suicides – authentiques ou assistés –, une évolution que le conseil d'administration avait qualifiée de « cercle vertueux ». Si le suicide offre un spectacle expiatoire de qualité aux badauds, ses effets sur l'évolution des prix de revente de l'immobilier sont en revanche désastreux. Ainsi, moins de résidents tombent des fenêtres du JK, plus le prix des appartements grimpe. Le conseil se réjouissait de ce rapport, allant jusqu'à déclarer que « plus les prix monteront, plus le *jotaca* attirera des gens heureux qui ont moins de raisons de vouloir se donner la mort ». C'est par cet implacable raisonnement que le phénomène fut analysé. Qui veut en effet d'un voisin morose ?

Avant d'aller sonner chez sa mère, Simone obéit à son instinct journalistique pour jeter un coup d'œil à l'endroit où Ribeiro s'était écrasé le lendemain du mercredi des Cendres. Des concurrents d'*Alerte dans la ville* ont rapporté la nouvelle. Pour l'instant, l'affaire est classée comme un suicide. Le témoignage de la journaliste de *Veja*, qui l'avait rencontré deux semaines auparavant, corroborait la déclaration de la femme de ménage, laquelle avait expliqué que l'homme qui vivait là depuis quelque temps s'était en quelque sorte coupé du reste du monde et que son passe-temps préféré était de vider des bouteilles de bière en grognant. Son épouse était morte à São Paulo depuis une bonne décennie, dans des circonstances similaires, au bout de son alcool. Les antécédents du *jotaca* en matière de suicide nuisaient à une analyse rationnelle des faits.

Au 34ᵉ étage de la tour B, personne ne répond. Simone s'impatiente. Le courage commence à lui faire défaut. Après toutes ces années de silence, elle frappe à la porte de sa mère avec des intentions cachées : l'interroger sur Ribeiro. Elle est encore certaine qu'elle trouvera sa tante Vitória chez sa mère, ou plutôt l'inverse, que Pia sera montée chez sa sœur, car cette histoire de disparition est clairement un bobard, une stratégie pathétique pour la convaincre de contacter sa mère. À vrai dire, Simone trouve le subterfuge un brin grossier, mais décide de jouer le jeu, car, comme elle l'a avoué à sa psychanalyste, elle n'arrive plus à articuler clairement les raisons pour lesquelles elle a coupé les ponts. Le silence est devenu un motif *en soi* de ne plus parler à Pia. C'est tout. Depuis deux ou trois ans, le plaisir pervers et enfantin qu'elle éprouvait à s'imaginer la frustration de Pia devant son indifférence semble s'être émoussé. Bref, elle doit admettre en ce 10 mars 2012 qu'elle est devenue indifférente aux sentiments que sa mère peut entretenir à son égard. Elle ne se doute pas que la réciproque est vraie depuis plus longtemps encore. Honteuse, elle doit admettre en son for intérieur qu'elle a été insensible. Elle se dédouane de ce sentiment déplaisant en se disant que, de toute façon, elle se porte beaucoup mieux depuis qu'elle a rompu tout contact avec Pia, car chacune de leurs conversations donnait lieu à une engueulade épouvantable. Elle laisse sonner le téléphone de Pia des dizaines de fois, sans résultat. Le portier finit par lui avouer qu'une femme correspondant à la description de sa tante Vitória a donné des instructions pour des visiteurs éventuels. Simone ne reconnaît pas ce portier qui a dû être engagé après son départ de Belo Horizonte à la fin des années 1980. Ignorant le lien qui l'unit à la disparue, il lui tend le numéro de sa tante comme Vitória le lui a demandé.

Sa tante n'est pas très étonnée de la voir arriver sans s'être annoncée. Pour Vitória, cette capacité à disparaître dans la nature et à réapparaître comme si rien ne s'était passé est une faculté que Simone tient de sa mère. À vrai dire, elle ne se préoccupe pas tant que ça de la disparition de sa sœur, qu'elle a toujours considérée comme une excentrique. Pendant ses années parisiennes, Pia s'est faite avare de nouvelles. Dans les années 1980, les deux sœurs s'adressaient rarement la parole même si elles vivaient dans la même ville. À l'instar de sa nièce, Vitória a oublié l'étincelle qui a allumé le feu de leur mésentente.

— La police est sur le coup, ma chérie. Au début, j'ai cru qu'elle était chez ses amis d'Ouro Preto. Mais ils ne l'ont pas vue.

Simone est assise dans le salon de l'appartement luxueux de sa tante dont le visage, pièce admirablement ouvrée par l'expertise chirurgicale brésilienne, n'arrive plus à transmettre que des émotions simples. Simone met sur le compte de ces interventions le fait que sa tante ne verse pas une larme pendant leur conversation. Il ne lui reste plus qu'à rentrer demain à Rio de Janeiro. Sans trop savoir pourquoi, Simone refuse l'hospitalité de sa tante et lui demande plutôt de lui donner les clés de l'appartement de Pia.

— La police m'a conseillé de n'y laisser entrer personne. Ils vont devoir fouiller pour leur enquête.

— Mais c'est chez moi aussi !

— *C'était* chez toi. Tu n'y as pas mis les pieds depuis des années.

Simone détecte une pointe de reproche inattendue et nouvelle dans le ton de Vitória, mais décide de ne pas le lui faire remarquer. Elle dort à l'hôtel pour avoir la paix et ne reprend la route que le lendemain. Un peu avant Rio, un barrage routier crée un bouchon monstre. La police cherche l'auteur d'un braquage sur l'autoroute, qui s'est soldé par le meurtre de la victime. Sitôt rentrée dans son appartement, Simone donne un coup de fil à son fournisseur d'herbe.

— Si tu peux maintenant, ça serait vraiment chouette…, supplie-t-elle le revendeur qui refuse de se déplacer pendant une partie du Fluminense.

Il ne vient pas. Simone doit s'en remettre à son pharmacien et aux vertus apaisantes du Rivotril. Rui a laissé quatorze messages désespérés, autant d'appels qui s'abîment dans un puits d'indifférence. Il est navré. Il s'excuse. Il est con. Simone est d'accord et supprime son nom de la liste de ses contacts. De sa fenêtre, elle contemple le Morro da Babilônia, la favela qui flanque son quartier d'héritiers, comme si ces constructions fragiles pouvaient lui apporter la solution à son problème de cotes d'écoute. Les favelas, c'est fini, songe-t-elle. Plus personne ne s'intéresse à ça. Les gens veulent voir autre chose. Il faut leur donner ce qu'ils ne sont pas et ne seront jamais. Le problème, c'est que TV Globo tient entre ses griffes plaquées or ce segment du marché. Elle peste encore contre son dealer. C'est en fumant un joint qu'elle a ses meilleures idées. Elle repense à son samedi à Belo Horizonte, aux habitants du *jotaca*, au bruit qu'avaient dû produire les ossements du vieux colonel en se fracassant sur les dalles de béton. Elle se demande si la chute de son corps a produit un sifflement dans l'air du matin.

Jamais elle ne l'admettra devant quiconque, surtout pas devant sa mère, mais elle vit une crise existentielle profonde déclenchée par l'appel de sa tante, le jour où elle a pris son amant en flagrant délit d'infidélité. C'est à cela que sert l'enfer astral, à sélectionner les plus forts. À ce stade, Simone ne croit pas encore à la disparition finale et définitive de sa mère. Cette prise de conscience viendra en son temps et charriera suffisamment de remords et de repentance pour fonder une nouvelle religion. Pour l'instant, elle est plutôt préoccupée par Ribeiro. Ce qui l'a déboussolée, c'est la proximité entre les victimes et les bourreaux du passé. Ce colonel avait quand même la même adresse que sa mère, qui ne devait pas être la seule dans ce complexe d'appartements à pleurer un disparu des années de plomb. Au début du moins, Simone a suivi les travaux de la Commission nationale de la vérité, mais n'a rien appris qu'elle ne savait déjà. Thiago avait été arrêté en 1970. Depuis, plus de nouvelles. Des centaines de noms de disparus avaient été publiés, mais jamais celui de son père. Si une commission nationale ne parvenait pas à faire la lumière là-dessus, rien n'y parviendrait jamais. Puis elle s'est mise à jouer avec toutes sortes d'idées : il n'était pas mort. Il avait pris le large, c'est tout. Il vivait dans un autre pays, sous un autre nom, dans le meilleur des cas dans une autre ville brésilienne. À l'improbable possibilité qu'il soit toujours vivant, Simone accorde sûrement trop d'importance. Il aurait plus de soixante-dix ans aujourd'hui. La dictature est tombée depuis des décennies, assez pour qu'il retrouve les siens si, évidemment, c'est cela qu'il cherche, parce que l'esprit tourmenté de Simone explore aussi la version lancinante selon laquelle son père, une fois libéré de sa geôle, a choisi de refaire sa vie ailleurs. C'est peut-être cette pensée qui la réveille encore la nuit, cette impression inavouable que l'homme est peut-être toujours vivant, mais peu disposé à la connaître. Et le cinéma mental des orphelins recommence à tourner dans sa tête, et repartent ces jeux morbides comme celui qui consiste, dans un restaurant, à se dire : « Le prochain qui entre, c'est mon père. » Entrait une fille de quatorze ans…

Un peu avant le commencement de son enfer astral, dans un restaurant de Rio, prisonnière d'une conversation absconse avec Julia, une amie américaine déterminée à lui livrer le secret du lustre de sa chevelure, Simone a vécu une expérience très troublante. Derrière elle était assis un homme d'une quarantaine d'années avec deux petits garçons. L'homme parlait assez fort pour qu'elle puisse suivre l'histoire qu'il racontait à ses fils. Car ils étaient de lui, c'était clair. Ils étaient assis à une table de quatre. Une chaise était vide. Les garçons riaient d'entendre leur père leur raconter une anecdote de son enfance. Un petit miracle se produisit. Le téléphone de Julia sonna. C'était son travail. Elle devait partir immédiatement et laissa Simone seule à la table.

— Tu me pardonnes, ma chérie, ils sont encore dans la dèche jusqu'aux hanches. Il suffit que je m'absente deux heures pour que tout chie. J'implore ton pardon, je travaille avec des incapables.

Simone n'eut pas le cœur de lui dire de parler moins fort parce que ses excuses étouffaient les propos du papasamedi. Elle ne dit rien pour ne pas perdre un autre mot de l'histoire. Elle les avait vus entrer tous les trois, dix minutes auparavant. Lui, très beau, de type prince de l'arrière-pays. Ses deux fils le regardaient comme s'il était un dieu sylvestre. Dès qu'il avait ouvert la bouche, Simone avait reconnu l'accent du pays minérois, celui qu'elle avait mis des années à gommer complètement. C'était comme un chant, une mélodie retrouvée. L'homme racontait à ses fils une histoire de son enfance, une anecdote scolaire, un cas où il s'était rendu coupable d'un crime qui le poursuivait à ce jour. L'institutrice avait demandé à ses élèves d'observer la lune tous les soirs et de la dessiner dans un cahier pendant tout un cycle lunaire. Le garçon, d'un naturel distrait, avait négligé de le faire pendant les dix premiers jours et avait dû voler le devoir d'un camarade pour sauver la face. C'est le camarade qui avait été puni et le voleur qui avait eu les honneurs. Cette histoire lui pesait sur la conscience. Simone le trouva adorable, si précieux dans son remords, si tendre avec ces deux garçons qui, contrairement à elle, connaissaient l'un des plus grands bonheurs de l'être humain : entendre ses parents raconter comment les choses étaient quand ils étaient petits. Avant. Dans l'ancien temps. Bien avant que le Brésil accouche d'*Alerte dans la ville*, avant les balles perdues aux abords des favelas, avant Oscar Niemeyer. Avant les chocs électriques. Un serveur déposa une salade sur la table de Simone qui déployait des efforts surhumains pour ne pas se retourner, pour ne pas se lever et supplier le Minérois de lui permettre de s'asseoir avec ses petits garçons, de la laisser être, le temps d'une histoire, leur grande ou petite sœur, leur cousine, leur servante, leur chat, leur porte-clés… pour qu'elle puisse recueillir chaque mot de ce souvenir emprunté et se blottir contre ces paroles le soir venu, qu'elle se tairait, qu'elle serait gentille, qu'alors peut-être, éventuellement et avec un peu de chance, le souvenir duveteux de ce Minérois devenu grand lui tiendrait lieu de somnifère, qu'elle dormirait sans Rivotril, sans cannabis, et qu'elle rêverait d'une ferme avec une grande maison blanche aux cadres de fenêtres bleus, des zébus et des grains de café qui sèchent devant, et une cuisinière noire qui lui sert sa papaye au matin et sa crème d'avocat au soir, et ce monsieur qui la berce, qui raconte l'histoire de la lune sur l'immense véranda, dans la fournaise du Minas. Un sanglot la gagna, inextinguible, tout-puissant, explosa bruyamment dans le restaurant alors qu'elle se tenait la tête à deux mains. Le Minérois et ses deux petits garçons la fixaient du regard, comme effrayés par ce malheur contre lequel ils semblaient immunisés. Simone sortit rapidement un billet de 50 réaux de son sac, le plaqua sur la table sans toucher à son assiette et sortit en courant. Elle dut s'arrêter à la pharmacie avant de remonter chez elle. Les orphelins comprennent avant tout le monde que les parents ne sont finalement qu'un récit, une histoire, un conte pour dormir ; et que ces histoires servent en fait à faire comprendre qu'il y a eu un avant, ce qui suppose – demande, exige, réclame – un après, que le temps se tisse au fil des histoires des pères et des mères. Elle peut aussi jeter le blâme sur Pia qui n'a pas expliqué grand-chose du passé à sa fille pour des raisons évidentes. Tout ce que Simone sait de Paris, c'est que ses parents y ont vécu avant sa naissance. C'est tout. Rien de plus.

L'obsession revient gruger ce que les reproches de la mère ont laissé intact. Avant de quitter la Vérité qu'elle a toujours vénérée, Simone veut lui faire cracher le gros morceau : qu'est-il advenu de Thiago ? Les militaires l'ont probablement torturé, puis tué. De ça, elle est parvenue à se convaincre, et cette réponse aurait normalement dû lui apporter la paix d'esprit. Comment expliquer alors que Simone ne connaisse pas le sommeil de qualité qui n'est donné qu'à deux types de personnes : ceux qui savent et ceux qui ont oublié ? Simone ne demande pas mieux que d'oublier, mais il lui faut d'abord savoir. Et elle en est sûre, quelqu'un, quelque part dans ce pays, sait ce qui est arrivé à son père.

En fait, elle tient la réponse à son problème depuis un voyage aux États-Unis en 2010. C'est là que l'étincelle a jailli. Dans le Washington Crime Museum, Simone est tombée sur une exposition consacrée à Ted Kaczynski, dit Unabomber, qui de 1978 à 1995 avait terrorisé l'Amérique en envoyant aux universités et aux compagnies aériennes des bombes artisanales. Trois morts et vingt-trois blessés, en tout et pour tout. Le trou du cul, un mathématicien désaxé diplômé de Harvard, se terrait dans une cabane du Montana, où il vivait en ermite. Les motifs qu'il invoquait pour expliquer ses crimes intéressèrent moins Simone que l'enquête qui avait permis de le démasquer. En 1995, Kaczynski avait envoyé un manifeste de cinquante pages à d'importants journaux, exigeant sa publication intégrale. Tous avaient refusé, comme il se doit, par respect pour les victimes et leurs proches. C'est Janet Reno, l'infatigable procureure générale des États-Unis, qui avait insisté pour que le *New York Times* publie *Industrial Society and Its Future*, un manifeste rébarbatif. Selon Reno, quelqu'un, quelque part, reconnaîtrait fatalement dans ces élucubrations quelque chose qui conduirait les autorités au coupable. Et c'est effectivement la belle-sœur du meurtrier qui, en lisant le journal, remarqua des similarités entre les formules du manifeste et des textes de Kaczynski que la famille avait conservés. Une enquête linguistique et graphologique avait permis d'établir la parenté entre les textes. Cette ruse vieille comme le monde émerveilla Simone. Elle était maintenant convaincue qu'en demandant à chaque Brésilien s'il savait quelque chose sur son père elle tomberait, c'était fatal, sur une belle-sœur bavarde, sur un témoin qui jusque-là était resté coi. Une fois rentrée de Belo Horizonte, elle ne put se défaire de cette idée. Si elle pouvait attirer l'attention de tout le monde, du Brésil entier, et si elle avait assez de temps pour poser une question simple, elle aurait peut-être une réponse. Non seulement cette nouvelle émission lui apporterait la réponse qu'elle cherchait, mais elle convaincrait aussi sa mère qu'elle était capable de produire un divertissement à la fois intelligent et populaire. Foin des Brésiliennes mortes, adieu braquages, cambriolages, ravages de la drogue. Simone Barbosa changerait l'histoire de la télévision brésilienne à jamais. Et sa mère, où qu'elle se terre, serait fière d'elle. Elle s'adresse la parole devant un miroir.

— Mais je me fous complètement de son opinion !

En cas d'échec, il restera toujours les fenêtres du 34e étage du *jotaca* et le béton réconfortant d'Oscar Niemeyer.

# Favela verticale

Au Brésil, on dit que pendant que São Paulo gagne, Rio dépense et le Minas conserve. C'est précisément cette maxime que Simone utilise pour faire accepter son nouveau projet d'émission. Elle ne fait pas l'erreur de le soumettre au discernement de Silva, qui l'aurait taillé en pièces, mais s'adresse directement à l'actionnaire principal de TV Real, un dénommé Luís Nunes de Cabral, Minérois de souche, de racine et de feuillage, un homme taciturne et caractériel dont elle n'a serré la main que deux ou trois fois en regardant par terre. On le dit très sensible aux remarques sur son État natal où il possède notamment une ferme, deux hôtels, une église évangélique absolument rentable, quelques tours d'habitation, une laiterie, une compagnie d'assurances, une station de radio, trois centres commerciaux et un toucan apprivoisé appelé Xodó. Cabral a été mis au courant des talents de Simone. Tout ce qu'elle entreprend engendre des cotes d'écoute génératrices de revenus. C'est tout ce qui compte à ses yeux. Le reste, que Simone exploite la criminalité sans vergogne, qu'elle titille le plus petit dénominateur commun qu'est la peur de l'Autre, qu'elle profite de la déchéance urbaine brésilienne, cela ne lui importe pas. Il accepte donc sans poser de questions *Raconte-moi le Brésil*, la nouvelle émission que Simone compte lancer un mois plus tard pour remplacer *Alerte dans la ville*. Elle avait proposé le titre *Favela verticale*, mais Cabral l'avait jugé trop péjoratif. Une fois rentrée chez elle, Simone se félicite d'avoir survécu à la première semaine de son enfer astral. Elle réussit même à trouver de l'herbe pour rouler le joint dont elle rêve depuis des jours. Le ronronnement de la climatisation achève de l'endormir.

L'idée de cette nouvelle émission est toute simple. Il s'agit de réunir des personnalités locales, des personnages un peu folkloriques, pour leur demander de raconter en direct une histoire. N'importe laquelle ? Non. Chacun devra divertir les téléspectateurs par le récit d'anecdotes inédites sur l'histoire du Brésil. Pas question de refaire ce qui a été fait mille fois déjà. Chaque candidat devra raconter son histoire en cinq émissions d'une heure, du lundi au vendredi, ce qui élimine d'emblée les farceurs et les conteurs de peu de talent. Pour monopoliser l'attention d'un public pendant toute une semaine en racontant une histoire, il faut avoir de la faconde, une mémoire et un à-propos hors du commun, car il n'y aura rien d'autre que le candidat, un animateur, un décor et deux caméras. Il y aura six concurrents. L'émission durera un mois et demi. Pour gagner l'adhésion du public, le vainqueur serait choisi au suffrage des téléspectateurs. Le début de l'émission est prévu pour le début du mois de mai.

Aux États-Unis, on dit « *money talks* ». Au Québec, l'argent jase. Au Brésil, l'argent hurle. Ainsi, Simone laisse Cabral faire vociférer son argent dans les bureaux administratifs du *jotaca* pour obtenir le droit de filmer *Raconte-moi le Brésil* au 34e étage de la tour B, soit dans le salon de l'appartement de Pia. Pourquoi là précisément ? Pour faire parler, tout simplement. Simone ne trouve pas de raison précise pour justifier son choix, mais elle sait que le lieu fera réagir. Cabral essuie d'abord un refus net. Pas question. Puis, il laisse son argent gueuler encore un peu. On finit par se rendre à ses arguments, car l'immeuble a besoin de rénovations urgentes.

Le soir du 1er mai, *Alerte dans la ville* diffuse un court reportage sur la disparition de Pia Barbosa, mère de la réalisatrice-vedette de l'émission *Raconte-moi le Brésil*

353

qui sera à l'antenne sur TV Real le soir même. Simone fulmine, car elle n'a pas été mise au courant. Les plus cyniques croient à un coup de pub. Cette Pia est cachée quelque part. Tout cela ne sert qu'à attirer l'attention. Et, étonnamment, cela fonctionne et étonne. Ce qui étonne surtout Pia qui suit le reportage depuis le téléphone de Shelly, c'est que la police n'ait pas fait le lien entre sa disparition et le « suicide » de Ribeiro. Jusqu'à son arrivée à Nashville, elle croyait fermement avoir la police de toutes les Amériques aux fesses. La voilà rassurée.

Au bout de quelques jours, une vidéo enregistrée par une caméra de surveillance de la gare routière de Brasilia fait surface. Simone confirme en regardant les images qu'il s'agit bien de sa mère. La vidéo en noir et blanc montre Pia en train d'acheter une boisson d'une vendeuse ambulante. Le grain grossier et grisâtre de l'image rappelle les enregistrements utilisés dans les reportages d'*Alerte dans la ville*. En dépit de la mauvaise qualité de l'image, il est clair que Pia a souri à la vendeuse et qu'elle a papoté avec elle pendant quelques minutes avant de s'asseoir sur un banc pour se plonger dans la lecture d'un livre, l'air tout à fait zen. Simone se rend bien compte par sa démarche qu'elle n'est pas malade ni forcée par quiconque à déguster une boisson gazeuse sur un quai de la gare routière de Brasilia. On lui montre aussi un autre enregistrement où l'on voit clairement Pia enfiler six verres de whisky dans la salle d'attente de l'aéroport de Brasilia, puis monter dans un avion en partance pour Mexico, titubante. Les données de la compagnie aérienne corroborent ces informations. On l'a vue pour la dernière fois lorsqu'elle quittait l'aéroport de Mexico. Puis on a perdu sa trace. Sa mère est partie Dieu sait où. Simone n'y comprend rien. Pour la première fois de sa vie, elle a peur pour Pia. Longtemps, elle a eu peur d'elle. Maintenant, elle est certaine que sa vie est en danger. On lui demande s'il convient de poursuivre les recherches, question à laquelle elle a du mal à répondre. C'est Vitória qui tranche. Non, qu'on la laisse en paix. Rien ne la force à nous donner des nouvelles d'elle. C'est une adulte. Jamais elle ne l'avouera à personne, mais Vitória est à peine étonnée que la police n'ait pas établi un lien entre la disparition de Ribeiro et celle de Pia.

Simone et son équipe de production trouvent facilement les six participants qui raconteront à leur façon l'histoire de leur pays. Le dernier candidat ne fait pas l'unanimité. C'est Simone qui impose sa volonté pour qu'il participe à *Raconte-moi le Brésil*. Il s'agit d'un individu qui lui a été signalé par les portiers du *jotaca* où elle a elle-même emménagé pour la durée de l'émission. L'appartement de sa mère ayant été transformé en studio de télévision avec vue panoramique sur le bel horizon, elle loge dans un appartement vacant de la tour A que la syndique a gracieusement mis à sa disposition. Tous les membres de l'équipe arrivés de Rio sont également logés sur place. Le *jotaca* ne manque pas d'espaces vacants. L'homme s'appelle Ulisses Werner di Milano. Dans les bars gays de Belo Horizonte, sur la place Raul Soares où piaillent de nuit les travestis de toute la région, Ulisses est une petite célébrité, déjà. Il mesure un mètre quatre-vingt-quinze et pèse très exactement cent quarante kilogrammes. Ulisses habite aussi la tour A et s'est empressé de soumettre sa candidature dès qu'il a été mis au courant du tournage de l'émission. Simone est allée le voir en spectacle. Son imitation de Tina Turner est tordante. Bien qu'il soit noir comme la nuit, Ulisses fait aussi une Cher époustouflante, mais c'est surtout sa personnification de Romy-Schneider-jouant-Sissi qui reste gravée dans la mémoire des fêtards de Belo Horizonte. Simone est sortie subjuguée du spectacle, les muscles abdominaux endoloris d'avoir tant ri. Elle décrète qu'il sera le premier candidat à *Raconte-moi le Brésil*. Les voisins d'Ulisses rapporteront plus tard qu'il a pleuré de joie pendant trois jours après que Simone lui eut téléphoné pour lui annoncer la nouvelle.

L'appartement de Pia offrant une vue magnifique sur Belo Horizonte, le téléspectateur a presque l'impression qu'Ulisses raconte son histoire suspendu dans le ciel du Minas Gerais. Les ensembliers ont recréé un décor des années 1960 en promettant de tout remettre en place une fois le projet terminé. Ulisses a revêtu une réplique agrandie une dizaine de fois de la robe de bal de Romy-Schneider-en-Sissi, cette tenue qui marque les esprits des commerçants du Mercado Central où il fait une apparition ainsi gréé tous les samedis pour faire ses provisions de fruits et de fromages minérois, dont il est friand. La chose n'a pas été vérifiée, mais il paraît que certains mélantuphliques arrivent à le voir quand il est ainsi vêtu. La costumière de TV Real est vexée parce que Ulisses a refusé le costume qu'elle a fait confectionner pour lui. Selon elle, cette robe enlève du sérieux à l'émission.

— Il y aurait assez de tissu pour coudre une gaine au Mineirão !

L'image du célèbre stade de foot enveloppé de tulle, de coton et de perles argentées a plu à Simone. Pendant combien de jours, se demande-t-elle, la couturière d'Ulisses a-t-elle taillé, découpé, calibré, épinglé, faufilé et cousu dans ce lac d'étoffe pour réaliser une réplique de la robe de Sissi pour une Romy Schneider noire de cent quarante kilos ? Ulisses avait insisté pour qu'elle confectionne aussi un filet pour la chevelure – une perruque commandée chez un perruquier romain, qui avait à elle seule coûté davantage que le budget alimentaire annuel d'une famille brésilienne de classe moyenne – qui tombe en cascades noisette sur ses larges épaules de rugbyman. De petits edelweiss ornent ledit filet comme autant d'étoiles dans le ciel austral.

La robe d'Ulisses, qui pourrait servir de demeure à une personne de petite taille, enveloppe de sa lumière blanche et vaporeuse toutes les conversations brésiliennes pendant les jours qui suivent. Les plus mesquins parient sur la quantité de tissu qui y est passée. Trois cents mètres, pas moins. C'est ce qu'on imagine. Ulisses réussit son entrée. Rien ne peut arrêter l'histoire en marche. À vingt-deux heures moins une, le compte à rebours commence. Et les vingt-deux heures arrivent comme la fin du monde annoncée ; l'animateur, vêtu d'un costume très digne aux couleurs du deuil, étale son grand sourire après le générique, un *time lapse* montrant en une minute, sur une bossa-nova, la construction du *jotaca* dans les années 1960. Ulisses-en-Romy-Schneider-en-Sissi fait ensuite son entrée dans le champ de la caméra pour s'asseoir dans un fauteuil de velours vert. Déjà, l'audimat mesure les premiers tressaillements de l'opinion publique. Le caméraman doit ajuster la luminosité tant les petits edelweiss scintillent contre la peau noire d'Ulisses. L'animateur demande à son invité de raconter son histoire. Sissi boit une petite gorgée d'eau dans un verre de cristal, puis prend la parole. S'il la prend, c'est pour la saisir, la secouer, lui faire subir d'indicibles abus et ne plus la lâcher pendant toute une semaine devant un Brésil béat.

— Le printemps est arrivé dans les jardins du château de Laxenbourg. Peu après le lever du soleil, à l'heure allemande, trois figures avancent dans la brume du matin. C'est la comtesse Lazansky flanquée de deux jeunes filles portant une bêche, une pelle et quelques sacs de semences qu'elles s'apprêtent à mettre en terre. La question de savoir…

Et il raconte toute l'histoire de Léopoldine, première impératrice du Brésil, de grande-sœur et de l'Antéchrist, au temps des princesses pouilleuses et des esclaves-tigres, des vagins préhensiles et des indépendances, des fièvres tropicales et des neiges d'Autriche.

Un vendredi de la mi-mai à vingt-trois heures, Ulisses met le point final à cette histoire qu'il a racontée presque d'une traite. Pendant des jours, il est intarissable, alors l'animateur ne l'interrompt presque pas. Jamais Ulisses ne laisse paraître sa fatigue, jamais sa voix ne fléchit. La dernière image de l'émission enregistrée par la caméra montre l'animateur essuyant une larme, visiblement ému par la disparition de celle qui fut la première impératrice du Brésil.

Il n'est pas le seul à pleurer ce soir-là. D'un bout à l'autre du Brésil, l'histoire de Léopoldine touche les cœurs. Les chiffres rendus par l'Ibope défient toute critique. Certes, l'émission du lundi soir ne réussit à attirer qu'un auditoire assez restreint, mais, dès le mardi matin, le buzz gagne les chaumières réfractaires à l'émission. De jour en jour, l'histoire de Léopoldine gruge des parts croissantes de l'audimat, de sorte qu'au vendredi soir des millions de téléviseurs montrent l'image d'Ulisses racontant les derniers jours de l'impératrice. Le phénomène est comparé à la propagation d'une épidémie. La léopoldinite est le mal le plus répandu au Brésil à la fin mai. On mettra longtemps à comprendre tout ce qui s'est passé pendant cette semaine folle où les têtes couronnées d'Europe passent l'une après l'autre sous le rouleau compresseur de la *drag queen* la plus célèbre du Brésil. Dans quelques États, on rapporte même des guérisons spontanées de mélantuphliques ; c'est d'ailleurs ce phénomène, rapporté dès le premier jour de l'émission, qui garantira l'adhésion du public à cette émission dont le succès était loin d'être assuré.

Au 34ᵉ étage du JK, personne ne se doute du miracle qui est en train de se produire dans la société brésilienne, pas même Ulisses, le responsable de tout ce brouhaha. Simone, quand même un peu envieuse de l'effet qu'Ulisses produit sur le Brésil, se range du côté du scepticisme, tout cela n'est qu'hystérie collective. Elle en a vu d'autres, des guérisseurs. La guérison typique se déroule habituellement ainsi : un ex-mélantuphlique ou un de ses proches contacte par téléphone ou autrement une autre personne qu'il sait atteinte de ce trouble. Le miraculé convainc ensuite le malade de regarder *Raconte-moi le Brésil* le soir même et de le rappeler le lendemain. Il faut se munir d'arguments de taille, car la plupart des malades refusent net d'allumer leur téléviseur quand on leur décrit le contenu de *Raconte-moi le Brésil*. Ceux qui se laissent persuader sont tous guéris et recommencent eux-mêmes la démarche auprès de mélantuphliques qu'ils connaissent. Ainsi, le nombre des guéris augmente chaque soir selon un coefficient ascendant. C'est comme si tous ceux qui avaient regardé en direct les funérailles de Lady Di avaient vu la couleur de leurs yeux changer soudainement. C'est aussi spectaculaire et inexplicable que cela. Mais le Brésil n'est pas du genre à s'émouvoir devant l'inexplicable, autrement il passerait sa vie dans des questionnements stériles à se demander, par exemple, comment il se fait que sur une terre où tout pousse et qui peut rendre chaque année deux récoltes, des gens aient encore faim. Personne n'est non plus arrivé à savoir pourquoi Alina de Santos a ouvert la porte à son amant jaloux qui venait pourtant de l'aviser par SMS qu'il arrivait pour la tuer. La guérison soudaine et spontanée des mélantuphliques brille au firmament des énigmes brésiliennes.

Simone ne partage pas l'enthousiasme du reste de l'équipe de production devant cette victoire sur l'adversité. Ce n'est pas le bagout d'Ulisses qui la dérange, non. Ce qui la rend presque folle, le jeudi soir, c'est qu'à aucun moment l'animateur n'a interrompu Ulisses pour glisser dans la conversation le nom de son père, Thiago, comme elle le lui a ordonné. À la fin de l'avant-dernière émission, une engueulade épique éclate entre elle et son animateur. Simone le menace. L'homme ne sait pas comment répondre à ces reproches. La chose est simple : une fois qu'Ulisses prend la parole, une fois qu'il ouvre la bouche, il n'y a plus de place pour rien ni personne dans la pièce. Les yeux d'Ulisses, son histoire ahurissante, tout cela méduse et fait oublier le reste.

— Il y a même des gens qui oublient de nourrir leurs enfants, d'aller aux toilettes ou de prendre leurs médicaments ! Comment veux-tu que je fasse autrement ?

— Tu le fais taire, merde !

Ce vendredi-là, elle scrute l'horizon du soir par les fenêtres. Vue d'en haut, Belo Horizonte, étalée sur un paysage ondulant, offre l'image de la perfection positiviste que ses concepteurs ont voulue pour elle. De la place Raul

Soares, œil rond, point de fuite de la ville, rayonnent six grandes avenues. Sur cette grande étoile est déposé un quadrilatère parfait pour former un grillage parfaitement symétrique promettant l'ordre dans le progrès, le progrès dans l'avenir et l'avenir dans la ligne droite que toutes les lumières de la ville suivent bien sagement, exception faite de celles qui brillent au-dessus des pitons et des buttes, éclairage des favelas qui ne suivent aucun plan, peut-être parce que l'avenir visite rarement ces endroits.

N'emporte pas de sac à main. Son but : se tuer en marchant à travers Belo Horizonte. Mais avant, elle veut pouvoir contempler le bel horizon depuis un point de vue qui lui a toujours été interdit : celui d'une favela. Pour se donner du courage, elle roule encore un joint, gobe deux antidépresseurs, une Ativan et quatre gouttes de Rivotril. Elle farfouille dans la cuisine pour trouver encore deux centimètres de *cachaça* pure qu'elle se vide dans la gorge en fermant les yeux. Elle pousse un hurlement et sort prendre l'ascenseur sans se donner la peine de refaire son maquillage, l'heure est très grave.

Simone marche d'abord le long de la rue dos Timbiras, pour tourner peu après minuit à droite sur l'avenue Afonso Pena. Son but est de gravir les montagnes vers le sud, certaine que l'ascension lui fera faire une crise cardiaque ou qu'elle sera attaquée en chemin par quelque bandit, anarchiste, braqueur, violeur, fou de Dieu ou simple truand. Elle ne souhaite qu'une chose : qu'il exécute son travail avec célérité. Elle laisse derrière elle le parc municipal où évoluent quelques ombres inquiétantes qui ne l'abordent pas. Elle marche encore, sans jamais s'arrêter aux feux de circulation. À l'intersection de l'avenue Brasil, elle manque d'être renversée par un camion. « Le prochain », pense-t-elle. Il lui arrive de tomber sur des passants, elle est maintenant complètement défoncée. De deux hommes qui sortent d'un bar elle s'approche, presque titubante, s'accrochant à l'épaule de l'un d'eux qui recule, effrayé.

— Belo Horizonte, vous croyez que c'est simple, hein ?

Parce que tout est ligne droite vu d'en haut, hein ? Vous vous trompez. Moi, j'essaie depuis toujours d'aller en ligne droite, et toujours, ça tourne, ça vire… Je n'arrive jamais là où je voulais aller…

— Mais où voulez-vous aller ?

— Vous ne comprenez pas ce que je vous dis ? Je vous explique que je vois tout de très haut depuis que je suis très petite, mais que chaque fois que je descends sur terre… me perds. Même pas capable de marcher en ligne droite à Belo ! Et je ne comprends pas pourquoi… Tout ce que je veux, c'est voir le bel horizon depuis là-haut !

Simone s'appuie encore une fois sur l'épaule de l'homme qui la laisse faire. Elle montre du doigt les hauteurs du Morro do Papagaio, une favela. Elle est bien trop amochée pour faire du mal à quiconque. Pendant qu'elle regarde fixement les pierres du trottoir, elle tient sa main gauche ouverte comme pour annoncer qu'elle a une chose importante à dire.

— Je ne comprends pas pourquoi Alina a ouvert la porte !

L'homme commet l'erreur qui consiste à montrer qu'on accorde de l'importance aux propos d'une ivrogne.

— Alina ? C'est qui, Alina ?

— Alina de Santos, celle qui a ouvert la porte à son amant qui venait de lui envoyer un SMS disant : « Je vais te tuer. » Pourquoi elle a ouvert la porte ? Le savez-vous ?

— Je n'ai jamais entendu parler d'elle.

— Mais c'était dans *Alerte dans la ville*, vous n'avez pas la télé ?

— Je pense que vous êtes un peu fatiguée, voulez-vous qu'on vous trouve un taxi ?

L'homme la secoue un peu pour la faire revenir à la raison, puis, se rendant compte qu'elle a avalé assez de saloperies pour faire l'aller-retour Belo Horizonte - Marrakech sur un tapis volant, il la laisse partir, inquiet quand même. Comme sourde, ou peut-être désorientée par ses propres questions, Simone poursuit son chemin. Pendant encore une heure, elle marche dans Belo Horizonte, comme une fourmi grimpant sur un meuble. L'homme n'a rien compris. Il l'a prise pour une droguée comme les autres, alors qu'elle est une droguée *pas* comme les autres et mérite à ce titre des égards spéciaux. Elle a passé depuis longtemps l'avenue do Contorno et elle est en vue de la Praça do Papa, construite pour une visite papale, elle ne sait plus laquelle. Elle se souvient seulement des banderoles et d'une procession pour Nossa Maria da Conceição. Arrivée là, se croyant au bout de ses forces, elle se retourne pour voir à ses pieds briller la ville. Une mer de lumières, de gratte-ciel, s'étend à perte de vue. Elle n'est pas encore morte, à son grand dépit. Elle contemple les lumières de la ville, toutes alignées, bien droites, comme si elles étaient fichées à des barres équidistantes invisibles. Tout cela est trop rationnel, tout cet ordre est trop facile. Ce progrès est une tartufferie. Il doit exister des villes, loin de Belo Horizonte, où les rues sont toutes sinueuses, où la ligne droite n'est pas devenue une religion. Elle se dit aussi qu'il y a peut-être un endroit au monde où Alina n'aurait pas ouvert la porte. Son regard s'arrête sur une favela agrippée à une montagne, à sa gauche : le Morro do Papagaio. Là, les lumières sont disposées comme les étoiles dans le ciel, sans motif imposé, sans structure, comme jetées là par la main d'Iemanjá, semences de vie. Elles suivent la formation organique de la favela, se refusent à tout ordre, à toute structure, promettent par leur simple disposition l'insolence de la liberté. C'est de ce chaos lumineux que le sens doit émerger, Simone en est sûre.

Et ses jambes la portent. Encore, assez pour qu'elle arrive au pied de la montagne interdite, à l'orée de ce lieu où jamais elle n'a osé mettre les pieds, et décide de s'y engouffrer. La rue est mal éclairée, elle longe les maisons de parpaing, escalade quelques escaliers coupe-gorge et continue de monter, encore et toujours. Elle suit une musique qu'elle entend depuis l'entrée de la favela, passe devant des dizaines d'églises et de temples, Assembleia de Deus, Igreja Batista, Adventista do Sétimo Dia, Deus é Amor, Quadrangular, pentecôtistes, et ainsi de suite. Elle croise des chiens errants, des hommes noirs portant sous le bras une bible à tranche dorée… Dans son délire, elle avance au milieu d'une procession pascale, sorte de mise en scène de la Passion. Un Christ attaché à une croix grimpe péniblement la pente à ses côtés. Simone n'a qu'une idée en tête : monter. Là-haut, au sommet du mont où s'étend cette favela, elle le sait, il y aura une vue belle à pleurer.

Les planificateurs de Belo Horizonte n'ont pas prévu un poste d'observation du bel horizon pour tous ses habitants. À ces milliers de personnes qui cherchaient un lieu pour s'établir à la fin du XIX$^e$ siècle, le nom de la nouvelle ville est souvent resté une vaine promesse. Mais Simone sait qu'il n'existe que trois points de vue privilégiés sur le bel horizon. Le premier appartient aux très riches, à ceux qui ont acheté les appartements de marbre et de verre des tours plantées sur les montagnes du quartier Serra. De là, vous pouvez vous installer sur votre terrasse et contempler le bel horizon en sirotant un jus ananas-menthe fraîchement malaxé que votre employée vient de sucrer parfaitement, car elle connaît vos préférences. La pulpe goûteuse de l'ananas glisse entre vos dents brillantes dont s'occupe le meilleur dentiste de Belo Horizonte. Ainsi, vous ne vous préoccupez pas des effets délétères du sucre. Sa douceur apaisante vous réconforte sur votre sommet panoramique. Le deuxième poste d'observation idéal du bel horizon se trouve au 34$^e$ étage de la tour B du *jotaca*, là où Simone a grandi à côté de sa mère ivre qu'elle trouvait prétentieuse. Simone ne comprend pas qu'à la fin des années 1960 sa mère, Pia, ait pu sauter à pieds joints sur l'occasion que lui offrait Oscar Niemeyer d'admirer le bel horizon depuis un immeuble conçu pour la classe moyenne. Il a réussi. Enfant, Simone avait une vue imprenable sur le bel horizon, car rien ne bloque la vue depuis tout là-haut. Elle ne sait pas que Niemeyer a voulu jouer un tour à l'injustice brésilienne en permettant à une professeure de littérature le luxe d'admirer le bel horizon depuis un simple deux-chambres au centre-ville de la capitale minéroise. C'est son secret le mieux gardé. Pia l'a compris. Simone s'imagine que cela est un hasard. Mais qui pourrait encore parler de hasard après avoir vu l'organisation de l'esplanade des ministères de Brasilia ? Niemeyer ne connaît pas le hasard. Le hasard, c'est le destin des troisièmes bénéficiaires d'une vue imprenable sur le bel horizon : les habitants des favelas, en particulier ceux du Morro do Papagaio. C'est là, sur les terrasses de béton construites hasardeusement à coups de corvées, que s'ouvre la vue sur la ville et ses possibilités. Là, vous n'avez rien, mais vous voyez tout. Pour trinquer à ce magnifique panorama, vous tendez la main vers la glacière remplie de cannettes de bière pour lesquelles les gens du voisinage se sont cotisés. Ce point de vue manque à Simone. Elle veut se l'offrir avant de crever.

Arrivée tout en haut, elle tombe sur une fête nocturne cependant qu'elle cherche dans le ciel un ballet de cerfs-volants. Au son du baile funk, de jeunes gens dansent en se tortillant de manière provocante. Elle se mêle à eux, danse, danse pendant des heures leurs danses lascives. Quelqu'un lui passe la main autour de la taille. Elle en est sûre, son cœur va lâcher d'une minute à l'autre. Il tient bon, à son grand désarroi. Elle sent le parfum rance et rassérénant du cannabis, commence à vibrer au son de la musique et décide qu'elle mourra sur ces rythmes, là, dans le Morro do Papagaio, où sa mère lui a toujours interdit de monter. Sous ses yeux à demi fermés se déploie maintenant le bel horizon. Elle a gagné. Que Thiago aille se faire foutre ! Que Vitória aille au diable ! Qu'Ulisses aille se faire baiser une fois pour toutes ! Que Pedro de Alcântara me lèche les fesses avec délice ! Qu'Alina ouvre à jamais toutes les portes ! Les danseurs l'applaudissent, tous noirs ou métis, tous magnifiquement souriants… Au milieu d'eux, un petit garçon, il peut avoir cinq ans, se déhanche de manière suggestive. « Allez, Jésus ! Ne grandis jamais ! » crient les autres qui doivent être ses frères. Elle prend encore une touche du joint et danse avec Jésus en pleurant de joie. Elle tombe au lever du soleil dans les bras accueillants d'une vieille femme ridée qui déclare à la police en la montrant du doigt :

— Cette fille était là à l'aube, dansant toute seule au milieu de la rue comme une folle. Je l'ai vue la première parce que je sors toujours à cette heure-là pour prendre mon bus. Quand je me suis approchée d'elle pour lui demander ce qu'elle foutait là, elle a ri, puis elle m'est tombée dans les bras en disant : « J'ai tué ma mère ! » Puis elle a ri, encore. Après, elle a flanché. Je l'ai traînée jusqu'à mon sofa. Elle est là ! Je ne veux pas de problèmes. Je vous jure que c'est ce qui s'est passé. Et faites vite, s'il vous plaît, ma patronne n'aime pas que j'arrive en retard.

Et la vieille penche la tête avant de se joindre à la procession des domestiques et des femmes de ménage, des caissières d'épicerie, des coiffeuses, des vendeuses, des serveurs, des chauffeurs et des manœuvres, des portiers et des jardiniers, des maçons et des serruriers, tous ces habitants du Morro do Papagaio qui chaque matin descendent de leur favela pour aller faire tourner les engrenages du bel horizon.

# L'été de la boîte de conserve

À la clinique où la police l'a déposée le matin de son escapade au Morro do Papagaio, Simone reprend lentement des forces. Tante Vitória a tenté de l'appeler des dizaines de fois, puis, découragée, a alerté les autorités. Le diagnostic est complexe : épuisement professionnel, dépression nerveuse, polytoxicomanie, anxiété généralisée… Difficile de distinguer cause et effet parmi tous ces éléments. Elle n'a évidemment pas soufflé mot des souffrances intergénérationnelles. Elle attendra patiemment son congé après une cure qu'elle trouve elle-même bienvenue. Elle refuse tous les groupes de discussion thérapeutique de la clinique. Elle a bien sûr rencontré psychiatres et thérapeutes de toutes les allégeances et de toutes les chapelles l'un après l'autre, comme si c'était elle qui leur faisait passer un oral d'anglais. Dans tous les entretiens, Simone mène la barque, ne s'en laisse pas imposer et donne à coup sûr des réponses à désarçonner les plus ambitieux.

Le docteur W., médecin en chef du service, a droit à un traitement royal. Beaucoup trop propre et souriant, l'homme déplaît à Simone dès qu'il entre dans sa chambre. Ses propos sucrés à l'empathie et ses manières apprises par cœur achèvent de l'indisposer. Elle le trouve trop engoncé pour son âge, elle se dit qu'il gagnerait à se relaxer et qu'un joint lui ferait un bien immense, ainsi qu'à sa famille, en admettant qu'il en ait une. Il lui rappelle trop ces fils de bien nés qu'elle a eus comme camarades dans les écoles de riches où sa mère s'entêtait à l'envoyer tout en la forçant à vivre dans une tour remplie de prolétaires, de putes et de revendeurs de drogue. D'ailleurs, elle en est certaine, il lui suffirait de poser quelques questions pour qu'ils se trouvent des connaissances communes, des gens qu'elle a fréquentés pendant sa courte vie minéroise. Le pauvre bougre veut maintenant savoir quand Simone a commencé à utiliser le cannabis comme drogue récréative et comment elle s'imagine sa vie future sans cette consommation. Sa réponse est lapidaire : « Je ne m'en souviens pas. Et je n'ai jamais dit que j'arrêterais de fumer. » Il sourit en prenant soin de laisser paraître sur son visage un air à la fois meurtri et compatissant. « Peut-être voudrez-vous en parler demain ? » Et il revient le jour suivant.

Pour se moquer de lui, et dans l'espoir tout à fait avoué qu'on la laisse gérer elle-même sa déchéance, Simone décide de répondre à ses questions de manière tout à fait honnête. Étonné de l'entendre enfin parler après plusieurs jours de mutisme, le docteur W. ne l'interrompt pas une seule fois.

« Vous devez penser que j'ai commencé à fumer des joints dans le *jotaca*, là où j'ai grandi, parce que c'est ce qu'on fait là, n'est-ce pas ? Vous croyez qu'on apprend à y rouler son herbe et qu'on regarde le foot à la télé en jetant des déchets par les fenêtres ? Vous avez tout faux. Je suis restée à Belo Horizonte jusqu'à ce que j'atteigne la majorité. Enfin, pas tout à fait. J'allais avoir dix-huit ans, mais je suis partie un peu avant parce que j'avais bien planifié mon évasion. Moi, je suis sortie de chez ma mère dès que j'ai pu. Et contrairement à ce que vous pensez, je ne suis pas une décadente, je n'ai jamais eu l'ossature pour l'être. Si j'avais fumé des joints avant de partir de Belo Horizonte ? Oui, une ou deux fois avec des amies qui connaissaient quelqu'un qui en faisait pousser à la *fazenda* de ses parents, dans l'arrière-pays, mais vraiment, je n'avais pas accroché. Ce qui m'intéressait à cette époque, c'était sortir du *jotaca*, quitter Belo

Horizonte et m'installer dans une autre ville. N'importe laquelle. Mais vous ne connaissez pas ma mère. Elle voulait que je suive ses traces, que j'aille étudier en France ou en Allemagne ou dans un de ces pays où les gens sont toujours de mauvaise humeur, et que je fasse comme elle, prof de lettres frustrée. Tout ce que je voulais, c'était travailler à la télévision. Je le savais depuis que j'étais petite, mais je savais aussi que je ne pouvais pas lui en parler, parce qu'elle pensait que la télévision était le nouvel opium du peuple, comme elle disait. J'ai vite compris que ma porte de sortie serait une faculté loin de Belo Horizonte. Chaque fois que je revenais de chez les voisins où je regardais la télé, parce que nous n'en avions pas chez nous, elle me demandait si je m'étais bien "aliénée", puis elle m'expliquait le sens du mot "aliénation" pendant qu'elle buvait sa *cachaça*. Elle était soûle trois ou quatre soirs sur sept. Vous voulez que je vous raconte ça aussi ?

« Ça commençait pas mal toujours de la même manière. Elle arrivait de la faculté, puis se mettait à préparer le souper en buvant deux ou trois bières. Moi, j'étais presque toujours chez les voisins, puisque, comme je vous l'ai déjà dit, nous n'avions pas de télévision. Les vendredis et les samedis, si elle ne recevait pas un collègue ennuyeux à mourir ou si nous n'allions pas manger chez l'un de ses amis militants du parti communiste, nous restions toutes les deux toutes seules. Enfin, pas tout à fait, parce qu'elle mettait de la musique. Ah, bordel, cette vacherie de musique qu'elle mettait toute la soirée comme si ça m'intéressait ! Elle baissait le volume, mais moi ça me gênait parce qu'elle écoutait juste des chanteurs français, des disques qu'elle avait rapportés de là-bas, que plus personne nulle part dans le monde n'écoute plus. Que les voisins entendent ça, ça me gênait, vous voyez ? Parce qu'en plus d'être la fille de la professeure de littérature marxiste, il fallait que les voisins sachent que ma mère écoutait Georges Brassens et l'autre, là, comment elle s'appelait ? Dalida ! C'est ça ! Et après le repas, elle continuait à écouter sa musique dans le vacarme de la circulation de la place Raul Soares, imaginez… Quand je lui demandais de mettre ses écouteurs parce que je voulais faire mes devoirs, ça empirait, parce qu'elle se mettait à chanter, assise sur son sofa, en fumant. Combien de fois j'ai dû éteindre la cigarette qui se consumait toute seule entre ses doigts parce qu'elle s'était évanouie, soûle ? Mille fois qu'elle aurait pu mettre le feu ! Elle me disait qu'on irait en France, un jour. Parfois, elle écrivait tout simplement à des amis. Elle me forçait à entretenir une correspondance avec des jeunes de Cuba, par exemple, ou de l'Allemagne de l'Est, pour me faire des amis socialistes. Moi, ce qui me faisait rêver, c'était New York et Los Angeles, et elle me forçait à écrire à ces ploucs qui m'envoyaient les photos de leur pauvreté, de leurs chiens laids, de leurs bagnoles pourries. Inutile de vous dire que tout ça s'est arrêté quand je suis partie pour de bon. Mais non, pour répondre à votre question, ma consommation de cannabis n'a jamais empêché ma mère de dormir. D'ailleurs, pour tout vous dire, je vous parie qu'elle ne sait même pas que je fume. Elle est comme ça, perdue dans sa tête. Ou dans sa bouteille. Si vous voulez tout savoir, si vraiment votre intention est de comprendre d'où j'arrive, de savoir quels vents m'ont déposée sur le pas de votre porte, il faut monter au 34e étage du *jotaca*, docteur W. C'était en 1975, très précisément pendant les vacances de juillet. Il lui arrivait de m'emmener en voyage dans le Minas Gerais, en bus, pour voir les villes coloniales. Ça ne l'empêchait pas de boire. Au lieu de me placer devant une télé, comme toutes les mères alcooliques le font, pour acheter la paix, elle me couvrait de bouquins. Elle avait insisté pour m'apprendre à lire avant que je fréquente l'école en me disant que la vie d'une lectrice ne commence jamais assez tôt. Mais quand elle s'endormait à treize heures sur le sofa après avoir fait ses courses, m'avoir fait manger et avoir entamé une bouteille de whisky, je sortais de l'appartement. Vous n'avez pas idée de ce qu'étaient ces tours d'habitation dans les années 1970 et 1980 pour une petite fille. Une fois que maman dormait, je sortais sur le palier, juste pour voir ce qui se passait là. À notre étage, il n'y avait rien. Mais j'ai vite compris le fonctionnement des portes des escaliers de secours ! Autant dans la tour A que dans la tour B, les habitants ont tendance à laisser leurs portes ouvertes. Certains disent que c'est pour mieux ventiler quand il fait chaud. Moi, j'entrais chez les gens. La première fois, ils étaient étonnés. Les vieux étaient tout particulièrement contents de me voir. Je trouvais aussi d'autres enfants qui, eux, avaient le droit de regarder la télé. C'est là que tout a commencé, je pense. J'avais cette petite amie du 27e étage, Lucia, elle vivait elle aussi seule avec sa maman qui n'était jamais là. Lucia regardait la télé du matin au soir, elle ne manquait aucune émission. C'est avec elle que j'ai appris par cœur la grille des programmes de la Globo. C'est aussi avec elle que j'ai appris à me maquiller avec les produits de sa mère. Quand maman s'est rendu compte que je traînais toute la journée chez Lucia, elle ne s'est pas fâchée. Vous savez pourquoi ? Parce que Lucia était une Métisse ! Pour maman, c'était un signe que le *jotaca* était un exemple de mixité sociale. Vous vous rendez compte que j'ai appris l'expression "mixité sociale" à l'âge de six ans ? Alors elle me laissait faire. Très vite, Lucia et moi avons commencé à explorer la tour B. Mais nous revenions toujours vers la télé. Les gens nous donnaient des sucreries, les vieilles nous demandaient de leur raconter des histoires, de chanter. Même les putes étaient gentilles avec nous. Il y en avait une, au 10e, j'oublie son nom… Elle ne doit plus vivre là… Enfin. J'ai passé la plus claire partie de mon enfance à monter et à descendre les escaliers de secours en riant avec mon amie Lucia. À treize ans, je connaissais tout le monde dans la tour B, je savais très exactement qui vivait où, quels résidents avaient des chiens, qui écoutait du rock ou du disco, s'ils fumaient de l'herbe ou pas, à quelle heure ils mangeaient. Lucia et moi étions en quelque sorte les deux petites mascottes de tous ces gens. Je ne rentrais chez moi que pour dormir. Puis, quand j'ai eu quatorze ans, Lucia est partie vivre dans une autre ville avec sa mère. Je l'ai perdue de vue. Je me suis retrouvée seule avec maman qui n'avait pas changé. Ça a été une collision frontale. J'étais en pleine crise d'adolescence, elle tentait de contrôler sa consommation de scotch. C'est encore un miracle si nous ne nous sommes pas entretuées. Tout nous opposait. Mais je pense que ce qui me rendait le plus dingue, c'était cette obstination à ne pas vouloir de télé pour des motifs idéologiques.

« En tout cas, une chose est sûre, si je suis accro à l'herbe, ce n'est pas sa faute. Ce n'est pas en réaction à sa personne, car j'ai une forte personnalité. Je n'ai jamais eu besoin de repoussoirs. Je me suis faite moi-même. Alors, où j'ai commencé ? Vous avez déjà entendu parler de "l'été de la boîte de conserve" ? Non ? Je l'aurais juré en vous voyant. Vous n'avez pas l'air de quelqu'un qui connaît cette histoire. Pourtant, c'est vous qui avez la responsabilité des drogués, ici… Ne vous énervez pas, mais honnêtement, vous devriez mieux connaître votre ennemi. Donc, je suis sortie de chez moi à dix-sept ans pour aller faire mon année préparatoire à Rio. Comment je suis parvenue à faire avaler une chose pareille à maman, je ne le sais pas. Elle était d'accord pour que j'aille à Rio, mais seulement pour étudier dans une université publique, évidemment. Comme l'Université fédérale de Rio de Janeiro offrait le programme de journalisme qui m'intéressait, elle m'a aidée à trouver un endroit pour préparer le concours. Elle connaissait des gens, d'anciens militants comme elle, d'autres profs. C'est comme ça que j'ai abouti au printemps 1987, juste avant Noël, chez un homme avec qui elle avait déjà enseigné ici, à Belo. Lui avait deux fils, Leandro et Chico, devinez en l'honneur de qui, le petit Chico ? Des mecs assez gentils qu'il avait faits avec une femme noire de Rio. C'était rare, les couples mixtes, encore plus que maintenant. En plus, on vivait à Barra da Tijuca entourés de nouveaux riches qui nous regardaient de travers. Une bonne partie d'entre eux ne les voyaient même pas de toute façon. En tout cas… Vous êtes sûr que ça ne vous dit rien, "l'été de la boîte de conserve" ? Et c'est à des coincés comme vous que l'on confie… Oh ! Mais ne vous fâchez pas ! J'arrive au but, docteur ! Vous avez voulu le savoir, vous le saurez ! Alors, ces deux petits cons, Leandro et Chico, leur plus grand plaisir, c'était de traîner sur la plage de la Barra da Tijuca. Moi, j'étais trop occupée à étudier pour y aller avec eux. J'avais compris que, si je ratais le concours, je gagnais un billet de retour pour Belo Horizonte et j'étais condamnée à retourner chez ma mère alcoolique. Il *fallait* que je sois admise. Il n'y avait pas de plan B. Un matin de décembre, les gars sont revenus de la plage avec une grosse boîte de conserve qu'ils avaient trouvée. Vous savez, ces grosses boîtes de cornichons qu'on voit dans les restos ? Un truc énorme. Ils la dérobaient aux regards de la femme de ménage et de leur mère, parce que, *eux* savaient ce qu'il y avait dedans. D'ailleurs, c'était ça qu'ils avaient cherché sur la plage. Ils avaient entendu à la radio que des boîtes de conserve avaient commencé à s'échouer un peu partout sur le littoral au sud de Rio. Les autorités mettaient les gens en garde et demandaient qu'ils remettent à la police toute conserve trouvée sur la plage. Évidemment, nous l'avons ouverte. Elle était, je vous jure, pleine de cannabis ! Nous n'en avions jamais vu tant ! Mais attendez, du cannabis d'une qualité rare. Je n'étais pas une experte, mais juste à l'odeur, j'ai su que ce monticule d'herbe que nous avions sorti de la boîte serait inoubliable. On ne le savait pas encore, mais ces boîtes avaient été jetées à la mer au mois de septembre par l'équipage d'un bateau, le *Solana Star*. La drogue venait de Thaïlande. Plus tard, on a appris que les garde-côtes s'étaient trop approchés du navire, que le capitaine avait paniqué et avait décidé de balancer toutes les boîtes à la mer plutôt que d'être pris. Il paraît que plus de deux mille boîtes ont été ramassées par des gens sur les plages du Brésil, dans l'État de São

Paulo et à Rio. Et ça ne vous dit rien ? Ouf ! Il y a même eu des chansons, vous savez, de Fernanda Abreu ? *O veneno da lata ?* Bon, vous êtes un cas perdu… Mais après… des années après, les Cariocas se souvenaient encore de l'été de la boîte de conserve. Bon. Je vois que vous êtes vraiment paumé. Non, désolée si vous ne connaissez pas ça… En tout cas, moi, sans les garçons, j'étais sur la plage bien avant l'aube le jour suivant. Je n'ai rien trouvé. Mais le jour d'après, si. Et aussi le surlendemain. Vous savez combien de boîtes j'ai réussi à cacher dans ma chambre comme ça ? SIX ! J'en avais trouvé six ! Et vous savez combien de kilos d'herbe tassée il y avait dans chacune de ces boîtes ? UN ET DEMI, docteur ! Faites le calcul. En quelques jours, je me suis retrouvée avec neuf kilos de la meilleure herbe que le Brésil a jamais vue. Neuf kilos, ça veut dire neuf mille grammes ! Vous savez ce que ça vaut, neuf mille grammes d'herbe ? Les garçons ont voulu essayer. Ils n'avaient que quinze et seize ans, ces chicots. La peau sur les os, mais de gentils mecs quand même. On a roulé un joint et on l'a fumé quand les parents étaient partis. Ça a plutôt mal marché parce qu'ils n'avaient jamais fumé avant, c'est-à-dire qu'ils n'ont rien senti. C'est souvent comme ça la première fois qu'on fume. Il faut presque avoir fumé deux ou trois fois pour que l'effet se sente. En tout cas, ils étaient très déçus et ont voulu balancer leur boîte à la poubelle parce qu'ils n'avaient rien senti, ces imbéciles. Mais moi je savais ; dès la première bouffée, j'ai su. Dieu que ce truc était fort ! Vous n'avez pas idée… J'ai réussi à les convaincre de me donner l'herbe, puisqu'ils n'avaient pas aimé ça, et de ne pas en parler à leurs parents. Ma vie durant j'essayerai de retrouver de l'herbe aussi forte, mais je ne réussirai pas. Contrairement à ce que vous pourriez croire, le cannabis me stimulait. Après avoir fumé, je pouvais étudier pendant des heures, gagner aux échecs contre Leandro et Chico, mémoriser des pages entières… Je ne comprends pas ceux que le cannabis paralyse. Moi, ça me stimule. Quand les épreuves du concours sont finalement arrivées, je fumais d'immenses pétards avant d'entrer dans la salle d'examen. J'ai été reçue du premier coup. Quand je pense que maman croyait que j'allais en journalisme pour changer le monde ! J'y allais parce que je rêvais de rencontrer Michael Jackson ! Ah ! Pauvre dinde ! Mais je n'ai pas fumé neuf kilos pendant l'été 1988, non. Vous n'avez aucun souvenir de ça ? Êtes-vous brésilien ? Mais tout le monde sait ça, à Rio ! Même que l'expression, vous savez quand on dit qu'une chose est comme "de la boîte" pour dire qu'elle est géniale, bien ça vient de là ! Alors, quand la faculté m'a admise, j'ai dû trouver un endroit où loger. Je ne vous dis pas le soulagement que j'ai ressenti à l'idée que je ne retournerais pas chez ma mère. Elle n'est même pas venue m'aider à m'installer à Rio. Il fallait que je sorte de chez Leandro et Chico, parce que leurs parents n'avaient plus de place pour moi, mais aussi parce que la faculté était trop loin de chez eux. Je n'allais pas me taper la route Barra da Tijuca-Botafogo tous les matins ! J'ai réussi à convaincre ma mère de me louer une petite chambre chez une famille qui vivait près de l'université. Et là, Iemanjá veillait sur moi encore ! Le grand problème, c'était de transporter mes six boîtes de cannabis jusqu'à Botafogo sans éveiller les soupçons. Vous savez que j'ai fait tout ça en transport collectif en compagnie des employées domestiques et des jardiniers qui allaient s'occuper des maisons des bourgeois de la Barra da Tijuca ? Au nez et à la barbe des flics qui me souriaient en me voyant monter dans le bus avec mon gros sac à dos ! Écoutez, docteur. Vous m'avez demandé quand j'ai commencé à fumer ? Ben voilà la réponse. À Rio, en novembre 1987, à l'orée de l'été de la boîte de conserve. J'ai passé tout l'été 1988 complètement défoncée, mais en mars j'avais le cul sur un banc de l'Université fédérale de Rio de Janeiro, et ma vie commençait. J'ai dû fumer la moitié de ces neuf kilos d'herbe. L'autre moitié, je l'ai vendue à prix fort à mes voisins de table de la faculté, et même à des profs. De sorte qu'en 1990 j'avais déjà une bagnole. J'avais envoyé ma mère au diable depuis des mois, je n'avais plus besoin d'elle. Puis, à la fin de mes études, il me restait encore quelques centaines de grammes d'herbe que j'ai filées à mon directeur de stage à la Globo. Voilà. Après, j'étais engagée comme *script-girl* pour un talk-show merdique ! Le mystère Simone Barbosa vient d'être élucidé. Non, elle n'a pas couché, mais elle a roulé quand même ! Ha ! Ha ! Ha ! [À ce stade, Simone rit et tousse pendant quatre bonnes minutes pendant que le docteur W. est sorti lui chercher un verre d'eau. En revenant, il la trouve calmée.] Et vous voulez aussi savoir quand et comment je vais arrêter de fumer maintenant, à quarante-deux ans ? Écoutez, docteur, la réponse, c'est *jamais.* Vous voulez savoir pourquoi ? Parce que le THC, c'est ma vie. Voilà. Cette drogue m'enveloppe. Elle me protège des cons. En parlant de ça, vous vous rendez compte du désastre de votre vie, docteur W. ? Vos parents se sont saignés pour vous envoyer dans les universités privées les plus chères du pays, vous avez passé des années à étudier comme un débile pour accéder à ce poste, vous vous levez tous les matins pour venir ici au volant de votre voiture allemande… Tout ça pour quoi ? Pour me convaincre d'arrêter de fumer du cannabis. Tout ça pour ça ! Quarante-cinq mille Brésiliens meurent de violence urbaine chaque année, mais ce qui vous préoccupe ici, c'est ma consommation de drogues douces ! Des dizaines de femmes meurent chaque semaine assassinées, mais ce qui compte à vos yeux, c'est que j'éteigne mon joint ! Dites, est-ce que le mot "aliénation" vous dit quelque chose ? Et honnêtement, dites-moi, docteur W., entre ce job qui consiste à convaincre les Minéroises nanties d'abandonner leur Rivotril et un poste de médecine préventive dans les quartiers pauvres, lequel est le plus payant ? Au moins, chez les pauvres, vous verriez des résultats tangibles de vos efforts. Voilà que je parle comme ma mère ! Celle-là, la seule chose que je lui souhaite, c'est de trouver un joint pour qu'elle se relaxe une fois pour toutes. Je ne bois presque pas, je déteste le vin et la bière. Mais je ne me séparerai pas de mes joints, même si l'herbe que l'on trouve dans ce pays est à chier ! Sachez que vous parlez à une personne qui, chaque année, économise pour prendre une semaine de vacances vous savez où ? À Amsterdam ! La ville de tous les rêves ! Là, je voudrais bien vous dire que je fume du matin au soir, mais je ne tiens pas le coup jusqu'à la fin de l'après-midi ! Il faut me réveiller pendant la soirée pour aller chercher encore de l'herbe ! Et la qualité qu'ils ont là-bas, mon ami ! Comme en 1988 ! Oui, sauf qu'eux, ils en ont tous les jours ! Ils l'achètent librement dans des boutiques tout à fait légales ! Parce que les Hollandais ont compris depuis longtemps que le problème qui afflige le monde, ce ne sont pas ceux qui fument cette herbe ! Et ici, au Brésil, on continue à traquer les trafiquants et les consommateurs à la mitraillette comme s'ils étaient le plus grand problème de ce pays [elle se lève, se tient la tête]… Un problème plus grave que l'esclavage, vous m'entendez ? Un problème plus important que les fourmis ! Un problème plus grand que la fièvre jaune ! Mais vous savez ce qu'est le grand problème du Brésil, pauvre plouc ? Le savez-vous ? ! [Là, elle hurle, comme possédée, elle s'exprime dans un langage à demi compréhensible, le docteur W. appelle à l'aide dans le couloir.] Vous voulez que je vous le dise ? Que je vous l'explique, le problème du Brésil ? Le problème de ce pays, pauvre idiot, c'est qu'Alina a ouvert la porte et que personne ne sait plus ce qu'il est advenu de Thiago Brasileiro Guimarães Vieira da Conceição ! »

Au plus fort de la crise de Simone, deux infirmiers entrent dans sa chambre pour lui injecter un dérivé des opioïdes qui lui fait le plus grand bien. Le docteur W. lui prescrit d'autres calmants qui l'enveloppent comme le fait habituellement le THC. Il a compris qu'il n'arrivera à rien avec cette fille. D'ailleurs, l'argent de Nunes de Cabral a murmuré jusqu'à ses oreilles. Il faut la laisser sortir, la déclarer guérie, on a besoin d'elle ailleurs.

En s'offrant le luxe d'une crise de nerfs devant son médecin traitant, Simone a retardé son congé de quelques jours. Ainsi tante Vitória la trouve-t-elle assez facilement à l'institut après avoir réussi à joindre Cabral avec qui elle a des amis en commun. Elle insiste. Les infirmières de garde refusent de la laisser entrer dans la chambre où se repose Simone. L'argent murmure. L'infirmière se la ferme. Simone fait mine d'être contente. Après tout, elle n'a rien contre sa tante. En fait, elle a longtemps regretté de ne pas être sa fille. Tante Vitória est une veuve fortunée. Tante Vitória va à Disney World avec ses petits-enfants. Tante Vitória n'écoute pas Dalida ivre morte.

— C'est joli, ta robe, Vitória.

Vitória caresse le visage de Simone du revers du doigt.

— Pourquoi c'est toi qui es normale et ma mère qui est folle ?

— Ne sois pas méchante, ta maman t'aime beaucoup.

— Elle a toujours hésité à m'en donner la preuve.

— Je ne vais pas rester très longtemps, ma chérie. Je suis ici en mission.

— Tu as des nouvelles de maman ?

— Non. Je ne crois pas que nous en aurons avant longtemps. Tu sais que ta mère m'a déjà laissée des années sans nouvelles ? Du temps qu'elle était à Paris avec ton père, je n'ai reçu d'elle que de rares lettres. C'est son genre. Elle a toujours été très indépendante.

— Et très soûle.

— Alors j'imagine que tu as de qui tenir. Tu n'es pas arrivée ici par hasard, Simone. Mais comment te dire ? Nous voilà arrivées à la fin mai !

Vitória sortit de son sac une grande enveloppe brune, puis elle en profita pour en tirer aussi un petit miroir révélateur de sa beauté et de l'état de son maquillage.

— Le jour où Ribeiro est mort, en février, ta mère est arrivée chez moi en état de panique. Elle empestait le whisky et était assez confuse. Elle m'a demandé de te remettre cette enveloppe.

— Pourquoi tu me parles de ça maintenant ? Tu n'as rien dit à la police de tout ça ?

— Non, et tu vas aussi te faire discrète. Ta mère m'a demandé d'attendre la fin mai. Voilà, j'ai tenu parole.

— Et tu ne m'as rien dit ?

— Bien sûr que non, il y a des choses que l'on fait pour une sœur.

— Et d'autres choses que l'on fait pour une nièce, c'est ça ?

— Tiens, tu as déjà compris la théorie de la spécialisation du travail ! C'est ta maman qui applaudirait !

— Alors tu sais où elle est ?

— Pas du tout. Je ne me pose même pas la question.

— Tu savais qu'elle était partie ?

— Je sais qu'elle voulait que j'attende la fin du mois. Le reste, ce sont des lubies de Pia. Elle est libre.

— Dis-moi juste une chose, c'est elle qui a tué Ribeiro ? Vitória replaçait une boucle de sa coiffure.

— Ribeiro ? Le type qui s'est suicidé ?

— …

— Je ne vois pas pourquoi ni comment elle aurait fait ça. Une femme de son âge !

— Il est tombé par la fenêtre. Tu sais comment ces tours sont faites, on aurait pu le pousser.

— Oui. On aurait pu le pousser. Et à lire ces confessions dans *Veja*, on aurait *dû* le pousser. Tu as vu des gens le regretter ? Tu crois que quelqu'un l'a pleuré ?

— Je te trouve assez insensible, Vitória.

— J'ai eu trois liftings et je ne te dis pas combien d'injections de Botox. Je suis peut-être littéralement insensible, ma chérie. Mais pas insensée.

— Tu sens bon.

— C'est un nouveau parfum, *Eaux d'avril*, il paraît que ça sent le lilas. La personne qui me l'a donné m'a dit qu'elle préférait le vrai lilas. Moi, je ne sais pas. Je n'en ai jamais vu. On me l'a offert juste après le carnaval. Je ne déteste pas.

Vitória tient sa promesse. Elle ne reste pas très long-temps. Une fois sa mèche remise en place, elle embrasse sa nièce et sort de l'institut, laissant sur son passage un parfum floral qui apaise l'atmosphère tendue de l'institut. Son chauffeur l'attend dehors. Elle envisage un instant d'aller faire du shopping, puis se souvient qu'elle a donné rendez-vous à une amie au Tênis Clube.

Le jour suivant, Simone obtient son congé du docteur W. qui lui recommande un collègue à Rio.

— Au cas où vous voudriez régler votre problème de…

Il n'a pas le temps de terminer sa phrase, Simone lui tourne déjà le dos.

Au *jotaca*, elle trouve une équipe vannée. *Raconte-moi le Brésil* en est à sa troisième semaine. Clara Couto, dernière candidate, a passionné les téléspectateurs en racontant l'histoire des esclaves marrons de Palmarès. Toutefois, Ulisses mène toujours dans le vote populaire. Il est assez peu probable qu'elle arrive à lui ravir la première place, mais elle a de fortes chances de se retrouver deuxième.

Simone ouvre l'enveloppe un peu avant le coucher du soleil pour y découvrir un certificat de décès signé par Ribeiro, le colonel tombé du 23e étage de la tour A. Le document est accompagné d'une photographie du corps de Thiago ensanglanté, les membres tordus, comme si quelqu'un avait essayé de le démembrer à coups de massue. Le certificat est daté du mois de novembre 1969, quelques mois à peine avant la naissance de Simone. Mort par contusions. Le document fait état de multiples fractures. Il est aussi spécifié que Thiago était entre les mains de l'armée au moment de sa mort. Tout concorde donc avec la version que sa mère et sa tante lui ont maintes fois répétée. La preuve photographique et l'aspect absolument authen-tique du document ont sur Simone l'effet que les plaies du Christ ressuscité eurent sur saint Thomas. Maintenant, elle y croit. La petite bête sournoise qui par ses couinements incessants lui a interdit le repos du sommeil pendant des années, celle qui l'a presque rendue folle en la projetant dans les suppositions les plus baroques au sujet de l'identité de son père, ce petit animal laid à l'haleine fétide disparaît de sa conscience à jamais. Il est remplacé par le petit ver blanc du remords, celui qui chaque matin lui rappelle qu'elle est probablement responsable de la disparition de sa mère, qu'elle a poussée au suicide à force de négligence et de provocations.

Pendant la première quinzaine de juin 2012, une grande enveloppe oblitérée à Cornwall, au Canada, atterrit dans la boîte aux lettres de Simone à Rio. À l'intérieur, trois cahiers remplis d'une écriture élégante jusqu'aux marges. Sur le premier, Simone reconnaît l'écriture de Pia. Dès cet instant, le mot Cornwall restera gravé dans sa mémoire.

*Simone,*

*Tu as toujours voulu savoir comment les choses se sont passées. Le lilas m'a donné la force qu'il faut pour te les raconter. Que ton voyage soit plus facile que le mien, minha filha.*

*Maman*

*P.-S. : J'ai adoré Ulisses ! Son histoire était géniale ! Je n'en ai pas manqué une seconde !*

# Rosa

— Hostie de lesbienne laitte !

C'est par cette poésie que l'agent du Service de police de la Ville de Montréal exprima à Rosa Ost son désaccord avec la manifestation contre l'augmentation des droits de scolarité pour les étudiants des universités québécoises. L'image d'une matraque s'abattant sur sa tête et ses épaules fut son dernier souvenir avant de s'évanouir mollement sur l'asphalte sale de la rue Saint-Denis. L'appel à manifester avait pourtant promis un défilé paisible, sans violence. Elle était revenue à elle au moment où l'agent 727 la saisissait par le col. Entre les explosions de grenades assourdissantes, le bruit des matraques tambourinant contre le bouclier des policiers et les cris stridents du groupe d'anarchistes que l'escouade antiémeute venait de charger, un canon à son venait d'être activé. Le bruit aigu, sorte de trompette de la mort conçue pour paralyser le système nerveux central des manifestants, déchira la ville en deux. « Ils tirent des grenades fumigènes ! » À travers les crachats, vomissements et autres réactions violentes aux produits épandus, les cris des manifestants se noyaient dans une mer d'insultes policières qui gravitaient, pour la plupart, autour d'une orientation sexuelle supposée, d'une laideur tout à fait subjective et d'une présomption de culpabilité. Bref, la sainte trinité de la rhétorique policière telle que l'humanité la connaît de par le vaste monde.

Traînée sur le sol par deux mains puissantes, Rosa recouvrait ses sens, le parfum âcre et piquant du gaz poivre la giflait vers un réveil morose. « Ils sont en train de m'arrêter… Merde ! » Puis elle se souvint qu'elle avait donné rendez-vous à dix-huit heures à Jacqueline, qu'elle avait promis, et qu'il y aurait aussi ce souper, plus tard, avec un éditeur, et que si elle était embarquée à ce stade de la journée elle risquait de tout manquer. Lesbienne laide ? L'avait-il vraiment traitée d'*hostie de lesbienne laide* en la matraquant jusqu'à ce qu'elle tombe inanimée ? Elle plia les genoux, retrouva sous ses talons la fermeté du sol, puis, s'arc-boutant comme une acrobate, se remit debout en échappant à la poigne du policier. Elle ne distinguait aucun visage, qu'un casque antiémeute dont la visière balistique laissait deviner que l'inconvenant 727 portait des moustaches, un détail qui acheva de faire enrager Rosa. Elle détestait les moustaches. Point final. La chose se dressait maintenant devant elle, hirsute et ridicule, comme étonnée de la voir sur ses deux pieds.

— Qu'est-ce que vous venez de me dire ?

Le policier brandissait de sa main droite la matraque qui avait envoyé Rosa au sol une minute à peine auparavant. Elle répéta sa question en élevant la voix, mais peine perdue. Il ne l'entendait visiblement pas. Dans une seconde, elle serait de nouveau rouée de coups. « Dispersez-vous… » Le porte-voix de la police et celui des manifestants se répondaient du tac au tac. La fin du monde aurait donc lieu au temps du lilas, se dit Rosa. Ayant réussi à se défaire de l'emprise de l'agent, elle se retourna pour l'affronter. Derrière elle, un petit groupe de manifestants s'était reformé.

— Qu'est-ce que vous venez de me dire ? répéta-t-elle, les yeux injectés de sang.

L'agent faisait la sourde oreille. Le voilà qui fondait de nouveau sur elle avec l'avidité d'un marmot hypoglycémique penché sur une gaufre au sirop d'érable. Incapable de parer les coups, abandonnée par les autres manifestants, Rosa tomba à genoux en s'agrippant aux bras du policier dont le gant droit, mal arrimé, lui resta entre les doigts, dénudant la main et le poignet droits de celui qui la rossait maintenant de la main gauche. Dans un réflexe de survie, Rosa saisit la main, la porta à sa bouche et mordit à belles dents dans sa chair jusqu'à ce que l'agent se mette à hurler. Elle tomba définitivement sur le sol, foudroyée par une décharge de Taser.

Elle ne se réveilla qu'au poste de police, groggy, assommée, étendue dans une cellule en compagnie de douze autres manifestantes hagardes. Elle avait uriné dans son pantalon. À cet instant, elle aurait préféré mourir de honte plutôt que de se réveiller. Elle reprocha en silence à ses compagnes de cellule de ne pas l'avoir étranglée plutôt que de l'avoir laissée ouvrir les yeux sur le spectacle de sa propre déchéance. Deux ou trois pleuraient, d'autres criaient des insultes à travers les barreaux de la cellule. Elle entendit des pas dans le couloir, puis le cliquetis des clés. Le silence se fit. Avant d'avoir eu la chance de faire connaissance avec ses compagnes d'infortune, Rosa fut soulevée de la couchette où elle reprenait ses esprits et traînée de force par deux agents jusqu'à une pièce où, assis derrière une table en bois rébarbative, l'attendaient une policière et son assistant qui respirait par la bouche. C'est tout ce qu'il fit pendant l'interrogatoire. La policière aboya.

— Votre nom ?

— Rosa…

— Votre nom COMPLET !

— Rosa Ost.

— Adresse ?

Rosa déclina son adresse de la rue Saint-Vallier. Voilà, elle était cuite. Elle ne serait pas sortie de cet endroit lugubre avant des heures, c'était clair. Cela tombait très mal, car elle était attendue. Elle se désola de constater qu'on lui avait pris son sac à dos qui contenait son téléphone.

— Votre date de naissance.

— 20 mai 1980.

— Lieu de naissance ?

— Notre-Dame-du-Cachalot.

— C'est où, ça ?

— En Gaspésie.

— Votre occupation ?

— Vous voulez dire ?

— Ce que vous faites dans la vie.

— Je suis travailleuse sociale.

— Appartenez-vous au groupe qui a organisé la manifestation d'aujourd'hui ?

— Je… je ne sais pas… C'était qui ?

— Vous ne savez même pas qui l'a organisée ?

— Bien, je pense que nous manifestions contre la hausse des droits de scolarité. Je rentrais du travail et j'ai vu qu'il y avait une manif. Je me suis jointe au cortège.

— Comme ça ? Sans savoir avec qui vous marchiez ?

— Il me suffisait de savoir pourquoi je marchais.

— Bon, au moins vous savez pourquoi vous manifestiez. Voulez-vous appeler un avocat ? Êtes-vous étudiante ?

— Non. Je l'ai été, mais je ne le suis plus depuis longtemps.

— Alors, pourquoi troublez-vous l'ordre public pour rien ? Cette question ne vous regarde plus.

— Dites, est-ce que ce sera long ?

Elle avait promis à Jacqueline qu'elle serait à la maison. La policière lui envoya un sourire en coin.

— Madame Ost, vous avez été arrêtée pour violence envers un policier. Vous l'avez mordu au poignet droit jusqu'au sang. Vous êtes dans de beaux draps. Si j'étais vous, je coopérerais.

— Pensez-vous que je pourrais coopérer avant six heures ? Et il faudrait que je passe chez moi avant pour me changer… Mais un moment… Vous avez dit *de beaux draps* ? Si les draps sont beaux, me rendent-ils moins laide ?

— Je pense que vous ne comprenez pas ce qui est en train de vous arriver. Vous allez être accusée de voie de fait sur un policier.

— Vous… Vous voulez parler de ce gars qui m'a traitée d'*hostie de lesbienne laitte* ? Celui-là qui m'a assommée avec son Taser ? Le matricule 727 ?

— Vous représentiez une menace.

— Une menace lesbienne ou une menace laide ?

— Mon rôle est de noter vos coordonnées et de recueillir votre déposition, pas de répondre à vos questions. Les questions, c'est nous qui les posons. Avant de partir, vous devrez consentir à laisser un échantillon sanguin. Vous avez pu contaminer notre collègue de toutes sortes de choses.

— Comment dois-je comprendre l'expression « devoir consentir » ?

— Tu la comprends comme tu veux, ma belle.

— Bon. Vous voyez, là, si vous m'aviez vouvoyée, votre réplique aurait été parfaite et je vous aurais laissé le dernier mot. Belle ou laide ? Serai-je fixée aujourd'hui ?

Le collègue de la policière se curait les ongles à l'aide du rebord du gobelet de plastique dont il venait d'avaler la dernière gorgée de café. Il semblait privé du don de la parole, de sorte que Rosa se dit qu'il n'était là que pour intervenir au cas où elle déciderait de mordre le nez de cette policière. Il y eut un silence. De l'autre côté de la cloison parvenaient les bruits de plusieurs conversations téléphoniques simultanées, des rires et la rumeur à peine perceptible d'une radio diffusant une musique pop composée pour les attardés mentaux. Étrangement, c'est la médiocrité profonde de cette musique qui fit comprendre à Rosa où elle se trouvait et, conséquemment, la gravité de la situation. Cette musique sert à éloigner les gens rationnels comme certains ultrasons le font pour les souris. La policière se leva pour menotter Rosa à sa chaise. Le sarcasme, lui avait-on enseigné dans ses cours de contrôle des foules, est l'antichambre du meurtre. Rosa savait, elle, qu'il en est plutôt la soupape d'échappement.

— Je vois.

Rosa était déchirée entre plusieurs envies. D'une part, elle tenait mordicus – tout en se rendant compte de l'étrangeté de ce mot étant donné les circonstances – à ce qu'on lui explique pourquoi ce policier l'avait traitée d'*hostie de lesbienne laitte* et non de *salope de végétalienne*, de *criss de clitoridienne pas rapport* ou de *maudite Sagittaire de marde*. Étant donné qu'il ne la connaissait pas, n'importe laquelle de ces invectives choisies au hasard aurait pu faire l'affaire. Pourquoi *hostie de lesbienne laitte* ?

— Comment il sait que je suis lesbienne ?

— Je… il ne le savait pas. Ce ne sont que des mots, Madame Ost.

— Des mots ?

— Écoutez, vous allez devoir expliquer tout ça à votre avocat. Moi je ne suis pas ici pour défendre mes collègues, mais pour décider de votre mise en liberté sous caution. Vous comprenez ce que je veux dire ?

— Trouvez-vous que je suis laide ?

La policière soupira.

— Y avait-il des témoins, d'autres gens qui l'auraient entendu dire ces paroles ?

— Comment ça, des témoins ?

— Des gens qui auraient entendu le policier prononcer les propos que vous lui prêtez.

— Que je lui *prête* ? Parce qu'il pourrait me les rendre ? Je ne sais pas s'il y a eu des témoins. Difficile à dire ! Nous n'étions que cinq mille !

— Dans ce cas, je vous conseille de vous trouver un avocat compétent. Pour l'instant, comme vous n'avez pas de casier judiciaire et que la police ne vous connaît pour ainsi dire pas, vous devriez être libérée aujourd'hui.

— Avant six heures ?

— En son temps ! Estimez-vous chanceuse d'être remise à la rue. Vous devez vous engager à garder la paix et à vous présenter à votre audience devant le juge.

— Un juge ?

— Oui, vous aurez peut-être un procès si le SPVM décide de déposer des accusations contre vous. Pour l'instant, on va vous ramener à votre cellule. Il nous faut encore le nom d'une personne qui pourra se porter garante de vous.

— Jacqueline Jean-Baptiste.

— Et qui est cette personne ?

— Vous ne la connaissez pas ?

— Non.

— C'est ma conjointe, et elle est aussi écrivaine.

— Jamais entendu parler.

— Pourtant, elle se fait contrôler régulièrement par vos collègues, surtout quand elle est au volant. Elle est née à Port-au-Prince.

— Qu'insinuez-vous ?

— Rien du tout. Vous êtes sûre que vous ne l'avez jamais vue dans les médias ? C'est elle qui a traité votre porte-parole, Réjean Savoie, de carotte joufflue. Elle a écrit *Bestiaire haïtien*, que vous ne connaissez probablement pas, mais vous avez sûrement entendu parler de *Port-aux-Princesses*. Elle a eu le prix du Gouverneur général il y a trois ans pour ce livre. Elle passe à la télévision régulièrement. Vous êtes sûre que vous n'avez jamais vu ses livres ?

— J'appartiens au SPVM, Madame, pas à une bibliothèque. Une carotte joufflue ? Vous voulez ajouter à tout ça une insulte à un haut gradé du SPVM ?

— Je pense que s'il savait de qui ça vient Réjean Savoie en rirait. Je n'ai pas toujours été une hostie de lesbienne laitte. Trouvez-le et, s'il accepte de vous adresser la parole, rappelez à sa mémoire la jeune Gaspésienne qui travaillait au Butler Motor Hotel en 2000.

Jacqueline ne mit qu'une heure à arriver. À sa tête, Rosa sut que peu importait l'issue des procédures enclenchées contre elle, se faire pardonner cette inconduite par sa douce représenterait la vraie bataille. Elles rentrèrent chez elles en taxi, sans dire un mot. Jacqueline semblait plus attristée que fâchée. Rosa n'y pouvait rien. Il fallait qu'elle se joigne au cortège des manifestants, peu importe la cause, le lieu et l'heure. C'est en passant devant la station de métro Jean-Talon qu'elle avait entendu la rumeur invitante de la manif et, en apprenant les revendications des militants, elle s'était intégrée à la masse des autres manifestants dont elle reconnaissait certains visages. Elle savait pourtant que Jacqueline l'attendait. Anarchistes masqués, féministes avouées, altermondialistes usés, elle les connaissait tous de la rue ou des assemblées militantes auxquelles il lui arrivait de participer. Dans sa cellule, elle avait reconnu une fille de la CLAC, la Convergence des luttes anticapitalistes ; une autre qu'elle connaissait de prénom appartenait à un groupuscule féministe anarchiste.

— Tu sais que la policière n'avait jamais entendu parler de toi ? Quelle ignorante !

Jacqueline ne réagit pas. Rosa régla la course, elles montèrent l'escalier et pénétrèrent dans leur logis, cette demeure aux murs mats où rien ne brillait.

C'était un appartement sans comptoir en granite. Un endroit normal.

Une fois à l'abri des regards, Jacqueline étreignit Rosa presque distraitement, machinalement, comme pour se débarrasser d'une tâche qu'elle aurait négligée. Par la fenêtre entrouverte de la cuisine entrait le parfum d'un lilas en fleur, une odeur que, bien que née un 20 mai, Rosa avait appris avec le temps à associer au malheur. Quand le lilas fleurit, un drame est sur le point d'advenir.

— Je vais être en retard. Il faut encore que je me change. Tu viens toujours ?

— Non.

— Je te comprends, je n'aurais pas envie non plus après ce qui vient de t'arriver.

— Tu vas rentrer tard ?

— Je… je ne sais pas. Il faut que je décrive mon roman à Rapaille. Après, on verra.

La réponse fut livrée avec l'aplomb et la vitesse d'un mensonge longuement mûri.

— Je sors dîner après avec Étienne Stevens des éditions Polyvox. Tu vois qui c'est ?

— Oui, c'est le gars avec qui tu jasais au Salon du livre. Il veut t'éditer ?

— Peut-être, mais il y aura aussi une nouvelle auteure qui veut me connaître.

— Vous allez où ?

Ici, deux gaffes impardonnables encore une fois pour Jacqueline qui décidément ne semblait avoir aucun talent pour la tromperie. Premièrement, quand on sent l'interrogatoire commencer, ne rien inventer. Cette tactique qui consistait à faire croire à Rosa qu'elle sortait avec un éditeur et *une auteure qui voulait la rencontrer* pour innocemment attiser la jalousie de Rosa allait tomber à plat. C'est une stratégie de détournement qui chie à tous les coups. Il fallait se croire vraiment au-dessus des lois de l'amour pour croire qu'en 2012 une amante inquiète accepterait de se laisser taquiner par une chose pareille alors qu'elle soupçonnait bien pire. La seconde gaffe était imputable à un manque élémentaire de préparation. Elle aurait dû prévoir un nom de restaurant, mais elle ne l'avait pas fait. C'est pour cela qu'elle hésita, qu'il y eut une pause *et* un soupir. C'est ce délai de réponse qui finit de la perdre.

— On… on va dans un restaurant… Attends, j'oublie le nom… Le Cochon Content, c'est ça.

— Il paraît que c'est très bon.

Rosa n'eut pas la force de souligner que, selon ses sources, Étienne Stevens était un végétalien strict. Elle ne releva pas non plus la provocation placée comme leurre sous la forme d'une auteure mystérieuse qui voulait rencontrer Jacqueline. Le cochon risquait d'être mécontent et la truie douterait à coup sûr.

— Alors on se voit plus tard. Dis, je cherchais mon *Capital*, ce matin. Tu ne l'aurais pas vu ?

— Il n'est pas sur ta table de chevet ?

— Ben non.

— Alors je ne sais pas.

L'atmosphère venait de tourner. Pendant que Jacqueline se préparait pour sortir, Rosa fouillait dans l'armoire à pharmacie à la recherche d'une crème quelconque pour masquer les deux petits points rouges qui brûlaient comme des braises sur son cou. Elle ne trouva rien. Jacqueline ne réagit pas à sa réponse et en sembla même satisfaite.

Jacqueline ne l'embrassa pas avant de sortir. Rosa sut

qu'elle était partie parce que le parfum du lilas s'était fait un peu plus intense, ce qui signifiait que Jacqueline avait ouvert la porte de l'appartement. Tout son corps lui ordonnait le repos, voire le coma, mais elle n'arrivait pas à trouver le sommeil. Bizarrement, elle ne se sentit pas plus seule après le départ de Jacqueline. C'était peut-être ça qui lui avait fait comprendre que les choses étaient finies depuis longtemps, ce sentiment de profonde solitude même quand elles étaient ensemble.

Rosa vérifia encore une fois ses messages. D'un jour à l'autre, Shelly et Laura allaient lui livrer Pia, cette Brésilienne dont Jacqueline ignorait jusqu'à l'existence. Étrangement, l'imminence de son arrivée ne causait à Rosa aucun stress. Tant que Rosa recevait des messages d'Amérique du Sud ou des États-Unis, Pia était restée une donnée quasiment abstraite. Mais depuis que Shelly l'avait mise au courant du succès du franchissement de la frontière canadienne, Rosa savait que sa vie allait bientôt prendre un autre tournant. Ce changement, elle le désirait depuis qu'elle avait compris, deux ans auparavant, que Jacqueline ne l'aimait plus. Il serait hâtif et simpliste de conclure que Rosa était amoureuse de Pia. La véritable nature du sentiment qu'elle éprouvait à son égard se confondait avec l'affection qu'elle avait vouée, enfant, à feu sa mère. Retrouver la trace de Pia faisait partie d'une série de gestes qui allaient tous dans le même sens : s'émanciper affectivement par rapport à Jacqueline. Retourner à une époque où elle ne la connaissait pas. Enfant, elle avait entendu parler de cette Brésilienne que sa mère avait eue comme *amie très proche* pendant ses années parisiennes. Lorsque Rosa lui avait posé des questions plus précises sur cette proximité, Thérèse n'avait pas répondu. Il avait fallu des années à Rosa pour comprendre que les deux femmes avaient entretenu une flamme. La correspondance qu'elle avait trouvée dans les affaires de sa mère décédée en faisait foi : Thérèse avait aimé Pia, laquelle avait aimé Thérèse. Le doute n'était pas permis. Ainsi le sentiment que Rosa éprouvait à l'égard de Pia était-il trouble, confus et étrangement fascinant. Il n'y avait pourtant rien de bien original dans ce que Rosa ressentait. Elle voulait, comme tout le monde, savoir comment le monde s'était organisé avant sa naissance. Elle comptait sur cette Brésilienne pour le lui raconter. Elle n'avait pas la moindre idée de ce qu'elle allait faire d'elle une fois qu'elle l'aurait sur les bras. Toute cette histoire était maintenant hors de contrôle. Elle pensa en souriant qu'elle vivait la fin d'un monde.

Aux dernières nouvelles, les voyageuses étaient immobilisées à Hamilton, en Ontario. Depuis des jours, elles n'avaient rien écrit. Normalement, elles auraient dû être déjà à Montréal, où le lilas était éclos depuis quelques jours. Étant donné le danger, Shelly et Laura ne communiquaient avec elle que par code, sans jamais donner d'indications précises quant à leurs déplacements. Quand on voyage avec une sans-papiers recherchée pour meurtre, on mise sur la discrétion. Sa boîte de courriel était vide. Rien. Rosa était morte d'inquiétude. Toute cette flicaille déployée dans la ville ne lui disait rien qui vaille. Elle se consola en pensant que Shelly et Laura savaient se faire discrètes. Se retrouver seule à la maison est un luxe pour qui vit avec un écrivain. Et pour ce qu'elle avait l'intention de faire, il lui fallait un appartement vide.

À vrai dire, Rosa était assez contente de voir Jacquy sortir. Le stress des derniers mois d'écriture l'avait rendue carrément insupportable. Au matin, fraîche et souriante, remplie de bonnes intentions, elle embrassait gentiment Rosa avant qu'elle se mette en route vers le centre jeunesse où elle travaillait. À son retour du travail, Jacquy s'était souvent métamorphosée en une harpie sans pitié. « Ne me parle pas. Ne me touche pas. Comment veux-tu que je finisse mon livre si tu me distrais tout le temps comme ça ? Évidemment, toi, tu n'écris pas, tu ne comprends pas… Ta vie à toi est plus simple… »

La soirée serait consacrée à chercher un objet qu'elle avait perdu. Il lui fallait retrouver *Le Capital*. Impossible qu'elle l'ait prêté à quelqu'un. Ce livre avait dans sa biblio-thèque le même statut que la Vulgate au Vatican. Personne n'avait le droit de le salir de ses doigts. Elle ne se souvenait même pas d'avoir laissé Jacqueline l'ouvrir. C'était une vieille édition à couverture rouge que sa mère, Thérèse, avait rapportée dans ses bagages d'un voyage d'études en France dans les années 1960. Un livre d'une telle couleur ne se perd pas. C'est dans ce livre qu'elle avait appris à lire, à déchiffrer les mots du français, à se faire expliquer la matérialité du monde. L'avait-elle jamais comprise ? Rosa ne se posait pas ces questions. Elle fouillerait chacune des pièces de cet appartement, peu importe le temps qu'il faudrait. Ce livre était forcément quelque part.

L'appartement que Rosa et Jacqueline avaient acheté couvrait le premier et le second et dernier étage d'une maison en briques rouges. Le rez-de-chaussée était occupé depuis des années par une famille portugaise d'une propreté effrayante. Ces bourreaux de travail, qui ne restaient que rarement en place, furent d'emblée rayés de la liste des suspects. Rosa savait qu'aucun d'entre eux n'aurait eu le courage d'entrer par effraction chez deux lesbiennes, par crainte d'être excommunié. Et si par malheur l'un d'eux avait décidé de cambrioler leur appartement, ce n'est pas sur *Le Capital* qu'il aurait jeté son dévolu. Rosa s'amusa en imaginant l'oncle portugais confesser à un prêtre scandalisé non seulement qu'il avait lu *Le Capital*, mais qu'il l'avait dérobé dans l'appartement du couple lesbien le plus en vue du milieu littéraire québécois. Cela lui fit oublier un peu la douleur cuisante qu'elle ressentait encore au cou, là où le Taser l'avait foudroyée.

Elle commença par les pièces du premier. C'est là que se dressaient les cinq étagères murales où se mélangeaient les livres des deux femmes. Il était peu probable que Rosa ait replacé *Le Capital* sur ces étagères partagées mais, avant de conclure que le livre ne se trouvait nulle part, elle devait chercher partout. Elle pointa du doigt le coin supérieur gauche du mur de livres, comme si elle lisait un ancien grimoire rédigé dans une forme d'écriture disparue et particulièrement difficile à déchiffrer. Le doigt progressa lentement vers la droite. Pour qu'aucun des titres n'échappe à son regard, Rosa les murmurait à voix haute. Gavroche le chat, bête abandonnée qu'elles avaient trouvée presque gelée un matin de 2002, la regardait agir avec circonspection. *Alléluia pour une femme-jardin, Le Mât de cocagne, Cry, The Beloved Country, Neige noire, L'Amant de la Chine du Nord*, décidément, elles s'étaient emmêlé les lectures comme peu d'autres l'avaient fait. Le téléphone sonna, Rosa répondit machinalement en continuant ses incantations. *An English message will follow. Ceci est un message enregistré. Vous avez récemment été mise en état d'arrestation par le Service de police de la Ville de Montréal. Le ministère de la Sécurité publique voudrait connaître votre avis sur le déroulement de votre interrogatoire. Si vous êtes la personne concernée par cet appel, appuyez sur le 1… If you wish to continue in English…* Rosa continuait l'énumération des livres, elle en était à la deuxième de huit tablettes. Elle appuya machinalement sur le 1. *Vous êtes Rosa Ost, arrêtée pour méfait, rassemblement illégal et voie de fait sur un policier. Si cette information est vraie, appuyez sur le 1…* Elle appuya encore, concentrée, émerveillée par l'éclectisme des livres que douze années d'amour avaient forcés à la cohabitation. *Putain, Folle, La Vie devant soi, Les Aurores montréales, Zazie dans le métro…* Qui avait acheté Queneau ? Était-ce elle ou Jacqueline ? Elles l'avaient lu ensemble à voix haute en riant. De ça elle se souvenait. Difficile de dire ce qui appartenait à l'une ou à l'autre parce qu'elles avaient pendant des années passé des heures à se lire des livres à voix haute, des romans qu'elles trouvaient chez les bouquinistes ou dans les rebuts, au bord des trottoirs, et dont elles partageaient la jouissance usufruitière également. À qui appartient un objet de plaisir comme un livre ? À celle qu'il a le plus émerveillée ? Comme deux charognards littéraires, elles avaient sauvé du dépotoir non seulement

Zazie et son métro, mais aussi *Bonheur d'occasion, 1984,* et, étrangement, un exemplaire de *La grosse femme d'à côté est enceinte,* titre dont jamais elles n'auraient consenti à se départir. *Vous avez été détenue au poste 35 de la rue Bélanger à Montréal. Si votre arrestation s'est terminée par une comparution devant un juge, appuyez sur le 1, sinon, appuyez sur le 2.* Le doigt de Rosa, comme mû par un cerveau propre, appuya sur le 2. Elle arrivait au bas de l'étagère. Tiens, elles avaient donc gardé ces livres de son ancienne logeuse ? *Les Anciens Canadiens, L'Appel de la race* du chanoine Lionel Groulx et quelques titres de Gobineau la laissèrent pantoise. Pourquoi garder ces trucs ennuyeux ? Jacqueline avait dû insister. *Sur une échelle de 1 à 5, comment évaluez-vous le confort des cellules du poste 35 de la rue Bélanger ? 1 – Très peu confortables ; 2 – Peu confortables ; 3 – Confortables ; 4 – Très confortables ; 5 – Extrêmement confortables.* Le pouce de Rosa appuya sur le 1.

Le balayage du reste des étagères n'apporta rien. Le téléphone toujours à la main, Rosa monta au second où se trouvaient le bureau de Jacqueline et leur chambre à coucher. Dans le bureau, Rosa se sentit comme une intruse. Elle n'entrait presque jamais dans ce lieu où sa conjointe passait le plus clair de son temps. Y étaient conservés les livres qui n'appartenaient qu'à Jacqueline ou qui n'avaient d'importance que pour elle. Dictionnaires, précis de grammaire, traités d'histoire haïtienne ou de la Caraïbe se tenaient debout, pêle-mêle, classés selon leur hauteur, un système que désapprouvait fortement Rosa pour qui une bibliothèque n'était bien ordonnée qui si les livres étaient placés dans l'ordre alphabétique, selon le nom de l'auteur. Elle ne trouva rien là de bien intéressant, sauf peut-être les œuvres complètes de Maupassant, dont Jacqueline aimait se servir comme boussole stylistique, et *Texaco* de Patrick Chamoiseau qu'elles avaient lu ensemble, mais que Rosa avait trouvé long et affecté. Elle se souvint du regard dépité que lui avait renvoyé Jacquy après avoir lu la dernière phrase du livre. *Sur une échelle de 1 à 5, êtes-vous satisfaite ou satisfait de la teneur des recommandations fournies par l'agente qui vous a rencontrée et de la qualité des conseils qui vous ont été donnés ?* Rosa appuya sur le 2 (peu satisfaite), sans réfléchir. Son esprit était ailleurs. *Sur une échelle de 1 à 5, comment évaluez-vous le geste de l'agent qui vous a asséné une décharge de pistolet Taser ? 1 – Pas du tout mesuré ; 2 – Peu mesuré ; 3 – Mesuré ; 4 – Très mesuré ; 5 – Extrêmement mesuré.* Le pouce de Rosa appuya sur le 1 au moment où son regard se posait sur une rangée de CD qu'elle croyait égarés. Il n'y avait pas beaucoup de musique dans la vie de ce couple, faite de travail et de lectures. Après avoir décroché son B. A. en travail social à l'Université McGill, Rosa avait trouvé un emploi et, comme elle le disait elle-même, retrouvé le continent de la lecture et le refuge de ses forêts. Les soirées de lecture à voix haute avec Jacquy l'avaient ramenée au cocon gaspésien de son enfance sans télévision, dans un espace éternel et bleu. *Maintenant, en pensant à ce même agent, comment qualifieriez-vous ses aptitudes sociales ? 1 – L'agent fut un trou du cul ; 2 – L'agent fut un mufle ; 3 – L'agent était neutre ; 4 – L'agent a agi avec bonté ; 5 – L'agent est un intervenant social modèle.* Son pouce était bloqué sur la touche 1.

Elle reconnut quelques enregistrements qui servaient de musique de fond aux fréquents dîners lesbiens qu'elles offraient dans leur appartement à leurs nombreuses amies. Lhassa, Buena Vista Social Club, Pink Martini, Ella Fitzgerald et quelques disques de musique antillaise pour les danses qui suivaient les fromages et les digestifs. Au-dessus de ces disques, une photo encadrée d'elles, déguisées en zombies au carnaval de Jacmel. Elle sentit encore se creuser dans sa cage thoracique le même trou noir que ce matin de janvier où elle avait appris à la radio qu'Haïti avait été dévasté par un tremblement de terre, alors que sa douce était là-bas pour le tournage d'un documentaire sur les expatriés haïtiens. Elle avait conduit sur des routes glacées jusqu'à l'aéroport militaire de Borden pour la cueillir à la descente du B-52 qui l'avait ramenée saine et sauve, et elle avait pleuré comme une crisse de folle, elle avait dû conduire les vitres descendues par moins 15 degrés pour se donner la certitude d'être vivante. Aussi parce qu'elle avait voulu voir si elle pouvait mourir de froid. *Finalement, comment évalueriez-vous le travail de l'ensemble du personnel du SPVM ? Diriez-vous que : 1 – Il est parfait, ne changez rien ; 2 – Ils font un bon travail ; 3 – Ils font un travail satisfaisant ; 4 – Plusieurs lacunes entachent leur travail ; 5 – Je ne veux plus jamais avoir affaire à eux.* Soudainement conscient qu'il était figé, le pouce de Rosa, indépendamment du reste de son corps, appuya fermement sur le 5 tout en regrettant, dans sa tête de pouce, qu'il n'y ait pas de numéro 6 : *Que le diable les emporte et que leurs descendants souffrent d'affreuses hémorroïdes jusqu'à la trentième génération.*

Devant l'ordinateur éteint de Jacquy, un boîtier de CD traînait bêtement, comme s'il avait voulu être découvert. « Regarde-moi ! Je suis là ! Je vais changer ta vie ! », semblait dire cet objet à Rosa. Elle raccrocha et déposa le téléphone à côté de l'ordinateur. C'était l'enregistrement de *Rusalka*, l'opéra du compositeur tchèque Antonín Dvořák. À l'intérieur, un feuillet jaune autocollant : *pour te préparer. G.* Elle prit l'objet entre ses doigts fébriles. Tout se mit à trembler autour d'elle. Elle en était sûre, la terre allait l'avaler, elle, la maison et ses habitants portugais. Un des trois disques manquait à l'appel. Il devait être dans l'ordinateur, qu'elle n'osa pas allumer. C'est son pouce qui fit le travail. Deux minutes plus tard, on lui demandait un mot de passe. Ah ! Mais elle l'avait toujours connu ! C'était Ros#1980 ! Et celui de l'ordi de Rosa était Jac%1981. Tout le monde le savait. Mais non, ma belle… L'écran ne s'ouvrait pas. *Vous avez saisi le mauvais mot de passe.* Rosa éteignit l'ordinateur en enfonçant le bouton avec son gros orteil gauche, la bouche entrouverte, le poing serré. Elle songea qu'elle n'avait pas fait l'amour depuis au moins deux ans.

Puis la main invisible et glacée du discernement la gifla violemment. De la paume et du revers. C'était comme un vent froid soufflant du nord-est. Une chose gaspésienne, de là où la terre finit. Réveille, triple buse ! Tu es cocue !

Quelque chose commençait sérieusement à pourrir au royaume du Québec. *Le Capital* faisait défaut. Comme un trou béant, comme un avertissement.

Redescendue dans la cuisine, Rosa inspecta à tout hasard le mètre de livres de cuisine qui s'y trouvait. Entre *La Cuisine écorespectueuse* et *Légumineuses à la mijoteuse*, elle ne retrouva pas l'ouvrage convoité. Ses recherches la ramenèrent à la chambre à coucher, devant sa petite étagère personnelle, celle où elle gardait ses lectures à elle. À côté de l'espace béant qu'avait laissé *Le Capital* s'appuyait sur le montant de l'étagère *La Rivière sans repos*, de Gabrielle Roy. Rosa avait peut-être appris à lire avec Marx, mais les livres de Gabrielle Roy étaient les premiers qu'elle avait compris, les premiers qui lui avaient fait découvrir cet espace situé entre la paupière et l'oreille, horizon étendu au possible des fleuves, au confluent des jours de pluie et de brume, à l'envers des palmiers de Jacqueline. Elle serra le livre contre son cœur. Pensa une minute à la voix de sa mère et s'affala sur le lit, vannée, torchée par la jalousie. Avant de s'endormir, elle tenta de se remémorer la première histoire de ce livre, le récit si touchant de cette Inuite malade qui quitte son iglou douillet au milieu de la nuit pour marcher jusqu'à la banquise. Au matin, on ne retrouva que ses traces de pas. Rosa rêva qu'il neigeait sur Haïti. Sur tout le Brésil aussi. Sur le monde entier. Et qu'elle mourait, heureuse, au large de Notre-Dame-du-Cachalot, à plat ventre sur un iceberg.

# Jacqueline

Jacqueline courut vers la station de métro, faillit se tuer en dévalant les escaliers boueux, bouscula un vieux monsieur, tout ça pour manquer la rame dont les portes se refermèrent sèchement sous son nez. *Un incident à la station Henri-Bourassa cause un ralentissement sur la ligne orange…* Quelqu'un avait dû se jeter devant le métro. L'annonce la fit jurer à voix haute. À Montréal, on se suicide aussi au temps des lilas.

Le quai de la station Beaubien se remplissait de minute en minute, Jacqueline était maintenant entourée par un groupe de supporteurs des Canadiens, des types tous un peu houblonnés, tous vêtus du même chandail tricolore. Lorsque la rame montra enfin le bout de son nez dans la station, la foule s'agita, car on avait compris qu'il n'y aurait pas de place pour tout le monde. On jouait des coudes. Certains resteraient sur le quai. Ce ne fut pas le cas de Jacqueline, qui fut en quelque sorte poussée par une marée de partisans jusqu'au fond d'un wagon. Depuis quelques années, les pannes et les retards dans les transports publics s'étaient multipliés, conséquence directe de la baisse des subsides gouvernementaux, de sorte que ces scènes d'entassement humain étaient devenues monnaie courante. Vigilantes et réactives, Rosa et Jacqueline avaient participé à une manifestation pour exiger un réinvestissement dans les transports publics, mais très peu de gens avaient répondu à l'appel des organisateurs, faute de transport. De toute façon, se disait Jacqueline, même si toute la population de Montréal était descendue dans la rue pour exprimer sa frustration, elle en serait au même point en ce lundi soir frisquet de mai. Le métro se remplit tant que Jacqueline eut le visage écrasé contre une vitre, dans le coin où elle avait trouvé refuge. Les ratés dans les transports faisaient vivre aux Montréalais de nouvelles promiscuités, des scènes qu'ils ne connaissaient que de leurs voyages en Italie, au Japon, ces pays où il y a trop de gens au mètre carré. En général, les Montréalais ne s'approchent pas les uns des autres, détestent être touchés par des inconnus, et préféreraient marcher à genoux dans la gadoue plutôt que de subir le contact tiède de corps dont ils ignorent tout de l'hygiène intime. Un des supporteurs les plus avinés palpa du bout des doigts l'afro de Jacqueline sans évidemment l'en aviser au préalable. « Respirer, ne pas assassiner. Le meurtre n'est qu'une solution provisoire. Un con naît chaque minute », se disait l'écrivaine. La nouvelle fréquentation des transports publics était en train de venir à bout de ces attitudes pudibondes et immatures. Contre toute attente, le néolibéralisme réduisait la distance entre les citoyens. Il autorisait de nouveaux points de contact.

Les portes, bloquées par des voyageurs paniqués à la perspective d'être laissés sur le quai, refusaient de se fermer. *Libérez les portes !* La rame se mit finalement en branle. Autour de Jacqueline, de jeunes hommes bramaient des chants d'encouragement pour leur équipe de hockey, car comme chacun le sait, plus les supporteurs hurlent dans les transports publics, plus leur équipe marque des buts. C'est une donnée universelle, vraie de Munich à Alger en passant par Montréal. L'un d'entre eux, agrippé d'une main à un poteau de soutien, ouvrait de l'autre un sac de fast-food qui libéra une odeur écœurante de viande surcuite et de chimies comestibles diverses et variées. Le relent de bête morte de frayeur souleva le cœur de Jacqueline. Le type porta le hamburger à sa bouche pour en prendre une énorme bouchée. Ses mâchoires s'activaient à broyer les lambeaux de chair animale à très exactement onze centimètres du nez de Jacqueline, incapable de se déplacer pour échapper à cette agression olfactive. Pour empirer les choses, il mastiquait la bouche ouverte en parlant très fort avec ses compagnons. « Les Bruins, c'est des hosties de tapettes ! » philosopha-t-il, la bouche grande ouverte, de sorte que Jacqueline vit très clairement une motte mouillée de hamburger à demi mâché se détacher des molaires supérieures. Elle distingua aussi les restes d'une tranche de cornichon, le gris-vert de la viande et l'excès de salive qui semblait avoir pour fonction de diluer toutes ces matières. Le sandwich que l'homme tenait dans sa main, au-dessus de sa tête, avait commencé à dégouliner ; jus de viande, mayonnaise incertaine et ketchup sanguinolent formaient des coulisses odorantes qui atteignaient maintenant la manche de son chandail des Canadiens. Son haleine fétide de carne par trop faisandée mélangée à l'acidité des sauces du hamburger se répandait maintenant partout, se mariant aux relents de déodorant bon marché, de sueur et de vinasse pour créer une fragrance inédite : *Nuit à Montréal*. Un de ses amis lui piqua son sac de nourriture pour en extraire un cornet de frites. Après quelques arrêts, le train freina brusquement à l'arrivée à la station Mont-Royal, précipitant la masse humaine vers l'avant. Des cris retentirent. Quelques frites couvertes de ketchup furent éjectées de leur cornet pour atterrir sur les épaules de Jacqueline. À Mont-Royal, d'autres voyageurs montèrent, nul ne sait comment. Une femme visiblement pressée se fraya un chemin à quatre pattes entre les jambes des passagers. Maintenant aplatie contre les parois de verre, Jacqueline se demandait comment elle parviendrait à sortir à la station Berri-UQAM, sa destination. Manifestement, ces supporteurs des Canadiens continueraient leur route sur la ligne orange jusqu'à la station Bonaventure ou Lucien-L'Allier pour atteindre le centre Bell. Chose sûre, ils ne descendraient pas avant elle, ce qui commençait à l'angoisser. Après un arrêt à la station Sherbrooke, le métro freinait maintenant à l'approche de la station

Berri-UQAM. Jacqueline, sur le point de vomir tant le bouffeur de hamburger l'avait indisposée, fendait l'amas compact de corps qui lui bloquait le chemin. « Pardon… Excusez-moi… Je veux descendre… » Personne ne bougeait. « Laissez-moi passer, vous allez me faire manquer mon arrêt ! » Aucune réaction. Littéralement acculée au pied du mur, Jacqueline recourut à une solution extrême. De son sac, elle sortit un carré de feutre rouge, le symbole que tous les manifestants de Montréal avaient épinglé sur leurs vêtements en ce printemps 2012. Après quelques semaines de grèves étudiantes et de manifestations, ce bout d'étoffe en apparence inoffensif exerçait sur les médias populistes et les commentateurs réactionnaires le même effet que le crucifix sur les possédés. Les sujets les plus atteints crachaient même du vert. Jacqueline le brandit bien haut pour que tous les passagers le voient bien. Toutes les conversations moururent à l'instant. Les supporteurs la regardaient maintenant fixement, comme si elle venait de divulguer la date et l'heure de la fin du monde. Le bruit d'une déglutition se fit entendre. On s'écarta pour la laisser passer. C'est sans toucher personne qu'elle réussit à s'extraire du wagon. Jacqueline poussa un cri en donnant un coup de poing sur la vitre de la porte qui venait de se refermer derrière elle.

— Il m'a pincé les fesses !

Elle ne s'en était donc pas tirée à si bon compte. Quelqu'un avait aussi fiché un stylo dans son afro, pour rire. Jacqueline cultivait l'une des coiffures les plus célèbres en ville. C'est Rosa qui lui avait demandé d'arrêter de se faire lisser les cheveux dès le début de leur relation. Visiblement inspirée des Black Panthers, cette véritable boule noire était devenue l'élément par lequel on la reconnaissait. Rosa pouvait y plonger la main à sa guise, s'en servir comme oreiller et même lui poser des questions, comme à un sphinx. L'afro de Jacquy s'était toujours fait accueillant et réceptif à toutes ses demandes. Mais il suffisait que quelqu'un d'autre y touche pour que se brise le charme.

Au pas de course, elle avançait maintenant dans la rue Saint-Hubert en prenant garde de ne pas glisser sur les seringues qui jonchaient le sol. Elle arriva devant la porte de son éditeur, trempée de sueur. Comble de l'ironie, ce dernier était toujours barricadé dans son bureau en compagnie d'un autre auteur. Le jeune homme au regard déphasé qui lui servait de secrétaire recommanda à Jacqueline d'enlever son manteau.

— Vous avez même le temps d'aller vous chercher un café, de fumer une cigarette et de faire lire les lignes de votre main. Ça risque d'être long, il est avec Proserpine-Nathalie Michou-Minou.

— Zut ! laissa échapper Jacqueline.

Cette écrivaine était un moulin à paroles. Théo Rapaille, l'éditeur, n'était pas lui non plus porté sur la concision. Jacqueline décida de s'installer et de méditer. Depuis le bureau lui parvenaient des clameurs qui l'empêchaient d'atteindre la pleine conscience et la renvoyaient à ses appréhensions d'auteure. Depuis *Port-aux-Princesses* qui lui avait valu le prix du Gouverneur général, Jacqueline Jean-Baptiste n'avait pas réussi à intéresser son éditeur à un manuscrit. En vérité, elle n'en avait pas terminé un seul, à l'exception de celui qu'elle venait lui présenter ce soir. Ce livre était en quelque sorte sa dernière chance. Rapaille se décrivait comme « un grand enfant à qui il faut raconter une histoire ». Il exigeait donc que ses auteurs, avant de soumettre un manuscrit à son discernement, lui racontent en une demi-heure – pas une minute de plus – le récit qu'ils venaient de pondre. Rosa était censée être avec elle dans cette antichambre où elle se rongeait les ongles, toute seule. Quand elle s'était décommandée, Jacqueline avait éprouvé un mélange de déception et de soulagement. Elle aurait préféré ne pas être seule dans le bureau de Rapaille qui avait, s'il fallait en croire les rumeurs, la main baladeuse et la drague insistante. Mais l'absence de Rosa signifiait qu'elle pouvait en toute quiétude communiquer avec G. Et, si elle arrivait à expédier son rendez-vous avec

Rapaille, une rencontre n'était pas exclue. Elle se pinça la racine du nez pour tenter de juguler le mal de tête qu'elle sentait monter. Tôt ou tard, il faudrait faire le ménage. La simple idée d'aborder avec Rosa le sujet d'une séparation lui donnait le vertige. Ne serait-il pas tout simplement plus facile de disparaître sans laisser de traces ? Les choses n'avaient-elles pas assez traîné ? Un cri traversa la cloison du bureau de Rapaille, puis un coup. La porte s'ouvrit. L'écrivaine Proserpine-Nathalie Michou-Minou en jaillit comme une fusée, le visage couvert de larmes.

— Tu sais quoi, Théo Rapaille ? Tu es un plouc ! Un gros plouc du Nord ! Va chier ! Tu es un rat ! Sache-le bien !

Puis, sans même regarder Jacqueline et le secrétaire, elle disparut en coup de vent, laissant derrière elle un Théo Rapaille étrangement souriant.

— Elle est très nerveuse, je lui ai peut-être parlé trop durement, laissa-t-il tomber en croisant les bras et en hochant la tête d'un air désapprobateur, comme un médecin devant un patient cardiaque qui vient de lui claquer entre les mains.

Jacqueline connaissait cette fille qui se spécialisait dans les romans historiques. L'éditeur fut charmé de voir que Jacqueline s'était présentée à son rendez-vous, car il avait craint que son manuscrit ne fût pas terminé. Jacqueline faisait partie des écrivains auxquels il tenait jusqu'à un certain point. C'est-à-dire qu'il se vantait dans toute la ville de l'avoir découverte et présentée au monde. Toutefois, Jacqueline écrivait des livres qui gagnaient des prix, mais qui se vendaient mal. Rapaille ne l'aurait pas avoué publiquement, mais il avait la nostalgie du best-seller. Il invita Jacqueline à entrer, lui offrit de l'eau et s'assit en face d'elle, de l'autre côté d'un pupitre couvert d'une mer anarchique de papiers. Comme il la sentait anxieuse, il ne tourna pas longtemps autour du pot. Il voulait qu'elle lui raconte l'histoire. Dans le milieu littéraire montréalais, personne ne comprenait cette manie de vouloir entendre une histoire avant de la lire. Il répétait à qui l'écoutait que c'est ainsi qu'il arrivait à voir si l'auteur croyait lui-même à son récit.

— Je ne peux pas publier des gens qui ne croient pas en eux. Écris ce que tu crois et crois ce que tu écris !

Ainsi, cinq ans auparavant, il avait écouté Jacqueline lui raconter ce qui deviendrait *Port-aux-Princesses*, le récit – de toute évidence autobiographique, bien qu'elle ne l'ait jamais publiquement admis – de cette jeune femme des milieux aisés d'Haïti débarquant à Pétion-Ville pour présenter son amante québécoise blanche à sa famille. Le malaise que le livre avait suscité dans la presse lui avait fait anticiper des ventes mirobolantes, mais Rapaille avait dû se contenter de la gloire des prix littéraires.

— Pas de quoi se payer un comptoir en granite ! avait-il avoué aux organisateurs d'un populaire festival littéraire estival des Cantons-de-l'Est, qui aimaient poser des questions indiscrètes aux éditeurs sur leurs ventes.

Mais il était disposé à laisser Jacqueline le berner une seconde et dernière fois. Après, il lui dirait d'aller soumettre son manuscrit ailleurs.

— D'après ton message, tu aurais une histoire à me raconter...

— Oui... je...

— Je t'écoute !

Jacqueline sortit de son sac un document qu'elle avait préparé et prit la parole.

« *La Baronne samedi* est un roman à cheval entre Haïti et Montréal. Il s'agit d'une fiction historique. Le personnage principal est une enfant trouvée un jour aux abords de Cité-Soleil, abandonnée par sa mère. Elle est adoptée par une famille qui... Enfin, cela n'est pas dit précisément, le lecteur est invité à penser que Molière Joseph, le chauffeur qui l'a rapportée à sa maîtresse, madame Métellus, l'a en réalité achetée. Le doute doit planer sur les conditions de l'adoption de la petite pour ne pas disqualifier moralement madame Métellus qui... »

Rapaille abattit son poing sur la table. Une mouche semblait l'avoir piqué.

— Ne dites pas au lecteur ce qu'il doit penser ! Il faut montrer plutôt que dire !

Jacqueline tenta de se ressaisir.

« Alors, bon, c'est ça. Dans le premier tableau, nous suivons l'enfance de Juliette qui devient en quelque sorte le souffre-douleur de sa nouvelle famille. Elle est soumise à tous les mauvais traitements, notamment de la part des enfants Métellus qui la traitent comme une domestique et n'hésitent pas à la frapper quand ils n'obtiennent pas ce qu'ils veulent. À l'âge de treize ans, Juliette est violée sauvagement par un jardinier. Enceinte, elle se confiera à une autre domestique qui l'emmène voir une guérisseuse. Celle-ci se rend compte que Juliette possède des pouvoirs surnaturels et décide, en plus de l'aider à avorter, de l'adopter pour essayer de percer son mystère. Ce qui l'intéresse, c'est de s'approprier les pouvoirs de Juliette, qui, de son côté, est un peu dépassée par la situation. Elle est dans le doute. Tout cela lui fait peur. La sorcière chez qui on l'a menée affirme son emprise et parvient à racheter Juliette à madame Métellus. À partir de cet instant, la sorcière monnaiera les services de Juliette. On dit qu'il lui suffit de se baigner dans une rivière pour que toutes les femmes qui vivent en aval tombent enceintes. Ce don est perçu comme une malédiction. Il y a déjà assez d'enfants comme ça, pourquoi en ajouter à la misère ambiante ? Juliette devient donc une sorte de divinité que l'on craint, on l'associe aux esprits maléfiques et aux forces obscures. À son dix-huitième anniversaire, un plaisantin d'une radio de Port-au-Prince la surnomme "baronne samedi" à cause de son allure un peu garçonne. Elle garde ses cheveux très courts, porte le pantalon, ne se parfume ni ne se maquille jamais, et entre pieds nus dans les églises, même le dimanche. Bientôt, des bandes de jeunes hommes lui tendent des pièges. On souhaite sa mort, car les grossesses se multiplient là où elle passe. Menacée de toutes parts, Juliette doit prendre le chemin des collines où elle se terrera, aidée par des paysans. Elle ne tiendra pas longtemps dans ce maquis où l'on manque de tout. Mais le salut se présente sous les traits d'une religieuse québécoise, une missionnaire, sœur Henriette, qui voit en cette mère de la fertilité une manière de régler le problème de dénatalité qui afflige sa terre natale. Sœur Henriette ourdit dans le plus grand secret le plan diabolique de faire voyager Juliette jusqu'au Canada dans le but de la plonger dans le fleuve Saint-Laurent. Avec l'aide de sa communauté, elle parvient à cacher la jeune femme dans un conteneur rempli d'ananas à destination de New York. Pendant le voyage, Juliette se fait piquer par une araignée ensorcelée. Le venin la paralyse pendant des jours et la tue presque. Les religieuses engagent des membres de la mafia italienne, toujours prêts à aider leurs coreligionnaires, pour aider Juliette à traverser clandestinement la frontière canadienne.

« Au Québec, Juliette se retrouve en quelque sorte prisonnière du couvent de sœur Henriette. Les religieuses affinent leur stratégie. Elles avaient d'abord pensé jeter Juliette dans le fleuve, en amont de Montréal, là où il franchit paresseusement la frontière entre l'Ontario et le Québec. Sœur Henriette, perspicace, se rend compte que, ce faisant, toutes les femmes de l'ouest de Montréal, parmi lesquelles on compte un nombre important d'anglophones, auraient elles aussi un enfant, ce qui ne changerait rien à la proportion de francophones qui naissent au Québec. Les sœurs se mettent donc à la recherche d'un cours d'eau dont les riverains seraient non seulement nombreux, mais aussi, en grande majorité, francophones. La solution s'impose d'elle-même : les rivières Saguenay, Richelieu et Yamaska ne répondant qu'en partie à ces critères, on décide de jeter Juliette à l'eau à la hauteur du pont Jacques-Cartier, à Montréal, à partir duquel le Saint-Laurent ne traverse pour ainsi dire que des villes francophones. Le territoire miraculé couvrirait ainsi tout l'est de l'île de Montréal, Trois-Rivières, Québec et toutes les localités qui bordent le fleuve jusqu'à Gaspé. On espère ensuite que les jus de Juliette, dilués dans l'estuaire, ne feront plus effet une fois qu'ils mouilleront les côtes de la Nouvelle-Écosse et de Terre-Neuve, provinces où l'on parle anglais. Pour ajouter au mystère et surtout pour passer inaperçue, sœur Henriette décide de déguiser le rituel fécondateur en baptême. Au matin du 24 juin, Juliette et trois religieuses se retrouvent grelottantes au pied du pont Jacques-Cartier. Sans témoins, elles voguent sur le fleuve dans une chaloupe à moteur pilotée par la plus robuste d'entre elles. Or, arrivée au milieu du Saint-Laurent, Juliette refuse de s'immerger. L'eau est trop froide. Qu'à cela ne tienne, les sœurs lui nouent une corde à la taille et la balancent par-dessus bord en invoquant tous les saints. Les automobilistes qui s'engagent sur le pont n'ont aucune conscience du drame qui se déroule à la surface de l'eau. Juliette n'a pas l'habitude des cours d'eau si vastes. Jusqu'à maintenant, elle a exercé ses pouvoirs dans des rivières à faible débit. Dans tous les cas, elle n'avait eu d'eau que jusqu'à la poitrine et avait toujours eu pied. Cette fois, elle craint de couler dans les abysses et d'y laisser sa peau. Elle s'agite, se débat, fait tanguer la chaloupe en s'y agrippant et, soudain, le malheur frappe. L'embarcation se renverse, jetant à l'eau les occupantes. Juliette est la seule qui porte un gilet de sauvetage, car l'objectif était de la laisser infuser comme une poche de thé dans l'eau en la retenant à l'aide d'une corde. Les trois religieuses se noient. Leurs chairs molles nourriront carpes, anguilles et urubus. Juliette continue de flotter, et c'est en agitant les bras comme un moulin qu'elle parvient à gagner la rive, près d'un des terminaux du port de Montréal, où elle est repêchée par des militants écologistes extrémistes qui s'apprêtaient à miner un navire qu'ils soupçonnent de transporter des peaux de phoque et des aliments riches en gluten. Leur but est de causer une catastrophe écologique dans l'estuaire du Saint-Laurent pour sensibiliser la population à la cruauté faite aux animaux et aux méfaits des produits dérivés du blé, mais il n'est plus question d'accomplir cette mission funeste avec un témoin sur les bras. Par ailleurs, leurs valeurs humanistes refont surface quand ils voient la pauvre Juliette toute confuse, dégoulinante et apeurée. Pour eux, la chose est claire, cette jeune femme a été jetée par-dessus bord. L'un d'eux fait remarquer qu'elle porte quand même un gilet de sauvetage, mais un autre arrange aussitôt le problème en débarrassant Juliette de son dispositif. Pourquoi compliquer les choses ? L'objet disparaît à jamais dans les flots.

« Or, les écologistes décident de se servir de ce sauvetage pour redorer leur blason dans les médias, car ils ont mauvaise réputation depuis qu'ils ont assassiné froidement trois dirigeants d'une compagnie pétrolière et un boucher du marché Jean-Talon d'une balle entre les deux yeux. La photo de Juliette est imprimée dans les médias. Très vite, le bruit court que la baronne samedi aurait débarqué à Montréal. Les mieux informés de la diaspora haïtienne ont tout compris : si la baronne samedi flottait dans les eaux du Saint-Laurent, ce n'était pas pour y pratiquer son crawl. Mais personne ne les croit.

« Deux mois plus tard, le Québec et le monde sont en état de choc. À partir de l'avenue De Lorimier jusqu'au rocher Percé, absolument toutes les femmes en âge de procréer sont enceintes. Bien évidemment, les quelques Haïtiens qui s'évertuent à crier que la responsable n'est nulle autre que la baronne samedi ne sont pas entendus. Juliette parvient à obtenir le statut de réfugiée en plaidant qu'un retour à Haïti serait synonyme de mort pour elle. Elle n'a d'ailleurs aucune difficulté à prouver que sa tête est mise à prix à Port-au-Prince. D'abord par les Métellus, qui la considèrent comme leur propriété, puis par toutes ces femmes qui tombent enceintes sans le vouloir. Finalement, toutes les femmes de Cité-Soleil ne souhaitent qu'une chose : qu'elle disparaisse et les délivre de la malédiction des naissances non souhaitées. Sa tête est mise à prix sur des affiches qu'il est très facile de produire devant la

Commission des réfugiés. Les auteurs de la décision de la commission attribuent au "manque d'instruction" et à la pratique de cultes "primitifs" la haine qui accable Juliette dans son pays natal. Elle restera donc, au grand dam de certains groupes d'immigrants pour qui elle figure le diable en personne. Mais nul ne les écoute, leurs propos étant jugés décousus.

« Sur les deux rives du Saint-Laurent, on assiste au même spectacle répété des milliers de fois. Des femmes qui n'ont eu aucun rapport sexuel à la fin juin sont enceintes la fin août. C'est un choc national. Le monde entier est à la fois stupéfait et fasciné. Qui a eu le malheur d'ovuler va maintenant accoucher. Les caméras de la planète débarquent au Québec pour couvrir l'événement. D'aucuns jubilent. On comprend que cette poussée démographique pourrait changer les rapports de force dans la province, bien qu'on fasse remarquer aux plus enthousiastes que d'un point de vue purement mathématique il faudrait que le miracle se reproduise plusieurs fois avant d'avoir une incidence notable sur la courbe des naissances. Difficile d'évaluer le nombre de femmes atteintes. Sont dans l'espérance toutes celles vivant à moins de cent kilomètres du fleuve Saint-Laurent, à partir de la moitié orientale de l'île de Montréal. À Rimouski comme à Drummondville, dans toutes les basses terres du Saint-Laurent, de Repentigny à Sept-Îles, les utérus affichent complet. Dans un pays dont le système de santé a peine à combattre une simple épidémie de grippe, l'avortement à cette échelle devient impensable. Les moyens sont tout simplement insuffisants. Dans la population québécoise, l'événement est vu comme un miracle, une sorte de signe du ciel qui confirme ce que les prêtres avaient passé des décennies à radoter sans qu'on les écoute : le Canada est béni de Dieu. Mais les préoccupations d'ordre pratique prennent vite le pas sur l'émerveillement et les interrogations mystiques. Toutes ces femmes, et elles se comptent par quelques centaines de milliers, vont accoucher en même temps dans un grand cri.

Il faut se mobiliser vite, car, fin mars, les bébés surgiront. Le sort que Juliette a jeté au Québec se transforme en un immense chantier de l'enfantement. À l'approche de la date fatidique, on triple la capacité de l'usine de céréales pour bébés, des bateaux-citernes remplis de lait maternisé mouillent dans le port de Montréal, prêts à décharger leur cargaison à grands jets au premier signal. Il faut aussi penser aux problèmes organisationnels que poseront ces naissances multiples. Au huitième mois de grossesse, une difficulté de taille apparaît : dans tous les milieux de travail dominés par les femmes, l'enseignement, les soins infirmiers, les soins du corps – bref, tous les domaines sous-payés –, un problème d'effectifs se matérialise. Hommes et retraitées sont appelés en renfort, mais cela ne suffit pas. De plus, le départ de toutes ces gestantes en congé de maternité provoque un phénomène particulier dans les écoles primaires et secondaires : les hommes d'expérience qui restent sont souvent des homosexuels, ce qui ne fait pas l'affaire de tous, surtout pas des hétérosexuels qui se retrouvent sous leur autorité. Mais là n'est pas le pire problème. Au gouvernement fédéral, on a d'abord accueilli la nouvelle avec incrédulité, puis avec une joie feinte. La vérité est que les députés de l'ouest du pays expriment ouvertement leur refus de voir le Canada entier s'endetter pour financer ces naissances dans une province qui coûte déjà trop cher à l'État. Cette provocation fait jubiler ceux qui, dans la Belle Province, voient dans ces naissances la fin du déclin démographique québécois. Ces nationalistes tablent déjà sur un référendum tenu dès que ces enfants auront atteint l'âge requis pour voter. Selon eux, si on les éduque correctement, ils voteront tous en faveur de la souveraineté du Québec. On parle même de leur permettre de voter dès l'âge de seize ans pour profiter au plus vite de cette manne d'électeurs francophones. Fin mars, les premiers bébés naissent par centaines, puis les autres suivent par milliers. Les maisons de naissance construites à la hâte par la Croix-Rouge deviennent le théâtre de la même scène répétée des milliers de fois. Les premiers mois de la vie des nouveau-nés sont idylliques. Le Québec s'offre un voyage dans le temps pour retourner à l'époque où il vibrait au rythme des berceaux et des cris, coliques, vomissements et selles des poupons. La province n'est plus qu'un gigantesque tube digestif. Au moment où les petits commencent à percer leurs premières dents, on note un sursaut dans le nombre d'ordonnances de calmants chez les pharmaciens, tous devenus millionnaires grâce aux fonds dégagés par de nombreuses associations. Les églises ont été particulièrement généreuses. Mais la véritable épreuve arrive le jour où ces enfants commencent à parler.

« Au couvent de sœur Henriette, c'est motus et bouche cousue. Quelques religieuses seulement sont au courant de l'affaire. Elles ont d'abord craint que tous les bébés qui naîtraient soient noirs, et que les familles les rejettent. Juliette n'était-elle pas en quelque sorte leur père ? Or non. Des tests d'ADN stupéfiants révèlent que chaque enfant porte le bagage génétique du dernier homme avec qui la mère a eu un rapport sexuel complet. Dans le cas des vierges, il devient très difficile d'identifier la moitié paternelle. On y parvient toutefois par l'anamnèse. Ces enfants sont tout simplement le fruit des fantasmes. Ainsi, celle qui a rêvé d'être prise sauvagement par un acteur de cinéma ou par une vedette du sport donne naissance à un bébé qui ressemble en tout point audit fantasme. À Lévis, on trouve même une mère chrétienne fondamentaliste qui a donné naissance à un garçon né de ses fantasmes christiques. Il est à moitié Jésus, à moitié Chantal Landry. Le cas n'est pas isolé. On recense dans les garderies des milliers de petits Brad Pitt, George Clooney, Roch Voisine, Denzel Washington et d'autres rejetons de Hollywood aux pommettes saillantes. Une femme de Baie-Comeau est devenue mère d'un sosie de Bill Clinton bien que l'ex-président n'ait jamais mis les pieds sur la Côte-Nord. Il doit d'ailleurs le jurer devant les caméras de télévision. Ces bébés-vedettes sont en général assez bien accueillis par la mère et son entourage. Plus dérangeants sont les fruits de fantasmes plus rapprochés, comme le coach de tennis aux mollets dévastateurs, le professeur d'espagnol à l'accent chantant ou tout simplement le fils du voisin, cet haltérophile sans gêne qui tond la pelouse torse nu. Tous ces mecs deviennent pères sans l'avoir voulu… Quant aux lesbiennes, elles donnent elles aussi naissance à un enfant qui ressemble à celui qu'elles ont un jour dû éconduire. »

Jacqueline s'interrompit quelques instants pour se retrouver dans ses papiers et pour prendre une gorgée d'eau. Rapaille en profita pour lui demander si elle en avait encore pour longtemps.

« Bon. Alors, voilà. Il se trouve que tous les médias québécois ont décidé d'organiser de grandes émissions spéciales autour de ces bébés. Le contraire aurait été étonnant. Très vite naît une compétition entre les réseaux pour savoir qui sera le premier à enregistrer le premier mot qu'ils balbutieront, car, ne l'oublions pas, la société québécoise compte sur cette vague inespérée de nouveaux francophones pour retrouver l'espoir d'un jour former un pays en Amérique du Nord. Je vous fais grâce ici du chapitre entier où le narrateur décrit la colère bleue des habitants du Saguenay et du Lac-Saint-Jean, deux régions qui n'ont pas été touchées par la grâce, trop éloignées qu'elles sont du fleuve Saint-Laurent. En tout cas, on a de bonnes raisons de croire que c'est Loïc, un bébé de sept mois particulièrement précoce, qui prononcera le premier mot de cette génération magique. Certaines équipes de tournage n'y croient pas et jettent leur dévolu sur d'autres candidats aux vagissements prometteurs. Mais c'est bel et bien le petit Loïc, né à Sainte-Foy, qui prononce le premier mot. Or la fête anticipée tourne au cauchemar. En effet, alors que la mère de Loïc brandissait un biscuit devant son enfant pour lui faire dire le mot – et gagner le comptoir en granite promis à la mère dont le rejeton prononcerait le premier mot de sa cohorte –, l'enfant l'a regardée droit dans les yeux et a dit, assez clairement pour que ne subsiste aucun doute : "*cookie*". L'enfant a dit le mot anglais. Sa mère le reprend, mais Loïc n'en démord pas : il a dit "*cookie*" et ne dira pas "biscuit". Très vite, on se rend compte avec horreur que tous les bébés nés de l'enchantement de Juliette – à part quelques religieuses et certains Haïtiens de Montréal, personne ne se doute de la vraie source de l'enchantement – ne parlent que l'anglais. Personne n'arrive à expliquer le phénomène. Les semaines passent et les pires appréhensions se confirment. Ces enfants semblent être sourds à la musicalité du français. On leur dit "maman", ils répondent "*mommy*" ; on leur crie "chat", ils répondent "*cat*". La déconfiture est totale. Très vite, on se rend compte que ces enfants, sur qui l'on avait compté pour préserver le caractère français du Québec, semblent être nés, en vérité, pour en accélérer l'anglicisation. Deux ans après les premières naissances, les foyers québécois touchés par le sort sont aux prises avec des petits qui exigent que l'on s'adresse à eux en anglais et qui, peu importe les efforts que l'on fasse, s'obstinent à pousser en anglais leurs premières paroles. La situation devient très tendue. Soudainement, l'affection spontanée que l'on éprouvait pour ces marmots se transforme en méfiance, puis en découragement. Une idée est dans toutes les têtes : donner ces enfants au plus vite à des familles américaines ou anglaises qui sauront quoi en faire avant qu'ils anglicisent tout le monde. Mais personne n'ose le dire, car une chose pareille ne se dit pas, elle s'exécute. Mis en face de leurs vrais sentiments devant l'affaire, peu de gens s'aventurent à dire le fond de leur pensée. Publiquement, c'est "J'aime mon enfant, peu importe la langue qu'il parle", mais autour des tables de cuisine, on discute déjà adoption. D'ailleurs, c'est en catimini que les mères dépitées confient, parfois même contre rémunération, leur enfant à des familles adoptives venues d'Irlande et d'Angleterre. Lentement mais sûrement, comme un barrage qui cède sous le poids de l'eau, les règles de la morale s'effondrent. Un à un, les enfants nés du sort jeté par Juliette sont donnés ou vendus à des familles étrangères sans le moindre remords. De sorte que, deux ans après l'arrivée de Juliette au Québec, on se retrouve à la case départ avec une immigrante en plus. Bilan migratoire : +1 ou -3 en comptant les sœurs noyées. Mais tout le monde a un comptoir en granite, une dépense permise par la vente des bébés indésirables. »

Pendant toute la durée du récit, Rapaille avait contemplé Jacqueline avec le sourire placide d'une tortue des îles Galápagos. Lorsqu'elle eut terminé, elle leva les yeux de ses feuilles de papier et chercha sur le visage de l'éditeur un signe, un rictus, une indication quelconque. Il restait impassible.

— Je pense que je dois lire le livre avant de me faire une tête.

Jacqueline fit tout ce qu'elle pouvait pour retenir ses larmes de joie. Dans le milieu, chacun savait que ce fils de pute de Rapaille était incapable du moindre compliment. S'il avait détesté l'histoire de Jacqueline, ou même s'il y avait été indifférent, il n'aurait pas hésité à le lui dire en termes très crus. C'était certainement ce qui était arrivé à Proserpine-Nathalie Michou-Minou. Plutôt que de mettre en péril ses chances d'être publiée en disant une bêtise, Jacqueline sortit son manuscrit de son sac, le tendit à Rapaille et lui expliqua qu'elle était attendue.

Il était vingt et une heures lorsqu'elle posa le pied sur le trottoir en réprimant difficilement un pas de danse. L'air de la rue Saint-Hubert sentait le lilas. Au loin, on entendait le bruit des matraques des policiers du SPVM et les cris des manifestants violentés. Jacqueline s'imagina un parfum inspiré par ce mois de mai à Montréal. Gaz poivre en note de tête, lilas en note de cœur et cannabis en notes résiduelles. Elle l'appellerait *Carré rouge*. Rapaille semblait avoir aimé son histoire. Tout naturellement, Jacqueline ressentait le besoin irrépressible de partager son bonheur avec la personne qui avait pris toute la place dans son cœur. Elle ne rentra donc pas chez elle.

# Créatures aquatiques

— Tu as vu mon *Capital* ?

Jacqueline ne répondait pas. Ce que Rosa cherchait, c'était son exemplaire du grand œuvre de Karl Marx, *Le Capital*, le même qu'elle avait pris des doigts de sa mère morte avant de quitter son village de Notre-Dame-du-Cachalot. Elle cherchait le texte sur l'or et les métaux précieux, un de ses passages préférés, mais aussi les annotations de sa mère dans les marges. Par-dessus tout, elle voulait retrouver cette deuxième de couverture sur laquelle quelqu'un, il y a très longtemps, avait écrit au crayon :

*Eu sei e você sabe já que a vida quis assim*
*Que nada nesse mundo levará você de mim*
*Não há você sem mim, eu não existo sem você.*

La calligraphie n'était pas celle de sa mère. Rosa était sûre que Pia saurait lui expliquer la présence de ces mots portugais dans cet exemplaire du *Capital*. Rien n'induisait le sommeil chez elle autant que la poésie marxiste sur les métaux arrachés aux entrailles de la Terre. Le livre aurait dû se trouver sur une tablette accessible, parmi d'autres favoris comme *Les oranges ne sont pas les seuls fruits* ou *Une chambre à soi*. Tous ses classiques y étaient, sauf *Le Capital*. Et Dieu sait qu'elle aurait eu besoin d'un somnifère après la nuit qu'elle avait passée à attendre vainement que rentre Jacqueline.

— Quand même, Jacquy, t'as pas vu mon *Capital* ?

Rosa avait passé une partie de la nuit à se faire un sang

d'encre, puis la voix de la raison lui avait expliqué en termes faciles à comprendre que Jacqueline n'était probablement pas en danger, mais dans les bras d'une autre. Au matin, elle était partie travailler, cernée jusqu'aux gencives. La journée s'était écoulée comme de la mélasse en janvier. Elle avait retrouvé Jacqueline à son retour.

— Je ne sais pas où il est, ton livre.

Jacqueline était désarçonnée. Elle s'était attendue à une scène de ménage en bonne et due forme qui se serait soldée par une valise que l'on ferme ou par un coup de poing sur la gueule. Au lieu de ça, Rosa cherchait un livre.

— Et ça s'est bien passé, avec Rapaille ?

Décidément, Rosa maîtrisait l'art de l'évitement. Jacqueline sortit de son bureau pour lui parler en face.

— Ce soir, je sors souper, encore.

— Tu retournes au Cochon Content ? Tu as aimé ça ? Et Étienne, comment il a trouvé sa viande ?

Cette fois, l'ironie du ton et la dureté des finales ne mentaient pas. Rosa savait quelque chose, mais refusait de s'abaisser à un interrogatoire. Puis, Jacquy commit la bourde la plus bête qui puisse se commettre en pareille situation, si bien que Rosa se demanda, en y repensant des jours plus tard, comment elle avait pu passer presque la moitié de sa vie avec une personne si peu perspicace. Cela dépassait l'entendement. En se donnant une expression rassurante, elle sortit de son sac un exemplaire flambant neuf du livre manquant. Le ticket de caisse de la Librairie du Square sortait de la tranche si nettement coupée… si blanche… Nouvelle traduction. Éditions sociales. Paris. Comme aveu de culpabilité, Jacqueline n'aurait pas pu trouver mieux. Le regard de Rosa voyageait du livre aux pupilles de Jacqueline, puis vers le livre pour finalement se perdre dans un mur blanc immaculé. Elle voulut parler, mais ne savait pas ce qu'une travailleuse sociale de trente et un ans devait dire en pareilles circonstances : a) « Tu m'niaises-tu, tabarnak ? » ; b) « Ah… merci. C'est gentil. » ; c) « *Je ne rêve plus, je ne fume plus, je n'ai même plus d'histoires. Je suis seule sans toi, je suis laide sans toi, je suis comme un orphelin dans un dortoir...* » Elle avait compris ce que même le moins futé des hockeyeurs des Canadiens aurait compris depuis longtemps : Jacquy savait où se trouvait *Le Capital*. Autrement, elle n'aurait pas fait un détour par la Librairie du Square pour en acheter un exemplaire tout neuf. Le geste réparateur qu'elle venait de faire arrivait tout simplement trop tôt ou trop tard. Trop tard de bien des façons. D'abord, seule une amante en début de relation aurait été aussi prompte à consoler son amoureuse. Une personne normale aurait attendu ou n'aurait rien fait. Et puis il était trop tard tout court. Trop tard pour effacer la distance entre elles.

— Merci, c'est gentil. Tu sais comment je tiens à ce livre.

Et c'était vrai. Et cette réponse avait le mérite de ne pas exiger douze kilomètres de mots. Elle tuait le débat. Tu es gentille. Tu as gagné. La *game* est finie, ça ne me donnera rien de t'arracher la tête si ton cœur est ailleurs, Jacquy. C'était un geste gentil qui rappelait la sollicitude du bourreau quand il bande les yeux du condamné qu'il s'apprête à guillotiner, ou la gentillesse de ces cuistots de la télé quand ils plongent le homard dans l'eau tiède pour l'endormir avant de le balancer encore vivant dans une marmite bouillante. C'était une gentillesse de cet ordre. Jacqueline semblait sentir la soupe chaude. Elle s'activait dans la cuisine.

— Et ton éditeur, il a dit quoi ?

— Il n'a rien dit !

— Rapaille ? Alors, c'est dans le sac !

Jacquy semblait pressée par une échéance imminente.

— Tu ne vas pas à la manif ?

— Non, je n'ai plus le droit d'y aller. C'est une des conditions de ma remise en liberté, s'entendit répondre Rosa. Et toi, tu restes à la maison ?

À ce moment précis, si Jacqueline avait eu la décence d'hésiter un peu, de laisser un demi-soupir donner à sa partition le naturel qui lui manquait, l'esprit de Rosa aurait peut-être cessé de galoper. En tout cas, il l'aurait fait moins vite, ne l'aurait pas menée sur des distances éloignées du réel.

Jacqueline monta à l'étage. Rosa l'entendit entrer dans son bureau.

— C'est toi qui as laissé le téléphone sur ma table de travail ?

Personne n'est parfait. Mais cet oubli avait l'avantage de faire comprendre à Jacqueline que Rosa avait vu le boîtier de *Rusalka*.

— Oui, j'ai dû l'oublier là.

Normalement, Jacqueline aurait demandé à Rosa ce qu'elle était venue faire dans son bureau, un lieu sanctuarisé par une règle non dite. L'interdit n'avait jamais été prononcé clairement, mais Jacqueline s'attendait de bon droit à ce que son espace de travail reste inviolable. Cela allait sans dire. Mais elle ne dit rien, précisément parce qu'il allait aussi sans dire que si le téléphone se trouvait sur sa table de travail, c'était parce que Rosa l'avait déposé là après avoir vu le boîtier de *Rusalka*. Cette constatation s'imposait. Puis l'adultère se changea, enfila une robe noire à bretelles assez peu convenable. Elle sortit en prenant quand même la peine de donner un bisou à Rosa, sorte d'effleurement sans passion, apaisant comme une décharge de Taser.

Il était presque dix-neuf heures. D'un geste mou et épuisé, Rosa alluma la télé, en quête d'un anesthésiant. Le *Téléjournal* de Radio-Canada s'achevait sur l'agenda culturel, relégué après les actualités locales, les nouvelles internationales, les nouvelles du sport et le bulletin météo. En sept minutes, une journaliste de vingt-quatre ans, persuadée que le *Refus global* était un mouvement de protestation altermondialiste, devait résumer le panorama culturel quotidien à Montréal. Où sortir ? Que manger ? Debout dans le foyer de la salle Wilfrid-Pelletier, la pimpante demoiselle était flanquée à sa droite de Madeleine Lamontagne, propriétaire de la chaîne de restaurants Chez Mado – un endroit que Rosa boycottait par solidarité syndicale –, et, à sa gauche, du fils de la première, Michel Lamontagne, ténor déchu dont le ventre occupait les deux tiers de l'écran et qui signait la mise en scène de l'opéra dont c'était ce soir la première. Comme réconfort télévisuel, Rosa avait déjà vu mieux. C'était bien sa chance : elle allumait la télé trois fois par année, et elle tombait sur trois figures qui lui tapaient royalement sur les nerfs. D'abord cette Lamontagne qui représentait à ses yeux l'incarnation même du plouquisme et de l'exploitation de l'homme par l'homme, de la femme par la femme et la destruction de toutes par tous ; ensuite, cette journaliste aux yeux morts ; et, finalement, Michel Lamontagne dont l'embonpoint n'aidait pas l'attitude arrogante et méprisante qu'il affichait chaque fois qu'un micro était tendu vers lui. C'est à peine si sa femme, la cantatrice Anamaria di Napoli, qui malgré son nom était à moitié haïtienne, arrivait à racheter cette baudruche de Michel Lamontagne. Normalement, elle aurait éteint pour éviter de s'énerver pour rien, mais elle avait besoin d'un objet pour canaliser sa haine. La famille Lamontagne lui en offrait un de choix. Au moment où elle allait crier une vulgarité en direction de Madeleine, la journaliste expliqua finalement la raison de sa présence à la Place des Arts. C'était la première de *Rusalka* à l'Opéra de Montréal. Rosa s'agenouilla devant la télé.

— Michel Lamontagne, vous signez la mise en scène de ce chef-d'œuvre de Dvořák... Alors, dites-moi, c'est comment, diriger sa propre épouse dans un opéra ?

— Ah ! Vous savez, elle me fait tout payer à la maison ! Rires. Personne ne sait pourquoi, mais ils rient.

— Et votre mère est présente pour la première ! Dites-moi, Madame Lamontagne, l'opéra a toujours eu une place dans votre vie ?

— Oh oui ! Depuis toute petite, je baigne dans la musique classique. Mon père était un grand fan de Bach et grâce à mon fils j'ai dû entendre à peu près tout ce que Mozart a composé

— Alors, dites-moi, Michel, qui est Rusalka ? Qu'a-t-elle à nous dire à Montréal en 2012 ?

— Rusalka, vous savez, c'est l'histoire de la petite sirène transposée dans la culture populaire tchèque. Rusalka est une nymphe des rivières, fille de l'Ondin, qui devient amoureuse d'un mortel qu'elle a vu un jour chasser sur la berge. Elle supplie la sorcière Ježibaba de lui donner des jambes pour marcher sur la terre ferme et gagner le cœur de son prince. Celle-ci accepte, mais pose une condition diabolique : la petite marchera, mais sera muette sur terre. Le reste de l'histoire est la même que chez Andersen. Rusalka perd la voix, d'ailleurs, elle ne chante pas du tout pendant l'acte II, mais...

— Mais elle se reprend en beauté dans les deux autres actes, l'interrompit Madeleine, visiblement déçue d'être éloignée du micro. Je vous dis que c'est beau ce qu'elle chante à l'acte I, là ! En tout cas, si vous braillez pas pendant la *Chanson à la lune*, c'est que vous n'avez pas de cœur !

— Ha ! Ha ! Ha ! Merci, maman, c'est vrai que les airs sont très beaux, mais ce qu'il faut constater dans la partition, c'est l'influence prépondérante de Wagner, surtout dans le troisième acte. Mais il est partout dès le début avec ces trois nymphes qui ouvrent l'opéra, une référence directe aux filles du Rhin qui ouvrent par leur ballet aquatique *L'Or du Rhin*.

— Mais pour les gens qui ne connaissent pas ça, Monsieur Lamontagne, pourquoi aller entendre *Rusalka* de nos jours, alors qu'il y a tant d'autres choses plus amusantes à faire ?

Michel se rembrunit.

— Bon... Peut-être pour entendre une musique sublime et se faire raconter une histoire émouvante ? Je pense que le personnage de Rusalka représente la femme qui veut accéder au monde, qui veut changer d'état, de condition, mais qui se retrouve dans un milieu hostile, dépourvue de voix.

— C'est très beau ce que vous dites là, Monsieur

Lamontagne. Est-ce que vous vous êtes inspiré de l'histoire de votre mère ?

Rires. Personne ne sait pourquoi, parce que l'histoire de Madeleine n'est pas drôle, mais ils rient.

— Ah ! Je pense que maman a toujours gardé sa voix, n'est-ce pas, mam…

— Attention à ce que tu vas dire, mon petit Michel.

Rires. Ce n'est pas drôle, mais ils rient tous les trois comme si un pet sonore s'était échappé du fondement de Madeleine.

— Non, je ne pense pas, ou peut-être, il faudrait sûrement toute une émission pour analyser les similitudes… Mais dans ma mise en scène…

— Oh ! Oui ! Oui ! Oui ! Parlez-moi de la mise en scène !

— Oui, et je pense que c'était une idée extraordinaire. Vous savez, cette mise en scène est un peu un hommage au regretté Bruno-Karl d'Ambrosio, probablement le meilleur metteur en scène que le Québec ait connu [Madeleine leva les yeux au ciel en faisant claquer sa langue], mais qu'il n'a pas su apprécier à sa juste valeur, et Bruno-Karl, qui était un ami proche, j'étais d'ailleurs à ses côtés quand il a rendu l'âme à Rome, était d'avis qu'il ne faut reculer devant rien pour faire comprendre des choses très abstraites à des gens simples. Vous allez donc reconnaître dans le premier acte un décor aquatique avec le rocher Percé en arrière-plan. C'est la Gaspésie, bien sûr. Rusalka est une jeune Gaspésienne qui rêve de s'établir à Montréal. Elle fait appel à une sorcière qui prendra les traits de la reine d'Angleterre, car elle doit oublier sa langue pour réussir dans la métropole du Québec. Sans ces ajouts dans la mise en scène, le public québécois serait confus et…

— Moi, je ne parle pas l'anglais et je suis la femme la plus riche du Québec…

Rires. Sans aucune raison, on rit.

— Laisse-moi finir, maman. Rusalka fait la rencontre d'un prince… mais enfin, je ne vais pas vendre la mèche !

La journaliste sortit de sa torpeur.

— Ouf ! Comme tout cela a l'air compliqué…

— Comment ça ? rétorqua Madeleine. C'est une fille qui tombe amoureuse d'un gars qui ne veut pas d'elle. C'est l'histoire la plus facile à comprendre du monde !

— Oui, mais c'est de l'opéra, Madame Lamontagne, c'est toujours compliqué ! Et dites-moi, Monsieur Lamontagne, que pensez-vous de la performance de votre épouse ?

Madeleine saisit le micro pour couper le sifflet à son fils.

— Anamaria est extraordinaire ! C'est son meilleur rôle à ce jour, Mademoiselle [elle fixa la caméra]. J'dis pas ça parce que c'est ma bru, mais elle m'a fait brailler comme un veau du début à la fin. C'est tout simplement la plus belle chose qu'elle a jamais chantée. Je vous dirais de vous dépêcher d'acheter vos billets, mais les huit représentations sont déjà *sold out* ! Faque rabattez-vous sur le disque. Pis oubliez pas de passer chez Mado ! Avec votre billet d'opéra, vous obtenez un deuxième déjeuner gratuit dans chacun de nos cent douze restaurants de la province !

— Alors, voilà qui met fin à notre entrevue, Michel et Madeleine, merci à vous deux d'avoir été si généreux de votre temps. *Rusalka* est à l'affiche à la salle Wilfrid-Pelletier jusqu'au 5 juin, la première commence dans une heure ! Bon spectacle tout le monde et merci encore, Michel Lamontagne, de présenter sur scène ma princesse de Disney favorite !

Rosa éteignit la télé et consulta sa montre. Il lui restait une heure pour arriver à la Place des Arts. Quelque chose lui disait que Rusalka détenait la réponse à une question pressante. Mais comment entrer dans ce lieu si le spectacle était à guichets fermés ? Avant de s'engouffrer dans le métro, elle retira une somme importante du guichet de la Caisse populaire. Arrivée devant la Place des Arts, elle se fraya un chemin dans la foule des amateurs d'art lyrique. Il ne lui fallut que quelques secondes pour repérer sa victime, un jeune homme visiblement hésitant à franchir les portes de la salle Wilfrid-Pelletier, smartphone à la main, l'air contrarié. Rosa l'approcha. Elle lui proposa 320 dollars pour son billet. Il l'avait reçu en cadeau de son patron qui lui-même le tenait d'un commanditaire. Ça, Rosa aurait pu le deviner, car il avait une tête à recevoir de telles choses de son patron. L'affaire fut conclue facilement. Rosa balaya du coin de l'œil les étages du foyer à la recherche de Jacqueline, qu'elle était à peu près certaine d'y trouver. Parmi de nombreux crimes commis contre le bon goût, elle ne vit que la faune des abonnés de l'Opéra de Montréal et des gens couverts de paillettes et de dorures. C'est ici qu'elle retrouverait l'or de Marx. Elle en était sûre. Pour se donner du courage, elle commanda deux verres de vin blanc qu'elle eut à peine le temps d'avaler avant le dernier appel. Elle avait un billet dans une loge, au milieu d'une famille russe qui ne la gratifia même pas d'un regard lorsqu'elle se laissa choir, un peu ivre, dans le fauteuil qui lui était assigné. De sa loge, elle avait une vue panoramique sur le parterre, où se concentrèrent ses recherches. Elle n'y vit nulle part l'afro de Jacqueline. Les lumières s'éteignirent.

En guise de décor pour le premier tableau de l'opéra, on avait recréé le village de Percé avec sa baie et son quai, et au fond son inévitable rocher. Le public applaudit en reconnaissant les lieux. Rosa était tétanisée. Dès les premiers accords, elle avait senti le caractère oppressant et menaçant de la musique. Cette histoire n'allait pas bien se terminer. Le dialogue entre l'Ondin et sa fille Rusalka la fit presque pleurer. Elle se revoyait à vingt ans, à Notre-Dame-du-Cachalot, voulant partir à tout prix pour gagner le monde des mortels, des êtres vivants qui n'existaient qu'à Montréal. Dans la sorcière Ježibaba, elle reconnut sa première logeuse à Montréal, dans le prince chasseur, son premier véritable amour : Jacqueline. La catharsis la saisit à la gorge de sa main glaciale pour la rosser violemment de l'autre. Les noms d'Anamaria di Napoli et de Jacqueline étaient souvent voisins de phrase, étant donné leurs origines haïtiennes communes. Elles ne se

423

fréquentaient pas, mais avaient toutes les deux souvent dû répondre aux mêmes questions des journalistes. Elles s'étaient croisées une première fois lors d'une table ronde du festival de littérature Métropolis Bleu, au printemps 2007, puis avaient participé à une lecture publique de textes d'écrivains haïtiens organisée par Étienne Stevens pendant le Mois de l'histoire des Noirs en 2009. Autrement, elles n'avaient strictement rien à voir l'une avec l'autre. Même que Rosa avait souvent entendu Jacqueline persifler cette *péteuse* d'opéra couchée dans le lit du fils de la Thatcher québécoise. L'énormité des moyens dont disposait Anamaria et le rayonnement de sa carrière de chanteuse partout dans le monde en faisaient une rivale naturelle, pas une cousine perdue. Par amalgame primaire pourtant, Rosa voyait en Anamaria une manifestation lyrique de son amante infidèle. C'est par amalgame qu'elle souffrait, donc. Tout dans sa tête se mélangeait. Anamaria était Jacqueline, mais l'être abandonné, la victime, c'était bien elle, Rosa.

Au moment où Anamaria entonna la *Chanson à la lune*, elle se figea comme Marie devant Gabriel. Les paroles avaient été écrites pour elle. *Ô toi lune si haute dans le ciel, ta lumière transperce l'horizon…* Mais je sais que tu es proche, que si je criais, tu m'entendrais dans cette salle, tu ne serais plus du tout éloignée. *Tu vas de par le vaste monde, jusque chez les humains.* Tu crois que je saurai te dire que j'ai vu la distance qui a poussé entre nous deux. *Arrête-toi un instant, dis-moi où est mon amour…* Je sais qu'elle est là, toute proche. J'ai tout laissé pour toi, Jacquy. Je t'ai tout donné. Je n'ai jamais pensé ma vie loin de la chaleur de tes yeux. *Dis-lui, lune d'argent, que pour moi tu l'entoures de tes bras…* et serre bien fort pour l'étouffer, pour qu'elle partage ne serait-ce qu'une seconde la douleur qui me déchire. *Dis-lui pour qu'au moins un instant, il se souvienne de moi en songe…* Que l'image qui l'emportera dans la mort soit celle de mon visage déformé par le chagrin. *Et dis-lui que je l'attends, éclaire-le là-bas très loin, et si j'apparais en songe à cette âme humaine…* Humaine, le mot est un peu fort… *Fasse qu'elle s'éveille avec ce souvenir…* Qu'elle soit à jamais consumée par le feu du repentir… *Lune, ne te cache pas… Ne te cache pas…* Je vais te trouver. Je sais que tu es ici. Je vais *vous* trouver. Vaches. Attends que je la ramasse, cette Marie-couche-toi-là, je vais vous montrer pourquoi le rocher Percé est troué, mes hosties, vous allez vous en souvenir longtemps. Elle ne s'était pas rendu compte que ses sanglots incommodaient la famille russe qui la regardait maintenant de travers. La mère lui tendit un mouchoir.

Pendant tout le premier acte, elle avait fait son possible pour laisser entrer la musique dans sa tête et occuper son esprit fatigué. C'était bien malgré elle qu'elle avait laissé le petit rat de la jalousie lui proposer un opéra parallèle à celui qui se déroulait sous ses yeux. Dans cette œuvre inédite qui ne dépasserait jamais les limites de sa conscience, il s'agissait de trouver la coupable, la bovine, la souillure qui s'était immiscée entre elle et Jacqueline. À chacune des trois nymphes qui avaient ouvert le premier acte, Rosa avait attribué l'identité d'une des personnes suspectées. La première était une libraire qu'elle avait vue tournicoter autour de Jacqueline trop de fois au dernier Salon du livre à Montréal. Pourquoi soupçonnait-elle cette libraire qui avait toutes les raisons du monde d'aimer Jacqueline Jean-Baptiste ? Tout simplement parce qu'elle s'appelait Ghislaine et que le billet collé sur le boîtier de *Rusalka* était signé G. Pauvre nouille incapable de cacher ses traces… Plus tenace que réellement dangereuse, cette Française avait eu le culot d'offrir à Jacqueline une vieille édition de *L'Œuvre au noir* de Yourcenar avec la dédicace « À la plus belle des écrivaines », ce que Rosa avait lu comme une invitation à s'ouvrir les jambes. Les faits remontaient à novembre, mais l'avaient tourmentée pendant plusieurs nuits. Et toujours cette petite voix de rat qui, tout en lui grattant l'intérieur de la tête, lui répétait ces mots qu'elle ne voulait pas entendre : « Mais vous ne vous touchez plus de toute façon ! » La deuxième nymphe entonnait un air encore plus déplaisant. Elle avait les traits d'Helen Heer, une doctorante de McGill qui avait choisi de faire des livres de Jacqueline le sujet de sa thèse. Helen s'était faite très mielleuse, avait la fâcheuse habitude quand elle parlait d'attaquer sa salutation deux octaves trop hauts et de noyer ses interlocuteurs sous une cascade de compliments trop nombreux et trop flatteurs pour être sincères. Lorsque Rosa le lui avait fait remarquer, Helen avait rétorqué qu'il valait mieux paraître trop gentil que d'avoir l'air d'une garce. Dès lors, la concorde entre les deux femmes s'était trouvée compromise. La mielleuse thésarde fut déclarée *persona non grata* dans l'appartement, ce qui, Rosa y pensait maintenant, avait été une grave erreur. Il aurait fallu garder cette fille à l'œil. En lui interdisant l'entrée de la maison, Rosa avait pour ainsi dire facilité leurs rencontres clandestines. Elle se voyait déjà, arrachant des mains d'Helen le livre de Marx en lui crachant au visage, car des idéations violentes la secouaient depuis qu'elle s'était réveillée de son électrocution au Taser. Pour le rôle de la troisième nymphe, l'imagination de Rosa était à court d'idées. Pourquoi pas Proserpine-Nathalie Michou-Minou, la compagne de l'écrivain Simon Surette, une fille que l'on soupçonnait de butiner autant les pieds-d'alouette que les iris. Rosa avait eu vent de fêtes dionysiaques données lors de salons du livre tenus dans des villes éloignées où Michou-Minou et Jacquy avaient été vues toutes les deux quittant un bar pour s'éloigner des autres écrivains. Rien n'arrête cette vermine. Rosa n'avait que très peu de patience envers ceux qui déclaraient tout aimer. Ces histoires de *j'aime une personne, pas un corps*, elle ne les avait jamais vraiment crues. Comment pouvait-on, après avoir caressé le satin qui servait de peau à Jacqueline, consentir à poser la main sur une cuisse masculine hérissée de poils noirs, drus et durs ? Comment font-elles pour substituer aux seins solaires des femmes les poitrines plates et affreusement velues des hommes ? Pour Rosa, l'amour était une affaire tactile. « Si je touche, j'aime ! » se plaisait-elle à dire. Et l'odeur des hommes l'indisposait. Point final. Pas leur compagnie, leur odeur. Elle ne voulait pas se réveiller en la sentant. Voilà. L'homme est une agression olfactive, se disait-elle. En tout cas, c'est de l'une de ces trois salopes qu'elle récupérerait son livre perdu. Le doute n'était pas permis. S'ensuivrait probablement une scène terrible. Elle était prête à la faire ici, dans le foyer de la salle Wilfrid-Pelletier. Elle avait préparé ses répliques pour tous les cas de figure. Les paroles humiliantes envers la rivale, elle les avait tricotées toute la nuit. Pour la libraire, elle n'excluait pas la possibilité d'un pugilat, car la fille avait un visage de souris qui exaspérait Rosa. L'aplatir lui ferait le plus grand bien. La réduire à l'épaisseur d'un marque-page de sa librairie de merde, tiens. La plier et la glisser dans une enveloppe pour Paris sans adresse de retour. Rosa se mit à maudire toute la France en bloc. Toutes les insultes qu'elle adresserait à cette libraire gravitaient d'ailleurs autour de ses origines. Une imitation dégradante de son accent était au programme de l'affrontement. Quelques baffes suivraient et… Mais tiens ! C'est bien eux ! Rosa reconnut en bas, au parterre, Simon Surette et Proserpine-Nathalie Michou-Minou. La première pensée qui lui traversa l'esprit fut de se demander qui gardait leurs enfants. Nulle part autour d'eux elle ne vit Jacquy. Puis, le petit rat qui ne cessait de courir dans sa roue lui posa une question pleine de bon sens : « Si tu n'as pas baisé avec elle depuis deux ans, tu ne penses pas que c'est peut-être déjà fini ? » Ce à quoi elle voulut répondre que tous les couples traversent des périodes de faible activité sexuelle, que cela n'avait rien à voir avec les vrais sentiments qu'elles éprouvaient l'une pour l'autre. Narquois, le petit rongeur avait commencé, en imitant sa voix, à clamer « Si je touche, j'aime ! Si je touche, j'aime ! », ce qui énerva Rosa à un point tel qu'elle commença à se taper sur la tête pour faire taire la petite bête, sous le regard consterné des Russes.

Pendant le premier entracte, Rosa continua de boire le

vin blanc décapant que l'on vend au bar de la salle Wilfrid-Pelletier. N'étant pas une habituée de l'Opéra de Montréal, elle ne connaissait pas tous les recoins où pouvaient se terrer Jacqueline et la vache, car cela en était certainement une, absolue, vraisemblable et condamnée. Rosa en était à son quatrième ballon de blanc de la soirée, elle qui ne buvait pour ainsi dire jamais. Elle n'avait pas dormi la nuit précédente. La veille, un policier l'avait électrocutée après l'avoir matraquée et salie d'insultes homophobes. Cet après-midi même, elle avait compris que Jacqueline lui mentait. Elle qui allait lui proposer une thérapie de couple, un voyage. Et dire que leur demande d'adoption avançait… L'agence avait dit que dans quelques mois on y serait. Dieu que tout cela tombait mal, Dieu que l'été choisissait mal son temps pour arriver ! L'estomac vide, elle se versait dans la gorge ce vin horrible dont le goût infect expliquait à lui seul la désaffection du public pour l'opéra et la belle musique. Elle louvoyait, pompette, entre les spectateurs réunis en petits cercles fermés.

S'appuyant à une balustrade pour ne pas perdre ce qui lui restait d'équilibre, Rosa contemplait depuis la mezzanine le foyer principal et sa décoration rétro qui la faisait voyager à l'ère des spoutniks. Elle regardait de haut cette masse de gens, riait des décolletés et tentait de deviner l'origine de chacun selon ses traits ou les bribes d'accent qui montaient vers elle. Tous ces gens attifés pour venir entendre une œuvre dont ils n'avaient jamais entendu parler, mais qu'ils se piquaient tous d'aimer, lui soulevaient le cœur. Au-dessous d'elle, un cercle de quelques personnes attira son attention. Elle reconnut Madeleine Lamontagne accompagnée de sa conjointe, Solange Bérubé. Après leur *coming out* en 2007, des plaisantins d'une radio effrontée de Québec leur avaient décerné le prix Pétard mouillé. Avec elles, un adolescent d'une douzaine d'années dont elle avait déjà vu la bouille des dizaines de fois sur la couverture des magazines glacés qu'on vend aux caisses des supermarchés. C'était Louis

Lamontagne, fils de Michel Lamontagne et d'Anamaria di Napoli dont la voix venait tout juste de la faire pleurer. Le teint du jeune Louis était en tout point pareil à celui qu'auraient eu les enfants de Rosa et Jacqueline si deux ovules avaient pu former un embryon. Il riait assez fort pour que Rosa l'entende, un rire gras et entièrement en accord avec le monde, une provocation. Il semblait très amusé par les propos de Solange Bérubé qu'elle arrivait presque à entendre. Il y avait aussi un homme, sans doute Gabriel Lamontagne, le frère jumeau de Michel, qui ne lui ressemblait pas du tout. Dans les magazines à couverture glacée, Gabriel Lamontagne n'apparaissait jamais. Cette absence encourageait toutes les rumeurs sur sa personne. Dans toutes ces histoires colportées par les commères du Plateau-Mont-Royal, soit l'antichambre de la salle de rédaction de Radio-Canada, le bellâtre était rentré à Montréal en 2003, après plusieurs années d'absence, pour ouvrir une salle de fitness dans le quartier des affaires. Il en avait maintenant douze dans tout le Québec. On disait que les kilos qui se gagnaient chez la mère se perdaient chez le fils. On disait aussi que contrairement à son frère, Michel, qui logeait toujours à la résidence familiale d'Outremont avec sa femme et son fils, Gabriel gardait ses distances par rapport à l'argent de sa mère. Il s'était fait tout seul, semblait-il, en vendant une toile précieuse qu'il avait héritée de son grand-père, lequel avait combattu à la guerre. Rosa ne se souvenait plus des détails, mais elle savait qu'il y avait eu un procès parce que plusieurs parties avaient revendiqué la propriété de l'œuvre. Déclaré propriétaire légitime de… ah ! voilà, le nom de la toile lui revenait, *La Mise au tombeau de la Vierge*. L'œuvre lui serait tombée entre les mains comme un cadeau du ciel. Rosa se rappelait maintenant cet article dans *L'Étoile de Montréal* où il réglait gentiment ses comptes avec sa mère et son frère, procédé qu'elle avait trouvé fort peu élégant. Il se produisait chez cet homme un phénomène commun chez ceux qui ont fait beaucoup de poids et haltères : son visage semblait aussi s'être musclé, comme un steak. Ses années de séducteur étaient évidemment derrière lui, mais il avait la réputation d'avoir couché avec tout ce que Montréal comptait de femmes exotiques. Rosa se souvenait d'une conversation autour d'un souper bien arrosé où quelqu'un avait brossé un portrait amusant de son libertinage international. Apparemment éconduit un jour par une beauté teutonne, il se serait réfugié d'abord dans les bras d'une Polonaise rencontrée lors d'un périple à Kaliningrad, où il avait jeté dans la mer Baltique les cendres d'une amie berlinoise dont personne ne savait grand-chose sauf qu'elle était beaucoup plus âgée que lui. C'est en compagnie de cette Polonaise qu'il s'était laissé photographier au baptême de son neveu. Ensuite, on avait un peu perdu sa trace, mais on sait qu'il avait traîné en Amérique latine, où il aurait échappé à une tentative de meurtre après avoir séduit la gagnante d'un concours de beauté d'une ville de l'arrière-pays colombien. Rentré à Montréal en 2003, on l'avait vu au bras de la fraîchement divorcée Lily Nguyen, la styliste-fleuriste de renommée mondiale, puis à celui de Yasmina Khalaf, professeure de littérature maghrébine à l'Université de Montréal, et finalement au bras de Marie-Chantal Leroy, beauté martiniquaise au regard évoquant mille nuits de carnaval. À dire vrai, Rosa avait toujours eu un faible pour Gabriel Lamontagne, non pas parce qu'elle le trouvait beau, mais parce qu'elle savait qu'il avait un jour remis sa mère, Madeleine Lamontagne, à sa place, exploit dont rêvaient toutes les âmes militantes anticapitalistes de Montréal. Pourtant il était là, en face d'elle, ce soir, riant. Et il avait bon goût, ce Gabriel : chacune de ses amantes connues était hautement baisable, Rosa était d'accord. Elle se dit que lui n'avait jamais dû être trompé et elle éprouva une envie de lui parler, car tout chez cet homme semblait facile. Cette manière qu'il avait d'enfoncer les deux pouces dans ses pantalons, les mains agrippées à la ceinture, les cheveux grisonnants mais encore abondants, sa musculature qui saillait à travers le mince coton dont il consentait à couvrir son vaste corps… L'ensemble rappelait ces joueurs de hockey retraités que l'on recycle en commentateurs sportifs après l'intervention d'un styliste et des cours de diction. Rosa pensa qu'il avait le port d'un cheval. Il était d'ailleurs le cavalier de quelqu'un, c'était certain puisqu'il tenait à la main le sac d'une dame qui avait dû s'absenter pour aller aux toilettes ou au bar. Rosa s'amusa à penser aux traits de cette nouvelle beauté, elle se voyait déjà potiner au travail le lendemain, raconter qu'elle avait vu la nouvelle conquête de Gabriel Lamontagne, frère du metteur en scène et fils de vous-savez-qui. Rosa se souvint qu'au même souper quelqu'un, elle ne savait plus qui, avait dit que Gabriel Lamontagne avait la réputation de voler un livre à chacune de ses amantes. Il le tenait de *source sûre*. Rosa avait déploré que l'on répande de telles rumeurs. Elle détestait ce genre de mythologie autour des gens et faisait son possible pour ne pas alimenter la machine. Mais elle avait trouvé amusante cette manie de piquer un livre. Elle s'était dit que si elle n'avait dû compter que sur ce genre de larcins pour garnir sa bibliothèque, elle n'aurait qu'un seul et unique livre, qu'elle aurait piqué à Jacqueline. Le regard de Gabriel croisa celui de quelqu'un dans la foule, la créature devait s'approcher. Rosa se trouva presque écornifleuse, absolument déplacée. Gabriel tendait le bras. Et voilà que Jacqueline reprit son sac et l'embrassa sur la bouche pendant que Madeleine, Louis et Solange regardaient ailleurs, visiblement gênés.

Jacqueline avait couvert son afro d'un foulard à motifs paisley.

Les spectateurs furent rappelés dans la salle. Sur la mezzanine du foyer, Rosa resta appuyée à la balustrade, paralysée. Elle y resta pendant dix minutes, alors que l'orchestre attaquait le deuxième acte de *Rusalka*. C'est un barman qui la sortit de sa torpeur.

— Vous ne retournez pas dans la salle ?

Elle descendit lentement le grand escalier pour quitter

la Place des Arts et se diriger vers le métro, le cœur au bord des lèvres. En remontant chez elle, Rosa se rejouait la scène en appuyant parfois sur *Pause*. Pourquoi Jacqueline s'était-elle maquillée pour sortir avec Gabriel Lamontagne ? Où avait-elle trouvé le temps de le faire, entre le moment où elle avait quitté l'appartement et le début du spectacle ? Encore habillée, Rosa s'allongea sur le lit et, sans même pleurer, sans même bâiller, se réfugia dans un sommeil profond. Elle entendit Jacqueline rentrer, sentit sa main lui faire une caresse qui la brûla au deuxième degré, mais ne s'éveilla pas. Au matin, Jacqueline décrivit le repas imaginaire qu'elle avait pris au Cochon Content. Rosa l'écouta sans la contredire. Elle alla encore au travail.

# Komsomolka

Ce sont ces jours vécus sur le pilote automatique où le corps et ses réflexes prennent la place du cœur meurtri et de l'esprit fou. Ce sont ces heures où soudainement deviennent fascinantes des tâches que l'on exécutait machinalement la veille. Ce sont ces qualités de résistance de l'âme aux assauts de la laideur qui sauvèrent Rosa de la folie. Au travail, on la trouva plus zen qu'à l'habitude. Le bruit courait que le torchon brûlait entre elle et Jacqueline, mais personne ne se risquait à poser des questions. Rosa réglait ses dossiers, c'était tout ce qui comptait. On voyait qu'elle était sur le bord de quelque chose, mais on ne savait pas de quoi. Le samedi 19 mai au matin, très tôt, Rosa avait été réveillée par un message de Shelly : « Nous sommes au Québec. Rejoins-nous au Jardin botanique. »

Soudain, tout se mettait en place. C'était comme une révolution. Il fallait que cela arrive. Jacqueline était déjà au travail, dans son bureau. Rosa ne lui adressa pas la parole pendant qu'elle remplissait un petit sac de voyage. Elle fit ses adieux au chat Gavroche qui dormait encore sur le sofa, puis sortit dans l'air embaumé de lilas de la rue Saint-Vallier. Elle n'y retournerait plus. Les événements des derniers jours lui avaient presque fait oublier le Lilas aveugle 2012 auquel elle était inscrite et où elle devait retrouver Pia.

Quelques jours auparavant, à la faveur d'une intervention dans une famille violente où il avait fallu ôter un enfant de six ans à ses parents, Rosa avait profité du brouhaha qu'avait causé l'arrivée des services sociaux escortés par la police pour dresser un inventaire rapide du capharnaüm qui régnait dans la maison. Soudain, l'hostie de lesbienne laitte n'était plus la chose la plus menaçante du monde. Pendant qu'une policière arrachait le marmot des bras de sa mère en pleurs – Rosa avait vu la scène des centaines de fois, elle n'arrivait plus à s'émouvoir –, elle avait promené ses regards sur l'arsenal des criminels. Sur une table, entre un revolver et une balance de dealer, il y avait un objet très attirant. Elle s'était servie sans ressentir la moindre culpabilité. Depuis la cuisine lui parvenaient les sanglots de la mère et les cris du père qui demandait que ses droits soient respectés. Rosa connaissait cette famille habituée aux interventions des services sociaux. En glissant le pistolet Taser dans son sac, elle se demanda comment on pouvait en arriver à ne plus rien avoir dans son réfrigérateur tout en collectionnant les armes interdites. Une fois rentrée, Rosa avait essayé le Taser sur un poulet qui décongelait sur le comptoir, puis sur un melon. Le test fut concluant. Cette arme pouvait toujours servir à des militants qu'elle connaissait, comme moyen dissuasif devant un agresseur ou tout simplement comme objet de troc. Combien de fois avait-elle entendu ses camarades des milieux anarchistes se plaindre de la difficulté de s'armer de manière anonyme ? Mais ce jeudi matin de mai, ce pistolet Taser n'était pas destiné à défendre l'anarchie.

Ce jeudi, elle marchait en direction de la rue Sherbrooke, là où ses services de renseignements l'avaient aiguillée. Il était huit heures du matin. Elle savait aussi qu'elle le trouverait chez lui. Son informateur était formel : il sort vers les dix heures pour aller s'entraîner dans sa salle privée. Après, son emploi du temps est difficile à établir, mais jusqu'à dix heures il serait chez lui. Elle trouva facilement le complexe d'appartements bling-bling qu'elle cherchait. Rosa se dit que l'architecture était un art fascinant. Elle n'avait pas imaginé l'adresse de Gabriel Lamontagne autrement. L'immeuble hurlait : *J'ai gagné de l'argent, mais je me trouve encore assez cool pour vivre à deux minutes du Quartier latin où il n'y a pas vraiment de restaurants de mon standing.* Une Volvo jaillit du stationnement souterrain, Rosa l'évita à la dernière seconde. Dans le vestibule, elle sonna une seule fois. Attendit.

— Oui ?

— Bonjour, je m'appelle Rosa Ost. Je suis venue chercher un objet qui m'appartient.

Gabriel déclencha l'ouverture de la porte sans dire un mot. Rosa interpréta ce geste comme un aveu de culpabilité, un drapeau blanc, une reddition. L'ascenseur la vomit au cinquième étage, superbe et souriante. Elle n'eut même pas à frapper, la porte du 512 était ouverte. C'était un immense appartement de baiseur de bon goût. Quelque chose que Rosa lui aurait envié si elle n'avait pas été élevée par une mère marxiste. Surfaces luisantes, métal, bois verni, lignes épurées, meubles italiens et, au mur, une immense toile représentant un paquebot en train de couler. Il était là, debout au milieu de ce décor. Gabriel savait qui elle était. Il avait visiblement pris la décision de la jouer cool et s'apprêtait même à offrir un café à sa visiteuse. Il allait lui dire que sa mère venait de la même région qu'elle, ce à quoi Rosa aurait rétorqué qu'il n'en était rien. Le Bas-Saint-Laurent et la Gaspésie n'ont rien à voir l'un avec l'autre. D'un côté on vote à droite, de l'autre, à gauche. Ne mélangeons pas les ploucs. Mais la conversation ne démarra pas là-dessus. Gabriel crut bon de surfer sur l'expression d'admiration béate de Rosa devant le tableau du salon.

— C'est le *Wilhelm Gustloff*, un paquebot allemand qui a coulé en janvier 1945.

— Je sais. Il était plein de réfugiés. Ce fut le naufrage le plus meurtrier de l'histoire.

— C'est rare que les gens connaissent ce bateau, vous m'impressionnez.

— Je sais, une travailleuse sociale ne devrait pas savoir ça.

Gabriel était vêtu d'une simple camisole et d'un short. Il s'approcha de Rosa pour lui faire la bise. Elle lui sourit, puis sortit le pistolet Taser qu'elle cachait dans son sac et l'électrocuta. Il tomba sur le sol où il se convulsa pendant quelques secondes. Rosa constata, amusée, qu'il avait comme elle fait pipi sous l'effet de la décharge électrique.

— Tu ne sais plus quoi dire, hein, Gabriel Lamontagne ?

Rosa avança vers ce qu'elle supposait être la chambre à coucher. Elle passa par la cuisine où un détail la fit s'arrêter net. Gabriel avait le plus beau, le plus grand, le plus étincelant comptoir en granite qu'elle avait jamais vu. Elle le caressa du doigt en murmurant ces mots de Marx : « C'est à nos yeux la lumière toute vierge arrachée aux entrailles de la Terre… » Debout devant le lit défait du culturiste, elle ne mit que quelques secondes pour repérer le livre dérobé. Gabriel l'avait mis sur sa table de chevet, à côté d'une ribambelle de condoms extra-larges. Elle le glissa dans son sac non sans avoir constaté que Gabriel avait annoté la page qu'il était en train de lire. « Le crapaud », pensa-t-elle. Elle le retrouva dans le salon, gisant et gémissant sur le plancher.

— C'est vraiment pas une lecture de professeur d'éducation physique, ça, Gabriel. Tu devrais lire des choses à ton niveau, ou ne rien lire du tout.

Elle allait sortir, puis se ravisa. En s'approchant de Gabriel étendu sur le dos, les yeux révulsés, elle souleva du doigt son short pour en examiner le contenu.

— Ah ! Ben tu les mérites, tes extra-larges, beau garçon !

Et elle sortit en se retenant de le traiter de fils de pute. Dans l'ascenseur, elle croisa un hipster à qui elle demanda s'il la trouvait laide. Sans la regarder, il s'excusa en anglais, sur un ton monocorde, de ne pas l'avoir comprise. Elle fit un détour par le Vieux-Montréal pour jeter dans le fleuve l'arme du crime en résistant à la tentation d'électrocuter tous les agents du SPVM qu'elle croisa en chemin.

Alors qu'elle sortait de la station de métro Pie-IX, son téléphone sonna pour la quatrième fois. C'était son supérieur qui tentait de la joindre pour lui demander de remplacer une collègue. Elle ne répondit pas. Dans la rue Sherbrooke, alors que Rosa marchait en direction du Jardin botanique, Jacqueline appela elle aussi. Rosa éteignit son téléphone.

Le Lilas aveugle est un concours très discret, publicisé parmi un cercle restreint d'horticulteurs et d'amateurs choisis. Ses organisatrices se font un point d'honneur de ne jamais en parler aux médias traditionnels. Toutes les communications passent par des réseaux informels de jardiniers et d'amateurs de lilas de par le vaste monde. Aucune entreprise ne commandite l'événement. Il n'y a pas de frais d'inscription et toutes les étapes du concours sont prises en charge par des bénévoles. Celles et ceux qui veulent y participer le font à leurs frais. La première édition fut organisée dans l'État de New York en 1952 pour régler une querelle entre Gail MacVicar et Rudolf Meier-Bühl, deux jardiniers bien connus de Buffalo qui prétendaient chacun posséder dans leur cour le lilas au parfum le plus suave de la ville. MacVicar et Meier-Bühl appartenaient tous les deux à la société d'horticulture de Buffalo. Chaque printemps ramenait la même comédie. À la faveur d'un événement quelconque, une réunion du conseil d'administration ou une sortie de groupe, MacVicar trouvait toujours le moyen d'insinuer, en prenant bien soin d'être à portée d'oreille de son rival, que le parfum de son lilas était supérieur à celui de tous ses voisins. Avec raison, Rudolf Meier-Bühl lisait dans ces commentaires en apparence anodins une provocation. Le ton avait monté entre lui et sa collègue. Des paroles regrettables avaient même été échangées lorsque Gail avait sèchement déclaré que les lilas de Rudolf plongeaient leurs racines dans une terre souillée d'urine masculine. Pour calmer les esprits, les autres membres de la société de jardinage avaient décidé d'organiser une petite fête à la faveur de laquelle des branches de lilas coupées chez Gail et Rudolf seraient exposées dans deux salles d'une école.

Dans les autres salles, on avait placé des branches de lilas coupées ailleurs dans la ville. Seul un observateur neutre et impartial – le pasteur – connaissait la provenance de tous les lilas disposés dans des vases. Deux bénévoles avaient guidé Gail et Rudolf, les yeux bandés, à tour de rôle, dans toutes les salles. Chacun devait tenter d'identifier ses propres lilas. À la surprise générale, ils avaient réussi au premier coup de nez, comme une chatte retrouve ses petits. Apparemment, tous les arbustes du même cultivar de lilas n'exhalent pas exactement le même parfum. Ainsi, le lilas commun peut avoir un parfum plus poivré dans un secteur de la ville et plus doux dans un autre. On sait aussi que le parfum du lilas évolue très vite tout au long de la durée de vie des fleurs. À l'éclosion, lorsque fleurs et boutons se partagent les thyrses, le parfum est plus sec, on le dirait plus près des couleurs froides, on l'associe encore à l'amertume très prononcée de la sève du lilas. Les nez les plus fins parleront d'un *tranchant*. Puis, les jours passant, le parfum s'appesantit. À l'odeur pimpante et fraîche des premiers jours se mélangent des notes de végétation en dépérissement. Au bout de dix jours, le parfum des lilas est habituellement moins prononcé et cède la place à une odeur doucereuse de plante morte.

D'autres facteurs influent sur le parfum du lilas, par exemple la composition du sol, les heures d'ensoleillement et, surtout, la température. Plus il fait chaud, plus le parfum est prenant, plus ses notes poivrées ressortent, ce qui est vrai d'ailleurs pour toutes les odeurs, la fonte printanière en apporte la preuve aux Canadiens chaque année. Le pasteur, qui avait arbitré l'expérience de Buffalo en 1952, avait ensuite eu l'idée d'organiser des concours où des participants, toujours les yeux bandés, seraient mis au défi de deviner s'ils avaient mis le nez dans un lilas commun, un cultivar de type 'Madame Lemoine' blanc, une 'Belle de Moscou', ou n'importe lequel des quelque deux mille hybrides de lilas qui poussent sur terre. Au lieu de se servir de fleurs coupées, le pasteur organisait ses concours dans des jardins botaniques où poussaient à proximité plusieurs cultivars différents. C'est en 1956, à Rochester, qu'eut lieu le premier véritable Lilas aveugle qui fut remporté par une horticultrice du Minnesota, Ruth Pinnegar. La tête haute, droite comme un cierge, Ruth, accompagnée de sa vieille mère, avait déclaré aux journalistes qu'elle devait l'acuité de son odorat au fait qu'elle n'avait jamais fumé de tabac ni bu d'alcool de sa vie et qu'elle évitait les villes où l'air pollué finit par détraquer les sens. Très vite, les associations d'aficionados du lilas du monde entier avaient voulu organiser des concours semblables dans leurs jardins. De sorte que, dès 1972, le Lilas aveugle s'était tenu en Belgique, donnant au concours une envergure internationale.

Presque tous les gagnants du Lilas aveugle sont des femmes, car leur odorat est plus développé que celui des hommes. Pourtant, à Varsovie, en 1984, un jardinier polonais avait surpris tout le monde en remportant la médaille d'or. Selon certains, il fallait attribuer sa victoire au fait que les meilleurs nez du monde n'avaient pu obtenir de visa à temps pour se rendre en Pologne qui à l'époque était toujours de l'autre côté du Rideau de fer.

Le Lilas aveugle 2012 de Montréal se tenait le samedi 19 mai. Après un début de printemps glacial marqué par une vague de manifestations nocturnes souvent réprimées dans la violence, un vent chaud soufflait maintenant sur la ville. Lorsque Rosa sortit de la station de métro Pie-IX, le thermomètre indiquait 26 degrés. Le détour qu'elle avait fait par l'appartement de Gabriel Lamontagne l'avait mise en retard. Elle courait presque en montant vers la rue Sherbrooke, tirant sa petite valise à roulettes dans laquelle elle avait mis le nécessaire pour ne plus avoir à retourner au domicile nuptial avant que les papiers du divorce soient réglés. Il n'y aurait pas de retour. Seule la recherche de son exemplaire du *Capital*, amulette nécessaire à son voyage vers l'inconnu, avait retardé son départ de la maison. Gabriel Lamontagne avait choisi un bien mauvais moment pour s'intéresser aux textes fondateurs du communisme.

Devant le portail du Jardin botanique, Rosa est en nage. Nerveusement, elle fouille au fond de son sac à main pour en extraire le badge que les organisateurs du concours lui ont envoyé. Elle cherche parmi les grappes de visiteurs les silhouettes de Shelly et Laura, qu'elle connaît depuis quelques années. Elles lui ont donné rendez-vous par SMS pour lui livrer ce qu'elles ont appelé avec amour « l'oiseau tropical ». Il est midi, le soleil d'une force inattendue pour un 19 mai écorche les tendres gazons naissants. Il ne reste à Rosa qu'une petite demi-heure pour s'inscrire, manger un morceau et s'offrir les vingt minutes de méditation que son corps réclame avant le début des épreuves du Lilas aveugle.

On l'a invitée à s'asseoir dans un espace réservé aux concurrents, ou plutôt aux concurrentes, car, encore une fois, le Lilas aveugle a attiré une majorité écrasante de femmes. Rosa entend trois langues en même temps, parmi lesquelles elle reconnaît l'allemand et le danois. Assise à côté d'elle, une Belge aux yeux verts et aux cheveux roux lui sourit. Déjà, le soleil a rougi sa peau blanche comme un lys. Si elle n'avait pas eu le cœur brisé et l'âme en charpie, Rosa l'aurait probablement trouvée jolie et aurait répondu poliment à ses avances. Anna, c'était son prénom, lui expliqua, après lui avoir fait remarquer que leurs cheveux étaient d'un roux presque identique, que le concours allait commencer en retard parce que des concurrentes suédoises étaient arrivées la veille enrhumées à Montréal et qu'elles avaient demandé un sursis pour trouver dans une pharmacie de quoi décongestionner leurs fosses nasales.

— On en a pour une heure… C'est ton premier Lilas aveugle ?

Rosa lui sourit, essayant de lui faire comprendre par son attitude qu'elle n'aspirait qu'au recueillement avant le début du concours. La Belge sembla comprendre et la laissa méditer en paix. Au bout d'une heure, les Suédoises apparurent, le visage rougi, la mine basse, le nez apparemment dégagé. Les organisatrices s'activèrent. On sortit les bandeaux. Rosa fut présentée à la personne qui la guiderait d'un arbuste à l'autre une fois qu'elle serait aveuglée, une bénévole au sourire rassérénant. Avant qu'on lui noue le bandeau sur le front, Rosa scruta les alentours, triste de ne pas voir ses amies. Elles avaient dû se perdre. Mais il lui fallait oublier ses ennuis pour faire le vide dans son esprit, oublier les affres des derniers jours avec Jacquy, oublier la cicatrice que lui avaient causée les électrodes du Taser de l'agent 727, oublier l'affreux marché qu'avait proposé la sorcière Ježibaba à Rusalka : tu me donnes ta voix, en échange je te donne des jambes qui te serviront à marcher sur terre. Il faudra que tu les ouvres de temps à autre pour le prince dont tu t'es si bêtement amourachée, ma chérie. Et tu te tairas. À jamais. C'est la lecture que Rosa avait faite de ce conte que l'on raconte toujours aux petites filles qui finissent par se la fermer, car les princes n'aiment pas les pipelettes. Mais foin des opéras, Rosa est maintenant dans le noir. Son guide la prend doucement par le coude pour l'emmener vers le premier buisson, non sans l'avoir fait tourner en rond pendant une minute pour la désorienter au cas où elle aurait mémorisé l'emplacement des cultivars avant la compétition. Dans cette chaleur pesante, les parfums des lilas voyageaient aisément dans l'air, se mélangeaient, confondaient les nez les plus aguerris.

Le premier thyrse qu'on lui présenta fut un 'Lilas de Rouen' qu'elle réussit à identifier facilement. Suivit un 'Bleuâtre' au parfum poudreux difficile à confondre avec les autres. Puis, les choses se corsèrent. Rosa parvint encore à identifier un lilas commun, un 'Komsomolka', et un 'Katherine Havemeyer' avant de perdre ses repères. Elle sentit une nouvelle main lui saisir le coude gauche alors qu'un nez inconnu la reniflait intensément comme l'eût fait un chien. Une voix qu'elle ne connaissait pas prononça son prénom. Elle sentit une haleine de whisky.

Le guide la tirait vers la droite, comme s'il avait voulu l'éloigner de cette inconnue.

— Rosa ? Rosa, c'est toi ?

Contrevenant au règlement cardinal du Lilas aveugle, Rosa arracha d'un geste le bandeau qui lui couvrait les yeux. Devant elle se tenait Pia, les yeux bandés, les bras tendus. Elle l'avait retrouvée à l'odorat. Rosa lui ôta son bandeau. Elles restèrent là, muettes comme des poissons, chacune cherchant dans le visage de l'autre les réponses aux questions qu'elle se posait depuis très longtemps. Elles furent toutes les deux disqualifiées sur-le-champ. Restées en retrait, Shelly et Laura avaient manqué la scène de la rencontre.

Pia et Rosa s'éloignèrent des autres. Rosa aurait voulu arrêter le temps, le figer dans l'éternité pour que plus rien n'avance ni ne recule. Rester là, dans ce parfum de lilas, à observer Pia qui était montée du Brésil pour la retrouver. Comment cette femme pouvait-elle avoir soixante et onze ans ? Que mangeaient donc ces Brésiliennes ? Le soleil n'était-il pas censé les dessécher comme des pruneaux ?

— Tu arrives à un bien drôle de moment, Pia.

— Je n'ai pas choisi, c'est l'engoulevent.

— C'est toi qui as écrit les notes en portugais dans le *Capital* de maman ?

— C'est moi qui lui avais offert ce livre, oui.

Elles restèrent dans le parfum des lilas. Elles parlèrent de toutes sortes de choses, du Brésil, des lilas de Victor Lemoine et du voyage dément que Pia avait fait. Pour Pia, le défi consistait à cesser de penser que Rosa était Thérèse. Mais la ressemblance entre la fille et la mère, presque de l'ordre de la copie, rendait la tâche presque impossible, de sorte que Pia pleura souvent, sans raison, parfois de joie, toujours au désespoir de Rosa qui ne comprenait rien à ses effusions. L'arrivée de Shelly et Laura, qui avaient quand même tenu à assister à la finale du Lilas aveugle, la calma à peine.

Entre-temps, Gabriel Lamontagne s'était réveillé de sa

torpeur. Sa première réaction avait été d'alerter Jacqueline. Il songeait même à dénoncer Rosa à la police, mais Jacqueline l'en avait dissuadé. Elle ne voulait surtout pas être mêlée à une histoire de violence à quelques mois de la parution d'un nouveau livre. Rapaille l'avait rappelée. Il avait adoré *La Baronne samedi* et lui proposait même une avance. C'est peut-être son sentiment de culpabilité à l'égard de Rosa qui permit aux voyageuses de continuer leur route du lilas, cette fois à quatre. Certes, elles seraient à l'étroit dans le camping-car, mais les soirées seraient très drôles. Rosa connaissait les deux Américaines pour avoir voyagé avec elles sur la route du lilas, entre Montréal et Québec, en 2008.

Se posait maintenant la question de savoir si elles emprunteraient la rive nord ou la rive sud du Saint-Laurent. Sur la rive nord, le lilas fleurit bien au-delà de Sept-Îles, jusqu'à Natashquan. Mais en voyageant sur la rive sud, fit valoir Rosa, elles pourraient visiter son village natal, en Gaspésie, une suggestion applaudie par Pia dont l'un des souhaits les plus chers était de voir la maison où Thérèse avait élevé Rosa. Pour elle, tout le Canada était contenu dans cette photographie que Thérèse lui avait envoyée, cette maison avec lilas au bord du golfe du Saint-Laurent. Shelly et Laura découvriraient pour la première fois les lilas qui embaument la rive sud du fleuve.

Elles passèrent encore deux nuits à Montréal, le temps que les lilas du Jardin botanique se fanent. Le 20 mai, dimanche, elles y célébrèrent l'anniversaire de Rosa sous un beau spécimen odorant. Il y eut un instant magique où elles pleurèrent toutes. À la brunante, un engoulevent d'Amérique poussa son cri au-dessus d'elles. Pia se permit une larme. Rosa l'étreignit, saisie elle aussi d'émotion.

— Tu vois, je savais que tu réussirais. Pour le reste, on verra.

— Oui, ma belle Rosa, tant qu'il y a du lilas, il y a de l'espoir !

Rosa devait encore apprivoiser cette idée d'adoration

du lilas. Pour elle, cette fleur était parfois annonciatrice de grands malheurs. Ce à quoi Laura répondit que les superstitions entourant cette fleur étaient nombreuses. Arrivé en France juste au début des violences religieuses et en Amérique avec les premières épidémies qui décimèrent les Amérindiens, le lilas éveillait les suspicions, c'était normal.

— Mais en Allemagne, on dit que quand le lilas fleurit, les gens deviennent fatigués, indolents. Il paraît que les paysans en mettaient une branche sur le toit de leur maison pour éloigner la foudre.

Le lendemain, elles quittèrent Montréal et ses manifestations, et le lent voyage reprit sur les routes des campagnes riantes du Québec. Des haltes fleuries étaient prévues. Rosa avait envoyé un message laconique à son travail pour dire qu'elle n'y retournerait ni ce jour-là ni le lendemain, parce qu'elle avait besoin de repos.

Après avoir sillonné les Cantons-de-l'Est pendant une semaine, les voilà à Saint-Georges-de-Beauce, assises toutes les quatre dans l'herbe à côté d'un 'Andenken an Ludwig Späth' aux fleurs d'un mauve si foncé qu'on les croirait en plastique. Shelly tentait d'avancer dans un roman qui racontait la vie de Leonid Kolesnikov, grand horticulteur soviétique. Né en 1893, Kolesnikov avait participé à la campagne de Finlande avec l'Armée rouge en 1939. Pendant presque toute la durée de la guerre, sa femme, Olympiada Nikolaïevna, s'était occupée de ses plantes. C'est elle qui avait reçu en son nom le certificat d'honneur qui lui avait été attribué lors de l'Exposition agricole soviétique de 1940. Shelly avait décidé de donner à son roman une forme épistolaire. Leonid écrivait du front, prenant des nouvelles de sa femme, mais aussi des cultivars qu'il avait laissés derrière lui. Olympiada répondait par des missives remplies de tendresse et de questions sur les soins à donner aux nouveaux hybrides. Lorsque Leonid rentra finalement chez lui, blessé, à la fin de la guerre, il retrouva tous ses lilas vivants. Dans son récit, Shelly alternait les scènes martiales, sur un front meurtrier, et les conseils de jardinage remplis d'amour que Leonid rédigeait pour Olympiada. Selon elle, la violence et l'horreur de la guerre étaient tempérées par la quête de la beauté qui unissait Leonid et Olympiada. Devant une Rosa dubitative à l'idée de lire un roman sur l'horticulture, Shelly répondit que quiconque s'intéressait au lilas finissait tôt ou tard par tomber sur une histoire d'amour touchante comme celle de Leonid et Olympiada. Elle lui expliqua que, pour elle, l'histoire d'amour entre ces deux Russes n'était qu'un prolongement de l'amour que Victor Lemoine vouait à sa femme.

— Comment expliques-tu ça ?

Rosa doutait très fort. Shelly persistait avec preuves à l'appui. D'abord, les cultivars que Kolesnikov avait patiemment créés avec l'aide d'Olympiada étaient presque tous des descendants des lilas de Victor Lemoine qui, sans l'aide de sa femme, ne serait probablement jamais arrivé à élaborer tous ces parfums qui enchantent le monde. Pour Shelly, il faut une véritable communion des âmes pour arriver à créer des beautés aussi parfaites que le 'Madame Lemoine' ou que le 'Zarya Kommunizma'. Selon elle, quelque chose dans le parfum des hybrides lemoiniens avait contaminé le couple Kolesnikov.

À Saint-Georges-de-Beauce, elles visitèrent le musée des Lilas, musée vivant qui se targue de posséder la plus grande collection de cultivars du monde entier, plantés sur une île au milieu de la rivière Chaudière. Étonnamment, Pia et Rosa parlaient peu. Elles se contentaient de s'asseoir l'une à côté de l'autre, écoutant les histoires de lilas de Shelly et Laura. C'était comme si elles avaient tacitement refusé de s'abaisser au niveau du langage qui pervertit la pensée. Rosa avait décidé que le temps s'était arrêté, tout simplement, qu'elles vivaient toutes les quatre dans une dimension nouvelle, une brisure dans l'espace-temps. Il lui suffirait de remettre les pieds à Montréal pour que le temps reprenne son vol, la rappelle à ses obligations matérielles, mais pour l'instant elle était en route vers la Gaspésie, en pleine saison du lilas. Avec un peu de chance, elles trouveraient là-bas des crabes vivants. Rosa profita d'un moment d'intimité avec Pia pour lui poser la question qui brûlait les lèvres de Shelly et Laura depuis qu'elles avaient rencontré la Brésilienne à Nashville.

— Il s'est tué, officiellement, répondit Pia. La police a conclu que personne ne l'a poussé.

— C'est presque décevant. Mais ça veut dire que tu vas pouvoir rentrer au Brésil !

Pia sourit comme pour dire le contraire.

— Tu penses que j'ai traversé toute l'Amérique seulement pour échapper à la police ?

— C'est ce que j'aurais fait !

— Et si j'avais fait tout ce voyage pour d'autres raisons ?

— Pour le lilas ? Vraiment ?

Elles se turent. Le silence joua son rôle de traducteur.

— Tu sais, avec ma fille, Simone, ça n'a jamais été facile. Enfant, elle me détestait déjà, et elle avait raison. Elle a pour ainsi dire disparu de ma vie. Je n'ai plus de fille. Et toi, tu n'as plus de mère…

Il y eut un très long silence, puis Shelly et Laura, qui étaient allées se promener, reparurent. Il y eut encore un souper pendant lequel Rosa resta coite. Puis une nuit sans sommeil. Rosa digérait la nouvelle. Prendre la place de cette Simone qu'elle n'avait jamais vue ? À cet instant, elle comprit que Pia n'avait pas l'intention de rentrer au Brésil, qu'elle resterait ici. Shelly et Laura lui racontèrent le voyage depuis le Tennessee. Leurs efforts pour résumer l'histoire de Léopoldine amusèrent beaucoup Pia qui devait les corriger chaque fois qu'elles se trompaient. Il fut convenu que Pia raconterait elle-même l'histoire à Rosa une fois qu'elles seraient en Gaspésie.

Puis, il y eut un grand malentendu. Rosa, qui avait rallumé son téléphone, avait succombé à la tentation de prendre connaissance de ses messages. Jacqueline tentait de la joindre depuis des jours. Elle s'était d'abord contentée de laisser quelques messages neutres dans lesquels elle demandait à Rosa de la rappeler. Puis, lasse de ne recevoir aucune réponse, elle avait envoyé cet étrange courriel.

*Rosa,*

*J'ai bien compris que tu as décidé de prendre tes distances et tu en as bien le droit. Nous parlerons de nous deux quand tu seras prête. J'essaie de te joindre depuis trois jours parce que tu as reçu un message de Jocelyne Nordet, ton ancienne institutrice à Notre-Dame-du-Cachalot. Elle a appelé deux jours après ton anniversaire, mais je n'étais pas à la maison. Quelque chose me dit qu'elle n'allait pas très bien. Rien dans le ton de sa voix ne laissait penser qu'elle appelait pour te souhaiter un joyeux anniversaire, ce que tu as eu, je l'espère, malgré les circonstances. J'ai essayé de rappeler chez elle, mais son numéro n'est plus valide. Alors, c'est ça. Je n'en sais pas plus, mais elle disait tout simplement de la rappeler au plus vite.*

Jocelyne Nordet qui l'appelait. Il n'en fallait pas plus à Rosa pour s'imaginer les pires malheurs. Elle n'avait des nouvelles de mademoiselle Nordet que tous les cinq ans. La dernière fois, c'était pour lui annoncer qu'elle prenait sa retraite. Autrement, les deux femmes ne se parlaient pas. Il arrivait à Jocelyne Nordet d'envoyer une carte d'anniversaire à Rosa, mais jamais elle ne se serait abaissée à formuler ses vœux par téléphone. Tout le monde savait à Notre-Dame-du-Cachalot que mademoiselle Nordet trouvait ces coutumes futiles. D'ailleurs elle le répétait à ses élèves depuis des décennies : seule la poste compte pour exprimer des vœux. Jocelyne Nordet était littéralement de la vieille école.

Puisque Rosa n'arrivait pas à penser à autre chose, elle s'en ouvrit à ses trois amies. Pia était d'avis qu'il fallait aller immédiatement à Notre-Dame-du-Cachalot pour prendre des nouvelles de l'institutrice, mais Laura et

Shelly n'étaient pas d'accord. Elles n'avaient rien contre l'idée d'un départ hâtif vers la Gaspésie, seulement leur véhicule, qu'elles conduisaient sur les routes de l'Amérique depuis une bonne dizaine d'années, brûlait presque autant d'huile à moteur que d'essence. Shelly avait déjà planifié une vidange d'huile, une révision et quelques réparations impératives dans un atelier de Lévis. À cela s'ajoutait l'hésitation de Rosa à obliger ses trois amies à changer leurs plans pour ce qui n'était peut-être qu'un cas de déprime passagère ou une erreur de la part de Jocelyne Nordet. Rosa soupçonnait néanmoins que quelque chose de grave s'était produit, ce qui lui fournit un prétexte pour se séparer du groupe et prendre quelques heures de réflexion et d'introspection. Ce qu'elle n'osait avouer à ses trois amies, c'est qu'elle avait espéré trouver autre chose que le relais d'un message dans les communications de Jacquy. Pas le moindre mot tendre. Évidemment, l'électrocution de Gabriel Lamontagne avait dû finir de convaincre Jacquy que son ex était folle et lui donner toutes les munitions qui lui manquaient pour la suite des choses. Rosa n'avait pas eu une minute à elle pour s'asseoir, pleurer et réfléchir aux douze dernières années passées avec Jacquy, et pour envisager son avenir de célibataire.

— Si je partais maintenant, viendriez-vous me rejoindre aussitôt après votre escale à Lévis ?

La suggestion fut acceptée à l'unanimité.

# Cahier d'un retour
# au pays glacial

Rosa était à bout. Il lui semblait que ce mois de mai lui avait tout balancé à la figure, et voilà que juin menaçait de s'ouvrir sur de nouveaux malheurs. Tout s'était passé si vite, comme en accéléré. Arrivée trop tard à Québec pour prendre un car pour la Gaspésie, elle dut dormir à Sainte-Foy. Le lendemain matin, à la boutique de la gare routière, elle s'était acheté des bouchons et des verres fumés pour se donner l'illusion d'être coupée du monde. Blottie dans son siège, elle se contenta de fixer le paysage gris et plat en se demandant ce que pouvaient bien cacher toutes ces maisons identiques en bordure de l'autoroute. Ces gens possédaient-ils tous un comptoir en granite ou ce luxe n'était-il réservé qu'aux Lamontagne de ce monde ? Comment avait été leur vie avant l'installation de ce plan de travail ? Regrettaient-ils l'époque insouciante de la mélamine ? Restait-il, quelque part dans la province de Québec, un seul comptoir en bois verni ? Peut-être chez les immigrants et les habitants de certains quartiers d'assistés. Entre Montmagny et La Pocatière, Rosa pensa naïvement que ces questions citadines cesseraient de devenir pertinentes, mais la route continuait d'offrir la même vue sur la même McMaison au style postmoderne. Chacune devait avoir son comptoir en granite. Rosa les imagina dans toutes les teintes imaginables, mouchetés, zébrés, marron tirant sur le noir, gris se voulant bleu… et elle s'endormit.

À Rimouski, elle fut réveillée par un tapotement sur l'épaule. Il fallait faire une correspondance, venait lui annoncer le chauffeur.

— Le bus pour Notre-Dame-du-Cachalot part quand ?

L'employé assis derrière son comptoir de métal resta impassible. Il pouvait avoir dix-neuf ans, pas plus. Bien que son employeur lui ait fourni un ordinateur pour faire son travail, il consultait sans cesse le téléphone intelligent qu'il avait littéralement scotché à sa main gauche. Il ne trouva pas le nom du village.

— Je ne vois pas.

— C'est près de Cloridorme.

— Rien. Vous devrez descendre à Sainte-Anne-des-Monts et vous informer là-bas sur l'horaire des navettes qui desservent les petites localités.

— Comment ça ? Il y a toujours eu un arrêt de bus à la sortie du village !

— Tout ça a été coupé alors que j'étais encore à l'école primaire. Et je vous demanderais de ne pas élever la voix.

— Je parle tout à fait calmement.

— Écoutez, Madame, moi, je fais mon travail, et si vous me contredisez sans arrêt, on n'avancera pas beaucoup. Pourquoi êtes-vous si opposante ?

— Comment ça, opposante ? Je veux aller dans mon village en bus, c'est tout sauf opposant !

— Je vous ai dit tout ce que je pouvais vous dire. Je ne connais pas l'endroit où vous voulez aller. Tous ces villages ne sont plus desservis par l'autocar. Plus personne ne connaît leur nom. Sachez que notre entreprise ne tolère aucune forme d'intimidation.

Une heure plus tard, Rosa monta dans le car qui partait pour Gaspé par le littoral sans trop savoir comment elle ferait les derniers kilomètres jusqu'à Notre-Dame-du-Cachalot. Elle en avait encore pour cinq heures de route. Dès que le fleuve s'ouvrit et que s'amincirent au nord les montagnes de Charlevoix pour laisser la place au bel horizon bleu de l'immensité, Rosa sentit en elle un trouble nouveau. Côté forêt, il y avait moins de feuillus, mais plus de conifères.

Les maisons-réceptacles de comptoir en granite s'espacèrent. Après Matane, Rosa comprit la nature du tressaillement qui l'agitait. Elle voyageait à rebours dans le temps. Hormis les éoliennes piquées comme de grandes marguerites sur les collines appalachiennes qui dominent l'estuaire, rien n'avait vraiment changé dans l'architecture de la Gaspésie. Chaque kilomètre apportait un nouveau dénuement dans la finition des demeures. Il ne devait plus y avoir un seul comptoir en granite à l'est de Matane. Cette conclusion rasséréna Rosa, car la simple représentation de ce type de comptoir la renvoyait à ses dernières années avec Jacqueline. C'est en 2006 qu'elles en avaient vu un pour la première fois, et ensuite les choses avaient commencé à changer entre elles. Rosa se souvint avec douleur de la main longue et effilée de son amie caressant le granite bleuté dans l'appartement chic de son éditeur, dans le Vieux-Montréal. L'écrivaine était restée muette devant cette expérience esthétique des limites. Il avait été difficile d'en tirer une conversation intelligente après ce choc. Les semaines suivantes virent s'opérer chez Jacqueline une transformation inquiétante. Visiblement, et tous ses propos en faisaient foi, elle séparait mainte-nant l'humanité en deux clans : ceux qui possédaient un comptoir en granite et les autres. Et elles étaient les autres. Jacqueline ne voulait plus, au matin, nettoyer les dernières éclaboussures de la vaisselle en subissant le glissement sableux du torchon sur la mélamine. Et qu'on ne lui parle pas du bois ! Ça, c'est pour les gueux ! Pendant un temps, elle avait lorgné les matériaux composites « à apparence de granite », pour toujours renoncer avec un soupir résigné. Pour devenir propriétaire d'un comptoir en granite, il lui fallait écrire un best-seller. En ouvrant *La Rivière sans repos* qu'elle avait glissé dans son sac, Rosa se demanda si son auteure, Gabrielle Roy, avait eu chez elle un comptoir en granite. Avait-elle tranché ses carottes sur de la vulgaire mélamine ? Elle, la mère de l'hyperréalisme canadien-français ? Non, Gabrielle Roy avait sûrement tranché ses carottes sur du bois. Une chose était certaine, en tout cas : Gabrielle Roy avait dû manger beaucoup de légumes.

À Sainte-Anne-des-Monts, elle fut invitée par un message bilingue à quitter le car. La ligne ne desservait pas les petits villages côtiers jusqu'à Gaspé. Elle devait descendre à Gaspé et rebrousser chemin ou descendre ici et gagner de précieuses minutes. Rosa eut à son propre égard des paroles très dures. Si elle n'était pas partie sur ce coup de tête pour son village natal dans une crise de nostalgie, elle se serait préparée et aurait su mieux planifier son voyage. À la station-service qui faisait office de gare routière, on l'informa que la dernière navette desservant les villages du littoral était partie vingt minutes avant l'arrivée du car.

— Mais vous saviez que le car arrivait à 17 h 15 ?

— Oui, bien sûr, comme tous les jours, il arrive à 17 h 15.

— Et la navette part à 16 h 55…

— Oui, c'est comme ça pour permettre au chauffeur d'arriver chez lui à Rivière-au-Renard à l'heure pour souper.

— Mais attendez, il n'y a qu'un car par jour qui s'arrête ici et vous me dites que la navette ne part que demain, c'est ça ?

— Oui, c'est ça.

Et soudain, Rosa sentit ce frisson chaud, cette bouffée d'air que l'on ressent quand on comprend que l'on est enfin rentré chez soi. Placée devant l'incompétence primaire, l'arbitraire idiot des règles qui méprisent le bon peuple, elle avait retrouvé le monde de sa jeunesse gaspésienne et trouvait refuge dans la certitude de savoir qu'elle venait d'arriver dans un endroit dont le monde entier se foutait éperdument et où ce genre d'apories faisait partie du quotidien. Elle versa une larme, mais une seule.

C'est alors qu'un camionneur fit halte à l'épicerie, et

Rosa l'aborda lorsqu'il en ressortit. Il accepta de la déposer à l'entrée de son village. Bob de son prénom parlait sans s'arrêter, comme si Rosa était la première personne qu'il rencontrait après vingt ans de réclusion. Il savait très bien où se trouvait Notre-Dame-du-Cachalot, mais arqua quand même un sourcil lorsque Rosa lui demanda des nouvelles de son patelin. À vrai dire, Rosa était venue au village pour la dernière fois en 2003, en compagnie de Jacqueline. Celle-ci avait trouvé la Gaspésie de novembre déprimante au possible et avait supplié Rosa d'écourter leur voyage dans ces terres désolées dont la végétation même lui semblait hostile. En outre, les habitants du village avaient détaillé Jacqueline de la tête aux pieds, comme si elle avait été une extraterrestre, ce qui n'avait rien arrangé. Le point de non-retour fut atteint lorsque le fils de la postière lui avait demandé poliment de lui montrer la paume de ses mains, comme pour éclaircir un mystère qui le poursuivait depuis l'enfance. Rosa et Jacquy n'étaient plus jamais retournées en Gaspésie.

— J'aime tant Montréal que je déteste m'en éloigner, avait tranché la belle Jacquy pour bien faire comprendre que quand on l'invitait dans les salons du livre des régions éloignées, c'était par devoir professionnel qu'elle se déplaçait.

Elle ne disait évidemment pas ces choses en public. Seule Rosa savait à quel point le Québec rural indisposait Jacqueline.

Rosa n'arrivait pas à placer un mot, mais bizarrement Bob lui expliquait tout ce qu'elle savait déjà, c'est-à-dire les origines de son village, un lieu perdu qui pendant des années avait été caché de la face du monde par les autorités. Dans les années 1960, Notre-Dame-du-Cachalot avait été le lieu choisi pour la création d'une utopie marxiste radicale qui devait servir de phare au monde entier. « Mais à la fin, ils vivaient tous de l'assistance sociale, les maudits ! », gueula Bob en donnant un coup de poing sur son volant comme pour exorciser sa haine des parasites de la société.

— Peut-être pas tout le monde…, avait protesté Rosa.

Elle n'avait pas tort, puisque, au pire de la crise, vers 2004, il restait quand même dans le village les instituteurs, un médecin, quelques infirmières, les employés de la municipalité, une poignée de pêcheurs, le postier et trois ou quatre autres fonctionnaires qui jamais n'avaient cessé de toucher un salaire. Mais elle se tut. Inutile d'essayer d'endiguer ces bavards qui se prononcent sur tout, à tout moment et en tout lieu. Le camion venait de passer L'Anse-Pleureuse, si tristement nommée en l'honneur d'un chagrin oublié afin que, pour les siècles des siècles, les voyageurs s'apitoient sur le lieu.

— Mais je me demande comment vous allez faire pour entrer dans votre village, il n'est pas encore tout à fait prêt.

— Comment ça, ne pas pouvoir entrer dans le village ? Et prêt à quoi ?

— Personne n'est censé le savoir, dit Bob, mais puisque vous êtes de là et que vous avez même un peu l'accent… Vous me jurez que vous êtes née là ?

— Mais bien sûr !

Rosa fut tentée de lui montrer son passeport qui prouvait qu'elle était née à Notre-Dame-du-Cachalot. Bob comprit qu'il en avait trop dit, mais qu'il était aussi inutile de faire durer le suspense. Dans peu de temps, ils seraient à l'entrée de Notre-Dame-du-Cachalot. Elle saurait tout. Lui, chevalier des routes, raconta comment le MERDIQ (ministère de l'Épanouissement des régions désolées et isolées du Québec) avait sauvé de la disparition et de l'oubli l'ancienne utopie marxiste. Pendant tout son récit, Rosa ne ferma pas la bouche, horrifiée.

Tout en manœuvrant nerveusement le levier de vitesse de son camion, Bob raconta à Rosa comment les fonctionnaires du MERDIQ avaient accouché d'une mouture de Notre-Dame-du-Cachalot encore plus aliénante que la première. Il avait été témoin de la période de planification, puisqu'il desservait les rares commerces du village avant qu'il fût clôturé et que son seul accès fût fermé à la circulation en attendant sa réouverture. Dès 2004, le village avait été privé de sa source première d'exportation, de la matière première qui lui avait permis de résister au fil du temps : l'Ennui. S'échappant dans une sorte de geyser au milieu du village, le gaz n'avait jamais manqué jusque-là. Longtemps, PurEnnui® avait été l'un des parfums les plus recherchés dans le monde entier, la marque de commerce de Notre-Dame-du-Cachalot et, par extension, de la Gaspésie tout entière. Un minuscule nuage parvenait à calmer les conflits les plus tendus. Le jour où la source s'était tarie, le village avait compris que sa fin approchait. Le bureau du maire, qui s'était toujours occupé de percevoir les taxes et les fruits de la vente de PurEnnui® pour les redistribuer à toute la population, avait dû réunir les trois mille habitants pour leur annoncer une triste nouvelle : le village allait fermer. Il n'était plus possible de continuer comme ça, c'est-à-dire de financer les services publics et de verser les redevances à la population sans les rivières d'argent que rapportait l'exportation de l'Ennui. Bref, Notre-Dame-du-Cachalot se rendait compte, des années après le reste du Canada, des limites et des dangers de la mono-industrie. Tous les œufs avaient été mis dans le panier de l'Ennui dont les béances laissaient s'échapper un à un les moyens dont disposait la municipalité pour protéger ses citoyens du besoin et de la faim.

C'est ainsi qu'en 2007 avaient débarqué les fonctionnaires du MERDIQ, sommés par le maire, Nicéphore Duressac, de trouver une solution à l'exode qui avait déjà commencé. À Québec, on avait oublié Notre-Dame-du-Cachalot depuis l'octroi d'une subvention pour la construction d'une éolienne qui attirait plus de touristes qu'elle ne produisait de kilowatts. Même les députés gaspésiens auraient été embêtés de pointer sur une carte l'emplacement du village. Les Cachalotiers sortaient peu de chez eux et n'abandonnaient leur village qu'en cas de catastrophe naturelle. « J'y suis, j'y reste » aurait pu être gravé sur toutes les pierres tombales de ce village tricoté serré. Un peu dépassé, à vrai dire, par les suppliques de

Duressac – de plus en plus valétudinaire, d'ailleurs, le bonhomme – qui menaçait tout simplement d'organiser un suicide collectif par un saut dans le vide du haut du phare du village, le MERDIQ avait fait appel à une équipe d'analystes économiques de l'Université de Chicago. Ces derniers trouvèrent que la demande du MERDIQ tombait à point, car leur agenda comportait de plus en plus de trous depuis qu'ils étaient rentrés de plusieurs missions en Amérique latine. C'est avec plaisir qu'ils avaient proposé un plan de redressement de l'économie du village et comptaient sur l'occasion pour prouver au monde entier qu'un meilleur avenir était possible. Car, jusque-là, on leur avait toujours demandé d'intervenir à l'échelle de pays entiers. Combien de fois, alors qu'ils tentaient d'extraire le Chili, l'Argentine et le Brésil du marasme gauchiste, s'étaient-ils butés à la complexité de ces sociétés et aux imprévus que leur maxime *ceteris paribus sic stantibus* – toutes choses étant égales par ailleurs – n'avait pas vu venir ? Si bien que le chef de mission avait mis sur le dos d'une culture « hostile au développement économique » les déboires de ses entreprises en Amérique latine. Mais la demande du MERDIQ remettait les choses en perspective. Ce qui n'avait pas marché là-bas, parce que ces pays sont trop vastes, que leurs populations sont trop diversifiées et que les écarts de richesse sont trop grands, pouvait probablement fonctionner à l'échelle d'un village de trois mille habitants. Une fois qu'on aurait prouvé qu'une économie complètement libéralisée assure la répartition optimale des richesses, Notre-Dame-du-Cachalot deviendrait un modèle que le monde entier reproduirait. Donnez-nous cinq ans et nous faisons de votre village de tire-au-cul le modèle de l'économie de demain ! Et Duressac avait scellé, avant de mourir en 2010 d'une faiblesse au cœur, le destin du village qu'il avait dirigé pendant des années. Chicago nomma son émissaire. Elle s'appelait Carol-Ann Sousa. N'avait jamais mis les pieds au Canada. Ne savait pas où se trouvait la Gaspésie. Ne parlait pas un mot de français. Mais avait hérité de la gestion de ce projet.

Carol-Ann avait tout compris dès sa première visite à Notre-Dame-du-Cachalot. Pour sauver l'économie de ce village en perdition, il ne fallait rien de moins qu'une décharge électrique. C'est pourquoi elle était arrivée un jour d'été, sous escorte policière, pour rencontrer le nouveau maire, Kevin Duressac, fils de l'autre, lui-même fraîchement rentré d'un voyage d'études au Royaume-Uni avec d'impressionnants diplômes en poche. À part lui et Rosa, seuls quelques habitants qui avaient quitté le village pour faire des études y avaient remis les pieds. Et si Kevin rentrait au bercail alors que le monde entier s'ouvrait à lui, cela voulait dire quelque chose. C'était un signe. On l'avait donc élu au poste de maire à l'unanimité, car ce n'est pas tous les jours qu'un village si petit et insignifiant que Notre-Dame-du-Cachalot se voit béni par le retour d'un de ses fils qui a réussi. Cela allait de soi.

Les choses avaient cliqué immédiatement entre Carol-Ann et Kevin, qui avaient brouté chacun de leur côté au râte-lier néolibéral. Leur idylle avait profondément déplu au MERDIQ et aux autres représentants de l'Université de Chicago, mais Carol-Ann s'était faite rassurante. Kevin lui obéirait au doigt et à l'œil. Subjugué par sa blondeur, Kevin Duressac n'avait jamais osé s'élever contre la volonté de celle qui était devenue sa femme un mois après son arrivée au village. Le plan de Carol-Ann était simple. Il fallait libéraliser l'économie et faire comprendre à chacun des habitants du village qu'il est à lui seul une économie. *Vous êtes plus importants que vous ne le croyez.* C'est ce qu'elle voulait leur faire comprendre. En effet, elle refusait de les voir comme un groupe, mais les considérait plutôt comme la somme des intérêts que chacun représentait personnellement. La société n'existe pas. Il faut d'abord penser à vous-même. Le reste suivra. Si chacun s'occupe de sa destinée, plus personne ne sera un fardeau pour les

457

autres. La faim disparaîtra. La violence urbaine aussi. La malédiction de Babel sera levée.

Carol-Ann avait vite repéré les deux moteurs qui permettraient à Notre-Dame-du-Cachalot de se transformer en paradis néolibéral : le tourisme et la vente au détail. Selon elle, il s'agissait là des deux seules issues possibles au marasme actuel. Elle n'en revenait d'ailleurs pas de constater que personne n'y avait pensé avant elle. Dans sa baie adorable, flanqué de son petit phare rouge et blanc, Notre-Dame-du-Cachalot n'avait rien à envier aux villages côtiers de la Bretagne qui voient débarquer chaque année des milliers de touristes. Seulement, il fallait renipper l'aspect général du bourg. Carol-Ann voulait créer une image de marque *gaspesian chic*. Pour encourager les visiteurs à passer du temps au bord du golfe du Saint-Laurent dans ce village oublié, il avait fallu construire quelques attractions dignes d'un détour, car à part son allure authentique et sa situation maritime, Notre-Dame-du-Cachalot n'avait pour ainsi dire aucun divertissement à offrir aux touristes, sinon l'expérience de vivre dans un village gaspésien. C'était cela, justement, l'« expérience » que Carol-Ann s'était proposé de mettre en marché.

Rien n'avait été laissé au hasard pour plaire aux visiteurs. Des restaurants typiques avaient été inventés, créés de toutes pièces étant donné qu'à part les oursins frais et les capelans frits Notre-Dame-du-Cachalot ne possédait pas à proprement parler une cuisine à soi. Qu'à cela ne tienne, on était quand même en Gaspésie. Du homard, du crabe et de la morue importée de Norvège garnissaient les assiettes au grand bonheur des Européens qui voyaient dans ce menu la pitance quotidienne de ces villageois si gentils qui les accueillaient. Les premiers résultats avaient dépassé les espérances. Le tourisme employait une bonne partie des chômeurs, même si on était loin du plein emploi promis. Mais Carol-Ann n'avait pas encore décoché toutes ses flèches. La deuxième phase de son plan de développement devait permettre à ceux que le tourisme avait ignorés de trouver un gagne-pain profitable.

Il fallait construire un magasin Mall-Mart. Voilà. Il n'y avait pas d'autre solution. Et ce fut fait. Le géant de la vente au détail américain avait d'abord fait la fine bouche. Ouvrir un magasin au milieu de nulle part pour une population de trois mille âmes ? Êtes-vous sérieux ? Pour rendre la proposition plus alléchante, le MERDIQ avait garanti à Mall-Mart un congé fiscal d'une durée de cinquante ans et la levée de certaines des dispositions les plus contraignantes de la loi sur les normes du travail. Il fallait que cela reste secret, bien sûr. Lorsque le reste du monde se rendrait compte de la réussite de Notre-Dame-du-Cachalot, tous les magasins Mall-Mart pourraient jouir des mêmes avantages sur le territoire de la province de Québec. Donc, une perte immédiate, oui, mais la perspective d'un profit à long terme à l'échelle de la province avait fini par convaincre les dirigeants de l'entreprise. Carol-Ann obtint du gouvernement provincial l'annulation des lois sur le contrôle des armes à feu sur le territoire du village, à titre expérimental. En tant qu'Américaine, elle voyait en ces lois restrictives une atteinte à la liberté et au choix des consommateurs. Le mastodonte avait donc été érigé à l'entrée du village, surmonté d'une grande enseigne jaune et bleu éclairée le soir.

Les villageois avaient d'abord été effrayés par cet immense cube bleu, couvert de tôle, qui ne possédait aucune fenêtre révélatrice de son contenu. Plus de deux cents employés locaux avaient cependant pu rassurer tout le monde, car ce qu'ils avaient aidé à monter n'était rien de moins que le magasin le mieux fourni du pays. Il était si grand que les Caddie étaient munis de petits moteurs pour éviter que les clients ne se fatiguent à pousser leurs achats le long des immenses allées. Qu'y vendait-on ? Tout. Fruits, tam-tams, légumes, munitions, comprimés d'acétaminophène, ampoules, encens, perruches et ce qu'icelles mangent, lacets, coups-de-poing américains, onguent pour furoncles, mercerie, disques durs externes, pyjamas, canifs suisses, grille-pain, quinoa[1], petit électroménager, armes de poing, divers objets de porcelaine, anguilles fumées, ordinateurs, gaz poivre, bijoux d'étain, détergent liquide, produits de beauté et d'hygiène, mort-aux-rats, balançoires, insecticides, pistolets à eau, réfrigérateurs, matériel de camping, tartinades de fromage, baignoires, tournevis, outils divers et variés, peinture, morilles, fil dentaire, papier peint et la colle qu'il faut pour l'appliquer sur le mur, jouets sexuels, vaisselle, couches, livres, disques, pipes à opium, yaourts grecs, crayons à mine, canevas, biographies de Céline Dion, carabines à plombs, chevalets, tampons, lutrins, balles en caoutchouc, désinfectants, savons, pneus à neige, pneus à crampons, condoms et autres objets de latex, mouchoirs parfumés, flans aux fruits, maroquinerie, meubles, chaussettes de laine, trottinettes, café, lampes, clous, crème hydratante avec ou sans parabène, huile d'olive, chocolat, vin, cordages et ficelles, laine d'acier, vinaigre, bacon, produits dérivés du soya, horloges miniatures, armes semi-automatiques, bref, tout ce qui pouvait faire défaut aux familles du village.

Bob le camionneur était bien placé pour savoir ce qui se trouvait dans le Mall-Mart du bout du monde, car c'est son entreprise de transport qui s'était occupée de garnir le magasin à partir des stocks des autres Mall-Mart du Québec. Pendant des mois, il avait transbordé des marchandises d'un magasin à l'autre, parcourant des milliers de kilomètres pour s'assurer que le nouveau magasin soit en tout point identique aux autres succursales de la chaîne.

— J'ai dû passer une année complète sur la route.

Il parlait en tentant de déloger du bout de sa langue les restes d'un repas qu'il avait pris à Sainte-Anne-des-Monts et qui s'étaient logés entre ses molaires. Quand il

---

1. Les commis avaient eu beaucoup de mal à classer cette marchandise très en vogue, qui n'est ni riz ni orge. On avait finalement déposé les sacs de huit kilos à côté des flocons d'avoine.

réussissait, il se taisait pendant quelques secondes pour mastiquer à l'aide de ses incisives les morceaux de poulet rescapés de son club-sandwich. Rosa vit qu'ils étaient déjà arrivés à Cloridorme et qu'ils seraient bientôt à l'entrée de Notre-Dame-du-Cachalot. Une brume fine avait commencé à épaissir le soir. On n'y voyait presque rien à dix mètres. Rosa se demanda si elle ne devait pas, par précaution, continuer avec Bob jusqu'à Gaspé pour rebrousser chemin le lendemain. Personne ne l'attendait à Notre-Dame-du-Cachalot. La maison de sa mère était occupée par d'autres gens. Elle ne lui avait jamais appartenu parce que, pendant la période socialiste du village, la propriété privée n'existait pas. Les gens occupaient un espace qui était mis à leur disposition, mais personne ne vendait ou n'achetait d'immobilier. D'après ce qu'elle avait compris, les choses avaient bien changé. Elle allait proposer à Bob de l'amener à Gaspé lorsque ce dernier, profitant d'un moment de silence, lui mit la main sur le genou gauche.

— Non, fit-elle avant de lui cracher au visage.

Bob freina brusquement pour lui permettre de descendre.

— Hostie de lesbienne…, murmura-t-il entre ses dents.

— Non, Monsieur, moi, je suis une hostie de lesbienne laitte !

Et elle claqua la portière après avoir ramassé son sac. Elle regrettait maintenant d'avoir lancé le Taser dans le fleuve. Ce qu'elle s'apprêtait à découvrir dans son village natal lui confirmerait qu'elle avait commis une erreur en se débarrassant du pistolet à impulsion électrique. Le camion disparut dans la brume et Rosa se retrouva toute seule sur le bord de la route 132, devant le pont qui enjambe la rivière au Massacre.

Il lui fallut s'identifier à une guérite avant d'entrer dans le village. Le garde, qui n'était nul autre que le fils du concierge de son ancienne école, lui demanda de produire un document prouvant qu'elle était née à Notre-Dame-du-Cachalot.

— Sylvain, c'est moi, Rosa Ost ! Je pêchais l'éperlan avec toi sur le quai !

— Oui, je sais, mais l'accès au village est réservé aux résidents et aux touristes. Vous n'êtes plus résidente, êtes-vous touriste ? Si oui, pourquoi n'êtes-vous pas arrivée avec votre groupe ?

— Peux-tu appeler Kevin Duressac et lui dire que je suis ici ? Dis-lui de me laisser entrer.

— Je vais voir.

Sylvain ferma la fenêtre de la guérite. Peu après il reparut, porteur de mauvaises nouvelles.

— Monsieur le maire dit qu'il ne sait pas qui vous êtes, mais je lui ai dit que vous êtes née ici, alors il m'a dit de vous donner ce sauf-conduit. Gardez-le toujours sur vous. Vous avez l'autorisation de rester vingt-quatre heures dans le village. Après quoi vous devrez payer une taxe de visite.

— Je… [Souffle coupé, bouche bée.]

— Pour le sauf-conduit, c'est 14 dollars. Vous réglez comptant ou par carte ?

Sylvain portait, épinglé sur la poche de poitrine de sa chemise, un petit écusson de coton qui indiquait un chiffre : -3. Sans l'interroger sur ce chiffre énigmatique, Rosa paya le sauf-conduit et pénétra dans le village. Elle passa d'abord devant le grand magasin Mall-Mart qui lui rappela un hangar d'aéroport. Après le pont couvert en bois qui, elle s'en rendait compte maintenant, avait été repeint vert pomme, elle déboucha au milieu des maisons qui semblaient endormies. Un vent léger avait dissipé une partie du brouillard. Il y avait là beaucoup d'habitations récentes que Rosa n'avait jamais vues, et elle resta interdite un moment à la vue du Viva Spa, grand complexe hôte-lier néotraditionnel érigé en bord de mer. Elle remarqua qu'on avait planté des réverbères à l'ancienne le long d'une passerelle en bois qui s'étendait au-dessus de ce qui était auparavant un trottoir de la rue principale. Quelques promeneurs grelottants y déambulaient, une tasse de thé à la main. En s'approchant d'eux, elle capta quelques bribes de conversation. « *Really a bit cold for June…* » ; « *Charming people, but what awful food…* » *And so on.* Rosa marcha jusqu'à la mairie où elle comptait demander à quelqu'un une chambre pour la nuit et, pourquoi pas, offrir ses condoléances à Kevin Duressac pour la mort de son père. Par bonheur, Kevin était toujours dans son bureau en compagnie de Carol-Ann Sousa. Les époux étaient penchés sur des plans qu'ils étudiaient en silence. Kevin mit quelques secondes à reconnaître Rosa. Il fallut qu'elle lui rafraîchisse la mémoire.

— Mais Kevin ! C'est moi, Rosa, la fille de Thérèse Ost !

— Thérèse Ost… ?

— La secrétaire du syndicat des travailleurs de l'usine de papier. Elle est décédée en 2000. Tu étais aux funérailles, c'était juste avant que tu partes étudier en Angleterre. Nous étions assis côte à côte à l'école, dans la classe de mademoiselle Nordet, allons !

Elle aurait tout aussi bien pu lui parler de ses souvenirs de la guerre de Sept Ans. Le brouillard se leva quand elle lui rappela l'adresse où elle avait vécu. Ce fut comme un déclic. La maison de Rosa avait été vendue à une famille d'Américains à la recherche d'une expérience authentique. C'est en se souvenant de la somme d'argent que la municipalité avait reçue pour cette maison, où logeaient Thérèse Ost et sa fille, que la mémoire revint à Kevin. Bien sûr ! Rosa ! Celle que son propre père, l'ancien maire, avait envoyée à Montréal pour faire lever le vent ! Celle qui vit avec une Noire ! Mais il fallait le dire avant… Kevin et Carol-Ann portaient tous les deux, comme le pion de la guérite, un petit écusson de coton sur leur chemise : +4. Carol-Ann, qui ne comprenait pas un mot du dialogue qui se déroulait sous ses yeux, demanda à Rosa de parler anglais.

— *What the fuck for ?* répondit Rosa, exaspérée par sa journée et par les dents trop blanches de la *Chicago girl*.

Visiblement, l'électrocution de Gabriel Lamontagne ne lui avait pas calmé les nerfs. Elle était encore prête à en découdre. La beauté peroxydée se rembrunit, mais sans cacher son sourire. Puis elle s'excusa et sortit.

— *Call me when she's gone.*

Kevin était gêné. Devait-il rendre des comptes à Rosa ? Elle voulait maintenant savoir où étaient les villageois, en particulier mademoiselle Nordet, car elle n'avait vu dans le village que des touristes. Elle voulait aussi savoir pourquoi on avait fait construire un Mall-Mart plus grand que ceux de Montréal au beau milieu de ce qui était auparavant une jolie forêt.

Il l'invita à s'asseoir.

« Je comprends que tu sois un peu déroutée par tout ce que tu vois, surtout si tu n'es pas venue au village depuis quelques années. Tout ça, c'est l'avenir, Rosa. Tu ne peux pas savoir comment les choses ont changé. Bientôt, tout le monde sera au courant. Ce que Carol-Ann a fait avec notre village tient tout simplement du miracle. Tu es en train d'assister à la transformation du monde, et c'est de ton village natal que tout rayonnera ! D'ici quelques mois, nous serons en mesure d'annoncer aux médias comment nous sommes parvenus à transformer un village d'assistés sociaux inutiles en une communauté d'affaires bourdonnante. Tu veux un café ? Tu préfères sans caféine à cette heure ? Un peu de lait ? Regarde, tu te souviens de ce que le village était devenu après la fermeture de l'usine de papier, non ? Et après, quand la source d'Ennui s'est tarie, il n'y avait plus vraiment d'espoir. Maintenant, les gens veulent s'installer ici. Notre-Dame-du-Cachalot est sur le point de devenir l'épicentre d'une véritable révolution économique. Tout le monde travaille. Il n'y a plus de chômage. Les caisses de la municipalité sont pleines et plus personne ne vit aux crochets de personne. Tout ça grâce à Carol-Ann ! Alors, si tu voulais te calmer un peu… Elle ne parle peut-être pas français, mais elle a sauvé ton village de la disparition, car c'est ça qui nous pendait au bout du nez, tu sais. Tu as un endroit où loger ? Non ? Écoute, en souvenir de la longue amitié entre mon père et ta mère, je vais te faire ouvrir une suite à Viva Spa. Tu veux la vue sur le phare ? »

Rosa voulait surtout se reposer. Elle accepta cette proposition en se disant qu'au pire elle pourrait toujours mettre le feu à l'hôtel avant de danser nue sur la place du village. Elle voulait surtout se libérer du regard de Kevin.

N'attendait que le départ de Kevin pour souffler. Elle lui demanda encore.

— Dis, tu n'aurais pas vu mademoiselle Nordet ?

Kevin évita son regard.

— L'institutrice ? lança-t-il sur un ton faussement détaché.

— Mais évidemment ! *Notre* institutrice, Kevin !

— Tu sais, je n'ai jamais été très proche d'elle. Je… je pense qu'elle est partie en vacances chez ses sœurs à Gaspé. C'est ça. Il me semble bien avoir entendu dire ça.

Rosa était sûre qu'il mentait. Elle n'attendait plus que de le voir s'éloigner pour poursuivre son enquête.

— Et ton accent, Kevin ?

— Mon accent ?

— Tu n'as plus l'accent d'ici…

— Ah ! Cela s'explique facilement. Quand Carol-Ann a repensé la vie dans notre village, elle a tout de suite vu sa vocation touristique. Mais, pour ça, il fallait que les visiteurs nous comprennent. Nous avons donc engagé des experts en linguistique appliquée. Tu conviendras que notre accent était un peu bizarre et déroutant. D'ailleurs, toi-même tu parles maintenant comme une fille de Montréal. Cette manie qu'avaient les vieux de transformer les « k » en « g » ! Une équipe de rééducation phonétique a donc permis à nos citoyens de parler comme le reste des Québécois. Ces vestiges du passé bloquaient le développement économique de notre village. Alors, tu veux la vue sur le phare ou sur le pont couvert ?

— Je veux savoir pourquoi tu portes un +4 et que Sylvain à la guérite porte un -3 !

— Ah ! Ce sont nos PEFU ! Je t'expliquerai tout ça demain !

Kevin avait un sourire permanent peint sur le visage. Lasse, déboussolée, traumatisée par ce village qui était censé lui apporter le réconfort, Rosa abandonna.

— Sur le phare.

Elle reconnut à la réception des gens qui avaient fréquenté la classe de mademoiselle Nordet avec elle et Kevin. Tous l'appelaient « Madame », même quand elle se rappelait à leur souvenir. C'est l'homme de la réception qu'elle trouva le plus désolant de tous.

— Voici votre clé. Si Madame Ost a besoin de quoi que ce soit, qu'elle n'hésite pas à m'appeler.

— Ton nom, c'est Luc. Tu m'as montré ton zizi une fois derrière l'école, quand tu avais huit ans. Tu m'as toujours appelée Rosa-Rose. Faque lâche-moé la madame, OK ?

Il resta impassible.

— Le petit déjeuner est servi entre sept et onze heures dans le salon panoramique Milton Friedman.

— Le quoi ?

— Le salon Milton Friedman. C'est le nom du salon.

— Luc, tu sais qui était Milton Friedman ?

— Non, pas du tout, c'est madame Carol-Ann qui a…

— Bonne nuit, Luc. C'est quoi ce chiffre que tu as sur la poche de ta chemise ? Pourquoi « moins un » ?

— Je n'ai pas vraiment le temps de vous l'expliquer, je suis navré. Tout le monde porte son PEFU bien en vue. Vous pourrez demander à monsieur le maire, il va se faire un plaisir de vous éclairer !

Rosa monta les marches d'un escalier de bois sur lesquelles on avait peint des lignes imitant des fissures causées par l'âge. Enfin dans sa chambre, elle tomba sur le lit et dormit jusqu'au lendemain sans même se déshabiller. La lumière du jour la tira de son sommeil. Les paupières encore alourdies par tant de kilomètres, elle tira les rideaux pour contempler la vue sur la baie des Cachalots. Le soleil l'éblouit. Dire qu'elle ne ressentit pas un baume sur son corps meurtri serait mentir. La baie, encore à moitié recouverte de brume, reprenait le bleu tranchant du ciel, ce bleu qui rend aveugle à toutes les autres couleurs. Le petit phare avait été repeint. Elle plissa les yeux pour y lire les inscriptions peintes en cursives. On l'informa plus tard qu'un fabricant de piles avait financé la restauration du phare, lequel portait maintenant le nom de Lux Æterna. Par crainte de tomber sur de nouvelles vérités qu'elle n'était pas du tout disposée à entendre, Rosa demanda qu'on lui monte le petit déjeuner dans sa chambre.

Un garçon d'étage arborant un 0 lui apporta son plateau. Elle avait commandé « Le Gaspésien » et trouvait étrange qu'on lui apporte des œufs flanqués de haricots et d'une gaufre. Elle n'aurait pas été plus étonnée d'y trouver une papaye.

— Comment ça, une gaufre ? Nous n'avons jamais mangé ça, ici !

— Les clients anglophones se plaignaient. Selon eux, *if they speak French, they might as well be serving waffles*. Ils l'écrivaient sur les réseaux sociaux, alors l'administration a décidé de mettre une gaufre dans tous les petits déjeuners. C'est bon, les gaufres ! Et c'est mieux de s'adapter que de se prendre des critiques négatives dans TravelTip. Qui se préoccupe de savoir ce que les Gaspésiens mangeaient pour vrai il y a soixante ans ? Soyons sérieux. Allez-vous me dire que vous vous priveriez d'une marge bénéficiaire au nom de l'authenticité ?

— Oui, mais c'est pas… Aaargh. Laissez tomber…

— Je dois partir parce que je dispose d'exactement deux minutes et huit secondes pour faire cette course. Il me reste douze secondes pour redescendre aux cuisines. Vous pourrez évaluer mon intervention sur la console à côté du lit.

Rosa se dit que si ce garçon n'avait pas été occupé à être un âne dans *Rosa au pays des horreurs*, il aurait pu être le lapin pressé dans *Alice au pays des merveilles*. Son visage lui était familier. Elle était presque certaine qu'il était le fils d'une ancienne voisine.

— Avant de partir, pouvez-vous me dire où je peux trouver mademoiselle Nordet ? J'ai sonné chez elle, mais il n'y avait personne.

En entendant le nom de l'ancienne institutrice, le garçon se renfrogna, comme si Rosa venait de lui annoncer de but en blanc qu'elle était porteuse du virus Ebola.

— Je ne sais pas. Je ne sais pas de qui vous parlez. S'il vous plaît, évaluez-moi.

Elle n'y crut pas une seconde. Tout le monde à Notre-Dame-du-Cachalot savait où trouver mademoiselle Nordet comme un Parisien sait où se trouve la tour Eiffel. Jocelyne Nordet avait enseigné la lecture et l'écriture à plusieurs générations de Cachalotiers. Chacun se souvenait de son visage austère et du silence de mort qui régnait dans sa classe. Elle avait maté les plus durs, amadoué les plus timides et alphabétisé les plus perplexes des enfants. Dans le village, on la respectait comme un vieux dictionnaire. Non, elle n'avait pas bon caractère, mais tout le monde à l'époque savait lire à Notre-Dame-du-Cachalot. Était-ce encore le cas ? Rosa avala son petit déjeuner en vitesse. Le lait, le beurre et les serviettes de papier étaient de marque Mall-Mart. Dans la salle de bains s'étendait sur deux mètres un comptoir en granite dans les tons de gris. Rosa fut tentée de s'y fracasser le crâne, mais elle voulait encore parler avec Kevin Duressac avant de quitter les lieux.

La lumière du jour lui révéla tous les détails de la transformation du village. D'abord, une clôture électrique coupait la presqu'île de Notre-Dame-du-Cachalot du continent. Elle devait mesurer quatre mètres de hauteur. Pour accéder au village, il fallait passer par la guérite que Rosa avait vue la veille. Elle retrouva Kevin dans son bureau. La souris américaine, en la voyant entrer, quitta la pièce en coup de vent.

— Rosa ! Alors, tu as bien dormi ?

— Comme une reine, mentit-elle.

— Alors, qu'est-ce que tu penses de tout ça ?

— Je suis encore en état de choc. C'est quoi, cette clôture ?

— Ah ! C'est temporaire. C'est tout simplement parce que Notre-Dame-du-Cachalot a été déclarée zone franche, c'est-à-dire hors-taxes, mais seulement pour les résidents et les touristes. Autrement, tout le Québec serait venu s'approvisionner à notre Mall-Mart. Nous devions trouver un moyen de nous protéger. Mais je te le promets, cette clôture va bientôt disparaître.

— Écoute, Kevin, je suis venue ici pour me ressourcer un peu et je retrouve mon village complètement transformé. As-tu le temps de m'en faire faire la visite guidée ?

— Mais bien sûr !

Ils sortirent ensemble. Le brouillard de la veille s'était dissipé. Le village avait retrouvé son éclat et sa lumière. Une mouette poussait des rires de condamné à mort. Ils marchèrent en direction de l'école.

« Je comprends que de tels changements t'étonnent et que tu te demandes à quoi tout cela rime. On m'a dit que tu es devenue travailleuse sociale, c'est vrai ? J'ai fait mes recherches hier soir, après t'avoir laissée au Viva Spa. Tu vis toujours avec l'écrivaine Jacqueline Jean-Baptiste ? Wow ! Je n'ai jamais lu ses livres, mais elle a l'air excellente. Une fois, j'ai lu un livre au complet, mais j'ai vérifié et ce n'était pas l'un des siens. Alors, pour t'expliquer le miracle qui se déploie sous tes yeux aujourd'hui, il faudrait des jours et des jours, mais je vais faire mon possible. Alors, voilà, le but est de créer à petite échelle une économie complètement libéralisée, dans le sens de libérée de toutes les contraintes qui l'empêchent de se développer et de croître. Quand je suis revenu d'Angleterre, j'ai trouvé un village moribond, des gens qui avaient perdu non seulement tout espoir dans l'avenir, mais aussi toute capacité de s'imaginer autre chose que la vie d'assistés qu'ils avaient vécue jusque-là. Moi, je pense que le grand coupable, ce n'était pas le syndicat que ta mère dirigeait [il fit le signe de la croix comme pour honorer la mémoire de Thérèse Ost, une apostate notoire], mais l'interdiction de la propriété privée. Comment veux-tu que les gens se responsabilisent pour une demeure qui ne leur appartient pas ? Quand nous sommes arrivés il y a quatre ans, les revêtements étaient écaillés, il n'y avait pas de fleurs devant les maisons, à part ces foutus lilas. C'était d'un sinistre ! Maintenant, les parterres sont fleuris ! Les défis étaient nombreux. Il fallait d'abord convaincre des investisseurs de venir s'installer ici. »

À ces mots, le maire salua au passage une dame qui mit quelques secondes à reconnaître Rosa, pour ensuite l'embrasser sur la joue et la serrer dans ses bras. C'était une ancienne amie de sa mère. Elle continua son chemin, car elle devait commencer son quart de travail au Mall-Mart dans dix minutes.

— Tu viens me voir, Rosa ? Je suis dans la section des gâteaux !

« Avec Viva Spa, reprit Kevin, nous avons ouvert le village au monde entier. Nous recevons des touristes de mars à novembre. La plupart viennent d'Asie et des États-Unis. Il y a eu quelques Français, aussi, mais en juin tu verras surtout des Coréens. Tu sais que Viva Spa emploie plus de cent personnes ? Dans un village de trois mille habitants, c'est une force multiplicatrice de la richesse ! Donc, du coup [Rosa se demanda pourquoi il associait une conjonction et une locution adverbiale qui disent la même chose – *donc, du coup*. C'était comme dire « alors, conséquemment ». Elle se demanda où il avait appris ça. Sûrement pas en Gaspésie], les choses se sont mises à mieux aller à Notre-Dame-du-Cachalot. Mais pour faire du village une destination recherchée, il fallait qu'il corresponde aux attentes des touristes. Et c'est quoi, les attentes des touristes pour un petit village gaspésien ? Tu sais, nous concurrençons Percé, Gaspé et Carleton-sur-Mer ! Donc, du coup [Rosa serra les poings], il nous faut être au moins aussi exotiques qu'eux ! Mais je te mentirais en te disant que c'est cet hôtel qui a tout changé dans le village. Tu sais, le succès attire le succès. Quand les gens ont commencé à gagner un peu d'argent, nous avons soumis un projet audacieux à Mall-Mart. Je sais que tu te demandes comment le géant de la vente au détail a consenti à construire un magasin si grand dans un endroit si peu peuplé. L'entreprise n'allait pas s'engager dans un jeu à somme nulle, quand même. Donc, du coup, il a fallu assouplir les normes du travail. Par exemple, les employés du magasin touchent la moitié de leur salaire en argent et le reste en marchandises. Tu te rends compte que tout le monde, et je dis bien tout le monde à Notre-Dame-du-Cachalot, a maintenant un comptoir en granite ? C'est la première chose qu'ils ont voulue. Ils les voyaient, ces comptoirs, dans les talk-shows, les téléromans et les émissions de cuisine du grand chef Rodrigo, qui a d'ailleurs enregistré une émission spéciale ici pour l'ouverture du magasin ! Tu aurais dû voir les sourires ! Il nous a montré comment apprêter les chanterelles en les coupant en lamelles sur un comptoir en granite ! Comment peux-tu sentir que tu appartiens au monde si tu éminces tes champignons sur un comptoir en bois ? Pas possible. Donc, du coup, l'indice de bonheur a grimpé en flèche dans le village. Comme rien n'est taxé à Notre-Dame-du-Cachalot, les gens ont un plus grand pouvoir d'achat et parviennent à réaliser leurs rêves les plus fous, comme avoir deux télés dans la maison, ou posséder une mangeoire à oiseaux de la même marque que celle de Michel Lamontagne. Oh ! À propos, je vais te faire une confidence, mais il faut que tu me promettes de ne pas en parler parce que nous sommes dans les dernières phases des négociations… Madeleine Lamontagne va ouvrir un resto Chez Mado dans le Mall-Mart ! Tu te rends compte ? Pour l'instant, c'est top secret. Elle a posé des conditions un peu étranges, par exemple elle tient mordicus à ce que le resto ne serve que des produits fabriqués par ses filiales, ce que Mall-Mart refuse catégoriquement [cette fois, Rosa vomit dans sa bouche], mais je suis sûr que nous allons trouver un terrain d'entente. Elle a dit qu'elle viendrait elle-même inaugurer le resto ! Que ça serait son dernier avant de prendre sa retraite. Moi, cette femme, je l'admire, vraiment. Soixante-deux ans et toujours à la tête de son entreprise. Alors voilà, Rosa. C'est un peu comme ça que les choses sont arrivées à Notre-Dame-du-Cachalot. Tout le monde est content. Les gens ont cessé de s'exiler. Nous pensons même que, bientôt, tout le monde voudra vivre à Notre-Dame-du-Cachalot. En tout cas, on doit refouler à la guérite beaucoup de gens qui pensent pouvoir faire leurs courses dans notre Mall-Mart pour ne pas payer les taxes. Qu'ils patientent, bientôt ils pourront profiter de tous les avantages que nous avons. Tu te rends compte, Rosa ? Qui aurait cru que notre village ferait un jour l'envie de toute la région ? »

Rosa resta interdite. Kevin avait raison. Elle éprouva un peu de honte d'avoir rembarré si vulgairement cette pauvre Carol-Ann qui, finalement, n'avait que le bien-être des villageois en tête. Évidemment, Rosa était en désaccord avec tout ce qu'elle entendait et voyait dans le village. Elle ne comprenait pas pourquoi il avait fallu ériger une clôture pour bloquer l'accès au village, ni pourquoi tout le monde avait dû modifier son accent pour éviter de décevoir les visiteurs ni pourquoi tout le monde changeait brusquement de sujet quand il était question de mademoiselle Nordet. Carol-Ann pouvait bien parler le chinois ou l'arabe, jamais Rosa n'accepterait l'équation entre propriété privée et bien-être de la population. À défaut du réconfort qu'elle avait cherché dans sa fuite en avant, elle trouvait de nouvelles preuves que son monde s'était bel et bien écroulé. Il n'y avait plus rien de vrai. Kevin la raccompagna jusqu'à l'hôtel où il la confia au personnel auquel il s'adressait en anglais.

— Ça vaut mieux, ça fait plus professionnel devant les visiteurs. Sinon, ils pourraient croire qu'on dit des vacheries sur leur compte. C'est plus respectueux.

Rosa faisait la morte. Kevin lui avait donné un bon d'achat valide au Mall-Mart. Oui, elle pourrait rapporter à Montréal un souvenir de son avilissement. L'homélie de Kevin Duressac lui ayant donné un mal de tête de niveau 8 sur une échelle de 10, elle dut se résoudre quand même à se mettre en quête d'un analgésique quelconque.

Les portes du Mall-Mart s'ouvrirent devant Rosa comme par magie. L'endroit était immense. Trois octogénaires se précipitèrent sur elle pour lui donner ce qu'elles appelaient un *bear hug*. Immobilisée au milieu de ces trois têtes blanches, Rosa crut un instant qu'il s'agissait d'anciennes amies ou de personnes qui l'avaient reconnue après toutes ces années. Non, il s'agissait de pures inconnues. Toutes décorées d'un écusson indiquant 0. La plus âgée d'entre elles, une larme à l'œil, lui annonça que les ours en peluche étaient soldés jusqu'à seize heures sur le même ton qu'une femme vivant dans un pays aride cria un jour : « Je l'ai vu, il est ressuscité ! » La deuxième lui mit entre les mains un dépliant où elle trouverait toutes les liquidations du jour et de la nuit, car le magasin ne fermait jamais. Et la troisième la guida vers les chariots, chacun assez grand pour contenir un orignal mort avec panache et sabots. Six mains la poussèrent dans le dos pour qu'elle s'engage, chariot devant, vers les allées où dormaient les marchandises, comme si elle avait couru le risque de se perdre en chemin.

À sa gauche, les caisses enregistreuses battaient un rythme hystérique. Elle resta un peu interdite, quand même, en constatant la hauteur vaticanesque du plafond. Les allées, assez larges pour laisser passer une voiture américaine, ressemblaient à des canyons. Rosa s'était engagée dans une section remplie de pots divers et variés de taille immense. À sa droite se dressaient, presque menaçants, des pots de moutarde de Dijon dans lesquels elle aurait pu se recroqueviller pour se cacher. Il fallait en acheter deux pour avoir droit au rabais. Rosa marchait en se disant qu'elle avait déjà vu tout ça quelque part : des bouteilles de ketchup de sept litres, des pots de cornichons comme des bornes-fontaines, des boîtes de thon vendues en paquet de cinquante, oui, elle reconnaissait la scène, c'était l'image qu'elle s'était un jour faite de l'enfer. Là, au royaume des morts sans confession, les damnés mangeaient à la cuiller la moutarde à même ces pots ridiculement gros, l'étendant sur des saucisses grandes comme des battes de base-ball. L'allée continuait, avançait sans fin, proposant à gauche et à droite des produits aux couleurs criardes, des promesses d'explosions de saveur, des garanties de félicités gustatives. Vous aurez la volupté ! C'est notre engagement envers vous ! Rosa dut mettre cinq bonnes minutes pour atteindre le bout de l'allée avant de s'engager dans la suivante où s'étalaient à perte de vue les céréales et autres flocons de carton. Entre une rangée de boîtes de riz soufflé givré de marque Smooch et une autre d'anneaux de sucre multicolores Sugar Goops avec leur toucan rieur promettant mille douceurs, il sembla à Rosa entendre un bruissement. Elle ne rêvait pas, elle avait bien vu une silhouette passer entre deux boîtes de céréales, là, derrière, à deux mètres d'elle, une ombre furtive, comme un gros félin ou une petite femme. Elle continua de pousser son chariot, avança encore un peu, puis une voix l'appela en sourdine. Cette fois, elle en était certaine, quelqu'un se cachait parmi les boîtes de céréales.

— Il y a quelqu'un ? J'ai entendu quelque chose.

— Cette chose est ton ancienne institutrice.

Rosa se retourna pour s'assurer que personne ne la suivait. L'allée était vide.

— Mademoiselle Nordet ?

— Je pense que maintenant tu peux m'appeler Jocelyne.

— Je... Que faites-vous derrière ces boîtes de céréales ?

— Parle moins fort. Regarde devant toi. Fais semblant de parler à quelqu'un au téléphone. Sors-le !

Rosa avait laissé son téléphone à l'hôtel, puisqu'il ne captait plus aucun signal depuis Matane déjà. Elle fit semblant de tenir un smartphone dans sa main gauche. La voix reprit.

— Maintenant tu vas faire ce que je te dis. Tu vas prendre quatre boîtes de céréales de marques différentes. Je suis derrière la quatrième rangée de Sugar Goops, si tu les enlèves toutes d'un coup, ils vont me voir. Chut ! Ne parle pas ! Tu vas les disposer pour former une cachette dans ton chariot. Tu me dis quand tu auras fini.

Rosa demeura interdite. Que foutait mademoiselle…

— Rosa, tu perds du temps à penser ! J'entends tes méninges crépiter !

Rosa s'exécuta fébrilement parce qu'elle était une élève très obéissante. C'était la voix de la sagesse qui parlait. Celle qui l'avait sortie de l'analphabétisme, celle qui lui avait donné son premier exemplaire du *Petit Prince* de Saint-Exupéry. Quand cette voix-là parle, on obéit. On ferme son claque-merde et on suit les consignes. Faute de quoi, elle pourrait écrire ton nom à la craie dans le coin supérieur droit du tableau. Après cette humiliation, aucun salut n'est garanti.

— Tu vas vérifier que personne n'est en vue et, quand tu seras seule dans l'allée, tu chuchoteras : « Sugar Goops, peut-être… » Et je vais monter dans le chariot. Ton travail, c'est de placer les boîtes pour que je sois invisible. Après, tu me fais un toit avec un sac de riz soufflé. Ne me regarde pas. Fais comme si de rien n'était.

Rosa s'exécuta. Jocelyne Nordet se glissa dans le chariot avec la grâce d'une otarie. La caméra de surveillance ne vit qu'une ombre cachée par la silhouette de Rosa. L'ex-institutrice était maintenant roulée en boule sur le flanc droit, le regard tendu vers la fente de lumière qui révélait le visage de Rosa en contre-plongée. Elle lui ordonna encore d'avancer et de ne rien dire, de ne jamais laisser paraître qu'elle avait quelqu'un devant elle. C'était une question de vie ou de mort. Sans mot dire, Rosa obtempéra. On a beau dire ce qu'on voudra, les institutrices sont des tyrans. Il fallait maintenant feindre de faire ses emplettes en mettant de temps à autre quelque chose dans le chariot, un sac de pain, un gâteau de la taille d'un pneu de Harley-Davidson, une poche de riz, rien de froid s'il te plaît, et des conserves – c'est plus opaque. Rosa jouait son rôle avec un naturel désarmant en construisant une cachette roulante à mademoiselle Nordet.

« Si tu vois quelqu'un arriver, tape de l'index droit trois fois sur le guidon du chariot. Il faut que je te parle, Rosa. Tu n'as pas idée de ce que ton village est devenu. Quelqu'un est venu me dire que tu étais là. Je suis cachée ici depuis un mois. La nuit, quand c'est très tranquille, j'arrive à aller aux toilettes, alors je mange le moins possible. Je suis en train de devenir folle ! Tu entends ces annonces ? Je les ai toutes entendues mille fois. Des annonces de super-marché ! Qu'est-ce que j'ai fait au bon Dieu ? Il faut que je t'explique ce qui m'est arrivé. Après, tu laisseras ton chariot dans une allée déserte et tu me couvriras pour que je retourne dans les rayons. Si tu te poses la question, je fais pipi dans des sacs de litière pour chats. Alors n'en mets pas dans le chariot, je te prie. Je ne saurais pas te dire où sont les sacs utilisés… Ne me fais pas rire non plus. Si tu vois des oreilles dans les parages, tu me le dis. Alors, c'est ça. Je suis ton institutrice déchue, ma belle. Si tu savais, oh mon Dieu… Il faut que je te parle, Rosa, il faut que tu saches. Tout a vraiment commencé à changer quand ce p'tit verrat de Kevin Duressac est revenu d'Europe. Il paraît qu'il avait travaillé pour des banques anglaises qui sont capables d'acheter et de vendre un pays dix fois dans la même journée. Il revenait à la demande de son père, Nicéphore, tu te souviens de notre bon maire, Rosa ? Nicéphore Duressac était convaincu que son fils avait appris quelque chose là-bas qui nous aiderait à sortir du marasme. En tout cas, moi, j'aurais dû déménager avec ma sœur à Gaspé. En ville, j'aurais échappé à ça. Ne me regarde pas ! Non, pas des choux. Ça pue. Remets-les où tu les as pris, je t'en supplie ! Tout ce que ce petit morveux a fait, c'est de faire venir à nos frais la fille de Chicago,

Carol-Ann, qu'elle s'appelle. C'est pas possible que tu ne l'aies pas vue. Elle contrôle tout. Alors, cette fille, ma belle, elle a commencé par nous sermonner parce que la plupart des gens ne la comprenaient pas. Donc elle a fait venir un autre blanc-bec de Québec pour nous parler. Il était beau garçon, genre grand ténébreux qui parle avec la bouche en cœur. Moi, quand je l'ai vu, je me suis dit que j'allais être expropriée une seconde fois dans ma vie. Tu sais que ma famille a été expropriée pour la création du parc national de Forillon ? En voyant le gars de Québec, j'étais sûre que c'était ça. Il avait la même manière de vous regarder, comme un serpent regarde sa proie. Mais les femmes l'ont trouvé beau. Les hommes aussi. Il s'est mis à nous expliquer comment les choses allaient se passer. Notre village avait été choisi pour devenir le cobaye d'une expérience économique dont nous ne pouvions que sortir gagnants. Le village avait déjà commencé à perdre pas mal d'habitants. Ils nous ont présenté tout ça sur de grands tableaux dans la salle paroissiale. Ils veulent faire de Notre-Dame-du-Cachalot un endroit où personne ne dépend de personne et où l'être humain retrouve sa dignité par le travail et par l'autonomie. Tu vois où ça s'en va, hein ? Bon, tout le monde était pas mal d'accord avec ça. C'est vrai que personne n'a envie de faire vivre son voisin, surtout quand le voisin passe ses journées à ne rien faire. Mais pour arriver à ça, ils ont décidé de couper Notre-Dame-du-Cachalot du reste de la province pour en faire une "zone économique autonome" et indépendante de la fiscalité du Québec et du Canada. Ils nous ont dit que nous allions prouver par la force du travail qu'il est possible de maintenir en vie une social-démocratie, mais que, pour ça, il fallait que les comptes s'équilibrent. Et ils nous ont promis que, cette fois, ça allait marcher, que ça ne serait pas comme dans les années 1960, quand on nous a transformés en expérience marxiste vouée à l'échec. Mais pour que le projet devienne un succès, il fallait respecter quelques règles. D'abord, nous avons dû accepter de céder le terrain

où ils ont construit le Viva Spa. Avec quels investisse-
ments ? Je ne sais pas. Je sais seulement que le MERDIQ
a financé la moitié de la construction. Ensuite, comme la
capacité du Viva Spa ne permettait pas d'en tirer des
revenus suffisants pour la municipalité, la moitié des
habitants ont accepté de céder leur maison à des touristes,
le tout étant géré par Viva Spa. Tu sais, ces maisons, elles
appartenaient à la municipalité et non à leurs occupants,
certes, mais c'est seulement parce que, en 1964, les propriétaires avaient consenti à transférer leurs titres de
propriété à la municipalité pour que l'expérience marxiste
fonctionne. En retour, on leur avait promis qu'eux et leur
famille pourraient y rester pour toujours. Il se trouve que
toujours est passé, Rosa. Ils nous ont construit ces petites
maisons en carton à l'entrée du village, derrière le magasin,
pour que les touristes ne les voient pas, et dans les maisons
ancestrales de bois entourées de grandes galeries, ils ont
mis plein de meubles anciens qu'ils avaient trouvés ailleurs
en Gaspésie. Imagine-toi qu'ils ont même mis des cuisi-
nières au bois parce que c'est ce que les touristes veulent.
Après, ils ont repeint les revêtements de bois. C'est vrai
que tout était pas mal écaillé. Mais au lieu des pastels et
du blanc qu'on avait toujours mis, ils ont préféré des
couleurs vives, du bleu azur, de l'écarlate, du jade et du
citron. Mais tout ça a fait travailler tout le monde. Et ceux
qui ont été choisis pour la formation en hôtellerie étaient
les mieux rémunérés. À partir de 2008, les touristes ont
commencé à arriver. Au début, nous étions un peu étonnés,
car ils étaient tous asiatiques. Des Coréens, des Japonais,
des Chinois et même des gens de Singapour. Ils avaient
tous gagné un voyage au Canada et c'est chez nous qu'ils
aboutissaient. Ils ne parlaient à personne et fuyaient quand
on s'approchait d'eux. Mais ils achetaient plein de choses,
alors les gens se sont mis à vendre de l'artisanat dans les
rues, des confitures, des pétoncles en conserve, tout ce
qu'on sait faire. Et ça vendait bien. Moi-même, je me disais
que cette Carol-Ann, quand même, elle était forte ! Le

problème, c'est que les villageois commençaient à gagner pas mal d'argent, mais qu'ils n'avaient nulle part où le dépenser, sinon à Gaspé. C'est à ce moment qu'ils ont annoncé la construction du Mall-Mart. Tous ceux qui n'avaient pas trouvé un boulot au Viva Spa ou qui ne s'étaient pas lancés dans la production de tricots sont allés proposer leurs services. Tu sais qu'ils emploient environ deux cents personnes ? C'est quand même presque plus de 5 % de la population ! De sorte qu'avec tout ça, l'hôtel, les gîtes pour touristes, les petits commerces, le café de la Grève, les enseignants, le magasin Mall-Mart et ceux qui travaillaient dans les services publics, le village a atteint en 2011 un taux d'activité comparable à celui du reste du pays. Carol-Ann l'a annoncé lors d'une grande activité de calibrage. Sais-tu ce qu'est le calibrage ? Au début, j'ai trouvé ça génial. Nous sommes dans l'allée des chips ? Peux-tu me prendre un sac de bretzels ? Tu me prendras aussi un soda lorsque nous serons devant les frigos. Merci. Un gingembre, si tu en trouves. Tu vois, après les Asiatiques, des Français, des Américains et des Canadiens anglais sont venus. Avec eux, c'était différent, car une fois rentrés chez eux, ils écrivaient des commentaires sur un site qui s'appelle TravelTip, en as-tu déjà entendu parler ? Carol-Ann a rassemblé une équipe dont le travail consistait à lui rapporter les critiques négatives. Ça pouvait être toutes sortes de choses, tu vois. Beaucoup de gens se plaignaient par exemple de la cuisson des steaks au Viva Spa. Grâce à ces commentaires, le village arrivait petit à petit à améliorer son offre touristique. Il suffisait que deux personnes se plaignent de ne pas trouver de crêpes dans le village pour qu'apparaisse comme par magie un comptoir à crêpes "traditionnelles", alors que nous n'avons jamais mangé de ça ici. Certains voyageurs se plaignaient aussi du manque de cordialité des villageois. Et c'est vrai que les Cachalotiers sont un peu mal rabotés. Comme c'était moi qui colligeais les commentaires anglais, je me souviens qu'une femme de Kingston avait écrit qu'elle ne reviendrait plus jamais en Gaspésie parce que le fils de Paul Deloursin, tu sais, celui qu'il a eu avec sa seconde femme ? Bon, ben, il paraît qu'il l'aurait dévisagée au bureau de poste. Oui, il travaille là, maintenant. Elle a dit aussi qu'il n'avait pas souri et que son anglais était incompréhensible. Toutes les semaines, nous avions des réunions pour tenter de régler un à un les problèmes. Une Française s'était plainte parce que, tu sais, la vieille Gagnon qui chante tout le temps en épinglant ses vêtements sur sa corde à linge ? Oui, celle qui a perdu la tête quand son fils s'est noyé pendant une expédition de pêche ? Eh bien, elle chantait toujours la même chanson, *Ma Normandie* : "Quand tout renaît à l'espérance, et que l'hiver fuit loin de nous…" Bon, eh bien, la Française s'est lamentée dans TravelTip parce qu'elle logeait à côté de chez la vieille Gagnon et qu'elle en avait assez d'entendre cette chanson. "Elle pourrait au moins choisir des chansons canadiennes et peut-être chanter moins fort, car elle fausse affreusement !" C'est vrai qu'elle chante mal, la vieille Gagnon. Mais, que veux-tu, elle est sourde comme un pot ! Alors l'équipe de calibrage a dû lui parler pour qu'elle chante moins souvent et moins fort, mais elle n'a pas voulu apprendre d'autres chansons. Elle voulait chanter *Ma Normandie* et c'est tout. On a quand même réussi à la convaincre de chanter moins fort. Et puis il y a eu tous ces commentaires sur notre accent, ceux qui nous repro-chaient de cracher par terre, et, bien sûr, les gens qui n'aimaient pas le café qu'on leur servait. Moi, j'étais contente de faire partie de l'équipe de calibrage, parce que je voyais les effets immédiats de mon travail et que je trouvais que ça améliorait la qualité de vie dans le village. Avant Carol-Ann, nous n'avions jamais eu de bon café comme ils ont à Rimouski. Maintenant, nous en avons. Mais c'est lorsqu'on a inauguré le Mall-Mart que j'ai commencé à me douter que quelque chose ne tournait pas rond. »

Rosa tapa trois fois sur le guidon du chariot pour annoncer

à mademoiselle Nordet qu'elles allaient croiser quelqu'un. Elle avançait maintenant dans l'allée des petits appareils électriques pour les soins corporels, deux cents mètres de tondeuses pour les oreilles, de rasoirs et de brosses à dents. Elle croisa un homme qu'elle ne reconnut pas. Dans sa main droite, il tenait une brosse à dents électrique avec la même stupéfaction que s'il s'était agi d'un morceau de la vraie croix de Jésus. Rosa passa sans même le regarder, puis elle tourna au bout de l'allée pour s'engager dans une autre allée où il n'y avait que des poussettes pour bébé. Elle n'en avait jamais vu tant. Rosa entendait mademoiselle Nordet croquer les biscottes qu'elle avait déposées dans le chariot dix minutes auparavant. Rosa murmura qu'elles étaient hors de danger et mademoiselle Nordet put reprendre son récit.

« Peu après l'ouverture du Mall-Mart, tous les citoyens de Notre-Dame-du-Cachalot ont été invités à une rencontre spéciale dans le magasin même. Il y aurait une grande surprise. Et c'en fut toute une, en effet. Imagine-toi que Carol-Ann a offert un comptoir en granite à chacun des habitants du village. Chacun a choisi le sien. Moi, j'en ai pris un gris charbon moucheté de beige. C'était le plus beau jour de l'histoire du village. En vérité, les comptoirs n'étaient pas exactement donnés, mais nous les avons eus à un prix ridicule, mais vraiment, à ce stade, plus personne ne se plaignait des changements ni ne regrettait les années que nous avons passées dans la misère, privés des objets et des vêtements auxquels les citadins avaient aisément accès. Tu te souviens ? Celui qui voulait se procurer une nouvelle cuisinière devait la commander par correspondance et attendre des mois avant la livraison ! Et tout le monde portait à peu près les mêmes vêtements. Pour ça, le Mall-Mart a vraiment tout changé. Les vêtements qu'ils nous vendaient, après le rabais des employés, nous revenaient moins cher que si nous les avions fabriqués nous-mêmes. Les femmes ont cessé de coudre et de confectionner leur propre linge. Ça leur laissait plus de temps pour fabriquer les petits bijoux pour touristes. Et les gens pouvaient enfin se permettre de s'acheter les petits appareils électroniques qu'ils n'avaient jamais eus, excepté ceux qui allaient les chercher en ville ou qui pouvaient compter sur des parents exilés qui les leur expédiaient. Vraiment, Rosa, jusqu'au jour où chacun a choisi son comptoir en granite, les gens avaient vraiment l'impression de marcher vers un avenir meilleur. Des gens de la région s'informaient sur la possibilité de venir vivre à Notre-Dame, parce que les impôts sont moins lourds qu'ailleurs et que tout ici est vendu hors-taxes. C'est même devenu un problème, de sorte que Kevin Duressac a décidé de construire une clôture sur la bande de sable qui relie le village au continent pour empêcher les autres de nous embêter et de vouloir acheter des terrains à Notre-Dame. Puis, le gars de Québec a envoyé à chacun *la lettre*.

« C'était un lundi matin, il y a à peine un an. Au début, personne n'y a rien compris. Je ne te dis pas le nombre de rencontres d'information qu'il a fallu tenir pour que les citoyens comprennent le système que Carol-Ann leur proposait. Tout cela faisait partie, nous disait-elle, d'un grand projet. Nous n'étions que des cobayes. Une fois que le reste du monde se rendrait compte que Carol-Ann était parvenue, à l'échelle d'un village, à créer un paradis capitaliste où régnait le plein emploi et où chacun avait chez soi un comptoir en granite, notre modèle serait imité partout. Plus personne ne se poserait de questions. Mais ils ont envoyé cette lettre… Ce que nous avons d'abord compris, c'est qu'il fallait que la municipalité calcule un chiffre pour chacun des citoyens. Ils appelaient ça le PEFU, le point d'équilibre fiscal unitaire. Tu sais ce que c'est ? Sinon, tu as tout intérêt à m'écouter, car bientôt ça sera votre affaire à vous aussi, en ville. Le PEFU, c'est assez simple, en fait, ils nous l'ont bien expliqué dans une présentation PowerPoint. Le PEFU, c'est en gros ton pointage fiscal. C'est-à-dire que, selon leur formule, le PEFU c'est la contribution unitaire fiscale versée à l'État, moins la valeur globale des services obtenus. Finalement, c'est pas si compliqué, ça revient à calculer ce que chaque personne coûte à l'État, mais pas tout à fait, puisque nous sommes tous regroupés en ce que le gars de Québec appelle des GCC, des groupes de consommation concertée. Il nous a dit que ça correspond à ce que nous appelions autrefois un "ménage", et que chaque GCC se verrait attribuer un PEFU. Pour ceux qui vivent seuls, moi par exemple, le GCC se confond avec l'individu. Si j'avais eu des enfants ou un mari, nous aurions partagé le même GCC, tu me suis ? Bon, le but, c'était d'assurer la pérennité de notre nouvelle prospérité. De ne jamais régresser au niveau de vie que nous avions connu pendant des années. Pour ça, il fallait que chaque GCC arrive à un PEFU de zéro. Enfin, ce n'est pas ce qu'ils ont dit au début. Je me mêle dans mon histoire. Non, Rosa, au début, il s'agissait tout simplement de calculer le PEFU de chaque GCC. Personne ne s'opposait à ça parce que tout le monde était certain de rapporter plus d'argent à la municipalité qu'il en coûtait en services reçus. Sauf qu'on se demandait quand même un peu pourquoi il fallait faire ce calcul, tu vois, car les choses n'étaient pas simples. Ne va surtout pas croire que l'ampleur du travail a rebuté Carol-Ann, non. Pour calculer tout ça, elle a simplement mobilisé une équipe de Revenu Québec et une représentante du MERDIQ. Chaque Cachalotier a dû leur remettre ses feuilles d'impôts. Chaque citoyen devait produire un tableau à deux colonnes avec, dans celle de gauche, la liste de toutes ses contributions comme les taxes municipales et scolaires, l'impôt sur le revenu, les droits pour les divers permis, les dons d'argent aux œuvres caritatives, bref, la somme de tout ce qu'une personne verse à la collectivité. Dans l'autre colonne, chacun notait les services reçus de l'État. Ça, c'était plus difficile, tu vois, parce que les contribuables ne connaissent pas exactement la valeur de ces choses-là. Dans la colonne de gauche, les choses sont simples. Si l'impôt sur le revenu s'établit à 20 % et que tu gagnes 50 000 dans l'année, tu vas verser 10 000 tout rond, c'est pas compliqué. Même chose pour les taxes scolaires : si la municipalité t'envoie une facture de taxes scolaires de 130 dollars, alors tu paies ça. Le calcul est déjà fait. Mais que vaut une année à l'école primaire de Notre-Dame-du-Cachalot ? Je veux dire par là qu'il ne suffit pas de diviser le salaire de l'enseignant par le nombre d'élèves dans la classe, il faut aussi factoriser un paquet d'autres affaires, le chauffage de l'école, l'entretien, les réparations d'urgence, et ainsi de suite. Quand on arrive au bout du compte, on est toujours surpris des coûts. Ensuite, chacun a dû dresser la liste des services de santé qu'il avait reçus, toutes les visites chez le médecin, les fractures, les grippes, les fistules, les cataractes, les opérations, les médicaments. Bien sûr, les ministères possédaient déjà ces renseignements, mais en nous demandant d'en dresser nous-mêmes la liste, ils voulaient probablement nous forcer à nous rendre compte, de nos propres yeux, de leurs largesses. Et puis, tu ne le croiras pas, Rosa, mais dans leurs calculs ils ont aussi tenu compte des routes, de l'aqueduc, de l'usine d'épuration des eaux, de toutes ces choses qui fonctionnent sans qu'on s'en rende compte. Tout ça allait dans la colonne de droite au *prorata* du nombre d'habitants. Le pire, ce sont les services de santé, je pense que c'est ce qui a coulé tout le monde. En tout cas, après trois semaines de travail intense, l'équipe de Carol-Ann a affiché le PEFU de chaque citoyen sur le mur extérieur du bureau de poste. Chacun pouvait consulter la liste à loisir et voir d'un coup d'œil non seulement son PEFU, mais aussi celui des autres. Peu après ils ont imprimé un annuaire qu'ils ont envoyé à chaque GCC, parce que certaines personnes se fichaient de cette liste affichée au bureau de poste. Les premiers jours, il n'y a pas eu beaucoup de réactions, mais bientôt les gens qui avaient obtenu un PEFU positif, c'est-à-dire ceux dont la somme de la colonne de gauche excédait la somme de la colonne de droite, ont commencé à se fréquenter, car ils s'étaient découvert de nouvelles valeurs communes. Ils se sont fait fabriquer des sortes de badges en coton qu'ils ont cousus sur leurs vêtements. L'un avait un 6, ce qui voulait dire qu'il rapportait 60 000 dollars de plus qu'il en coûtait à l'État, l'autre, qui arborait un 5, avait rapporté 50 000 dollars. Bientôt, ceux qui avaient un PEFU négatif ont imité ces badges, mais on voyait bien que c'était de la frime. Et les vrais positifs se sont plaints, de sorte que Carol-Ann a décidé qu'elle confectionnerait elle-même des badges officiels et qu'elle les distribuerait à la population. Chacun reçut donc des écussons indiquant son PEFU personnel, à coudre sur ses vêtements.

« Autrefois, personne à Notre-Dame-du-Cachalot ne faisait attention à ces choses-là, mais désormais les Plus, comme ils s'appelaient eux-mêmes, ont commencé à organiser des activités qui excluaient les Moins. Ce n'était pas grand-chose, non, des parties de cartes, des thés, des soirées musicales. Tu sais, juste pour occuper le peu de temps libre qu'ils avaient, car ils étaient tous assez occupés. Moi, je n'étais pas invitée à ces fêtes. À titre de retraitée de l'enseignement et souffrant d'ostéoporose, j'étais une vraie Moins. Puis, Kevin Duressac a exposé la phase finale de son projet. Là, je t'avertis, tu vas tomber raide morte de honte, ma belle. Moi, je ne comprends toujours pas ce qui a pu se passer. Tu vois, au fil du temps, les Moins profonds, comme ceux qui ne travaillent pas, qui reçoivent des aides sociales, et ceux qui ont plusieurs enfants scolarisés, ont fait les frais des commentaires désobligeants des Plus. Mais les plus vindicatifs sont les Moins légers. Par exemple, imaginons trois personnes dont les PEFU sont -7, -2 et +4. Eh bien, crois-le ou non, c'est souvent le -2, et non le +4, qui insulte en public le -7 ! Les Plus, eux, s'en fichent parce qu'ils ne fréquentent pas le vrai monde, et quand ils te voient c'est que tu es en train de les servir, alors ils ne gagneraient rien à t'insulter. Mais tu sais, Rosa, presque tout le monde faisait partie des Moins, il suffisait d'avoir eu une hernie dans l'année pour tomber dans le mauvais groupe, il suffisait d'avoir accouché ou d'avoir placé son vieux père ou sa vieille mère en foyer. Kevin a donc trouvé une solution à ce problème : le PEFU ZÉRO. Il offrait à tous les Moins la chance de se hisser jusqu'à zéro, de se "zéroïfier" qu'il disait ! C'était l'occasion pour eux de dire fièrement qu'ils n'étaient pas des boulets pour la société. Tu ne le croiras peut-être pas, Rosa, mais tout le monde a applaudi son plan. Plus personne ne voulait être un Moins, chacun voulait être un Zéro. Plus personne ne voulait se sentir de trop et qu'on le regarde de travers. Carol-Ann jouait double jeu. En faisant semblant de se porter à la défense des Moins, elle proposait toutes sortes de solutions originales. Elle disait : "Pourquoi tout ramener à deux simples colonnes ? Pourquoi tout réduire à une simple valeur monétaire ? On pourrait permettre aux Moins qui le désirent d'améliorer leur PEFU de manière créative. Ils pourraient rendre des services à la communauté. Par exemple, s'assurer que le Mall-Mart ne ferme jamais en y faisant des emplettes quotidiennement, jour et nuit." Mais comment y attirer ceux qui n'avaient pas grand-chose à dépenser ? Eh oui, ma belle, par le crédit ! C'est ainsi que les Moins ont tous reçu une carte de crédit préapprouvée par la municipalité. En faisant des achats au Mall-Mart, ils garantissaient l'avenir du magasin et permettaient aux Plus de continuer d'en jouir aussi. C'est une manière facile de créer des emplois. Parce que, tu sais, Rosa, il n'y a pas assez de riches sur terre pour justifier la fabrication de tant de téléviseurs à écran plat. Pour qu'il vaille la peine d'ouvrir des usines en Chine, il faut qu'un certain nombre de pauvres d'ici s'endettent. Alors, c'est ça, la plupart des gens que tu vois dans les allées sont des Moins. Oh ! Remarque, la municipalité pratique un taux d'intérêt assez bas, les gens remboursent leurs achats par paiements mensuels. Mais, tu vois, ça n'a pas suffi pour que chacun atteigne le PEFU ZÉRO. Parce que faire des achats à crédit au Mall-Mart ne donnait pas tant de points que ça. Il restait donc encore beaucoup de gens dans le rouge. C'est à ce moment que Kevin a dévoilé sa proposition. Bizarrement, juste avant les élections municipales. C'était assez simple : il proposait à tous ceux qui ne voteraient pas d'effacer la moitié de la valeur négative de leur PEFU, ce qui les rapprocherait du zéro. Leur nom serait tout simplement rayé de la liste électorale. Là, Rosa, j'étais sûre qu'une révolution allait éclater dans le village. Mais les Moins étaient tellement las d'être des Moins, ils en avaient tellement assez d'être victimes de commentaires méprisants des autres qu'ils ont largement accepté la proposition de Kevin. Le pire, ma belle, c'est qu'il y a eu une consultation sur le sujet. La vaste majorité des citoyens s'est prononcée en faveur de la restriction du droit de vote. Et tout le monde était content. Ils trouvaient la solution géniale, car ils ne s'étaient presque jamais prévalus de leur droit de vote. C'était pour eux une chose inutile et sans valeur, jusqu'à ce que Kevin et Carol-Ann leur fassent comprendre le contraire. En y renonçant, les Moins retrouvaient un peu de leur dignité perdue. C'est ainsi qu'il n'y eut presque plus de Moins dans le village. De plus en plus de touristes arrivaient. Finalement, c'est Carol-Ann qui a sorti les derniers Moins de leur abîme. Son idée était simple : puisqu'un Moins jouit injustement d'un bien ou d'un service financé par un Plus ou un Zéro, la solution n'est pas de lui demander de payer plus, puisqu'il ne peut pas. On ne peut pas lui demander non plus de trop s'endetter en achetant des objets dont il n'a pas besoin au Mall-Mart, il finirait par faire faillite. Comment faire alors pour rendre la dignité à ceux qui malgré tous leurs efforts faisaient encore partie des Moins ? Il suffisait que ces gens consentent à ne plus utiliser certains services collectifs, les espaces publics, par exemple. Tu sais, le petit parc que Nicéphore Duressac avait fait aménager au bout de la péninsule ? Avec les bancs de bois en forme de cœur ? Bon, alors, Carol-Ann a suggéré qu'on en bloque l'accès aux Moins indécrottables. Tu te rends compte ? L'interdiction ne touchait pas seulement ce parc, mais aussi d'autres services comme les trottoirs, les soins de santé, etc. Par exemple, les vrais Moins, ceux qui ne gagnaient rien, les assistés sociaux, n'avaient plus le droit de marcher sur les trottoirs. Il fallait qu'ils se déplacent sur la grève. Et tu sais quoi ? Comme ces gens ne sortaient que très rarement de leur maison, ils n'ont pas vraiment protesté. Ils trouvaient qu'ils s'en tiraient à bon compte et que, finalement, ils étaient récompensés pour une chose qu'ils auraient faite de toute façon, c'est-à-dire ne pas sortir de chez eux. La plupart trouvaient d'ailleurs avantageux de renoncer à une chose dont ils prétendaient ne pas avoir besoin pour obtenir les points de PEFU qui leur permettaient de ne pas perdre la face dans le village. Kevin a été réélu peu après avec une majorité écrasante. Le seul candidat qui s'était présenté contre lui n'avait aucune chance, imagine, c'était Robert Deloursin, il promettait le retour aux anciennes méthodes, la propriété collective, le partage, etc. Plus personne ne l'écoutait. Moi, j'ai quitté le navire au moment où Carol-Ann a promulgué la limitation de la jouissance des espaces publics. Là, je trouvais que ça allait trop loin. Et ce n'était pas pour moi, mais pour Napoléon. Tu te souviens de Napoléon ? Bon. Tu ne l'as pas vu dans les parages, hein ? Ce n'est pas pour rien. Lui, avec son handicap, son âge, bref, toutes ses limites, il était un gros Moins. Un cas grave. Mais il avait toujours été comme ça. Rayer son nom de la liste électorale n'a pas réglé grand-chose et il n'achetait rien. Carol-Ann a proposé qu'on en fasse l'idiot du village officiel. Comme ça, il aurait un rôle à jouer devant les visiteurs. Mais il n'a pas voulu. Cela l'aurait obligé à se promener à longueur de journée de haut en bas de la rue principale et à saluer tout le monde, surtout les touristes. Tu ris ? Je sais, j'ai bien ri, moi aussi ! Depuis quand Napoléon salue-t-il les gens ? Non, mais quelle idée ! Il a toujours vécu dans sa cabane de bois à l'entrée du village et personne ne s'en était jamais occupé, pourquoi fallait-il soudainement qu'il ait un rôle à jouer ? Et tu sais, quand ta mère était vivante, elle disait souvent que la présence de Napoléon dans notre village était la preuve que le socialisme fonctionnait, car il était libre d'aller où il voulait, mais il restait avec nous. Bon, je trouve quand même que Thérèse exagérait un peu, mais moi aussi je trouvais que nous devions nous occuper de Napoléon. Et pas juste moi, nous étions une centaine, pour la plupart des retraités, des anciens de l'époque de ta mère, qui trouvions que tout cela allait trop loin. Certains avaient commencé à protester dès l'ouverture du Mall-Mart. D'autres s'étaient mis en rogne à cause de l'histoire de la liste électorale. Enfin, il y avait une vingtaine d'irréductibles qui trouvaient que toute l'affaire des PEFU ne tenait pas debout. Évidemment, comme c'étaient presque tous des Moins notoires, on accordait très peu d'importance à leur opinion. Et chaque mois, Rosa, on publiait la liste des PEFU mis à jour. Chaque mois, des gens perdaient soit le droit de voter, soit celui de déambuler tranquillement dans le parc de la pointe ou de marcher sur les trottoirs. Napoléon, dans tout ça, ne comprenait pas ce qui se passait. Il n'avait jamais voté. Il ne traînait pas dans les parcs. Il passait le plus clair de son temps appuyé sur la rambarde du pont, à l'entrée du village, ou à faire des dessins dans ses calepins, tu sais ? Notre groupe a décidé de lui venir en aide, d'en faire une sorte de symbole de lutte contre l'oppression, mais ça s'est retourné contre lui. Imagine-toi qu'un jour nous avons invité tous les Moins qui restaient à occuper le parc de la pointe, avec Napoléon. Carol-Ann et Kevin n'ont pas du tout aimé ça, de sorte que le lendemain des hommes sont venus avec leurs équipements pour déménager la cabane de Napoléon hors des limites du village ! Ils l'ont soulevée avec une grue, déposée sur la plate-forme d'une remorque, et simplement emportée deux cents mètres plus loin, de l'autre côté de la clôture. On est tous restés pantois. Mais ça ne s'est pas terminé là. Deux jours plus tard, nous avons organisé un grand feu à l'occasion de la publication des nouveaux PEFU. Nous avons saisi tous les exemplaires au bureau de poste et les avons brûlés sur la grève dans un geste symbolisant le rejet de cet exercice à nos yeux inutile. Là, Carol-Ann et Kevin se sont fâchés. Tu vois, leur but était de créer un village où tout le monde serait content, où le moindre signe de dissension aurait disparu, parce que, rappelle-toi, le but de l'expérience était d'étendre les résultats au reste de la province, et ils étaient près du but. Il n'y avait plus de chômage à Notre-Dame, plus de désœuvrement, tout obéissait à une logique productiviste, et pourtant la vie était devenue très déplaisante. On se surveillait les uns les autres, plus personne ne prenait le temps de vivre. Chacun avait l'impression de faire vivre son voisin et le lui faisait bien sentir. C'était insupportable. Tu n'as pas idée, Rosa, de ce que c'est que de voir tes anciens élèves t'accuser d'être un fardeau pour la société. Je leur ai à tous appris à lire ! Sauf toi, car tu savais déjà un peu en arrivant à l'école. Ta mère t'avait montré. Elle, notre Thérèse, elle savait que si tout le monde y met du sien… Un petit coup, et hop ! Le monde avance ! Mais voilà que nous étions devenus des chiffres, Rosa. Par la suite, les choses se sont très mal passées pour ceux qui avaient osé détruire le fruit de tant de travail. Le maire et sa femme ont vite fait imprimer un nouvel annuaire, car les gens n'étaient pas contents. Recevoir son PEFU mensuel et le comparer à celui des autres était devenu beaucoup plus qu'un passe-temps, c'était le jour le plus emballant du mois, celui où les gens voyaient comment ils avaient évolué par rapport aux autres. Nous n'avions pas compris qu'en brûlant les annuaires nous fâcherions nos concitoyens. Tu vois, eux étaient contents de tout ça. Nous aurions dû avoir plus d'empathie pour eux. Je me sens un peu coupable, parce que j'étais en quelque sorte la leader du groupe, les autres me faisaient confiance. Mais je n'ai pas fait attention. On commençait à nous insulter dans la rue parce que nous menacions le nouvel ordre, tu vois. Et tous les jours les petits commentaires assassins de gens qui par le passé vous saluaient avec de grands sourires ! "Ah ! Bonjour,

Mademoiselle Nordet, vous vous promenez en plein après-midi ? C'est beau d'avoir le temps. Moi, j'ai des enfants à élever, je suis utile, je n'ai pas le loisir de m'abandonner à l'État…" Et je t'épargne les pires. Comme si j'avais volé ma retraite ! Comme si j'étais devenue une vieille chose inutile ! Et tu te souviens de ce couple d'artistes qui sculptaient le bois de grève et les ossements des baleines échouées ? Ils les vendaient et vivaient de leur art. Oui, c'est vrai qu'ils étaient des Moins, mais avant l'invention du PEFU la plupart des villageois étaient des Moins qui s'ignoraient, alors qu'ils me fichent la paix avec leurs chiffres ! Bon, eh bien, ces deux-là sont devenus la risée du village. On les traitait de paresseux, de bons à rien, de sangsues du système et de tout ce que tu voudras. Tout semblait permis contre eux. Ils ont fini par partir. Depuis, leurs œuvres ont disparu, remplacées par des figures de plastique gonflables qu'on remplace selon la saison. Des Pères Noël, des lapins de Pâques, un pêcheur, les touristes ne semblent pas les haïr. Personne n'a jamais écrit de commentaires négatifs à leur sujet dans TravelTip. En tout cas… Puis, les choses se sont envenimées. Carol-Ann et Kevin ont commencé à avoir très peur de nous. Ils disaient aux autres citoyens : "Hier, c'était un feu sur la plage ; demain, c'est tout le village qui brûlera." Bref, ils voulaient doter le village d'une force de police. Voilà. Et ils l'ont fait. Ils ont choisi dix Moins qui cherchaient du boulot et les ont envoyés en formation. Quand ils sont revenus, ils ont été chargés de faire respecter certaines règles, comme les emplettes obligatoires le samedi avant-midi, l'interdiction des espaces publics à certains citoyens, et ainsi de suite. Pour répliquer, nous avons organisé une manifestation dans la rue principale. C'était comme dans le temps, avec les banderoles et les affiches ! Nous n'étions que cent, et les policiers, dix fois moins. Tout ce que nous voulions, c'était qu'on nous accorde le droit de défiler dans la rue pour dénoncer les changements radicaux que le village avait subis, mais il n'en était pas question. Nous n'avions pas fait dix pas que les policiers ont fondu sur nous. Ils avaient des grenades lacrymogènes et des pistolets électriques. J'ai reçu une décharge ! En plus, le flic qui m'a électrocutée m'a insultée ! Tu t'imagines, Rosa ! J'en ai fait pipi dans mon pantalon. Nous avons tous reçu l'ordre de rentrer chez nous et de nous tenir tranquilles. Ils nous ont collé des procès, toutes les misères du monde. C'était devenu intenable, nos propres voisins nous méprisaient, ils nous accusaient de vouloir appauvrir le village, de leur enlever leurs plus beaux rêves. Beaucoup de militants sont partis, ailleurs, en ville, je ne sais pas. Moi, je n'ai pas voulu partir. J'ai été placée sous surveillance. Mon procès aura lieu dans dix jours. J'ai décidé de me cacher et de fuir le village. Mais je n'ose pas prendre la route. Je sais qu'ils vont me retrouver. Alors, avec cinq autres protestataires, j'ai décidé de me cacher ici, dans les allées du Mall-Mart. Je suis ici depuis un mois. Personne ne m'a encore vue. Ne le dis à personne. Maintenant, tu vas m'écouter. Je ne veux pas que tu t'inquiètes pour moi, je vais m'en sortir. J'ai planifié mon évasion dès ce soir. Où j'irai ? Ça reste encore à déterminer. Je sais qu'ils ont lancé un mandat d'arrêt contre moi, mais ça ne me fait pas peur. S'il le faut, je partirai à la nage !

« Il faut donc que tu préviennes tout le monde de ce qui se passe ici, que tu mettes les gens en garde. Je fais confiance aux gens de la ville. Ici, les villageois se sont fait rouler parce qu'ils sont peu instruits. Mais, en ville, les gens ne se laisseront pas faire ! »

À ces mots, mademoiselle Nordet se glissa hors du chariot et disparut comme une souris dans le rayon des biscuits. Rosa la trouva très agile pour son âge. Sonnée, elle mit quelques instants à pouvoir avancer. Ainsi s'expliquaient les écussons d'étoffe que tout le monde portait au village. Pour ne pas éveiller les soupçons, Rosa acheta quand même un flacon de comprimés d'acétaminophène et un sac de cent cinquante chocolats Lindt qu'elle se proposait de dévorer sur le chemin du retour. La caissière, une -2, lui fit remarquer qu'elle ne portait pas d'écusson et lui proposa de lui en vendre un.

— Quel numéro voulez-vous ?

— Vous avez du -12 ?

— Non, le plus bas que j'ai, c'est un -9.

— Alors -9 ce sera !

La dame lui jeta presque le morceau de tissu au visage en la traitant de parasite.

— On voit où vont nos impôts ! Et vous avez les moyens de vous payer du chocolat européen ?

En rentrant dans sa chambre du Viva Spa, Rosa rappela le garçon d'étage qui, le matin, lui avait monté son petit déjeuner. Comme il refusait de remonter sans raison – cela était contraire au manuel –, Rosa commanda deux whiskys.

— Comment t'appelles-tu ?

— Lucas.

— Pourquoi es-tu un zéro, Lucas ?

— Je suis encore aux études. Si je ne travaillais pas l'été, je serais un -2 !

— Et si tes parents étaient riches, tu serais quoi ? Allez, cul sec !

Rosa était sur le sentier de la guerre. Mais elle ne monterait pas au front toute seule. Elle avait décidé qu'elle resterait dans son village. Et que Carol-Ann déguerpirait.

# Deux moins font un plus

À Saint-Georges-de-Beauce, Shelly et Laura laissèrent Pia à elle-même pendant quelques heures. Personne n'avait avalé cette histoire d'institutrice en détresse. Pia croyait avoir fait peur à Rosa avec ses confidences. Elles n'étaient d'ailleurs même pas certaines qu'elles devaient aller en Gaspésie.

Au matin, Shelly et Laura ne trouvèrent pas Pia dans le camping-car et se mirent à sa recherche. Au bout d'une heure, elles étaient sur le point d'appeler les secours parce qu'elles étaient persuadées que Pia s'était jetée dans la rivière. Mais c'est alors qu'elles retrouvèrent leur amie sur l'île aux lilas où elle s'était assise dans la position du lotus au pied d'un 'Maréchal Foch' dont le parfum la ramenait devant la tombe d'Oscar Wilde. Shelly et Laura en pleurèrent de soulagement. La mort de Pia les aurait mises dans un sale pétrin.

— Tu nous as fait peur ! Tu sais que tes papiers ne sont pas en règle ? Comment aurions-nous expliqué ça aux autorités ?

Elles avaient trouvé Rosa odieuse et ne se gênèrent pas pour le dire à Pia. Elles ne croyaient qu'à moitié à cet appel à l'aide d'une ancienne institutrice. Selon elles, Rosa rejetait l'amitié de Pia.

— Tu l'as effrayée avec cette idée de remplacer ta fille ! Rentre avec nous aux États-Unis ! Tu franchiras la frontière par la forêt.

— Je vais la suivre.

— Pourquoi ? Elle ne veut clairement pas de cette relation. À son âge, Rosa n'a plus besoin d'une mère, elle a besoin de temps pour panser ses blessures. Viens avec nous, tu aimeras la Louisiane. Et puisque nous savons maintenant que tu ne sembles pas être recherchée, pourquoi ne rentrerais-tu pas chez toi, au Brésil ?

— Le Brésil… non… J'ai déjà donné.

— Alors viens en Louisiane !

Pia arborait un sourire énigmatique.

— C'est le retour du balancier. J'ai abandonné sa mère il y a longtemps. C'est Thérèse qui se venge par sa fille, c'est tout.

— Tu divagues. C'est une tête folle !

— Asseyez-vous, mes amies. Je peux vous appeler comme ça ? Vous avez été si bonnes avec moi. Laissez-moi vous dire une chose ou deux sur les Brésiliennes. Nous sommes très difficiles à impressionner, car nous avons à peu près tout vu. Mais un jour, il y a très longtemps, quand je vivais en France, j'étais paisiblement étendue sur mon lit. J'étais malade dans mon âme, j'avais perdu le goût de vivre. Mon cœur ? On l'avait piétiné devant le cimetière du Père-Lachaise. C'était l'hiver. J'étais soudée par la force des choses à un homme qui me traitait comme sa possession. Bref, je songeais sérieusement au suicide. Puis, j'ai entendu un bruit épouvantable. La terre parisienne s'ouvrait ! Le mur de ma chambre s'est effondré ! Et devant moi, ébaubie, comme née sous mes yeux, il y avait cette petite femme qui croisait les bras dans le froid, suspendue entre ciel et terre. Nous nous sommes regardées pendant plusieurs minutes avant d'être secourues. Et de nos yeux, nous nous sommes juré toujours.

— Toujours quoi ?

— Toujours tout court ! Rien d'autre que toujours ! Comme quand on sait que le moment qu'on est en train de vivre ne s'arrêtera jamais, qu'il nous hantera jusqu'à ce que la mort nous en libère ! Nous avons survécu à l'effondrement de la rue de la Tour-d'Auvergne et cela nous unissait jusqu'à la mort.

— Nous ne comprenons pas ce que tu essaies de nous dire.

— Amenez-moi là-bas, en Gaspésie. C'était ma destination dès le premier jour. J'avais promis à Thérèse que j'irais sentir le lilas au Canada avec elle.

— Thérèse est morte, si nous avons bien compris.

— Mais son lilas, celui qu'il y avait devant sa maison, il doit être vivant ! Si nous allions le sentir ? Je suis si proche du but !

C'est ainsi que Pia parvint à porter *La Menace mauve* jusqu'au bout de la péninsule gaspésienne, tout près de Gaspé, ce mot qui pour le peuple micmac signifie « là où la terre finit ». Elles firent des provisions et reprirent la route. Après la vidange d'huile, la révision technique et les réparations à Lévis. Shelly refusa de rouler vite et imposa même une halte d'un jour à Rivière-du-Loup sous prétexte qu'à cette latitude nordique le lilas n'avait pas encore fleuri. Il fallut donc attendre que les arbustes daignent embaumer l'air pour continuer. À Métis-sur-Mer, Laura décréta un arrêt.

— Hors de question que nous manquions les jardins de Métis. Il paraît qu'ils ont des lilas magnifiques.

Elles firent une photo devant un des plus beaux spécimens de 'Madame Lemoine' qu'elles avaient vus sur la route du lilas. Nulle part ses thyrses blancs ne se découpent sur un azur plus vibrant qu'à Métis. Lentement, à la vitesse du printemps, elles remontaient la côte gaspésienne, un peu ivres de cette liberté qu'elles volaient au temps. Pour Shelly et Laura, les vacances tiraient à leur fin. Elles auraient dû déjà se mettre en route vers la Louisiane où les attendaient le travail et leurs obligations. Pour Pia, plus rien ne comptait. Elle était devenue apatride, avait jeté son passeport brésilien dans le fleuve Saint-Laurent à la hauteur de Rimouski et montait vers le nord, convaincue qu'un monde nouveau l'y attendait.

Sur quelques centaines de kilomètres avant d'arriver à Notre-Dame-du-Cachalot, un phénomène naturel encore plus puissant que le parfum du lilas les força au silence complet. Dans ses lettres, Thérèse avait parlé à Pia des couleurs que prend le golfe du Saint-Laurent au printemps et à l'automne. Or, rien dans sa description n'avait préparé Pia à ce choc chromatique. La mer, elle l'avait déjà traversée. Mais, ce bleu, elle ne le connaissait pas. Il brillait à gauche de la route, s'étendait vers le nord-est, vers un infini qui se confondait avec le ciel. De temps en temps, un bateau sur la ligne d'horizon semblait suspendu à un fil. « Le contraire de la nuit de l'âme », Pia n'arrivait pas à le décrire en d'autres termes.

En roulant à la vitesse de momies tétraplégiques humant le lilas, elles avaient sans le savoir laissé le temps à Rosa de fomenter ce qu'on aurait pu appeler un soulèvement populaire si Notre-Dame-du-Cachalot avait été Berlin. Dans un village de cette taille, la révolution prend des allures de bavardage de cour d'école. C'est sans trop se décarcasser que Rosa avait réussi à gagner quelques personnes à sa cause. Lucas, le garçon d'étage, avait été séduit par la promesse d'un monde sans marquage des individus. D'autres villageois plus âgés, tous des négatifs confirmés, ceux à qui on avait promis dans l'enfance un monde rempli de poésie et des rivières de justice, avaient répondu discrètement à l'appel chuchoté de Rosa. La première action fut menée à la mairie. Il s'agissait, sous la menace d'une arme que Rosa avait achetée au Mall-Mart en toute légalité, de prendre en otage Kevin et Carol-Ann et de les enfermer dans le magasin, attachés aux montants d'acier d'une étagère. La chevelure retenue par un bandana rouge, Rosa s'était proclamée chef du village.

Facilement retrouvée par les mutins, Jocelyne Nordet, qui connaissait le magasin comme le fond de sa poche pour avoir habité ses entrailles pendant un mois, réussit à trouver la clé de la serrure qui protégeait un arsenal de fusils de chasse au gros gibier. Une fois Lucas et d'autres insurgés armés et Jocelyne Nordet munie d'un porte-voix, les issues du magasin furent bouclées. Le personnel, pétrifié de terreur, fut menotté – il y avait un rayon coquin – au mobilier du magasin.

Les touristes furent invités, à la pointe du fusil, à quitter le village en s'engageant sur l'honneur à n'y jamais revenir. Devant l'incrédulité du contingent coréen, qui croyait avoir été intégré à une mise en scène faisant partie de l'« expérience » qu'ils avaient achetée, Lucas abattit une mouette en plein vol pour montrer qu'il tirait avec de vraies balles et qu'il savait viser. Après ce coup de semonce, les Coréens firent leurs valises et repartirent dans les autocars qui les avaient emmenés jusqu'à Notre-Dame-du-Cachalot. Ce jour-là, le village perdit toutes ses étoiles sur TravelTip. Le soulèvement populaire semblait avoir déplu aux visiteurs qui ne se gênèrent pas pour partager leur consternation en ligne.

Devant le bureau de poste, un feu de joie fut allumé avec les annuaires PEFU et les écussons d'étoffe que les villageois arrachaient rageusement de leurs vêtements. Étonnamment, la résistance ne vint pas des Plus, mais des Zéros et des Moins légers que le soulèvement renvoyait à l'insignifiance. Certains Plus, déçus par la tournure des événements, décidèrent tout simplement de quitter le village avec les touristes. Rosa insista pour qu'ils emmènent avec eux Kevin et Carol-Ann qu'elle avait recouverts de goudron et de plumes pour divertir les rebelles.

Dans le village, on s'attendait à ce que les autorités envoient des renforts pour les anéantir. Personne n'était dupe au point de croire que les pouvoirs publics toléreraient une telle attaque contre le capitalisme. Or, un événement en apparence anodin vint changer la donne.

Sur l'ordre d'une Rosa hors de contrôle et ivre de pouvoir, les insurgés avaient sorti du Mall-Mart tous les comptoirs en granite pour les placer devant la mairie. Il devait y en avoir une centaine. Rosa demanda aux siens de les disposer en forme d'étoile. Sa scénographie incluait aussi sa propre personne armée d'un marteau-piqueur, debout à côté des monolithes en granite qui luisaient dans la lumière gaspésienne de cette fin de printemps. Lucas la filmait pendant qu'elle déclamait son manifeste :

« Aux dirigeants de Mall-Mart, à tous nos politiques à Québec et à Ottawa ! Nos revendications sont simples. Nous, citoyens de Notre-Dame-du-Cachalot, exigeons l'abandon du projet de libéralisation de l'économie de notre village. Nous réclamons la fermeture de votre magasin monstrueux et demandons que l'avenir du village soit rendu à ses citoyens. À partir d'aujourd'hui, plus personne ne sera évalué en fonction de ce que son existence coûte à la collectivité. Chaque être a le droit de s'épanouir sans que lui soient reprochés les dépenses qu'il occasionne à l'État ou son manque de productivité. Avant de continuer les négociations, nous demandons donc que les habitants de notre village soient les seuls à décider de son avenir. Tous les droits dont profitaient les habitants, notamment les droits de vote, d'assemblée et de jouissance des biens publics, sont de fait rétablis. Si une autorité ou un pouvoir quelconque décidait de nous contredire, si nos demandes n'étaient pas acceptées dans les vingt-quatre heures, je réduirais en poussière sous vos yeux tous ces comptoirs en granite, symboles de la surconsommation, du mauvais goût et de l'abêtissement des masses. »

Pour prouver qu'elle n'entendait pas à rire, Rosa mit son marteau-piqueur en marche. Le puissant outil lui échappa des mains sous les rires des villageois. On demanda donc à un solide gaillard de l'aider. Un comptoir fut détruit en mille morceaux sous les applaudissements et les cris de joie du peuple libéré. La vidéo fut immédiatement envoyée à Québec, à Ottawa et au siège social états-unien de Mall-Mart Inc. Ces derniers furent les premiers à réagir. En moins de deux heures, le pouvoir avait capitulé. Il était hors de question de laisser ces régionaux indignes des largesses de la capitale détruire cette précieuse marchandise, comme devait le déclarer le ministre de l'Économie du Québec aux médias dans un long communiqué :

« Devant la menace, nous avons décidé de négocier, même si notre instinct nous poussait à une intervention musclée. Menacer d'innocents touristes à la pointe du fusil, c'est une chose. Prendre le pouvoir par la force en est une autre. Cela ne nous impressionne pas. Mais nous ne pouvons pas laisser ces gens détruire ce qui représente à nos yeux les aspirations et les rêves des consommateurs québécois et canadiens. Ce que ces gens veulent anéantir, c'est le symbole même de notre richesse et la représentation la plus éclatante de notre idéal de liberté. Cette action dépasse par sa violence tout ce que nous avons vu jusqu'à ce jour. Nous désirons rassurer la population de Notre-Dame-du-Cachalot. Si nous récupérons les comptoirs en granite et les stocks du Mall-Mart, nous nous engageons à amnistier le village entier et à ne pas exercer de représailles. »

Rosa fut elle-même prise de court par l'efficacité de la stratégie. Il y eut un long silence. Puis, les clés des maisons furent remises aux propriétaires qui en avaient été évincés par Carol-Ann.

Le jour suivant l'insurrection, Shelly, Laura et Pia trouvèrent une guérite démolie et un village en mutation. Elles avaient peur et ne se cachaient pas pour exprimer leur désaccord avec les méthodes brutales de Rosa. Horrifiées par les armes qu'elles voyaient partout, Shelly et Laura tinrent un très court conciliabule. La violence n'avait jamais fait partie de leurs stratégies. Elles ne savaient pas qu'avant l'arrivée de Carol-Ann et du Mall-Mart il n'y avait jamais eu d'armes à Notre-Dame-du-Cachalot. Mais expliquer à des Américaines l'absence de fusils dans les maisons canadiennes était au-dessus des forces qui restaient à Rosa. Shelly était furieuse :

— Rosa, tu te trompes.

Rosa ne les écoutait pas, occupée à démolir un stand

de crêpes à coups de pied-de-biche. Jocelyne Nordet contemplait le camping-car, amusée.

— Votre message est inspirant ! Allez-vous rester chez nous longtemps ?

Shelly et Laura exprimèrent leurs regrets. Elles devaient rentrer en Louisiane à temps pour les séminaires de création littéraire estivaux qu'elles offraient aux femmes pauvres de La Nouvelle-Orléans. Elles ne mirent pas longtemps à comprendre que leur camping-car fascinait l'institutrice à la retraite qui se remettait des semaines qu'elle venait de passer dans le Mall-Mart, tapie sous les marchandises. Shelly sentit que cette femme avait besoin de nouveaux horizons.

— Avez-vous déjà vu le Maine, Jocelyne ?

Elles prévoyaient passer par cet État limitrophe du Canada sur le chemin du retour.

— Je n'ai pas vu grand-chose. J'ai toujours vécu ici.

— Si vous le désirez, vous pouvez faire un bout de route avec nous. Nous avons de la place pour une nouvelle passagère. Vous rebrousserez chemin quand vous le voudrez. Si vous voulez faire la route jusqu'à La Nouvelle-Orléans, vous êtes la bienvenue.

Jocelyne regardait Rosa comme si sa décision d'accepter ou de refuser l'invitation dépendait d'elle.

— Ça va te faire du bien, Jocelyne. Profite de ta retraite !

Allergiques à toute forme de violence, de menaces et de révolutions, Shelly et Laura décidèrent de reprendre la route le jour même en emmenant avec elles Jocelyne Nordet qui n'était jamais allée plus loin que Rimouski.

À Notre-Dame-du-Cachalot, c'était la fin du cauchemar. Par ailleurs, il n'était pas question pour les autorités de poursuivre ou d'arrêter qui que ce soit après que le ministre responsable du MERDIQ, une fois mis au courant des événements, eut décrété l'interdiction de dépenser ne serait-ce qu'un dollar supplémentaire pour ce village, et ce, jusqu'à nouvel ordre. Ses fonctionnaires prirent ses directives au pied de la lettre, de sorte qu'absolument rien ne fut fait pour punir les insurgés qui avaient fait dérailler l'expérience économique la plus étrange jamais tentée par le gouvernement du Québec. Quant à Pia, tant qu'elle restait dans ce village perdu, personne ne la trouverait jamais.

Dans la maison de Thérèse, que Rosa s'était réappropriée, le silence régnait maintenant. Pendant les premières heures, Pia et Rosa se contentèrent de fixer la couleur particulière du golfe du Saint-Laurent, couleur dont Thérèse avait souvent parlé à Pia dans ses lettres. La mer, elle l'avait déjà vue en France et au Brésil. Mais, ce bleu-là, jamais. C'est Rosa qui brisa le silence.

— Veux-tu rester ici ?

— Je n'ai nulle part où aller.

— Tu es la bienvenue. Je ne sais pas combien de temps on nous laissera en paix, mais reste avec moi. Et excuse-moi pour l'autre jour, quand je vous ai laissées là-bas, en Beauce, je suis juste un peu secouée par tout ça. J'avais besoin de temps pour penser. J'ai parfois des colères, comme maman… Quand il y avait trop de bruit, elle se fâchait. Elle souffrait d'acouphènes aigus. Un jour, quand j'avais dix ans, elle m'a giflée parce que mes cils frottaient sur les verres de mes lunettes. Ça lui cassait les oreilles.

— Je ne suis même pas surprise. Thérèse n'aurait pas survécu dix minutes dans une ville brésilienne. Je ne m'attendais pas à ce que tu sois différente d'elle. C'est bon de se fâcher parfois. Et tu as le cœur brisé.

— Oui, il me faudra de la compagnie.

— Je suis avec toi.

— Merci, Pia.

— J'aurais voulu la connaître, ta Jacquy.

— Moi aussi, j'aurais voulu la connaître.

— Ce bleu, il est toujours comme ça ? C'est très spécial…

— Presque. Il change selon l'humeur du ciel, mais quand il fait beau comme aujourd'hui, la mer est de cette couleur, oui.

— Tu sais ce qui serait beau, en contraste sur ce bleu ?

— Non.

— Un 'Madame Lemoine' en fleur. Tu pourrais le planter juste derrière la maison. Imagine sa blancheur ! Il serait l'unique lilas blanc de Notre-Dame-du-Cachalot.

— Le lilas commun vient de fleurir devant la porte, ça lui ferait un compagnon, tu as raison. Tiens, ouvre la fenêtre pour que ça sente bon dans la maison.

Rosa resta pensive. Quant à Pia, avalée par le bleu, étourdie par les milliers de kilomètres qu'elle avait parcourus depuis Belo Horizonte, elle observait l'intérieur de la maison, ses lattes de bois, mais toujours son regard revenait vers le bleu. Les touristes qui l'avaient occupée n'y avaient absolument rien changé à part le comptoir de cuisine qu'elle trouva insolite. Sinon, la maison était dans l'état où Rosa l'avait laissée. Depuis des années, Pia n'avait plus entendu le silence. Voilà qu'il l'engloutissait et la digérait. Elle pensait sporadiquement à Simone, à sa sœur, Vitória, et, étrangement, à Yvette Renard pour qui elle avait toujours gardé une grande affection. Elle ne savait pas combien de temps cette tranquillité durerait. Elle ne se sentait pas du tout fatiguée, bien au contraire. Le voyage l'avait fait rajeunir de vingt ans. Vus de la Gaspésie, ses problèmes brésiliens lui parurent extraterrestres. Elle osait à peine se l'avouer, mais elle ressentait quelque chose qui ressemblait à de l'indifférence envers sa vie. En tout cas, elle ne se sentait plus coupable de rien. Elle avait été. Point. Ni meilleure ni pire que les zébus qui l'avaient vue naître, ni plus méchante ni plus gentille qu'Aparecida aurait voulu qu'elle soit. Elle gloussa en pensant à la robe d'Ulisses, puis décida de s'accorder le pardon pour tous ses péchés en faisant le signe de la croix, non pas par conviction religieuse, mais parce qu'il fallait bien qu'elle accompagne cette pensée d'un geste solennel, et c'est celui-là que les religieuses du collège Sacré-Cœur-de-Marie lui avaient appris. Elle avait quitté son bel horizon pour en trouver un autre, bleu. Elle ouvrit la fenêtre comme Rosa le lui avait demandé.

Pour la première fois depuis des années, Pia n'avait

pas soif de whisky. Cela reviendrait, elle le savait, mais pour l'instant elle n'aspirait qu'à se projeter dans le bleu. Rosa se berçait lentement en faisant craquer le plancher de bois. Elle se tourna vers Pia.

— Dis donc, c'est qui, Léopoldine de Habsbourg ? C'est quoi, cette histoire ? Tu veux me la raconter ?

— Tu es sûre ?

— Mais évidemment. Si tu l'as racontée à Shelly et Laura, pourquoi pas à moi ? C'est une histoire secrète ?

— Pas du tout, ma chérie. Mais il faudra que tu fasses du thé ! Je vais la raconter en toute sobriété cette fois, tu es prête ?

— Oui, vas-y !

— Le printemps est arrivé dans les jardins de Laxenbourg...

De toutes les obsessions terrestres, la volonté de connaître le passé est celle qui engendre les comportements les plus singuliers et les plus attendrissants. Pendant l'interminable vol vers Toronto, pour se distraire et pour provoquer ses voisins, Simone a sorti *Le Deuxième Sexe* de Beauvoir et en a lu quelques pages en s'assurant de placer la couverture du livre en évidence. À l'approche de Cornwall, le GPS de sa voiture de location lui a demandé de quitter l'autoroute. C'est dans cette ville que la poste canadienne a oblitéré l'enveloppe que sa mère lui a envoyée à Rio. Elle n'a pas trouvé Pia dans cette ville, mais comme elle pratique un métier qui exige d'elle de tout savoir et de tout trouver, elle a compris qu'elle devait rouler vers un endroit dont le nom signifie dans une langue amérindienne « là où la terre s'arrête ». Pia a laissé assez de petits cailloux blancs dans ses cahiers pour qu'une personne perspicace et têtue comme sa fille la retrouve. C'est dans cette direction qu'elle roule, le regard perdu dans le bleu du golfe qui l'enchante.

Pour la première fois depuis longtemps, Simone se sent importante, car Pia l'a invitée à marcher dans un récit plus grand que sa propre personne. À l'histoire de sa vie, elle greffe maintenant celles des autres : Pia, Vitória, Aparecida, Thérèse, Yvette Renard et même Édith Piaf. Elle ressent un léger vertige en se rendant compte qu'elle n'est plus seulement Simone Barbosa, mais la somme de toutes ces femmes. Contre toute attente, Maria Pia Barbosa sera parvenue à planter dans la mémoire de sa fille les souvenirs qu'elle avait crus oubliés. À cet égard, elle aura admirablement rempli son rôle de mère-mémoire.

Chaque page a fait naître mille nouvelles questions.

Simone vient maintenant de dépasser la ville de Sainte-Anne-des-Monts. Pendant qu'elle faisait le plein, son odorat a détecté le parfum suave d'un arbuste à proximité. Sans réfléchir, elle s'en est approchée, et comme Blanche-Neige croquant dans la pomme, elle a cueilli un thyrse de ses jolies fleurs mauves. Assise derrière le volant, Simone reprend la route pendant que le parfum emplit l'habitacle de la voiture et prend possession de ses sens. Elle cherche en vain à se souvenir de l'endroit où elle a senti ce parfum. Sa mémoire fait défaut. Elle respire plus fort en approchant les fleurons de son nez. Rien ne lui revient pour l'instant, mais elle sait qu'elle trouvera ; la qualité de son sommeil pendant le temps qui lui reste à vivre en dépend.

Composé et édité par HarperCollins France.

Achevé d'imprimer en avril 2020.

CPi
BLACK PRINT

Barcelone

Dépôt légal : mai 2020.

FSC
www.fsc.org

MIXTE
Papier issu de
sources responsables
FSC® C108412

Pour limiter l'empreinte environnementale
de ses livres, HarperCollins France s'engage
à n'utiliser que du papier fabriqué à partir de
bois provenant de forêts gérées durablement
et de manière responsable.

*Imprimé en Espagne.*